D1103456

Les Éditions du Boréal
4447, rue Saint-Denis
Montréal (Québec) H2J 2L2
www.editionsboreal.qc.ca

MÉTIS BEACH

Claudine Bourbonnais

MÉTIS BEACH

roman

Boréal

© Les Éditions du Boréal 2014
Dépôt légal : 2ᵉ trimestre 2014
Bibliothèque et Archives nationales du Québec

Diffusion au Canada : Dimedia
Diffusion et distribution en Europe : Volumen

Catalogage avant publication de Bibliothèque et Archives nationales du Québec
et Bibliothèque et Archives Canada
Bourbonnais, Claudine
   Métis beach
   Texte en français seulement.
   ISBN 978-2-7646-2305-3
   I. Titre.
PS8603.O944M47   2014   C843'.6   C2014-940268-6
PS9603.O944M47   2014
ISBN PAPIER 978-2-7646-2305-3
ISBN PDF 978-2-7646-3305-2
ISBN ePUB 978-2-7646-4305-1

Pour G.

Cessons d'être présomptueux, cessons de croire que les batailles que nous avons menées sont définitives. L'Histoire est une répétition de cycles, marquée par des luttes et des victoires, par des victoires et des luttes.

DANA FELDMAN, *The Next War*

Tous les personnages de ce livre sont le fruit de mon imagination, et toute ressemblance avec des personnes réelles, vivantes ou décédées, serait pure coïncidence. J'ai pris des libertés avec les lieux et leurs noms, à commencer par Métis Beach, auquel j'ai ajouté un accent pour des considérations romanesques. Je tiens tout de suite à dire à mes amis de Métis-sur-Mer qui m'ont aidée dans mes recherches avec tant de générosité : vous ne vous trouverez nulle part dans ces pages.

C. B.

I

GAIL

1

Le passé est une arme redoutable dans les mains de nos ennemis. Nos paroles, nos gestes, qu'ils aient été délibérés ou non, nos erreurs de jeunesse : il y aura tôt ou tard quelqu'un pour les déterrer et nous les braquer sur la tempe.

Je m'étais juré de ne plus écrire ; cela m'avait déjà coûté trop cher. Si je m'aventure dans cette histoire, la mienne, c'est pour rétablir la vérité et espérer qu'avec elle je pourrai retrouver ceux que j'aime et que j'ai perdus. Par ma faute.

Ce matin d'octobre 1995, je m'étais levé à l'aube, encore énervé par la réunion de la veille. La lumière du petit jour, grise. Trop tôt pour apprécier les collines de l'autre côté du canyon et leur nom en grandes lettres blanches que l'épais smog qui montait de la ville dérobait à la vue. Ce spectacle, c'était pour moi la consécration de ma réussite, un sentiment de revanche éprouvé chaque fois que je le contemplais de la fenêtre de mon bureau, dans notre maison tout en haut d'Appian Way.

Dans la voiture, sur le chemin du retour, j'avais lancé ma colère sur Ann, que la véhémence de mon ton avait troublée, je le vis à la façon dont elle s'était raidie sur son siège, et m'en étais voulu aussitôt : « Si c'est ça, le succès, je n'en veux pas ! Qu'est-ce qu'on cherche à faire ? À nous museler ? À nous enlever la liberté d'écrire ? C'est l'argent, merde, qui est en train de nous rendre peureux ! »

Elle m'avait touché le bras et dit d'une voix ferme mais douce que je lui entendais dans ces moments-là, quand elle cherchait à me calmer : « OK, Romain. Oublie ce qui vient de se passer. Ça n'arrivera plus, tu verras. » Et j'avais pensé : *Comment peux-tu en être aussi sûre ?*

C'étaient les avortements de Chastity qui provoquaient les réactions les plus virulentes. Des lettres, des appels, parfois des menaces, sans compter les petits groupes de manifestants qui avaient commencé à parader en silence devant le studio que nous appelions le Bunker dans La Brea, leur colère rouge comme le sang imprimée sur leurs pancartes, des militants pro-vie à la mine funeste ; ils arrivaient tôt le matin, leur glacière et leur chaise pliante sous le bras, comme s'ils se préparaient à assister à un match de baseball, et repartaient tard le soir, avec, j'imaginais, le sentiment d'avoir changé les choses. Nous les ignorions, ils nous ignoraient. Nous faisions notre travail, ils faisaient le leur. Chacun défendant sa conception de la liberté d'expression dans ce pays, gardant ses distances avec l'autre, dans un respect feint mais civilisé. Pour moi, ça ne posait pas de problème ; pour moi, c'étaient ça, les États-Unis.

Chastity : un personnage de ma série télévisée *In Gad We Trust – En Gad nous croyons* si vous préférez, bien qu'elle ne fût jamais traduite en français –, le tout premier scénario que j'étais arrivé à vendre après des années de galère et de désillusions, alors que j'avais commencé à ne plus trop y croire. « Quand la persévérance paie », c'est ce qu'on avait écrit dans les journaux, le succès tardif à cinquante ans, ce n'était pas courant à Los Angeles, faisant de moi une sorte de célébrité dont on se moquait apparemment, un type un peu ivre de la ABC me l'avait rapporté dans une fête, sa grosse main chaude sur mon épaule, un sourire idiot aux lèvres : « Tu sais ce qu'on raconte sur toi ? Qu'on a fini par te dire oui pour des raisons humanitaires. » Mais je ne m'en formalisais pas, j'avais même appris à en rire, oui, à en rire, parlant avec dérision du « miracle d'*In Gad* », ajoutant parfois : « Comme une femme qui tomberait enceinte après s'être crue stérile toute sa vie. »

Ne vous méprenez pas : ce que je raconte ici n'est pas une comédie. Il y a longtemps que le scénariste que je suis a cessé de s'amuser.

C'était une époque exaltante, malgré les plaintes qui affluaient ; après tout, elles nous montraient que nous étions sur la bonne voie : de l'audace, ça plaît ou ça ne plaît pas. Jusqu'à ce que les attaques prennent une tournure plus personnelle et que la direction de la chaîne It's All Comedy! se montre préoccupée par le commentaire d'un chroniqueur influent du *Los Angeles Daily News*. Nous étions en plein tournage de la deuxième saison, surfant sur le succès instantané de la première qui nous avait donné des ailes et assez d'arrogance pour nous moquer des commentaires négatifs. Mais là, c'était différent. Là, on en était venu à mêler vicieusement les choses :

« Ces gens à Hollywood ne s'en prendraient jamais aux juifs. Mais aux chrétiens, pourquoi pas ?... Auraient-ils défendu avec autant de vigueur les tracts antisémites de Julius Streicher sous l'Allemagne nazie, au nom de cette même liberté d'expression dont ils se prétendent être les grands défenseurs ? Bien sûr que non. »

Et évidemment, dans ce « Bien sûr que non » : les insinuations malveillantes de son auteur. Si bien qu'après la parution du texte et le passage remarqué du chroniqueur à une radio locale, un vent nauséabond, cette théorie du complot, tenace – les Juifs, l'argent, Hollywood –, se remit à souffler dans les médias populistes de la ville. Et Josh Ovitz, le président d'It's All Comedy!, s'était senti visé, et blessé.

J'avais dit à Josh : « Ça ne doit pas nous distraire. C'est bien connu, ce type de propagande dégoûtante. Raison de plus pour ne rien leur céder. »

L'affaire avait ébranlé l'équipe et déclenché de longues discussions entre nous : *Jusqu'où peut-on aller ?* C'est à ce moment qu'une scène, qui n'avait pas été jugée problématique à la première lecture, l'était devenue soudainement. C'était pour ça que Josh nous avait convoqués. Un dimanche après-midi.

Dans les réunions de production, j'avais la réputation d'être pugnace, tenant à mes idées. Nous avions voulu une comédie grinçante, nous avions fait une comédie grinçante. Ce n'étaient pas quelques plaintes d'une poignée de vieilles bigotes du comté d'Orange qui nous paralyseraient.

« D'accord, Roman... » C'est Dick, mon ami producteur, qui parlait. « Mais le truc sur Dieu... »

Estomaqué, j'avais regardé Dick et m'étais demandé si ces plaintes, que nous avions jusqu'ici accueillies dans l'indifférence et quelquefois avec amusement – n'avions-nous pas levé nos verres à la réception de la toute première ? –, et maintenant ces commentaires fallacieux, n'allaient pas nous compliquer la tâche. *Moi, me censurer ? Pas question !* Certes, l'entreprise était délicate, mais pas tant que ça : le public américain était mûr pour ce genre de choses ; *Les Simpson* sur Fox avaient ouvert la voie ; les nouvelles chaînes câblées avaient pris le relais, se permettant de prendre des risques encore plus élevés – pour moi il y avait cent fois pire que la sédition : la vulgarité.

Il fallait voir Josh Ovitz, un jeune homme intelligent, la trentaine intrépide, pur produit des grandes écoles de la côte Est, à court d'arguments. Se ralliant docilement à ceux de Dick et de tous les autres autour de la table, dont Matt, le réalisateur, un type qui faisait un boulot extraordinaire, et Ann, qui avait participé à l'écriture de la série. *Ann ? Tu es d'accord avec eux ?* Devant mon air ahuri, elle avait baissé les yeux, tandis que l'assistante de Josh distribuait des photocopies de la scène en question, que l'on me demanda de lire à haute voix. Sidéré, je m'exécutai, sans l'enthousiasme que j'avais mis à l'écrire :

Saison 2 / *In Gad We Trust* / épisode 4 / scène 14 : intérieur, ministère Paradise, jour

(Après un service religieux particulièrement lucratif – les fidèles avaient été généreux, encore une fois –, Gad Paradise et son fils discutent dans la pièce derrière l'autel. Gad enlève sa soutane de prédicateur.)

GAD PARADISE

Tu sais, Dieu, c'est comme le chef de la Mafia. God-Bonanno. God-Al Capone. God-Lansky. God-Father. Tu piges ? God-Father ! Si tu joues dans son dos, Dieu peut te buter n'importe quand, n'importe où. La prérogative divine, quoi ! Tu me suis ? *(Gad prend les sacs de la collecte remplis à craquer de l'argent des fidèles, les ouvre.)* Mais si tu travailles fort pour lui, eh ! *(il claque des doigts)*, il sera généreux avec toi ! *(Gad verse le contenu des sacs par terre.)* Tout ce qui tombe sur le tapis est à nous. Pour le reste, Dieu n'avait qu'à tendre les bras du ciel et à l'attraper au vol.

Dieu, quel abruti[1] !

Autour de la table, le silence. Dick secoua la tête. « Tu ne peux pas qualifier Dieu d'abruti, Roman. Tu me connais, j'en ai rien à foutre, en général. Mais ça, même moi, je peux pas accepter.

— Ce n'est pas toi ni moi qui le disons, c'est un des personnages.

— Ça ne passera pas. Personne n'est vraiment à l'aise avec ça. C'est tout simplement… antiaméricain.

— Antiaméricain ? Se moquer de Dieu est *antiaméricain* ? »

Personne ne réagit. J'étais stupéfait. Matt, un grand gars à la voix grave, finit par dire : « Il s'agit d'une toute petite phrase. Ça ne changera rien à l'histoire. » Tous acquiescèrent et Dick ajouta : « Ouais, une toute petite phrase blasphématoire. »

Je dis, indigné : « C'est *toi* qui dis ça ? *Toi* qui ne peux pas t'exprimer sans jurer ? »

Dick serra les lèvres, pour étouffer une grossièreté. En face de moi, Ann haussa les épaules, l'air de dire : *Ils ont raison. Déjà que la série est explosive. On ne pourra jamais nous accuser de complaisance. Laisse tomber…*

« Le blasphème n'est plus un délit aux États-Unis depuis 1971 ! m'écriai-je. Nous avons la Constitution de notre côté, bon sang ! »

Josh prit un crayon, raya la phrase sur sa copie. Il se leva, m'évita du regard et s'adressa à l'assemblée comme si j'avais déjà quitté la pièce : « Bien. Nous sommes tous d'accord pour l'enlever. Nous tournons la scène demain matin, sans cette phrase. Entendu ? »

Tous d'accord ! « Attendez ! » protestai-je. Josh avait l'air désolé maintenant, sincèrement désolé. Qui était derrière cette opération de censure ? Le conseil d'administration ? les actionnaires ? Et personne pour m'en parler avant ? Je dis, sentant la rage monter en moi : « Aujourd'hui, c'est une phrase. Et demain, qu'est-ce que ce sera ? Et à la cinquième saison, on fera quoi ? Les Walton ? »

---

1. *What a schmuck!* dans le scénario en anglais.

Josh passa une main dans ses cheveux. « On perd notre temps, Roman. Nous sommes combien autour de la table ? Huit ? Alors, nous sommes sept contre un.

— Je *suis* l'auteur ! »

Je regardai Ann, elle eut un sourire de défaite, et mon cœur se contracta. Josh reprit : « S'il te plaît, Roman. Évitons les phrases faciles. Tu peux trouver mieux. À vrai dire, je ne vois pas ce que ça change à la scène. Vraiment. »

Évitons les phrases faciles ?

Si j'avais été honnête, je lui aurais donné raison, à Josh. Cette phrase n'était certainement pas la plus brillante que j'avais écrite. Mais dans les circonstances, bon Dieu, *me taire* ? Car c'est bien à ça que revenait cette petite séance improvisée mais pas tant que ça : *me faire taire !* Ann m'observait, m'implorant des yeux de me contenir ; elle connaissait cette colère qui pouvait m'habiter, savait que cette seule idée de musellement me renvoyait tout droit à ma jeunesse dont je n'aimais pas beaucoup parler et qu'elle ne comprenait pas tout à fait, un mélange de souvenirs amers et déplaisants, comme un plat que vous détestiez enfant et que vous vous êtes promis de ne plus avaler une fois adulte. J'avais passé ma vie à gagner le droit de m'exprimer, cette liberté totale, sans concession, et je n'allais pas à mon âge, à cinquante ans, bon sang, me laisser dire : *Tu ne peux pas dire ça !* parce qu'une bande de fanatiques pourraient se sentir offensés ?

« Merde, les gars ! »

Le nez dans la fenêtre que j'avais voulue vierge de rideaux pour ne rien manquer de cette vue que je n'aurais pas le plaisir de contempler ce matin-là, j'étais encore perturbé. Cette réaction virulente de ma part, comme si on m'avait laissé tomber.

On a fini par te dire oui pour des raisons humanitaires.

Quel crétin, ce type de la ABC. Cette façon qu'ils ont de vous éviter du regard, les bonzes des grands réseaux de télé, incapables de vous dire droit dans les yeux qu'ils n'aiment pas ce que vous écrivez, s'agrippant à des formules toutes faites comme à une rampe d'escalier après une pluie verglaçante : « C'est à regret que nous ne pouvons retenir votre scénario… Ne correspond pas au mandat que nous

nous sommes donné… » Leurs sourires désolés, figés par une pitié dédaigneuse. Leurs mots vides et empressés pour vous assurer d'une admiration qu'ils n'éprouvent pas. Presque vingt ans à accuser leurs refus répétés.

Je souris. Tout ça était terminé. Maintenant que j'étais en affaires avec Josh et It's All Comedy!, une jeune chaîne spécialisée, audacieuse et visionnaire (elle produirait *Jungle* et *My Way*, deux émissions parmi les plus populaires sur le câble dans les années 2000). Ça ne payait peut-être pas autant que les grands réseaux, même si, avec les quatre pour cent en capital-actions offerts par Josh, en plus des droits et des soixante-dix mille dollars par épisode, y compris les épisodes que je n'écrivais pas mais supervisais, je n'étais certainement pas à plaindre.

Tu y es arrivé, alors?

J'entendis Ann à l'étage, en train de se sécher les cheveux. À ma montre: 7 h 10. L'équipe avait rendez-vous au studio dans La Brea à 8 h 30. Avec les embouteillages, il fallait calculer une bonne heure, des fois plus, on ne pouvait jamais savoir; cette ville, paradis de l'automobile, devenait un véritable enfer. Avant d'aller au lit, j'avais rassuré Ann: oui, j'allais me rallier à la majorité et accepter que la partie du dialogue de Trevor, le jeune acteur qui incarnait Dylan Paradise, le fils de Gad, soit amputée. Oui, je tâcherais de faire en sorte que Trevor ne sache rien de la discussion de la veille, je mettrais mon bras autour de ses épaules et l'éloignerais du groupe, deux hommes qui se parlent, qui ont des choses importantes à régler, je lui dirais quelque chose comme: « Tu vois, Trevor, j'y ai repensé… Ce n'était pas tout à fait la trouvaille du siècle… Qu'est-ce que tu dirais si, à la place, tu répondais à Gad quelque chose comme: "Ouais…", tu vois, avec un sourire impitoyable, du genre gangster? » Et je lui ferais un clin d'œil, peut-être que je lui donnerais une tape dans le dos, amicale, complice, et Matt et Dick et le reste de l'équipe me remercieraient en silence, *on peut toujours compter sur Roman*, et c'était vrai, on pouvait toujours compter sur moi, les acteurs le savaient: s'il y avait des coups à prendre, c'était mon affaire, pas la leur.

Ann est apparue dans l'embrasure de la porte, les clés de la voiture dans les mains. Sept heures quarante: nous étions déjà en retard.

Elle dit, avec un air étonné, comme si ce n'était pas moi qui l'attendais mais l'inverse : « Tu n'es pas prêt ? Tu connais Dick, il va nous tuer. »

Dick. Je pensai au mot qu'il avait utilisé la veille : *antiaméricain*. Comme on aurait dit *sacrilège, antéchrist* ou *hérétique* à une autre époque. Un mot chargé, évoquant bûchers et excommunications, dont on abuse dans ce pays pour vous réduire au silence, vous servir une mise en garde. *Tu es antiaméricain… Tes scénarios sont anti-américains… Attention…*

Comme si je ne l'étais pas, américain. Que leur fallait-il de plus ? Que devais-je encore prouver ? Moi, Romain Carrier, devenu Roman Carr, arrivé en 1962, naturalisé en 1979 sous la présidence de Carter, quelques années avant cette chanson anti-Vietnam, *Born in the USA*, que j'en étais venu à détester depuis que les Républicains l'avaient mésinterprétée, une sorte d'hymne patriotique pour buveurs de bière agressifs, qui vous rappelle que si vous n'êtes pas né ici, vous n'êtes pas *vraiment* américain.

« On y va, Romain ? »

Romain. Le nom que mes parents m'avaient donné et auquel Ann tenait. Sa façon sexy de le dire, en grasseyant légèrement, presque une caresse entre les jambes quand elle était d'humeur flirteuse. Elle prit ma veste de daim sur la chaise, me la tendit. « Je t'en prie, dépêche-toi. » Sur ma table de travail, la photocopie que l'assistante de Josh avait distribuée, raturée à l'encre bleue, qu'elle contempla avec sollicitude. Elle sourit. Le téléphone sonna. Elle me fit signe qu'elle m'attendrait dans la voiture.

Bon Dieu que je l'aimais, cette femme.

2

« Il t'a vraiment dit ça ? Je veux dire, il t'a dit ça comme ça : "sa dernière volonté" ? »

Dans la Pathfinder, Ann scrutait mon visage avec anxiété. « Oh, Romain, ça donne froid dans le dos. Que comptes-tu faire ?

— Je ne sais pas. »

J'avais la tête à l'envers, ne sachant pas trop si j'étais ébranlé ou en colère ou les deux. L'homme au téléphone, sa voix si désemparée qu'il était difficile de comprendre ce qu'il disait au début. « Qui ? avais-je demandé, impatient. – Jack… Jack Holmes… À Montréal. – Écoutez, je suis pressé. Je ne sais pas qui vous êtes. Je vais raccrocher. »

Je tournai la clé dans le contact, appuyai le pied sur l'accélérateur, et la Pathfinder amorça sa descente dans Appian Way, un kilomètre de chemin en lacet qu'on ne pouvait pas prendre à toute vitesse, commandant des manœuvres délicates dans les virages serrés, bordé de maisons valant toutes le demi-million et plus, une descente d'à peine sept minutes jusqu'à Laurel Canyon, mais exaspérante quand on était en retard. À côté de moi, Ann, nerveuse, sa main comme une faible supplication posée sur ma cuisse pour que je ralentisse.

« Ne raccrochez pas ! avait dit l'homme au téléphone. Je suis le mari de Gail Egan… C'est Gail… Ça ne va pas du tout… »

Un saut dans le temps, comme dans le fond d'un précipice. Tout de suite l'expression sur mon visage avait alerté Ann : « Quelque chose ne va pas ? » Elle devait penser à des gens que nous connaissions à L.A. Ou peut-être à mon ami Moïse à New York. « Rien de grave, chéri ? » *Gail Egan.* Ann en avait entendu parler, bien sûr, ces

cartes qu'elle avait vues et que Gail s'entêtait à m'envoyer à chacun de mes anniversaires, sans exception, réglée comme un cabinet
de dentistes avec ses rappels annuels. J'avais pourtant coupé les
ponts depuis longtemps, trop de mauvais souvenirs, Métis Beach, la
Gaspésie, et maintenant : une de ces histoires qui les ferait tous
remonter à la surface ?

« Chéri, dis-moi ce qu'il y a… »

J'avais dit à l'homme au téléphone : « Il est arrivé quelque chose
à Gail ?

— Elle est à l'hôpital…

— Comment, à l'hôpital ?

— E… elle… »

Il avait réprimé un sanglot. Derrière lui, des éclats de voix cra-
chés par un haut-parleur.

« Gail est malade ?

— Elle… elle n'en a plus pour longtemps…

— Qu'est-ce que vous dites ?

— Gail a donné l'ordre aux médecins de la garder en vie…
Jusqu'à votre arrivée…

— Mon *arrivée* ?

— C'est à la dernière minute, je sais…

— Je… »

Je m'étais tu, happé par un déferlement de pensées confuses :
Gail *mourante* ? Puis, avec une agressivité qui m'avait surpris : pourquoi me réclamait-elle comme ça, *après toutes ces années* ? Maintenant que *tout allait bien pour moi*. Ne pouvait-elle pas s'empêcher
de… *de quoi* ?

« Écoutez, Jack… » Et je m'étais entendu bafouiller un flot de
plates excuses : oui, je compatissais à sa douleur, non, je ne pouvais
pas quitter Los Angeles, le tournage, une situation délicate, une série
télévisée controversée… Plus je me justifiais, plus je me trouvais
ridicule.

« C'est urgent !… », avait coupé Jack. Il avait parlé fort, avec la
violence de qui annonce un danger. « C'est une question d'heures.
Je sais que vous êtes loin. Je suis réellement désolé… » Puis sur un
ton grave, sans appel : « Vous êtes sa dernière volonté.

— Je… je ne peux pas, Jack…

— Attendez ! » avait-il crié.

Et j'avais raccroché, assailli par un brusque sentiment de culpabilité.

3

Gail disait : « Certains naissent dans le mauvais pays, comme d'autres avec le mauvais sexe. »

Très tôt elle avait mis le doigt sur la source de nos souffrances respectives : moi dans la première catégorie, elle dans la deuxième. Pas qu'elle aurait aimé être un homme, non, seulement elle aurait dû naître quelques années plus tard, quand les femmes pouvaient choisir leur vie, mener une carrière aussi naturellement que d'accoucher, décider de se marier ou non.

Des mots d'une sincérité désarmante dans la bouche d'une jeune fille à qui tout devait sourire, prononcés avec un mélange de lucidité et de résignation, comme seuls les adultes savent le faire, quand il y a de graves crises à surmonter, mais nous étions trop jeunes pour ça, nous n'avions que dix-sept ans (j'étais de quatre mois son cadet) et étions malheureux, peut-être les deux seules choses qui nous unissaient vraiment, hormis le rêve d'une vie loin de nos parents, parce que pour le reste nous venions de mondes si différents.

Il fallait voir à quoi ressemblait Métis Beach à l'époque. Métis Beach et son satellite, notre village, que les Anglais appelaient le *French Village.* Quiconque le traversait n'en gardait pas un souvenir mémorable : une enfilade de constructions modestes en bois ou en bardeaux d'amiante, de minuscules pelouses piquées d'arbustes chétifs, malmenés par le vent du fleuve si large qu'on l'appelait la mer. La rue Principale et ses quelques commerces : Mode pour toute la famille, le magasin de ma mère en haut duquel nous habitions ; le magasin général Quimper où se trouvait le bureau de poste ; la boulangerie Au bon pain frais et la cordonnerie Leblond. Quant à la caisse populaire, elle tenait son comptoir chez Joe Rousseau, dans sa petite maison blanche du 58, rue Principale, sans aucune enseigne. (On disait qu'il avait touché le pactole, Joe Rousseau, avec le loyer, l'électricité et le chauffage payés par le gouvernement.) Il y avait l'église et le presbytère « modernes » construits en 1951, et le garage Loiseau qui hébergeait l'été les belles limousines des Anglais de Métis Beach, des Bentley, des Cadillac Fleetwood, des Lincoln Continental Mark II, des Chrysler Imperial, noires et luisantes comme de la peau de phoque, de belles voitures aux chromes étincelants comme dans les films, avec leurs chauffeurs dans leur costume sombre, leur casquette relevée sur le front quand ils avaient pris congé de leur patron et qu'ils allaient prendre un verre au Jolly Rogers sur la route 132, avant de réintégrer leurs chambres minuscules et mal aérées au-dessus du garage Loiseau. Ils avaient le chic, mais pas assez pour qu'on les loge dans les grands hôtels de Métis Beach.

Métis Beach se trouvait à l'ouest, tout au bout de la rue Principale. On passait de la rue Principale à la rue Beach – c'était la même rue – comme dans un avion qui nous aurait transportés d'un pays maussade et terne à un autre, paradisiaque, éclatant. Pas besoin de pancarte ni de barrière pour savoir qu'on y entrait ; s'en chargeaient les pins, les épinettes, les haies de cèdres centenaires à travers lesquelles on attrapait des parcelles de pelouses verdoyantes aux massifs de rosiers sauvages, de grandes demeures d'été tout en bois et leur court de tennis. Une vie de luxe, des bagnoles de luxe, des garden-parties à n'en plus finir, des parties de golf s'éternisant jusqu'au coucher du soleil. À Métis Beach, on cessait de boire le thé avant les seize heures bienséantes, le whiskey coulait à flots, parfois dès l'heure du midi, et nous les regardions faire avec envie, jusqu'à la fête du Travail, quand ils repartaient dans la douce lumière dorée du début septembre, avec les enfants et les bonnes, et que mon père et d'autres hommes du village veillaient à l'entretien de leurs maisons, coupaient l'électricité et le gaz, purgeaient l'eau des conduits et placardaient leurs fenêtres de panneaux de bois pour l'hiver.

La maison de Gail, celle des Egan, était sous la responsabilité de mon père.

Étrangement, je ne me souviens pas d'avoir envié leur richesse. C'était d'abord leur liberté que j'enviais, celle, arrogante et pleine de défi, des garçons de mon âge ou un peu plus âgés, tels Art et Geoff Tees, au volant de leurs MGA décapotables (vert bouteille pour Art, rouge pour Geoff), leur radio crachant une musique de rock, endiablée. Parfois on les voyait rouler à vive allure sur la 132, cigarette au bec, une bouteille de bière dans la main – ils avaient à peine seize ans, bon Dieu ! –, en compagnie de leurs petites amies de Montréal qui passaient une partie de l'été à Métis Beach – on disait qu'ils couchaient avec elles, dans le même lit ! Il n'y avait que chez les Anglais qu'on faisait *ça*. Chez nos voisins *protestants*. Où apparemment on parlait ouvertement de capotes et de tampons hygiéniques, alors qu'au *French Village* nous ne savions même pas que ça existait.

Impossible à leur contact de se contenter d'une vie étriquée comme la nôtre. Une morsure, une piqûre que l'on gratterait toute notre vie jusqu'au sang, à moins de partir.

Cette dernière fois où nous nous étions vus. Décembre 1986. Gail avait su que j'étais de passage à New York, son mari avait un congrès de comptables ou de notaires à Union City, au New Jersey, de l'autre côté de l'Hudson, et elle l'avait accompagné. Elle m'avait téléphoné à L.A., j'avais été surpris, peut-être que mon ami John Kinnear à Métis Beach lui avait refilé mes coordonnées, peut-être même que John lui avait dit que je serais à New York cette semaine-là, je ne sais plus, mais j'avais été étonné, très étonné. « Romain, ce serait bien, non ? Pour un lunch ? » Et j'avais hésité avant de répondre, nous nous étions laissés en très mauvais termes des années plus tôt, comme si elle m'avait volé quelque chose, le sentiment d'avoir été trahi par elle et l'impression d'avoir été incapable de l'aider – de la sauver. « Un lunch ? » J'avais réfléchi vite, oui, non, et si mon ami Moïse se joignait à nous ? Ce serait *plus*... sympathique ? « Moïse ?... » De la surprise dans sa voix, et peut-être de la déception. « Oui, bien sûr. Ça fait si longtemps que je l'ai vu... Ça me ferait plaisir. » Et nous nous étions donné rendez-vous chez Zack's, un *delicatessen* du Lower East Side, Moïse nous avait retrouvés avec une bonne demi-heure de retard, couvert de neige, essoufflé comme s'il avait traversé Manhattan à la course, ça nous avait fait beaucoup rire, Moïse et moi, mais pas Gail, elle avait à peine souri, dans sa robe de coton à imprimé fleuri d'une autre époque, son éternel châle comme si elle était en perpétuel état d'hypothermie, jetant des regards dégoûtés aux salamis qui pendaient au plafond comme autant de stalactites maléfiques, soupirant d'agacement, dépassée par la conversation enflammée dans laquelle Moïse et moi nous étions lancés, sur le scandale de l'heure, l'Irangate, qui éclaboussait Ronald Reagan. Pour tromper son ennui, elle s'était mise à décoller l'étiquette de nos bouteilles de Beck's. « Ça va, Gail ? Tout se passe bien de ton côté ? » Elle avait peu de choses à raconter, sa maison à Baie-D'Urfé, les sociétés protectrices des animaux pour lesquelles elle faisait du bénévolat. Au moment de commander, elle s'était braquée : « Pas de plats végétariens ? » Se contentant d'une salade de tomates dures et blanches au cœur, et d'une eau minérale, picorant dans son assiette, une main serrant son châle à la hauteur de sa poitrine menue, lançant des coups d'œil indignés à nos assiettes débordantes de pastrami, que Moïse et moi engouffrions avec l'appétit de deux ours au printemps.

« Vous continuez comme ça, les gars, et vous êtes morts à cinquante ans. »

Ce que j'avais ressenti ? De la pitié, et peut-être un peu de colère. Me disant : *Pourquoi avoir tenu à me voir ? Qu'est-ce que ça nous a donné ?* Et quand un taxi nous avait déposés tous les trois au Rockefeller Center, et que nous nous étions dirigés vers l'édifice du *New York Times* où travaillait Moïse, et qu'une neige fine mais abondante tombait sur la ville, quelque chose de feutré comme dans les villages de montagne, et que Moïse faisait l'imbécile, la bouche grande ouverte à avaler des flocons, Gail marchait devant nous, tête baissée, fendant la foule tel un bateau en pleine tempête, décidé à rentrer à quai le plus vite possible. Je l'avais ensuite raccompagnée jusqu'à son hôtel dans le quartier des théâtres. Que pouvions-nous nous dire ? Entre nous, cette rupture dont elle était consciente d'avoir été responsable par son comportement répréhensible, égoïste, puis cette appréhension de réveiller par nos mots le monstre du passé, ces « événements de l'été 1962 » qui feraient voler nos vies en éclats, et dont nous resterions marqués pour le reste de nos jours, Gail davantage que moi, allais-je découvrir.

Elle avait dit, avec gêne, absorbée par la pointe de ses bottes qui dessinaient des formes bizarres sur le trottoir enneigé : « Eh bien, à la prochaine.

— À la prochaine… »

Je me souviens de petits baisers furtifs plantés sur chacune de nos joues froides, puis de sa main perdue dans une grande mitaine, enfonçant jusqu'à ses grands yeux tristes le bonnet de laine de gamine qu'elle portait. À quarante-deux ans, noyée dans son manteau taillé pour un homme, avec ses couches de châles et de foulards, on aurait dit une de ces étudiantes à Washington Square qui s'approvisionnaient dans les surplus de l'armée dans Canal Street.

Voilà pour la dernière fois où nous nous étions vus.

Après ça, je sus que je ne la reverrais plus. C'était ma volonté, mon désir. Tourner la page pour de bon. Oublier mon ancienne vie, me consacrer entièrement à l'actuelle, à Los Angeles.

4

« Tu ne dis rien ? » demanda Ann dans la Pathfinder.

Devant nous, Laurel Canyon Boulevard paralysé par une longue enfilade de voitures à l'arrêt, leurs feux arrière dilatés dans le smog.

« Tu ne connais pas Gail, dis-je. C'est peut-être un autre de ses caprices. »

Elle me jeta un regard perplexe, l'air étonné plutôt qu'indigné. « Un caprice ? On ne convoque pas les gens à son lit de mort pour un caprice. Comment peux-tu dire une chose pareille ? »

Elle alluma la radio, fit défiler les stations. Les annonces habituelles de bouchons partout dans la ville, des publicités criardes. Excédée, elle baissa le volume, reprit : « C'est plutôt terrible, ce que tu viens de dire à propos de Gail, non ? »

Oui et non. Gail n'était pas une femme avec qui vivre était facile. Toujours à penser à elle, à attendre des autres qu'ils se plient à ses changements d'humeur. Peut-être s'était-elle adoucie avec le temps, une femme de cinquante et un ans, maintenant. Je me tournai vers Ann : « Oui, tu as raison. Mais c'était compliqué avec Gail. Pas comme avec toi, chérie. »

Et c'était vrai. Avec Ann, jamais de véritables disputes, une forte complicité que nos amis en couple enviaient, une vie sexuelle épanouie, comme ils l'écrivent sur les couvertures des magazines féminins. Avec Gail : le souvenir qu'il fallait quelque chose de malsain, un malentendu, une crise pour qu'elle ait envie de coucher avec moi, une de ces femmes que la colère et le désespoir enflamment comme une allumette, de la détresse dans les yeux, et qui, chaque fois, me perturbait.

Ann mesura son sourire qu'elle ne voulait pas triomphant, je la connaissais, elle n'était pas jalouse ni du genre à se réjouir de ce type de comparaison flatteuse, *pas comme avec toi, chérie*, du moins elle n'allait pas le montrer.

Ann. Dieu que sa beauté m'avait subjugué sept ans plus tôt, lorsqu'elle avait franchi la porte de la galerie d'art dans Rodeo Drive où je travaillais pour payer les factures. Sa mère, une cliente assidue de la Kyser Gallery, nous avait présentés : « Ma fille étudie le cinéma à UCLA. J'ai pensé que vous pourriez lui donner quelques tuyaux.

— Des tuyaux ? Vous savez, je ne suis pas le mieux placé pour…

— Tss-tss ! Ne soyez pas modeste ! Il y a votre talent et… votre belle gueule, jeune homme… » Ce clin d'œil plein de sous-entendus qu'elle m'avait envoyé, tandis que, derrière elle, sa fille avait levé les yeux au ciel, exaspérée.

Laureen Heller était une petite femme maigre, mue par la peur morbide de prendre un kilo, le visage lifté comme un pneu usé. Ses goûts en matière de tableaux étaient exubérants : chargés, colorés, criards, comme toute la décoration dans sa grande maison de style Tudor de Brentwood. C'était une très bonne cliente que Ted Kyser, le propriétaire, ne pouvait se permettre de perdre ; elle achetait deux ou trois tableaux par année, parfois plus, ce qui était bienvenu en cet été 1988, où les affaires tournaient au ralenti à cause de la longue grève des scénaristes.

Pendant que sa mère trottinait dans la galerie, Ann m'avait glissé à l'oreille : « Je vous emmène prendre un verre ? » Estomaqué par sa crânerie, j'avais éclaté de rire, charmé par cette jeune femme sûre d'elle-même, et nous avions fini la soirée à moitié ivres dans un restaurant italien de Venice Beach, déjà ensorcelé que j'étais par ses yeux brillants à la lueur des bougies dansantes, ses mimiques drôles et ses imitations de vedettes, ses belles nattes brunes, lourdes et denses comme du cordage de chanvre.

Sept ans plus tard, Ann ne ressemblait plus beaucoup à cette jeune étudiante bouffonne qui m'avait chaviré le cœur, mais elle était toujours aussi belle, avec ses cheveux plus sages, son tailleur professionnel gris perle et son chemisier blanc immaculé. Elle avait gagné en chaude maturité, acquis un sens aigu des responsabilités. Nous étions un couple amoureux et des partenaires d'affaires avec *In Gad We Trust*. Ann, sans qui tout ça ne serait pas arrivé.

Elle dit en fouillant dans son sac : « Avec Dick, ça va être la canonnade. Et je ne suis pas certaine qu'il nous laissera la vie sauve, cette fois-ci. Une heure de retard. Et peut-être une autre si ça ne bouge pas devant nous. Pourquoi t'entêtes-tu à ne pas avoir de téléphone dans la voiture ?

— Parce que la voiture reste le seul endroit où l'on me fout la paix. »

J'avais dit ça sur un ton sec, involontairement. Ann se cala dans son siège, soupira. Oui, bien sûr, un téléphone. Certainement plus prudent, avec ces histoires de plaintes à It's All Comedy ! On ne pouvait jamais savoir, il y avait plein de fous dans ce pays, ce type qui avait descendu Lennon à New York, et l'autre… quelque chose comme Hickey ?… Hinckley ?… qui avait failli buter Reagan à Washington pour impressionner Jodie Foster, comme dans le film *Taxi Driver*. Des tas de détraqués qui entendaient des voix et ne se soignaient pas.

Je dis à Ann : « D'accord.

— Quoi, d'accord ?

— Pour le téléphone. Je m'en occuperai. Je te le promets. »

C'était comme ça avec Ann. Simple, reposant. Je roulai en silence et pensai à l'époque où Gail était venue vivre avec moi à San Francisco. Mille neuf cent soixante et onze. Tout ça était si loin, maintenant. Ce grand appartement dans Telegraph Hill qui me coûtait les yeux de la tête, une aberration pour que Gail vive dans le confort, pour qu'elle ne se sente pas trop déroutée. Mais elle s'en fichait. En fait, elle se fichait pas mal de tout. Avec elle, la constante impression de me balader dans des montagnes russes. Dans les hauteurs vertigineuses de ses humeurs, elle pouvait disparaître pendant quelques jours. Ou m'entraîner contre mon gré à cinq minutes d'avis dans une expédition « nudisme et cri primal » quelque part dans la Sierra Nevada. Ou me forcer à la suivre dans une retraite à Shasta Abbey, un incontournable monastère bouddhiste du nord de la Californie en ces temps bénis pour les hippies de tous poils, pour « apprendre à accepter ses pulsions sexuelles sans y céder ou les réprimer ». Il suffisait qu'elle se mette à écrire de longues lettres comminatoires à son père, à Montréal, pour savoir qu'elle entrait dans une de ses phases d'agitation. Ou qu'elle lui expédie les œuvres pondues sur les amphétamines d'Allen Ginsberg ou d'un « des meilleurs esprits de sa génération détruits par la folie », accompagnées d'une note rédigée de son écriture brouillonne : « Ta fille se porte à merveille, elle mène une vie rangée à San Francisco, comme tu peux le constater. »

Une jeune femme perturbée, sans défense contre son destin.

« Gail est une femme instable, Ann. Elle a peut-être décidé comme ça, sur un coup de… » *De quoi ?* pensai-je. « Je ne vois pas pourquoi elle me réclame. Pas après toutes ces années.

— Elle va mourir, Romain ! Tu parles d'elle comme si c'était une inconnue. Pourtant, tu l'as aimée, non ? »

Je ne répondis pas, je ne savais plus quoi penser. Ann dit, frissonnant : « Mon Dieu, si jamais la vie nous sépare pour une raison ou pour une autre, l'idée que tu me portes aussi peu de considération me sera difficilement supportable. »

À la radio jouait un air des Beatles, un air de ballade qui sonnait ridicule dans les circonstances. Ann reprit : « Que lui est-il arrivé ? Un cancer ?

— Leucémie.

— Ne m'as-tu pas dit qu'elle faisait attention à tout ce qu'elle mangeait ? Comme une sorte de religion, je veux dire ? Si une femme comme elle meurt du cancer aussi jeune, qu'est-ce que c'est pour les autres ? »

Nous étions enfin sortis de Laurel Canyon et roulions toujours au ralenti vers l'est, sur Sunset Boulevard. Je ne pus m'empêcher de penser à ces cartes que Gail avait continué à m'envoyer, des cartes de vœux qu'elle peignait elle-même à l'aquarelle, enfantines, avec des animaux dessus. Parfois elle y glissait des tracts de sociétés protectrices des animaux ou des photos d'elle, plutôt embarrassantes, comme celle la montrant enchaînée avec d'autres, de vieux hippies aux cheveux gris plaqués sur leur crâne, à un barrage quelque part au Québec, une histoire de poisson menacé ou quelque chose comme ça. Une bouffée de culpabilité m'envahit. Cette fois, avec

Dick et les autres, Josh, Matt, Michael Hausman, le directeur de la publicité chez It's All Comedy!, et leurs femmes, un dîner chez moi, où nous avions pendant l'apéro réglé quelques problèmes avec *In Gad* et rediscuté du thème de l'avortement, certainement l'élément le plus controversé de la série. C'était lors du tournage de la saison 1, Chastity s'y faisait avorter deux fois, Dick et Josh avaient des réserves, un sujet explosif, on tuait dans ce pays, merde, pour empêcher des femmes de le faire. « Alors, on se censure ? avais-je dit, agacé. Des fous tuent des médecins, donc nous donnons raison à ces fous en cherchant à ne pas les froisser dans leurs convictions de détraqués ? » Josh avait répondu : « Non, Roman. Ce n'est pas ce qu'on dit. Mais deux avortements en treize épisodes, ça paraît un peu invraisemblable, un peu… *forcé*… – Forcé ? » Je m'étais mis à rire. « Vous voulez savoir ? Pour moi, chaque avortement de Chastity est une réaffirmation du droit des femmes à disposer de leur corps. » Et les femmes s'étaient mises à m'applaudir, un verre de martini à la main. « Et les hommes, eux ? N'ont-ils pas aussi leur mot à dire ? » C'était Dick, déjà ivre, ça se voyait à ses yeux. Et la discussion s'était enflammée, les verres se buvaient plus vite, et nous étions passés à table, vers laquelle Dick s'était dirigé d'un pas mal assuré, et du coq à l'âne, je ne sais par quel chemin cela avait abouti dans son cerveau qui commençait à s'embrouiller, Dick avait réclamé que je partage avec l'assemblée une de ces cartes que Gail m'envoyait : « Tu as eu droit à de gentils lapins ou à de vilaines petites souris, cette année ? » Avant même de me laisser répondre, Dick, les deux coudes sur la table, leur avait expliqué avec un plaisir pervers que « mon premier flirt » s'acharnait à m'envoyer d'attendrissantes cartes de vœux ornées de Winnie l'ourson.

« Non, imbécile, avais-je corrigé, mi-amusé, mi-embarrassé. Des aquarelles à la manière de Beatrix Potter.

— Oh ! Pardonnez-moi, monsieur ! » avait-il glapi en jouant les offensés.

La femme de Josh, une grande blonde aux seins siliconés, s'était étonnée : « Vous rigolez ! Quel âge a-t-elle ?

— Mais votre âge, madame ! » avait hurlé Dick.

La tablée s'était esclaffée. Dick s'était tourné vers moi, le visage en feu : « Allez, Roman ! On veut savoir ! Les lapins ? les souris ? »

Autour de la table, on s'impatientait. Et comme un lâche, je m'étais levé et étais allé chercher la carte dans mon bureau. Ma main au feu qu'Ann s'était mise à la place de Gail, se projetant peut-être en l'ex-femme dont je pourrais un jour me moquer. J'avais cherché son regard pour la rassurer, mais elle avait détourné la tête. Tous ces gens importants chez moi qui passaient une excellente soirée. Aux dépens de Gail.

Pourquoi ces cartes? Pourquoi Gail ressentait-elle le besoin de garder à tout prix un lien dont je ne voulais plus? Y avait-il une raison qui m'échappait? Ou était-ce sa façon de m'obliger à ne pas… *oublier*?

« Tu dois y aller, Romain. Tu dois aller à Montréal. Sinon, tu le regretteras. » Dans la Pathfinder, Ann avait parlé avec autorité.

« Regretter quoi? Je ne la sauverai pas, elle est condamnée.

— Ça ne peut pas être un caprice. Ça me paraît évident.

— Le tournage.

— Dick comprendra, tu verras. »

5

Avec près de deux heures de retard, je déposai Ann au studio dans La Brea, un édifice anonyme en stuc blanc coincé entre un Taco Bell et un petit centre commercial. Avant que des manifestants ne déambulent devant – ils n'étaient que cinq ce matin-là –, personne de l'extérieur ne pouvait savoir qu'on y faisait de la télé, aucune enseigne reconnaissable d'It's All Comedy!, des portes et des fenêtres miroirs pour décourager les curieux. Le Bunker était inviolable si des tarés avaient dans leurs plans de nous emmerder.

Comme prévu, Dick explosa à notre arrivée. Sur le plateau, les acteurs Avril Page, Bill Doran, Kathleen Hart et Trevor Wheeler se tenaient dans le fond, silencieux, un café à la main, tandis que les cameramen et les techniciens s'affairaient, tirant des câbles, ajustant l'éclairage pour la énième fois. D'un geste large, emporté, Dick les désigna : « Vous savez combien ça me coûte, ces retards de princesse ? Je suis pas une foutue banque ! »

Ann se dirigea vers Dick, tenta de le calmer. Dick était trapu, brun et impulsif comme un Italien du Sud, une tête presque chauve, des doigts comme des saucisses. Quand Ann l'eut mis au courant à propos de Gail, il ronchonna quelques excuses mal senties (pour Dick, c'étaient toujours les affaires d'abord, avant la famille, les drames, les morts) et dit à mon intention, mais sans vraiment me regarder : « Cette scène, tu ne l'as pas oubliée, hein ? On fait comme on a dit. Que tu sois là ou pas. » Et Matt apparut, une casquette des Knicks de New York sur la tête, un gars de là-bas avec qui je me sentais beaucoup d'affinités, un grand type dépassant le mètre quatre-vingts, à peine quelques centimètres de plus que moi, les cheveux bruns et des yeux bruns rusés ; il arrivait qu'on nous prenne pour des frères, quoiqu'il fût un peu plus jeune, et plus massif. Les Knicks sur sa tête, ce n'était pas de la frime, pas comme chez ces gars sédentaires, un pneu autour de la taille, qui passent leur temps à boire de la bière et ne se séparent jamais de leur casquette de leur équipe préférée. Matt, lui, avait réellement joué au basket, et s'était rendu loin, avec le Red Storm de la St. John's University, à Queens, et chaque saison l'équipe avait gagné quatre fois plus de matchs qu'elle n'en avait perdu. Des racines irlandaises, la même éducation catholique que moi et la même aversion pour les stigmates qu'elle avait laissés sur nous, l'enfer et toutes ces idioties sur la masturbation, de la foutaise ; et le même plaisir à faire ensemble *In Gad,* comme si nous prenions notre revanche sur cette époque, pensant aux garçons complexés, inhibés que nous avions été, reconnaissants d'être passés au travers sans trop de dommages, car il y avait tous ces pauvres types qui n'avaient pas eu la chance de s'en sortir avec le luxe d'en rire, *le luxe d'en rire à la télé.*

Sur le plateau à moitié plongé dans l'obscurité, Matt allait s'occuper de Trevor. Je regrettai de ne pas pouvoir régler la situation moi-même, bien que Matt eût ma confiance à cent pour cent ; il avait du tact, un gars d'équipe, comme du temps du Red Storm, et Ann veillerait à ce que le message passe bien auprès de tout le monde : « Une petite modification. Non, pas de la censure, pourquoi penser ça ? » Et Matt leur balancerait peut-être sa théorie de réalisateur, à laquelle il n'était pas étonnant de voir un ancien sportif adhérer : l'intensité dans le jeu, le regard, la présence physique, souvent plus efficaces et subtils que le texte.

Après tout, je ne partais qu'une journée, un aller-retour.

J'allais embrasser Ann et gagner la sortie quand Dick m'attrapa par la manche et dit sur un ton de menace contredit par des yeux compatissants : « Tâche de ne pas nous revenir avec une dépression, OK ? »

L'aéroport international de Los Angeles. Un lundi matin, occupé. Des hommes d'affaires, des touristes. Un groupe de jeunes nonnes attira mon attention, des Latino-Américaines pour l'essentiel, et je me demandai si déjà dans leur congrégation on parlait d'*In Gad* et priait pour qu'on retire l'émission des ondes. L'une d'elles me sourit, des petites dents grises et écartées, un sourire bienveillant que je tentai de lui rendre. Pourquoi des femmes aussi jeunes devenaient-elles religieuses en 1995 ? Dans les journaux, on avait écrit en lien avec *In Gad* qu'à Hollywood les gens de la télé et du cinéma ont l'idée que les chrétiens sont des citoyens potentiellement dangereux, fanatiques, une totale incompréhension des valeurs d'une grande partie de la population, une guerre de culture. Peut-être qu'il y avait un peu de vrai là-dedans, je ne pouvais dire. Je me faufilai jusqu'au comptoir d'American Airlines où j'avais mes habitudes. La fille me reconnut : « New York ? – Non. Montréal. » Elle se montra étonnée, son ton enjoué : « La première fois ? – Oui. » Un mensonge pour ne pas avoir à discuter.

Un quart de siècle que je n'y avais pas mis les pieds.

Un billet pour Chicago, puis Montréal. Départ trente minutes plus tard, pas de bagages.

À dix mille mètres d'altitude, m'envolant vers ce pays, le mien, que j'avais fui dans des circonstances troubles en 1962, la question me frappa comme un objet en plein pare-brise : avais-je jamais été amoureux de Gail Egan ? Me rappelant cette fois à Métis Beach, après un après-midi passé chez les Riddington avec mon père à détruire un nid de fourmis charpentières et à remplacer une partie de la balustrade pourrie qu'elles avaient colonisée, où mon vieux s'en était retourné à la maison dans notre Chevrolet Bel Air qu'il conduisait un bras pendant sur la portière, me laissant rentrer seul, sur ma bicyclette toute neuve que ma mère m'avait offerte au début de l'été, me faisant jurer que j'en prendrais soin « comme p'pa avec sa Chevrolet ». J'avais treize ans et goûtais enfin à cette liberté nouvelle, sur ma bicyclette flambant neuve, circulant comme je l'entendais dans Métis Beach, observant minutieusement les propriétés et les voitures dans les grandes allées de gravier, nourrissant avec un frisson d'attente l'espoir de me faire des amis de ce côté-là de la frontière. *Allez, Romain ! Viens jouer avec nous !* Mais ça n'arrivait jamais.

Les jeunes de Métis Beach ne nous voyaient pas autrement qu'avec nos pères, à travailler à l'entretien de leurs maisons ; pour eux, nous étions une sorte de sous-espèce, peut-être même d'intouchables, de *dalits,* qu'il n'était pas possible d'imaginer fréquenter.

C'est du moins comme ça que je comprenais les choses. Comme ça que j'interprétais leur froide indifférence à notre égard.

Filant sur ma bicyclette rouge toute neuve aux garde-boue d'un blanc éblouissant, je l'avais aperçue qui marchait le long de la rue Beach, une raquette de tennis à la main, la démarche gracile, étudiée, déjà consciente de sa beauté, dans un short blanc très court, beaucoup trop court pour le *French Village,* des cuisses fines, bronzées, très bronzées, je la suivais à distance, plein d'orgueil, sur mon nouveau bolide, peut-être aussi fier que ces jeunes estivants de Métis Beach qui paradaient dans leurs belles voitures reçues en cadeau pour leur seizième anniversaire. Ma toute nouvelle bicyclette CCM ! Pas de cette marque bon marché que l'on trouvait dans les magasins, des vélos nuls, importés de la Tchécoslovaquie, un pays communiste pauvre comme son peuple, triste comme les yeux de ses enfants condamnés à rouler sur des bicyclettes aussi nulles.

À son insu, je roulais derrière elle, zigzaguant précautionneusement pour ne pas mettre pied à terre, enregistrant tout d'elle dans ma tête de garçon qui s'agitait de pensées folles, coupables : ses mollets sculptés, ses cuisses fermes, le petit renflement là, juste en haut de la cuisse, à l'intérieur...

« Gail, t'as vu qui te suit ? »

Johnny Picoté Babcock. Sorti de nulle part. Sa tête de rouquin, son visage éclaboussé de rouille. Gail s'était retournée brusquement, m'obligeant à freiner sec, manquant de me faire passer par-dessus bord. Johnny Picoté avait éclaté de rire, puis avait dit en anglais, sur un ton agressif : « Qu'est-ce que tu fous là ? » Et j'avais balbutié quelque chose comme : « Rien... *Nothing...* » Et il s'était approché de ma bicyclette, une grimace malicieuse sur les lèvres, le poing fermé sur un caillou qu'il avait glissé d'un coup sec sur le garde-boue avant, une égratignure d'une dizaine de centimètres qui m'avait fait l'effet d'un couteau dans la chair, une douleur vive qui avait explosé jusque dans mon cœur. Gail avait dit : « Laisse-le tranquille. Il ne parle pas anglais. » Ce qui n'était pas tout à fait juste, je comprenais des mots et j'en connaissais plusieurs, dont des compliqués : *lawn-*

mower, rake, shovel, gutter. À leur contact, on finissait bien par le parler un peu. Rouge de honte et de rancœur, j'avais enfourché ma CCM pour poursuivre ma route, mais Johnny Picoté Babcock s'était planté devant moi et, comme les truands dans les westerns, m'avait décoché un regard du type : *La prochaine fois, tu ne t'en sortiras pas comme ça,* et j'avais compris que je ne pourrais jamais rivaliser avec les gars de Métis Beach, tels Johnny Picoté Babcock, Art et Geoff Tees.

Il était trop tôt pour commander un remontant à l'agent de bord, mais je le fis quand même, une vodka jus d'orange dans un verre en plastique trop petit. Dans le siège d'à côté, une femme d'une quarantaine d'années, plutôt belle, à l'allure sportive, me lança un regard amusé et compatissant, l'air de dire : *Si tôt ? Peur de l'avion ?* Et je pensai à Dick, à cette fois où, il y avait bien longtemps, il s'était empêtré dans une analyse sans queue ni tête, Nixon se faisait chauffer les fesses par le Watergate, et Dick cherchait à me convaincre que l'affaire n'était pas aussi grave que les médias le rapportaient. J'avais dit, étonné : « T'es jamais allé à Washington ? Ni à New York ? » Il avait éludé la question en grommelant un truc boiteux sur Woody Allen : « Allen Stewart Konigsberg, tu savais, toi, que c'était son vrai nom ? » Non, je ne le savais pas. « Ça t'en bouche un coin, hein ? Eh bien, pas besoin d'aller à New York pour savoir ça. » Et il avait fini par avouer, l'air dépité, qu'il avait une peur panique de l'avion. « J'envie les gens dépressifs. Il paraît que lorsqu'ils prennent l'avion, ça leur est égal qu'il s'écrase. »

Cher Dick. Le prototype de l'Américain qui a « réussi », bien dans sa peau et pas le moindrement importuné par sa compréhension réduite du monde. N'ayant jamais de sa vie été plus loin que la Californie et Las Vegas, mais ne se gênant pas pour dispenser ses opinions sur le reste de la planète, et pour se moquer de mes « origines canadiennes », toujours avec ce ton railleur, comme cette autre fois, où nous avions cru apercevoir Paul Anka chez Spago, un restaurant huppé dans West Hollywood, et que je lui avais fait remarquer qu'il était canadien. Il s'était lancé dans une tirade grotesque, l'élocution ramollie par tous les martinis qu'il avait enfilés : « Ah, ces Canadiens ! Insipides et immatures comme leurs symboles nationaux ! » J'avais dit, irrité : « Tu cherches à m'insulter ? – T'insulter ? Mais c'est la réalité, mon vieux ! C'est quoi, ça, des castors et une police montée aussi inoffensive qu'une harde d'amazones prépubères ? Pour être respecté dans le monde, il faut être craint ! Parle-moi d'animaux virils et impitoyables comme notre aigle royal ! Parle-moi de la sale gueule de nos shérifs et de nos marines ! C'est pas croyable : même vos soldats préfèrent les lâchers de colombes au tir au pigeon ! » Et la bouche pleine, sa fourchette braquée sur moi : « Rappelle-toi bien une chose : vouloir se faire aimer à tout prix, c'est la maladie des faibles. » Puis, s'essuyant le menton avec sa serviette : « C'est l'asile politique qu'on aurait dû t'accorder, Roman. L'asile politique. »

Après quatre heures d'attente à Chicago et deux heures supplémentaires de vol, j'arrivai en milieu de soirée à Montréal, mort de fatigue. Ce coup de fil de Jack le matin, une journée foutue, et me voilà dans cet aéroport désert, des douaniers à la mine sombre se comptant sur les doigts de la main, et une certaine tension inexpliquée, comme si le monde extérieur était sous le coup d'un couvre-feu. J'aperçus de rares voyageurs, l'air tendu, attroupés devant les télés dans les aires de repos et de restauration, et n'arrivais pas très bien à voir ce qui les fascinait. Rien de particulier n'avait pourtant attiré mon attention à Los Angeles et à Chicago. Les Braves d'Atlanta n'avaient-ils pas remporté la Série mondiale deux jours plus tôt ? Du football canadien ? du hockey ? Ça me semblait tôt en saison pour qu'on se laisse accaparer de la sorte. Mais peut-être que l'on s'ennuyait à mourir à Montréal.

Ce fut dans le taxi en route vers l'hôpital, la radio si forte que j'en avais mal à la tête, que je sus à ma grande honte à quel point j'étais devenu bêtement *américain*. « Ignorants, les Américains ? disait Dick. Pourquoi se donner la peine de s'intéresser aux autres quand ils ont comme ambition de nous imiter ? »

À l'Hôpital général de Montréal, les mêmes attroupements devant les postes de télé. Sur les étages, les chambres baignaient dans la lumière bleutée des écrans, libérant par vagues de la musique entraînante, des oui ! et des non ! chantés comme des refrains joyeux, pleins d'optimisme. Quelle drôle d'heure avait choisie Gail.

« Je savais que vous viendriez. Merci. »

J'avais poussé la porte, le cœur palpitant d'appréhension, la surprise, un choc encore plus grand que je l'avais imaginé, mais avant de le ressentir, pour retarder ce moment pénible, mes yeux s'étaient portés sur Jack, un homme d'une cinquantaine d'années aux traits tirés, les épaules affaissées, une chevelure poivre et sel. En face du lit, une petite télé allumée sur le mur, juste les images, pas le son. Gail fixait le vide ou somnolait, difficile de savoir, si amaigrie que l'on cherchait les formes de son corps sous le drap. Pour éviter de la broyer, je passai délicatement une main dessus, et m'assis près d'elle.

« Romain ?... »

Les mots me manquèrent, j'étais paralysé. Elle reprit, son visage d'une pâleur de craie : « Comment... tu es ? »

Comment tu es. Cette façon en français qu'elle avait parfois de parler.

« C'est plutôt à moi de te poser la question. »

Elle haussa les épaules, esquissa un sourire abattu qui voulait dire : *Oh, je suis foutue, la question ne vaut pas la peine d'être posée,* puis tout de suite un autre, courageux celui-là, non, elle n'accepterait pas que je m'apitoie sur son sort. « Tu crois que cette fois c'est la bonne, pour vous ? »

Le référendum sur la souveraineté du Québec, qui se jouait en direct à la télé. Elle allait mourir et elle se préoccupait de politique ? Je dis, sans trop savoir quoi répondre : « Je ne sais pas... Il paraît que c'est serré...

— J'ai donc bien fait de voter par... comment on dit en français ?

— Anticipation, dit Jack.

— C'est ça. Comme ça, avant de mourir, j'ai peut-être changé le cours des choses. Pour qu'on reste ensemble. »

Pourquoi tenir à me parler français dans l'état où elle se trouvait ? Même le mien s'était déglingué avec le temps, les mots ne venaient plus aussi facilement.

Ma gorge se serra. Elle toussa, émit un râle à crever le cœur. Jack s'approcha d'elle, humecta ses lèvres desséchées à l'aide d'une petite éponge imbibée d'eau, puis elle se laissa sombrer dans un court sommeil, l'effet de la morphine, sans doute.

En l'observant, si fragile, si proche de la fin, j'éprouvai un violent sentiment de culpabilité que j'arrivais mal à définir. Coupable de quoi ? D'avoir été celui qui avait coupé les liens ? Oubliant, là, tout à coup, qu'il y avait eu une raison à ça, oui, *une raison,* mais devant autant de tristesse ?

« Tu peux rester… un peu… ? » Lentement, elle avait rouvert les yeux. « Tu sais où je veux être maintenant ? Tu te souviens… ? »

Elle laissa son regard flotter dans le vide, se rappelant peut-être la grande maison de bardeaux de ses parents, à Métis Beach, cette enfance heureuse avant qu'elle ne devienne une jeune femme à marier. Les étés inoubliables, de la Saint-Jean à la fête du Travail, les longues journées au soleil sur les courts de tennis ou sur la mer dans de petits dériveurs, leur voile blanche gonflée de vent. Les feux de camp et les guimauves grillées, les histoires de peurs que les jeunes se racontaient serrés les uns contre les autres pendant que les parents s'enivraient à l'intérieur. Les films présentés le jeudi soir au *club-house,* les classiques avec Marlon Brando, Vivien Leigh, James Dean et Natalie Wood. Les cokes sirotés au Little Miami, la vue incroyable qu'on avait là-bas sur les couchers de soleil. Les balades, cheveux au vent, dans l'une des décapotables MGA des frères Tees que Gail en revanche n'avait jamais aimés : « Des frondeurs, des têtes brûlées, des fils à papa qui se croient tout permis. » Ces temps insouciants de colonie de vacances, où les jeunes de Métis Beach n'avaient rien d'autre à faire que de s'amuser, oublieux des lourdes responsabilités qui leur incomberaient plus tard, quand ils seraient des avocats et des hommes d'affaires bien en vue, tandis que nous, au *French Village,* nous travaillions dur, nous pliant docilement à la volonté de nos parents, attendant sans illusions la vie monotone qui nous était prédestinée.

Gail s'agita subitement et Jack l'interrogea des yeux. Elle eut un lent mouvement de tête comme une approbation, et Jack l'aida à se redresser dans son lit, coinça dans son dos un oreiller. Les épaules voûtées, il sortit de la chambre et revint aussitôt avec un jeune homme aux cheveux châtain-roux, de ma taille environ, et costaud, que j'avais croisé dans le corridor, un type nerveux, une mallette sous le bras. Le visage de Gail s'éclaira. *Qui était-ce ?* Une pièce d'homme, au moins cent vingt-cinq kilos. Il se dirigea vers moi, me tendit une main moite, tandis que Gail commença les présentations d'une voix si faible qu'on l'entendait à peine : « Romain, voici Len Albiston… Len, je te présente Romain Carrier… » Puis Jack prit le relais, des explications embarrassées, pas très claires : Len était journaliste, il travaillait pour le *Calgary Herald,* il était de passage à Montréal pour le référendum sur la souveraineté du Québec…

Oui, mais : que faisait-il dans cette chambre d'hôpital ? Pourquoi me le présenter *maintenant* ?

Gail sembla avoir lu dans mes pensées puisqu'elle lâcha, presque inaudible : « Je sais, Romain… C'est un assez drôle de moment… » Ce qui fit rougir Len si violemment que je commençai à redouter quelque chose de déplaisant.

Soudain tendu, je dis : « Gail ? » Puis, me tournant vers Jack : « Qu'est-ce que tout ça veut dire ? » Jack haussa les épaules, impuissant. « Soyez patient. Elle vous expliquera. »

Après, je ne sais plus trop comment on me l'annonça. Gail s'était tout à coup animée, une sorte de miracle, de la vie dans ses yeux, dans sa voix. Len se tenait debout dans un coin de la chambre, jetant un œil anxieux à la télé dont il avait monté le son, mais pas trop, il avait du travail à faire, un article à écrire pour le lendemain matin, il était tard, plus de vingt-deux heures, d'étranges et douloureuses circonstances, mais c'était un vrai professionnel, un journaliste consciencieux qui faisait la fierté de sa… *mère* ?

« Mon fils, Romain. Notre fils. *Summer 62.* »

Les joues de Len s'embrasèrent. Ce jeune homme que rien ne rattachait à moi : *mon fils* ? Mon cœur battait d'incompréhension. J'étais trop assommé pour parler, trop ébranlé pour savoir si j'étais censé parler. *Gail ? Qu'est-ce que tu viens de dire ?*

Elle adressa à Len un regard soulagé, avec cette lueur de résignation sereine qu'ont les mourants quand tous les dossiers de leur vie sont enfin réglés. *Tu vois, Len. Ça y est, c'est fait.*

Que devais-je répondre à ça ? *Merveilleux !* Ou : *Viens dans mes bras, mon garçon !*

Embarrassé, Len regarda sa montre, puis fouilla dans ses poches, en sortit un portefeuille duquel il fit surgir une carte, sa carte professionnelle, qu'il me tendit, les mains tremblantes. Il devait partir et gagner le quartier général du Oui avant les discours, avant le résultat. Il alla vers Gail, lui prit les deux mains, déposa un baiser sur son front, *le type de baiser que se donnent ceux qui s'aiment tendrement*, sachant probablement qu'elle ne serait plus là quand il aurait terminé. Il avait l'air ému, des larmes s'étaient formées dans ses yeux, la façon dont il serra Jack dans ses bras, puis, sa main dans la mienne, il dit qu'il aimerait beaucoup me revoir, pour un lunch par exemple, mais pas maintenant parce qu'il était très occupé et qu'il devait rentrer à Calgary, peut-être dans quelques semaines, il viendrait à ma rencontre si c'était mon souhait. Voilà. Il empoigna son imperméable, fourra sa mallette sous son bras et sortit.

Je me pris la tête entre les mains. Pourquoi m'avoir caché cela pendant toutes ces années ? *Oui, pourquoi, Gail ?*

L'étrange vitalité qui l'avait animée avait disparu. Une douleur vive comme l'éclair lui arracha une grimace. Inquiet, Jack appuya sur le bouton d'appel et une jeune infirmière au visage aimable apparut. Une nouvelle dose de morphine, et les traits de Gail se détendirent.

La télé libérait son babillage, puis les cris d'un camp : le match était terminé.

Par la fenêtre, le jour ne tarderait pas à se lever, une lumière d'automne, blafarde baignerait la ville. Montréal tel un champ de bataille, ses rues placardées d'affiches électorales comme autant de drapeaux abandonnés.

Un sentiment de lassitude m'envahit : l'amour de ma jeunesse venait de mourir, et je me retrouvais père d'un parfait inconnu.

6

« J'ai beaucoup pensé à toi, Romain. Tu as de la peine ?

— Oui, Ann.

— Tu rentres aujourd'hui ?

— Non. Dis à Matt et à Dick que je leur donne carte blanche.

— Leur donner carte blanche, tu rigoles ? Tu ne vas pas bien, Romain. Tu es seul, là ?

— Oui.

— Ce n'est pas une bonne idée pour toi de rester seul. Je te connais. Pourquoi ne rentres-tu pas à L.A. cet après-midi ?

— J'ai besoin de… *comprendre*…

— De quoi ?

— De me reposer… Jack et moi, on a passé la nuit à veiller Gail.

— Oh, Romain ! Ça a dû être terrible.

— Donne-moi un jour ou deux, d'accord ?

— Un jour ou deux ? Mais… pourquoi ? Je suis inquiète, Romain. Inquiète pour toi.

— Tu n'as aucune raison de l'être. Je suis seulement un peu sous le choc. Je te rappelle, OK ? »

Elle soupira. « OK. Mais je t'en prie, sois prudent…

— Je t'aime, Ann. »

Et, évidemment, je n'avais rien dit sur Len.

J'étais épuisé. Après cinq heures de sommeil agité dans un motel à l'extérieur de Montréal, j'avais conduit plus de six cents kilomètres, m'arrêtant seulement pour faire le plein, remplir de mauvais café le thermos promotionnel que la compagnie de location d'autos m'avait donné et avaler un hamburger steak qui m'était resté sur l'estomac.

La nausée me guettait, mes mains tremblaient sur le volant, mes yeux fatigués avaient beau scruter la nuit que déchiraient les phares de la jeep, je peinais à reconnaître les propriétés de Métis Beach devant lesquelles la végétation avait érigé avec le temps des murs encore plus imposants, cherchant la grande silhouette des hôtels qui avaient animé les étés de mon enfance, le feu les avait sans doute rasés, ou peut-être avaient-ils été détruits, de vieux hôtels en bois dont on disait déjà à l'époque qu'ils n'étaient plus sécuritaires, et soudain le souvenir vif de l'incendie du Metis Lodge en 1957, des flammes hautes comme des édifices, la panique à l'idée qu'elles s'étendent à d'autres bâtiments, une chaleur infernale qui faisait fondre les pneus des voitures, j'avais douze ans et regardais ce spectacle terrifiant, les yeux écarquillés, en proie à un sentiment affolant de vulnérabilité qui m'habiterait pendant des jours, la constatation brutale que tout ne tenait qu'à peu de chose.

Là, peut-être, la maison de Gail? La belle maison des Egan en bardeaux naturels et aux volets blancs, tout à côté de Kirk on the Hill, l'église presbytérienne de Petit-Métis, une vraie curiosité avec son clocher détaché du bâtiment, construit à même le sol. Non, impossible de voir. Le brouillard était trop dense, faisant rebondir la lumière des phares comme sur un écran blanc. Un brouillard à vous fendre l'âme.

Je pensai à la veille au matin, bloqué avec Ann sur Laurel Canyon, la visibilité nulle des jours de smog. Comme si une éternité s'était passée depuis, mais en accéléré : le coup de téléphone de Jack, Gail décédée, et moi, père d'un fils de trente-deux ans.

Que dirait Ann de tout ça?

Depuis deux ou trois ans, ses allusions étaient de plus en plus fréquentes : « Un enfant, Romain. Pourquoi pas? » Et chaque fois, ce devoir de lui rafraîchir la mémoire sur le serment que nous nous étions fait avant d'emménager ensemble : « Ce n'est pas pour moi, Ann. Pas à mon âge. » J'avais quarante-trois ans, elle n'en avait que vingt-huit, une très jeune femme qui ne pensait pas encore sérieusement à ce genre de choses. D'un air badin et grave à la fois, ses nattes brunes encadrant son beau visage, elle avait dit : « Je n'ai pas cette ambition narcissique de me reproduire, si c'est ce que tu veux savoir. » Et je lui avais demandé si elle était sincère ou si elle se moquait de moi. « Je suis sérieuse, Romain. Trop de gens font des bébés pour les mauvaises raisons. Et l'enfant dans tout ça ? Un boulet qui les lie pour la vie à l'autre, qu'ils finissent par mépriser. »

J'avais frissonné, puis compris que le divorce de ses parents l'avait perturbée plus qu'elle ne le disait. Mais à trente-cinq ans maintenant, presque trente-six, elle savait que ce ne serait bientôt plus un choix mais une impossibilité, et cette impossibilité lui donnait l'impression de perdre quelque chose qu'elle regretterait à tout jamais, quelque chose d'essentiel, et il m'arrivait d'avoir peur que son désir d'enfant ne nous sépare un jour. Je tâchais de ne pas trop y penser.

À mesure que s'enfonçait la jeep dans le brouillard opaque, l'absurdité de la situation s'imposa à moi : pourquoi étais-je ici ? Qu'est-ce que je cherchais au juste ? Des lieux méconnaissables, aussi grouillants de vie qu'un cimetière, avec leurs villas endormies pour l'hiver, leurs fenêtres placardées.

Là, à droite, celle du vieux fou de Clifford Wiggs ?

Dans mes souvenirs, c'était la plus impressionnante de Métis Beach, bien que Clifford Wiggs ne fût pas le plus riche. William Tees, le père d'Art et Geoff, l'était, avec sa Phantom V, la même que possédait la reine d'Angleterre, étincelante comme de l'argenterie d'église, autour de laquelle nous tournoyions, émerveillés, quand son chauffeur la faisait laver et cirer chez Jeff Loiseau. La maison des Tees se trouvait sur la falaise, en haut de la rue Beach, immense avec ses quartiers pour les invités, mais beaucoup plus discrète que celle de Clifford Wiggs, avec son étang aménagé à grands frais pour ses deux cygnes, et ses parterres de fleurs multicolores à perte de vue, des fleurs annuelles pour lesquelles il dépensait une fortune, des centaines de dollars à ce qu'on disait, et faisait arracher à la fin de l'été, quel gaspillage ! Et cette fois où, avec son jardinier – des tas de rumeurs circulaient sur les deux hommes –, il avait fait venir du zoo de Québec cinquante flamants roses pour souligner ses cinquante ans, la nouvelle avait vite fait le tour du village, mes parents et moi, comme d'autres curieux, avions défilé dans notre voiture devant sa propriété, ces animaux étranges, de la couleur des bonnets de bain des femmes de Métis Beach, caquetant, chiant sur la pelouse devant la vingtaine d'invités triés sur le volet, et ma mère avait lancé, scandalisée, dans la Chevrolet toutes vitres baissées : « Ce sodomite brûlera en enfer. »

J'esquissai un sourire, le tout premier depuis bientôt quarante-huit heures.

J'avais perdu mes repères. Pas l'ombre d'un étang ni de la prétentieuse guérite en fer forgé que Clifford Wiggs avait commandée à un Italien de Montréal, et que les autres estivants jugeaient de si mauvais goût. L'ostentation était un péché pour les Anglais de Métis Beach, et encore plus si vous aviez beaucoup d'argent.

À ma gauche, la maison des Riddington ? celle des Babcock ? Tout était noir, désert. Ces lieux ne parlaient pas, bon sang ! Ces lieux ne parleraient pas. Alors, qu'espérais-je y trouver ?

À l'hôpital, Gail n'avait pas eu le temps de s'expliquer. Jack, le visage livide, m'avait fait comprendre que je ne devais pas l'épuiser par mes questions : « C'est déjà assez dur comme ça pour elle », comme si je ne voyais pas, moi aussi, la mort faire son sinistre travail, s'infiltrant en elle comme l'eau dans une voiture tombée d'un pont.

C'est ton fils, Romain. Len Albiston est ton fils.

Pourquoi ne m'en avoir jamais parlé à San Francisco, quand nous vivions ensemble ? Était-ce pour cela qu'elle était dépressive ? C'était donc *ça* : elle avait eu un bébé et l'avait abandonné. Dans le secret et la honte. Une fille-mère, une irresponsable, *une traînée* ?

Cette fois où nous avions âprement discuté d'avortement chez moi avec la bande d'It's All Comedy!, la femme de Matt, une petite brune au rire strident, m'avait dit, excitée à l'idée de m'arracher des confidences : « Pour qu'un homme parle comme tu le fais, les femmes, leurs droits, leur corps, il faut que tu l'aies vécu de près, non ? Je veux dire, un avortement. » Ma réponse l'avait déçue : non, ça ne m'était jamais arrivé, aucune des filles que j'avais fréquentées ne s'était retrouvée dans cette situation, et j'en étais fier, j'étais un homme responsable. Elle avait ricané, comme si elle ne me croyait pas : « Tu es certain ? Moi, je l'ai fait une fois et le gars ne l'a jamais su. » Matt, soudain inquiet : « C'est de moi que tu parles ? – Mais non, mon chat, c'était il y a très longtemps. » Et j'avais fait un effort, cherchant dans ma mémoire si des filles avaient pu me faire ça, *à moi*. Des femmes qui tombent enceintes et ne disent rien ?

Si sûr de moi. Quel idiot.

Gail avait-elle envisagé de se faire avorter ? L'avait-on forcée à garder le bébé ?

Pourquoi, bon Dieu, ne m'avoir rien dit ?

Puis soudain, tout au bord de la rue Beach, une enseigne en fonte aussi réconfortante qu'un visage familier dans une salle bondée d'inconnus : THE FELDMAN-MCPHAIL WELCOME. Le cœur serré, je braquai à gauche, m'engageai dans l'allée. Le crépitement du gravier sous les pneus de la jeep, un petit rire joyeux, que toute mon enfance j'avais associé à Métis Beach, pas comme au village, où nous étions fiers de nos allées asphaltées, strictement interdites chez les Anglais.

Elle apparut derrière les grands cèdres centenaires, enveloppée dans le brouillard laiteux, une des plus belles de Métis Beach : ma maison.

7

Le vent froid, cinglant de la mer. Je sortis de la jeep, avec sur le dos ma veste de daim et pas de gants pour me protéger les mains. Je vacillais d'épuisement sur mes jambes ankylosées, des tremblements dans tout le corps, et maintenant la crainte de casser, en la tournant dans la serrure, la clé rugueuse de rouille, que le fils de John Kinnear gardait sous la véranda, accrochée à un clou.

La maison était glacée, enténébrée par ses fenêtres placardées. Tout de suite, en m'y engouffrant, ce mélange d'appréhension et d'excitation que je ressentais, petit, quand mon père me laissait seul dans l'obscurité poussiéreuse de ces grandes demeures, le temps qu'il sorte, se poste devant les fenêtres, et que je pousse vers lui leurs panneaux protecteurs libérés de leurs crochets, et que des flots de lumière se répandent dans les pièces, comme par magie. Que j'aimais l'accompagner à Métis Beach à la fin du printemps ! Chez les Egan, les Bradley, les Hayes, les Newell, les Pounden, les Curran, les Riddington, toutes des propriétés sous sa responsabilité. Je le suivais, fier et excité, comme si elles nous appartenaient, ces maisons qu'il fallait préparer avant la Saint-Jean et dont nous devions nous assurer que l'hiver ne les avait pas endommagées. Les quantités de mouches mortes là-dedans ! Des tas de mouches desséchées sur le rebord des fenêtres, que j'avais pour tâche de ramasser, parfois en grimaçant, quand leurs ailes me collaient aux doigts. « Je veux pas en voir une, tu m'entends ? » La voix autoritaire, paralysante de mon père, si bien que je les traquais avec un zèle excessif, tuais avec mes mains celles qui voletaient, ivres du soleil de mai, tout en évitant de toucher à quoi que ce soit, ordre de mon père, dans ces pièces sonores, vastes comme des salles de bal, où flottait toujours une légère odeur de renfermé, un véritable parfum à mes narines.

Dans l'obscurité, je cherchai mon chemin jusqu'à la cuisine, trouvai l'interrupteur principal et rebranchai l'électricité. Ça aussi, je l'avais souvent fait avec mon père.

Quelques ampoules grillées, des toiles d'araignées et des cadavres de mouches.

Les lieux n'avaient pas beaucoup changé, des meubles simples, aux lignes pures, de style Shaker, que Dana Feldman affectionnait. Les électroménagers étaient neufs ; Tommy, le fils de John, qui s'occupait de la maison et des Américains qui la louaient l'été, les avait remplacés l'année précédente, la cuisinière, le frigo, et avait installé un lave-vaisselle et acheté un micro-ondes, les touristes étaient plus exigeants, disait Tommy, une facture de plus de deux mille dollars. Dick ne comprenait pas mon entêtement à garder la maison : « Si tu n'y vas jamais, à quoi ça sert ? » Je la louais neuf cents dollars par semaine, à des New-Yorkais surtout, en remettais trois cents à Tommy, le reste servait à payer les taxes et l'entretien, pas de profit, au contraire, elle me faisait perdre de l'argent, et pourtant j'étais incapable de m'en séparer. « Tu es trop sentimental », disait Dick. Peut-être. Même Ann s'en étonnait, elle qui aurait tant aimé la voir, cette maison : « Emmène-moi, juste une fois. » Mais je n'y arrivais pas, toujours cette répugnance à ressasser le passé, et voilà que j'y étais, à présent.

Dans le séjour, les bibliothèques autrefois bourrées de livres ne contenaient que quelques bouquins aux couvertures criardes, laissés par des locataires, des livres qu'on ne lit qu'en vacances et qu'on laisse derrière soi comme des cartons d'emballage vides.

« Voyons voir, disait Dana, cigarette au bec, la main tendue vers une étagère. De Steinbeck, j'ai *Les Raisins de la colère*, *Tortilla Flat* et *À l'est d'Éden*. Tiens, prends-les. Ah ! Ici, j'ai *L'Adieu aux armes* d'Ernest Hemingway, son plus réussi selon moi. »

Et le soir, à la lueur d'une lampe de poche, je les dévorais dans mon lit, faisant voler les pages du *Merriam-Webster* que Dana m'avait prêté chaque fois qu'un mot m'échappait. Je faisais des pas de géant en anglais, apprenant des mots encore plus compliqués : *ludicrous*, *gambit, looting.* Lisant des livres à toute vitesse, m'attardant peu à leur message, un glouton passant au travers d'une boîte de biscuits, un appétit sans fond. Les yeux étonnés de Dana quand je me présentais chez elle pour tondre la pelouse, trois ou quatre de ses livres sous mon blouson : « Déjà ? Tu as tout lu ? » Elle préparait de nouvelles piles, des livres en anglais et d'autres mots difficiles, et des fois en français, tel Prévert et ses jouissives *Paroles* : « La pipe au papa du pape Pie pue ».

Plus je lisais, plus l'horizon devant moi reculait.

Puis un jour : « Tiens, lis ça. Vaut mieux faire ton éducation tout de suite avant que tu prennes de mauvais plis. »

Simone de Beauvoir. *Le Deuxième Sexe.* Un livre à l'Index.

« Qu'est-ce que c'est ?

— Ce que tout homme devrait savoir. »

Homme prononcé avec une telle gravité que je me sentis flatté. Mes mains fébriles, pressées d'en tourner les pages – quelles connaissances merveilleuses pouvait donc contenir ce livre ? Et ma déception à la lecture des premières lignes, un charabia savant – « On ne naît pas femme : on le devient. » Un jargon obscur, impénétrable, en deux volumes que je lus par défi pendant ma convalescence à l'hiver 1960, une mononucléose qui m'avait retiré du Séminaire de Rimouski au premier semestre de ma deuxième année. Un hiver d'ennui passé à lire et à dormir, épuisé au moindre mouvement, les mots de Simone de Beauvoir se mêlant à mes rêves, des érections violentes qui me réveillaient en nage et que je regardais avec consternation, trop affaibli pour les assouvir.

La cause des femmes que j'associai à une grosse fatigue, une lutte obstinée contre un virus résistant, et cette nette impression d'avoir tiré le numéro chanceux dans cette grande loterie de l'humanité : être un homme.

Pour qu'un homme parle comme tu le fais, les femmes, leurs droits, leur corps, il faut que tu l'aies vécu de près, non ?

Non. C'est Dana Feldman qui m'avait tout enseigné.

Les moments passés ici avec Dana et sa sœur, Ethel ! Dana, penchée sur sa Underwood, ses doigts courant sur les touches, pendant qu'Ethel à son chevalet appliquait à la truelle sur de grands canevas les couleurs qu'elle préparait dans de vieilles boîtes de conserve Heinz. Les sœurs Feldman en création, et la maison respirait le joyeux désordre! Les cendriers débordaient, les pochettes des disques qu'elles écoutaient sans répit (Thelonious Monk, Ray Charles, Count Basie, Billie Holiday, Kenny Burrell) jetées pêle-mêle sur le plancher, et l'odeur du whiskey mélangée à celle des Kool qu'elles fumaient à la chaîne, un parfum de sédition. Si mes parents avaient su! Leur fils à la voix de crécelle sur le point de muer, passant des après-midi entiers chez Dana Feldman-McPhail, une veuve américaine de trente-sept ans, dont le mari, John McPhail, riche industriel de Montréal, avait perdu la vie dans un accident d'avion en 1956. Dana et John s'étaient rencontrés à New York pendant la Seconde Guerre mondiale; après la mort de John, elle avait quitté Montréal pour retourner vivre là-bas, dans cette ville fabuleuse dont elle m'envoyait des cartes postales éblouissantes: l'Empire State Building, la statue de la Liberté, les gigantesques panneaux-réclames de Times Square qui donnaient aux piétons l'allure d'insectes vulnérables. Une vraie New-Yorkaise, sauf l'été, qu'elle adorait passer à Métis Beach pour écrire, loin de l'agitation, entourée de silence et d'une nature sauvage qui ne tolérait qu'une faible densité d'humains.

Dana l'Américaine. Dana la Féministe. Dana la Juive. S'il y avait bien une chose que partageaient nos deux communautés, c'était la méfiance viscérale qu'elle leur inspirait.

Sur les murs en pin de Colombie du grand salon, quelques toiles qu'Ethel avait peintes, installée sur la véranda, inspirée par l'œuvre de Jasper Johns, dont la palette avait commencé à tourner au gris à l'époque. Ethel, secrètement amoureuse de Jasper Johns, n'est-ce pas ce que m'avait déjà dit Dana? Ils s'étaient croisés à quelques reprises dans des vernissages à New York, peut-être même qu'il s'était passé quelque chose entre eux, je ne savais plus. Il faudrait que je lui téléphone, à Ethel. Un sacrilège de voir ses tableaux, certains piquetés de moisissures, dans une maison glaciale de Métis Beach.

Je gravis le grand escalier, fis le tour des chambres, leurs lits dépouillés de leurs draps, et me dirigeai dans une des tours-pavillons où Dana avait son bureau. La pièce était petite, circulaire, une atmosphère étouffante, avec ses fenêtres bouchées par des panneaux. C'est ici qu'elle s'isolait quand elle avait besoin de toute sa concentration, et Dieu sait qu'elle pouvait s'y enfermer pendant des heures, oubliant de manger, mais pas de fumer. Pouah! La fumée là-dedans!

J'ouvris les tiroirs et tombai sur *The Next War*, première édition de son best-seller, 1963. Une couverture sobre, des lettres rouges. Ce livre qui lui avait valu l'admiration de toute une génération de femmes et la haine des hommes.

L'excitation dans la voix et dans les yeux de Laureen Heller, la mère d'Ann, quand elle avait su que j'avais connu Dana. « Dana Feldman? La Dana Feldman?

— Qui est-ce? avait demandé Ann avec la voix agacée de qui se sent à l'écart.

— Oh, ma pauvre chérie, tu es bien trop jeune pour savoir qui est Dana Feldman. » Elle riait, m'avait lancé un clin d'œil lubrique que je ne savais trop comment interpréter. « C'est à cause d'elle que j'ai quitté ton père. Il ne faut pas m'en vouloir de t'apprendre ça comme ça, mon petit canard. Toutes mes amies qui ont lu son bouquin, *The… The War…*, comment s'intitulait-il?

— *The Next War*, dis-je.

— *The Next War*, c'est ça! Bref, toutes mes amies qui l'ont lu ont fini par plaquer leur mari. Et ton père est au courant, ma chérie. Oh que oui! J'en ai passé des soirées à le lui lire sous le nez alors qu'il regardait ses insignifiances à la télé. Je m'en souviens très bien… » Elle riait plus fort. « … Il ricanait de tout ce "boucan féministe", qu'il disait, bien que je l'aie surpris un jour, le livre dans les mains, le mufle, pardonne-moi, chérie, je sais, c'est toujours ton père, n'empêche qu'il tenait le livre dans ses mains et j'ai trouvé ça chouette parce qu'enfin il s'intéressait à la situation des femmes. Mais non, sotte que j'étais! Il avait les yeux fixés sur la quatrième de couverture à contempler la photo de Dana Feldman. Il a dit : "C'est désolant de voir une beauté pareille faire la folle." Tu sais ce que je lui ai répondu, hein? "Eh bien, moi aussi je suis belle…" – pour dire la vérité, j'étais plus que belle. Vous savez, Romain, que j'ai fait de la figuration dans *La Course aux maris* avec Cary Grant? Donc, je lui ai dit : "Moi aussi je suis belle, et moi aussi je vais faire la folle." Et c'est là que je lui ai annoncé que je voulais le divorce. Il fallait voir sa tête ! Mais non, ma chérie, ne t'en fais pas, tu le sais mieux que moi, il est beaucoup plus heureux aujourd'hui avec Loretta. Mon Dieu ! Elle est grosse comme ça et fait quinze ans de plus que son âge, une véritable apocalypse du laisser-aller, mais bon, c'est ce que ton père recherchait, je respecte ses goûts, mais voilà la preuve que nous étions si mal assortis... »

Ann avait levé les yeux au ciel, comme chaque fois qu'elle entendait sa mère médire de la femme de son père. Puis Laureen s'était tournée vers moi, soupçonneuse. « Et vous la connaissiez intimement, cette Dana Feldman ? Vous me paraissez bien jeune, pourtant. »

Embarrassé, j'avais rougi jusqu'aux oreilles.

Oui, Dana et moi avions eu nos secrets.

8

Presque midi à ma montre quand je me réveillai. Un sommeil lourd, sans rêves, et un sacré mal de tête. Impossible de distinguer les lieux, cette épaisseur des ténèbres. Ma main chercha la lampe que j'avais éteinte avant de sombrer sur le canapé du séjour. Les braises dans l'âtre étaient encore chaudes, mais pas assez pour diffuser une chaleur acceptable dans la pièce. Je grelottais, mes mains et mes pieds étaient glacés. Je me levai, groggy, le pas mal assuré, merde, ce foutu mal de tête. J'allais revêtir ma veste et sortir pour me réchauffer dans la jeep quand, brusquement, des coups à la porte, et une voix d'homme, furieuse : « Qui est là ? » Avant même d'atteindre le vestibule, j'entendis la porte s'ouvrir à la volée et se fracasser contre le mur. Je me figeai. « Hé ! hurlai-je. Qui êtes-vous ? » Pas de réponse, que des grognements indistincts et une respiration sifflante. « Qui êtes-vous ? » répétai-je, le cœur battant. Puis une lumière crue, puissante, se mit à danser sur les murs, progressa jusqu'à moi et me canarda les yeux.

« Romain ? Qu'est-ce que tu fous *ici* ?

— Fluke ? Harry Fluke ? C'est toi ? »

Tous les deux face à face, l'air hébété, nous dévisageant comme des adversaires à bout de souffle sur le ring. J'avais devant moi un vieillard à la bouche dédaigneuse, voûté comme une crosse épiscopale. Dieu qu'il était vieux ! Dans une de ses mains, un bâton de baseball, dans l'autre sa lampe de poche braquée sur moi.

« Éteins ça immédiatement ou je te la fais avaler. »

Il s'exécuta en tremblant, vacilla sur ses jambes et marmonna quelque chose à propos d'une vague de vols commis dans les dernières semaines.

Cet enfoiré de Fluke, toujours à écornifler partout. Cette fois où il m'avait accosté dans la rue Beach, un sourire narquois aux lèvres, la vitre de sa Plymouth baissée : « Où est-ce que tu vas comme ça ? » Bien sûr, Fluke savait. Pas toujours discrets, ces livres sous mon blouson. Mais jamais il ne m'avait dénoncé à mes parents.

Furieux, je dis : « C'est chez moi, ici ! Fous le camp ! »

Mais Fluke ne bougea pas. Ses yeux roulèrent vers la salle de séjour comme s'il cherchait quelque chose, un objet qu'il aurait oublié.

« T'es revenu pour voter, c'est ça ? Pour voter oui au référendum ?

— Va-t'en, je t'ai dit !

— Tous les mêmes ! Séparanazis !

— Dehors ! »

Fluke grimaça, puis sourit comme s'il y avait une vieille plaisanterie entre nous. « Ou quoi ? ricana-t-il. Ou tu appelles la police ? Tu ne crois pas qu'elle serait contente, la police, de ressortir un vieux dossier ? »

En voyant la rage dans mon regard, il changea de ton. « OK, OK. Je m'en vais. »

Il tourna les talons, gagna en chancelant la porte grande ouverte ; une vieille Lincoln cabossée l'attendait, avec sur le pare-chocs arrière : ON A RAISON DE DIRE NON.

Va te faire foutre, Fluke.

Un ciel gris de novembre, opaque. Déjà deux jours que j'étais parti de L.A., et je pensais à Ann qui s'inquiétait pour moi.

La tête allait m'éclater, et pas d'aspirine dans la pharmacie de la salle de bains à l'étage. Avant de la fermer pour l'hiver, Tommy vidait la maison de tout ce qui ne supportait pas les écarts de température ou risquait d'être détruit par les rongeurs, la literie, les serviettes, qu'il emportait chez lui à la Pointe-Leggatt, ne laissant rien non plus dans les armoires de la cuisine, sucre, sel, épices, condiments, pas même l'ombre d'un pot de café instantané. Tommy s'en occupait bien, peut-être que je ne le payais pas assez pour ce qu'il faisait. Je me promis d'y voir. La chance que j'avais de l'avoir.

Il me fallait du café et manger un peu. Le temps de me passer de l'eau sur le visage, j'étais sorti dans le froid brumeux de Métis Beach, me disant qu'après l'accueil que m'avait fait cet imbécile de Fluke l'anonymat d'un snack-bar à Mont-Joli était préférable. Avant de revenir inspecter les lieux.

« Le passé est un pays étranger : là-bas on fait les choses autrement », disait le vieux Leo dans *Le Messager*, ce magnifique film tiré du roman de L. P. Hartley.

Au chaud dans la jeep garée dans la rue Beach, je regardais la maison des Egan dans la pâle lumière d'automne, une grande maison en bardeaux de cèdre de trois étages, six chambres à coucher, un court de tennis, et je me faisais l'effet de ce vieux Leo à la mémoire défaillante, qui se souvient de l'été de ses treize ans passé dans le château familial d'un camarade de classe, appelé à jouer malgré lui le messager entre une jeune châtelaine et un simple fermier, témoin d'une histoire d'amour clandestine et tragique qui le dépassera et le marquera pour le reste de ses jours.

Oui, le passé est un drôle d'endroit.

La maison des Egan avait perdu de sa splendeur, avec ses fenêtres placardées, ses bardeaux noircis par les intempéries, et l'allée et le court de tennis qui avaient besoin d'être gravillonnés.

Je me revis trente-cinq ans plus tôt sur le seuil de la porte, parfaitement terrorisé, un bouquet d'œillets à la main – des fleurs que je déteste, mais que ma mère avait tenu à acheter : « Tu peux pas arriver les mains vides, Romain ! Une si belle invitation ! » –, endimanché comme un enfant de chœur ridicule, les cheveux gominés, une raie nette sur le côté. Ma mère m'y avait conduit dans notre Chevrolet et, avant que je ne descende, avait aplati de ses doigts mouillés de salive une mèche rebelle sur ma tête. « Tu seras poli, hein ? C'est un honneur qu'on te fait. »

Dans l'allée de gravier en demi-lune, la Bentley de monsieur Egan, la petite Alfa Romeo de madame Egan et une autre voiture plus ordinaire, une Studebaker blanche que je n'avais jamais vue, celle du révérend Barnewall que l'on me présenterait ce soir-là.

On m'attendait à dîner chez les Egan, moi, Romain Carrier, fils de menuisier et homme à tout faire employé par ces mêmes Egan, si terrifié que j'avais vomi mon petit-déjeuner le matin et l'avais caché à ma mère.

Le sourire tendu de Gail lorsqu'elle m'avait ouvert la porte ! Et ce jeune chien tremblant d'excitation qui avait déboulé de nulle part et s'était jeté sur moi. « Non, Locki ! Non ! » Ses pattes griffues sur mon beau pantalon propre, sa truffe humide dans mon entrejambe. Gail avait dit, embarrassée : « C'est un labrador. Un excellent nageur. Mon père l'a acheté pour qu'il veille sur nous. Si un autre accident du genre devait nous arriver. »

Et ce fut la seule référence de la soirée à la mésaventure de son père, sans laquelle je n'aurais pas été invité ce soir-là.

« Il a sauvé la vie à Robert ! avait annoncé à ma mère une madame Egan encore sous le choc. Sans votre garçon courageux – un ange, madame Carrier, un ange gardien –, Robert ne serait plus là, vous comprenez ? Il ne serait plus là… »

Ma mère avait raccroché, s'était tournée vers moi, son ton plein de reproche : « C'est vrai, ça ? Pis tu me l'avais pas dit ? »

Ce samedi soir de juillet 1960 où Robert Egan ne se priverait pas de m'humilier.

« Vous avez vu, révérend Barnewall ? Ça fait plus de trois cents ans que John Winthrop a introduit la fourchette en Amérique, et ils n'ont pas encore appris à s'en servir correctement. »

Évidemment, la remarque m'était destinée. Aussi sournoise et blessante qu'un caillou reçu derrière la tête. Elle avait été dite en français, pour qu'il n'y ait pas de confusion possible. Rouge de honte, j'avais déposé ma fourchette sur la nappe, la tachant de sauce brune, ma fourchette que j'avais appris à tenir à la façon de mon père, comme on attrape une poignée de sable. Je vis madame Egan et Gail tressaillir, n'arrivant pas à déterminer laquelle des deux, la tache sur la nappe blanche ou l'attitude cruelle de Robert Egan, les avait fait réagir. Depuis le début du repas, seuls Robert Egan et Ralph Barnewall parlaient. Du financement des églises de Métis Beach, de parties de golf, de voitures et je ne sais trop quoi encore, un babillage entre deux hommes satisfaits, ne s'écoutant pas vraiment. Je me tenais droit sur ma chaise, l'appétit coupé. Priant le ciel d'être invisible et de le rester jusqu'à la fin de cette soirée éprouvante. Quel supplice !

Dans le grand salon, avant de passer à table, monsieur Egan, un verre de whiskey à la main, m'avait présenté le révérend Barnewall de l'Église anglicane, un homme gras et flasque au fanon de dindon. On m'avait invité à m'asseoir, puis on avait oublié que j'étais là. Impossible de ne pas penser à Françoise qui s'affairait dans la cuisine, Françoise, ma voisine, que ma mère aimait tant, toujours empressée de me vendre ses qualités. D'un ennui mortel, plutôt ! Tout le temps à caqueter, un bavardage étourdissant, le mariage et la maison qu'elle rêvait d'avoir, la pâte à choux qu'elle faisait mieux que sa mère, la plus jeune cuisinière à être embauchée à Métis Beach… Dans tout mon énervement, je n'avais pas prévu le malaise que j'éprouverais à table lorsqu'elle me donnerait du « Monsieur veut-il son rosbif bien cuit ? Monsieur prendrait-il un peu plus de pommes de terre ? » Comme les autres, je lui répondais sans chaleur, sans lever les yeux sur elle, cela l'avait rendue furieuse et elle ne l'avait pas caché, cet air hostile qu'elle avait et qui semblait dire : *C'est ma place, ici, pas la tienne. Ne joue pas au petit prétentieux, OK ?*

Elle avait seize ans, moi quinze. Ses yeux d'une inquiétante concupiscence qu'elle posait parfois sur moi, et ces détours maladroits qu'elle prenait pour me laisser entendre qu'elle serait très heureuse de diriger avec son futur mari « un commerce comme celui de ta mère ».

C'était peut-être dans l'ordre des choses que je reprenne un jour le magasin de vêtements de ma mère, maintenant que je ne retournerais pas au Séminaire de Rimouski.

À table, je m'étais demandé si Robert Egan se rejouait comme moi le film de son sauvetage survenu le mardi précédent, quand il faisait ses longueurs dans le fleuve et que mon ami Louis et moi l'avions vu couler sous nos yeux stupéfaits. J'avais couru sur la grève, m'étais jeté à l'eau pour le tirer de là, avais attrapé une de ses jambes couvertes de poils, puis cherché ses bras pour passer les miens sous ses aisselles, et lorsque je l'eus remonté à la surface et sorti de l'eau, il m'avait poussé si violemment, humilié et fâché de s'être montré en état de faiblesse, que je ne comprenais pas pourquoi madame Egan avait téléphoné à ma mère pour lui raconter mon exploit et m'inviter le samedi suivant à partager ce repas avec eux. Car il avait *vu* que j'avais *vu* qu'il avait *fait* dans son maillot. Un homme fier comme lui! Se mesurant constamment aux autres. Lançant des défis comme des balles explosibles sur les terrains de golf et les courts de tennis. Réputé le pire des mauvais perdants. Un homme hargneux de taille moyenne, très musclé, les cheveux bruns, duveteux, clairsemés sur le haut du crâne, une moustache fournie à la Burt Reynolds, des yeux bruns cerclés de blanc qui vous regardaient avec une perpétuelle animosité. Le redoutable Robert W. Egan devant moi, sonné, humilié dans son maillot rouge souillé, mais assez présent pour retourner dans l'eau se laver avant de me pousser du plat de la main sur la grève rocailleuse, tandis qu'en haut sur la falaise madame Egan, qui n'avait pas tout vu de l'incident, s'était mise à hurler, Gail à ses côtés : « *Robert! Robert! Are you all right? What happened?* »

Louis s'était enfui, il était loin maintenant.

Ce fut au moment du dessert que Robert Egan fit mine de s'intéresser à moi. Ce qui n'annonçait rien de bon vu tous les whiskeys et le vin qu'il s'était envoyés. À l'autre bout de la table, madame Egan paraissait énervée, se raidissant chaque fois qu'il remplissait son verre.

Le révérend Barnewall venait de s'extasier devant le plat que Françoise avait déposé au milieu de la table, un montage spectaculaire de choux à la crème trempés dans du chocolat. Robert Egan souriait bêtement, un pli amer à la bouche.

Ses questions sur mes études, mes projets et mon avenir flottaient dans l'air comme une mauvaise odeur, sans que je sache quoi répondre.

Pour moi, le séminaire, c'était fini, et pas de séminaire, pas d'université.

Robert Egan dit, feignant la curiosité : « Pourquoi? »

Je m'étais senti rougir. Je n'allais pas leur parler du diagnostic qui était tombé pendant l'hiver, et les regards suspicieux qui étaient venus avec : mononucléose, *la maladie du baiser*, qui se transmet par la salive mais aussi par des verres mal lavés, de la vaisselle contaminée, peut-être au réfectoire. On m'avait renvoyé chez moi. Fièvre, douleurs musculaires, grande fatigue, perte d'appétit, ganglions gros comme des balles de golf dans le cou, aux aisselles, à l'aine. Trois mois de convalescence, le foie était atteint, une jaunisse ; furieux, mon père, qui se méfiait des prêtres, se demandait ce qu'on avait bien pu faire à son fils, et ma mère, d'humeur protectrice, et qui, après tout, se méfiait peut-être elle aussi un peu des prêtres, n'avait pas trop insisté pour que j'y retourne, non, je n'allais certainement pas y retourner, pas après ce que j'avais vu là-bas mais que j'avais caché à mes parents, le visage du petit Gaby Dumont de la couleur de l'encre sur les doigts, les yeux exorbités, trouvé pendu dans la salle de toilettes du pensionnat, juste avant que je ne tombe malade.

« Plus d'études ? Que vas-tu faire, alors ? »

On allait m'embaucher à l'automne à la scierie des McArdle, mon père m'avait trouvé un emploi qui ne m'enchantait pas, un travail dur, dix, douze heures par jour dans un moulin, le bruit assourdissant, à rendre fou, de la machinerie, sans oublier les risques d'accident, mais ce serait de l'argent à mettre de côté, à déposer à la caisse populaire chez Joe Rousseau. Et après ? Peut-être l'espoir que quelqu'un à Métis Beach m'offrirait un poste, une position à Montréal, dans sa compagnie, oui, un jour, j'irais à Montréal et frapperais aux portes, un emploi dans une grande ville où il y avait des musées, des salles de cinéma, des endroits où écouter de la musique, celle qu'écoutaient les frères Tees : Ray Charles, Roy Orbison, Johnny and the Hurricanes. Ou partir pour New York, cette ville incroyable dont me parlait Dana avec tant d'entrain, oui, un jour, j'irais me promener là-bas, peut-être que j'y passerais un certain temps si mes économies me le permettaient, m'y trouverais peut-être un emploi, pourquoi pas ? Mais seulement : en aurais-je le courage ? Le sentiment parfois d'en manquer. Comme dans *Les Flibustiers de la mer Rouge* que Dana m'avait offert, l'histoire d'un pirate-justicier qui, lors d'une terrible tempête, interpelle ce jeune matelot qui se chie les tripes et ne sait pas nager : *Ton courage viendra de ce qu'on ne te laissera plus le choix.* L'impression que l'on s'adressait directement à moi, au garçon craintif que j'étais, et pourtant, bon Dieu, j'étouffais ici, il me faudrait bien un jour me pousser et me construire un destin, pas de temps à perdre avec des filles comme Françoise qui attendaient des garçons qu'ils leur en offrent un, elle n'avait qu'à s'occuper du sien, et de toute façon elle était trop grande – elle me dépassait d'une bonne tête – et trop grosse – déjà à son âge, les fesses mafflues de sa mère –, et ses cheveux coiffés en chignon qui ne sentaient pas bon, une odeur âcre d'huile figée, comme chez toutes ces femmes qui portaient des coiffures élaborées à la mode et les gardaient pendant des jours.

Mais tout ça, je ne pouvais pas le dire. Et, du reste, comment en expliquer les subtilités en anglais ?

Des réponses qui les décevraient.

À côté de moi, je sentais Gail crispée, ses poings sur les cuisses, fermés.

« Y a le magasin de ma mère… », tentai-je. Que devais-je répondre d'autre ? « Et je pourrais continuer à tondre des pelouses et… entretenir votre maison quand mon père sera vieux…

— Ah ! fit Robert Egan avec une ironie mal dissimulée. De grands projets, mon garçon ! Buvons à ça !

— Robert ! » s'écria madame Egan.

Il ouvrit une autre bouteille de vin, en resservit au révérend Barnewall, qui refusa pour la forme puis accepta, les yeux brillants. Vaines protestations de madame Egan, une belle femme au regard déçu, qui savait bien que ça ne donnerait rien, tandis que Gail, raide sur sa chaise, observait son père comme on regarderait un cascadeur sur le point de se casser la gueule. Robert Egan les ignorait, il était entre « hommes ». Il se leva en titubant, attrapa au passage un verre à vin dans le vaisselier en chêne derrière lui, le remplit à moitié et le déposa devant moi, fier comme s'il me faisait une faveur, une faveur entre « hommes ».

« Robert, dammit ! He's a boy ! »

Perplexe, je fixai le verre devant moi. On ne buvait pas à la maison. L'alcool ne rentrait pas dans la maison. Ma mère disait que ça transformait les hommes en bêtes, et mon père faisait ça chez Jeff Loiseau ou avec des amis au Jolly Rogers.

« Non, m'sieur. Merci.

— Oh qu'il est raisonnable ! Quel âge as-tu, jeune homme ?

— Quinze ans.

— Et alors ? Quel est le problème ?

— On ne boit pas d'alcool chez nous.

— Les catholiques… », marmonna le révérend en levant les yeux au ciel.

Robert Egan éclata d'un rire suraigu. « Petit, ce n'est pas de l'alcool. C'est un bordeaux. Un grand, un très grand bordeaux.

— Je ne sais pas ce que c'est, un bordo. Il n'y en a pas chez nous. »

Après, ce fut la confusion. Madame Egan s'était levée de table et était sortie de la salle à manger en faisant claquer la porte battante. Des jappements, les jappements joyeux de Locki, le jeune labrador fou qui avait surgi dans la pièce et tournait autour de la table, griffes cliquetantes, à la recherche d'un bout de nourriture qu'on consentirait à lui donner. « Voyons ! grommela Robert Egan. C'est quoi, ce raffut ? » Françoise avait disparu dans la cuisine. Livide, le révérend fixait le chien comme s'il avait peur d'être mordu. Gail l'attrapa par le collier et le traîna dans le salon. Chancelant, le révérend s'était levé pour partir, mais Robert Egan l'avait saisi par les poignets. « Vous ne refuserez pas un bon cognac, révérend ? »

À contrecœur, Ralph Barnewall s'était rassis. Robert Egan riait à pleine gorge à présent, comme s'il se repassait une bonne vieille blague : « Ces catholiques !… Ces foutus catholiques !… » Gail, furieuse de honte de voir son père ivre et aussi grossier, s'interposa : « Papa ! » Mais Robert Egan continuait de s'esclaffer devant le révérend Barnewall, devenu tout pâle. « Vous savez quoi, révérend ? Ces catholiques… ceux d'ici… Les femmes… eh bien… » Il s'interrompit, peut-être par remords, la conscience soudaine de pousser le bouchon un peu loin, mais non, cela ressemblait plus à de la comédie finalement, un geste théâtral pour augmenter son effet : « Ces pauvres femmes, révérend, n'ont nulle part où se procurer… » Il approcha sa tête de sportif rancunier de celle, hébétée, du révérend : « … des tampons hygiéniques !… » Ralph Barnewall eut un mouvement de recul et son visage s'enflamma d'un coup. Gail se mit à hurler, des larmes de rage dans les yeux et la gorge : « Papa, tais-toi ! » Et Robert Egan, comme si sa fille était un fantôme qu'il était le seul à ne pas voir, répéta, la tête renversée, pour être certain d'avoir été bien compris : « Des tampons hygiéniques, révérend ! Ma femme et ma fille doivent faire leurs provisions à Montréal… N'en cherchez pas ici, ils sont introuvables… Aussi rares que la vertu chez les filles du All American Bar… » Et Gail, encore : « S'il te plaît, tais-toi ! » Et Robert Egan se pencha de nouveau vers Ralph Barnewall, quelque chose de mou et de tiède dans sa façon de bouger évoquant une limace : « Parce qu'ils incitent au péché, selon nos amis catholiques !… Au péché, révérend ! Vous imaginez toutes ces femmes catholiques en train de…

— Tu me dégoûtes ! cria Gail. Viens, Romain. Ne reste pas là. »

9

Janvier 1959, je m'en souviens encore, un jour de tempête, de la neige lourde et collante, un vent du nord-est. Louis et moi étions allés glisser chez le vieux fou de Clifford Wiggs, ce qui était strictement défendu, mais par mauvais temps, pas de danger qu'on nous repère, le vent et la neige effaçaient nos pistes au fur et à mesure. Soudainement excité, Louis s'était mis à fabriquer des boules de neige avec des morceaux de glace à l'intérieur, en avait lancé une dans une des fenêtres non placardées du garage, faisant éclater la vitre en mille morceaux et, terrassé par un rire convulsif, en avait lancé une autre avec plus de force encore, et une deuxième vitre en éclats, et je m'étais mis à lui crier après, et il m'avait traité de pédale, et le temps que je m'approche, consterné, pour constater les dégâts, à croire que je pouvais y faire quelque chose, il s'était volatilisé, plus aucune trace, rien à travers l'épais rideau de neige que le vent faisait et défaisait, comme lorsqu'il m'avait planté là, cette fois où j'avais sauvé Robert Egan de la noyade.

Être avec Louis, c'était s'attirer des ennuis. Cette agressivité qu'il avait, incapable depuis la mort de son père de voir un Anglais sans trembler, un accident de travail à la scierie des McArdle, qui avaient refusé de dédommager sa mère parce qu'il était ivre ce jour-là, comme c'était souvent le cas. Louis ne leur pardonnerait jamais et, par vengeance, s'attaquait aux propriétés des Anglais, n'importe lesquels, à leurs biens et même à leurs animaux, les chats qui disparaissaient, on disait que c'était lui, et les cadavres de mouettes que l'on trouvait sur la grève aussi, tuées à coups de lance-pierre, et maintenant, devant moi, le spectacle désolant de vitres béantes, de la neige s'engouffrant à l'intérieur, un sentiment de colère, puis d'abattement à l'idée de réintégrer le séminaire quelques jours plus tard, jusqu'aux vacances d'été, les intestins en bouillie, une diarrhée violente le matin, quand dans la rue Beach une voix me glaça le sang : « Hé, là-bas ! »

Le cœur battant, je m'étais retourné et avais aperçu un grand jeune homme, une tuque du Canadien de Montréal enfoncée bas sur la tête.

« Ça va, mon garçon ? »

Oui, pourquoi ? Que me voulait-il ?

« Se promener en pleine tempête, le dos voûté et le regard triste comme tu sembles l'avoir, je me suis dit que quelque chose n'allait pas. »

Il avait marché vers moi, son long manteau noir couvert de neige, avait regardé par-dessus mon épaule, vu les vitres cassées. « Qui a pu faire ça ? » Je m'étais senti défaillir. Il s'était dirigé vers le bâtiment, l'avait inspecté, impossible qu'il ne voie pas ce qui s'était passé, et il était revenu, l'air sérieux, tandis que je grelottais de peur et de froid dans mes vêtements lourds, mouillés de neige, et il avait dit, sur un ton neutre, à ma grande stupéfaction : « Le vent, proba-blement. Je m'en occuperai demain, ce bon vieux Wiggs n'en saura rien. » Puis mon hésitation à accepter son invitation – se moquait-il de moi ? – à prendre le thé dans sa petite église blanche à peine visible dans la tempête, une des églises que les Anglais qui vivaient toute l'année à Métis Beach fréquentaient, la plupart habitant du côté de la Pointe-Leggatt, plus à l'ouest, des descendants d'immigrants écos-sais que John MacNider, le fondateur de Métis Beach, avait fait venir au début du XIXe siècle. Des gens de condition modeste comme nous, différents et du même monde à la fois, assez pour que Fluke nous déteste.

Il s'était présenté : John Kinnear, le nouveau pasteur de l'Église Unie, à peine vingt-trois ans, une femme et un bébé en route, des yeux rieurs qui ne jugeaient pas. Il avait pris mes vêtements détrem-pés, les avait suspendus près du calorifère grésillant dans son bureau exigu et peu meublé, deux chaises et une table, il faudrait bien qu'il l'aménage mieux, avait-il dit comme une excuse, il venait d'arriver, la messe de Noël avait été célébrée par son prédécesseur, un vieil homme au nez bulbeux que j'avais aperçu quelques fois seulement, il était parti à la retraite et avait presque tout emporté avec lui. Le jeune pasteur riait, c'était à lui de s'organiser maintenant, et nous nous étions mis à parler de hockey, son rire joyeux quand je lui dis qu'on ne mangeait plus de soupe Campbell à la maison depuis l'émeute au Forum : « Clarence Campbell, la soupe Campbell, mon père dit que c'est la même chose ». Le rire incroyable de ce jeune homme sain et amical, et les jours suivants, en attendant dans l'angoisse mon départ pour le pensionnat, j'étais allé chercher son réconfort, me confiant à lui comme je ne l'avais jamais fait auparavant, mes peurs, mes angoisses, la seule personne au monde qui ne rougissait pas en prononçant le mot *masturbation,* parce qu'il en avait été question un après-midi, bon Dieu, dans quel état je m'étais mis, transpirant, bafouillant de gêne, les mots qui sortaient plus vite que je ne l'aurais voulu, racontant comment le père Bérubé au séminaire nous forçait à regarder son satané *Livre sans titre,* un bras ferme autour de nos épaules, seize gravures laides et vieilles, tachées par endroits, un jeune homme en santé dont l'état se dégrade au fil des planches, la dernière le montrant décharné, le corps couvert de plaies, avec la légende suivante : « À dix-sept ans, il expire dans des tourments terribles. »

Encore une fois, ce rire comme de la vaisselle qui casse. « Ce sont des bêtises, Romain. La médecine de notre époque ne dit plus ces choses-là. Elle en parle comme faisant partie du développement sexuel de la personne, dans la mesure où il n'y a pas d'excès et que ça n'est pas provoqué par l'ennui. Donc, pas de drame, n'est-ce pas ? »

Pas de drame ? Et ces histoires sinistres de boule dans l'univers répétées jusqu'à la nausée par le père Bérubé, ses yeux de singe furieux, son haleine fétide, et son foutu *Livre sans titre* sous le bras, pour s'assurer que nous comprenions bien ce que nous risquions *pour l'éternité* : « La Terre est une boule d'acier dans l'univers… Cette boule, tous les mille ans, un grand oiseau noir vient l'effleurer de son aile… Quand le frottement de l'aile du grand oiseau noir aura usé toute la boule, ce ne sera que *le commencement* de l'éternité ! »

Et de nouveau le rire du jeune pasteur, sa main compatissante sur mon épaule : « Des bêtises, Romain. Encore des bêtises. »

Des bêtises ?

La colère que j'avais ressentie, une décharge de haine, comme du deux cent vingt volts. Tous ces gens qui mentaient : *pourquoi ?*

Et j'étais rentré au pensionnat à Rimouski, révolté mais trop peureux pour signifier mon indignation. Je me taisais, ruminant ma rancœur, tous des menteurs et même pire que des menteurs selon ce qu'on racontait au sujet de Gaby Dumont, le plus petit d'entre nous, une proie facile, une peau douce, laiteuse, pas l'ombre d'un poil, pas de bouton, presque une fille, c'est ce que les plus vieux disaient : « Hé, la fille, montre-nous ta queue ! » Et tout de suite quelqu'un lançait : « Laissez tomber, il la réserve pour les pères Johnson et Rivard. » Et tout le monde riait, et à mon grand embarras il m'était aussi arrivé de rire alors qu'il n'y avait rien de drôle là-dedans, que du tragique, la chance que nous avions, *nous,* de ne pas être *visés,* bien que je n'aie jamais su si c'était vrai, et probablement qu'aucun d'entre nous ne sut quoi que ce soit, le pauvre Gaby mouillait son lit, sans doute la seule et vraie raison de ses allées et venues nocturnes, mais nous avions trop de plaisir à imaginer autre chose, quelque chose de dégradant, avec du sexe, les rumeurs circulaient, et les rumeurs ne sont-elles pas plus excitantes que de savoir qu'un pauvre garçon de treize ans fait encore pipi au lit ?

Et une nuit il s'était levé sans faire de bruit, comme il le faisait souvent, il avait apporté avec lui son drap, comme il le faisait quand il mouillait son lit, l'avait déchiré pour en faire une corde solide, l'avait passé par-dessus la tuyauterie du plafond de la salle de toilettes, et nous l'avions découvert au petit matin, nos cris épouvantés et nos haut-le-cœur devant ce corps devenu répugnant, le cou brisé, les yeux sortis de leurs orbites, la peau bleue à faire peur, la langue pendante et de la merde dans son pyjama ; la puanteur nous avait sauté aux narines. Il s'en était trouvé pour rire, *pisseux et chieux jusqu'à la fin,* sauf que c'était nerveux, de la panique, nous en ferions tous des cauchemars, en tomberions malades – les symptômes de la mononucléose étaient apparus après. On avait dit aux parents que leur fils était fragile psychologiquement, pas fait pour être heureux dans un pensionnat – comme si nous pouvions l'être –, et les parents, dévastés, en avaient pris toute la responsabilité.

Mais les vrais coupables, c'était nous, avec nos moqueries cruelles. Un sentiment de culpabilité si fort que j'avais été incapable de retourner au séminaire, une fois guéri.

Je descendis de la jeep, une main fermée sur le col de ma veste, et allai frapper à la porte de la petite église de John Kinnear, avec son enseigne peinte en blanc et vert forêt : ÉGLISE UNIE DU CANADA, SERVICE DU DIMANCHE : 11 H A.M. Pas de réponse et pas de surprise, non plus : la dernière fois que nous nous étions téléphoné, John m'avait parlé d'un colloque en Écosse à la fin du mois d'octobre, il était parti avec sa femme et Tommy, ils allaient en profiter après pour voyager en Europe. Dommage. J'aurais tant aimé lui parler. S'il avait su que j'étais ici et pas lui ! Toutes ces années où il avait tenté de me faire changer d'idée : « Viens nous voir... C'est de l'histoire ancienne... Je ne te comprends pas, Romain, on dirait un blocage... »

Je retournai dans la jeep, mis le chauffage au maximum. Dans le rétroviseur, j'aperçus Fluke qui s'en venait à vive allure dans sa vieille Lincoln. Il me dépassa sans ralentir, me jeta un regard narquois, et je pensai à cette fois où j'avais cru qu'il allait me dénoncer, puis un grand rire me secoua au souvenir des boîtes de Tampax, dix boîtes que j'avais trouvées dans l'arrière-boutique du magasin de ma mère, un soir que mes parents n'étaient pas là, c'était après ce dîner éprouvant chez les Egan, un besoin urgent d'en avoir le cœur net. D'abord un choc, comme on tomberait sur des magazines pornos dans la chambre de ses parents, puis de la fierté : ma mère n'était pas de ces vieilles catholiques dont Robert Egan se payait la tête. Elle *en* vendait, mais à *qui* ? Sûrement pas à Dana qui, un jour, s'était pointée au magasin avec sa sœur Ethel. Des mots avaient volé entre elles, ou des sons : *axe* ou *paxe* ou peut-être *taime-paxe,* et ma mère s'était braquée comme si on venait de l'électrocuter : « Qui vous a dit ça ? »

Dana avait parlé de Margaret Tees.

Ma mère en vendait à madame Tees, et pas à madame Egan ?

« Ce n'est pas grave, dit Dana. Je vous remercie. »

Et les deux femmes étaient reparties, peut-être un peu saisies par la réaction de ma mère, mais elles étaient restées polies.

Leur tête quand j'avais frappé à leur porte, un sac caché sous mon blouson. Leurs rires irrépressibles, embarrassants : « On pourrait croire à un pervers ! – Mais non, il est trop mignon ! »

Non, impossible d'oublier ça.

J'appuyai sur l'accélérateur, direction : le *clubhouse*.

10

Les jeudis soir au *clubhouse* de Métis Beach !

Au programme : *Sur les quais, Buffalo Bill, Johnny Guitar, Moby Dick* et tous les Gary Cooper. L'entrée était libre, je m'y rendais avec l'enthousiasme qu'on aurait aimé me voir à confesse, avec Jean et Paul, les frères de Françoise, qui nous rejoignait plus tard, une fois finies la cuisine et la vaisselle chez les Egan. Ses mains déjà rugueuses pour son âge !

Le dernier rang près de la porte, c'est là que nous nous asseyions, comme si nous n'étions pas tout à fait les bienvenus au milieu de ces jeunes de Métis Beach, quoique nous sachions que nous l'étions, leurs parents chez qui nous travaillions n'hésitaient pas à nous le rappeler, ravis de contribuer d'une certaine manière à notre éducation, un devoir social plutôt que de la charité. Nous y allions donc frémissants de plaisir, mais aussi d'inquiétude : pas toujours facile de comprendre ces films compliqués, tous dans leur langue, évidemment. Un œil sur l'écran, l'autre dans la salle, à guetter leurs moindres réactions, surtout ne pas perdre la face, le rire, l'étonnement et la peur que nous parvenions à feindre avec, ma foi, presque autant de talent que les femmes l'orgasme, comme je le constaterai avec stupéfaction des années plus tard dans *When Harry Met Sally*.

Les jeudis soir au *clubhouse* de Métis Beach ! Les cokes et les chips achetés à la petite cantine violemment éclairée au néon, savourés dans l'obscurité électrisante de la grande salle.

Gail s'installait dans la première rangée, flanquée de cet imbécile de Johnny Picoté Babcock, avec son air stupidement enamouré, toujours prêt à lui mettre un bras autour des épaules.

Quand elle riait, j'explosais de rire ; quand elle était émue, je me fabriquais un visage triste ; et quand elle avait peur, je me préparais à lui faire un sourire rassurant.

Mais jamais elle ne tournait la tête dans ma direction.

Je n'avais pas revu Gail depuis la terrible soirée chez ses parents, lorsqu'elle m'avait pris par la main et m'avait entraîné dans le jardin, des larmes de fureur dans les yeux. Elle parlait de son père avec rage, écœurement : « Tu aurais mieux fait de ne pas passer par là, ce matin-là. Il aurait pu se noyer, quant à moi… » Je l'écoutais, paralysé, un peu effrayé même. Cette lueur qu'elle avait dans les yeux, un feu intense, impossible à maîtriser. « Je suis désolée, Romain. C'était mon idée. Une idée stupide. » C'était donc Gail qui avait insisté pour qu'on m'invite ce soir-là, et sa mère s'y était mise, elle aussi – « Il t'a sauvé la vie, Robert ! » –, et son père, à demi vaincu, avait fini par accepter : « Bon, tant qu'à se coltiner une soirée ennuyeuse avec un garçon timide, invitons ce vieux casse-pieds de Barnewall. » Dans la fraîcheur de la nuit sans lune, Gail parlait vite, bouillait de colère, cette façon agressive – et pas très cohérente – qu'elle avait de s'exprimer comme si elle s'attendait à être contredite : « Jamais je ne dépendrai d'un homme arrogant comme mon père ! Jamais je ne vivrai la vie ridicule de ma mère ! Je serai avocate, avec un grand bureau et des clients importants ! Je serai indépendante ! Tu comprends ? Tu comprends *ça* ? » Et une expression d'envie impuissante s'était dessinée sur mon visage : pas besoin de grandes études dans un collège protestant de Westmount pour comprendre qu'une jeune fille qui voulait devenir avocate ne s'intéresserait jamais à un plouc comme moi.

Et depuis ce dîner, elle ne m'avait plus adressé la parole. Comme si rien n'était arrivé ce soir-là.

J'étais tellement timide, bon Dieu ! J'enviais les garçons de Métis Beach qui lui tournaient autour avec assurance, tel Art Tees, toujours à faire le singe pour l'amuser, un vrai numéro lorsqu'il se mettait à chahuter et à siffler pendant les scènes d'amour, deux personnes qui s'embrassent, quel malaise ! mais rien de mieux qu'une bonne blague d'Art pour nous en délivrer.

Chaque fois, Françoise arrivait aux trois quarts du film, cherchant son chemin dans l'obscurité, bousculant les chaises de son gros derrière. Chaque fois, son frère Paul libérait la place qu'il occupait à côté de moi pour la céder à sa sœur. Chaque fois, elle sentait la graisse de rôti et les oignons. Et chaque fois, le film à peine terminé, elle me chuchotait à l'oreille, sa grosse main rugueuse sur mon épaule : « Raconte-moi le début. »

Oh que ça m'énervait ! Je n'en avais rien à foutre, moi ! Tout ce qui m'intéressait, c'était Gail, attirer son attention, mais sans jamais y parvenir, trop coincé, bon sang ! C'était souffrant de la regarder rigoler avec les autres à la cantine, un coke à la main, et cette sangsue de Johnny Picoté à ses côtés. Les jours de chance, elle m'envoyait la main, mais en général elle repartait sans même m'avoir regardé, se disant peut-être que *Françoise et moi…* Seigneur !

Puis arriva ce soir de juillet 1962, l'été de mes dix-sept ans. *La Fureur de vivre* avec James Dean et Natalie Wood, c'est ce qu'on présentait au *clubhouse,* un véritable événement auquel nous nous étions tous préparés : blouson de cuir sur t-shirt blanc, cheveux enduits de brillantine pour les garçons ; jupe plissée à taille haute, chaussettes blanches et cardigan de couleur pour les filles. Un film que la plupart des jeunes de Métis Beach avaient déjà vu à Montréal, certains, deux ou trois fois, une sorte de pèlerinage pour eux – *Suivez votre propre chemin même s'il conduit au pire* –, et ils frissonnaient d'excitation, de l'électricité dans l'air.

Gail s'était présentée au volant de l'Alfa Romeo rouge de sa mère avec son amie Veronica McKay, dont les parents possédaient la grande maison de style normand un peu à l'est de la propriété des Egan. Elles riaient toutes les deux, se donnaient des coups de coude complices comme si elles avaient un plan ce soir-là ou se doutaient qu'il allait se passer quelque chose, *quelque chose d'extraordinaire.* Le stationnement du *clubhouse* était bondé de petites voitures sport, leurs moteurs ronflant ; on venait à la grand-messe James Dean en auto, pas autrement.

Mon père avait refusé de me prêter sa Chevrolet Bel Air. Le ton avait monté à la maison, et quand j'étais sorti en claquant la porte, ma déception de constater que la Rambler des Coutu n'était plus là, Jean et Paul étaient déjà partis, ils avaient eu plus de veine que moi avec leur vieux. Il ne me restait plus qu'à enfourcher mon vélo, ma vieille CCM qui avait perdu l'éclat de son premier été, au risque d'arriver là-bas avec des ronds de sueur sous les aisselles. Quelle humiliation.

J'en avais passé du temps dans ma chambre, la porte verrouillée, à contempler, découragé et anxieux, ma pauvre garde-robe. Ma mère avait beau avoir un magasin de vêtements, des jeans et des blousons de cuir, elle n'en vendait pas, c'était pour les voyous, qu'elle disait, ces jeunes mal élevés que l'on voyait des fois dans le journal, des histoires de rixes ou de vols à Québec ou à Montréal. J'avais finalement opté pour un pantalon noir et une chemise blanche à manches courtes, son col empesé, raide comme du carton, qui m'irritait la peau. Pour mes cheveux, ils étaient trop courts pour en faire quelque chose de bien, pas d'autre choix que de me contenter d'un peu de pommade et d'une raie nette tracée au peigne sur le côté.

Dans le miroir au-dessus de ma commode, je me faisais l'effet d'un jeune vieux d'un autre temps, que l'on cherchait à tout prix à protéger de la dangereuse modernité qui pointait à l'horizon, cette modernité qui appartenait à la jeunesse, pas à nos parents sans grande instruction et dépassés par ce monde qu'ils ne comprendraient jamais vraiment.

S'amuser? La vie n'est pas une partie de plaisir, mon garçon! Elle est faite de devoirs et de responsabilités.

Pourtant, en cet été 1962, je me sentais un homme, fier de mes presque six pieds, la barbe commençait à me bleuir les joues, mon corps, plus harmonieux, s'était musclé à travailler dur à la scierie des McArdle. Rien à voir avec l'été d'avant, alors que mes pieds et mes mains présentaient des proportions inquiétantes et que le reste de mon corps n'avait pas fini de pousser, parfois par assauts douloureux qui me réveillaient la nuit. Si mal dans mon corps qu'on m'avait peu vu du côté de Métis Beach, sauf pour honorer mes contrats. Il y avait eu cette fois chez les Egan avec mon père, sur la toiture pourrie du garage que nous devions remplacer, je tenais difficilement sur mes jambes, comme si je n'arrivais pas à bien les coordonner, je dépassais le vieux d'une bonne tête déjà, mais ça ne l'empêchait pas de me traiter comme si j'étais un petit garçon : « Incapable! Bon à rien! » Toute mon enfance, son affection que j'avais recherchée sans jamais la trouver ; il était distant, glacial, et lorsqu'on se retrouvait seuls, tout de suite cet air maussade, et ses yeux, qui d'ordinaire s'animaient en compagnie des autres, se vidaient comme des baignoires. Un clou mal rentré. Un coup de pinceau maladroit. Une gouttière mal nettoyée. Toujours à me prendre en défaut. Et si par malheur quelques mouches mortes sur le rebord d'une fenêtre avaient échappé à ma vigilance, il les ramassait avec ses grosses mains calleuses, me les mettait sous le nez : « Qu'est-ce que c'est que ça ? T'es devenu aveugle ? » Et donc cette fois, sur la toiture du garage des Egan, j'avais fini par perdre l'équilibre, une de mes jambes était passée au travers des bardeaux pourris, et plutôt que de s'inquiéter pour moi, il m'avait crié après, assez fort pour que Gail, qui se trouvait dans le jardin, nous dévisage, perplexe, et moi si blessé dans mon orgueil que je l'avais évitée le reste de l'été.

Mais en cet été 1962, c'était différent. J'étais un homme, c'est du moins ce que je croyais, et me débrouillais plus que bien en anglais après ces deux hivers à travailler pour les McArdle.

À l'intérieur du *clubhouse,* Jean et Paul m'attendaient, cheveux huileux, blousons satinés et cols relevés, à la fois embarrassés et fiers de leur accoutrement. Ma place était réservée à côté d'eux comme d'habitude, et Françoise, qui avait pu se libérer plus tôt chez les Egan, m'envoyait la main en trépignant comme une petite grosse que l'on emmène à la confiserie.

« Désolé, les gars, dis-je. Je préfère être plus près de l'écran ce soir. »

Jean et Paul m'avaient regardé comme si je les avais vexés, et j'avais continué mon chemin, pour me couler jusqu'à la troisième rangée, à seulement quelques places de Gail et de Veronica McKay. Mes yeux avides sur Gail. À quelques reprises, elle s'était tournée vers moi, des petits coups de tête secs et interrogateurs comme quelqu'un qui se sent épié. Je lui avais souri, elle avait froncé les sourcils. Peut-être que dans l'obscurité elle ne me reconnaissait pas. Ou qu'elle cherchait quelqu'un d'autre.

Nous fûmes tous bouleversés par la mort de Platon, joué brillamment par Sal Mineo. À la fin du film, Gail, Veronica et les autres filles s'épongeaient les yeux avec des kleenex, se taquinant les unes les autres. Les gars, eux, avaient des yeux rêveurs, songeant à ces rebelles à l'âme torturée, des héros modernes plus séduisants pour eux que ceux de leurs pères, du temps de la guerre.

L'œuvre de Nicholas Ray réveilla en moi un douloureux sentiment d'échec. J'avais manqué le bateau en abandonnant le séminaire, plus possible maintenant de faire de grandes études comme ces jeunes dans le film, ou ceux de Métis Beach qui fréquentaient déjà l'université ou le feraient bientôt.

Sur la pelouse humide de rosée du *clubhouse,* certains d'entre nous marchaient en silence. Dans le stationnement en gravier, les moteurs des voitures sport tournaient déjà, leurs phares éclaboussant la nuit découpaient nos silhouettes. Gail placotait avec Veronica McKay, jetant autour d'elle des regards soucieux, comme si elle attendait quelqu'un qui n'était jamais venu. Elle semblait nerveuse, surexcitée. Art Tees venait de lui proposer quelque chose, elle lui avait parlé avec brusquerie et il s'en était retourné à sa MGA vert bouteille, l'air contrarié, ça se voyait à la façon dont il faisait tourner ses clés entre ses doigts. Après une *soirée pareille* et un *film pareil,* un garçon éconduit par une fille ne pouvait faire autrement que de se sentir humilié.

Et pourtant, je marchai vers elle. Le cœur battant, les genoux chancelants. Et ces mots pas très habiles dans ma bouche, une fois devant elle : « Tu te plais à l'université ? » Son regard vexé, comme si je me payais sa tête : « Je vois que tu es en retard dans les nouvelles. » À côté d'elle, Veronica m'ignorait superbement : « Tu viens me retrouver après ? Je serai là-bas – elle avait montré du doigt un groupe de jeunes qui fumaient autour de la Mercedes sport de madame Babcock –, avec Johnny. » Elle s'éclipsa et Gail se raidit, les bras croisés serrés sur sa poitrine, elle n'était pas d'humeur à poursuivre la conversation. Du coin de l'œil, j'aperçus dans la Rambler Jean et Paul qui m'avaient évité à la sortie, et Françoise, dans le siège du passager, qui dardait sur moi ses yeux stupides, bouillants de reproche. Je dis quand même : « Tu n'iras pas à l'université ? Pourquoi ? » Son ton faussement emballé : « Je suis fiancée, tu ne le savais pas ? » Devant mon air hésitant, elle se mit à rire, un rire jaune indigné, de rage. Puis elle se moqua de ses parents et de ce mariage qu'ils lui imposaient quelques semaines après ses dix-huit ans, en octobre, avec l'héritier des Assurances Drysdale, un dénommé Donald Drysdale. Tout était organisé, ce serait un gros mariage coûteux au Ritz-Carlton de Montréal, tout le gratin y serait, les familles les plus riches du pays, quelques ministres et même Frank Sinatra, qui avait accepté pour une somme d'argent indécente de chanter son *Love and Marriage*. J'eus un tremblement au cœur.

« Super.

— Super ? dit-elle, écœurée. Ma vie va s'arrêter ! Gail Egan n'existera plus ! Je serai désormais la femme de mon mari et la mère de mes enfants, comme toutes ces femmes et ces mères interchangeables.

— Et ton rêve d'être avocate ? »

Elle tressaillit. « Ils n'en ont rien à foutre ! Une femme respectable reste à la maison, organise des fêtes, s'occupe des enfants et des domestiques.

— Ne te marie pas, alors. Le mariage et les enfants, c'est un piège. Simone de Beauvoir l'a dit. Tu l'as lue ? »

Elle écarquilla les yeux, ses yeux si étranges ce soir-là, puis s'étrangla de rire.

« Qui ?

— Simone de Beauvoir. C'est une féministe.

— Une quoi ?

— Une féministe. »

Ce rire fou, sauvage qui la terrassa, à croire qu'elle avait devant elle un analphabète qui aurait appris quelques mots compliqués dans le dictionnaire pour frimer. Blessé, j'allais tourner les talons quand Veronica, surexcitée, l'appela : « Gail ! Je suis ici ! » Elle avait pris place dans la Mercedes sport à côté de Johnny Picoté, une caricature grotesque de rockabilly, avec sa coiffure ridicule, une banane huileuse. Il raccompagnerait Veronica, c'est ce qu'elle hurla à Gail, qui haussa les épaules.

« Viens, dit Gail.

— Moi ?

— Oui, toi. Qui d'autre ? »

Et je l'avais suivie dans le stationnement, le cœur palpitant d'excitation. Elle me fit monter dans l'Alfa Romeo décapotable de sa mère, démarra le moteur et enclencha les vitesses avec confiance et précision, comme si elle avait de longues années d'expérience derrière elle. Ce n'était plus une jeune fille, c'était une femme, au vrai corps de femme, sa jupe était relevée sur ses cuisses – exprès ? par accident ? –, ses petits seins, fermes et pleins sous son cardigan rose pâle. Une tension brûlante entre les jambes, une envie dévorante de la toucher. Elle conduisait vite, le front plissé, sa queue de cheval aux pointes blanchies par le soleil bondissait sur sa nuque. Je ne savais pas où elle m'emmenait et n'osai pas le lui demander. Gail Egan ! En voiture avec Gail Egan ! La tête de Françoise, Jean et Paul lorsque nous les dépassâmes sur la petite route gravillonnée du *clubhouse* ! Une bouffée de vanité puérile m'envahit, le sentiment ardent que ma vie surpassait maintenant tout ce dont j'avais pu rêver. J'étais en train de devenir un des leurs, un de ces jeunes de Métis Beach. Oui, moi, Romain Carrier.

Gail donna un coup de volant à gauche, engageant l'Alfa Romeo dans la rue Beach. Nous passâmes à grande vitesse devant la propriété de Clifford Wiggs, et je pensai à ses deux cygnes retrouvés morts dans l'étang au début de l'été, et me demandai ce que Gail dirait si je lui racontais ce que je savais. « Bang, bang, du premier coup », avait dit Louis. Avec des flèches. On avait cru à une bête sauvage, mais une bête sauvage ne fait pas des trous aussi nets et précis. Des soupçons sur lui, mais pas de preuves. « Mais pourquoi ? » avais-je dit, choqué. Il avait détourné les yeux, s'était essuyé le nez avec ses doigts sales aux ongles crasseux. « Ils traitent les humains comme des animaux, et les animaux comme des humains. Ils ont tué mon père, je tue leurs animaux. – Qu'est-ce que Wiggs a à voir avec la mort de ton père ? – C'est un Anglais. Tous les Anglais sont coupables. Si on te demande où j'étais hier soir, j'étais chez toi, OK ? » Et deux jours plus tard, lorsque Frank Brodie, le policier privé de Métis Beach, se présenta à la maison, je mentis, ne sachant pas que je le regretterais.

Une fois dépassée l'église du révérend John Kinnear, Gail hurla dans l'air humide, une sorte de cri primal, de désespoir, qui me fit frémir. *Folle*, me dis-je. *Elle est complètement folle.* Au compteur de vitesse, l'aiguille, nerveuse, ne cessait de monter, et la voiture lancée dans la nuit vibrait sur la chaussée lisse.

« Tu sais comment ma mère me vend la chose le plus sérieusement du monde ? » Elle se pinça les narines et emprunta la voix suraiguë de madame Egan, celle des dîners en société et des compliments empressés : « Ma fille, tu verras, avec le temps, tu finiras par l'apprécier. En plus, tu n'imagines pas la chance que tu as. Tu vas vivre une vie encore plus luxueuse que celle de ta mère ! Tu te rends compte ? Tu pourras te payer toutes les toilettes que tu veux et aller les acheter à Paris ! Ooooh, ma fille, c'est merveilleux ! »

L'Alfa Romeo avait quitté la rue Beach et filait à vive allure vers l'ouest sur la route 132.

« Je t'envie, Romain. Je sais que tu trouves ton monde petit et étouffant, mais tu peux le quitter, et tu sais que ce sera pour le mieux. *Toi, tu peux espérer mieux de ta vie. Pas moi.* »

Je restai silencieux, je ne la croyais pas. Au bout de quelques kilomètres, elle tourna à droite, un autre coup de volant brusque, emprunta la route Lighthouse et roula jusqu'à la pointe qui se jetait dans la mer, là où se dressait le phare de Métis Beach. Gail gara la voiture un peu plus bas, la marée était haute ce soir-là, et éteignit les phares. Derrière nous, les maisons des deux gardiens du phare, qui se relayaient jour et nuit pour l'alimenter.

Le vacarme des vagues qui se brisaient contre les rochers. La nuit étoilée comme une piste de danse. Gail prit ma main, et nous marchâmes en bordure de la grève en évitant de nous mouiller les pieds. Mon cœur battait si fort, je me sentais vaciller dans mes chaussures glissantes. Incohérente, haletante, Gail parlait vite, un mélange d'anglais et de français, de sa famille, de Don Drysdale qu'elle allait épouser, de ce mariage dont elle ne voulait pas, de ce jeune homme de vingt-quatre ans dont elle ne voulait pas et du pénis qu'il mettrait en elle et qui la dégoûterait, elle le savait. Elle le savait pour l'avoir déjà fait, ou presque, avec un garçon « gentil comme toi », le frère d'une amie à elle, ça s'était passé dans leur grande maison de Westmount, les parents n'étaient pas là et les domestiques resteraient muets comme d'habitude, de peur d'être pris pour des menteurs et d'être congédiés. « Les enfants aussi sont leurs patrons, tu comprends ? » Ce soir-là, son amie disait l'avoir fait avec l'autre garçon qui avait été invité. « Au... au complet ? » lui avait demandé Gail. Oui, ils l'avaient fait au complet, mais pas Gail, elle s'était retrouvée nue dans la chambre du frère, mais n'avait pas assez d'attirance pour ce garçon gentil, pas assez pour aller jusquelà et « le laisser mettre son... tu vois ? » Elle parlait sans pudeur, désespérée, des larmes de rage dans les yeux, avec quelque chose de sauvage, de fou. Des histoires décousues, choquantes qui m'embarrassaient au point de douter ensuite de les avoir entendues. Je n'eus pas le temps de réfléchir à la manière dont j'aurais pu l'amener à m'embrasser ; elle attrapa ma nuque, força mon visage contre le sien, son souffle brûlant, comme un chien qui halète, et m'embrassa avec urgence, avec la langue.

Ce n'est que le lendemain que l'on apprit ce qui était arrivé à Johnny Babcock et à Veronica McKay. Sur la 132, à l'intersection de la route MacNider. Une voiture avait tourné à gauche, n'avait pas vu venir à toute vitesse la Mercedes sport. La colonne de direction lui avait transpercé la poitrine, Veronica avait eu la nuque brisée.

Cette nuit-là, Métis Beach perdit ses couleurs comme si on lui avait retiré tout son sang. Anéantis, les Babcock et les McKay rentrèrent à Montréal ; suivirent d'autres familles qui disaient ne pas pouvoir continuer à profiter de l'été, pas après une telle tragédie. Cette nuit-là, pendant que l'on extirpait du tas de ferraille les corps mutilés et brisés de Johnny Picoté et de Veronica, la jeunesse dorée de Métis Beach s'était endormie en rêvant aux jeunes héros torturés de *La Fureur de vivre*, à cette scène, en particulier, où ils se font expliquer la fin de l'univers tandis qu'ils contemplent avec inquiétude la voûte céleste du planétarium : « La Terre ne sera pas oubliée... Les problèmes de l'homme sont triviaux et naïfs... L'homme, dans son isolement, est un épisode de peu de conséquence... »

Les funérailles eurent lieu dix jours plus tard à Montréal. Le Tout-Métis Beach s'y était rendu, une semaine de juillet vide et triste comme à la fin du mois de septembre. Quelques familles revinrent, mais ce n'était plus pareil : les courts de tennis resteraient déserts, leurs dériveurs ne quitteraient plus la grève, cordés serré comme de petites baleines échouées. Même le garden-party de madame Tees serait plus sobre et plus intime cet été-là.

J'avais prié, façon de parler, pour que Gail revienne. Elle m'avait foutu le feu au corps, une allumette qui s'embrase, et elle me laissait en plan *comme ça*? Cette brûlure cuisante, perpétuelle dans le bas-ventre, et les regards soupçonneux de ma mère comme du temps où elle fouillait dans mes affaires et qu'une fois, indignée, elle avait fait voler les pages d'un *National Geographic* que m'avait refilé le vieux Thomas Riddington, jusqu'à la photo des deux Africaines aux seins nus : « C'est ça qui t'intéresse, hein ? Dis pas le contraire ! »

J'étais devenu une vraie bombe à retardement, une agitation tenace, irradiante entre mes cuisses, pas ces petites érections terri-fiées de l'époque du pensionnat, gâchées par la culpabilité.

Mes prières furent exaucées. Gail fut de retour quelques jours plus tard avec ses parents, plus déstabilisée qu'avant, ses yeux étranges, absents. Elle ne reparlerait jamais de l'accident, et quand fut annulé le tournoi de tennis organisé par le *clubhouse*, elle dirait d'une voix presque enjouée : « Johnny l'aurait remporté de toute façon. Il le remporte tous les ans », comme s'il vivait encore et qu'il s'agissait d'une mauvaise blague et que Johnny et Veronica finiraient par resurgir aux jeudis cinéma, annulés eux aussi.

Gail pouvait m'ignorer pendant des jours, puis, sans avertisse-ment, se présenter à notre magasin – « Romain est là ? » – et m'en-traîner sur la grève d'une main impatiente, où elle m'embrassait avec fougue, se moquant éperdument d'être vue.

Parfois elle me donnait rendez-vous au *clubhouse* pour boire un coke, mais pouvait, si elle était entourée d'amis, faire comme si je n'existais pas. C'était à n'y rien comprendre.

D'autres fois, elle attendait devant chez elle, dans la rue Beach, que je rentre à vélo de chez le vieux Riddington où j'avais tondu la pelouse sous un soleil de plomb, et se jetait sur moi en me reniflant comme un petit chien, apparemment excitée par cette odeur de sueur fermentée qui me collait au corps et me gênait. Je disais : « Non, Gail, je suis dégoûtant. » Mais elle continuait, même si elle était consciente qu'on nous regardait, et m'embrassait avec la même ardeur que la première fois, dans l'urgence pressante des gens qui se savent condamnés.

« C'est une fille fragile, me mettait en garde Dana, avec cet air qu'ont les parents qui se font du souci pour leurs enfants. L'accident l'a fortement ébranlée. Plus que nous tous. Et son père est fou. Robert Egan est un homme vicieux dont il faut se méfier. Ne l'oublie pas. »

Des jeunes à Métis Beach tenaient bien tête à leurs parents, alors pourquoi pas Gail ? Pourquoi n'avait-elle pas dit non à ce mariage ?

« Il y a des gens qui préfèrent souffrir plutôt que de décevoir les autres, disait Dana. S'affirmer pour eux est douloureux : c'est risquer de ne pas être aimé. »

Mais Gail détestait ses parents, elle ne quémandait pas leur amour ! « Oh, Romain, c'est plus compliqué que ça. Et ça l'est encore plus pour une femme. Crois-moi. »

Un jour, dans un de ses moments d'agitation qui l'empêchaient de tenir en place, Gail avait eu l'idée de nous photographier. Elle avait dit, les yeux enfiévrés par une surexcitation soudaine que je m'étais gardé d'encourager : « Quand je serai mariée et que je m'ennuierai à mourir, je regarderai la photo que j'aurai cachée à un endroit qu'il ne découvrira jamais, et ce sera comme une petite victoire. Une petite victoire d'indépendance. Tu comprends ? »

Elle avait parlé d'en confier la tâche à Françoise, et je m'étais senti défaillir. « Non, Gail. Pas Françoise… » Elle m'avait regardé d'un air moqueur : « C'est drôle qu'un garçon comme toi n'ait pas plus de nerfs que ça. » Elle avait attaqué la volée de marches comme si elle avait une bonne nouvelle à annoncer, s'était rendue dans la cuisine où Françoise avait commencé à préparer le repas du soir. Ses parents étaient partis jouer au golf, ils en avaient pour l'après-midi. Quelques minutes plus tard, elle en ressortait, une Françoise boudeuse et récalcitrante sur ses talons. Gail dirait après : « Tu aurais dû l'entendre quand elle a dit : "Tu sais ce que tes parents en pensent. De toi et… Romain…" Sa grimace dégoûtée quand elle a dit ça ! » Mais Gail avait insisté, avait même crié un peu : « Une photo, merde ! Juste une photo ! » Et Françoise avait jeté son tablier sur le comptoir et avait suivi Gail en maugréant jusque dans le jardin, où je les attendais, tendu comme un arc. Ses yeux ! Comme si elle disait : *Ça va te coûter très cher, Romain Carrier. Compte sur moi.* Et son air buté de bouledogue quand Gail lui avait flanqué dans les mains son appareil photo, un petit Minolta plat. « Qu'est-ce que tu veux que je fasse avec ça ? » D'un ton aussi sec, Gail avait répondu : « Sûrement pas des tartes. » Et j'avais éclaté de rire. Furieuse, Françoise avait appuyé son doigt sur le bouton, imaginant peut-être une gâchette à la place. « Vous êtes contents, là ? » Et d'un pas rageur, elle s'en était retournée à ses chaudrons.

J'étais nerveux et n'aimais pas ce que je voyais de Gail. Et pourtant, je l'avais laissée m'entraîner dans le garage, où nous nous étions mis à nous peloter. « Si Françoise savait, avait dit Gail, la voix triomphante, elle en serait malade de jalousie. » Elle avait imité Françoise, se moquant de son gros derrière sans que j'arrive à trouver ça drôle. « Détends-toi, Romain. Rien ne peut nous arriver ici. Nous sommes dans un autre monde, une autre galaxie. Nous pourrions y passer la vie et nous nourrir d'huile à moteur et de peinture. » Et elle riait, et elle m'embrassait, la main dans mon pantalon, dans ce garage obscur et humide, parmi le désordre et les vapeurs d'essence. La tête me tournait, mon cœur battait vite. Puis j'avais entendu le gravier éclater sous les pneus de la Bentley : « Tes parents ? » Gail avait pouffé ; je lui avais mis la main sur la bouche : « Chut ! » Par la petite fenêtre à carreaux, on les avait vus entrer dans la maison et en ressortir aussitôt avec Françoise, un bras tendu vers le garage : « Là. » La haine que j'avais éprouvée pour elle. Et la panique. Impossible de s'échapper. « Cache-toi ! » avait dit Gail en m'amenant derrière une pile de chaises de jardin. Les pas lourds, furieux de Robert Egan dans l'allée gravillonnée, sa main puissante ouvrant d'un coup sec la porte du garage. « Je sais que vous êtes là. Sortez ! » Son visage empourpré, les yeux exorbités, un bâton de golf dans la main. Il avait d'abord attrapé le bras de sa fille, l'avait serré à la faire crier de douleur et l'avait giflée. Puis s'était tourné vers moi et avait levé haut dans les airs son bâton, menaçant de l'abattre sur ma tête. J'avais reculé, terrifié, faisant tomber des objets autour de moi, renversant outils et pots de peinture, me cognant les coudes et les genoux contre l'Alfa Romeo de madame Egan. Gail criait : « Ne lui fais pas mal ! Il n'a rien fait ! » Mais Robert

Egan n'entendait rien, il m'avait coincé entre un escabeau éclaboussé de peinture et les hélices tranchantes d'un moteur de bateau. « Non, papa ! Non ! S'il te plaît ! » Autour de nous, les choses vacillaient, s'écrasaient sur le sol. « Ma fille va se marier, bon Dieu ! Laisse-la tranquille ! » Son bâton fendait l'air, éraflant au passage la voiture de madame Egan, que j'avais réussi à contourner, me faufilant entre elle et les murs, m'empêtrant les pieds dans des bouteilles vides, un fracas de bouteilles vides, et j'avais détalé comme un lapin.

Quand j'étais arrivé à la maison, mon père m'attendait. Il était déjà au courant, Robert Egan n'avait pas perdu de temps. Il s'était jeté sur moi comme un animal enragé. Et il avait cogné. Son poing dur dans mon estomac, me laissant stupéfait, le souffle coupé. « Qu'est-ce qui t'a pris ! Tu veux nous faire honte, c'est ça ? De quoi on a l'air, nous, espèce de… ! » Et il allait frapper de nouveau quand ma mère avait hurlé si fort que mon père l'avait poussée contre le mur. J'avais dit, cherchant désespérément mon air : « Touche pas à m'man, sal… », mais ma voix n'était plus qu'un râle inaudible dans cette cacophonie de hurlements et de larmes. « C'est fini pour toi, Métis Beach ! Je vais faire annuler tes contrats. On veut plus te voir là-bas, c'tu clair ? Tu vas te tenir tranquille le reste de l'été, pis après on verra ! » J'avais tressailli. On ne pouvait pas me demander ça, c'était trop cruel. Que me resterait-il d'autre ? « On verra qu… ? » Ma voix s'était étranglée. « On verra quoi ? » Mon père s'était raidi, comme si je l'avais frappé à mon tour. « Ta gueule ! » Il allait m'attraper par le collet avec ses grosses mains calleuses, mais d'un coup d'épaule je m'étais dégagé, le défiant de mes presque six pieds. « Tu veux me mettre à la porte, c'est ça ? » Et ma mère, hystérique, s'était mise à jeter de la vaisselle sur le plancher.

Avant de me précipiter dans l'escalier, je l'avais regardée d'un air désolé et, quatre à quatre, j'avais dévalé les marches jusqu'à la rue, et avais couru le plus loin possible.

11

J'avais attendu l'obscurité, tremblant de tous mes membres. La nuit était tiède, sans vent. Des éclats de voix et de la musique provenant de la grande maison des Tees arrivaient par vagues jusqu'à la grève, comme si l'on montait et baissait le volume. Au-dessus de moi, la lune presque pleine : un disque vif-argent amputé d'une toute petite partie qui le privait de sa rondeur parfaite, une sphère spongieuse appuyée contre une main.

Le Tout-Métis Beach, du moins ce qu'il en restait en cet été 1962, s'était donné rendez-vous chez les Tees pour le garden-party annuel, un événement prestigieux dont dépendait le financement des quatre églises protestantes de Métis Beach, avec tables nappées de blanc, serveurs en uniforme noir et blanc, alcool à volonté, buffet froid mais raffiné et quatuor à cordes. Dans l'air saturé d'humidité, des notes de Vivaldi, de Bach, pas cette musique à la mode que l'on mettait d'ordinaire pour faire danser les invités ; Margaret Tees avait exigé de la sobriété cet été-là, par respect pour Johnny Picoté Babcock et Veronica McKay et leurs proches éplorés, qui brillaient par leur absence, comme tant d'autres familles, des parents qui redoutaient le pire chaque fois que leurs enfants empruntaient leur voiture ou roulaient dans la leur, et qui ne pouvaient plus en supporter l'idée depuis l'accident. On savait maintenant que les jeunes n'étaient pas aussi raisonnables qu'ils le disaient : on avait fini par apprendre que Johnny Picoté avait bu au moins quatre bières au *clubhouse* ce soir-là, de la bière qu'Art et Geoff Tees avaient fait rentrer à coups de caisses – deux ? trois ? –, un jeu d'enfant pour eux, les Tees étant proprié-taires d'une des plus grandes brasseries du pays. Mais moi, je n'avais rien vu de tout ça.

Ma mère et Françoise avaient passé la matinée à confectionner des centaines de sandwichs roulés au concombre que madame Tees leur commandait tous les ans et que ma mère acceptait de faire, même si ça lui demandait de fermer son magasin un samedi. Margaret Tees payait bien, elle savait se montrer reconnaissante, et ma mère tirait de la fierté de ce qu'elle lui accordât sa confiance, une grande dame du monde qui comptait parmi ses amies la femme de Lester B. Pearson.

Dans notre cuisine, elles s'étaient activées dès sept heures, une odeur âcre, écœurante de concombre flottait partout dans l'appartement, jusque dans mon lit, et quand j'étais sorti de ma chambre, Françoise avait détourné la tête, elle n'arrivait plus à me regarder droit dans les yeux depuis l'incident du garage, et ma mère, qui prenait toujours sa défense, s'était sentie obligée de dire : « Tu sais ce que ton père a dit : tu restes ici ! » Et j'avais cru voir se dessiner sur le visage de Françoise un vague sourire de satisfaction, ou peut-être pas, mais je n'en avais rien à foutre, j'avais d'autres plans quand, plus tard, elles partiraient toutes les deux chez les Tees dans leurs robes noires et tabliers blancs, les boîtes de sandwichs au concombre empilées précautionneusement sur la banquette arrière de notre Chevrolet Bel Air.

Sur la grève, éclairée par la lune. Le cœur battant d'appréhension et d'excitation, le sexe à vif comme si on l'avait frotté avec du sable.

Ils pouvaient tous aller au diable ! Ma mère, mon père, Françoise, Robert Egan... Je refusais de voir le danger comme on refuse de prendre un blâme qu'on ne mérite pas. J'avais dix-sept ans, bon Dieu, je n'étais plus un enfant !

« Romain, c'est toi ? »

Dans le noir, Gail m'attendait, blottie dans une des chaises Adirondack du jardin de ses parents, un sourire désorienté aux lèvres. Je m'étais attendu à autre chose, qu'elle se présente un peu mieux, pas dans ce short sale et ce chemisier froissé en coton, ample, masculin, à moitié boutonné. « Gail, ça va ? » Elle ne répondit pas. Puis soudain son rire comme du verre qui éclate lorsque Locki bondit à ma rencontre, la queue fouettant l'air : « Il est *vraiment* idiot, ce chien ! S'il était bien dressé et qu'il écoutait *vraiment* mon père, il t'aurait *attaqué* ! » Mon cœur se serra : ce n'était certainement pas le genre de blagues que j'avais envie d'entendre.

« Gail ? Tu es sûre qu'il n'y a personne ?

— Tu vois quelqu'un, *toi* ? Ils sont tous là-bas à s'amuser. Parfaitement *insensibles* à la tragédie des autres. »

Cette façon de parler avec véhémence, comme si elle était furieuse ou vexée. Je me sentis blessé et déçu qu'elle se fût mise dans cet état-là, elle était ivre, je le constatai à son haleine, et ses vêtements sales, presque répugnants *pour me recevoir* ? Ce moment qu'elle avait planifié et que je n'étais pas sûr de vouloir au début, beaucoup trop risqué, elle le savait, elle n'était pas stupide, mais elle avait quand même insisté, suppliante et séductrice : « C'est important pour moi, pour toi, pour nous deux. Il y aura toujours quelque chose de spécial qui nous unira, tu comprends ? » Et bien sûr je l'avais crue, ou plutôt j'avais voulu la croire, une fille comme elle qui s'intéressait à moi, pourquoi ne pas le reconnaître, même si une partie de moi disait : *Tu te fais avoir, mon gars, cette fille ne va pas bien.* Mais à quoi servent ces ruminations, sinon à se torpiller le cœur ? Préférant me concentrer sur l'excitation mêlée d'anxiété qu'un garçon de dix-sept ans assiégé par des pulsions aussi pressantes que des envies de pisser peut ressentir à l'idée de le faire pour la première fois. Car nous savions que nous irions jusque-là ce soir-là, sans que nous l'ayons tout à fait convenu, une perspective aussi affriolante qu'effrayante, même si à regarder Gail bouger mollement la tête, ses cheveux blonds emmêlés et plaqués sur son crâne, et cette lueur de sauvagerie dans les yeux, plus incandescente encore que le soir de *La Fureur de vivre,* je me demandai si elle ne s'était pas tout simplement moquée de moi.

Je dis, de la déception dans la voix : « Tu préfères que je m'en aille ? »

Elle se braqua. « Pourquoi ?

— Tu n'as pas l'air bien. Tu es sûre que ça va ?

— Bien sûr que *ça va,* qu'est-ce que *tu crois* ? Tout le monde s'amuse ce soir. *Et nous aussi.* »

Son ton sarcastique me froissa. N'empêche que j'acceptai le bras qu'elle me tendait pour que je l'aide à se lever ; elle buta contre une chaise et s'agrippa lourdement à moi. D'un pas chancelant, elle m'entraîna dans la maison, baignée dans l'obscurité. C'était la première fois que j'y remettais les pieds depuis ce fameux dîner avec le révérend Barnewall, et je ne pus réprimer un frisson de vengeance en pensant à Robert Egan : *Cette fois, c'est pour coucher avec ta fille.*

« Non, Locki ! Non ! » Le chien nous avait suivis, jappait, faisait glisser ses griffes sur nous. Nous jouions bien, alors pourquoi pas lui ? « J'ai dit : non ! » Excédée, Gail le saisit par le collier, le tira en vacillant jusqu'à la grande porte-fenêtre et l'attacha dehors, sur la véranda ; quelques aboiements pour exprimer sa contrariété, et il finit par se coucher, le museau vers la mer.

« Tiens, bois ça. » La bouteille de Southern Comfort qu'elle avait déjà pas mal entamée. Je la portai à ma bouche, une longue gorgée brûlante qui descendit jusque dans mon estomac. Gail se laissa tomber sur le canapé ; sur la table basse, un objet d'art qui ressemblait à un œuf tomba sur le sol et roula, sans se casser, et encore ce rire qui la secoua et me figea le sang. Mes yeux se mirent à balayer nerveusement la pièce, comme s'il avait pu y avoir un piège, puis cette chose, là, ressemblant à une flamme lorsqu'on la regardait vite, ce truc mis à sécher sur le dossier d'une chaise, *le maillot rouge de Robert Egan ?* Angoissé, je dis : « Et si tes parents décidaient d'écourter leur soirée chez les Tees ?

— *Calme-toi*, Romain. »

Elle repoussa une mèche de ses cheveux blond-blanc qui ne cessait de lui obstruer la vue, prit mes mains, les posa sur ses seins. « Embrasse-moi. » Je m'exécutai, maladroit, mes mains immobilisées sur ses seins, n'osant pas les palper, comme si j'allais les briser ou qu'ils risquaient d'exploser. Une odeur d'aisselles et de sueur séchée émanait d'elle. Autour de nous, dans le séjour éclairé par la lune, les quatre grandes fenêtres ouvertes sur la mer nous rendaient aussi vulnérables que des cambrioleurs en plein jour. « Gail ?… » Elle se dégagea brusquement. « Tu trembles ? *Pourquoi ?* Il n'y a rien à craindre, *je t'ai dit !* » Puis elle avala une autre bonne gorgée de Southern Comfort. Et se mit à parler très vite, en fixant le plancher, comme si on lui avait imparti un sursis et qu'elle n'avait que ce temps pour se vider le cœur : le mariage, ses parents… « Tu sais ce que je suis pour eux? *A commodity*. Une marchandise. C'est ce que je suis pour *eux*. » Prudemment, sans chercher à l'offusquer, je risquai : « Pourquoi acceptes-tu ce mariage? » Elle se raidit, de la rage dans la voix : on l'avait promise à l'aîné du magnat des Assurances Drysdale, société prospère dans laquelle Robert Egan détenait déjà une participation, mais pas aussi importante que celle que lui rapporterait cette union, le mariage s'en venait à grands pas, ses parents trépignaient de joie. « Et moi, là-dedans? Je crois que je vais devenir folle, Romain. »

Elle attrapa de nouveau la bouteille, en but une autre gorgée, qui lui coula en partie sur la gorge. Son regard stupéfait quand je dis : « Personne ne peut t'obliger à épouser un homme que tu n'aimes pas. » Son rire, amer cette fois : « Ah, pour ça, ça leur est égal!

— Est-ce que tu l'aimes?

— Je ne sais pas.

— Tu ne sais pas?

— Non, je ne sais pas. Peut-être que oui, peut-être que non. Mais ça n'a pas d'importance. »

Elle l'aime? Pourquoi m'avoir menti?

« Si tu l'aimes, pourquoi es-tu contre ce mariage? »

Elle me regarda comme si j'étais un imbécile : « Tu ne comprends rien, Romain. Allez, viens. Après ça, il n'y aura plus jamais d'autre occasion. »

Décontenancé, je la suivis malgré tout dans sa chambre à l'étage, les jambes pareilles à de la guenille. Elle reparla du mariage, toujours avec cette rage désespérée : les Tees qui y seraient, et d'autres familles de Métis Beach aussi, pas des témoins, mais des voyeurs : « Tu sais, comme ceux qui assistent derrière une vitre à une mise à mort. » Puis elle marmonna quelque chose sur Marilyn Monroe, retrouvée morte deux semaines auparavant : « Comme si moi aussi j'allais mourir jeune. Encore plus jeune que Marilyn… » Et avec un air de défi, elle arracha de son doigt la bague de fiançailles sertie de diamants que je voyais pour la première fois – c'était donc sérieux avec Don. Puis mon reflet coupable dans le miroir au-dessus de la commode.

« Gail, non…

— Non *quoi*?

— Redescendons. Ce n'est pas une bonne idée…

— Pour qui? Ton curé? Viens. »

Je jetai un œil anxieux à la chambre : lit de jeune fille au couvre-lit rose et blanc, papier peint assorti, aquarelles enfantines authentifiées Beatrix Potter sur les murs, que madame Egan avait fièrement dénichées chez un antiquaire de Londres. Une chambre décorée de façon trop innocente pour ce que nous allions y faire, une sorte de sacrilège envers l'enfance.

Elle me décocha un regard entendu, avec un air sous-jacent de revanche, mais quelle revanche, au juste? *Elle l'aime ou elle ne l'aime pas, ce Don Drysdale?* Et comme si elle avait lu dans mes pensées – et cherché à m'humilier –, elle sortit d'un des tiroirs de la commode une photo de lui, me la fourra sous le nez avec une expression triomphante, et une bouffée de jalousie m'envahit à la vue de ce jeune homme paraissant si sûr de lui, au corps athlétique et aux dents parfaites, aussi insoutenable qu'une lumière violente, puis, à croire qu'elle voulait se faire pardonner, elle se mit à m'embrasser avec fougue, des baisers ardents, furieusement affamés, se débarrassa ensuite de son chemisier, mon Dieu, ses petits seins fermes et plus pleins que je ne l'avais imaginé, leurs pointes comme des noyaux de prunes. « Chut! » fit-elle en posant un doigt sur ma bouche. Elle vacilla sur ses jambes, enleva son short et sa petite culotte, ses yeux luminescents, remplis du plaisir de me voir la regarder; j'étais excité, bien sûr, quoique étonné de ne pas prendre tout le plaisir que j'en avais espéré, trop stressé, trop malhabile. Et cette image qui ne cessait de me narguer, ce foutu Don, beau comme dans les films que l'on présentait au *clubhouse*. J'avais peur de décevoir Gail. J'avais conscience de décevoir Gail.

« Viens!

— Non, Gail. Je ne crois pas…

— Oh! je t'en prie! Je sais que tu en rêves depuis longtemps. Après, ce sera trop tard.

— Je… je ne sais pas… »

Elle s'approcha de moi en titubant, et je me soumis à elle avec une docilité craintive. Elle déboucla la ceinture de mon pantalon, s'attaqua à mes vêtements, un coup de sang dans le bas-ventre et un brouillard dans le cerveau qui commença à me faire oublier où j'étais. Elle dit, haletante : « Aide-moi », et je trébuchai en enlevant mon pantalon et mon caleçon, mon sexe dur, dressé vers elle, que ses yeux n'osèrent pas regarder. Timidement, je m'étendis à côté d'elle ; la tension se dissipa lentement, à mesure que nos lèvres se touchèrent, nos bouches s'embrassèrent, son corps chaud contre le mien, sa peau fraîche et salée, puis ses mains soudain agitées se frayant un chemin jusqu'à mon entrejambe, une décharge électrique jusque dans les orteils, elle me guida maladroitement en elle, une chaleur moite, sublime, et ma tête se vida, ma conscience au bord de l'évanouissement, jusqu'à ce qu'un gémissement me terrasse, sans prévenir.

Ses yeux déçus, et la honte qui m'étouffa.

Elle s'écarta brusquement, pas de doute qu'elle pensait à Don, avec qui elle l'avait fait, j'en étais certain maintenant. Je voulais mourir, je voulais m'enfuir. Impossible de survivre à une telle comparaison. À une telle humiliation. Comment avais-je pu croire qu'une fille comme elle s'intéressait *vraiment* à moi ? Et puis quelle heure était-il ? Il se faisait tard, non ? Combien de temps avions-nous passé dans cette chambre ? J'avais dix-sept ans, bon Dieu, et venais de le faire pour la première fois, et ce n'était que *ça* ? Aussi décevant que *ça* ?

« Romain, je t'en prie ! Tu vas tout gâcher ! »

J'avais bondi du lit, dans un état proche de la panique. Allais bafouiller des excuses embarrassées, quelque chose comme *Il aurait mieux valu qu'on ne le fasse pas, c'était mieux avant,* mais ça ne se disait pas. Obsédé par mes vêtements éparpillés sur le plancher que je n'arrivais pas à rassembler, cherchant ma ceinture, mes chaussettes, merde, j'aurais voulu être loin déjà pour pouvoir réfléchir à tout ça à tête reposée. Et Gail qui insistait d'une voix plaintive pour que je la rejoigne dans le lit. Comme je ne répondais pas, elle se leva, furieuse, les cheveux dans la figure : « Tu as peur *de quoi* ? On dirait qu'il n'y a que ça chez toi, *la peur* ! » La remarque aurait dû me blesser, mais c'est à peine si je l'entendis. Retrouver mes foutues chaussettes et l'une de mes chaussures, que Gail repéra sous le lit et me lança d'un air malicieux, comme un os à un chien, parce qu'il fallait me voir, l'imbécile, à quatre pattes sur le sol, à moitié habillé et chaussé, aveugle au miracle devant moi, Gail toute nue, ses petits seins ballants, une tache luisante à l'intérieur de ses cuisses, mais ça ne m'intéressait plus, mes parties génitales s'étaient flétries, un bernard-l'ermite rentré dans sa coquille, quand, subitement, des bruits au rez-de-chaussée.

« Qu'est-ce que c'est ?

— Il n'y a rien du tout ! C'est le vent !

— Non ! Il y a quelqu'un ! »

Puis une plainte terrible dans la nuit. Un hurlement affreux.

Soudain folle d'inquiétude, Gail s'enroula dans un drap et se précipita hors de la chambre, une douche froide n'aurait pas eu un meilleur effet pour la désenivrer. Le cœur battant, nous dévalâmes l'escalier, bondîmes dans le salon, atterrîmes sur la véranda où régnait un silence anormal, pesant. « Locki ? dit Gail d'une petite voix nerveuse. Locki, c'est toi ? » Et à la vue du sang sur la véranda, visqueux, fumant dans l'air tiède, elle se mit à hurler, ses cris désespérés que l'on entendrait jusque chez les Tees. Pris de panique, je courus à m'éclater le cœur jusque dans le fond du jardin, descendis l'escalier en cèdre menant à la grève, et filai vers l'est, mes chevilles se tordant sur les galets. Ce pauvre chien gisant de tout son long, la gorge tranchée, pas tout à fait mort. Je vis s'illuminer d'un coup la maison des Riddington, puis celle des Hayes. Devant moi, au loin, sous la lumière argentée de la lune presque pleine, quelqu'un s'enfuyait vers le village, une silhouette costaude aux larges épaules, familière.

Ma décision était prise. J'allais le dénoncer à la police. Louis, cet égorgeur d'animaux pathologique. Le lendemain matin, on frappa à la porte de notre appartement. Ce n'était pas Louis qu'on recherchait. C'était moi.

12

Le vent avait forci, lavant le ciel à l'ouest. Ce vent froid de novembre ! L'haleine fumante, grelottant dans ma veste de daim, je m'efforçai de marcher le plus lentement possible, laissant chacune des maisons de la rue Principale me rappeler un nom : Joe Rousseau, de la caisse populaire ; Roger Quimper, du magasin général ; Jeff Loiseau, le garagiste ; Lionel Coutu, le père de Françoise, Jean et Paul... La rue Principale. Ses maisons modestes en bois ou en bardeaux d'amiante, serrées sur d'étroites parcelles, certaines entièrement asphaltées ; de petites maisons d'un ou deux étages scrupuleusement entretenues et peintes de frais comme dans le temps, rien n'avait vraiment changé, sauf pour les portes et les fenêtres que l'on avait remplacées par des matériaux modernes, et les voitures dans les allées, plus luxueuses.

Le garage Loiseau, la boulangerie Au bon pain frais et la cordonnerie Leblond avaient disparu. Le magasin général Quimper, avalé par la chaîne de détaillants Metro. Et la maison de Louis, la plus délabrée du village en ces temps-là, transformée en commerce de location de vidéos.

Ne restait que Mode pour toute la famille, le magasin de ma mère, presque inchangé, si ce n'était de la façade peinte en jaune brillant qui jurait avec le blanc terne des maisons avoisinantes et le gris mélancolique du ciel et de la mer. La même enseigne aux lettres surannées, les mêmes mannequins dans la vitrine. À l'étage, notre appartement semblait habité : des rideaux de dentelle habillaient les fenêtres, et un dessin d'enfant avait été collé dans l'une d'elles, celle de ma chambre.

Troublante, cette nostalgie qui vous fait monter les larmes aux yeux, même si les souvenirs ne sont pas si bons que ça. Des lieux, des odeurs, des sons – le tintement joyeux de la clochette au-dessus de la porte du magasin – que vous croyiez désactivés de votre mémoire, des jouets dont on aurait enlevé la pile, et voilà qu'ils vous étranglent d'émotion.

« Je peux vous aider ? »

C'était bien elle. Françoise. Elle faisait plus que ses cinquante-deux ans, son visage s'était affaissé, son corps, lourd, était encore plus massif, et ses cheveux coupés court, d'une surprenante couleur tirant sur l'aubergine.

Elle écarquilla les yeux, puis plissa le front comme si sa vue s'était soudainement embrouillée. « Romain ? »

Combien de temps nous passâmes à nous observer comme ça, hébétés et intimidés, je ne sais pas. Visiblement, elle n'était pas ravie de me voir, son sourire crispé, presque une grimace, et mon étonnement de constater que j'avais encore du ressentiment contre elle. Après un long moment d'hésitation, je dis : « Tu as l'air en forme », une délicatesse dont je compris qu'elle ne pouvait me rendre en apercevant mon reflet dans un des grands miroirs latéraux. Elle ne répondit pas, me regardait, stupéfaite, la bouche bêtement ouverte, comme si elle avait peur de moi, un type aux vêtements froissés et aux traits tirés, une barbe de trois jours sur la moitié du visage, pouvant donner à penser que quelque chose ne tournait pas rond chez lui.

Je détournai la tête, jetai un œil rapide sur les lieux : présentoirs et étalages tenus de façon impeccable, à gauche les vêtements pour hommes, à droite ceux pour femmes et enfants. Comme du temps de ma mère. Je dis, sans être étonné : « C'est donc toi qui as récupéré le magasin ? » Une expression embarrassée se répandit sur son visage. « C'est bien toi, non, qui en es la propriétaire ?

— Oui… Je…

— Il t'a fait un bon prix, le vieux ? »

Le téléphone sonna, et je vis du soulagement dans ses yeux.

« Tu veux bien m'excuser un instant ? » Elle alla prendre l'appel dans l'arrière-boutique plutôt que de décrocher l'appareil devant nous, sur le comptoir.

J'en profitai pour me promener dans les allées, tâchant de me montrer détendu. Les souvenirs remontaient lentement, pas si désagréables finalement. Comme si ma mère vivait encore et que je l'imaginais en train de s'activer entre deux étalages, une petite bonne femme nerveuse, des jambes lourdes qui la faisaient souffrir. Elle dirigeait son magasin avec poigne, sans sentimentalisme, elle était seule à bord et contente de l'être, toujours à nous donner des ordres, les boîtes des fournisseurs à transporter et à vider, et à mon père, des étagères à construire, un bout de plancher à réparer. Son magasin, c'était sa fierté. Sa *fierté de femme,* car rares étaient les femmes à l'époque qui géraient un commerce et qui n'étaient pas veuves, et puis c'est elle qui rapportait le plus d'argent à la maison, peut-être le double de ce que mettait mon père sur la table avec ses contrats de menuiserie et d'entretien à Métis Beach, mais de ça, ils n'en parlaient jamais. Quelque chose de honteux pour mon père.

Je me rendis dans la section pour hommes, où j'aperçus des manteaux. Le choix était plutôt limité : des canadiennes à l'allure vieillotte et des paletots longs, rien qui ne me plaise vraiment, puis je me hasardai dans le coin des « chasseurs », où une veste cirée attira mon attention. J'allais l'essayer quand Françoise réapparut, toujours avec cet air embarrassé. « Ce n'est pas ce qu'il te faut. Viens, j'ai quelque chose de mieux. » Cette sincérité presque enfantine avec laquelle je dis : « J'ai oublié combien c'est froid ici. » Elle força un sourire, presque moqueur : « Oui, ça fait longtemps, en effet. » Et il y eut un long silence inconfortable.

Elle m'entraîna à l'avant, près de la vitrine, où nous attendait une sélection d'anoraks qui m'avait échappé. Je repris, forçant à mon tour un sourire que je voulais amical : « Tu dois être contente. Le magasin, c'est ce que tu désirais le plus au monde.

— Je suis comblée, dit-elle sèchement. Comme tu peux le voir. » Elle attrapa un anorak, le débarrassa de son cintre. « Essaie ça. Cent pour cent duvet. C'est ta taille, je crois. Le noir, ça te va ? »

Le manteau m'allait bien, léger et chaud à la fois. Je m'attendais stupidement à un compliment de sa part, quelque chose comme *Toujours aussi mince* ou *Tes cheveux, pas encore de gris?* mais Françoise ne dit rien. Elle vérifiait la longueur des manches. Son œil exercé de vendeuse me scrutait froidement, sans désir, et tant mieux, je n'aurais pas supporté qu'elle se montre flirteuse comme autrefois, lorsqu'elle venait à la maison, leurs regards entendus, complices, à elle et ma mère, pour me faire rougir ou rager, et ces idées folles de mariage qu'elles avaient toutes les deux dans la tête, et ces objets sans valeur gagnés au bingo que ma mère mettait de côté pour nous, persuadée que nous nous plaisions.

« Tu ne me demandes pas pourquoi je suis ici, Françoise ? »

Pas de surprise pour elle, apparemment. Du tac au tac, elle répondit : « T'es venu voter au référendum. » Et j'éclatai de rire en pensant à cet imbécile de Harry Fluke qui m'avait foutu la trouille le matin. Elle se braqua, froissée. Je dis, avec plus de sérieux : « Non. À vrai dire, je ne savais même pas que ça se passait. C'est plutôt gênant, non ? »

Elle me considéra d'un air soupçonneux et, avant même que je ne puisse placer un autre mot, elle s'éloigna. La suite, par contre, l'interpella sur-le-champ. « Gail ? Gail Egan ? »

Qui d'autre ?

« Elle est morte dans la nuit de lundi à mardi. Un cancer. Tu ne dis rien ? »

Elle s'était réfugiée derrière le comptoir, feignant d'être absorbée par une pile de papiers soigneusement classés. « Qu'est-ce que tu veux que je dise ? Que c'est triste ? Bien sûr que ça l'est. Je ne suis pas insensible, tu sais.

— Tu avais des nouvelles d'elle ? Est-ce qu'elle venait encore l'été ?

— Non, pas Gail. Son père, oui. Il est vieux, si tu le voyais. Une aidante l'accompagne. Madame Egan est morte depuis longtemps. Un cancer, aussi. » Elle s'extirpa de derrière le comptoir, gagna l'étalage des gants pour hommes, prit ce qu'il y avait de plus chaud. « Il t'en faut, aussi ? » L'assurance de la vendeuse était revenue, et je dis oui, merci, puis cette question qu'elle me posa par politesse, avec l'expression de qui ne veut pas vraiment entendre la réponse : « Vous vous voyiez encore, Gail et toi ?

— Non. Ça faisait des années. Tu sais, j'ai ma vie aux États-Unis et... »

Elle me coupa rudement : « Oui, oui, tout le monde le sait. »

Je la regardai, sidéré. *Cette agressivité, pourquoi ?* Ne me montrais-je pas aimable avec elle ?

« Si tu veux, Françoise, j'aimerais bien qu'on parle.

— De quoi ?

— De ce qui s'est passé à l'été 1962. Il semble qu'il y ait des bouts qui m'échappent. Tu peux peut-être m'aider à m'y retrouver ? »

J'aurais pensé qu'elle se montrerait curieuse, peut-être même un brin railleuse, *Eh oui, tout le monde savait pour le bébé, sauf toi,* mais ce n'était pas le cas, elle était livide, à présent.

« Ça fait trop longtemps. J'ai oublié.

— Des événements comme ceux-là ?

— Je ne sais pas, Romain… Je n'ai pas le temps… Je suis occupée…

— Occupée ? »

Ses joues s'embrasèrent. Nous étions seuls dans le magasin et pas l'ombre d'un client dans les rues désertes du village.

« Dans ce cas, invite-moi chez toi ce soir.

— Je ne sais pas… Il faut voir ce qu'il y a dans le frigo… Je…

— Tu trouveras bien quelque chose. Tu étais une excellente cuisinière. Tu ne peux pas avoir perdu la main. »

Le compliment lui fit plaisir, sans pour autant lui arracher un sourire.

Je dis : « Six heures trente, c'est bon pour toi ? » Elle bafouilla quelque chose qui ressemblait à un acquiescement, puis protesta vivement quand elle vit ma carte de crédit : « Non ! Je n'en veux pas. C'est la maison qui paie. »

En faisant vite le calcul, il y en avait pour près de trois cents dollars.

« Pas question, Françoise. Je ne peux pas accepter.

— Non, je t'ai dit ! C'est un cadeau ! »

Un cadeau ? Offert sur ce ton ? Je n'insistai pas et la remerciai.

13

« Après toutes ces années, il faut bien fêter ça, non ? »

La bouche trop maquillée, Françoise m'avait ouvert la porte de
sa petite maison de la rue Principale, décorée avec un souci du tape-
à-l'œil – encadrements dorés, tentures lourdes et mobilier massif –,
fière de me montrer la table qu'elle avait dressée, le bloc de foie gras
qu'elle disait avoir réservé pour une grande occasion placé au centre.
« Ce n'est pas tous les jours qu'on reçoit de la visite d'aussi loin ! »
Son ton était exubérant, badin, un contraste troublant avec celui de
l'après-midi au magasin, peut-être que le verre de vin qu'elle avait
dans la main avait contribué à la détendre, si étrangement euphorique, et ces cinq couverts sur la table qui me pétrifièrent.

« Tu… tu attends d'autres personnes ? Je voulais pourtant qu'on
parle, juste tous les deux… »

Elle eut un petit rire perçant, secoua la tête comme si ce n'était
pas ce que nous avions convenu, et je me sentis contrarié : plus possible d'avoir une bonne conversation maintenant que ses frères s'en
venaient, car qui d'autre que Jean et Paul avait pu être convié à ce
dîner ? Pas de chance, on sonnait déjà à la porte.

Jean et Paul. La jeune cinquantaine et l'air de petits vieux. Paul
davantage que Jean, avec ses joues creuses et son teint cireux. Jean
était plus enrobé, avec un ventre dur de femme enceinte ; ses cheveux
par contre étaient plus gris, presque blancs. Il me tendit une main
ferme, sans chaleur, en posant sur moi des yeux amers, tandis que
Paul rasa les murs et se coula dans le salon, s'épargnant une poignée
de main. Ses frères dont j'avais déçu les attentes démesurées de leur
sœur adolescente, et qui, vraisemblablement, m'en voulaient encore.

« Viens ! » Françoise m'entraîna au salon où trônaient sur des tables gigognes de grands plateaux d'huîtres que son mari Jérôme avait rapportées de l'épicerie et réussi à ouvrir en un temps record. « Sans se blesser ! N'est-ce pas, chéri ? » Jérôme, un homme délicat au sourire embarrassé, acquiesça de la même façon timide que lorsque j'étais arrivé et que Françoise lui avait lancé, en me dévisageant de la tête aux pieds : « Regarde, c'est le manteau dont je t'ai parlé. Il lui va bien, non ? »

Au salon, sur le canapé en velours lie-de-vin, Jean et Paul attendaient en silence que Jérôme, qui s'affairait devant le minibar, leur offre à boire. J'avais gardé de vagues souvenirs de Jérôme, le fils aîné timide de Roger Quimper, le propriétaire du magasin général, un visage lisse et craintif d'enfant à seize ou dix-sept ans, si discret qu'on pouvait facilement oublier sa présence : « Jérôme ? Il était là ce jour-là ? Vous en êtes sûr ? » Comme cette fois, après une soirée au Little Miami, où, dans la Rambler du père de Françoise, Jean, derrière le volant, s'était exclamé comme s'il se réveillait brutalement d'un rêve : « Hé, Jérôme ! » Et nous, pas plus malins que lui, nous nous étions regardés, étonnés de ne pas le voir sur la banquette arrière coincé entre la portière et Françoise, c'était là qu'il s'asseyait d'habitude, même Françoise ne s'en était pas rendu compte. Nos rires stupéfaits, irrépressibles ! Jérôme ? Oublié dans les toilettes ?

Ainsi, Françoise s'était rabattue sur ce pauvre garçon maigre, le dos rond, la tête rentrée dans les épaules, qui vous regardait de biais, l'air de se méfier de vous, cette façon de se tenir comme son père quand, derrière le comptoir de son magasin, il nous voyait débouler en bande avec un peu d'argent dans les poches, et la tentation de nous servir sans payer.

Jérôme avait repris le commerce en 1977 et l'avait fait récemment passer « dans la modernité », expliqua Françoise, de la fierté dans la voix : « Avec sa belle bannière Metro comme dans les annonces à la télé. »

C'était une femme d'affaires avisée, Françoise. Le magasin de ma mère et une épicerie Metro, elle s'en était pas mal tirée.

Un *rum and coke* pour Jean, une bière pour moi, du blanc pour Françoise, un scotch pour Jérôme… « Et toi, Paul ? Le tord-boyaux habituel ? »

Paul rit nerveusement, découvrant des dents gâtées. Jérôme lui servit un ginger ale tablette dans un bock de bière, avec trois cerises au marasquin enfilées sur un cure-dent. Paul dit, sur un ton d'excuse : « Ça fait des années que j'ai arrêté de boire. J'ai pas eu le choix. C'était ça ou la mort.

— Une cirrhose », précisa Jean.

J'appris que Paul ne travaillait plus depuis des années, vivait de l'aide sociale et semblait ne pas faire grand-chose de ses journées. Jean, lui, ses deux enfants partis de la maison, habitait avec sa femme à Mont-Joli et travaillait comme fonctionnaire dans un bureau gouvernemental, mais plus pour très longtemps.

« La retraite à cinquante-trois ans. Pas pire, hein ?

— Et qu'est-ce que tu vas faire ? »

Son visage s'illumina. « Rien ! C'est pas la belle vie, ça ? »

Je frissonnai, et Jean le remarqua. Un profond malaise dans la pièce, que Françoise s'évertua à chasser en parlant de tout et de rien, agitant sous nos nez les plateaux d'huîtres. « Allez, prenez-en d'autres ! Il faut toutes les manger ! Avez-vous essayé cette sauce-là ? Vous devez y goûter ! C'est la préférée de Jérôme. À base de ketchup ! » Et nous nous resservîmes sans grand appétit, sauf Paul, qui n'y toucha pas. « Le foie », répétait-il en se tenant chaque fois l'estomac.

Ragaillardi par un deuxième *rum and coke,* Jean se mit à parler du village et de ses habitants, ceux qui étaient morts, ceux qui étaient partis dans des centres d'hébergement, les Anglais de Métis Beach qui avaient paniqué à l'approche du référendum, une onde de choc, pas aussi forte qu'en 1980 mais certainement traumatisante pour la plupart d'entre eux, et les paroles malheureuses du chef, l'argent et le vote ethnique, qui n'allaient pas arranger les choses, déjà que Harry Fluke songeait à tout vendre et à s'installer en Ontario.

« Vaut mieux que ça se soit passé comme ça, se réjouit Françoise. Comme ça, c'est le *statu quo.* »

Les mâchoires de Jean et de Paul se crispèrent, mais les deux frères turent leur dissidence, trop contents de laisser leur sœur prendre le relais de la conversation. Se tortillant dans son fauteuil, Françoise raconta que les Anglais, se faisant de plus en plus vieux, et leurs enfants, moins intéressés à passer leurs étés ici – « Ils trouvent ça trop froid. Ils ont des maisons ailleurs. En Floride, dans les Antilles, dans le sud de la France » –, quelques-unes de leurs propriétés avaient été vendues à des francophones. « Qui aurait cru ça ? Les inégalités se sont aplanies, les Anglais sont moins riches, et nous on l'est un peu plus. Ce n'est plus ce que c'était, et c'est tant mieux. »

Cette fois, Jean et Paul se rallièrent à l'opinion de leur sœur et dirent d'une même voix, presque comique : « Ouais, c'est tant mieux. »

Puis les éternelles et prévisibles questions sur mon métier à Hollywood. Françoise, excitée parce que j'avais travaillé avec Aaron Spelling sur *Fantasy Island,* dit : « Oh ! Raconte-nous ! » Une petite fille à qui on va bientôt dévoiler une surprise. « Comment il est, le nain ? C'est quoi, son nom déjà ?

— Tattoo.

— Tattoo, c'est ça ! Il a l'air gentil, lui.

— Il est mort, Françoise.

— Tattoo ?

— Le comédien qui l'incarnait, Hervé Villechaize.

— Ah oui ? C'est vrai, on dit que les nains ne vivent pas vieux.

— Il s'est suicidé, il y a deux ans. »

Ma réponse tomba à plat. Refusant de se laisser décontenancer, Françoise poursuivit, toujours avec ce ton excité de gamine : « Et puis l'autre, le grand... Ricardo... Ricardo comment ?

— Ricardo Montalbán.

— Ah, lui ! Je mettrais bien mes pantoufles en dessous de son lit ! »

L'alcool la rendait exubérante, et Jérôme, à côté d'elle, ne semblait pas trop apprécier. « C'est pour rire, chéri... Tu le sais bien... »

Je leur expliquai que je n'avais fait que travailler aux textes et que, par conséquent, je ne m'étais jamais rendu sur les lieux de tournage ni n'avais rencontré les acteurs. Françoise cacha mal sa déception. J'aurais pu me rendre intéressant en les abreuvant d'anecdotes savoureuses que je tenais d'Aaron Spelling lui-même, comme celle au sujet du grandissime Orson Welles, qu'ABC aurait préféré voir incarner Mr. Roarke à la place de Ricardo Montalbán (le monstre sacré n'avait plus la tête de l'emploi depuis un bon moment, traînant ses cent cinquante kilos chez Pink's à Hollywood pour commander neuf hot-dogs d'un coup), mais que connaissaient Françoise et ses frères d'Orson Welles ?

Et aucune chance qu'ils parlent d'*In Gad*. Le souvenir d'une conversation avec Josh quand nous avions discuté des droits pour la première fois : la série était captée au Canada, mais seulement dans l'Ouest et une partie de l'Ontario, une histoire de câble, d'antennes et de territoires, donc peu probable qu'ils soient au courant, ce qui me rassura, je me voyais mal me lancer dans des explications-justifications fastidieuses, les avortements de Chastity, les plaintes reçues, et affronter le regard choqué de Françoise, qui semblait avoir gardé un attachement sentimental aux bondieuseries de notre enfance, car c'était bien le crucifix de ma mère que j'avais aperçu au-dessus du lit conjugal en allant aux toilettes, avec un cœur saignant comme un bifteck. Il y avait aussi ces autres choses ayant appartenu à ma mère que je remarquai, la coutellerie en argent et les verres en cristal d'Arques sur la table dans la salle à manger, pas de nostalgie, seulement un pincement d'attendrissement, et Françoise s'était empressée de se justifier : « C'est ton père qui me les a donnés, après la mort de ta mère. J'ai refusé, je ne pouvais pas accepter, mais il a insisté… »

Mon père. C'était normal qu'il lui en fasse cadeau. Comme le reste, bien entendu. Tout s'éclairait, maintenant : le malaise de Françoise l'après-midi, son insistance à m'offrir l'anorak et les gants. Je dis, sans une trace de ressentiment : « Si je comprends bien, le magasin, il te l'a laissé, aussi. »

Elle devint livide. « Si tu veux, on peut s'arranger, Romain.

— Pourquoi ? C'est à toi qu'il l'a donné. Et que veux-tu que je fasse d'un magasin de vêtements ?

— L'argent. Si tu le vendais.

— L'argent ? Je n'en ai pas besoin, Françoise.

— C'est pas juste. J'ai essayé de le raisonner… »

J'éclatai de rire. « Raisonner le vieux !

— Romain, je ne veux pas que tu penses que…

— Que je pense quoi ?

— Je… rien… laisse tomber… »

J'étais perplexe. L'alcool la rendait tragique, maintenant. Qu'est-ce que ces histoires de magasin pouvaient bien me faire ? Jean, en frère protecteur, détourna la conversation, s'intéressa brièvement à Gail et à sa maladie : « Un cancer ? – Leucémie. – Quel âge ? – Cinquante et un ans. » Puis un silence gêné.

« Et Louis ? »

J'avais posé la question sur un ton plus sec que prévu, et Jean esquissa un sourire comme si on arrivait à la conversation qu'il avait espérée.

« Quoi, Louis ?

— Il doit bien croupir dans une prison quelque part, après tout ce qu'il a fait ?

— Louis purge une peine à Orsainville.

— Eh bien, voilà ! m'exclamai-je. Qu'est-ce que je disais ! Et pour quel motif ? Un meurtre ? Louis a fini par tuer quelqu'un ? »

Jean se mordit les lèvres, puis avala d'un trait le reste de son *rum and coke* – il ne buvait pas de vin, il n'aimait pas ça. « Non. Pas pour meurtre, comme tu dis.

— Alors, pour quoi ?

— Des vols. »

J'eus un petit rire aigu. « Et après les vols, ce sera les meurtres. Parce qu'il y arrivera, vous verrez. Quand on tue des animaux, c'est l'étape suivante. Tous les tueurs en série ont commencé comme ça. C'est documenté. »

Françoise était devenue très nerveuse ; les mains tremblantes, elle nous débarrassa de nos assiettes, faillit renverser nos verres que chacun rattrapa de justesse, l'impression que j'étais le seul autour de la table à voir que quelque chose clochait chez elle, son front moite, des ronds de sueur sous les aisselles, et personne pour l'aider, ni pour lui dire : *Ça va, Françoise ? Tu te sens bien ?*

Jean dit : « Louis n'a pas tué le chien des Egan, si c'est à ça que tu penses. »

Encore ce rire nerveux qui éclata dans ma gorge.

« Ne ris pas, dit Paul. C'est la vérité.

— Bien sûr, m'entendis-je dire d'une voix qui perdait de son assurance. Les chats, les mouettes, les cygnes de Clifford Wiggs…

— Louis est innocent. »

Françoise se raidit, d'inexplicables larmes dans les yeux, et disparut dans la cuisine, laissant la pile d'assiettes sales sur la table. Que se passait-il, bon Dieu ?

« J'étais avec Louis ce soir-là. »

C'était Paul qui venait de parler, le visage enflammé par l'attention soudaine qu'on lui portait.

« Toi ?

— Raconte-lui, ordonna Jean. Dis-lui pour qu'il arrête de croire qu'on est des menteurs. »

Se moquaient-ils de moi ? C'était bien la silhouette de Louis que j'avais aperçue sous la lune presque pleine, ses vêtements noirs, sa façon de courir les poings fermés, la tête penchée en avant… Alors ?

D'une voix morne, Paul entama le récit des événements de ce soir-là. La Buick que Louis avait volée à Baie-des-Sables et dans laquelle il était venu parader au village, une bouteille de whiskey – volée, elle aussi – à la main. Louis était ivre, ses yeux rouges et vitreux, son sourire béat. « Hé ! Paul ! J'ai du bon whiskey ! Tu viens te balader avec moi ? » Et Paul n'avait pu résister à la tentation. « J'ai embarqué, dit-il. Je n'aurais pas dû, mais je l'ai fait. J'aimais boire dans ce temps-là. On a pris la route pour Mont-Joli, on est allés chez un de ses amis et on a descendu la bouteille à trois. On était trop soûls pour reprendre la route, les flics ont pas eu de difficulté à retracer la voiture, ils ont frappé à la porte, en la défonçant presque, mais on a réussi à s'enfuir par une fenêtre, c'est difficile à croire, on était tellement chauds qu'on tenait à peine sur nos jambes, il était plus de dix heures, il faisait noir, on a erré comme des ivrognes une partie de la nuit, en évitant les voitures de police, on a fini par trouver un hangar à l'arrière d'une maison, on a dormi un peu, jusqu'au lendemain matin. Impossible que tu l'aies vu ce soir-là à Métis Beach.

— Je ne te crois pas.

— Ah non ? » C'était Jean qui parlait à présent, de la colère perceptible dans la voix. « Quand Paul est rentré sur le pouce le lendemain, le père l'attendait. Laisse-moi te dire qu'il y a goûté. On ne l'a pas oublié.

— Ouais, dit Paul sur le ton de celui qui raconte un exploit.

Le vieux était pas gros, mais y était fort. J'ai eu l'œil comme ça pendant deux semaines (il fit comme s'il tenait dans sa main un pamplemousse). Tu peux pas t'en souvenir, toi. T'es disparu ce jour-là. »

Jean m'envoya un autre de ses sourires satisfaits. « Eh oui. Tu t'es enfui aux États-Unis. Comme un criminel. »

Je choisis de ne pas relever sa pique. « Alors qui ? *Qui* a tué le chien ? Quelqu'un *d'entre vous* ? »

Jean se mit à ricaner. « Tu veux vraiment savoir ? C'est ce que tu souhaites ? Eh bien, assois-toi sur tes deux fesses parce que tu n'aimeras pas ce que tu vas entendre. »

On avait cru que c'était moi. À mon tour de ricaner : « Moi ? J'aurais tué Locki ? Pour quoi faire ?

— Pour faire accuser Louis à ta place d'avoir violé Gail. »

Je ris de nouveau. « Cette histoire de viol, vous savez bien que c'est faux. Une invention de ce fou furieux de Robert Egan.

— C'est pas ce que tout le monde a pensé, ici. »

Jean s'amusait, ça se voyait. Il en était à son quatrième *rum and coke,* Jérôme avait fini par apporter la bouteille de Bacardi sur la table, et Jean se resservait lui-même. D'une voix autoritaire qui agaça Jérôme, il appela Françoise dans la cuisine. Elle réapparut, l'air désemparé, du mascara sous les yeux.

« Françoise, raconte-lui ce que tu as entendu le lendemain matin chez les Egan. Ça va peut-être l'aider à se souvenir. »

Françoise protesta : « C'est de l'histoire ancienne. Je ne crois pas que ça vaille la peine de revenir là-dessus…

— Romain est venu de Los Angeles pour comprendre des choses. C'est un homme important là-bas, déclara-t-il avec une ironie non dissimulée. Un homme qui ne doit pas avoir l'habitude de perdre son temps. Alors, raconte-lui ce que tu sais.

— Je… je ne sais pas, Jean…

— Hé, ma sœur ! Tu la connais par cœur, cette histoire. Combien de fois tu nous l'as racontée ? »

Je frémis. *Combien de fois tu nous l'as racontée ?* Comme une vieille blague salace que l'on ne se lasse pas de répéter.

« Allez, vas-y, insista Jean. Qu'est-ce que tu attends ? »

Françoise leva vers moi des yeux résignés. Elle s'assit avec lenteur et commença à parler d'une voix hésitante. Je sentais sur moi le regard de Jean, incisif et pénétrant comme une lame de couteau, mais l'ignorai. Françoise avait l'air fatigué tout à coup, une grande lassitude lui brouillait les traits.

« Le lendemain matin, c'était dimanche. J'avais congé comme tous les dimanches, et madame Egan, en pleurs, m'avait téléphoné pour me dire qu'il fallait que je vienne tout de suite. J'ai manqué la messe, c'est dire comment ça pressait. Je suis arrivée là-bas, il y avait des valises empilées dans le vestibule. Gail était dans sa chambre en haut et je l'entendais pleurer. Son père et sa mère s'engueulaient dans le salon. On m'a dit qu'il fallait que je les aide à tout remballer parce qu'ils partaient le soir même. Je ne comprenais pas pourquoi, on était le 19 août, je me souviens de la date, il restait encore une bonne semaine de vacances. Je m'étais dit qu'un membre de la famille à Montréal était mort, quelqu'un que Gail aimait beaucoup parce qu'elle n'arrêtait pas de pleurer… »

Elle se tourna vers Jérôme, lui demanda de remplir son verre, en but une longue gorgée. « Monsieur Egan parlait de la police, de faire arrêter quelqu'un. Gail hurlait de sa chambre que ce n'était pas lui.

— Qui? Moi? » demandai-je.

Françoise ne répondit pas, Jean l'encouragea à continuer. « Le téléphone a sonné. Madame Egan a décroché. Elle était très énervée. Elle parlait à je ne sais qui, mais c'était quelqu'un d'assez intime pour qu'elle lui raconte… »

Elle prit une autre gorgée de vin.

« Qu'elle lui raconte quoi?

— Que lorsqu'elle et monsieur Egan sont rentrés en catastrophe de la fête chez les Tees, Gail était en état de choc. Elle avait crié si fort sur la véranda que les voisins, les Riddington, qui étaient déjà couchés, se sont levés, affolés, et sont sortis voir ce qui se passait. Monsieur Riddington s'est présenté chez les Tees en robe de chambre pour les alerter, pendant que madame Riddington tentait de calmer Gail dans la maison. Monsieur et madame Egan ont trouvé Gail en larmes, à moitié nue. Madame Egan avait été infirmière à Londres pendant la Seconde Guerre mondiale. Elle a raconté au téléphone qu'elle avait de l'expérience pour avoir eu à gérer ce genre de cas dans les hôpitaux militaires... »

Tout ça était *vrai*? Pourquoi Gail ne m'avait rien dit? Les quelques fois où j'avais essayé d'aborder le sujet avec elle – « Qu'est-ce qui s'est passé après? Ton père, ta mère, qu'est-ce qu'ils ont fait? » –, elle se rebiffait comme une enfant boudeuse, une sorte d'amnésie ou d'obstination incompréhensible à ne pas vouloir en parler. *Pourquoi? À cause de Len?*

« Continue », dit Jean.

Françoise baissa les yeux, dit d'une voix subitement pudique : « Madame Egan a raconté que la première chose qu'elle a faite en arrivant de chez les Tees, ç'a été d'écarter les cuisses de sa fille et de lui enfoncer un chiffon vous... vous savez où... Elle l'a ressorti pour le renifler et elle a dit au téléphone en pleurant : *"My daughter has been raped by a French Canadian bastard."* Et madame Egan t'a nommé.

— Et tu l'as crue? Ne me dis pas que tu l'as crue, Françoise? »

Jean alla au secours de sa sœur : « Les Riddington t'ont vu courir sur la grève. Les Hayes aussi. Tous sont formels : c'était toi. Et tu ne donnais pas l'impression de faire une balade de santé.

— Ça ne fait pas de moi un violeur pour autant! »

Jean sourit : « Pourquoi tu t'es enfui à New York si tu n'avais rien à te reprocher?

— Ouais, renchérit Paul.

— Quand on n'a rien à cacher, dit Jean, on ne se cache pas. Tu as fait mourir de chagrin ta mère. Tu as empoisonné la vie de ton père. Il me semble que tu as une part de responsabilité dans tout ça, tu ne crois pas? »

Je les regardai, hébété. « Je devais sauver ma peau! Ce salaud de Robert Egan aurait corrompu tout ce qu'il y avait de juges à l'époque pour me faire enfermer. J'ai couché avec Gail! Je ne l'ai pas violée! Mais qu'est-ce que j'ai à me justifier comme ça, devant vous!

— C'est toi qui es venu ici pour déterrer le passé.

— Le chien, qui est le monstre qui a fait ça? *Qui?*

— C'est pas Louis. »

Jean me toisait d'un air de défi. Sachant qu'il allait marquer des points, il dit : « Tu vois, Romain, on s'en fout pas mal du chien. En fait, on se fout pas mal de ce qui t'est arrivé. Tu t'en es bien sorti, non ? Regarde-toi. Veste coûteuse. Montre Rolex au poignet. Je n'ose même pas imaginer où tu habites. Nous, on a dû nous occuper de tes parents quand t'es parti. Le chien, viol ou pas viol, ça nous est égal. T'as gâché la vie de tes parents. T'es parti, t'es jamais revenu. Ah oui, une fois, pour enterrer ta mère, mais il était trop tard. Et là, tu reviens comme ça pour trouver des réponses à tes questions qui, soudainement, après toutes ces années, t'empêchent de dormir ? C'est rien comparé à ce que t'as fait vivre à tes parents. Tu le sais peut-être pas, mais quelques années avant de mourir, ton père ne marchait presque plus. Têtu comme il l'était, il refusait de quitter l'appartement au-dessus du magasin. Françoise faisait ses courses, préparait ses repas, lui donnait le bain tous les deux jours. Le bain ! Peux-tu imaginer ce que ça représentait pour lui ? Et quand il voulait sortir, comme le dimanche pour aller à la messe, on allait le chercher. À deux hommes, on le prenait dans nos bras jusqu'en bas de l'escalier, on l'installait dans un fauteuil roulant qu'on lui avait acheté, parce que lui, il refusait de se regarder comme il était. Oh, il rechignait pendant qu'on l'aidait, mais il finissait toujours par se laisser pousser jusqu'à l'église, où on le soulevait de nouveau pour monter les marches et le faire asseoir à son banc, troisième rangée du côté droit. Tu t'en souviens, au moins ? Probablement pas… »

Françoise pleurait à chaudes larmes, maintenant.

« Dis-nous donc ce que tu faisais pendant qu'on s'occupait du vieux ? Tu te faisais bronzer sur les plages de Californie ? Ça devait être pas mal plus intéressant que de nourrir et de torcher ton vieux père. Tu vois, Romain, Françoise n'a jamais arrêté de se sentir coupable pour le magasin. Coupable envers toi. Coupable d'avoir hérité de ce qui aurait dû te revenir. Mais moi, je trouve qu'elle l'a mérité, le magasin. Et de loin.

— Il est tard, Romain. Il faut que tu partes. »

Cette fois, c'est Jérôme qui avait parlé. D'une voix forte, péremptoire, qui surprit tout le monde. Je me levai sans dire un mot, leurs regards hostiles fixés sur moi. Vacillant, je gagnai la porte, d'où j'entendis Françoise gémir et ses frères tenter de la consoler.

II

DANA

1

Vingt et un dollars quatre-vingt-cinq. C'est tout ce qui me restait des trente-cinq dollars que j'avais réussi à attraper en panique dans le tiroir de ma commode. Devant le guichetier du terminus Greyhound de la rue Drummond à Montréal, mes mains tremblantes avaient compté et recompté l'argent : comment survivre *avec ça* à New York ? Dans le fond de la poche de mon pantalon, une carte postale de Dana Feldman, que je palpais compulsivement, comme on le ferait avec un pistolet pour s'assurer qu'il est toujours là, avec son adresse écrite au verso :

**Harperley Hall
41 Central Park West, apt. 8E
New York**

Une ville si fabuleuse sur carton glacé, mais monstrueuse quand on y était. Des édifices à vous donner le vertige, qui vous font douter qu'il y a un soleil là-haut. Le bruit strident des voitures, le grondement assourdissant des systèmes de ventilation.

Et cette fumée qui s'échappe des rues, comme si la ville était bâtie sur un volcan en activité ou sur une sorte d'enfer. Et des torrents de piétons qui dévalent les grandes artères et vous bousculent si vous ne suivez pas le courant. Et les regards dégoûtés des voyageurs pressés à Penn Station, là où l'autocar m'avait abandonné à mon sort après une nuit interminable sur la route et où, secoué de violents haut-le-cœur, j'avais vomi sur le plancher des toilettes. Il y avait tellement de monde, je n'en avais jamais vu autant de toute ma vie. La tête me tournait, ma vision se brouillait. Tous ces gens affairés se rendant au bureau un lundi matin, *le 20 août 1962,* je me souviens d'avoir fait l'effort d'enregistrer la date dans mon cerveau embrumé, sachant que plus rien ne serait comme avant, une violente brisure dans mon existence; autour de moi, des hommes et des femmes habillés avec modernité sans que je puisse dire à quoi cela tenait précisément, même dans leur attitude et leurs gestes, ils étaient différents; et il y avait des Noirs, la première fois que j'en voyais ailleurs que dans les *National Geographic* de Thomas Riddington et les films de Sidney Poitier au *clubhouse*; et il y avait des jeunes à la chevelure étonnante, de longs toupets voilant leurs yeux moqueurs, qui flânaient et me dévisageaient effrontément en se poussant du coude. C'était irréel, affolant: moins de trente-six heures plus tôt, j'étais dans un pays si dissemblable, occupé à perdre ma virginité dans des circonstances que j'avais du mal à me remémorer sans que les larmes me montent aux yeux, et me voilà catapulté par la brutalité du destin dans ces lieux démesurés, seul et terrorisé, à attendre le retour de Dana Feldman de Métis Beach, Dana qui ne rentrait jamais à New York avant la fête du Travail, c'était un principe pour elle, deux longues semaines à me débrouiller comme je le pouvais, priant pour qu'elle me tire de ce cauchemar et prenne ma défense.

Que racontait-on à mon sujet à Métis Beach? Dans quel état étaient mes parents? Mon cœur s'emballait à la pensée de ce foutu policier privé de Métis Beach, Frank Brodie, qui avait fait irruption chez nous: « Police! » *Police?* Les semelles de ses chaussures claquant sur le linoléum de la cuisine, sa voix anormalement suspicieuse et excitée. Il était à peine sept heures, mon père était déjà sorti, ma mère s'était levée à l'aube et préparait le repas du dimanche midi. « Romain? avait-elle dit, inquiète. Qu'est-ce qu'il a fait? » De ma chambre où je n'avais pas fermé l'œil de la nuit, désemparé et obsédé par les événements de la veille, Gail, le chien qu'on avait égorgé, j'entendais cette voix forte de qui est envoyé pour *une affaire grave*: « Je veux lui poser des questions. » Frank Brodie, me poser des questions? Pourquoi? Le chien, c'était Louis! « Qu'est-ce que vous lui voulez? » Ma mère s'impatientait, commençait à s'énerver. « Il est là? – Non. – Vous êtes sûre? » Ma mère qui mentait, et Brodie qui insistait. Ce n'était pas son genre, à Brodie. Cette fois où il m'avait interrogé sur les cygnes de Clifford Wiggs et l'emploi du temps de Louis, il avait posé sa question sans plus et s'en était retourné, satisfait de ma réponse. Frank Brodie, un type pas très futé dont on se moquait au village mais qu'on n'avait pas le choix de respecter. La cinquantaine, une tête chauve de tortue et des fesses larges. Effectuant ses rondes d'un air las à bord de sa Buick noire, fermant les yeux sur la contrebande d'alcool qui se passait à la Pointe-Leggatt, des bateaux en provenance de Saint-Pierre-et-Miquelon débarquant leur cargaison en plein jour. Difficile de croire qu'il était le représentant de la loi et l'ordre à Métis Beach, sans uniforme ni réels pouvoirs sinon d'être en contact avec la Police provinciale et de lui rapporter les crimes. « Qu'est-ce que vous lui voulez ? » Ma mère semblait déroutée, maintenant. Et ces mots comme un coup de poing dans le plexus solaire : « On dit que votre fils a violé une jeune femme du côté de Métis Beach. » *Que venait-il de dire ?* Un cri étouffé de ma mère et un bruit de vaisselle cassée dans l'évier en porcelaine. Qui envoyait Brodie ? Robert Egan ? Et pourquoi *un viol* ? Qui avait parlé de *viol* ? Et Brodie qui revenait à la charge : « Je veux lui parler. Je sais qu'il est ici. » Et mon cœur s'était mis à cogner dans ma poitrine, prêt à exploser. Frank Brodie, un type pas très malin qu'il fallait prendre au sérieux, surtout après des accusations aussi graves, choquantes. Affolé, je cherchais mes vêtements dans l'obscurité, me cognant contre les meubles. Fouillant dans les tiroirs de ma commode à la recherche d'un peu d'argent, de mes papiers. « Quoi ?… Qu'est-ce que vous dites ?… » Et le bruit de ses semelles s'approchant dangereusement de la porte de ma chambre. Et sans réfléchir, je m'étais élancé de la fenêtre dans le matin froid, ma veste en boule et mes chaussures dans les mains.

Au début, je refusais de dormir, passant mes nuits à arpenter, effrayé, les grandes avenues encore grouillantes de monde à ces heures tardives, me mêlant parfois aux foules joyeuses qui s'écoulaient des théâtres, pour me donner l'illusion d'un peu de sécurité. Je marchais, marchais, jusqu'à l'épuisement, titubant comme un homme ivre, dans mes vêtements sales, les chevilles piquées par les puces, harcelé par les flics soupçonneux à la matraque prompte et baladeuse, me faisant crier « Dégage ! » chaque fois que je ralentissais le pas ou m'arrêtais pour contempler une vitrine, un point d'intérêt.

J'essayai les halls d'entrée, où l'on m'insulta et me cracha dessus. Les parcs ? Beaucoup trop dangereux. Les bouches de métro ? Il y avait toujours des policiers prêts à vous enfoncer leur foutue matraque dans les côtes. Puis un soir, en suivant un type qui avait l'air aussi désorienté que moi, je découvris les cinémas de nuit de la 42e Rue, avec leur faune sinistre, où, pour cinquante cents, il était possible de s'accorder quelques heures de mauvais sommeil, des programmes doubles insipides, des films de cow-boys et d'aventures qui passaient en boucle, jusqu'à ce qu'un gardien vous sorte brutalement de vos rêves d'un coup de bâton sur votre fauteuil, et au deuxième avertissement, vous étiez jeté dehors, sans remboursement.

Pour un minimum d'hygiène, j'avais acheté du savon chez Duane Reade, et une brosse à dents et du dentifrice, que je trimballais dans un sac en papier brun. Le jour, pour ne pas perdre la tête, je ramassais les journaux dans les poubelles et m'installais dans un restaurant où je commandais un café que j'étirais en le buvant le plus lentement possible. Il arrivait que des serveuses me prennent en pitié et me glissent dans des serviettes en papier un morceau de gâteau ou un sandwich que je dévorais après, dans la rue. Leurs sourires un peu flirt, leur bienveillance maternelle. Puis, un jour, cette serveuse dans un *deli* de Broadway, pas particulièrement jolie, des joues pleines, des cheveux châtains ternes, une jeune femme à l'air effarouché, dont le visage s'empourprait quand les clients engageaient la conversation avec elle. Quelque chose d'attirant chez elle, sa fragilité, peut-être, qui me ramenait à la mienne. Le soleil du matin n'avait pas encore chassé l'ombre des édifices sur Times Square ; l'odeur du bacon, des œufs sur le plat et du pain doré me faisait saliver, un vrai supplice, mais trop chers pour mes moyens. Elle était arrivée à ma table, discrète, avec une corbeille de petits pains au lait et du beurre, l'avait déposée devant moi en plaçant son index sur sa bouche : « Ne dites rien, sinon le patron va le remarquer », et s'était éclipsée aussitôt. Des hanches un peu fortes et des seins lourds sous son uniforme en polyester, et pourtant je m'étais mis à rêver d'elle, mon désir éveillé par l'attention qu'elle me portait, brûlant d'envie de la suivre chez elle après son travail, dans son petit appartement que j'imaginais modeste mais bien tenu, une nappe de dentelle et des fleurs sur la table. Prendre une douche, coucher avec elle, juste un peu de présence. Pensant avec un pincement douloureux aux mille cinq cents dollars que j'avais laissés chez Joe Rousseau, de l'argent économisé en travaillant dur chez les McArdle, et à la chambre d'hôtel que j'aurais pu nous payer, elle aurait été impressionnée, mais avant je l'aurais invitée à dîner dans un grand restaurant et nous aurions commandé ce qu'il y avait de meilleur et de plus cher sur le menu. Je l'observais en train de verser du café fumant dans les tasses des clients sans jamais lever les yeux sur eux. Avec moi, c'était différent : elle me souriait, avait même échangé quelques mots à son initiative en voyant cette photo dans le journal ouvert devant moi, un bébé, les bras comme des nageoires de poisson, la faute à un médicament que des médecins avaient prescrit à des femmes enceintes. « C'est affreux », avait-elle dit, et ses yeux s'étaient voilés. J'aurais voulu lui prendre la main, la rassurer, mais quoi lui dire ? Puis, un peu plus tard, de nouveau son doigt sur sa bouche : c'était une assiette de pain doré délicieux que je mangeai avec avidité, un autre secret entre nous, et je m'étais dit que c'était gagné, que je coucherais avec elle ce soir-là, quand soudain une voix d'homme, tonnante, venant de la caisse à l'avant, la crispa. Jennifer, elle s'appelait. Une discussion animée entre eux, et elle disparut dans la cuisine. J'avais compris. Je m'étais levé, la déception de ne plus la voir, seul dans cette ville dont j'avais tant rêvé, et rien de ce que j'avais rêvé. Poussé, brusqué par les événements. *Ton courage te viendra de ce qu'on ne te laissera plus le choix.* Les paroles du capitaine Hogan dans *Les Flibustiers de la mer Rouge* résonnant dans ma tête, comme une plaisanterie cruelle. Le cœur serré, marchant sans but dans la moiteur bitumeuse de Times Square, je pensais aux deux gars qui m'avaient embarqué sur le pouce à Mont-Joli, deux types malades d'amour pour deux Gaspésiennes rencontrées à Maria, trop occupés à bavarder ensemble pour s'intéresser à moi. Ils ne connaissaient pas mon nom, je ne connaissais pas le leur, et cependant, quand ils m'avaient déposé au terminus Greyhound, j'avais eu la gorge nouée comme si deux bons amis me laissaient tomber.

Le lendemain, une pluie fine et régulière s'était mise à tomber sur Manhattan, et partout une odeur âcre qui me rappelait le goudron. Je marchais dans Greenwich Village à la recherche d'un endroit où me réfugier sans être importuné, quand m'apparut dans la 13ᵉ Rue cette librairie d'occasion, avec son annonce amicale dans la vitrine :

CAFÉ GRATUIT POUR NOS CLIENTS

Un dédale d'étagères poussiéreuses et de piles vacillantes de bouquins de toutes sortes : des best-sellers aux couvertures abîmées, des ouvrages de référence, de la poésie, les essais des éternels suspects en terre d'Amérique – Mao, Marx, Rosa Luxemburg –, des trucs bizarres, ésotériques, et à l'arrière, une petite section « Livres en français » où je tombai sur *Le Deuxième Sexe*.

« Elle a raison, Simone. Tous des salauds, les hommes. »

Je me raidis. Une voix d'homme, nasillarde, presque comique, de dessins animés. C'était le type que j'avais aperçu derrière le comptoir à l'entrée, une drôle de tête d'oiseau, des yeux bleus perçants et un beau sourire engageant. Il dit : « Tu parles français ? » Avec empressement, je répondis oui, soulagé et trop heureux d'avoir enfin une conversation. Et il se mit à rire, un rire franc, communicatif. Voilà ce type sur mon chemin, pas du tout rebuté par mes vêtements crasseux, cherchant à m'impressionner avec les quelques mots de français qu'il connaissait et qu'il débita à la vitesse d'une mitraillette : « Bonjour, C'est la vie, La vie en rose… » Un accent terrible, à faire détaler un troupeau de bovidés. « L'amour, toujours l'amour, Filles de joie, Voulez-vous coucher avec moi ? » Sur quoi nous nous esclaffâmes comme des gamins à la sortie de l'école. Bon Dieu, c'était si bon de s'amuser !

Charlie Moses ! Une bouille à la Bob Dylan. Un type maigre et nerveux qui parlait beaucoup en gesticulant. De deux ans mon aîné, il rêvait de devenir un écrivain célèbre. Dans ses tiroirs, quelques ébauches de romans, mais ce n'était pas encore « ça ». Il s'anima : il était sur la bonne piste, m'assura-t-il, une « histoire prometteuse » sur laquelle il planchait avec sérieux. Pour payer les factures, il travaillait à temps partiel dans cette librairie de Greenwich Village,

The New York City Lights Bookshop, un clin d'œil à celle fondée par Lawrence Ferlinghetti à San Francisco, creuset du mouvement beat, lequel avait produit, selon Charlie, les meilleurs écrivains américains, dont son préféré, Jack Kerouac. Il s'arrêta net, demanda, excité : « Tu es canadien-français ? »

J'avais à peine répondu qu'il disparut dans le fond de la librairie pour revenir avec un grand atlas bleu sous le bras, qu'il ouvrit, les mains fiévreuses, à la page du Canada. « Allez ! dit-il, haletant. Montre-moi ! Montre-moi d'où tu viens ! »

Amusé, j'indiquai sur la carte un minuscule point qu'il contempla avec stupéfaction.

« Ooooh !

— Ooooh !… quoi ? »

Ses yeux glissèrent légèrement à l'ouest, une expression étrange se dessina sur son visage. Il dit, un doigt sur la carte : « Rivière-du-Loup est là. »

Il avait prononcé *Rivire doo Loop*.

« Oui, et après ? »

Le plat de sa main s'abattit sur la table. « *Oh man ! Oh man ! Oh man !*

— *Oh man…* quoi ? »

Il se mit à tourner autour de moi, se claquant les mains sur les cuisses. « *Oh man !* Tu es comme Ti-Jean !

— Qui ? »

Il prit un air grave, solennel : « Jack Kerouac. » Dont les parents et les grands-parents venaient de la région de Rivière-du-Loup et s'étaient installés à Lowell, au Massachusetts, dans l'espoir d'une vie meilleure aux États-Unis.

« Comme toi, *man !* Il fallait qu'on se rencontre ! C'était écrit dans le ciel ! Ooooh, c'est pas croyable ! »

Charlie m'invita à partager son petit appartement d'East Harlem, le quartier hispanique d'Harlem où, m'expliqua-t-il fièrement, Dean Moriarty dans *Sur la route* s'était installé avec ses amis dans un meublé comme celui-là. Une chambre sombre au papier peint taché d'humidité, un salon-cuisine sans fenêtre, pas de douche, seulement une vieille baignoire. Étrangement, ce dénuement ne l'atteignait pas, au contraire, il semblait le savourer comme un privilège. Vivre tels les personnages de Kerouac lui donnait l'impression d'une vie fabuleuse, comme s'il la mettait en scène et que le spectateur qu'il était l'emportait sur le protagoniste.

Charlie Moses. Moses comme dans Moïse. Je ne me souviens plus très bien quand je me mis à l'appeler Moïse, mais il avait tout de suite adoré.

Les jours suivants, il me montra sa ville avec la fierté manifeste d'un riche propriétaire terrien. Me trimballant partout, dans les endroits les plus touristiques – l'Empire State Building, Battery Park, la statue de la Liberté – aux plus glauques – les cabines sordides des peep-shows de la 42e, les décharges nauséabondes du Meatpacking District où rôdaient des chiens errants et de pauvres types affamés.

Infatigable, il prenait frénétiquement des notes dans un calepin écorné en vue de son nouveau roman, une sorte de *Sur la route* dont le décor se limiterait à New York. « New York est un pays en soi. Un microcosme de l'Amérique de l'avenir. » Il racontait, pantelant, que l'action se déroulerait dans les quartiers de la ville, avec des paysages urbains aussi beaux que les montagnes aux pointes enneigées du Colorado, aussi déprimants que les bleds perdus tel Shelton, Nebraska. Pas de cow-boys ni d'Indiens à plumes comme à Cheyenne, Wyoming. Ni de Mexicains *pachuco* comme à Fresno, Californie. Non. Des Noirs, des Latinos, des Juifs, des Italiens, des Polonais, des Irlandais, des miséreux, des tarés, des pleins aux as. « New York, quoi ! »

Et je le regardais s'extasier dans les rues de sa ville bien-aimée, le cœur reconnaissant d'avoir croisé sur mon chemin un type aussi magnifique.

Par un après-midi ensoleillé, il m'entraîna sur le pont de Brooklyn, que nous traversâmes à pied, les voitures et les flots bleus de l'East River défilant sous nous, nous donnant l'impression de voler. Moïse tenait à me montrer l'endroit où il avait grandi, « pour que je comprenne », un bâtiment triste et déglingué de quatre étages, à l'ombre du pont ferraillant de Williamsburg. Bien avant la bohème qu'il « s'offrait » à East Harlem, Moïse avait connu la vraie pauvreté, celle que l'on ne choisit pas. Des parents sans le sou et au bout du rouleau, un logement sinistre d'une seule pièce sans baignoire ni toilettes – elles se trouvaient à l'extérieur, au bout du couloir –, juste un vieux lavabo à l'émail taché de rouille pour se laver, dépossédant les uns et les autres de leur plus secrète intimité. Moïse dit, la mine sombre : « J'étais malade dès ma naissance. Frappé d'une maladie héréditaire dont seulement peuvent se débarrasser les hommes les plus vifs ; je veux dire la pauvreté, la plus mortelle et la plus impérieuse des maladies. »

Il éclata de rire devant mon air dérouté. « Hé, *man* ! Ne me regarde pas comme ça ! C'est pas moi qui ai dit ça. C'est Eugene O'Neill, le grand dramaturge américain. Tu connais ? » Je secouai la tête. « Ça ne fait rien. » Il m'asséna une tape amicale dans le dos et m'entraîna sur le côté de l'immeuble où il tendit les bras, prêt à me faire la courte échelle.

« Tu veux vraiment aller là-haut ?

— J'ai fait ça des milliers de fois. »

On s'agrippa à l'escalier de secours, l'escalada jusqu'au toit. Là-haut, Manhattan et sa ligne d'horizon hérissée de gratte-ciel étaient à couper le souffle. Les yeux rêveurs, Moïse dit : « Je venais souvent ici. Je pouvais y passer des heures. Quand tu es petit et que tu vis dans un logement de merde et que tes parents bossent comme ils le peuvent, c'est-à-dire beaucoup, et qu'ils n'y arrivent pas, et que de chez toi, de ton quartier pourri, tu vois ça, eh bien, tu te dis : un jour, j'en serai. » Il embrassa des bras la vue. « Regarde comme c'est beau ! Une image belle et terrible à la fois. Terrible parce qu'elle te renvoie constamment à ta condition de merde. J'ai fini par comprendre que je ne devais jamais me laisser abattre par elle. Non, cette image, je devais la laisser me nourrir. Et c'est ce que j'ai fait. »

Nous restâmes silencieux un long moment. Au loin, la tête du Chrysler Building éclatait dans le soleil, et cela me fit penser au phare sur la pointe à Métis Beach, là où Gail m'avait embrassé pour la première fois avec une fougue désespérée et quelque chose d'effrayant dans les yeux.

Cette histoire invraisemblable de viol, et Frank Brodie qui avait l'air si convaincu. Comme si j'avais été dupé, trahi.

Mais j'étais loin de tout cela maintenant, au point de ne plus savoir si mes souvenirs étaient réels. À moins que le présent ne le fût pas : cette vue bouleversante de Manhattan, les flots frissonnants de l'East River, des bateaux blancs étincelants voguant dessus, et mon nouvel ami Moïse qui s'agitait à mes côtés. Le passé, le présent, impossible de superposer les deux, comme s'il s'agissait de deux rêves troublants, distincts, faits par deux personnes différentes.

« Hé, *man,* ça va ? »

J'avais vacillé sur mes jambes et me sentais partir. Le manque de sommeil et de nourriture (quoique Moïse vît à mon alimentation avec le dévouement d'une mère aimante : fèves au lard, ragoût et spaghettis en boîte, dont l'odeur légèrement écœurante se mêlait à celle, âcre, du gaz de la petite cuisinière de son logement miteux d'East Harlem). J'allais vomir. Il m'attrapa par le bras et m'aida à m'asseoir sur le toit goudronné, chaud de soleil. « Doucement, *man.* Prends ton temps. » Mes yeux s'embuèrent. Puis je me mis à parler, la gorge serrée par l'émotion, de Métis Beach, du village, des rapports cordiaux mais teintés de méfiance entre nous, de ces étés passés à regarder vivre les Anglais, à les envier. Je parlais, parlais, les mots en anglais me venaient facilement, un flot continu, ponctué de sanglotements enfantins : « Tu vois, chez nous, il n'y a pas comme ici de fleuve qui nous sépare, mais la barrière est encore plus infranchissable que l'East River. Je ne peux pas dire comme toi : un jour, je serai comme eux. C'est impossible. Dans la vie, on a une place et on la garde. C'est comme ça. Alors l'image dont tu parles, celle qui est belle et terrible à la fois, ça n'existe pas chez nous. Ou peut-être que oui, mais j'ai refusé de la regarder pour ne pas trop souffrir… »

Moïse m'écoutait avec attention, les sourcils froncés, accueillant mes paroles avec de petits coups de tête approbatifs. Bon Dieu que ça faisait du bien, parler ! Sans se sentir jugé. Quand l'émotion m'étranglait, il mettait son bras autour de mes épaules, sans poser de questions. Moïse ignorait encore tout de mon histoire ; il avait déduit que j'étais parti de la maison comme cela arrivait à des milliers de garçons de mon âge, après une violente dispute avec leurs vieux, et que j'attendais le retour d'une amie à New York qui m'hébergerait, le temps de laisser la poussière retomber. C'était ce qu'il pensait et je ne l'avais pas contredit.

« Viens ! Il y a d'autres choses que tu dois voir ! Tu vas y arriver ? »

Nous prîmes le métro à Marcy Avenue. Pendant le trajet, Moïse n'arrêtait pas de parler en gesticulant : son roman qui enfin le rendrait riche, la machine à écrire qu'il s'achèterait alors (il écrivait à la main), les filles à New York qui ne s'en laissaient pas imposer mais qui finiraient bien par s'intéresser à lui, une fois devenu célèbre. Il causait de tout et de rien, en grimaçant comme un singe, tentant de me changer les idées. « Hé, *man,* c'est New York, ici ! Oublie tout le reste, d'accord ? » Et je riais. Une véritable boule de nerfs avec des yeux qui bombardaient tout autour de lui, tout le temps.

Moïse, mon ami Moïse.

De retour à Manhattan, nous sortîmes de terre au coin de la 125ᵉ Rue et de Lenox Avenue, en plein cœur de Harlem. Un choc.

« Tu crois que les barrières que tu connais sont infranchissables ? Regarde bien, je parie que tu vas changer d'avis. »

Il m'entraîna dans la foule dense, uniquement des Noirs, la plupart endimanchés, défilant sous un soleil de plomb, contournant méthodiquement les marchands ambulants et leurs articles étalés sur le trottoir. Des livres, des vêtements, des articles de cuisine, des radios. Des femmes corpulentes, des grappes d'enfants collés à leurs jupes, négociant avec entrain. Une foule grouillante sur laquelle veillaient aussi bien des policiers blancs lourdement armés que Martin Luther King et Malcolm X, leur photo placardée partout.

« Pas mal, hein ? » fit Moïse.

J'observais les lieux, les yeux écarquillés. M'attardant aux livres exposés sur des couvertures sur le sol, aux titres aussi peu amènes que *The God Damn White Man.* Des piles de tracts distribués au coin des rues. Et des journaux, aussi, des journaux « noirs », tel le *Muhammad Speaks* que tendaient aux passants de jeunes hommes décidés en costume et cravate, membres de la Nation de l'Islam.

Moïse se tourna vers moi : « Tu connais ? »

Je fis non de la tête, perplexe. Il éclata de rire, me prit par le bras. Raconta en marchant vite : « L'islam vient de loin. L'islam n'a pas de racines en Amérique. C'est pour ça qu'il a tant d'attrait pour eux. » Il s'interrompit, s'essuya avec brusquerie les yeux, cette poussière fine et grise qui s'élevait en nuages tourbillonnants des rues sales de Harlem. « Le christianisme a permis leur esclavage. Le christianisme a déterminé qu'ils n'avaient pas d'âme, alors ils se sont bricolé une sorte de religion.

— Qui dit quoi?

— Que les Noirs sont les humains originels. De qui nous, les Blancs, comme les Asiatiques et les Amérindiens, descendons. Nous sommes une race inférieure pour eux. C'est merveilleux, non? » Il riait. « Ils disent que l'homme noir est le créateur de tous les humains. Et ils croient que la place qu'ils occupaient au début de l'humanité leur reviendra un jour. » Devant mon expression de stupeur, il s'esclaffa, puis dit avec sérieux : « Dieu est une invention de l'homme, *man*. Ce sont les humains qui décident de ce que Dieu pense d'eux. Tu comprends? Alors moi, je dis que Dieu nous regarde d'en haut en ce moment et qu'il nous trouve marrants. Et en passant, il te souhaite la bienvenue à New York! » Et notre rire éclata sous le soleil de Harlem.

Moïse m'entraîna loin du chaos de la 125ᵉ, dans une rue transversale, bordée de maisons en pierres brunes, des habitations délabrées, aux fenêtres bouchées par de vieux draps. La poussière nous faisait cligner des paupières, tapissait nos narines et nos gorges irritées. Sur les trottoirs, des ordures s'amoncelaient en montagnes nauséabondes, parfois un rat détalait devant nous, gros comme un chat.

« Allez, je te dis! Viens! »

Nous marchions vers le nord. De grands types sinistres nous jetaient des regards soupçonneux, mais Moïse ne s'attarda pas à eux. Moïse semblait savoir où il allait.

Nous aboutîmes quelque part dans la 129ᵉ Rue Ouest. Devant une porte entrouverte donnant sur un logement crasseux, sombre et humide. Moïse me dévisagea, dit : « Ça va aller, *man*? Tu te sens capable?

— Oui.

— Tu es sûr?

— Oui. »

Il sourit, l'air de dire : *Ce que tu t'apprêtes à voir va te marquer pour le reste de tes jours.*

Dans l'unique pièce aux murs fissurés, il y avait une femme. Une jeune femme noire, pas plus de vingt-cinq ans, aux yeux désemparés. Maigre et pas vraiment jolie. Henrietta, c'était son nom. Un nom à la musique singulièrement joyeuse pour une jeune femme aussi triste et désespérée. Elle nous salua sans entrain.

Autour d'elle, sur le plancher poisseux, quatre enfants en bas âge, tous les siens, dormaient ou rampaient sur leurs courtes pattes boudinées. Henrietta était assise sur une chaise, un bébé naissant dans les bras, qui tétait son sein sans énergie. Une puanteur de lait suri et de vieilles couches flottait, et je sentis mon estomac sur le point de se soulever. « Hé, *man*! Tu tiens le coup? » J'acquiesçai, honteux de me montrer si impressionnable.

Henrietta. Moïse semblait la connaître, mais d'où? Il se tira une chaise, s'installa devant elle et déposa sur la table collante son calepin et son stylo. Un enfant sur le sol s'agrippa à ses chevilles; Moïse tendit les bras, le souleva et l'assit sur ses genoux. L'enfant se mit à rire, à babiller. Je me tenais à l'écart, attentif, assis dans un fauteuil défoncé. Moïse parlait tout bas, sa tête proche de celle de la jeune femme. Lui posant des questions auxquelles elle répondait nonchalamment. Comment s'en sortait-elle? Où se trouvait son mari? – il l'avait plaquée à la naissance du dernier, et depuis, elle n'avait plus eu de nouvelles. Elle dit d'une voix plaintive: « Les pères afro-américains ne sont pas des hommes responsables. » Afro-américains. On ne disait plus *nègres*, m'expliqua Moïse. Avait-elle de la famille à Harlem? Comment voyait-elle l'avenir pour ses enfants? Elle sursauta: « L'avenir? » Moïse aurait blasphémé qu'elle aurait réagi pareillement. « L'avenir n'est à personne! s'écria-t-elle, indignée. Il est à Dieu, et à Dieu seul! »

Moïse sourit. Avec compassion. Il attrapa son stylo et gribouilla quelques notes dans son calepin. Elle l'observait, amusée ou choquée, c'était difficile à dire. Elle poussa sur la table poisseuse une main vers lui, comme si elle essayait de lui faire comprendre qu'elle ne voulait pas qu'il écrive sur elle. Mais Moïse persévéra, lui posa d'autres questions, toujours avec cette même voix basse, apaisante. Puis un enfant sur le plancher se mit à pleurer, et la jeune femme se leva, le bébé naissant dans ses bras, sa petite tête amorphe ballottant. Elle dit à Moïse qu'il devait partir. Moïse se leva, prit dans ses bras l'enfant qu'il avait sur les genoux, un petit garçon de deux ans environ qui posait sur mon ami des yeux intenses, de vraies billes noires. Comment connaissait-il cette femme, bon Dieu? Où l'avait-il rencontrée? Étrange Moïse.

Il lui demanda si elle accepterait de l'héberger bientôt, pour quelques jours. Elle le fixa de ses grands yeux noirs comme s'il était fou, puis elle me jeta un regard anxieux, cherchant à être rassurée. Je haussai les épaules, ne sachant pas quoi dire. « Henrietta, c'est pour le roman », lui rappela Moïse. *Henrietta?* Dit d'une façon aussi… *familière?* « Le roman dont je vous ai déjà parlé. » Elle fit la moue. « Je paierai, bien entendu. » Et Moïse sortit de sa poche dix billets d'un dollar, lui qui gagnait si mal sa vie, et les lui donna. La femme les contempla de ses yeux désemparés, on aurait dit qu'elle en voyait pour la première fois, les roula entre ses doigts sales, les planta dans son soutien-gorge sale, et dit, reconnaissante, avec un accent prononcé et traînant : « *Gad bless ya. Gad bless America. In Gad we trust.* »

Une fois sortis, tandis que nous marchions en silence dans la 129e Rue, Moïse entra dans une colère soudaine : « Foutu pays! Cette femme ne sait pas lire, mais elle sait ce qu'il y a d'écrit sur les foutus billets de banque! *In God we trust.* En Dieu nous croyons. Elle peut crever dans sa merde, l'Amérique s'en fout. On la dépouille de ses droits civiques, l'Amérique s'en fout. Mais elle, malgré la trahison, elle est fière de son pays! Parce qu'il… » Il s'étrangla de rage. « … Parce qu'il *croit* en Dieu et qu'il l'imprime sur ses foutus billets de banque! *In God we trust.* Merde! C'est l'entourloupe qu'a trouvée Eisenhower pour narguer les communistes et s'attirer les bonnes grâces de ces salauds de maccarthystes! L'Amérique capitaliste chrétienne contre l'Union soviétique athée! Foutu pays qui mêle Dieu à l'argent! Foutu pays qui tient en esclavage une partie de ses citoyens! » Il envoya un pied furieux dans un tas d'ordures, et l'on entendit le cliquètement d'une canette rouler dans la rue. « Merde! »

Cette journée étrangement fabuleuse d'août 1962 qui resterait gravée à tout jamais dans ma mémoire.

2

Le lendemain de la fête du Travail, je réussis à avoir Dana au téléphone. Après quelques tentatives les jours précédents – Moïse avait
trouvé son numéro dans le bottin – et de brefs échanges polis avec
une personne à l'accent prononcé – la bonne, selon Moïse – à qui
j'avais refusé de donner mon nom, j'avais enfin Dana au bout du fil,
la gorge serrée, des larmes de soulagement dans les yeux.

« Tu es *où*? » Sa voix furieuse, cassante comme du verre. Une
demi-heure plus tard, j'étais au Harperley Hall, un édifice de style
Art nouveau donnant sur Central Park West; la porte s'était ouverte
sur une petite femme aux yeux pâles, muette de stupéfaction, et
Dana était apparue, pantalon rouge et chemisier blanc, les traits tirés
par deux longues journées de route. « Qu'est-ce qui t'a pris, bon
Dieu! Ça fait deux semaines qu'on te cherche, là-bas!

— Dana, laisse-moi t'expliquer… »

Mais elle n'écoutait pas. Elle me poussa avec brusquerie jusqu'au
salon, une grande pièce comme une salle de musée, des tableaux
étonnants sur les murs. Elle se servit une vodka, m'en servit une sans
me demander mon avis et me la plaqua dans les mains.

« Tu t'es regardé dans le miroir? Tu as fait quoi pendant ces deux
semaines? Tu as dormi dans la rue? »

Ma voix tremblait, elle n'était plus qu'un filet inaudible : « Je…

— C'est vrai, ce qu'on raconte à ton sujet?

— Non! »

Je lui parlai de Frank Brodie, de ce qu'il avait dit à ma mère, me
défendant d'avoir mal agi.

Elle me regarda, consternée : « Tu as fait *quoi*?

— J'ai couché avec Gail. » Elle se prit la tête entre les mains.

« Dana, je te le jure, je ne sais pas pourquoi Brodie a parlé de viol. »

Elle resta de glace, ma respiration s'accéléra. Les jambes flageolantes, je pensai aux agents de la Police provinciale que Brodie avait dû alerter, leurs poings furieux frappant à la porte de chacune des maisons du village, à ma recherche. Non, dit Dana. Rien de tout cela. Que des rumeurs. Ce sont les Newell qui lui avaient parlé de cette histoire de viol, mais impossible de vérifier, les Egan étaient partis en coup de vent.

« Tu me crois, Dana ? »

Elle ne répondit pas, se leva de son fauteuil promptement et arpenta avec nervosité la pièce.

« Pourquoi tu t'es enfui, dans ce cas-là ? »

Sa question me surprit, elle ne comprenait pas. « Quel choix j'avais ? Tu penses que ça change quelque chose pour Robert Egan que j'aie couché avec Gail ou que…

— C'est lui qui t'a envoyé Brodie ?

— Je ne sais pas.

— Et pourquoi, à ton avis ?

— Je ne sais pas. »

Dana faisait un effort pour se maîtriser, je pouvais le voir. Elle attrapa son paquet de Kool sur la table du salon, en fit jaillir une, l'alluma, souffla la fumée avec exaspération. Ce silence insoutenable entre nous ! Lorsque sa fureur se dissipa, une expression de découragement ou de sollicitude apparut sur son visage : « L'important, c'est que tu sois là. Qu'il ne te soit rien arrivé. »

Chez les Tees, on avait vu le vieux Riddington surgir en peignoir, affolé. Dana n'en avait pas été témoin, elle était déjà rentrée chez elle. Quelque chose était arrivé à Gail, on parlait beaucoup du chien. « Je suis allée au magasin de ta mère, mais il était fermé et l'est resté jusqu'à mon départ. Pas moyen de lui parler, ni à ton père. J'ai sonné à l'appartement, pas de réponse. Les rideaux sont tirés jour et nuit. Mais je sais que tes parents sont là. Françoise me l'a dit. Ils sont très inquiets. Françoise aussi. Tu aurais dû l'entendre au téléphone, elle pleurait sans pouvoir s'arrêter. »

Je restai silencieux, pensant, le cœur serré, à ma mère et au choc qu'elle avait dû ressentir en tombant sur ma chambre vide, la fenêtre grande ouverte, les rideaux ondulant dans le courant d'air. « Mes parents, eux, ils croient que… ? »

Elle haussa les épaules. « Je ne sais pas. Je ne peux pas dire. » Elle se passa une main sur le front. « Quelle histoire de fous. »

Elle nous resservit un verre, me demanda si j'avais faim. Rosie, la bonne irlandaise, me prépara une assiette de rosbif froid qu'elle déposa devant moi et que je dévorai en quelques minutes sous le regard étonné, attendri de Dana. Mais dès que j'eus terminé, son visage se durcit et son ton devint sec : « Tu ne peux pas rester à New York. »

Je me sentis perdre pied. « Pourquoi ?

— Tu as pensé à tes parents ? Et qu'est-ce que tu vas faire ici ?

— Tu ne comprends pas. Si je rentre, Robert Egan va me faire arrêter !

— Je vais lui parler, à cet imbécile.

— Non, je t'en prie ! Je ne veux pas retourner à la maison ! Maintenant que je suis ici, laisse-moi *ma chance*.

— Ta "chance" ?

— S'il te plaît, Dana. J'arriverai peut-être à me faire une vie ici. Si tu acceptes de m'aider un peu. »

Il était tard, plus de minuit. Rosie ramassa l'assiette de rosbif que j'avais vidée, et nos verres. Dana réprima un bâillement. « On en reparlera demain matin. En attendant, Rosie, montrez-lui sa chambre. Il y a un peignoir sur le lit. Et faites-lui couler un bain. Ça ne lui fera pas de mal. »

Le lendemain matin, je trouvai Dana dans la cuisine, attablée devant un bol de fruits et un café noir, déjà habillée, coiffée, maquillée, avec à ses côtés Rosie, qui lisait un vieil exemplaire du *Irish Times*. Son air pas plus accueillant que la veille aggrava mon appréhension, si bien que, sans qu'elle eût la chance d'ouvrir la bouche, je dis très vite : « Si tu ne veux pas de moi, fous-moi à la porte. Je me débrouillerai. Je reste à New York, ma décision est prise. » Elle me regarda, estomaquée : « Mais qui a parlé de ça ? » Elle se tourna vers Rosie. « Est-ce que j'ai dit ça, *moi* ? » Rosie secoua la tête, catégorique.

J'étais sidéré.

« Bon, dit Dana. Tu vois ? Ne reste pas là à me regarder comme ça. Une journée chargée t'attend. D'abord appeler ta mère, elle doit être dans tous ses états, la pauvre. Ensuite, tu remets ces trucs-là… » Elle désigna de la main mes vêtements, que Rosie avait lavés, désinfectés et pliés, dans un panier sur le comptoir. « Le temps qu'on sorte t'habiller convenablement. Maintenant que tu es à New York, on va faire de toi un homme, un vrai, raffiné et cultivé. »

À côté d'elle, Rosie souriait de toutes ses dents gâtées.

3

« Regarde bien ce reflet de toi, Romain. Dis-toi qu'il marque le commencement de ta nouvelle vie. »

Dana riait, amusée par le jeu exténuant auquel elle me soumettait, une armée de vendeurs sérieux à notre service, chez Brooks Brothers, Madison Avenue, où dans ma cabine d'essayage s'empilaient des chemises de toutes les couleurs, des pantalons sport, des polos et des costumes chics, comme celui que j'avais sur le dos et qui la faisait glousser de plaisir : « Bel homme ! » Polis, les vendeurs approuvaient avec un demi-sourire, tandis que Dana s'exclamait, tournait autour de moi, m'examinait de la tête aux pieds, coude plié, doigt sur la lèvre. « Ne l'oublie jamais, Romain. Les Américains croient aux *nouveaux départs.* » Des mots heureux qui sonnaient comme une volée de cloches les jours de fête. Costume de lainage fin à la coupe parfaite, chemise blanche, cravate en soie. J'admirais mon reflet, à la fois stupéfait et enchanté par ce que je voyais : un grand garçon amaigri mais élégant, joues creuses et pommettes saillantes, des yeux bruns éclatants d'optimisme. Ainsi, mon avenir était là, devant moi, dans cette image.

Je n'avais pas osé demander à ma mère de fermer mon compte chez Joe Rousseau et de m'envoyer les mille cinq cents dollars. Je voulais lui épargner ça, déjà que c'était assez pénible pour elle. Facile d'imaginer qu'on devait les regarder de travers au village, elle et mon père. Un garçon qui abandonne ses parents, une histoire sordide de viol dont on n'était pas certain mais qu'on se racontait quand même. *Pour fuir comme ça, il faut bien qu'il ait fait quelque chose de mal.* Au téléphone, ma mère était inconsolable, mais au moins, quel soulagement, elle n'avait pas cru Brodie, si bien que chaque fois que nous nous parlions elle insistait, suppliante : « Tu vas revenir leur expliquer, hein ? » *Leur expliquer quoi, m'man ?* La vérité et risquer de la faire mourir du cœur, qu'elle avait déjà fragile ?

Je lui téléphonais toutes les semaines, quand mon père n'était pas là. S'il était là, j'entendais la porte d'entrée claquer dès la seconde où ma mère prononçait mon nom. Une seule fois, il prit l'appareil. Ses grosses mains calleuses empoignant le combiné et sa voix mauvaise, féroce : « Ta maudite face d'enfant de chienne, je veux pus la voir, c'tu clair ? » Un direct en pleine poitrine, qui m'avait laissé nauséeux. Pas étonnant de la part de mon père, mais certainement blessant. Ma mère m'apprit qu'il avait perdu ses contrats : d'abord Robert Egan, puis les autres, et personne évidemment pour lui donner *la vraie raison,* parce que personne ne la connaissait tout à fait.

« M'man, je vais avoir ma chance à New York. Dana va m'aider. Et je vais à l'école. »

« Aller à l'école » était peut-être exagéré, mais pas tant que ça. Dana m'avait inscrit à des cours particuliers d'anglais et d'histoire de l'art pour que je puisse profiter des musées de New York et les apprécier. Ces incroyables musées ! Le Metropolitan, le Musée d'art moderne et cet impressionnant Guggenheim, comme une coquille de nautile, une rampe en hélice que l'on abordait par le sommet pour descendre progressivement vers le niveau de la rue. « Une nouvelle expérience muséale », disait avec entrain mon professeur, Darren Hunter, un homme d'une trentaine d'années aux éternelles vestes en tweed rapiécées aux coudes, des cheveux blonds broussailleux, une voix grave mais douce et des yeux bleus, pénétrants. Ensemble, nous arpentions les grandes salles des musées, tandis qu'il discourait sur les peintres dont j'admirais les œuvres : Picasso, Braque, Poussin, Delacroix. Une fois par semaine, il me donnait rendez-vous chez lui, dans Morningside Heights, tout près de l'université Columbia, un petit appartement où il avait aménagé une salle de visionnement ; des fois, nous étions deux ou trois de ses élèves à regarder des diapositives couleurs, les tableaux des grands maîtres apparaissant et disparaissant sur le mur comme les palpitations luminescentes d'un cœur au ralenti, la théâtralité dramatique des ombres et de la lumière chez le Caravage, les portraits pleins d'humanité de Rembrandt, incroyable que la main de l'homme puisse à ce point reproduire le miracle de l'amour dans l'éclat d'une pupille.

J'aimais beaucoup Darren. Ces choses étonnantes qu'il m'enseignait, toujours dans le respect des limites de mes connaissances. C'était un ami de longue date de Dana, et souvent, il nous invitait à manger chez lui dans Claremont Avenue, la salle de visionnement transformée comme par magie en salle à manger. Des repas joyeux, et personne pour me faire sentir que je n'avais que dix-sept ans, le bonheur d'être traité en adulte par Dana, sa sœur Ethel et leurs amis, certainement la meilleure attitude pour me faire gagner en maturité.

Quand on attend de vous que vous agissiez en homme, vous ne voulez pas décevoir.

Un jour, devant un portrait de Gengis Khan au Metropolitan Museum, Darren dit : « À quinze ans il était déjà un guerrier redouté et respecté. Il ne faut pas sous-estimer les jeunes. » Le soir même, il me fit l'honneur de me placer à côté de lui, faisant la démonstration que ma conversation avait autant de valeur que celle des autres. Il s'assit au bout de la table, moi à sa gauche, Dana à sa droite, un couple plus âgé était présent, l'homme donnait des cours à Columbia avec Darren et sa femme peignait comme Ethel. Je me souviens, cette fois-là, d'avoir surpris Darren en train de dévorer Dana des yeux. Dans le taxi, de retour au Harperley Hall, je dis à Dana :

« Toi et Darren…

— *Quoi*, moi et Darren ?

— Vous n'avez jamais pensé sortir ensemble ?

— Jamais de la vie ! C'est lui qui t'a dit ça ?

— Non ! C'est moi… L'idée m'est venue que…

— Ne te mêle pas de ce qui ne te regarde pas, jeune homme ! »

Elle se renfrogna, le visage tourné vers la vitre. Je n'arrivais pas à déterminer si elle était fâchée ou bouleversée. Avoir été une femme, je crois que Darren aurait été le genre d'homme qui m'aurait plu. Mais Dana ne semblait pas vouloir d'homme dans sa vie.

Avec mon prof d'anglais, c'était différent. Ian Dart, un ami d'Ethel du temps du collège, un jeune homme aux épaisses lunettes, des mains fines et osseuses, un type au naturel agréable, un peu timide. Il venait trois fois par semaine au Harperley Hall, me faisait répéter mes leçons, me donnait des textes à analyser et des dissertations à rédiger, dont j'étais pour la plupart libre du choix des thèmes, sauf quand il décidait que je devais m'ouvrir à autre chose, à l'actualité, plus précisément, une façon d'en apprendre davantage sur les États-Unis et leurs grands enjeux. Je me revois passionné par l'histoire du premier étudiant noir à l'université du Mississippi, dont l'admission avait été imposée par John Kennedy et, bien sûr, par la promesse de Kennedy d'envoyer un homme sur la Lune avant la fin de la décennie. Je m'appliquais, émerveillé, me disant que tout était possible dans ce pays. Oui, tout était possible.

Au Harperley Hall, j'occupais la chambre d'amis, anciennement celle de Mark, le fils de Dana, que je me rappelais vaguement avoir entrevu, petit, au *clubhouse* de Métis Beach. De l'âge de Geoff Tees, des cheveux noirs, des yeux noirs méfiants. Après la mort de son père, il avait cessé d'accompagner sa mère l'été, préférant passer les vacances à New York, chez ses grands-parents Feldman. Un enfant étrange, disait Dana. Plutôt casanier. À présent, il vivait à Londres, et les rapports entre eux étaient orageux. Mark était ce qu'on pouvait appeler un juif fondamentaliste dont la conversion avait été très mal vécue par Dana, mais de cela, Dana parlait peu.

Ma présence au Harperley Hall semblait donc combler un vide ; l'empressement de Dana à prendre soin de moi comme d'un fils, assumant avec une grande générosité toutes les factures : mes cours, mes vêtements, mes sorties. J'étais prêt à travailler, mais elle refusait : l'important, disait-elle, c'était de me concentrer sur mes études, le permis de travail, on s'en occuperait plus tard. Elle avait fini par avoir Robert Egan au téléphone, si furieux qu'il n'avait pas répondu à ses questions : « De vraies accusations, Robert ? » Il avait hurlé : « Il met les pieds ici et je le fais arrêter ! », la menaçant de la dénoncer pour complicité, et Dana avait raccroché, secouée. « Rien ne presse, Romain. Vaut mieux clarifier les choses avant de te faire obtenir des papiers. Ne t'en fais pas, j'ai de très bons avocats, les meilleurs de New York. Ne nous laissons pas intimider par cette ordure. »

Je ne demandais qu'à la croire, heureux comme je ne l'avais jamais été de toute ma vie.

4

Un caractère bouillant, de la *chutzpah* – du culot –, de la repartie corrosive comme du vitriol, des yeux noirs pétillants d'intelligence et quelque chose d'Ava Gardner dans la forme du visage.

Sur les photos qu'elle m'avait montrées d'elle, déjà, à huit ou neuf ans, Dana Feldman avait dans le regard ce petit éclat d'arrogance de ceux qui savent qu'ils accompliront de grandes choses. J'aimais quand elle feuilletait ses vieux albums de photographies jaunies et qu'elle les commentait avec nostalgie, un verre à la main, toujours étonnée de ce qu'elle voyait. Des photos d'elle et d'Ethel dans la maison familiale de Queens, une famille juive modeste – sa mère s'occupait d'œuvres de charité, son père donnait des cours de violon particuliers aux enfants du quartier ; Dana n'avait manqué de rien, même si ses parents surent très tôt que cet environnement offert au prix de maints sacrifices – meilleures écoles, abonnement à l'opéra, cours de diction – finirait par lui faire l'effet de chaussures trop petites. Ce quartier un peu triste où elles avaient grandi et qu'elles me feraient visiter plus tard, émues jusqu'aux larmes par les souvenirs qui remontaient, consternées par le délabrement qui s'était installé depuis la mort de leurs parents – des familles noires avaient remplacé les familles juives, qui avaient émigré vers de plus beaux quartiers –, ne cessant de répéter, comme pour se consoler, que c'était beaucoup plus joli à l'époque. Et ce parc où les Feldman aimaient pique-niquer les beaux jours d'été, et que la municipalité avait défiguré en abattant tous les ormes malades, dont ceux le long du trottoir devant la maison, leurs souches laissées là. Sur les photos, on les voyait bien, ces ormes majestueux, leurs grandes flaques d'ombre couvrant la minuscule pelouse scrupuleusement entretenue des Feldman.

Des photos d'elle à dix-neuf et à vingt ans, celles de sa promotion (1943) au Barnard College, où elle avait étudié la littérature, et qu'on ne pouvait manquer : Dana posant fièrement, menton levé, Dieu qu'elle était belle, impossible d'être modeste quand on l'était autant. Elle disait, avec une gaieté indulgente : « Pour les autres filles, j'étais une vraie snob. Mais je m'en moquais. » Déjà à l'époque, elle avait la certitude qu'elle ébranlerait les consciences par ses écrits, elle ne ferait pas comme ces filles envieuses et insignifiantes qui s'emprisonneraient – de leur propre chef ! – dans une vie de ménagère et se dessécheraient telles des plantes d'intérieur privées d'eau et de soleil. Non, pas elle. « Que veux-tu, Romain. J'étais beaucoup trop sérieuse pour mon âge. Et si prétentieuse. » Et elle riait.

Il y avait dans le lot des filles ordinaires, certaines jolies, mais toutes beaucoup moins qu'elle, et je m'étais mis à chercher celles qui avaient pu accepter l'affront de sa beauté et son amitié sans la jalouser. Je dis, curieux : « Tu avais des amies ? » Elle me montra une grande blonde aux yeux pâles et à la mâchoire carrée – « Nora Toohey » – et, à son souvenir, Dana s'anima, raconta comment toutes les deux aimaient aller écouter cette nouvelle musique, le be-bop, qui déferlait sur les années quarante, ces années de guerre en Europe où les États-Unis se gardaient toujours d'intervenir, avant l'humiliation de Pearl Harbor. Cette toute nouvelle musique rapide, dissonante, subversive, transgressant les frontières du prévisible, qui la faisait frissonner jusqu'à la plonger dans une sorte de transe, et qu'elle me faisait écouter parfois au Harperley Hall, les yeux fermés, un pied battant la mesure : Dizzy Gillespie, Charlie Parker, Thelonious Monk. Ces magiciens de l'improvisation qu'elle avait vus jouer les lundis soir avec son amie Nora, au Minton's Playhouse, dans Harlem.

« Cette fois où j'ai vu Monk avec Nora au Minton's. Eh bien, il y avait aussi John McPhail. Tu te souviens de lui, à Métis Beach ? »

Non, j'étais trop jeune. Je ne me souvenais pas de cet homme, même en faisant de grands efforts. J'attendais qu'elle me montre des photos de lui, mais à la place son visage s'assombrit ; elle referma l'album dans un claquement sec, comme si son contenu lui était subitement devenu insupportable.

Elle l'avait remarqué, assis seul à une table au fond de la salle étroite et enfumée du Minton's. Le regard un peu triste, des yeux profonds, intenses, sa tête et son corps se laissant porter par la musique déconcertante de Thelonious Monk au piano. Il était le seul homme blanc dans la salle ce soir-là, il n'en avait pas conscience, un jeune homme blanc aux allures d'aristocrate, elle l'avait vu à la façon dont il avait attrapé son verre de Crown Royal et l'avait porté à ses lèvres.

« De la classe, Romain. Comme j'en avais rarement vu. »

Dans le salon du Harperley Hall, elle se dirigea vers le meuble en teck où se trouvait son impressionnante collection de disques. « Il fallait que j'aille lui parler. Comme s'il y avait ce soir-là une chance que je ne pouvais pas rater. » Elle rit. « Une idiote. »

Quand elle s'était levée de table et que Nora lui avait attrapé les poignets, lui demandant ce qui lui arrivait, Thelonious Monk avait attaqué un de ses longs silences au piano, faisant taire d'un coup le Minton's Playhouse. « Je portais une petite robe en jersey rouge plutôt seyante. Tous ces regards sur moi, comme si on me l'avait arrachée ! »

Elle sortit un disque de sa pochette, le mit sur le tourne-disque. « *Epistrophy*. Monk. Le morceau qu'il jouait *ce soir-là*. » Elle alluma une de ses Kool à la menthe, et la musique de Monk emplit le salon. Elle resta debout, ferma les yeux. « Monk, le fabuleux Monk, racontat-elle, n'avait toujours pas bougé, les mains suspendues au-dessus du clavier, tenant la salle en haleine. Personne ne savait ce qu'il allait faire. » Apparemment, Monk pouvait en plein envol cesser de jouer, se lever, se mettre à danser ou à courir autour de son piano, s'éclipser de la scène, y revenir en rigolant, et reprendre la pièce là où il l'avait laissée, plus énergique et plus fou encore, déchaînant l'enthousiasme de la foule. Elle poursuivit, encore émerveillée : « Là, il était assis, le dos courbé, les jambes écartées, les mains dans le vide. Puis un sourire victorieux s'est dessiné sur son visage couvert de sueur, comme s'il venait de retrouver son chemin, et il s'est remis à jouer, pétrissant les notes de ses doigts raides et écartés, avec fièvre. Et la salle a commencé à délirer. »

Elle se tut, pensive.

« Et après ? dis-je.

— J'ai profité des applaudissements pour me frayer un chemin entre les tables et me présenter à lui. »

Elle retrouva le sourire et se mit à parler gaiement. Après avoir appelé un taxi pour Nora, John et elle s'étaient promenés dans Harlem, se laissant guider par les notes qui s'échappaient des portes closes des boîtes de jazz, voulant peut-être faire la preuve de leur courage, se montrer qu'ils n'avaient pas peur, qu'ils étaient différents des autres, et donc pareils tous les deux, car rares étaient les Blancs qui osaient s'aventurer dans ce quartier la nuit. John était heureux, savourant la liberté qu'il s'était accordée ce soir-là, après avoir faussé compagnie à son père en prétextant un début de rhume.

Elle tira sur sa cigarette, se servit du cognac. « Je lui ai demandé si son père serait fâché quand il constaterait qu'il n'était pas dans sa chambre d'hôtel. Il a répondu : "Mon père loge au Waldorf, moi à l'Algonquin." Ça m'avait étonnée, bien sûr. Son père adorait le faste du Waldorf ; lui, ça le déprimait. Il préférait l'Algonquin et se donner l'impression de s'imprégner des fantômes de ces écrivains qui s'y rencontraient les midis, dans les années vingt. Et c'est là que je lui ai dit que j'écrivais, et son beau visage s'est illuminé. Évidemment, il m'a demandé sur quoi. J'étais certaine de le décevoir : "Non, pas des romans. J'écris sur les femmes, j'ai dit. Mais les éditeurs ne sont pas encore prêts à prendre ce risque." Il a dit : "Quel risque ?", comme s'il ne vivait pas à cette époque et qu'il ne voyait pas le problème ! J'aurais voulu l'embrasser. J'ai dit : "Publier une critique de la société qu'ils défendent eux-mêmes, vous y pensez ? Ils sont frileux, les éditeurs. Très frileux." Je ne sais pas pourquoi, ça me mettait mal à l'aise de lui parler de ça. Je voulais plutôt en savoir plus sur cette histoire intrigante d'hôtels séparés avec son père. »

Une violente émotion l'étreignit. En la voyant si vulnérable, une envie très forte de la serrer dans mes bras me submergea, puis une sorte de panique en pensant à Darren, à ses yeux éblouis qu'il avait posés sur elle toute une soirée, l'idée que je pourrais à mon tour *être envoûté par elle,* une idée stupide que je chassai aussi vite qu'elle m'était venue en allant me chercher une bière dans la cuisine. Sauf pour quelques lampes allumées dans le salon, l'appartement était baigné dans l'obscurité. Rosie était couchée depuis longtemps.

« Et cette histoire d'hôtels séparés ? »

Elle se moucha. Monk jouait en compagnie de Kenny Clarke.

« John disait que ça lui permettait de s'esquiver sans devoir rendre des comptes et d'aller dans des boîtes de nuit que son père appelait sans rire Sodome et Gomorrhe. » Elle s'esclaffa. « Son père ne se doutait de rien. L'idée des hôtels séparés, il y avait long-temps qu'il la lui avait vendue. John et son père avaient une grande compagnie d'acier au Canada. Le gouvernement canadien comptait sur eux pour son industrie de guerre. Chacun dans son hôtel, pas de risque de… – sa voix se fêla – de mourir ensemble s'il y avait le feu. C'était comme pour l'avion. Jamais les deux dans le même. C'était une règle entre eux. »

Elle pleurait, maintenant. Et je ne savais pas comment la consoler.

Chaque fois que Dana parlait ainsi de John, elle avait besoin d'au moins deux jours pour s'en remettre. Elle s'enfermait dans sa chambre, rideaux tirés, s'abrutissant de calmants et de somnifères. Inquiète, Rosie frappait à sa porte toutes les deux ou trois heures, entrait à pas feutrés et déposait sur une petite table des plateaux de nourriture, qu'elle récupérait intacts. Des fois, je prenais le relais, je m'asseyais à côté d'elle et lui tenais la main. Lorsqu'elle se réveil-lait, groggy, elle me regardait avec ses yeux mouillés de larmes et disait, la diction amollie par les calmants : « Lui, il y a longtemps qu'il ne sent plus rien. Alors que moi, j'aurai mal toute ma vie. »

J'avais onze ans quand John McPhail mourut. Si de lui je n'avais aucun souvenir, j'en avais gardé de très clairs des gros titres alarmés des journaux : LE RICHE INDUSTRIEL JOHN MCPHAIL PÉRIT DANS UN ACCIDENT D'AVION – MÉTIS BEACH EN DEUIL, LA PETITE COMMUNAUTÉ PERD UN DE SES MEMBRES LES PLUS ILLUSTRES. Et de cette photo floue qui accompagnait tous les articles, une masse calcinée en forme de croix encastrée dans la neige. Quelqu'un était mort brûlé là-dedans. Quelqu'un qui passait ses étés à Métis Beach. Et cela m'avait forte-ment impressionné.

Comme à leur habitude, le fils et le père avaient voyagé séparé-ment, et le fils avait tiré le mauvais numéro. Son petit avion Beech-craft s'était écrasé dans un champ couvert de neige en Ontario, tandis qu'il se rendait à l'inauguration d'une nouvelle usine de la McPhail Steel Co. C'était en 1956. John avait trente-cinq ans. Le lendemain, anéantie, Dana s'était envolée pour New York, fuyant ses responsabilités. Elle avait même abandonné Mark, leur fils de douze ans, aux parents de John. « Occupez-vous-en. Je n'en ai pas la force. » Pendant des semaines, elle s'était enfermée dans le grand appartement du Harperley Hall que John lui avait acheté quelques années auparavant, lorsqu'il s'était rendu compte que Dana n'était pas heureuse à Montréal. Pourtant, après leur mariage, en 1943, elle n'avait pas hésité à le suivre au Canada, la guerre faisait rage en Europe, la peur et l'avenir en suspens rendaient secondaires les choses matérielles et les lieux. Dana voulait être avec John, c'est tout ce qui comptait. Mais la vie à Montréal avait fini par lui peser.

Après la mort de son mari, Dana s'était mise à écrire avec frénésie. Pour échapper à la folie de son chagrin. Pour se débarrasser de ce détestable sentiment qui l'avait gagnée à Montréal – bien qu'elle n'en eût pas encore conscience, elle souffrait beaucoup trop pour s'analyser –, celui de trahir son serment de petite fille, cette promesse qu'elle s'était faite d'accomplir un jour de grandes choses. Elle voulait rattraper le temps perdu, et ses longues heures collée à sa Underwood furent vite récompensées : *Mademoiselle, Harper's Bazaar* et *The Hudson Review* publièrent ses nouvelles, mettant toutes en scène des femmes malheureuses en quête d'affranchissement ; elles y parvenaient toujours, mais au prix de grandes souffrances.

Son texte « The Broken Vending Woman » fut autant condamné qu'encensé : l'histoire d'une femme, Karen, que Dana comparait à une machine distributrice *(vending machine)* dans laquelle on glisse de l'argent par la fente (besoin d'un dessin ?) en échange de services – petits plats mitonnés avec amour, soins prodigués aux enfants, tâches ménagères minutieusement accomplies, sourires, bonne humeur, caresses, relations sexuelles. Épuisée, Karen finit par craquer. Comment réagit-on d'ordinaire devant une machine distributrice en panne ? On la secoue avec rage, on tape dessus. Les graines de son retentissant essai *The Next War* avaient déjà commencé à germer.

5

« Veux-tu bien me dire ce que tu trouves de si intéressant à ton ami Moïse ? Il boit et vit comme un clochard. »

Un clochard ! Des mots blessants, injustes ! Dana se méfiait de Moïse. Dana désapprouvait l'ascendant qu'il exerçait sur moi : « Tu ne vois pas qu'il cherche à attirer l'attention avec ses histoires de traîne-misère ? Un logement insalubre. Un travail de crève-la-faim. Personne de sensé ne se vante de vivre dans tant de pauvreté. »

Moïse ? Comme si elle disait : *Tu ne sais donc pas choisir tes amis ?* Dana pouvait aller au diable. De toute façon, *The Next War* l'accaparait trop pour qu'elle puisse contrôler nos allées et venues.

Dans nos moments libres, Moïse et moi poursuivions notre tournée de New York : Chinatown, Turtle Bay, le Bronx, jusque dans le Lincoln Tunnel, où nous nous aventurions à pied, nos coupe-vents noués autour des oreilles, nous prenant, comme dans *Sur la route*, pour des Arabes qui allaient faire sauter New York. Nous flânions devant l'hôtel Chelsea, de véritables groupies pâmées, dans l'espoir de voir Jack Kerouac y entrer ou en sortir (c'est là qu'il avait écrit *Sur la route* – « En seulement trois semaines, *man* ! »), mais comme disait Moïse, on se serait contentés d'un Allen Ginsberg – le Carlo Marx de *Sur la route* –, ou d'un William Burroughs – le Old Bull Lee de *Sur la route* –, ou même, à la rigueur, d'un Arthur Miller désemparé (c'est dans la chambre 614 que le dramaturge avait pleuré Marilyn Monroe après leur rupture).

Le soir, nous traînions au Gaslight Cafe dans Greenwich Village, où un jeune chanteur à la voix étonnante nous éblouissait. « Oh *man* ! s'exclamait Moïse, des larmes de joie coulant sur ses joues. Ce type est tout simplement fantastique ! » Moïse l'observait comme il se serait admiré dans un miroir, Bob Dylan, Charlie Moses, la ressemblance entre eux était stupéfiante : la même tête d'oiseau avec des cheveux duveteux emmêlés sur le crâne, des yeux perçants, d'un bleu acier irréel, un nez étroit finissant en crochet au-dessus d'une petite bouche triste. « Le Sosie », disait-on de Moïse au Gaslight. Alors il s'habillait comme Dylan, son idole, se coiffait comme lui, étudiait jusqu'à sa dégaine sur scène pour la reproduire dans les rues de Greenwich Village. Lorsque des filles et des gars l'arrêtaient sur le trottoir, il s'amusait à laisser flotter la confusion, le temps de voir dans leurs yeux l'admiration qu'il s'imaginait un jour susciter, lorsqu'il serait un écrivain célèbre. « Il faut que je m'entraîne, *man*. Il faut que j'apprenne à être à la *hauteur*. »

Tôt le matin, Dana s'enfermait dans son bureau pour n'en ressortir que tard le soir, d'interminables journées passées à écrire et à téléphoner à sa sœur Ethel, la suppliant de venir l'épauler dans les moments d'angoisse, une discipline exigeante qu'elle dut s'infliger après la visite en catastrophe de son éditeur, un avant-midi pluvieux de novembre 1962.

Burke Cole, c'était son nom. Un homme précieux en costume trois-pièces d'une autre époque, des lunettes vieillottes qui lui glissaient sur le nez.

Il avait couru, le pauvre, et n'arrivait pas à reprendre son souffle.

« Mon Dieu, Burke ! s'écria Dana. Qu'est-ce qui vous arrive ? Rosie, débarrassez-le de son imperméable et de son chapeau. Et apportez-lui de l'eau. De l'eau, ça vous va, Burke ? Ou préférez-vous quelque chose d'autre ?

— De l'eau... De l'eau, ça ira. »

Dana se montra soudainement nerveuse. Une mauvaise intuition. Au salon, elle se servit un grand verre de vodka et s'alluma une cigarette, les mains tremblantes.

« Que se passe-t-il, Burke ? Vous ne voulez plus me publier, c'est ça ? »

Burke secoua la tête en avalant le verre d'eau, son cou fripé frissonnant à chaque gorgée.

« Alors, pourquoi êtes-vous ici ? »

Il prit une grande respiration et annonça qu'une certaine Betty Friedan était sur le point de publier un ouvrage féministe qui, selon ses sources, allait faire grand bruit.

Dana blêmit. « Vous croyez que je ne fais pas le poids, c'est ça ? »

De nouveau, Burke secoua la tête et prit un air désolé : « Il nous faut devancer la publication de *The Next War*. Pour éviter que Betty Friedan ne prenne toute la place. Nous devons publier en même temps, à quelques jours près. »

Dana n'était pas certaine d'avoir entendu, ou avait bien entendu mais faisait comme si ce n'était pas le cas.

« Dana, vous comprenez ce que je dis ? »

Elle dit, inquiète : « Et à quand cela nous mène-t-il ?

— À dans trois mois.

— Impossible ! Je ne serai jamais prête !

— Nous n'avons pas le choix, Dana.

— Nous ! Nous ! Comment osez-vous parler de *nous* ! Il n'est pas question de *vous*, ici, mais de *moi* ! Et *moi*, je vous dis que je n'y arriverai pas ! »

Burke se leva, embarrassé. « Je suis navré, Dana. Mais je vous connais. Je sais que vous y arriverez sans problème. »

Betty Friedan publia son célèbre essai *The Feminine Mystique* en février 1963. Deux jours avant sa sortie, j'avais trouvé Dana dans tous ses états au Harperley Hall, sa sœur Ethel à ses côtés, tentant de la calmer. Sur la table du salon, un livre que Burke lui avait fait livrer, déposé sur du papier kraft que l'on avait déchiré avec empressement. Dana gesticulait, tournait autour de la table, jetant au livre des regards mauvais, un animal féroce devant sa proie, bien résolu à ne pas lui laisser la vie sauve.

« Tout ce que j'ai écrit dans *The Next War* est là-dedans !

— Mais non ! s'écria Ethel. Vos approches sont différentes !

— Différentes, tu veux rire ? La sienne est meilleure, tu veux dire ! Mille fois meilleure !

— Oh, Dana, je t'en prie ! »

Dana s'empara du livre, l'ouvrit avec brusquerie, fit voler les pages. « Tu as vu ça ? Ça se lit presque comme un roman ! De quoi aura l'air *The Next War* quand il sortira la semaine prochaine ? D'une pâle, d'une insignifiante copie sans intérêt !

— Veux-tu bien te calmer ! Mon Dieu, c'est comme si le ciel t'était tombé sur la tête ! Tu le sais, tu as une approche plus personnelle. Celle-là est plus… méthodique, plus… scientifique…

— Plus solide, tu veux dire !

— Mais non ! Tout ça signifie simplement que c'est dans l'air du temps de dénoncer la condition des femmes. L'important est là. Et il faut plus qu'une voix pour changer les choses. Si des dizaines de femmes comme Betty Friedan, Simone de Beauvoir et toi, Dana Feldman, s'y mettent, eh bien, tant mieux ! La révolution ne se fera que plus rapidement ! »

Mais Dana n'écoutait pas. Elle arpentait le salon d'un pas furieux, les yeux brouillés par les larmes.

« Tu as vu comment elle démolit Freud et sa stupide théorie sur l'envie du pénis ? Génial ! Implacable ! » Elle attrapa ses lunettes, les enfila. « Écoute ! Écoute bien ça : "Il est vrai que, pour Freud et plus encore pour les éditeurs de magazines de Madison Avenue, les femmes étaient des êtres inférieurs, énigmatiques et à peine humains." Tu me suis bien, Ethel ? Non, tu ne me suis pas. Écoute, je t'ai dit : "En attribuant au désir du pénis l'aspiration des femmes à l'égalité, [Freud] n'était-il pas simplement en train d'énoncer ses propres vues, à savoir que les femmes ne pouvaient pas plus se montrer les égales de l'homme qu'elles ne pouvaient posséder un pénis ?" » Elle referma le livre d'un coup sec, le lança sur la table. « Dis-moi maintenant comment je peux publier après ça, hein ? Allez, dis-le-moi, Ethel ! »

Dana allait quitter la pièce quand elle m'aperçut dans l'embrasure de la porte.

« Qu'est-ce que tu fous là, toi ?

— Euh… Je crois que je vais aller faire un tour…

— Pas question ! » Elle se retourna vers Ethel. « Donne-lui le livre ! »

Étonnée, Ethel dit : « À Romain ?

— Oui, à Romain ! À qui d'autre ?

— À moi ? Pourquoi moi ? »

Hésitante, Ethel prit le livre, me le tendit.

« Lis ça, m'ordonna Dana. Tu me diras ce que tu en penses. Tu me diras si c'est meilleur que *The Next War*. C'est ta mission pour les prochains jours. »

Le piège. « Dana, tu ne peux pas me demander ça.

— Allez, au travail ! Comme ça, tu vas arrêter de traîner avec ton-ami-je-me-complais-dans-la-pauvreté. »

J'empoignai le livre en lui lançant un regard noir.

C'est dans mes quartiers au Harperley Hall, étendu sur le grand lit de ma chambre spacieuse, élégamment meublée, moquette moelleuse et télé couleurs, que je plongeai dans *The Feminine Mystique* de Betty Friedan. À ma grande stupéfaction, j'entrai dans un monde de femmes malheureuses, désespérées, aux prises avec « un malaise qui n'a pas de nom » ; des femmes piégées, enfermées dans des rôles d'épouse et de mère comme dans une prison dont on ne sort jamais. Ce mal, les experts avaient tenté de l'expliquer par toutes sortes de théories farfelues que s'appliquait à démolir l'auteur : qu'il découlait d'un excès de savoir (certains proposaient d'interdire l'université aux femmes) ; qu'il résultait d'une pénurie de main-d'œuvre qualifiée (!) dont les femmes dépendaient pour faire réparer leurs appareils électroménagers (pourquoi ne pas les former à les réparer elles-mêmes ?). D'autres blâmaient leur vie sexuelle monotone ou décevante que les spécialistes les encourageaient à pimenter. Mais Betty Friedan n'était pas d'accord. Selon elle, le problème ne résidait pas là, c'était autre chose, plus profond, plus fondamental : un besoin viscéral de se réaliser, autrement qu'au service d'un mari, d'enfants, d'une maison à tenir. Un besoin d'exister pour ce qu'elles étaient, et je compris avec effarement que c'était de cela que m'avait parlé Gail, de cette prison pour femmes qu'elle redoutait tant à l'approche de son mariage. *Toi, tu peux espérer mieux de ta vie. Pas moi.*

Gail me manquait-elle ? C'était difficile à dire. Le puissant anesthésique que m'offrait New York avait progressivement gommé son souvenir. Des fois, je pensais à elle, n'arrivant pas à décider ce que j'avais *vraiment* ressenti pour elle. Une fille que j'avais séduite comme on gagne un trophée par défaut.

Je sus plus tard par Dana qu'elle n'avait pas épousé Don Drysdale, le grand mariage au Ritz-Carlton avait été annulé, et elle était partie vivre à Calgary pour s'occuper d'une tante malade. (Je ne savais pas que Gail avait de la famille en Alberta.) Puis j'eus à peine un pincement au cœur quand Dana m'annonça, à l'été 1963, son union avec l'héritier des biscuits Barron (ces biscuits au beurre très populaires chez les Anglais de Métis Beach, mais introuvables en Gaspésie, avec leur boîte raffinée en fer-blanc). Il devait valoir des millions, ce jeune homme. « Une belle prise », ironisait Dana – et je ne pus m'empêcher de penser aux parents de Gail, qui devaient être fous de joie pour leur fille.

Le ton de *The Feminine Mystique* était à la fois mesuré et persuasif. Celui de *The Next War,* virulent, pamphlétaire. Comme Betty Friedan, Dana s'inquiétait de voir les jeunes Américaines déserter l'université : « Près de cinquante pour cent des étudiants étaient des femmes dans les années vingt, écrivait-elle. Aujourd'hui, elles ne sont plus que trente-cinq pour cent. Que se passe-t-il ? » Plus loin, à la page 114 : « Ils vous disent que trop d'instruction vous rend suspectes, mesdames. Pire : indésirables. Pensez-y deux secondes : pourquoi vous disent-ils cela ? » Ou à la page 258 : « Vos rêves se limitent à un mari et à une belle maison pleine d'enfants, équipée de beaux appareils électroménagers modernes, un mode de vie qui vous comblera affectivement et matériellement. Faut-il voir dans cette nouvelle richesse de l'Amérique un piège pour les femmes ? Les femmes sont-elles les victimes du capitalisme triomphant de l'après-guerre ? » (Des commentateurs outrés la taxeraient de « dangereuse communiste » pour avoir osé écrire cela.)

Si la lecture de *The Next War* me laissa perplexe, *The Feminine Mystique* me bouleversa. Tout simplement parce que Betty Friedan parlait de Gail.

« Et puis ? »

Deux jours plus tard, une Dana anxieuse m'attendait dans la cuisine. Je dis très vite, dans une sorte de balbutiement : « C'est… formidable, vous êtes complémentaires… »

Elle bondit. « C'est une réponse de lâche que tu viens de me donner ! Allez, dis-le tout de suite : elle est meilleure que moi, c'est ça ? »

Son visage crispé, glacé d'appréhension. Que pouvais-je répondre à cela ? Je sentis la gêne m'embraser les joues, et Dana le remarqua. Elle s'affola : « Je le savais…

— Non ! Ce n'est pas ce que tu penses… Tu… » J'aurais voulu m'enfuir, conscient de la pauvreté navrante de mes arguments. « Tu es plus… cinglante… Plus… spectaculaire… »

Un sourire sur son visage, évanescent comme un soubresaut de vie. « Sois honnête, Romain. Lequel préfères-tu ? »

Je me mordis les lèvres. « Le tien, voyons. C'est une évidence. »

Son visage s'illumina. Elle s'approcha de moi, posa un baiser mouillé sur ma joue, manquant de peu ma bouche étonnée.

Sans surprise, *The Next War* fit scandale, mais pas tout de suite, seulement lorsque la longue grève des journaux prit fin. New York privée de ses journaux pendant près de quatre mois, cela ne s'était jamais vu, comme si l'on avait éteint les lumières sur la ville. Dana en voulut à Burke d'avoir précipité le lancement du livre dans un moment pareil : « À croire que je n'existe pas, Burke ! Que j'ai fait ça pour rien ! » On avait beau lui rappeler que Betty Friedan en souffrait autant qu'elle, elle n'écoutait pas, se lamentait constamment. La grève finit par se régler, et lorsque Burke et moi voulûmes célébrer l'événement, Dana nous regarda comme si nous étions devenus fous : « Célébrer ? Que vont-ils publier sur *moi* maintenant ? »

Ainsi qu'elle le redoutait, les journaux n'allaient pas l'épargner. UNE BOMBE H (H pour *hate*, haine) SUR LES RELATIONS HOMMES-FEMMES ; AFTER THE COLD WAR THE BOLD WAR (Après la guerre froide, la guerre effrontée), titreraient le *Daily Mirror* et le *Daily News*. Puis, quelques semaines plus tard, on commença à signaler des incidents à Manhattan. Dans Madison Avenue, une agence de publicité fut prise à partie par une meute de jeunes femmes en colère ; elles s'étaient rassemblées devant l'édifice pour manifester pacifiquement, pancartes à la main – MESSIEURS, LA PROCHAINE GUERRE EST COMMENCÉE ! –, mais la situation dégénéra lorsque des employés de l'agence, des hommes, jeunes comme elles pour la plupart, sortirent dans la rue et se mirent à les insulter. La police dut intervenir, et six jeunes femmes furent arrêtées pour avoir troublé l'ordre public. Une autre fois, un groupe d'étudiantes chahutèrent une petite délégation de femmes gantées et chapeautées qui distribuaient au rez-de-chaussée du grand magasin Gimbels, 33ᵉ Rue, des macarons sur lesquels était écrit : HONTE AUX FÉMINISTES QUI ENTRAÎNERONT NOTRE NATION À SA PERTE. Le ton monta, les injures plurent et, dans la pagaille, une étudiante déclencha l'alarme pour incendie, semant la panique dans tout le magasin. Bilan : huit arrestations.

Mais la plus fracassante de toutes ces manifestations fut sans conteste la croisade des Freudian Vandals (les Vandales freudiens), comme les baptisa un chroniqueur du *New York Times*. Tous les jours, pendant des semaines, la ville se réveilla dans la crainte – ou l'excitation – d'un nouveau coup d'éclat : de grands panneaux-réclames vandalisés, parfois aux quatre coins de Manhattan en même temps, l'œuvre évidente d'une bande de complices. Au début, les Vandales se contentaient de barrer d'une grotesque moustache à la Groucho Marx le visage « rosi par le plaisir » des jeunes femmes immortalisées sur ces publicités, mais rapidement, ils se mirent à peindre dans leur entrejambe des attributs masculins énormes et obscènes. Pour éviter de choquer les téléspectateurs, les caméras de télévision ne filmaient que les attroupements que ces « actes de vandalisme » déclenchaient à Times Square ou à Herald Square, des mines ahuries et outrées en plan serré, des rires nerveux et quelquefois amusés. Dana et moi suivîmes tout à la télé : les déclarations perplexes du maire Wagner, les points de presse menaçants du chef de police de New York. Au bout de cinq semaines, les Vandales freudiens se démasquèrent eux-mêmes. En exposant dans une galerie de West Village les photos qu'ils avaient prises de leur exploit. De grandes photos « avant et après » au-dessus desquelles ils avaient inscrit :

L'ART N'EST PAS L'OBJET MAIS LE REGARD
QUE L'ON PORTE SUR LUI

Puis les chaînes de télé nous montrèrent l'assaut donné par la police contre la galerie de Bleecker Street – les flics étaient si nombreux que cela en était ridicule. Nous assistâmes, indignés, à l'arrestation brutale du personnel de la galerie, puis à celle des quatre Vandales freudiens, trois hommes dans la jeune vingtaine et une femme un peu plus âgée, que l'on vit défiler devant les caméras, menottes aux poignets. « La prochaine guerre ne fait que commencer ! » cria un des gars, un type maigre coiffé d'un chapeau de femme ridicule. Dana dit, écœurée : « Ils n'ont rien compris, ces imbéciles. J'écris pour les femmes. Pas pour les bouffons. »

« La prochaine guerre » – *The Next War* – devint vite une expression courante que les féministes les plus radicales intégrèrent à leur jargon militant, et dont leurs détracteurs abusèrent pour se moquer d'elles. Dana dut sur toutes les tribunes défendre son titre : non, ce n'était pas une guerre contre les hommes ; oui, c'était une guerre contre les stéréotypes indécrottables que les hommes – publicitaires, écrivains, journalistes, psychiatres, médecins – entretenaient avec soin pour maintenir les femmes dans un état de soumission. Sur les plateaux de télé, elle affrontait les railleries avec courage, essuyait avec dignité les sarcasmes des intervieweurs : « Que pense votre mari de tout cela ? » Ou encore : « Pourquoi détestez-vous tant les hommes ? » Ou encore : « En quoi un homme comme moi – propre de sa personne et bien *vêtu* – est-il menaçant ? » Elle aurait pu se sentir blessée par les rires du public, essentiellement composé de femmes, mais elle ne le montrait jamais. Toutes ces femmes finiraient bien par comprendre, disait-elle. Comprendre ce qu'elles perdaient.

Il fallait être honnête : Dana, ce n'était pas de la copie qu'elle vendait d'abord, c'était elle. Une sorte de rock star de la cause féministe. Sa seule présence provoquait des embouteillages dans les librairies où elle se prêtait à des séances de signatures. « Posez-vous la question suivante, mesdames, lançait-elle entre deux dédicaces. Votre mariage est-il heureux ? Non, non, ne me dites pas que vous avez une belle maison, de beaux enfants, que vous faites deux voyages par année. Je parle de vous. Êtes-vous *heureuse* ? Sentez-vous que votre vie a un *sens* ? Un *sens*, mesdames. » On voyait autour d'elle des femmes réfléchir, la tête baissée, presque honteuses. « Eh bien, si vous répondez non à cette question, je vous dis : retournez aux études ou divorcez ! (Des oh ! indignés se faisaient toujours entendre à ce moment-là.) N'ayez pas peur! Vous serez étonnées de voir que vous la referez, votre vie, et que le prochain homme que vous rencontrerez saura qu'il épousera une femme libre, pas une petite esclave. » Choquées, des femmes la huaient parfois, mais la plupart du temps, elles s'emmuraient dans un silence anxieux. Et au milieu de ces femmes désemparées, il arrivait que Dana se sente si émue que des larmes se mettaient à couler sur ses joues.

Sa beauté fascinait, elle était sexy, télégénique; elle avait le sens de la repartie, beaucoup d'humour et les médias l'adoraient. Elle n'avait pas le look universitaire de Betty Friedan, elle était riche et avait, à ce qu'on disait, un jeune amant de dix-huit ans: moi.

6

« Ils auront affaire à mes avocats, les monstres ! Ils n'ont pas le droit d'écrire ça ! »

Dana tremblait de fureur, un exemplaire du *Daily Mirror* dans les mains. « Qui le leur a dit, Romain ? *Qui ?* »

J'étais aussi confus qu'elle. Comment cela s'était-il rendu jusqu'aux oreilles de ce foutu chroniqueur à potins du *Mirror* ?

Une photo de Dana et moi. Prise lors d'un vernissage à la galerie Leo Castelli, 77ᵉ Rue Est. Rien de compromettant. L'un à côté de l'autre, chacun un verre à la main. Dana fixe l'objectif tandis que je regarde dans une autre direction. La légende sous la photo : « Dana Feldman et son jeune amant canadien. » Un commentaire se voulant humoristique l'accompagne : « La version masculine de la Lolita de Nabokov pour faire avancer la cause des femmes. »

« Réponds-moi, Romain ! *Qui ?* »

Je ne savais pas. Comme je ne savais plus très bien comment nous en étions arrivés là.

Depuis la publication de *The Next War,* en plus de mes cours avec Darren et Ian Dart, j'agissais comme assistant de Dana. (Elle m'avait embauché en bonne et due forme, régularisant du coup ma situation auprès des autorités américaines – selon ses avocats, rien ne laissait croire que Robert Egan avait porté plainte contre moi à Métis Beach –, j'étais désormais l'heureux détenteur d'une *green card,* une carte de résident permanent.) Je l'accompagnais partout, dans tous les événements de promotion, gérais son agenda, répondais aux demandes d'entrevues, ouvrais son courrier, le triais. Lisais à sa place les journaux, les épluchais et préparais des revues de presse sur tout ce que l'on publiait à son sujet, laissant de côté les critiques et les commentaires blessants. Deux fois par jour, je me rendais au kiosque à journaux sur Broadway, juste en face du Lincoln Center en construction, où j'achetais les éditions du matin et de l'après-midi ; c'est comme ça que j'étais tombé sur la photo du *Daily Mirror*, cette photo banale qui ne l'était pas vraiment.

J'adorais accompagner Dana dans ses tournées, tout comme j'adorais lui tenir compagnie le soir où, épuisés tous les deux, nous nous installions dans le grand salon, chacun étendu sur un canapé et débarrassé de ses chaussures, nous remémorant les temps forts de la journée : une distinction honorifique, une conférence, une entrevue à la télévision, ces grands noms de la télé qui interviewaient Dana et m'impressionnaient tant : Johnny Carson, Ed Sullivan et le très sérieux Walter Cronkite, dont les larmes précipiteraient les nôtres quelques mois plus tard, le jour de l'assassinat de John F. Kennedy.

Tout cela était exceptionnel.

Moïse m'en voulait de ne plus lui consacrer autant de temps, il ne le disait pas, mais je le sentais bien. « T'en fais pas, *man*. J'écris beaucoup en ce moment. Tu sais quoi ? J'ai enfin trouvé le titre : *A New York Tale*. Comment on dirait en français ?

— Un conte new-yorkais.

— Qu'est-ce que tu en penses ?

— Super. Génial.

— On se voit demain ?

— Difficile. J'ai encore des trucs à faire avec Dana. Je ne peux pas me défiler, tu comprends ?

— Après-demain, alors ?

— Je ne sais pas, Moïse. Je te rappellerai. »

Et je raccrochais, rongé par la culpabilité. Moïse, mon ami Moïse. Il fallait bien qu'il y ait un problème de nature étonnante pour que j'abandonne ainsi mon précieux ami. Oui, un sacré problème.

Il fallait la voir, Dana, prendre la parole devant des foules conquises d'avance, composées de jeunes femmes et de quelques jeunes hommes, leurs visages émus, leurs yeux brillants, impatients d'un monde nouveau. Il fallait la voir leur parler avec ses yeux de braise et sa fougue, rayonnante dans ses petites robes noires découvrant ses épaules, ses longs cheveux bruns ondulés tombant en cascade dans son dos, et ses chaussures plates, des ballerines en soie noire, qui lui donnaient l'air d'une étudiante alors qu'elle avait quarante et un ans ! Les femmes voulaient lui ressembler, les hommes, tel Darren, la dévoraient des yeux. Et moi aussi. Impossible de ne pas succomber.

« Hé ! Qu'est-ce que tu regardes comme ça ? »

Ce matin-là, Dana m'aurait giflé s'il n'y avait pas eu entre nous la table de la cuisine. Penchée sur la dernière revue de presse que je lui avais préparée, lunettes sur le nez, son peignoir s'était légèrement ouvert, laissant apercevoir le haut de ses seins, des seins libres et pleins sous le peignoir marine pour homme acheté chez Brooks Brothers (Dana se moquait des peignoirs féminins – « pas assez chauds et désespérément faits pour la séduction »). Elle avait levé les yeux et intercepté mon regard ; tout de suite, le feu sur mes joues.

« Oh… Excuse-moi… J'étais dans la lune. »

Elle referma son vêtement d'un coup sec. « Quelque chose te préoccupe ? Je te trouve bizarre depuis quelque temps. Des problèmes avec Moïse ?

— Non. Juste un peu de fatigue.

— De la fatigue ? Mon Dieu ! Qu'est-ce que ce sera quand tu auras mon âge ? »

Elle m'avait fixé longuement comme si elle ne me croyait pas.

Une autre fois, je ne sais plus où nous étions exactement, mais il y avait beaucoup de monde – peut-être un dîner organisé par sa maison d'édition –, ses yeux interceptèrent les miens, accrochés à des parties de son anatomie. Elle avait froncé les sourcils, puis m'avait giflé, devant tout le monde. « Hé ! C'est mon cul que tu regardes comme ça ? » Embarrassé, j'avais quitté la soirée, sentant tous les regards sur moi, un petit enfant honteux, et étais rentré seul au Harperley Hall, me détestant d'être devenu obsédé à ce point. *Que t'arrive-t-il, mon vieux ! Elle pourrait être ta mère !*

Les choses devinrent très tendues entre nous. Dès qu'elle le pouvait, Dana m'évitait. Et lorsque cela était impossible – j'étais son assistant, après tout –, elle se montrait d'une humeur massacrante. Dans les soirées comme dans les taxis, elle était distante, froide, mesurant avec précaution ses gestes pour éviter de m'effleurer, tou-jours avec cet air de dédain, celui qu'on aurait devant un chien galeux : *Ne m'approche pas ! Ne me touche pas !*

Le bonheur que je m'étais construit jusque-là à New York était en train de m'échapper.

7

Cette soirée mémorable à Columbia !

Parce que Dana encourageait sur toutes les tribunes les jeunes femmes à investir les universités, ces dernières se montrèrent particulièrement généreuses envers elle. Pas une semaine ne se passait sans que Dana reçoive des honneurs – diplômes, prix, décorations – et des invitations à prendre la parole devant des parterres d'étudiantes enthousiastes. En 1964-1965, elle aurait un certain impact sur les inscriptions féminines dans les universités du pays, et elle en serait très fière. Comme ce soir-là, devant une foule de jeunes femmes fébriles de l'université Columbia, tandis qu'elle découvrait que son serment de petite fille était en train de se matérialiser ; toutes ces jeunes femmes qui l'écoutaient avec vénération, leurs visages ouverts, leurs yeux ronds et brillants ; elle les inspirait, oui ! Elle avait le pouvoir de les influencer, de leur faire emprunter des chemins qu'elles n'auraient peut-être pas osé prendre. Dana accomplissait quelque chose. Quelque chose de grand !

J'étais dans la salle et me tenais à l'arrière. Comme à son habitude, Dana s'était montrée désagréable et distante dans le taxi, et je n'avais rien dit. Mais là, sur la scène de l'amphithéâtre, elle paraissait heureuse. Un court instant, nos regards s'étaient croisés, et elle m'avait souri parce qu'elle savait que je savais quelque chose de secret sur elle que nous étions les seuls à savoir. Sa voix s'était cassée, et elle s'était tue. Un silence inquiet s'était abattu dans la salle. Dana avait levé la main pour nous rassurer, bu une longue gorgée d'eau, puis avait lancé à la blague que cela lui apprendrait à trop parler, une boutade destinée à un chroniqueur du *Mirror* qui avait écrit, quelques jours plus tôt : « Les femmes parlent déjà trop, il ne faudrait pas les encourager davantage. » La salle s'était esclaffée. D'un geste lent, elle avait repoussé ses notes sur le lutrin, s'était raclé la gorge. Puis, les yeux emplis de larmes, elle s'était mise à raconter son enfance, la petite fille de Queens élevée par des parents de condition modeste. Avait parlé de l'amour de la musique et des arts qu'ils leur avaient transmis, à sa sœur et à elle, de la confiance que son père avait toujours eue en ses deux filles, et du serment qu'elle s'était engagée à respecter : celui de se tailler une vie à elle, un destin à elle, qui la comblerait. Oh, avait-elle dit, on s'était bien moqué d'elle au Barnard College, mais aujourd'hui, elle en mettrait sa main au feu, sa vie était pas mal plus excitante que celle de ses anciennes camarades de classe, coincées dans leurs belles maisons maintenant vidées de leurs enfants. « Vous pouvez faire quelque chose de grand de votre vie, mesdemoiselles. N'attendez pas qu'un homme s'occupe de votre avenir. À vous seules, vous pouvez accomplir de grandes choses ! » Et l'auditorium bondé avait tremblé au son des applaudissements et des cris d'admiration, et un petit chœur de femmes avait attaqué *Nellie Bly*, et nous nous étions levés en chantant joyeusement.

« Ça vaut bien une coupe de champagne ! »

Dana était rentrée euphorique au Harperley Hall : toute cette énergie que lui avaient offerte ces jeunes femmes de Columbia ! Dans le taxi, elle m'avait pris les mains, les avait embrassées. « Romain, n'est-ce pas merveilleux ! Ces jeunes femmes avec un si bel avenir devant elles ! » Mon pouls s'était accéléré, un inconfort croissant entre les jambes. Insouciante, elle continuait à m'étreindre gaiement les mains, à les embrasser – « J'en ai encore des frissons… Pas toi ?… » –, se moquant éperdument de l'effet que cela pouvait avoir sur moi. *Bon Dieu, Dana ! À quoi tu joues !*

Au Harperley Hall, Rosie n'était pas là : elle passait quelques jours chez sa vieille mère au New Jersey. Laissés à nous-mêmes, nous mîmes sens dessus dessous armoires et placards dans la cuisine à la recherche d'une bouteille de champagne. (Dana eut un petit rire amusé en tombant sur la réserve personnelle de bière de Rosie, une dizaine de bouteilles de Pabst Blue Ribbon – « Rosie, ma Rosie ? Est-ce possible ? ») Du champagne, j'en trouvai dans le garde-manger, du Veuve Clicquot, et le mis au congélateur pour le faire refroidir. Dana, qui avait envie d'un bain, s'était éclipsée dans ses quartiers, titubante de bonheur. Ne prenant pas la peine de fermer la porte de sa chambre ni celle de sa salle de bains. *À quoi tu joues, Dana!* Je l'entendis faire couler l'eau, puis entrer dans la baignoire. Et de nouveau, mon pouls s'accéléra, et de nouveau, cette lancination entre les jambes, une allumette qu'on enflamme. Dix minutes s'écoulèrent, puis quinze, puis vingt. L'eau se remit à couler, une petite musique joyeuse, affreusement invitante. *Bon Dieu, Dana!*

Je me ruai dans le salon, fouillai dans sa collection de disques de jazz. Optai pour *Someday My Prince Will Come* et laissai Miles Davis, volume monté, emplir tout l'espace, comme on le ferait pour se protéger des cris de détresse d'un malade à l'agonie.

Je retournai dans la cuisine, le cerveau fonctionnant à toute vitesse. La bouteille! Les mains agitées, je la sortis du congélateur; elle était moins froide que je ne l'imaginais. Tant pis. Avec maladresse, je fis sauter le bouchon, qui alla s'écraser contre le mur, puis me vint une idée folle, imprudente.

« Donne-moi deux minutes. Je ne suis pas prête. »

Je frappai quelques coups à la porte de sa chambre entrouverte, une coupe de champagne à la main. Dis, le cœur bondissant dans la poitrine : « Je t'apporte un verre. Tu pourras le boire tranquillement, dans ton bain. » Elle resta muette. Je poursuivis, la voix défaillante : « Ça t'aidera à te détendre. Et la livraison est gratuite. » Mais elle ne rit pas. « Bon, d'accord, finit-elle par dire d'un ton sec et méfiant. Dépose-le sur le meuble en entrant dans la chambre. » Je me glissai dans la pièce, les jambes comme du coton. Un parfum de jasmin et d'agrumes embaumait les lieux. Dans le salon, un air de Walt Disney, joué divinement par le grand Miles Davis. Je déposai la coupe de champagne à l'endroit promis, hésitai un long moment – « Romain, tu es là? » – et repartis aussitôt, intimidé.

De retour dans la cuisine, à la case départ. Les mains tremblantes, la respiration si rapide que j'avais du mal à voir net. Je pris la bouteille de champagne, m'en servis une coupe. *Qu'est-ce que tu es en train de faire, Romain Carrier? Tu veux courir à ta perte?* Puis, comme si je ne pouvais plus me raisonner ni me contrôler, je me mis à tirer sur mes vêtements, à m'en débarrasser avec urgence, à croire qu'on les avait frottés avec de l'herbe à puce. *Nu ? Regarde comme tu es ridicule !* D'une main maladroite, j'empoignai la bouteille, de l'autre mon verre. Me dirigeai de nouveau vers sa chambre, le cœur battant, la bouche sèche. Elle ne me voyait pas ; elle me faisait dos, ses cheveux remontés à l'aide de pinces, dans une baignoire débordante de mousse. Elle souriait, peut-être même qu'elle riait un peu en repensant à cette soirée inoubliable. Ces jeunes femmes qui l'avaient saluée à la fin, tellement émues, certaines le visage rougi et barbouillé de mascara. Je butai contre une de ses ballerines – « Romain, c'est toi ? » –, et ne répondis pas. Elle demanda encore, inquiète : « Romain ? Si tu es là, ce n'est pas drôle. » Puis elle laissa échapper un cri lorsqu'elle aperçut mon reflet dans le grand miroir. Et se mit à hurler, à m'insulter, à lancer de l'eau dans ma direction. Mais il était trop tard pour faire marche arrière. Je mis un pied dans la baignoire… « Non, Romain ! » et l'autre pied… « J'ai dit non ! » et mes mollets, et mes genoux, et mes cuisses, et le reste… « Non ! » Puis ses protestations se transformèrent en un rire violent, moqueur, devant ce grand garçon nu au torse maigre que j'étais. Et nous luttâmes comiquement, comme des enfants, l'eau mousseuse volant sur le sol.

Il y avait un moment que Miles Davis nous avait abandonnés : la face A de *Someday My Prince Will Come* terminée, l'aiguille du tourne-disque se berçait dans le vide et se bercerait ainsi encore longtemps.

« *Shit, man !* » De l'envie brûlait dans les yeux de Moïse. « Comment t'as fait ? Dis-moi, comment t'as fait ! »

Assis comme un misérable à l'une des tables dans la vitrine embuée du New York City Lights Bookshop, je me tenais la tête entre les mains, catastrophé. « Qu'est-ce qui m'a pris… Je suis foutu… complètement foutu…

— Hé, *man* ! La chance que tu as ! Une des femmes les plus excitantes de New York !

— Elle pourrait être ma mère !

— On s'en fout ! Tu connais beaucoup de mères qui ont l'air de ça ?

— Elle va me jeter dehors !

— C'est ce qu'elle t'a dit?

— Non. Mais ça ne peut pas finir autrement. C'est pas normal. C'est pas moral.

— Pas moral ? » Il rit. « Hé, *man*, t'es à New York, ici ! Pas au Vatican ! »

Le lendemain, Dana m'ignora toute la journée, jusqu'à ce qu'on entende les clés de Rosie dans la porte, de retour du New Jersey. Dana me regarda droit dans les yeux, ses ongles enfoncés dans mon bras comme des griffes : « Il ne s'est rien passé entre nous, OK ? »

Rien ? Elle se moquait de moi ?

L'air n'était plus le même au Harperley Hall. Lourd et dense. Rosie sentit vite la tension entre nous et se montra méfiante. Nos routines s'étaient brisées sans qu'elle saisisse pourquoi ; Dana s'assurait désormais de prendre son petit-déjeuner avant que je ne me réveille, et le soir, très souvent, elle sortait au restaurant, avec Burke, apparemment. « Madame ?... » demandait Rosie, hésitante. Et Dana disait : « Ne me regardez pas comme ça, Rosie. Il n'y a pas de problème, si c'est ce que vous voulez savoir. » Et la pauvre Rosie nous regardait de ses yeux pâles inquiets, cherchant désespérément à comprendre. Comme si nous avions changé le décor pendant son absence, et qu'elle ne s'y retrouvait plus.

Malgré l'atmosphère malsaine qui régnait au Harperley Hall, Dana me laissait m'occuper des affaires courantes – courrier, journaux, demandes d'entrevues –, mais cela ne durerait pas, je le savais bien. Bon Dieu ! Impossible de m'enlever de la tête cette nuit où j'avais fait l'amour *pour de vrai*, de la façon dont le ferait *un homme*, pas comme avec Gail, et ces mots qu'elle m'avait soufflés à l'oreille : « Mon corps revit *enfin*, Romain. » Et il ne s'était rien passé entre nous ?

Et puis, un autre soir après une autre journée épuisante, nous retombâmes dans les bras l'un de l'autre, puis une autre fois, et encore une fois.

« Ça suffit, Romain ! Tu n'as que dix-huit ans ! *Un mineur !* Tu sais ce que ça *veut dire* ? » Elle était pâle et avait l'air désemparé. Elle se tordait les mains. La bague montée d'un saphir que John lui avait offerte était réapparue à son doigt. Comme si nos rapports avaient profané la mémoire de son regretté mari et qu'elle voulait réparer les choses. « Bien sûr, tu t'en fous, toi ! Mais moi, j'ai l'impression de vivre un cauchemar ! »

Le soir suivant, elle ne rentra pas au Harperley Hall et Rosie refusa de me dire où elle se trouvait. Passé deux heures du matin, et pas de nouvelles de Dana. Une attente insoutenable qui me poussa à prendre le téléphone et à réveiller Ethel.

« Romain ? Ah, vous deux ! Vous m'emmerdez !

— Je cherche Dana. Je suis mort d'inquiétude.

— Ça va, ça va ! Elle est ici. Elle voulait placoter. Elle te parle demain, d'accord ?

— Est-ce qu'elle va bien ?

— Oui, oui. Elle dort. Ne t'inquiète pas, elle t'appelle demain.

— Elle aurait pu me téléphoner pour me dire qu'elle ne rentrait pas.

— Elle te croyait au lit et ne voulait pas te réveiller. Allez, va te coucher, il n'y a pas de drame. »

Et je sentais que la fin approchait pour moi.

8

« Tu me dégoûtes ! Comment as-tu pu !... »

Mark Feldman. Son fils. Au téléphone. Des collègues de la City où il travaillait à Londres le lui avaient montré (en rigolant ? en se montrant choqués ?) : l'article du *News of the World*. Sa mère, Dana Feldman, et son jeune amant canadien, la même photo qu'avait publiée le *Daily Mirror* des mois plus tôt. Cette fois, le texte faisait le lien entre la mère et le fils, un jeune courtier bien en vue, époux de Sarah Rosner, la fille du richissime homme d'affaires Ab Rosner.

Dans la cuisine, Dana s'était effondrée sur une chaise, le visage livide, de la couleur des murs qu'elle venait de faire repeindre. Fou de rage, Mark parlait si fort que j'entendais chacun de ses mots, pétrifié par leur cruauté et l'acuité qu'ils atteignaient. « Tu es répugnante ! Ton livre de bêtises féministes ne te suffisait pas ! Il fallait que tu te dégotes un gigolo pour salir mon nom ! »

Dana s'étrangla : « Ton nom ? Tu n'as qu'à reprendre le tien ! Le nom de ton père, John McPhail ! Celui qu'il t'a donné et que tu as honteusement rejeté !

— Laisse *mon* père en dehors de ça, tu veux ? C'est de *toi* que je parle ! Tu nous as tous salis avec ton livre minable ! Et maintenant cette... cette photo dégoûtante de ton... *amant* ! C'est à vomir ! »

Il était donc au courant, mais ce n'était pas une raison pour que Dana se laisse injurier grossièrement. Cette façon désolante qu'elle avait de se recroqueviller devant le mépris de son fils. Je dis, le plus doucement possible, pour ne pas la vexer : « Raccroche, Dana. Tu te fais du mal. Ton fils n'a pas le droit de te parler sur ce ton. » Elle roula vers moi des yeux furibonds et me congédia d'une main impatiente, brutale, pour que je comprenne bien sa colère, sa colère envers moi : *C'est ta faute si tout ça arrive ! Fous le camp !* Blessé, je sortis de la cuisine.

C'était difficile pour moi de comprendre la nature de leur relation. Dana parlait peu de Mark, et quand elle le faisait, c'était avec gêne, ce fils qu'elle avait pourtant aimé, petit, avec une férocité qui l'avait étonnée, et qui s'était transformé à la puberté en garçon tyrannique. À douze ans seulement, il lui avait lancé, furieux, en rentrant de l'école : « Quelle sorte de mère fais-tu ? » en versant d'un geste rageur le contenu de son sac d'écolier sur le sol et faisant voler une sculpture à laquelle Dana tenait beaucoup, qui éclata en mille morceaux. Il était dans une telle fureur, m'avait raconté Dana, que son visage et son cou s'étaient couverts de plaques : « Je suis aussi juif que mes amis Marty et Benny ! Et je ferai ma bar-mitsva ! Et je m'appelle désormais Feldman comme toi, Ethel, grand-papa et grand-maman ! McPhail, c'est pour les goyim ! » Et il avait craché par terre, et Dana en avait eu le sang glacé.

Enceinte de lui, cela lui avait été égal qu'il fût juif ou protestant. Dana n'était pas pratiquante, elle voyait le judaïsme comme une culture riche et vivante – les fêtes, les mariages, les enterrements, la mémoire –, le reste n'avait pas vraiment d'importance. Pas comme ses beaux-parents McPhail, terriblement inquiets pour leur petit-fils à naître. Ce dîner chez eux, à Montréal, particulièrement tendu dont elle m'avait parlé : « Est-il exact que la religion se transmet par la mère ? » La question avait été lancée par sa belle-mère anxieuse, informulée mais clairement reconnaissable : *Mark sera-t-il juif ?* Dans la voiture, Dana avait dit à John, écœurée : « Je m'en fous qu'il soit presbytérien ou bouddhiste. Ce qui compte, c'est que ta mère nous foute la paix. Et qu'on ne charcute pas notre fils. Pas de circoncision, tu entends ? »

Sauf qu'il y eut la mort de John. Dana et Mark s'installèrent à New York. Et Mark se mit à fréquenter une école où plus de la moitié des élèves étaient juifs. La pression des pairs ou les histoires horribles d'holocauste qu'un de leurs professeurs leur racontait, Dana ne pouvait dire ce qui l'avait influencé. Progressivement, elle le vit devenir intraitable : la nourriture qu'il refusait d'avaler, celle qu'il ne fallait pas mélanger, sa circoncision tardive avec complications, les visites à la synagogue, le port de la kippa, l'étude de la Torah, les pèlerinages en Israël et son mariage à dix-neuf ans avec Sarah Rosner, la fille d'un richissime et influent juif orthodoxe de Kensington, à Londres. « Tu élèves un enfant dans un environnement le plus ouvert possible, et voilà comment il te remercie. Je croyais lui avoir donné une bonne longueur d'avance pour en faire un homme de son temps. Mais non, j'en ai fait un intégriste qui a épousé une femme soumise qui porte le *sheitel,* la perruque. Pourquoi les enfants ont-ils tant besoin de contredire leurs parents ? »

Et à présent, cet article du *News of the World* qui emplissait son fils de haine. Ils étaient toujours au téléphone, le ton avait encore monté entre eux, si bien que Rosie frappa à la porte de ma chambre, me suppliant d'intervenir, ces cris et maintenant ces pleurs de Dana, elle ne pouvait pas le supporter. Je retournai à la cuisine, trouvant une Dana en larmes, ses doigts enserrant si fort le téléphone qu'il aurait pu éclater. « Jamais tu ne m'aurais parlé sur ce ton si ton père était encore là !

— S'il était encore là ! s'étrangla Mark. S'il était encore là, tu ne coucherais pas avec des enfants !

— Mark !

— Il est plus jeune que moi, bon Dieu ! »

Mark raccrocha avec violence ; le téléphone glissa des mains de Dana et s'écrasa sur le sol.

Les jours suivants, Dana s'enferma dans sa chambre, comme toutes les fois où elle pensait trop intensément à John. La douleur de l'avoir perdu était revenue, presque aussi vive qu'en 1956. Dans le brouillard des calmants qu'elle avait avalés, elle nous sommait de lui foutre la paix, de la laisser mourir. Et comme chaque fois, toutes les deux ou trois heures Rosie entrait dans sa chambre, y déposait un plateau de nourriture, qu'elle dédaignait.

Après deux jours, je frappai à sa porte et risquai un œil à l'intérieur. La pièce était sombre, emplie d'une odeur de cigarette et de draps humides.

« Qu'est-ce que tu veux ? » Sa voix était faible, pâteuse.

« Je veux que tu sortes de cette chambre et prennes un peu d'air. Peut-être qu'une promenade dans Central Park te ferait du bien ?

— Non, laisse-moi seule.

— Tu ne peux pas rester comme ça, enfermée dans le noir à t'abrutir de pilules. Tu as reçu de nouvelles demandes d'entrevues.

— Dis-leur que je n'en donne plus. »

J'allais tendre le bras pour l'aider à se lever ; elle se braqua, donna des coups de pied sous le couvre-lit. « Ne me touche pas ! » Je reculai, hébété. « Quel gâchis ! John est mort il y a sept ans ! Sept ans que je n'avais pas touché à un homme. Par respect ! Pour sa mémoire ! Et là, je tombe dans les bras d'un garçon plus jeune que mon fils ! Mon Dieu ! Qu'est-ce que John doit penser, là-haut ? Que doit-il penser de moi ? »

Elle bondit du lit et se dirigea en trébuchant vers la salle de bains, une bretelle en travers de l'épaule. Ses cheveux étaient sales, plaqués sur son crâne.

« On ne peut plus continuer comme ça, Romain. Il faut que ça cesse.

— Que… que cesse quoi ?

— Tu dois partir. C'est devenu insupportable pour nous deux. »

9

« Il faut te changer les idées, *man*! Tu ne vas pas rester là pendant des jours à broyer du noir. »

Moïse en papa poule. Passant la soirée et une partie de la nuit à me consoler dans son petit appartement miteux d'East Harlem et à essayer de me faire avaler le ragoût en boîte qu'il avait fait coller dans la vieille casserole bosselée. Vers trois heures, il abandonna, excédé, et se mit à ramasser bruyamment la dizaine de bouteilles de bière vides sur la table. « Ça suffit, *man*! On se couche. Il nous reste à peine trois heures de sommeil. »

La tête allait m'éclater; l'alcool avait commencé à faire tanguer les murs autour de moi. Je dis, la bouche empâtée : « Je croyais que tu avais congé demain…

— Exact. Mais pas question de faire la grasse matinée. J'ai trouvé ce qu'il faut pour te remettre sur pied.

— Oublie ça, Moïse… Je suis trop fatigué…

— Oh non! Tu vas lever ton cul. On part en voyage.

— En voyage? »

Moïse fouilla dans ses poches, en sortit quelques billets de dix dollars. « Tu en as un peu, toi aussi?

— Merde, Moïse! Je ne bouge pas d'ici! »

Furieux, il alla chercher ma veste sur le canapé défoncé du coin salon, plongea sa main dans la poche, compta l'argent qu'il y avait, une vingtaine de dollars, peut-être un peu plus. Il dit, avec autorité : « Bon. C'est amplement suffisant. On s'en va à Washington, *man*. On part à l'aube.

— Et… Dana?

— Ah non! Tu ne vas pas recommencer! »

Jamais je n'avais vu autant d'autocars de ma vie. À part le nôtre, j'en dénombrai une bonne centaine sur la voie express Baltimore-Washington, et plus nous approchions de Washington, plus il y en avait, des centaines et des centaines d'autocars bondés à l'assaut de la capitale fédérale. Il était aux environs de midi lorsque nous descendîmes dans la ville assiégée, ses grandes avenues fourmillantes d'une foule dense, compacte et noire à soixante-quinze pour cent. Des Noirs tirés à quatre épingles, en couple, en famille ou regroupés selon leur église, avec des pancartes dans les mains et des macarons sur la poitrine, venus de partout aux États-Unis. Moïse disait que ceux qui arrivaient du Sud, on les reconnaissait à leur air triste, puisque c'était dans les États du Sud que les Noirs étaient les plus maltraités, des gens qui avaient dû désobéir à leur employeur pour se rendre à Washington un mercredi, et dont on pouvait penser qu'ils en paieraient le prix, pour autant qu'ils eussent un travail, bien sûr. Car c'est ce qu'ils étaient venus exiger ce jour-là : du travail et de la liberté.

Mais des airs tristes, il n'y en avait pas. Les gens déambulaient plutôt souriants, lunettes de soleil et chapeaux du dimanche, à croire qu'ils se rendaient à un pique-nique – c'est d'ailleurs en ces termes que Malcolm X qualifia l'événement, qu'il boycotta. Le temps était radieux, quelques cumulus ornementaient la toile bleu azur tendue au-dessus de nos têtes.

En atteignant Pennsylvania Avenue, on apercevait au loin le Capitole, étincelant et majestueux, son dôme pareil à un gâteau de mariage. D'un coup de coude, Moïse m'indiqua la Maison-Blanche à droite, plus irréelle qu'à la télé, et je frissonnai en pensant que John F. Kennedy se trouvait à quelques mètres de nous, respirant le même air. Je me promis d'acheter une carte postale pour l'envoyer à ma mère.

Je considérai avec une certaine appréhension cette marée humaine qui s'étendait à perte de vue et que les organisateurs évalueraient à deux cent cinquante mille personnes. Songeant en frémissant aux émeutes raciales que l'on nous montrait à la télé et à ces manifestants pacifiques, des adultes et des enfants, à Birmingham, en Alabama, la ville la plus ségrégationniste des États-Unis, refoulés par les canons à eau, se protégeant comme ils le pouvaient des chiens que la police lâchait sur eux. Mais ce jour-là, ce serait différent ; en contemplant cette foule monstrueuse, je me dis que, pour une rare fois, les Noirs étaient en position de force, et que rien ne pouvait leur arriver.

Tout excité, Moïse m'attrapa par le bras et m'entraîna dans la foule qui ne cessait de grossir et de s'étendre. Difficilement, nous nous frayâmes un chemin jusqu'au Washington Monument. « Liberté ! Liberté ! » scandaient les uns. « Voulez-vous être libres ? » lançaient les autres. « Oui ! » répondaient-ils en chœur. « La liberté, maintenant ! » Plus loin, de petits groupes chantaient des gospels, faisant s'envoler dans le ciel les mots *Jésus* et *Dieu,* une cacophonie merveilleuse, joyeuse. Tous ces gens privés de leurs droits marchant dignement, dans la bonne humeur, et nous en avions les larmes aux yeux.

Il fallait ensuite marcher vers le Lincoln Memorial, là où la grande manifestation allait culminer. Ce soleil d'août assommant, et rien à boire pour le combattre. Impossible d'atteindre le grand bassin et de s'y rafraîchir ; partout, nous butions contre un barrage humain. « *Shit, man !* » La sueur me coulait sur le visage, dans le cou ; ma chemise était trempée dans le dos, sous les aisselles. Moïse pestait, grognait. Je m'employais à lui changer les idées, son côté excessif pouvait parfois nous attirer des ennuis. « Pense à ces gens autour de nous. Ils ont bien plus de raisons de s'impatienter que toi et moi. » Mais il n'écoutait pas, et dès que nous parvinrent les premières notes de musique folk, il poussa un cri désespéré, inhumain : « Ooooh, *man...* On est en train de tout rater... » D'abord, la voix cristalline de Joan Baez ; puis celle, éraillée, de Dylan : *Only a Pawn in Their Game* et *When the Ship Comes In* avec Joan Baez. Surexcité, il s'agrippa à moi, grimpa sur mon dos, ses yeux désespérés les cherchant dans la foule. « Arrête, Moïse, tu me fais mal. » Autour de nous, des airs agacés, puis dégoûtés quand il se mit à rendre son déjeuner sur le sol, éclaboussant nos pieds.

À force de patience et de détermination, nous réussîmes à approcher du Lincoln Memorial, assez pour apercevoir Martin Luther

King. Moïse avait déjà oublié sa mésaventure, quoique pâle, fixant de ses yeux bleus le visage lointain du pasteur, écoutant, le front plissé par la concentration, sa voix tel un vent impétueux qui nous couvrit de frissons. La peur que nous ressentîmes ! La peur qu'il en dise trop et que cela se retourne contre son peuple. La peur qu'il n'en dise pas assez, laissant sur sa faim son peuple qui n'en pouvait plus d'attendre. Mais avec éloquence et fermeté, Martin Luther King trouva les mots justes, formant dans nos gorges des centaines de milliers de boules douloureuses : *Enfin libres ! Enfin libres ! Dieu Tout-Puissant, merci, nous sommes enfin libres !*

Et la foule gronda comme mille avions qui décollent, les applaudissements éclatèrent à la manière d'une pluie d'obus. Nos têtes et nos oreilles résonnaient de ce torrent de liberté que le pasteur nous avait laissé entrevoir ; un torrent qui, de sa force, briserait toutes les chaînes de l'injustice, éradiquerait la haine et la laideur. Les gens se prirent par la main et chantèrent. Plus tard, la foule se désintégrerait sous le soleil chaud, laissant les lieux couverts de papiers et de détritus ; elle se fragmenterait, s'engagerait par petits groupes dans les grandes avenues avoisinantes. Ils seraient des milliers à réintégrer les milliers d'autocars qui avaient assiégé la ville et les ramèneraient à la maison, dans l'attente de la pleine reconnaissance de leurs droits. Une année encore et le président Johnson signerait une loi mettant fin à toute ségrégation dans les lieux publics et à l'embauche, et une autre loi, en 1966, pour que tous les Noirs puissent voter sans restriction.

Difficile dans ce contexte de penser à Dana et à ma vie à New York *en termes tragiques*. Moïse avait raison lorsqu'il disait : « Quand tu vois ça, tu ne peux pas t'apitoyer sur ton sort enviable, *man*. C'est indécent. »

Moïse avait décidé que nous passerions la nuit à Washington ; la ville vibrait encore d'une animation de fête foraine, une effervescence qui nous aurait fait regretter de ne pas être restés. Après nous être approvisionnés en sodas et en sandwichs dans une petite épicerie près de la gare, nous nous réfugiâmes dans la fraîcheur verdoyante du West Potomac Park, où Moïse se mit à reluquer les filles avec insistance, à faire des commentaires graveleux sur chacune de celles qui défilaient devant nous. « Tu es grotesque, Moïse. Arrête tes conneries. » Il repéra deux blondes en twin-set et pantalon moulant, on aurait dit des sœurs ; il se leva, marcha vers elles avec la dégaine de Dylan, s'ébouriffant d'une main les cheveux pour se donner un air cool, une moue d'indifférence sur sa bouche mince. Une des filles, celle aux cheveux longs qui était plutôt jolie mais moins que l'autre aux cheveux courts, s'approcha de lui, excitée : « Hé, vous êtes pas Bob Dylan, par hasard ? » Et Moïse les embobina en moins de deux.

Deux gentilles filles fraîchement débarquées de Little Rock, en Arkansas, avec un accent du Sud traînant comme des savates sur des carreaux. La petite blonde aux cheveux courts n'arrêtait pas de me sourire. Quand la nuit tomba sur le Potomac, nous les invitâmes à manger un hamburger puis, voyant, malgré leur air ingénu, qu'elles avaient comme nous une idée derrière la tête, nous nous mîmes à la recherche d'un hôtel pas cher derrière Union Station et louâmes deux chambres minuscules sans salle de bains. La petite blonde aux cheveux courts se montra affectueuse et douce comme le miel ; la journée avait été si riche en émotions que nous passâmes une bonne partie de la nuit, serrés l'un contre l'autre, sans parler, pouffant chaque fois que nous parvenaient de l'autre côté de la mince cloison les grognements mouillés et étouffés de Moïse.

Le lendemain, dans l'autocar qui nous ramenait à New York, Moïse dit, d'un ton grave : « Si les filles rêvent de coucher avec Bob Dylan, ce n'est pas parce qu'il est beau, c'est parce qu'il est un grand artiste. Quand tu as une tête comme la mienne, il faut que tu deviennes célèbre pour attirer les filles. C'est pour ça que je *dois* devenir célèbre, *man*. Et c'est pour ça que tu ne le deviendras jamais, *toi*. Tu es trop beau garçon. Tu n'as pas besoin de faire d'efforts. Même les bonnes femmes riches et célèbres… Oh, pardonne-moi, *man*… Ce n'est pas ce que je voulais dire…

— Ça va. »

Il me colla une tape sur l'épaule – « Quelle nuit, *man* ! Quelle nuit ! » – et se carra dans son siège, les yeux rêveurs. Je tournai la tête pour regarder le paysage défiler et pensai à Dana. Une fois à New

York, j'aurais une bonne discussion avec elle, et l'idée me rasséréna. Puis je ris en pensant à cette jeune blonde aux cheveux longs de l'Arkansas qui, toute sa vie, croirait qu'elle avait couché avec Bob Dylan ce soir du 28 août 1963.

10

« Bon, très bien. Le courrier s'est accumulé sur ton bureau et je n'y ai pas touché. Pas eu le temps. Au moins trois grosses piles, hautes comme ça. Je te donne une dernière chance, mais au premier geste équivoque, je te fous à la porte. Est-ce que je me fais bien comprendre?

— Ça ne peut pas être plus clair. »

La conversation avec Dana avait été franche et instructive. Elle me laissait revenir au Harperley Hall et m'annonçait du même souffle qu'elle s'était mise à fréquenter Burke, son éditeur.

« Tu es jaloux, *man*. Ça se voit tout de suite! »

OK, peut-être un peu. N'importe qui d'autre que Burke! On aurait dit qu'il sortait d'une illustration de Norman Rockwell, ces images proprettes de la famille américaine parfaite, peuplées de personnages asexués. Une sorte de monsieur Anderson dans *Papa a raison,* version chauve et bedonnante. Un veuf à peine plus vieux que Dana, ayant déjà l'air d'un vieillard à deux pas de la tombe, avec ses costumes trois-pièces et ses mouchoirs brodés. Les imaginer nus me donnait la nausée. Tout comme la vue, le matin, de son trench-coat accroché à la patère du vestibule et, à ses pieds, ses horribles couvre-chaussures.

Je ne comprenais pas Dana : elle pouvait avoir tous les hommes de la terre si elle le désirait. Pourquoi Burke? Pourquoi *lui*? Lorsqu'il parlait, il fallait ouvrir grandes les oreilles, car on avait l'impression qu'il s'endormait à mi-chemin de ses phrases. Un timide? Non, m'assurait Dana. Un intellectuel. Un érudit. Il connaissait tout, avait tout lu. Elle disait aimer leurs longues conversations enrichissantes sur les écrivains, les philosophes et les grands musiciens. Une façon de dire que je ne faisais pas le poids. Et Burke qui adopta cette irritante attitude paternaliste avec moi, m'appelant *sonny* (mon petit gars), pour bien installer une distance. Puis, petit à petit, il s'imposa comme l'attaché de presse de Dana, l'accompagnant dans ses tournées quand le temps le lui permettait. Bon Dieu, pourquoi je n'arrivais pas à m'en réjouir? Burke n'était-il pas notre meilleure assurance, à Dana et à moi, de ne pas retomber dans les bras l'un de l'autre?

« C'est d'une fille que tu as besoin, *man*. Et on va t'en trouver une. »

Moïse, fébrile, obsédé par son aventure de Washington. Obsédé par la facilité avec laquelle il avait couché avec la fille de Little Rock. À New York, il était rare qu'il en rencontrât, des filles; chaque fois qu'il en approchait une, elle se poussait en bredouillant des excuses. Trop bizarre. Étourdissant comme une toupie. Dès qu'il y avait des femmes autour de lui, il en faisait trop, devenait surexcité, parlait trop fort, riait trop fort, comblait les silences de la même manière qu'il se précipiterait à plat ventre si une bombe explosait. Je n'en étais pas certain, mais la fille à Washington, c'était la première fois. Et depuis ce jour-là, il s'était mis dans la tête que, s'il voulait recommencer, il lui fallait jouer à l'imposteur. À quelques reprises, je l'avais surpris en train de distribuer des autographes à des filles dans Washington Square. Une autre fois, alors que nous étions réunis autour d'un pichet de Schlitz – Moïse avait vingt et un ans, l'âge légal pour boire, ce qui nous facilitait la vie –, une fille l'apostropha : « Hé, vous êtes pas Bob Dylan, si ? » Il m'avait ordonné de me taire, avec cette intensité à la fois suppliante et menaçante dans les yeux : *S'il te plaît, ne fais pas tout foirer, j'ai des projets pour elle.* Cheveux ébouriffés, moue désabusée, il allait inviter la fille à notre table quand le serveur, qui le connaissait, s'écria : « Vas-y, Charlie ! Montre-la-nous, ta guitare ! », provoquant rires et moqueries aux tables d'à côté.

Froissé, Moïse se tourna vers moi et dit : « OK, *man*. Quand mon roman sera enfin publié et que je serai riche, je m'achèterai une voiture et je mettrai le cap sur San Francisco, comme Kerouac. Là-bas, les filles ne sont pas coincées comme ici, elles n'attendent que ça. Et si tu veux, on partira ensemble. Juste nous deux. »

Mais Moïse n'aurait pas le temps de publier de roman, n'achèterait pas de voiture, ni ne mettrait les voiles sur Frisco.

III

MOÏSE

1

Cet été 1964, Dana m'avait laissé seul à New York. Burke l'avait convaincue de passer une partie des vacances à Métis Beach, qu'elle croyait pourtant ne plus pouvoir affronter après que Robert Egan l'eut menacée au téléphone, répandant sur elle les pires calomnies. Burke – que j'en étais venu à appeler Beurk ! –, d'ordinaire si peu persuasif, avait réussi à la faire changer d'idée. « Tu n'as pas à te laisser impressionner par ces provinciaux. » Des mots que j'avais attrapés à travers la porte de la chambre de Dana et qui avaient dû la faire sourire avec méchanceté. Cette maison au bord du fleuve qu'elle aimait tant et qu'on voulait qu'elle n'occupe plus ? C'était ça ?

« Non ! avait-elle dit, outrée. Cette maison est *ma vie* !

— Alors ? Quel est le problème ? avait demandé Burke, qu'on ne pouvait certainement pas décrire comme un homme combatif, mais qui, cette fois-là, contestait avec âpreté chacun des arguments que Dana brandissait comme un poing.

— On me déteste, là-bas ! Je suis une complice, une *traîtresse* ! Tous ces gens haineux, ces… *provinciaux*… Je… je ne me sens pas capable de les affronter…

— Toi, Dana Feldman ? Te laisser intimider ?

— Tu ne comprends pas, Burke !

— Mais tu n'as rien à te reprocher. Et puis *sonny* a été imprudent. Il s'est mal comporté, mais il ne l'a pas *violée*. »

Ainsi, Burke savait. Dana lui avait raconté.

Ce Beurk ! On aurait dit un enfant excité par un nouveau jouet lorsqu'il me montra le ridicule chapeau de pêche qu'il s'était procuré chez Gimbels avant de prendre la route de Métis Beach. « Tu crois que j'aurai fière allure avec ça, *sonny* ? » J'avais serré les dents : *Tu vas chez moi, imbécile ! Pas chez les pygmées !*

L'idée que cet homme s'en allait se balader dans *mon* patelin, admirer *mon* fleuve, respirer *mon* air et peut-être mettre les pieds dans *mon* village me rendit soudain malade de jalousie.

Ce mois d'août 1964, Moïse sut que sa vie ne serait plus jamais la même.

Tous les deux scotchés devant le poste de télé dans ma chambre en désordre, et partout sur la moquette des bouteilles de bière que Rosie ramassait en secouant la tête avec réprobation. Nous suivions d'un air consterné les derniers développements dans le golfe du Tonkin : deux destroyers américains, le *USS Maddox* et le *USS Turner Joy,* déclaraient avoir été attaqués par des torpilleurs nord-vietnamiens. À la télé, comme dans les journaux, on criait à l'humiliation, réclamait des représailles. Moïse frissonnait : « On va nous envoyer là-bas, *man.* » Je dis, médusé : « Tu crois ? Tu crois *vraiment* que c'est la guerre ? » Son ironie me glaça : « Aucun doute. C'est exactement ce que ce bon vieux président Johnson attendait pour la déclencher. Le Vietnam, bon Dieu ! Qu'est-ce qu'on a à foutre là-bas ? » Il renifla bruyamment. « Va nous chercher une autre bière, tu veux ? Bientôt, elle n'aura plus du tout le même goût. »

Je me croyais à l'abri, mais ne l'étais pas. C'est Burke qui me l'apprit : les détenteurs de carte verte pouvaient être appelés au même titre que les citoyens américains après une année de résidence permanente. « Moi au Vietnam ? » Il y avait deux façons de l'éviter : rentrer au Québec ou m'inscrire à l'université. « Moi à l'université ? » J'étais étourdi par cette conversation, comme si on m'avait jeté en bas d'une butte et qu'en me redressant sur mes jambes j'avais perdu mes repères. Dana opinait de la tête en souriant exagérément, le type de sourire qui veut vous convaincre d'accepter. Mon premier réflexe : je n'y arriverais pas. Étonné par ma réaction, Burke dit : « Un jeune homme intelligent comme toi ? Avec les cours que tu as suivis avec Darren et Ian ? Tu devrais être accepté sans problème. » Il posa sa main chaude sur mon épaule, et pas de *sonny,* cette fois. Burke, bienveillant et plein de bonnes intentions, ce qui me fit regretter de l'avoir jugé si sévèrement.

Il avait vu juste : après un examen, je fus accepté en histoire de l'art à l'université de New York. Début des cours : janvier 1965, au moment où les premiers appelés prendraient la route des bureaux de recrutement du pays. Je serais donc tranquille jusqu'à l'obtention de mon diplôme, en juin 1968. Être aux études ne vous exemptait pas de la conscription ; le statut 2-S accordé aux étudiants n'était qu'un sursis, renvoyant à plus tard votre enrôlement dans l'armée, et encore, il fallait montrer votre sérieux par vos notes.

« Tout va bien aller, Romain. Tu verras. » Dana se montrait confiante, convaincue que « cette sale guerre inutile » serait terminée d'ici là. Je l'espérais avec ferveur ; l'idée de devoir rentrer à la maison m'était insupportable.

Dana tint à fêter l'événement au Harperley Hall. Ethel, Burke, Darren, Ian, Moïse, tout le monde était là, fier de moi, heureux pour moi. Aller à l'université : un rêve qui devenait réalité et cependant difficile à savourer. Cette façon que Moïse avait d'enchaîner les cocktails ce soir-là, la tête rentrée dans les épaules, l'air faussement enjoué. « Ça va, Moïse ? Tu ne m'en veux pas trop ? » Une question stupide qu'un ami n'aurait pas dû avoir à poser à son meilleur ami, mais que je posai quand même dans l'attente anxieuse de son consentement. Il sourit du bout des lèvres : « Pourquoi je t'en voudrais, *man* ? Tu n'es pas *américain*. C'est pas pareil. »

Moïse n'était plus le même. Rapidement, il devint irritable, furieux, agité. Courait tout ce qu'il y avait de manifestations antiguerre à New York. Union Square, Washington Square, Central Park. Fendant les foules denses, bruyantes, sa pancarte FUCK THE WAR! au bout des bras. Apostrophant des groupes d'étudiants avec une telle brutalité que je me demandais s'il ne cherchait pas à me blesser : « Ils n'ont rien à craindre, eux ! Comme si les autres, *nous autres*, nous étions de la merde !

— Moïse, tu ne peux quand même pas leur en vouloir… »

Mais il avait déjà disparu dans la foule, s'époumonant, poussant des aboiements avec d'autres manifestants – « Hé, hé, LBJ, combien de personnes as-tu tuées ! » –, continuant d'interpeller des étudiants, en particulier ceux qu'il jugeait de bonne famille ; ceux-là, il les attendait de pied ferme, les houspillait, testait leurs connaissances sur l'Asie du Sud-Est. « Une guerre injuste, vous dites ? Expliquez-moi pourquoi. » Les étudiants, surpris par son agressivité, fronçaient les sourcils, puis finissaient par répondre en bafouillant, à quelques variantes près : « On n'a pas le droit de tuer des gens parce qu'ils pensent différemment de nous. » « C'est du sentimentalisme, ça ! » répondait Moïse, excédé. Il les dévisageait effrontément, en prenant cet air hautain et risible que je ne lui connaissais pas. Citait Bernard Fall sur l'Indochine et le désastre français de Diên Biên Phu, débitait article par article les accords de Genève qui auraient dû mener à la réunification des deux Vietnams et à la tenue d'élections libres, mais que les États-Unis n'avaient jamais reconnus. « Hé ! Vous saviez ça ? Hé, je vous parle ! C'est pas ce qu'on vous enseigne à l'université ? » D'autres fois, il déclamait des passages de *La Désobéissance civile* de Henry David Thoreau. « Qui a dit ça ? Vous le savez ? » Embarrassé, je l'attrapais par la manche, le tirais à l'écart. « Pourquoi ces ignares sont-ils exemptés du service militaire et pas moi ? C'est une injustice ! J'en sais plus qu'eux, *man* ! Mon cerveau vaut plus que la cervelle d'oiseau de ces foutus enfants gâtés !

— Tu peux demander le statut d'objecteur de conscience, non ? »

Il rit aux éclats. « Tu crois vraiment que ça fonctionne comme ça ? Tu crois que si je dis "Je suis contre la guerre", c'est réglé ? Non, *man* ! Aucune chance. Je ne m'appelle pas Rockefeller, Hearst ou Charlie Thurston Moses III, comme ces foutus gosses de riches ! »

Et au fur et à mesure que la révolte prenait de l'ampleur, l'administration Johnson augmentait ses quotas mensuels de conscrits : de six mille, ils étaient passés à trente-cinq mille, puis à quarante-cinq mille… Quarante-cinq mille jeunes arrachés de leur foyer tous les mois. Pour *quoi* ? Se battre contre *quoi* ?

Tranquillement mais sûrement, le piège se refermait sur Moïse. Tandis que j'abordais ma nouvelle vie d'étudiant avec une sorte d'espoir gâché par l'angoisse de voir mon ami envoyé au front.

Moïse se mit à dépérir et à boire immodérément, parfois du matin au soir.

« Moïse, tu ne peux pas continuer comme ça. » Et il ricanait en haussant les épaules. « Je serai si mal en point qu'ils ne voudront jamais d'une épave pareille. » *Une épave.* « Mais tu n'es pas une épave ! » Et encore ce ricanement insupportable. « Avec ces salauds, nous sommes tous des foutues épaves. » Il s'était ouvert une autre bière, en avait avalé presque la moitié, s'était essuyé la bouche du revers de la main. « Rien d'autre à foutre que de boire en attendant de leurs nouvelles. » Il s'était levé, avait titubé et porté une main molle à sa tempe. « Soldat Moses, bienvenue dans la plus grande, la plus puissante armée du monde ! » Et s'était effondré sur sa chaise.

Un jour, à la librairie, il avait bu. Des clients s'étaient plaints au propriétaire, qui l'avait suspendu pour une semaine. Je l'avais trouvé, l'air hébété, les fesses sur le trottoir, le dos appuyé contre la vitrine. « Tu n'es pas en état de travailler, Moïse. Regarde-toi un peu. » Il avait répondu, agressif : « Je ne suis en état de rien, *man* ! » et m'avait jeté un regard fielleux, la première fois qu'il posait sur moi des yeux inamicaux, et cela m'avait fait frémir.

Puis, il y avait eu ce soir terrible chez lui, dans East Harlem, où il s'était fâché contre moi et m'avait poussé violemment. Encore une fois, il était ivre. « Ouais, avait-il gémi en me montrant ses mains, paumes ouvertes. Tu la vois pas, la grenade dégoupillée qu'ils m'ont foutue dans les mains, hein ? Tu la vois pas ? Pourquoi tu la vois pas, merde ! Elle est pourtant là, *man* ! Hé, regarde un peu mieux ! » Il m'avait bousculé, sa main plaquée sur ma poitrine. » Ahuri, j'avais perdu l'équilibre et étais tombé sur le dos, sans avoir le temps d'amortir le choc avec mes mains. La douleur fut intense, une décharge électrique. Moïse avait ri, une sorte de hennissement maléfique. « Idiot que je suis… Bien sûr, tu n'as rien à craindre, *toi.* »

Toi. Dit avec tellement de mépris. *Toi.* Pour m'accabler davantage, comme si déjà je ne me sentais pas assez coupable. Je m'étais relevé, le souffle coupé, des larmes dans les yeux. Et Moïse qui continuait à s'acharner sur moi, à me tourmenter : « Tu n'es pas *américain* ! Tu ne peux pas *comprendre* ! » Et ces mots ridicules que j'avais bafouillés, comme si j'avais une quelconque responsabilité dans tout ce gâchis :

« Je... regrette, Moïse...

— C'est moi qui regrette, *man* ! »

Ce soir-là, j'étais rentré au Harperley Hall le cœur gros. Convaincu que j'étais en train de perdre mon ami. *Il te méprise, Romain. Comme il méprise les gosses de riches à l'esprit tranquille.*

Au Harperley Hall, ça ne se passait guère mieux. Dès que j'y mettais les pieds, Dana bondissait à ma rencontre, me harcelait de questions : « Où étais-tu ? Qu'est-ce que tu fous ? Tu as encore bu ? Regarde-toi, on dirait un clochard ! »

Depuis l'arrivée de Burke dans la vie de Dana, le travail se faisait rare. Les entrevues, les conférences, les événements spéciaux, Burke s'en occupait. Avec empressement et efficacité, ne manquait pas de souligner Dana. Restait le courrier à ouvrir et à trier, que je négligeais. « Au fait, jeune homme, pour quoi je te paie ? » Honteux, je baissais les yeux, conscient d'abuser de sa générosité, de son argent, de sa patience. Un parasite, voilà ce que j'étais devenu. Jean sale, t-shirts usés, cheveux longs et pas toujours propres : on ne pouvait être plus éloigné de ce reflet plein de promesses que les miroirs de chez Brooks Brothers m'avaient renvoyé trois ans plus tôt, dans de beaux vêtements de qualité qui ne quittaient plus leur cintre depuis un bon moment. « Qu'est-ce que vous faites, Moïse et toi ? Vous prenez de la drogue ? » Les yeux furieux, soupçonneux de Dana quand je rentrais tard le soir, titubant d'ébriété et de désespoir. Rosie secouait la tête, ramassait mes vêtements sur la moquette dans ma chambre, en profitait pour les laver la nuit. Et le matin, toujours les mêmes reproches de Dana : « Tu as vingt ans, Romain ! Tu es presque majeur ! Je veux bien t'aider, payer l'université, tes dépenses, mais il faudrait quand même faire un effort. » Et je haussais les épaules, l'esprit dans le brouillard, quoique assez présent pour comprendre que ça ne pouvait plus durer. Moïse occupait toutes mes pensées ; Moïse avait mis ma vie en suspens.

2

Moïse n'avait toujours pas reçu de nouvelles de l'armée, mais, déjà, il savait qu'il défierait les ordres. « Entre être un tueur et être un criminel, *man,* je choisis d'être un criminel. »

Sa décision, il la prit à l'automne 1965, quand il vit ce type devant une foule en délire commettre ce *geste criminel.* « C'est ce que je ferai, *man* ! Ouais ! Je ferai comme ce gars-là ! »

Ce jour-là, j'étais allé le chercher à la librairie, nous avions pris le métro jusqu'à Battery Park, d'où nous pouvions entendre la clameur discordante monter de Whitehall Street. Excité, Moïse marchait vite, il n'avait pas bu ce jour-là, ni la veille, et ne voulait rien manquer de cette grande manif organisée devant le Bureau de recrutement de l'armée, un bâtiment sinistre de granite et de briques rouges, de la couleur du sang mélangé à du sable. On annonçait des discours, de la musique folk, beaucoup de policiers et un coup d'éclat. « Allez, viens, *man* ! Vite ! »

Des rumeurs avaient circulé sur ce que comptait faire un des orateurs. Un geste héroïque que quelques jeunes avaient déjà accompli – assez pour que le Congrès vote en faveur d'une augmentation de la peine pour ce type de délit – mais que personne n'avait encore assumé publiquement, devant les photographes et les caméras de télévision.

Cet après-midi d'octobre 1965, Moïse semblait revivre un peu et sortir de sa torpeur.

Whitehall Street était envahie par des pacifistes bruyants et enthousiastes, agglutinés autour d'une camionnette équipée d'un haut-parleur, sur laquelle une plate-forme avec micro avait été aménagée. Dans la foule, un petit groupe réchauffait l'ambiance en chantant et en s'accompagnant à la guitare, que les contre-manifestants de l'autre côté de la rue, bridés par les barrières de la police – « Communistes ! Retournez en URSS ! » –, empêchaient d'entendre distinctement.

Tout était en place pour un dérapage ; autour de nous, des policiers aux aguets, leurs mâchoires serrées, leurs yeux rivés sur la foule que l'excitation gagnait comme une lame de fond. Il régnait une tension électrique, orageuse. Et Moïse se frottait les mains.

Tout se passa très vite. Sur la plate-forme aménagée sur la camionnette, les orateurs se succédaient, enflammant la foule, excitant les contre-manifestants. « *Shit, man !* C'est lui ! – Où ça ? – Là ! » Un jeune homme escalada l'échelle menant à la plate-forme. Cheveux courts, costume sombre, cravate noire : rien qui pût le désigner comme un de ces activistes auxquels la Maison-Blanche vouait une haine irrationnelle. Un garçon sérieux au visage anguleux, vêtu comme on le serait pour une cérémonie de remise de diplômes. Un bref silence, et le crépitement des appareils photo. « Ouais ! criait Moïse. C'est lui ! » Des images à la télé et dans les journaux du lendemain qui feraient frissonner d'angoisse les parents ayant des garçons de cet âge. *Un garçon à l'allure aussi sérieuse, est-ce possible ? Et notre fils ? Pourrait-il, lui aussi, commettre ce geste criminel, anti-américain ?* Cette image percutante de David Miller portant la flamme d'un briquet à son avis de conscription, un acte de courage que des milliers de jeunes imiteraient à travers le pays même si cela les mènerait en prison. Car, ce jour-là, David Miller, qui avait préféré laisser parler ses mains plutôt que de se lancer dans un discours passionné, venait de se condamner à cinq ans d'emprisonnement sous les applaudissements et les cris approbatifs, une foule en délire et en admiration devant ce jeune homme timide que les agents du FBI arrêteraient trois jours plus tard dans le New Hampshire, et cependant, ils seraient nombreux à suivre son exemple – nous serions là un mois plus tard lorsque cinq d'entre eux brûleraient leurs avis de conscription devant mille cinq cents personnes à Union Square et que Moïse, excité, hurlerait : « Bravo ! Bien fait pour ces salauds ! C'est ce que je ferai, moi aussi ! » Ces jeunes que Bob Dylan dénigrerait dans une entrevue au magazine *Playboy* (« Ça ne mettra pas fin à la guerre. Ça ne sauvera même pas des vies. Si quelqu'un peut se sentir plus honnête avec lui-même en le faisant, c'est bien, mais si c'est pour se sentir plus important, on s'en fout. ») et qui mettrait Moïse hors de lui. Après, Moïse ne supporterait plus la musique de son idole, ni que l'on prononçât son nom devant lui. « Qu'est-ce qu'il va faire, lui ? Dis-le-moi. Il va aller au front et jouer les héros ? Non, *man* ! Il ne fera rien parce que son fric et sa célébrité le protègent ! »

Désormais, dans les manifs, dès l'instant où l'on s'approchait de lui : « Hé, vous êtes pas Dylan, si ? », Moïse répondait avec agressivité : « Non ! Si j'étais lui, je ne serais pas ici en train d'essayer de sauver ma foutue peau ! »

Puis il reçut ses premières nouvelles de l'armée à l'été 1966. « Ils me veulent pour un examen médical, les salauds. C'est bien la première fois de ma vie que je prie pour qu'on me découvre une saloperie de maladie. » Mais il fut déclaré 1-A, prêt à être conscrit à tout moment. En novembre, il fut sommé de se rapporter au 39, Whitehall Street. « C'est dans dix jours, *man*. Dans dix jours, je serai fixé. Et que Bob Dylan aille se faire foutre ! » Et moi, si inquiet, tremblant de peur pour lui : « Tu n'y penses pas vraiment, Moïse ? Cinq ans de prison…

— Calme-toi, *man*. Si on est des dizaines de milliers à encombrer les prisons, ils seront bien obligés d'arrêter. » Il posa sa main sur mon épaule, un sourire aux lèvres qui se voulait confiant mais qui ne l'était pas tant que ça. « Rappelle-toi Thoreau : "Sous un gouvernement qui emprisonne quiconque injustement, la véritable place d'un homme juste est aussi en prison." »

Mais cette marée déferlante de jeunes dans les prisons fédérales ne se produisit pas. Et chaque jour je sombrais un peu plus dans le désespoir à l'idée de voir mon ami Moïse se livrer aux autorités. Comme un criminel.

3

Ce jour-là, j'étais sorti en coup de vent du Harperley Hall, le *New York Times* sous le bras. J'avais descendu Central Park West hors d'haleine, avais sauté dans le métro à Columbus Circle, en étais ressorti à Union Square. Dans l'escalier, un type que j'avais bousculé par mégarde s'était mis à m'insulter ; énervé, je l'avais insulté à mon tour ; il avait fallu l'intervention d'autres usagers pour nous empêcher d'en venir aux poings. Arrivé au New York City Lights Bookshop, j'étais dans un tel état d'agitation que Moïse, étrangement calme malgré le compte à rebours, avait dit : « Qu'est-ce qui t'arrive, *man* ? On dirait qu'un chien enragé t'a mordu.

— Lis ça !

— Lis quoi ?

— Ça ! » D'une main tremblante, je lui avais tendu l'article du *New York Times*. « On dit que des centaines de *draft dodgers* ont trouvé refuge au Canada. Certains disent qu'ils sont plus nombreux, peut-être jusqu'à deux mille. »

Il haussa les épaules. Je serrai les dents.

« Moïse, écoute-moi pour une fois ! » J'avais crié, des clients s'étaient retournés. « Pourquoi pas *toi* ?

— Parce que je ne suis pas un lâche !

— Est-ce que je suis un lâche parce que j'ai fui mon pays ?

— C'est pas pareil !

— Pas pareil ? Alors, dis-moi quel crime tu as commis pour faire cinq ans de tôle, hein ?

— C'est de la résistance, *man*. Comme Thoreau.

— Merde, Moïse ! Thoreau a passé une seule nuit en prison ! Pas cinq ans ! »

J'étais furieux. Il tenta de m'échapper, je le poursuivis jusque dans le fond de la librairie. Je dis, d'une voix forte, presque hystérique : « Thoreau donne bonne conscience à ceux qui n'ont rien à craindre ! Désobéissance civile, mon œil ! Désobéissance facile, tu veux dire ! Comme celle dans laquelle se drapent Joan Baez et ses petits amis ! Oh, quel courage : comme Thoreau, ils refusent de payer leurs impôts pour protester contre la guerre ! Oh, quel courage : ils envoient à la place un exemplaire de son livre ! C'est gentil, ça ! Très gentil ! De bons petits citoyens en colère ! Mais, bon Dieu, Moïse, ils ne risquent pas grand-chose, *eux* ! » Il leva les yeux au ciel. « Écoute-moi bien ! m'écriai-je en l'agrippant par les épaules. L'ami que j'ai devant moi est déjà un héros, OK ? Alors, pas besoin de brûler ton foutu avis et de te retrouver derrière les barreaux pour le prouver. Et d'ailleurs, à qui veux-tu le prouver, hein ? À des inconnus qui n'en ont rien à foutre ? À Bob Dylan ? »

Il frémit, puis profita de l'arrivée de clients pour s'esquiver.

Je me pris la tête entre les mains. Plus que deux jours avant que sa vie ne bascule. Deux petites journées et il se rapporterait au 39, Whitehall Street, reproduirait le geste courageux de David Miller et disparaîtrait de la circulation, menottes aux poignets. Comment le convaincre d'y renoncer, bon Dieu ! Comment le faire changer d'idée ?

C'est à ce moment que mes yeux tombèrent sur un atlas semblable à celui qu'il m'avait montré la première fois.

« Moïse, viens ici ! » Il se tourna vers moi, agacé. « Viens ici, je te dis ! »

Bien sûr, il se souvenait de Rivière-du-Loup, le pays des parents de Kerouac. Et Métis Beach ?

« Oui, répondit-il, excédé par mon petit jeu de devinettes.

— C'est là que tu t'en vas ! Personne ne te traquera jusque-là ! Tu vas occuper la maison de Dana ! »

J'avais dit cela sans l'avoir prémédité et, pour la première fois depuis longtemps, une bouffée d'espoir me submergea. « Ouais ! repris-je, excité. Tu vas t'installer à Métis Beach, le temps que cette sale guerre finisse ! On dira que tu es le neveu de Dana ! Qu'est-ce que tu en penses ? »

Il contempla longuement la carte. « Je ne sais pas, *man.* »

4

Ce fut un coup dur, mais pas une surprise.

À peine avais-je refermé la porte derrière moi qu'une Rosie à la mine grave était apparue dans le vestibule.

« Elle veut vous voir, dit-elle. Tout de suite.

— Encore des reproches de la patronne, Rosie ? C'est ça ? »

Elle ne dit rien. J'étais d'humeur badine, me sentant plein d'optimisme. « Oh, Rosie ! Ne faites pas cette tête-là ! » Rosie, une petite femme renfrognée, dégageant une forte odeur de camphre, si petite qu'elle devait se hisser sur la pointe des pieds pour m'aider à me débarrasser de ma veste. « Ça va, Rosie. Je m'en occupe. » Mais elle s'entêtait, tirait sur les manches avec impatience, comme dans une urgence sexuelle, et l'image me fit éclater de rire. Elle se raidit. « Oh, Rosie ! Faites-moi un beau sourire ! Le ciel s'éclaircit enfin ! Une embellie dans ma vie ! Et dans celle de Moïse ! »

J'étais si emballé ! M'étonnant moi-même de ne pas y avoir songé plus tôt. La maison de Métis Beach inoccupée. Moïse pourrait en utiliser une partie, l'isoler, la chauffer. Pas le meilleur confort, mais Moïse n'était pas du genre douillet, il suffisait de sentir les courants d'air dans son appartement d'East Harlem l'hiver.

Dana dirait oui. Dana ne pouvait pas dire non. Pourquoi n'y avais-je pas pensé avant ?

Pauvre Rosie ! Ma bonne humeur l'étourdissait. « OK, Rosie. Dites à Sa Majesté que je prends une douche et passe des vêtements propres. J'ai quelque chose à lui dire. Quelque chose d'important. »

Elle secoua la tête. « Non, maintenant. »

Rosie élevant la voix ? J'écarquillai les yeux. « Rien de grave, Rosie ? »

Elle ne répondit pas, soupira d'agacement, et mon instinct me fit soudain redouter d'être là.

Dana m'attendait dans la cuisine, le visage dur, fermé. Burke se trouvait dans le bureau ; je l'entendais parler au téléphone. Burke passait de plus en plus de temps au Harperley Hall, occupant volontiers le territoire que je délaissais, jusqu'à en imprégner l'air de son eau de Cologne trop citronnée, une odeur forte de chat qui arrose. Mais à ce point ?

« Tu dois partir, Romain. »

Je vacillai. « Tu es… sérieuse ? » Oh oui, elle l'était. « C'est… le moment que tu choisis pour me dire… *ça* ? Deux jours avant…

— C'est terrible, ce que vit Moïse. Personne ne le nie, mais…

— Justement, Dana… À propos de Moïse… Je voulais… »

Elle me coupa, l'air excédé : « Tu as vingt et un ans, Romain ! Bientôt vingt-deux ! Il est temps que tu fasses ta vie d'adulte. Je ne te demande pas de partir tout de suite. Dans quelques semaines. Le temps qu'on te trouve un appartement et un travail qui ne nuira pas à tes études, bien entendu. »

Ma vie *d'adulte*. La colère me gagna, comme chaque fois que les arguments me manquaient. « La vie de Moïse sera foutue dans deux jours !… Et toi… Et… *toi* !… »

Elle ignora ma détresse, dit sur un ton tranchant : « Il faut que tu te reprennes en main. » Elle détourna les yeux, tira sur sa cigarette. « Je ne veux plus jouer à la mère avec toi. »

Un rire adolescent, furieux s'empara de moi. « Je n'en crois pas mes oreilles ! Jouer à la mère avec moi ! C'est vraiment ce que tu viens de dire ? » Ma voix s'étrangla de rage : « Et que fais-tu de… » Sans que je la voie venir, sa main s'abattit sur ma joue dans un claquement sec. Choqué, je m'écartai en titubant. Ses yeux de braise soutenaient les miens, ahuris, me défiant d'éventer notre vilain petit secret. Burke venait d'apparaître dans la cuisine, un sourire crispé aux lèvres. Un personnage comique et maladroit, surgissant dans une scène tendue pour faire éclater de rire l'assistance. « Tout va bien, ici ? » Il poussa ses lunettes sur son nez et posa sur l'épaule de Dana une main veinée, étrangement petite pour un homme de sa taille, qu'elle tapota distraitement, sans affection.

« Burke emménage au Harperley Hall dans un mois », lâcha-t-elle.

Tout s'éclairait : j'étais devenu de trop. « Félicitations, Burke ! » lançai-je avec sarcasme, comme s'il venait de gagner à la loterie.

Dana me décocha un regard noir, qu'il ne releva pas. Puis la question de la maison à Métis Beach finit d'achever notre conversation.

« Il n'en est pas question ! Mais qu'est-ce qui t'a pris de penser ça ?

— La maison est inoccupée dix mois par année !

— Ce n'est pas une maison d'hiver !

— Moïse se débrouillera !

— Et que se passera-t-il l'été prochain ? Nous allons, Burke et moi, former une grande famille avec lui ?

— On trouvera autre chose le temps venu !

— Non ! C'est non ! Je ne serai pas complice de son évasion ! Tu sais ce que je risque si j'aide quelqu'un à échapper à la conscription ? »

Les larmes me gagnaient, brûlantes et douloureuses. Qu'allais-je dire à Moïse maintenant que j'avais commencé à le convaincre de partir ? *Désolé, mon ami. Fausse alerte. On s'en tient au plan de match ?*

« Tu préfères qu'il aille en prison, c'est ça ?

— Qu'il aille ailleurs !

— Mais où ça, *ailleurs* ?

— Je ne sais pas, moi ! Ce n'est pas mon problème ! »

Tu me dégoûtes ! Mais les mots restèrent bloqués dans ma gorge. Je sortis en claquant la porte, laissant ma veste dans la penderie, trop révolté pour revenir la chercher.

5

« Tu as fait *quoi* ? »

Ma voix horrifiée, incrédule. Moïse baissa la tête, s'essuya les yeux. Dans son petit meublé étonnamment en ordre, l'air était glacial ; une odeur écœurante, âcre de fumée flottait, et l'unique fenêtre avait été grande ouverte pour la chasser.

La veille, Moïse avait mis le feu à son roman. Avant de faire le grand ménage et ses valises. Moïse, foutu à la porte de sa ville adorée, ne sachant pas s'il pourrait y revenir un jour. D'une pâleur mortelle, il dit : « Il faut que je fasse mon deuil, *man. A New York Tale,* c'était comme un album de souvenirs. Trop souffrant de garder avec soi. »

Quel gâchis. Et Burke qui avait accepté de le lire. Burke qui l'aurait peut-être publié.

« Et après, *man* ? Burke en vendrait des milliers d'exemplaires que ça ne changerait rien à ma situation. Et tu vois, toi, un roman écrit par un lâche qui a trahi sa patrie ? Tu crois sincèrement que les Américains *accepteraient ça* ? »

Il renifla, prit un air abattu. Le vent fit claquer les rideaux, quelque chose roula sur le sol. Puis la pluie, une pluie froide et drue, se mit à tomber sur la ville. Moïse se leva pour aller fermer la fenêtre ; lorsqu'il revint, il avait enfilé son manteau. « Je suis prêt. »

Je l'avais invité à déjeuner dans un *diner* de la 7ᵉ Avenue, où la jeune serveuse se montra si aimable que nous avalâmes par orgueil chacun deux œufs bacon. Moïse, nerveux et sérieux dans son costume sombre, me bombardait de questions sur John Kinnear, à qui j'avais téléphoné en panique à Métis Beach après ma dispute avec Dana. Il nous permettrait de rester en contact, tous les deux. John, dont je prenais des nouvelles de temps à autre et dont j'aimais entendre la voix chaleureuse, ne connaissait personne à Métis Beach qui pût héberger Moïse. Mais il avait beaucoup mieux à proposer : il me parla d'un comité d'aide aux résistants de la guerre du Vietnam, le Montreal Council to Aid War Resisters. N'en sachant pas plus, il m'avait proposé de le rappeler, le temps qu'il trouve les coordonnées. Le cœur plus léger, j'étais allé me promener dans Central Park. Une heure plus tard, j'avais de nouveau John au bout du fil avec tous les renseignements voulus : l'adresse du comité, le nom du responsable, son numéro de téléphone. John disait qu'il y avait au Québec une vague de sympathie envers ces jeunes *draft dodgers,* qu'ils étaient très bien accueillis. « On ne comprend pas ce que les Américains font au Vietnam. Ce n'est pas une guerre de libération comme en 39. C'est une guerre stupide. »

La tentation d'accompagner Moïse était grande (n'était-ce pas plutôt l'idée de le laisser partir seul qui m'était insupportable ?), nous avions eu cette conversation la veille. « Hé, il y a des types qui m'attendent là-bas. Finis tes études, *man.* C'est ce qui est le plus important pour toi en ce moment. Après, tu verras. » Et ça m'avait soulagé, ma vie à New York, mon baccalauréat en histoire de l'art, j'y tenais, mais impossible de ne pas penser que je le laissais tout de même tomber. Puis il y avait ses parents âgés et sans le sou qui se retrouveraient mal pris après son départ. « Tu seras mon lien avec eux. Si tu veux vraiment m'aider, va les voir de temps en temps. » J'appris qu'il leur remettait une partie de sa maigre paye. « Ils sont d'accord pour que je me pousse au Canada. Ils ne me jugent pas. Par contre, en partant comme ça, ils n'auront plus les quelques dollars supplémentaires qui leur donnent un coup de pouce à la fin du mois. Tu comprends ? » J'avais posé une main sur la sienne. « Ne t'inquiète pas. Je m'en occupe. » Il avait tourné la tête, ses yeux s'étaient embués. « T'es un vrai ami, *man.* »

En sortant du *diner,* le vent s'était levé. La pluie ne tombait plus sur nos têtes, elle nous mitraillait le dos. Armés de nos inutiles parapluies, nous marchâmes jusqu'au terminus d'autocars Greyhound à Port Authority, dans la 42e. Un duo improbable, avec nos airs misérables et nos vêtements détrempés. Moïse, petit et déplumé de cinq ou six kilos, nageant dans son costume sombre ruisselant de pluie, les cheveux si courts que l'on voyait le fond de son crâne ; et moi, le grand six pieds à la tignasse rebelle, à deux doigts d'éclater en sanglots comme une petite fille désemparée. Des regards se tournaient vers nous, mais personne pour confondre Moïse avec Dylan. Pas dans cette tenue et dans ces circonstances.

« Ça va aller », répétait Moïse, la voix chevrotante. Et j'opinais, la gorge serrée, refoulant mes larmes, sachant qu'une fois mon ami parti je m'effondrerais. Sur le sol, nos pauvres chaussures trempées protestaient dans un couinement grotesque, un bruit qui donnait envie de rire et de pleurer.

Je dis : « Une photo ?

— Quoi, une photo ? »

Je repris, haletant, soudain excité par mon idée : « Tu te souviens, dans *Sur la route,* quand Dean Moriarty rentre à Denver après sa première virée à New York ? » Ses yeux s'allumèrent, une esquisse de sourire se dessina sur son visage. « Ouais, *man* ! Sal et Carlo Marx assistaient à son départ. Ils étaient à Penn Station, là où on prenait les Greyhound avant. Ils se disaient au revoir. »

Et nous nous mîmes à la recherche d'un photomaton ; Moïse en repéra un à l'étage. « Ici, *man* ! Ici ! » Dans la cabine, il déposa sa valise en toile fatiguée, passa sa main dans ses cheveux mouillés, rajusta sa cravate et força un grand sourire que je tentai d'imiter, le voulant éclatant, un pied de nez au drame qui nous avalait.

« Comme ça, on ne peut plus s'oublier, *man.* Comme ça, on ne sera jamais seuls. » Et comme dans *Sur la route,* avec le canif suisse qu'il sortit de sa poche, Moïse découpa soigneusement la planche encore humide, et chacun en rangea la moitié dans son portefeuille. Des grimaces plutôt que des sourires. Ces photos, je les ai encore, elles sont à vous fendre le cœur.

« Voici deux cents dollars, dis-je en lui remettant une enveloppe. Ça devrait t'aider à t'installer. »

Ses yeux s'embuèrent. « Merci.

— Tu trouveras à l'intérieur les coordonnées de John Kinnear. Tu peux compter sur lui en tout temps.

— Tu es un vrai ami.

— Toi aussi. »

Et l'on se fit une longue accolade, luttant contre les larmes.

« Bon. Il faut y aller, *man.* »

Je le regardai monter à bord de l'autocar qui le mènerait au-delà des frontières du grand jeu américain. La gorge nouée, je me revis quatre ans plus tôt dans le même véhicule, mort de peur. Moïse choisit un siège au fond, loin des autres passagers. Désormais, il était seul au monde. Un sifflement d'air comprimé comme un soupir plaintif, et la porte se referma. Le moteur démarra dans un bruit d'apocalypse, l'autocar s'ébranla et glissa dans la circulation. Derrière la vitre, Moïse agita la main, s'efforçant de sourire. Son visage pâle d'épouvante me hanta pendant des semaines.

6

Les deux amis réfugiés dans le pays de l'autre pour sauver leur peau.

Dans une de ses lettres, Moïse eut ces mots pour qualifier nos exils respectifs : « Toi, c'est comme si tu avais quitté une femme dont l'amour que tu lui portais a disparu d'un coup lorsque tu as compris qu'elle t'avait trahi. Moi, je suis le pauvre imbécile toujours amoureux de la femme qui l'a plaqué comme une merde et qui n'a rien compris. »

Dana se montra touchée par ma détresse sans très bien la saisir. « On dirait une peine d'amour, Romain. » C'était vrai. J'étais en train d'apprendre que les peines d'amitié peuvent être aussi cruelles que les peines d'amour. Le départ de Moïse me plongea dans un tel état d'abattement que Dana reporta son projet de me mettre à la porte du Harperley Hall. C'était étrange de la voir subitement inquiète pour moi, et Burke, mystérieusement absent. Au bout de la troisième semaine, je fis quand même mes valises, et Dana s'en étonna.

« Où est-ce que tu t'en vas comme ça ?

— Burke emménage dans une semaine. Il est temps pour moi de débarrasser le plancher.

— J'ai laissé Burke. »

Elle avait dit cela sans regret, avec une certaine pointe d'amusement.

« Tu as fait quoi ?

— J'allais commettre une erreur. Avec lui, je me serais enterrée vivante. »

Elle riait. Avec une autorité enjouée, elle me débarrassa de ma valise, l'ouvrit et commença à remettre mes vêtements sur leurs cintres et dans la commode.

« Tu ne fais pas ça pour moi, Dana ? »

Elle rit plus fort et dit, un peu de colère dans la voix : « Burke est un veuf qui s'est transformé en vieux garçon. Il est plein d'habitudes exaspérantes. Tu veux un exemple ? Il lui faut sa ration quotidienne de steak, pommes de terre, petits pois, sinon il croit qu'il va manquer de protéines. Un autre exemple ? Sous des dehors d'homme calme, c'est un anxieux. À quelques reprises, j'ai dû le calmer comme le ferait une mère avec un enfant parce qu'il prenait son angoisse pour une crise cardiaque. Encore un autre ? Tous ses caleçons sont pareils. Bleus. Et désespérants de tristesse. Le même modèle que sa mère lui achetait, adolescent. J'ai essayé de lui faire porter des trucs plus sexy, moins inhibants. Je lui en ai offert de beaux en soie, de chez Bergdorf Goodman. Il ne les a jamais portés mais les a quand même fait étiqueter, comme tous ses vêtements, d'ailleurs, comme s'il fréquentait un camp scout et qu'il risquait de les perdre. »

J'éclatai de rire, imaginant Beurk ! en uniforme scout, rangeant précautionneusement dans un tiroir ses sous-vêtements dûment étiquetés.

« Je serais devenue folle à la longue. Ou je l'aurais jeté en bas du Harperley Hall. »

Je me sentis mieux dès que je sus que ça ne se passait pas trop mal pour Moïse. Au début, j'avais des nouvelles de lui par John Kinnear ; Moïse ne voulait pas qu'on se parle directement au téléphone, de peur d'être mis sur écoute par le FBI. « Tous les *draft dodgers* sont paranoïaques et je n'y échappe pas, *man* », avait-il écrit dans sa première lettre. Il s'était installé avenue de l'Hôtel-de-Ville à Montréal, où il louait une chambre chez une vieille dame gentille un peu fêlée qui parlait tous les soirs à son mari mort depuis un quart de siècle. « Au moins, elle a à qui parler. La solitude, c'est le plus difficile. » Mais cela ne dura pas. À deux pas de chez lui se trouvait l'appartement du type du Connecticut, Ricky Jenkins, lui aussi *dodger* du Vietnam, qui avait fondé le comité d'aide aux résistants de la guerre dont John m'avait donné les coordonnées. Rapidement, Moïse sympathisa avec lui et s'engagea à ses côtés pour accueillir les nouveaux venus dans le salon encombré de paperasse de Jenkins.

Moïse s'en sortait plutôt bien, finalement. Emballé par son travail, il ne s'était jamais senti aussi utile.

De plus en plus de jeunes hommes désespérés arrivaient des États-Unis, et le comité grossissait, au point que Jenkins, Moïse et les autres bénévoles durent s'installer dans un local plus grand, rue Wolfe, puis, encore plus grand, rue Saint-Paul dans le Vieux-Montréal. Toute une équipe travaillait désormais à les recevoir. Après quelques mois, Moïse finit par toucher un salaire, trente-cinq dollars par semaine, assez pour payer la chambre chez sa logeuse timbrée et recommencer à vivre. En fait, m'écrivit-il, il vivait mieux à Montréal qu'à New York. La vie au Québec était moins chère, moins stressante. « Tu devrais voir les filles, *man*! Plus belles que celles de New York. Et beaucoup moins farouches. Elles adorent les *draft dodgers*! Pas besoin de se faire passer pour cet imbécile de Bob Dylan, nous sommes des héros à leurs yeux! »

Il écrivait des tracts – « OK, c'est pas le roman qui me rendra célèbre » – que le comité envoyait clandestinement aux États-Unis dans les campus universitaires pour annoncer la bonne nouvelle du Canada. « Et que Joan Baez aille se faire foutre! »

Cette aversion que Moïse éprouvait pour Baez et Dylan! Il pouvait quitter une fête si l'on y faisait jouer de leurs chansons. « Énervante, cette manie des Québécois – on ne dit plus *Canadiens français*, Romain – de nous recevoir au son de ces deux-là. Comme si ça nous aidait à mieux supporter l'exil! » Une fois, il avait entendu chanter Joan Baez à Toronto, alors invitée par une église locale apportant son soutien au TADP, le Toronto Anti-Draft Programme. Les membres du comité de Montréal avaient fait le voyage et Moïse avait accepté de les accompagner, sans grand enthousiasme. La veille de son départ, nous nous étions parlé au téléphone. Il avait dit, sarcastique : « Quelle autre bêtise elle va nous sortir, cette fois-ci?

— Tu n'exagères pas un peu, Moïse? »

Moi, je l'adorais, Joan Baez; encore aujourd'hui, il m'arrive d'écouter ses vieux disques, qui me bouleversent toujours autant. Moïse, lui, ne lui pardonnait pas de désapprouver publiquement l'exil des *dodgers*. « Si David Harris, son mari, préfère la prison, c'est son choix, *man*! Il a tellement d'attention médiatique, ce gars-là, qu'on dirait une vedette de cinéma. Qu'elle ne vienne pas nous faire la leçon ! » Et Toronto scella la rupture quand, devant la foule, Joan Baez invita les dizaines d'insoumis présents à rentrer aux États-Unis pour poursuivre la résistance là-bas.

« Grandis un peu, Romain, m'écrivit-il après. Dylan, Baez, on dirait des personnages pour enfants. Au lieu de faire le tour des écoles, ils font le tour des manifs en s'adressant aux foules comme si elles ne comptaient que des enfants de huit ans. »

« Mon Dieu, répondis-je. Ça doit être loin, le Canada, pour que la réalité t'apparaisse aussi déformée. Tu me confirmes que j'ai eu raison de quitter ce drôle de pays. » Et je m'amusais parfois à lui raconter les derniers faits d'armes de ses ex-idoles disgraciées, leurs nouvelles chansons, leurs nouveaux triomphes. « Je t'en prie, répliqua-t-il avec une certaine agressivité. Ils sont surfaits, dépassés. Parle-moi de Leonard Cohen, un vrai poète. Et de Robert Charlebois. Il faudra que tu écoutes ça, une fois. » Et il ajouta en postscriptum : « La seule chose qui me manque, *man,* c'est toi. »

Et chaque fois, une grosse boule me montait dans la gorge.

Lui aussi, il me manquait terriblement.

Un mois après le départ de Moïse, Dana m'avait obtenu du travail à la billetterie du Musée d'art moderne. Ce fut par une de ses relations, une riche donatrice du musée, que j'obtins le poste. Blema Weinberg était une petite femme plus large que haute, tellement couverte de bijoux qu'on aurait dit Toutankhamon. Du bleu plaqué sur les paupières et des lèvres rouge pompier à la façon des portraits sérigraphiés d'Andy Warhol. Un infatigable moulin à paroles se déplaçant à petits pas décidés, répandant autour d'elle un parfum entêtant, épicé. Blema Weinberg était tout sauf invisible. Et riche à pleurer. Des toiles de grands maîtres tapissaient les murs de son immense appartement de la 5e Avenue : des Picasso, des Dalí, des Matisse. Des sculptures de Giacometti et de Henry Moore veillaient sur les massifs de rosiers à son domaine d'Amagansett, dans les Hamptons. Pour gagner son ciel, comme aurait dit ma mère – quoique chez Blema Weinberg le sentiment de culpabilité ne fût sûrement pas une espèce à cultiver –, elle donnait une partie de sa fortune au MoMA et agissait comme mécène auprès des jeunes femmes artistes, aidant les autres ayant déjà un nom à faire leur entrée dans les grands musées. En 1959, elle avait poussé les candidatures de Louise Nevelson et de Jay DeFeo, les deux seules femmes à participer à l'exposition légendaire des *Sixteen Americans* au MoMA, aux côtés de Frank Stella, Robert Rauschenberg et Jasper Johns.

Entre elle et Dana, le courant passa instantanément. Blema Weinberg l'avait invitée un midi à déjeuner pour lui faire une proposition. Elle avait adoré *The Next War* et souhaitait publier un ouvrage aussi percutant sur les femmes et l'art.

« Vous savez ce que le peintre Hans Hofmann a déjà osé dire du travail de Lee Krasner ? avait-elle demandé à Dana.

— La femme de Jackson Pollock ?

— Oh, Dana ! Je ne vous en veux pas, mais vous venez de tomber dans le piège comme tout le monde. Lee Krasner n'existe donc pas à part entière ? Sommes-nous obligés de nommer son mari pour lui donner de l'importance ?

— Vous avez raison. Et quel talent en plus.

— Justement. Alors, écoutez ça : Hans Hofmann, qui lui a enseigné les principes du cubisme, disait : "C'est tellement bon qu'on ne peut pas savoir que c'est une femme qui l'a fait."

— C'est honteux !

— C'est ce que je veux dénoncer, Dana. Et vous êtes la personne la mieux placée pour m'aider à le faire. »

Dana était rentrée au Harperley Hall emballée. « Réserve ta soirée, Romain. Nous allons fêter ça au restaurant. » Devant un énorme steak, elle m'avait raconté en détail leur conversation, leur indignation partagée, et parlé de la confiance illimitée qu'elle plaçait en Blema Weinberg. Le lendemain matin, elle se jeta corps et âme dans le projet.

Mon boulot à la billetterie du MoMA, en plus de mes cours à l'université, me tenait aussi occupé. Je travaillais les mercredis après-midi et les fins de semaine. Au début, Dana semblait douter de ma capacité à mener les deux de front : « Tu es certain que tu y arriveras ? » À l'université de New York, j'avais été étonné de constater avec quelle facilité j'étais passé à travers la première année, et le scénario s'était répété la deuxième année, toujours avec de bonnes notes, A de moyenne, au pire des B+. Dana sourcillait : « Pas de travaux ? Pas de lectures à faire ? » Non. Darren m'avait déjà pas mal tout enseigné. J'avais de la chance, j'aurais pu mourir d'ennui dans les grands amphithéâtres bondés d'étudiants, mais non, chaque fois je le vivais comme une sorte de miracle, écoutant avec respect mes professeurs, leur façon bien à eux de nous parler et de nous éblouir, comme ce prof, Martin Valenti, un homme théâtral, une tête de comique et des yeux exorbités, qui nous faisait crouler de rire quand il décortiquait les tableaux de Salvador Dalí avec leurs sujets fondant comme des chocolats au soleil, et discourait en gesticulant sur l'obsession de l'impuissance sexuelle de l'artiste. C'était passionnant.

Puis je quittai le nid du Harperley Hall. (À peine si Dana le remarqua, submergée de travail comme elle l'était ; tout le contraire de Rosie qui, dans un moment inattendu de tendresse, m'avait serré fort dans ses bras, ses yeux pâles brouillés de larmes.) Avec l'aide d'Ethel, j'avais déniché quelque chose d'assez épatant, Perry Street, dans West Village : un loft d'artiste avec les commodités modernes et une grande chambre à coucher fermée. Ethel m'avait refilé un canapé, une table, deux chaises et, en guise de matelas, un grand morceau de mousse de trois mètres sur trois, lequel, à tous coups, impressionnait les filles qu'il m'arrivait de ramener chez moi.

Je m'exprimais bien en anglais, presque sans fautes et sans accent. « *Charming!* » lançaient, un peu flirt, les filles au musée, quoiqu'il fallût les entendre écorcher mon nom d'un air désolé, *Ro-main Carrier,* comme si elles avaient un tas de cailloux dans la bouche.

« *Sweetheart?* » Peggy et Betty, deux vieilles habituées du musée, fringantes octogénaires toujours impeccablement coiffées et maquillées, prenant tous les mercredis leur « bain de culture », comme elles disaient. J'aimais m'occuper d'elles, les conduire à l'étage en leur donnant le bras ou les débarrasser de leur manteau. Elles pouvaient passer des heures assises sur un banc devant les mêmes tableaux en papotant à voix basse. « *Sweetheart?* Et si nous t'appelions *Roman* à la place ? Qu'est-ce que tu en dis ? » Et tout le monde au musée se mit à m'appeler Roman. Roman Carr, complétai-je, comme Lucien Carr, l'ami de Kerouac.

Moïse accueillit ma trouvaille d'un « Génial, *man*! » et dit qu'avec un nom pareil il ne me restait plus qu'à devenir célèbre.

Moïse, lui, ne courait plus après la célébrité. Il avait trouvé mieux : l'amour. Et cette fois-ci, c'était réciproque. Louise Morin, elle s'appelait. Elle faisait du bénévolat au comité d'aide aux résistants de la guerre et servait de chauffeur aux insoumis qui, tel Moïse, devaient régulariser leur situation. Pour cela, on devait les faire sortir du Canada et les faire entrer de nouveau, comme si c'était la première fois. On disait que le FBI connaissait le *modus operandi* et postait certains de ses agents le long de la frontière.

« J'en ai pas dormi pendant des jours, *man*... »

Le jour venu, il avait accueilli l'aube avec angoisse. Puis cette apparition sur le seuil de sa porte, qu'il me décrivit dans une longue lettre passionnée :

Tu aurais dû voir la fille qui a sonné à ma porte, ce matin-là. Une amazone de la race solaire. Des cheveux longs et lustrés comme de la peau de baleine. Un beau visage de squaw illuminé par des yeux d'or. Et une voix, *man*, une voix qui t'enveloppe et te caresse comme un vent chaud du sud. J'étais pétrifié, cloué sur place, incapable de prononcer un foutu mot. Tu sais ce qu'elle a dit en voyant ma tête d'imbécile ? « Oh, vous vous attendiez peut-être à avoir un homme comme chauffeur ? – Non ! » j'ai hurlé comme si le feu était pris dans la maison. Et elle a éclaté de rire si fort que je me suis mis, moi aussi, à rire comme une hyène désespérée, trop fort, beaucoup trop fort, à la façon débile de Jerry Lewis, tu vois ce que je veux dire ? Un idiot ! « Vous êtes prêt ? » elle a fini par demander. « Oui », j'ai bredouillé comme un abruti. Et elle m'a expliqué que pour les besoins de la cause nous allions devoir former un couple d'amoureux en virée au Vermont. *Shit!* Je ne demandais que ça ! Mais que penses-tu que ton imbécile d'ami a fait ? Il a rougi ! Rougi comme une foutue gonzesse ! Et après ? Tu sais ce que j'ai dit ? Oh, des fois, *man*... J'ai dit, comme si ça m'indifférait ou, pire, ça m'agaçait : « Ce n'est que pour la journée, j'espère. » Tu as bien lu : que pour la journée, *j'espère* ! Elle a répondu, un brin insultée : « Surtout, ne vous inquiétez pas. » Et qu'est-ce que ton ami stupide s'est senti obligé d'ajouter, penses-tu ? « Il faut ce qu'il faut. De toute façon, je n'ai pas le choix, n'est-ce pas ? » Oohhhhh.

À vrai dire, ce n'était plus l'idée de retraverser la frontière qui me mettait les nerfs en boule, c'était elle ! J'étais aussi terrorisé et confus qu'un petit garçon qui vient de faire pipi au lit et qui ne sait pas comment le camoufler. Assis dans la Coccinelle, je regardais le paysage défiler dans un état de panique et de tiraillement shakespearien, draguer ou ne pas draguer, avec cette peur viscérale de tout faire foirer. Mon cerveau s'était enraillé, ma bouche trahissait mes pensées. Je me la suis donc fermée par prudence, au risque de passer pour un insignifiant d'Américain. Et le silence s'est mis à peser si lourd, *man*, qu'il me faisait mal. Sans blague, j'en ai encore des bleus.

On a roulé comme ça pendant une heure. Oh, de temps en temps elle me posait des questions : d'où je venais, à quoi ressemblait ma vie à New York, mais la peur de déconner était si forte que je lui répondais par des phrases courtes, banales, et elle paraissait déçue. Oh, *man* ! Mon cas s'aggravait au fur et à mesure que la Coccinelle roulait vers la ligne de mon destin, sur les routes enneigées du Québec.

En approchant de la frontière, ses doigts se sont mis à pianoter sur le sélecteur de la radio : « Un poste américain », elle a dit. Du coup, la voix chaude et réconfortante de Johnny Cash a empli l'espace, et les larmes me sont montées aux yeux. Louise l'a remarqué et, elle aussi, elle est devenue émue, je le voyais à la façon dont ses yeux d'or brillaient : c'était magnifique. Johnny Cash avait surgi dans la Coccinelle tel le bon génie de la lampe merveilleuse, immense, il flottait au-dessus de nous, nous enveloppant de sa voix de baryton. J'ai regagné un peu de confiance et j'ai regardé Louise droit dans les yeux, et j'ai fredonné en même temps que Johnny :

You've got a way to keep me on your side
You give me cause for love that I can't hide
For you I know I'd even try to turn the tide
Because you're mine, I walk the line

Et elle a rougi! Je n'avais plus qu'à faire un vœu.

À la vue des panneaux annonçant la frontière, j'ai recommencé à me sentir nerveux. Ils avaient l'air d'agresseurs égarés dans ce paysage bucolique des Cantons-de-l'Est, une carte postale tout en vallons et chaumières de descendants de loyalistes. Louise a dit d'un ton solennel: « C'est ici que les colons américains fidèles au roi d'Angleterre se sont réfugiés après la guerre d'Indépendance. » Et j'ai eu une douce pensée pour ces divorcés de l'Amérique menant des vies paisibles, ayant engendré des descendants menant à leur tour des vies paisibles. Oui, c'est possible. Nos histoires d'exil, la tienne, la mienne, ne sont peut-être pas aussi extraordinaires que ça, après tout. Elles se fondent dans les centaines de milliers d'autres liant nos deux pays depuis près de deux cents ans. Malgré ce que nous croyons, nous sommes dans la continuité de l'Histoire, répondant docilement aux ordres de son déterminisme inéluctable.

« À partir de maintenant, vous vous appelez Doug », qu'elle m'a dit. Sa voix envoûtante est devenue autoritaire. Nous n'étions plus qu'à trois kilomètres de la frontière. « Doug, ai-je ricané stupidement. J'ai toujours trouvé que ça faisait canin. » Elle a ri: « Je ne le répéterai pas à Doug Naylor. Vous avez de la chance, j'aurais pu être sa petite amie et tout lui raconter. » Elle m'a lancé un clin d'œil comme une invitation officielle, mais je n'ai rien pu faire d'autre que de fixer la route couverte de neige, paralysé par la peur.

Il faut que tu saches que Doug Naylor est un bénévole canadien au comité. Il m'a passé son permis de conduire. Par chance, il n'y a pas de photo dessus: Doug Naylor et moi avons autant de ressemblance que Robert McNamara et Joyeux dans *Blanche-Neige et les Sept Nains*. Retourner aux États-Unis sous l'identité d'un Canadien. Puis entrer au Canada sous celle d'un Américain, la mienne. C'est ça, le truc. Quant à mes papiers, Louise les avait cachés dans le coffre de la voiture, je ne sais pas où exactement, mais elle m'a assuré que les douaniers ne les trouveraient jamais. En attendant, nous devions nous couler dans la peau de deux amoureux en randonnée au Vermont, direction Smugglers' Notch, nos raquettes, bottes et habits de neige (Doug m'avait prêté les siens) bien à la vue sur la banquette arrière, histoire de rendre notre petite comédie crédible. Ne manquait plus que de voir les épinettes couvertes de neige se mettre à fredonner *La Chanson de Lara* dans *Docteur Jivago*.

Nous sommes arrivés à la frontière du Vermont peu avant onze heures. Le poste frontalier se résumait à un petit bâtiment en briques rouges, flanqué de prétentieuses colonnes blanches que l'Amérique patricienne affectionne tant. Autour, rien. Le vide. La neige dans son immensité virginale, souillée par la présence de ces deux types de la douane, deux gros Yankees aux yeux soupçonneux. « Ne dites rien », Louise a dit. Après les questions d'usage auxquelles elle a répondu avec assurance, les deux molosses ont commencé à tourner autour de la Coccinelle en jappant des ordres : « Sortez de la voiture ! Ouvrez le coffre ! » Nous étions dehors à grelotter, suivant des yeux ces deux sagouins en train de fouiller la voiture. Je me suis mis à trembler. De façon incontrôlable. Le cœur battant si fort qu'il résonnait dans la vastitude de la plaine. Et mes dents se sont mises à claquer. Clac, clac, clac. Un pic-bois sinistre mitraillant de son bec un arbre pourri. Et j'ai vu Louise blêmir. Elle m'a jeté un regard courroucé, m'intimant de me ressaisir. Mais j'en étais incapable. In-ca-pa-ble ! C'est alors qu'elle m'a agrippé par le collet, m'a attiré vers elle et a planté sa langue chaude et voluptueuse dans ma bouche. Ooooh, *man* !

Les douaniers se sont énervés : « Hé, vous êtes pas au motel, ici ! » L'autre, le plus gros, a sifflé : « La salope ! » Aucunement décontenancée, Louise s'est approchée d'eux comme une reine de lumière. Elle a dit, en empruntant la voix et le visage peinés d'une petite voleuse prise sur le fait : « Il faut nous excuser, m'sieurs. Nous nous marions dans une semaine. – Allez, faites de l'air, a dit le premier. Et respectez la limite de vitesse, il y a des flics partout. »

En redémarrant la Coccinelle, Louise a retrouvé son air professionnel de sublime Mata Hari : « Ce n'était que la première étape. Rien n'est gagné. Le gros l'a dit, il y a des flics partout. » J'étais soufflé. Tout simplement soufflé.

Je remettais les pieds dans mon pays, mais celui-là, je ne le connaissais pas. Des hameaux peuplés d'âmes invisibles, des maisons aux façades tristes comme des visages d'enfants abandonnés, des cimetières de bagnoles et des cimetières tout court, comme si on mourait plus ici qu'ailleurs. C'est ça, l'Amérique. La vraie. Pas celle qu'on nous propose dans certains coins de Manhattan ou dans les films de Cecil B. DeMille. Je ne l'aurais jamais reconnue sans tous ces drapeaux américains qui flottaient partout.

Nous avons filé vers l'ouest, direction l'État de New York. La beauté gelée du lac Champlain et de ses îles sauvages s'est offerte à nous, impudique. Et j'ai repensé à l'incident de la douane, à la bouche de Louise goûtant la menthe poivrée, un glacier millénaire sur un volcan en éruption, et ce satané gonflement entre mes jambes.

Nous nous sommes arrêtés à Champlain, tout juste avant la frontière. J'ai récupéré mes papiers dans le coffre de la Coccinelle. « Surtout, a dit Louise, ne pas mentir. » Et elle m'a fait répéter ce que je devais dire à l'immigration canadienne. J'avais entre les mains une lettre d'embauche du *Montreal Star*. Depuis quelques semaines, je travaille comme commis là-bas (en plus du comité avec Jenkins). Un job un peu servile, mais qui offre des possibilités à long terme. Le *Star* a d'abord envoyé la lettre à l'adresse de mes parents à Brooklyn, qui me l'ont fait suivre. C'est aussi ça, le truc : rentrer au Canada avec une lettre d'emploi expédiée à une adresse américaine, comme un simple immigrant économique. Le type au *Star* a été sympathique ; pour augmenter mes chances, il l'a rédigée de façon à laisser entendre qu'on m'employait comme journaliste.

Fouetté par le vent glacial, j'ai regardé derrière moi, avant de monter dans la Coccinelle. L'endroit ne ressemblait pas à un pays que l'on quitte : une plaine blanche et vide comme une assiette propre. Pas exactement le type d'image qu'on veut garder d'une dernière fois. J'ai laissé échapper une larme ou deux, et j'ai prié pour que le temps ne fane pas trop vite mes souvenirs, le seul album de photos que j'emportais avec moi.

Après, tout s'est déroulé rapidement. D'abord, l'entrevue avec l'agent d'immigration, un type aux yeux doux et sincères qui m'a posé des questions. Il a pris mes documents et a disparu dans la pièce d'à côté où l'on entendait taper à la machine. Au bout d'une demi-heure, il est revenu, le sourire chaleureux, et m'a serré la main en me souhaitant la bienvenue au Canada. Et j'ai failli éclater en sanglots.

Puis, sur le chemin du retour, celui de ma nouvelle vie de résident permanent canadien – eh oui, *man,* dans cinq petites années, je serai aussi canadien que toi! –, j'ai fait arrêter la Coccinelle. Louise a souri de connivence, et j'ai su qu'elle désirait la même chose que moi. Nous avons pris un chemin de campagne bordé de conifères et Louise a garé la voiture sur l'accotement. Nous nous sommes couchés sur la banquette arrière et nous avons fait l'amour dans la plus grande volupté, au milieu de cette nature qui nous accueillait à bras ouverts.

La tension est tombée d'un coup. Lorsque nous avons repris la route, je n'avais plus de peurs ni de regrets. C'est le début d'une aventure toute neuve, et Louise en est la plus belle promesse.

Tout ce qui manque ici, c'est toi.

Ton ami pour toujours,

Moïse

Moi aussi, je me mis à fréquenter une fille, mais ce n'était pas pareil. Elle s'appelait Judy Stern et travaillait comme guide au MoMA. C'était une petite brune menue à la coupe garçonne, jolie et brillante, qui posait des yeux lents et intenses sur tout, comme si tout avait un secret à dévoiler : une chaise, un détritus dans la rue, un tableau de Mark Rothko. Elle regardait le monde à travers une grille extralucide, vouait un culte féroce à Nietzsche, saupoudrait ses conversations de « Nietzsche dit », « Selon Nietzsche », « Nietzsche aurait pensé que ». Une vraie intellectuelle, avec des diplômes. Ensemble, nous passions beaucoup de temps à discuter, chez moi surtout, dans mon grand lit de trois mètres sur trois, recouvert d'un beau tissu indien déniché dans une boutique de Greenwich. Au lit aussi, elle analysait tout avec des gestes lents et mesurés ; elle pouvait passer des heures penchée sur moi comme sur un corps que l'on dissèque au laboratoire, avec minutie et précision. Elle ne riait jamais. Sérieuse, elle disait que l'humour était une offense à l'intelligence, un aspect affligeant de la nature humaine. « Il n'y a qu'un seul monde et il est faux, cruel, contradictoire, séduisant et dépourvu de sens. » Nietzsche, évidemment. « Oh, bien entendu, disait-elle, Nietzsche affirme que l'homme souffre si profondément qu'il a dû inventer le rire. Je sais, je sais. Mais tu vois, c'est pour cela que je ne ris pas. Parce que je regarde le monde tel qu'il est. Je n'ai pas besoin de remède pour le supporter. Il est là. Je suis ici. C'est tout. » Les yeux fermés, je buvais ses paroles pendant que ses mains s'occupaient de moi, et j'avais l'impression d'être le sujet d'une expérience divine.

Dans mes lettres à Moïse, je décrivais Judy autrement. Je la disais tendre, joyeuse, évoquais notre relation comme étant sérieuse (« Un peu comme toi et Louise »). Je le connaissais, Moïse. Si je lui avais raconté la vérité, il m'aurait répondu : « À part la baise, *man,* je ne vois pas trop ce que tu fous avec une fille pareille. On dirait une maniacodépressive. »

Ce qui m'attirait chez Judy, c'était son savoir, les philosophes, leurs écoles, elle en parlait de façon si brillante que j'aurais voulu être dans sa tête et me gaver de toutes ces choses incroyables qu'elle contenait.

C'est elle qui m'encouragea à postuler un poste de guide à temps partiel au MoMA. Nous étions en mai 1967, j'étais en troisième année à l'université, les cours m'apparaissaient plus ardus, m'obligeant à étudier de longues heures.

« Pourquoi tu n'en abandonnes pas quelques-uns ? suggéra Judy. Tu les reprendras l'an prochain. »

L'idée était bonne, il fallait maintenant voir si les types du bureau de recrutement local seraient du même avis. On disait qu'ils suivaient de près vos progrès et succès scolaires, et pouvaient, s'ils ne les jugeaient pas suffisants, vous retirer votre statut 2-S avec la froide indifférence d'un tueur à gages. J'avais pris rendez-vous, 61ᵉ Rue Ouest, au bureau qui m'était désigné, et m'étais retrouvé devant deux hommes aux cheveux gris, la soixantaine antipathique, des civils qui faisaient ce travail gratuitement, par devoir patriotique, comme tous les membres des bureaux de recrutement du pays, avec un parti pris indiscutable pour la guerre, même si certains s'en défendaient. Ils m'écoutèrent, le visage fermé, sortirent mon dossier d'un classeur et l'examinèrent longuement d'un œil impassible, c'était angoissant de voir ces types décider de votre sort et donc de votre vie ; le plus posément possible, je leur expliquai que j'avais besoin de travailler pour payer la fin de mes études, ce qui n'était pas tout à fait faux, mes arguments finirent par les convaincre et ils m'accordèrent le sursis.

Je venais de gagner un an de plus à New York. J'obtins le poste de guide et abandonnai deux cours.

Je ne m'en serais jamais douté, mais prendre la parole en public me plaisait bien. J'aimais l'attention que me portaient tous ces gens aussi variés qu'une allée de boîtes de céréales dans un supermarché. Des jeunes, des vieux, des ménagères, des hommes d'affaires, des ouvriers, des touristes, m'écoutant avec un respect quasi religieux, le front plissé, les mains derrière le dos. J'étais plus qu'un simple employé du musée, j'étais quelqu'un ! Quelqu'un qui en savait plus qu'eux, dépositaire de connaissances qu'ils ne posséderaient jamais. Parfois, on aurait dit des enfants quand ils cherchaient à m'impressionner par leurs questions et leurs remarques. « Excellent point », répondais-je. Ou : « Remarque très judicieuse. » Ou encore, si je me sentais un brin flagorneur : « Oh là là, on a un vrai connaisseur, ici. Vous êtes historien (historienne) de l'art ? » Flattée, la personne niait, le sourire triomphant, et me tendrait à la fin une main discrète : « Oh, Roman. Vous nous avez fait passer un si bel après-midi. C'est pour vous. Vous le méritez bien. »

Mon moment préféré ? Quand je les regroupais devant un tableau de Jasper Johns, de sa série des drapeaux américains. Tout de suite, j'avais droit à des airs railleurs : *De l'art, ça ?* Je prenais d'abord à témoin les hommes en cravate et les ménagères d'un certain âge, ceux qui me semblaient avoir voté pour Nixon. « Que ressentez-vous à la vue d'un drapeau américain ? De la fierté ? du patriotisme ? un sentiment d'appartenance à une grande nation ? » Les yeux braqués sur le tableau, ils acquiesçaient avec enthousiasme tandis que le reste du groupe – jeunes, Noirs, étudiants, hippies, touristes étrangers – se crispait. Alors, je me tournais vers eux : « Et vous ? Qu'est-ce que vous voyez ? Notre engagement au Vietnam ? la guerre et les morts ? la ségrégation raciale ? » Et ils hochaient la tête à leur tour, heureux d'y trouver leur compte, sous les regards médusés du premier groupe. Plus mes protégés se laissaient prendre au jeu, plus mon petit numéro obtenait du succès : « Et pourtant, ce n'est que de l'art ! lançais-je pour détendre l'atmosphère. Voilà le génie de Jasper Johns qui, par la représentation d'un objet usuel aussi présent dans nos vies que le drapeau américain, arrive à susciter autant de réactions diverses, viscérales. Assez, maintenant. Suivez le guide… »

Ça roulait pour moi comme ça roulait pour Moïse. Il avait quitté le comité d'aide aux résistants de la guerre pour travailler à temps plein au *Montreal Star,* où il avait commencé à écrire des articles comme reporter. Il avait emménagé chez Louise, dans son appartement de la rue Hutchison, à Outremont, et attendait le moment propice pour la demander en mariage. « Tu imagines, *man*! Moi, Charlie Moses, me joignant à la cohorte des hommes mariés ! »

J'enviais Moïse. Elle était belle, Louise. Une belle fille saine, ça se voyait tout de suite sur les photos qu'il m'envoyait d'elle. Il y avait celle, touchante, où ils s'enlaçaient tous les deux : Moïse, béat d'extase, les yeux pareils à des feux d'artifice, l'image qu'on se fait de la félicité conjugale.

Alors que moi, que formais-je exactement avec Judy ?

« *Come on, man*. Envoie-moi une photo d'elle. » Je ne sais combien de fois Moïse me le demanda, chaque fois je répondais que Judy détestait être photographiée, que ça remontait à loin, même sa mère n'avait pas de photos d'elle petite, ce qui n'était pas vrai. « *Bullshit*, rétorquait Moïse. De deux choses l'une : soit elle n'existe pas, soit tu n'es pas amoureux. »

Dana aimait bien Judy. « Supérieurement intelligente, déclarat-elle. Mais un peu éthérée. » Une fois que nous étions allés dîner tous les deux au Harperley Hall, Dana m'avait pris à part dans la cuisine. « Judy, c'est comme si l'attraction terrestre n'avait aucun effet sur elle, toujours prête à s'envoler de tête et de corps, tu sais, à la manière des personnages de Chagall. Tu es heureux avec elle ?

— Est-ce que j'ai l'air du contraire ? »

Elle m'avait regardé, étonnée. « Quand on veut être convaincant, Romain, on ne répond jamais par une question. »

Étais-je heureux avec Judy ? Le sexe était pas mal, les discussions, sans prix. Assez pour que je m'attache à elle. Mais heureux ? Je ne savais pas. Amoureux ? Non. Pour le moment, j'étais bien. Cela me convenait.

Je me réjouissais pour Moïse, il se réjouissait pour moi. Mais ce qui devait arriver arriva : nos vies désormais différentes, lentement le fossé entre nous se creusa. Moïse s'y connaissait mal en art contemporain, et moi je ne comprenais pas le pays qu'il me décrivait, le mien, avec ses bombes, le Front de libération du Québec, le rêve de l'indépendance ; tout cela sonnait si bizarre à mes oreilles, si loin, comme s'il me parlait de Prague, en pleine révolution à l'époque. Au téléphone, nos conversations n'étaient plus les mêmes, s'entrecoupant parfois de silences malaisés. Nos lettres aussi prenaient par moments une drôle de tournure : « Ha! Ha! Vous êtes pris avec cette sale pute de Nixon. Nous, on a Pierre Trudeau! » Moïse, pétri d'admiration pour ce jeune premier ministre sympathique à la cause des insoumis et des déserteurs du Vietnam, ayant déclaré publiquement qu'il souhaitait que le Canada devienne un refuge contre le militarisme. « Oh, *man*! Le crochet du droit qu'il vient d'envoyer à cet ogre de Nixon! »

Mais quand Trudeau enverrait l'armée au Québec, je me hâterais de lui écrire : « Trudeau contre le militarisme? Et tous ces chars d'assaut dans les rues de Montréal, à quoi servent-ils au juste? À distraire ton premier ministre chéri? »

Là-dessus, il ne me répondrait pas.

Étions-nous en train de nous éloigner l'un de l'autre?

« Tu me manques, *man* », écrivait Moïse à la fin de chacune de ses lettres. Et je pensais aux mots d'un mari qui aime un peu moins sa femme mais tente de la rassurer. « Toi aussi », répondais-je, le cœur un peu triste.

8

C'est dans une sorte d'affolement que j'entamai ma quatrième et dernière année à l'université de New York. *Et après ?* Il fallait bien commencer à me faire à l'idée de rentrer au Québec, c'était ça ou le risque d'être conscrit, comme les autres types bientôt diplômés de la faculté, vingt, vingt et un ans, des emplois de bureau dans l'armée les attendaient, aussi condamnable pour eux que d'être envoyés en Asie du Sud-Est et de tuer des gens innocents. Personne ne voulait cautionner cette guerre monstrueuse.

Toutefois, qu'elle me plaise ou pas, j'avais une option que les autres n'avaient pas. Me plaindre aurait été indécent.

Ma situation était peut-être enviable, cela ne m'empêcha pas de me sentir anxieux. Qui n'éprouva pas une forme ou une autre de détresse en 1968 ? Martin Luther King et Bobby Kennedy, assassinés en l'espace de deux mois. Partout au pays, des émeutes que le meurtre de King déclencha. Des morts, des blessés annoncés tous les soirs à la télé que je regardais, horrifié. Sans compter les piles de cercueils en aluminium que déchargeaient quotidiennement des avions en provenance du Vietnam, rien sur ce front pour nous rendre optimistes, l'enlisement total, même si une majorité d'Américains se disaient à présent contre la guerre, convaincus que Washington était en train de la perdre. À l'université, le désespoir avait gagné le campus, les classes se vidaient, les filles comme les gars séchaient leurs cours pour aller manifester, la plupart des professeurs approuvaient, solidaires avec leurs étudiants et inquiets pour eux. De temps en temps, des gars dont le sursis d'enrôlement allait bientôt expirer disparaissaient. Et pendant que des familles entières affrontaient de réelles tragédies, les candidats à la présidence des

États-Unis distribuaient poignées de main et bonnes blagues, leurs sourires insolents ou faussement attendris quand on leur flanquait dans les bras des bébés pleurnichards au nez encroûté de morve. L'apparition éclair de Nixon à l'émission satirique *Rowan & Martin's Laugh-In* sur fond de rires enregistrés nous donna tous envie de vomir, et de nombreux jeunes se mordaient les doigts de lui avoir donné leur appui sur la promesse qu'il avait un « plan secret » pour mettre fin à la guerre.

Ce fut dans ces moments troubles et survoltés que Dana termina son livre *Women and Arts*.

Dana, étonnamment détendue. Dana, étonnamment sereine. Pas de crise d'insécurité comme à la veille de la sortie de *The Next War* ; son éditeur chez Harry N. Abrams avait bien travaillé, se montrant patient et confiant, si bien qu'elle ne craignait pas les critiques. « Ce n'est pas moi qui me mets en avant. Ce sont ces artistes merveilleuses et Blema Weinberg, l'instigatrice de ce projet ambitieux. C'est tellement reposant ! » Et elle riait.

Reposant ? « Je sais, Romain. Les temps sont durs. Mais l'art et la beauté peuvent nous aider à passer au travers. »

Le résultat était assez spectaculaire. Un grand livre magnifiquement relié avec illustrations en couleurs sur papier glacé et un choix audacieux de couverture : une œuvre de Georgia O'Keeffe, *Slightly Open Clam Shell*, un coquillage pareil à un sexe de femme. L'accueil fut triomphal et le lancement au MoMA très réussi : plus de trois cents personnes, des artistes, des mécènes, des journalistes, des célébrités new-yorkaises telles Jackie Kennedy et Gloria Vanderbilt, du champagne à volonté. La peau du visage rougie par l'excitation, les yeux maquillés comme les orbites d'un boxeur, Blema Weinberg butinait de groupe en groupe, portant fièrement son bébé de beau papier glacé dans ses bras encombrés de bijoux, heureuse de le présenter au monde entier. Dana, légèrement en retrait et enrhumée, un peu pâle quoique radieuse et comblée, parcourait la salle d'un regard amusé : tous ces gens impressionnés et enchantés par… *son* livre ? Judy me glissa à l'oreille : « Je ne l'ai jamais vue aussi belle. » C'était vrai, Dana était tout simplement resplendissante dans sa petite robe noire sexy, chaussures plates, cheveux relevés en chignon.

Le samedi suivant, pour fêter l'événement, Blema Weinberg nous avait conviés à un après-midi champêtre dans les jardins de son domaine à Amagansett. Ce matin-là, Dana s'était levée avec de la fièvre, mais pas question pour elle d'annuler, elle ne pouvait pas faire ça à Blema Weinberg. Foudroyée par le même virus, Ethel – à qui Dana avait consacré un long paragraphe dans *Women and Arts* – déclina l'invitation et garda le lit pendant des jours, soignée par Rosie au Harperley Hall. Quant à Judy, on célébrait ce jour-là l'anniversaire de sa mère. « Tu préfères que je t'accompagne ? » avais-je demandé d'une voix si peu persuasive qu'elle le perçut tout de suite. Elle parut d'abord déçue, puis dit, d'un ton détaché, avec un haussement d'épaules forcé : « T'occupe pas de moi. Vas-y avec Dana. Ce sera pas mal plus excitant que chez mes parents. Tu connais le menu chez les Stern : remontrances, lamentations, culpabilité et poulet rôti. »

Et nous y étions allés tous les deux, Dana et moi, comme autrefois, à l'époque où les choses n'étaient pas très claires entre nous.

J'avais pris le volant de sa nouvelle Austin-Healey 3000, pour qu'elle se repose. Elle était pâle, sa peau translucide rappelait celle de ces femmes blafardes et mélancoliques de la peinture de la Renaissance italienne. Dans l'ascenseur du Harperley Hall, elle avait vacillé sur ses jambes, et j'avais dû la soutenir. Elle avait cherché à me rassurer : l'effet de la codéine que Rosie lui avait donnée ; il disparaîtrait d'ici à notre arrivée dans les Hamptons. Ne serait-il pas plus sage de rester à la maison ? Elle s'était détachée avec brusquerie : « Non ! Pas question ! » L'air de la mer lui ferait du bien, disait-elle.

La journée s'annonçait magnifique, quoique chaude et humide. Nous traversâmes Central Park, descendîmes vers le sud par la 5e Avenue, puis vers l'est par la 42e Rue. Une fois atteinte la I-495, nous filâmes vers Long Island, capote abaissée.

Était-ce le fait de sortir de New York et de respirer un air qui se purifiait au fil des kilomètres ? Ou l'image attendrissante que m'offrait Dana, somnolant dans son siège, ses épaules tournées vers moi, comme une épouse assoupie ? Était-ce le soleil sur ma peau, mes cheveux, ou cette chanson optimiste qui jouait à la radio, *Mrs. Robinson* ? Une confiance soudaine et aveugle dans l'avenir me submergea comme une bouffée d'espoir : je rentrerais au Québec en décembre, pensant déjà aux conversations animées que j'aurais avec mon ami Moïse, et à la belle Louise qu'il me présenterait, l'air si fier que j'en aurais les larmes aux yeux ; je me dénicherais du travail dans un musée à Montréal le temps que cette foutue guerre finisse, et reviendrais à New York reprendre ma place auprès de Dana, Ethel et peut-être Judy. Les choses n'étaient donc pas si terribles que ça. La chance que j'avais, comparé à tous ces pauvres types de mon âge.

« À quoi tu penses ? »

Dana s'était réveillée ; sa tête, lourde, levée vers moi.

« À rien.

— Menteur. Ça n'existe pas, ne penser à rien. »

Je souris, lui pris la main et dis : « Merci pour tout. »

Elle enleva ses lunettes de soleil, tourna vers moi des yeux étonnés. Je repris, d'un ton ému : « Si tu n'avais pas été là, je ne sais pas ce que je serais devenu. »

Elle se redressa dans son siège, se moucha bruyamment. « Qu'est-ce que tu racontes ? »

Je souris de nouveau. « Tu te souviens du garçon timide et ridicule qui avait frappé à ta porte, une boîte de Tampax cachée sous son blouson ? »

Elle éclata de rire. « Mon Dieu ! Ethel et moi en avons ri pendant des jours ! Tu avais été si… touchant ! »

Comme c'était drôle de penser à ce garçon de quinze ans si peu sûr de lui-même, le visage empourpré par la gêne. Sur la route d'Amagansett, le ciel bleu légèrement voilé d'humidité, je songeais à cet adolescent maigre et pataud, me demandant ce qu'il aurait pensé si on lui avait présenté le film de son avenir, une sorte de prophétie, le montrant plus tard à l'âge de vingt-trois ans, heureux et optimiste, au volant d'une Austin-Healey rouge de l'année, filant vers les Hamptons comme vers son destin fabuleux. *C'est moi, ça ? Vous vous payez ma tête ?*

« Si je ne t'avais pas eue, Dana… » Ma voix se cassa sous l'émotion.

Elle effleura ma joue de sa main fiévreuse, que j'attrapai et portai à mes lèvres. Un baiser tendre, pas du tout sexuel. Plus de malaise sexuel entre nous ; plus de désir, ni même le souvenir du désir ;

un sentiment doux et agréable. Elle eut un rire de gamine. « Si tu ne m'avais pas eue, Romain Carrier, tu serais devenu un sale petit pervers ! »

Nous nous esclaffâmes. Puis je lui demandai pardon pour nos disputes au Harperley Hall et mon attitude irrespectueuse par moments. « Je t'aime, Dana. »

Ses yeux s'emplirent de larmes, et elle me dit de me la fermer avant qu'elle ne se mette à pleurer.

Ce matin-là, sur la route d'Amagansett, je me disais que la vie m'avait choyé, sentant que j'avais un avenir, un vrai, et qu'il n'avait pas fini de me faire des cadeaux. Mes études, mon travail au musée n'étaient pas une finalité ; ils m'emmèneraient plus loin, je le savais. Judy non plus n'était pas une finalité ; d'autres femmes incroyables croiseraient ma route, je le savais aussi. J'étais libre, libre, libre. Une volée d'oiseaux tournoya au-dessus de nos têtes, et Dana se remit à rire de bon cœur. Nous étions heureux comme des enfants en vacances, cheveux au vent. Sur la route d'Amagansett, je surfais sur ce bonheur soudain, comme une illumination éblouissante, mystique, sans m'attarder à la couleur, à la dimension et à l'amplitude de la vague sous moi, ni à tous les trésors et au désastre qu'elle charriait avec elle.

9

Un manoir. Un château. Vingt-six pièces en tout. Sans compter la maison des invités. Le domaine de Blema Weinberg s'étendait sur des dizaines d'hectares, avec une vue époustouflante sur l'Atlantique. Les jardins : autant de pays différents que l'on visitait au gré des promenades. Un peu partout dans les roseraies, dans les coins d'ombre et les bassins d'eau, des sculptures grandioses signées Henry Moore, Giacometti, Louise Bourgeois. Un Calder aussi léger et aérien qu'une construction de papier accueillait les visiteurs à l'entrée. Dana et moi en avions le souffle coupé.

Blema Weinberg nous reçut en caftan de soie blanche, maquillée à outrance, ployant sous les colliers et les émeraudes, une grotesque copie de Liz Taylor dans *Cléopâtre*. Elle gesticulait d'excitation, glapissait de plaisir : « Bienvenue ! Bienvenue, mes chéris ! Oh, je suis si contente de vous avoir avec moi ! N'est-ce pas fantastique ? Quelle belle journée ! Comment était la route ? » En apercevant Dana, elle se précipita vers elle, les bras grands ouverts – « Oh, Dana ! Merveilleuse Dana ! » –, la serra si fort contre elle que son parfum entêtant colla à ses vêtements le reste de la journée. « Venez, insista-t-elle. Venez. J'ai quelque chose à vous montrer. »

En pénétrant dans l'immense hall, Dana poussa un cri. Une dizaine d'œuvres reproduites dans *Women and Arts* étaient accrochées aux murs. Blema Weinberg les avait fait venir par camion et installer par du personnel du musée. Des Krasner, des O'Keeffe, des Escobar, des Nevelson, des DeFeo. D'un simple claquement de doigts, elle les avait fait sortir des musées et des galeries, aussi facile pour elle que de héler un taxi. Les invités franchissaient la porte, sifflaient d'émerveillement, et Blema Weinberg gloussait, triomphante.

Des artistes, dont les femmes de *Women and Arts*, placotaient au bord de la piscine, un verre de champagne à la main. J'aperçus Roy Lichtenstein et James Rosenquist, que Blema nous présenta en roucoulant. Une poignée d'invités s'amusaient à se perdre dans le labyrinthe de conifères ; on les entendait rigoler : « Il y a quelqu'un ? Où es-tu ? » Sous de grandes tentes blanches, d'immenses tables dressées pour un mariage royal croulaient sous les victuailles : saumon fumé, blinis, caviar, brochettes de poulet, salades. Un festin. Excitée, Blema Weinberg nous prit à part, Dana et moi, pour un tour du propriétaire. Elle nous parla de son mari, mort d'une longue maladie ; c'est lui qui avait fait construire ce domaine pour elle. Elle avait trois garçons, tous mariés, avec enfants. Ils venaient de temps en temps à Amagansett, mais pas assez souvent. « Pourtant, dit-elle tandis que nous étions à l'étage et qu'elle nous conduisait à travers un dédale de pièces et de chambres à coucher, il y a de la place pour tout le monde. » Je les comptai, il y en avait huit. Huit chambres toutes aussi lourdement décorées les unes que les autres, avec lits à baldaquin et tentures massives. « Restez dormir ce soir, supplia-t-elle. Ça me ferait tellement plaisir. J'aime quand elle est habitée, cette maison. » Mais Dana, les yeux fiévreux, mouchant délicatement son nez irrité, déclina poliment l'invitation. Dans l'état où elle était, elle préférait dormir à New York. « Je ne compte pas rentrer tard, Blema. Je suis sincèrement désolée. Romain me ramènera dès que je me sentirai trop fatiguée.

— Oh, pauvre Dana ! Bien sûr. Je comprends très bien. »

Et Blema Weinberg eut l'air déçue.

« Quelle belle journée, les amis ! Quelle merveilleuse journée, n'est-ce pas ! »

Dans le jardin, un orchestre de jazz faisait danser les invités. Blema Weinberg riait, battait des mains. Dana s'était jointe au petit groupe qui discutait à l'ombre autour de la piscine : Marisol Escobar, Jay DeFeo, Dana Feldman, trois brunes séduisantes aux yeux de braise, papotant d'art avec passion. Quel tableau ! J'en profitai pour m'éclipser, attiré par l'océan ; le bruit, l'agitation et la démesure de New York pouvaient parfois faire penser à la mer ; l'entendre gronder comme ça, à quelques mètres de moi, me fit comprendre à quel point *la vraie* m'avait manqué.

Le fleuve de mon enfance, si large qu'on l'appelait la mer.

Je marchai jusqu'au fond du jardin, descendis un petit escalier de cèdre et me débarrassai de mes chaussures pour sentir le sable chaud entre mes orteils. Des enfants jouaient dans les vagues ; des hommes et des garçons se lançaient un ballon ; des femmes se prélassaient au soleil, luisantes comme de petites sardines dans l'huile. La brise poussa jusqu'à mes narines une odeur parfumée de coco. Je m'assis dans le sable et contemplai cette monumentalité plus vaste encore que ma mer à moi, à Métis Beach, et fermai les yeux. Cherchant dans ma mémoire quelque chose qui me ramènerait à un état nostalgique, sans rien trouver. Convoquant le visage de Gail, faisant rejouer le film de cette nuit fatale de 1962 sans éprouver de peine ni de culpabilité. Comme un spectateur neutre. Étais-je guéri ? Plus de cicatrice ? Les yeux fermés, je savourai cet instant de plénitude, me laissant bercer par les rugissements apaisants de l'Atlantique.

« Vous permettez ? »

J'ouvris les yeux : c'était une des filles de la fête qui accompagnait Lichtenstein et Rosenquist. Une brindille blonde aux yeux bleus de poupée maquillés à la mode, d'un épais trait de khôl.

« Je vous en prie. »

Elle s'assit à côté de moi, contempla longuement la mer, puis dit, avec un accent à la Petula Clark : « Votre nom ?

— Romain Carrier.

— Felicia Jackson.

— Enchanté. »

Elle eut un sourire vague. « Vous en voulez ? »

Dans la paume de sa main, une cigarette qu'elle avait sortie de nulle part.

« Qu'est-ce que c'est ?

— Haschisch. »

Je dis avec sarcasme : « Vous allez fumer ça devant ces gentilles familles ? »

Elle haussa les épaules. « Tous ces gens boivent bien, non ?

L'alcool est socialement acceptable, et pourtant il fait des ravages. J'en sais quelque chose, je suis britannique. » Son visage s'assombrit comme si de mauvais souvenirs la rattrapaient soudainement. Elle enfourna la cigarette dans sa bouche, l'humecta avec sa langue. « Alors que ça, ça ne fait de mal à personne. »

Elle se mit dos au vent pour l'allumer. Je n'avais jamais fumé de haschisch, pas même à l'université, ni avec Moïse qui détestait l'odeur – « une odeur de déchéance, *man*, de crotte de chameau ». Les occasions n'avaient cependant pas manqué à Washington Square, mais l'idée d'avaler de la fumée – comme le faisait Dana toute la journée avec ses Kool – me rebutait.

« Allez, essayez. Vous ne le regretterez pas, je vous le promets. »

Sa voix sexy flirteuse. Elle s'était approchée de moi, m'avait tendu le joint. Je pris quelques touches pour ne pas avoir l'air du gars qui n'est pas dans le coup ; la fumée, âcre, me brûla instantanément la gorge. Elle le reprit, tira dessus longuement et me l'offrit de nouveau. J'allais refuser, quand elle posa une main sur mon épaule, la glissa sur ma nuque puis dans mes cheveux, et je me sentis basculer, trop excité soudain pour résister, et me retrouvai à l'embrasser sur les lèvres, sa bouche, sa langue, des baisers qu'elle me rendit avec tant d'avidité qu'on aurait presque dit de la détresse, et cette envie folle, irrépressible de prendre dans mes mains ses seins, de les palper et de sucer leur bout bandé sous sa robe et d'enfoncer mes doigts en elle pour la faire jouir sur la plage, comme ça, devant tous ces gens. Elle riait, des yeux étranges aux pupilles dilatées, et je riais, nageant dans une sorte d'hébétude voluptueuse, le cerveau embrouillé par le premier, puis le deuxième joint qu'elle venait d'allumer.

« D'où tu arrives comme ça ? »

Au bord de la piscine, Dana, le teint pâle, les yeux fiévreux, m'attrapa par le bras.

« Tu as une sale tête. Va te rafraîchir un peu. Nous partons.

— Maintenant ? »

Elle me dévisagea, l'air sévère, soupçonneux. « Qu'est-ce qui t'arrive ? Tu as bu ou quoi ?

— Tu m'as vu boire ?

222

— Encore une question comme réponse !

— J'étais sur la plage. Je n'ai pas pris une seule goutte. »

Elle grommela quelque chose, se moucha. « Alors, qu'est-ce que tu as dans ce cas-là ?

— Rien. Je suis OK, je te dis.

— Tu as intérêt. Je suis fatiguée. C'était l'entente entre nous. »

Mais je n'étais pas OK. Mon cœur battait trop vite, une sensation bizarre, presque inquiétante, d'oppression dans ma poitrine. Et Felicia qui avait disparu après que ce type furieux se fut mis à nous hurler dessus, provoquant un attroupement autour de nous, des hommes et des femmes, leurs bouches ouvertes comme s'ils étaient perdus, des enfants apeurés à demi cachés derrière eux. J'étais torse nu, ma chemise avait disparu, la boucle de mon pantalon était défaite, la fermeture éclair ouverte, plus d'une heure que nous nous pelotions sur la plage. « Répète, ma jolie ! Répète ce que tu viens de dire ! criait l'homme au maillot noir, un gars costaud aux jambes musclées. – Va te faire foutre ! lui lança Felicia. Tu as très bien entendu, crétin ! » D'une main robuste, il m'avait attrapé par la ceinture, redressé sur mes jambes. « Tu fous le camp avec ta pute ou j'appelle la police ! » Felicia pouffa, et moi aussi, un rire incontrôlable, convulsif, une vieille bagnole qui hoquette juste avant la panne sèche, et nous avions détalé, titubant, trébuchant dans le sable brûlant. Et Felicia s'était volatilisée dans les jardins de Blema Weinberg.

Autour de la piscine, des invités nous dévisageaient, l'impression qu'ils me jugeaient sévèrement, lisaient dans mes pensées. Dana s'était levée et me tendait les clés de la Austin-Healey. « Oh non ! Déjà ? » Blema Weinberg se montra déçue de nous voir partir, quoique comblée par sa journée et compréhensive face à Dana. Elle nous raccompagna jusqu'à la Austin, ne cessant de dire à Dana combien elle était heureuse de *Women and Arts* et qu'elle avait d'autres projets pour elle. Ses caquètements interminables à donner le tournis. Et ses regards suspicieux chaque fois que je perdais l'équilibre dans la grande allée gravillonnée. Je les suivais, m'efforçant de marcher le plus droit possible, me demandant comment j'allais faire pour conduire.

Dana l'embrassa, et nous montâmes dans la voiture. Mes mains tremblantes mirent quelques instants à trouver le contact, et Dana se montra exaspérée. Le moteur ronfla enfin, et Dana se carra dans son siège. Blema Weinberg nous envoya la main du haut des marches de son manoir ; le Calder illuminé flottait comme un papillon gigantesque dans l'air humide, brumeux. La nuit tombait.

Les jambes molles, le cœur battant, j'engageai prudemment la Austin dans l'allée, pris à droite pour rejoindre la route 27. La tête me tournait, une sensation de film au ralenti qui ne voulait pas se dissiper. Je fis monter la Austin à quatre-vingt-dix kilomètres à l'heure, avec la nette impression de conduire en touriste, puis à cent, cent dix, cent vingt, et toujours cette sensation de faire du surplace. Le pare-brise se voila d'humidité, de mouches écrasées. La lune brillait au-dessus de nous, mais pas assez pour bien éclairer la route. « Hé ! » Dana se redressa, les ongles plantés dans le tableau de bord. « Ralentis, bon Dieu ! Qu'est-ce qui te prend ? » Elle agrippa mon avant-bras, serra fort. « Tu vas trop vite ! Range-toi immédiatement ! » Mais j'étais incapable de réagir, mon cerveau, mes membres ne répondaient pas, paralysés. Dana criait, me frappait avec ses poings. Mes pieds maladroits cherchèrent la pédale de frein ? d'accélérateur ? et la Austin-Healey se mit à déraper sur la route. « Freine, bon Dieu ! Freine ! » Devant nous, un restaurant de fruits de mer, avec quelques voitures de clients. « Arrête-toi ici ! *Ici*, j'ai dit ! » Et la Austin dérapa de nouveau, entra à toute allure dans le stationnement, glissa dans le gravier en le faisant gicler, tourna sur elle-même et finit sa course contre une rangée de poubelles, devant l'air ahuri d'un employé qui grillait une cigarette.

Dana descendit de la voiture, hystérique. Elle tremblait de fièvre et de colère. « Tu aurais pu nous tuer ! C'est ce que tu voulais ? Nous tuer ? Ce n'est pas vrai que tu es en état ! Sors de là ! »

Péniblement, je me hissai hors de la décapotable, en fis le tour en m'agrippant à la carrosserie et me laissai tomber dans le siège du passager.

« Idiot ! » lança Dana avant de s'installer au volant et de démarrer en trombe.

Après, je ne sais plus. Je me souviens d'avoir été réveillé par une violente secousse. Devant, les appels de phares désespérés d'une voiture fonçant droit sur nous. Derrière le volant, Dana s'était endormie, le menton sur la poitrine. D'un geste brusque, comme un réflexe, j'empoignai le volant et donnai un coup à droite. Dana sursauta, hurla de terreur, et la Austin-Healey zigzagua sur la route, folle, déréglée. Au loin, des phares pareils à des yeux de créatures inquiétantes, clignaient, insistants, éblouissants. Puis nos cris d'épouvante, le crissement des pneus sur la chaussée tiède et le fracas de la tôle.

Puis, plus rien.

10

« Que s'est-il passé, Romain ? Je t'en prie, dis-le-moi ! »

À Ethel, affolée et inconsolable, je n'avais pas de récit logique à offrir des événements tragiques. Que des flashs. Des souvenirs furtifs, éparpillés comme des cartes soufflées par le vent du destin, destructeur et sans pitié. Mon réveil dans un fossé. La sensation chaude et visqueuse du sang sur mon visage, dans ma bouche. Un silence à donner froid dans le dos, puis un grincement sinistre dans l'obscurité : les pneus de la Austin-Healey sur le dos, tournant dans le vide. « Dana ? Dana ? » La respiration bruyante, profonde de la mer tout à côté. Le ricanement des oiseaux de nuit. J'ai mal partout. Je n'arrive pas à me relever. Non, j'arrive à marcher. Je marche jusqu'à la route. Une musique étrange joue dans l'air saturé d'humidité. Je ne sais pas d'où elle vient : « Cours, cours, mon cheval… Cours, cours, mon cheval… » J'attends les secours. Des phares se pointent au loin et je fais de grands signes pour attirer l'attention. J'ai de la chance : c'est une auto-patrouille. (On me dirait plus tard que les policiers du comté de Suffolk, Long Island, m'avaient trouvé inconscient dans un fossé.) Mes yeux voilés de sang distinguent mal une forme adossée à un arbre. Je crie aux policiers (encore le fruit de mon imagination) : « Aidez-la, vite ! C'est Dana Feldman, la célèbre féministe ! » avec une pointe de vanité dans la voix. Les deux policiers se regardent, intrigués ? horrifiés ? Les oiseaux ricanent plus fort. « Dana ? Dana ? » Mes yeux dans l'obscurité n'arrivent plus à voir. Une cacophonie de sirènes et de voix fortes chassent le silence autour de moi. Le hurlement des ambulances. Le visage grave des ambulanciers, leurs gestes précis, rapides. Le clic-clic des civières qu'ils déplient. Le bien-être que me procure la couverture que l'on dépose sur mon corps allongé. J'ai froid et pourtant il fait chaud. Mon transport à l'urgence violemment éclairée de l'hôpital du Bon Samaritain, à West Islip. Des ordres criés, des pas empressés autour de la civière de Dana. Je ne la vois pas, mais je sais qu'elle est là. On nous sépare. Je veux protester, mais n'en ai pas la force. Couché sur ma civière, je n'attire pas autant de personnel. On est plus calme avec moi. Beaucoup plus calme. On s'affaire sur moi, on m'ausculte, on me pose des questions, je réponds par oui, par non. Je n'ai plus mes vêtements. Je ne sais pas quand et comment on me les a enlevés. « Vous avez de la chance », me dit le médecin. Une profonde coupure au front nécessitant quelques points de suture, des contusions aux bras et aux jambes, et une blessure un peu plus grave à l'œil droit, une lacération de la cornée.

Et Dana ? « Il faut vous reposer. Vous avez subi un choc. »

Je n'aime pas la réponse du médecin. Je répète, agité : « Dana ? Comment va-t-elle ? – Ne vous en faites pas. On s'occupe d'elle. »

De sa voix douce mais ferme, il m'ordonne de me tourner sur le ventre, me fait une piqûre dans la fesse. Deux policiers entrent dans la pièce. Ils veulent me parler. Ils demandent si je suis de la famille de Dana. Non, je leur réponds, mais c'est tout comme. Je veux leur en dire plus, leur expliquer que je suis comme son fils, que nous nous adorons, que nous avons déjà été amants, on l'a même écrit dans les journaux, mais une grande fatigue me submerge. « On doit joindre quelqu'un de sa famille, dit l'un des policiers. Vous connaissez ses parents ? Ses frères, ses sœurs ? Ses enfants ? » La voix est insistante, presque menaçante. Mon esprit s'embrouille : la piqûre fait son effet. D'un signe de tête, le médecin m'encourage à répondre. D'une voix molle et pâteuse, je leur raconte que les parents de Dana sont morts, mais qu'il y a sa sœur Ethel, et leur dicte le numéro de téléphone du Harperley Hall, où Rosie la soigne. L'autre flic prend des notes dans un carnet. Sentant que je bascule dans l'inconscience, je m'accroche et crie : « Pourquoi ? » Et les yeux graves des deux policiers m'évitent, et je sais ce que ça veut dire.

Les obsèques de Dana se déroulèrent dans la plus pure tradition juive, le surlendemain de sa mort, trente-six heures après, pour être

227

précis. Tout devait se faire très vite ; Mark, son fils, l'avait ordonné. C'était brutal, précipité. Un train que vous devez prendre, mais qui passe devant vous à vive allure, sans s'arrêter.

Elle-même juive bien que non pratiquante – « On mesure l'intelligence d'un individu à la quantité d'incertitudes qu'il est capable de supporter, Romain » (Kant, cette fois-ci) –, Judy savait que chez les juifs, on ne perdait pas de temps avec les morts. Elle m'apprit qu'Ethel avait téléphoné à Mark à Londres, qui avait joint un rabbin de New York, lequel pendant la nuit s'était empressé de donner ses consignes aux policiers du comté de Suffolk ainsi qu'au personnel de l'hôpital de West Islip : rapatriement rapide de la dépouille à Manhattan, pas d'autopsie (par respect pour le corps), pas d'embaumement, ni de crémation, ni de cercueil ouvert, ni de fleurs (on ne tue pas inutilement des créatures de Dieu pour honorer un mort). En peu de temps, tous furent mis au courant, la famille, les amis, et Mark et sa femme Sarah arrivèrent de Londres le soir même, et le lendemain matin, nous étions tous réunis à la Central Synagogue dans Lexington Avenue, hébétés, les traits tirés, les yeux rougis, encore sous le choc, et lorsque les chants déchirants du rabbin emplirent la salle, Ethel, déjà affaiblie par la grippe, s'écroula sur son banc, deux femmes accoururent vers elle et lui portèrent de l'eau, et je m'effondrai à mon tour, et pleurai, pleurai toutes les larmes de mon corps.

J'aurais accompagné Ethel jusqu'au cimetière, mais Mark – que je rencontrais pour la première fois – m'en dissuada d'un simple regard, noir et sans pitié. De toute évidence, je n'étais pas le bienvenu dans la limousine des Feldman. Je rejoignis Judy dans la Ford Fairlane de son père, et nous suivîmes, sous la pluie qui commençait à tomber, le long cortège jusqu'au cimetière Machpelah, dans Queens, là où les parents de Dana avaient été enterrés.

Mon front pansé, mon œil droit pansé ; j'avais l'impression que la tête allait m'éclater. Des élancements furieux que les pilules du médecin auraient pu amortir si je ne les avais pas délibérément jetées dans les toilettes pour me punir. Et ces attaques d'anxiété qui m'assaillaient depuis l'accident : sueurs froides, palpitations, sensation de picotement dans les bras, poitrine oppressée. Et la voix de Dana qui me tourmentait sans cesse, impossible de la refouler : *Tu as bu ou quoi ? Ce n'est pas vrai que tu es en état !* Et cette dernière image d'elle qui m'obséderait le reste de mes jours, peut-être le fruit de mon imagination et pourtant si réelle et terrifiante : une poupée de chiffon au cou disloqué, adossée à un arbre. À devenir fou.

« Je deviens fou, Judy. »

Au volant de la Ford Fairlane, Judy tourna vers moi des yeux chagrinés.

« Non, Romain. Ça s'appelle de la peine. Tu es affligé, triste à mourir, mais tu n'es pas fou. »

Et de la même façon malhabile que les quelques personnes qui m'avaient serré dans leurs bras à la synagogue (des amis de Dana, dont Burke), elle tentait de me réconforter. « Tu n'y es pour rien. Ça arrive à des milliers de personnes. Ça pourrait aussi nous arriver, là, tout de suite. Un bête accident. » De nouveau, elle tourna la tête. « Ça va ? Je ne t'ai jamais vu aussi pâle. Tu veux qu'on arrête boire ou manger quelque chose ? Tu n'as rien avalé depuis deux jours. »

Non. L'idée de la nourriture me soulevait l'estomac.

Devant nous, une Cadillac noire dans laquelle se trouvaient des cousins ou des tantes ou des oncles de Dana, je ne sais plus. Derrière nous, la Bentley argentée de Blema Weinberg, conduite par son chauffeur. À la synagogue, elle m'avait à peine salué, ce regard sombre qu'elle m'avait jeté, sous-entendant qu'*elle savait* qu'il ne s'agissait pas d'*un triste accident,* ainsi que le rabbin et tout le monde l'affirmaient, atterrés. Elle m'avait vu tituber, avait remarqué mes mains tremblantes qui n'arrivaient pas à introduire la clé dans le contact.

Sur le pare-brise, les gouttes de pluie s'écrasaient, éclatant en milliers de petites explosions, happées aussitôt par les essuie-glaces – je fermai les yeux – comme l'avait été la Austin-Healey par le pick-up Dodge Ram que des témoins affirmaient avoir vu et que la police recherchait toujours.

Un simple et malheureux accident ? Tous ces gens qui adoraient Dana et que je leurrais. J'étais incapable d'imaginer la fin de ce cauchemar.

Judy dit : « Tu sais ce que Nietzsche disait sur la mort ?

— Je t'en prie, Judy. Fous-moi la paix avec Nietzsche et les autres. J'en ai rien à foutre de leurs conneries de philosophes. Je suis en train de devenir dingue, merde! »

Elle se raidit, les yeux fixés sur la route. Elle dit d'une petite voix blessée : « Je suis aussi démolie que toi. Mais qu'est-ce que tu veux que je te dise? Que c'est un cauchemar? Que c'est la fin de ta vie? Que tu ne survivras pas à ça?

— S'il te plaît, Judy. Tais-toi. »

Et nous nous rendîmes en silence au cimetière Machpelah, dans Cypress Hills Street, sans plus nous adresser la parole. En fin d'après-midi, elle me déposa devant chez moi, Perry Street, dans West Village. Je descendis de la Ford Fairlane sans l'embrasser ni lui dire au revoir.

11

« Reste avec moi, Romain. Ne t'en va pas. Prends-moi dans tes bras. »

Ethel s'était installée dans mon loft, incapable de rester seule chez elle ou de s'établir au Harperley Hall, dans les affaires de Dana, même si Rosie se serait occupée d'elle comme de sa fille. Je nous préparais des spaghettis ou des *grilled cheese* avec de la soupe Campbell et des biscuits soda, mais l'appétit n'y était pas. En revanche, nous buvions beaucoup : de la Schlitz le matin, de la vodka à partir de midi, des fois plus tôt.

J'avais chargé Judy d'annoncer au Musée que je démissionnais. Judy tenta de m'en dissuader : « Ils te donnent le temps qu'il faut pour te remettre. Ne sois pas idiot, pas de coup de tête. » Mais je ne pouvais pas retourner à ma vie d'avant comme si rien ne s'était passé. Comme je ne pourrais plus jamais m'accorder le droit d'éprouver du plaisir et, dans cet esprit, j'annonçai à Judy que c'était terminé entre nous.

« Tu ne dois pas t'isoler, Romain !

— Si, Judy. C'est de ça que j'ai besoin. D'être seul. Je ne mérite personne. »

Il n'y avait qu'Ethel que j'acceptais de voir. Ethel qui, toujours grippée, passait ses journées dans mon grand lit, et quand elle m'appelait de sa voix malheureuse et enrouée, j'allais me coller contre elle, en cuillère, et nous écoutions en silence la rumeur qui s'élevait de la rue : des camions à ordures, des livreurs et, pas très loin, par moments, des enfants qui s'amusaient. Bref, la vie qui continuait, et nous avions l'impression d'être hors du temps, dans une galaxie lointaine, avec notre peine que personne ne pouvait nous enlever. Nous fîmes l'amour quelques fois, en pleurant. Maladroits, nous cherchions à nous perdre l'un dans l'autre, et dans l'autre nous cherchions des morceaux de Dana. Mais après un certain temps, je refusai. Ethel me regarda, le visage ruisselant de larmes, et baissa les yeux. Elle comprenait. Elle ne m'en voulait pas. Elle savait que c'était la chose à faire. Nous le savions, tous les deux.

« Il faut apparemment l'accepter, disait Ethel, inconsolable. Je ne sais pas si j'y arriverai, Romain… » Elle toussait beaucoup, une toux grasse, déchirante. « Tu crois que l'heure de Dana était venue? Que c'était tout simplement ça? Et qu'il ne faut pas chercher à *comprendre*? »

Son heure était venue. Dans les moments où elle parvenait à se ressaisir un peu, Ethel s'accrochait à ces mots vides de sens comme à un bout de bois flottant en pleine mer déchaînée, et cela semblait la réconforter. Alors, de quel droit lui aurais-je enlevé ses illusions? De quel droit lui aurais-je raconté la vérité?

Il ne me restait plus qu'à vivre avec mon secret.

C'était ma punition.

Terrifié, je m'étais retrouvé avec les autres dans le bureau de ce notaire, Sam Waller, l'allure austère et digne des tableaux de James Wood, qui allait dévoiler comment Dana avait évalué notre place dans sa vie. Car c'est bien le calcul que nous faisons lorsque nous héritons d'un proche : les plus gros morceaux ne vont-ils pas aux êtres les plus aimés?

« Non, Ethel. Je ne peux pas.

— Comment, tu ne peux pas? Ce sont les volontés de Dana! Un peu de respect, je te prie!

— C'est au-dessus de mes forces. Ce n'est pas ma place. Ne m'impose pas ce supplice… »

Je suis son assassin, bon Dieu!

« C'est un supplice pour tout le monde, Romain Carrier! »

Le notaire Waller nous avait à peine invités à entrer que Mark et Sarah se faufilèrent jusqu'aux fauteuils de cuir près de la fenêtre, pas de poignée de main ni de politesse, ils prirent leurs aises avant tout le monde et, quand nous fûmes tous assis, Mark se mit à parler de moi comme si je n'étais pas dans la pièce et qu'une mauvaise odeur flottait : « Qu'est-ce qu'il fait ici, celui-là ? » Tout de suite, j'eus envie de m'enfuir ; Ethel le sentit puisqu'elle attrapa mon bras et serra fort. Le notaire Waller toussa, se moucha, et dit froidement qu'il appliquait les volontés de sa mère et que « Monsieur Carrier faisait partie de ses légataires ». Mark grimaça.

Sa ressemblance avec Dana me troubla. Les yeux, surtout. Noirs, pénétrants. C'était un assez bel homme à l'autorité redoutable, on pouvait le deviner à l'air de supériorité qu'il se donnait, laissant entrevoir qu'il pouvait défendre avec violence ses idées, son mode de vie, son Dieu. Costume sombre, barbe, kippa. Sa femme, sans beauté et aux chairs généreuses (vingt-cinq ans et déjà quatre enfants), portait la perruque. À la façon dont leurs mains s'agitaient sur leurs genoux, sur les accoudoirs, on savait qu'ils étaient nerveux.

Assis dans ce bureau sombre et lugubre de la 33e Rue Est, nous écoutâmes, tendus, le notaire Waller, troisième du nom et honorable représentant de la profession pour une troisième génération – c'était fièrement indiqué sur le mur derrière lui –, lire le document d'une voix neutre et morne, butant parfois sur les mots, mais jamais sur les chiffres, tandis que le sang battait furieusement dans mes tempes et que Sarah et Mark Feldman le dévisageaient grossièrement, comme s'ils avaient affaire à un voyou de qui ils attendaient les aveux.

Dana valait un peu plus de deux millions de dollars, une belle fortune à l'époque, et je me sentis aussitôt pris de nausées.

À son fils et à ses petits-enfants, Dana léguait plus d'un million en argent et en titres, dont Ethel dirait après, rageant : « Je veux bien que ce soit l'argent de son père, mais il y a des limites ! » Il fallait les voir triompher, Mark et sa femme, d'un sourire satisfait, que les annonces suivantes effacèrent, cependant. De sa voix terne, le notaire déclara que Dana léguait à Ethel son appartement au Harperley Hall et tout ce qu'il contenait, y compris les tableaux de grande valeur – un Braque, un Soutine, un petit Dalí et quelques Franz Kline –, et sept cent mille dollars en titres. « Et à Romain Carrier, je laisse… » Mon nom prononcé, comme si l'on venait de me frapper au visage. Une valse de mots et de chiffres, et une sorte de brouillard. Combien ?… Mille dollars ? dix mille ? trente ? Non… *Cent mille dollars !* Cent mille dollars reçus comme un coup de couteau dans le ventre. Et un autre coup, encore, quand il fut question de la maison de Métis Beach, la victorienne que le grand-père McPhail avait fait construire et que Dana aimait tant : « Pour que tu gardes un lien avec ton coin de pays… » Des mots terriblement touchants de Dana, lus par un inconnu à la voix cruellement morne.

Tout ça à… moi ? *De grâce, punissez-moi ! Ne me récompensez pas !*

« Non… Je vous en prie… Je ne peux pas accepter…

— Ces sont les volontés de Dana ! » coupa Ethel, choquée.

Sourd à nos réactions, le notaire continua de lire le testament à travers ses épaisses lunettes, tournant les pages en mouillant son doigt, comme s'il goûtait la saveur de toute une vie essentiellement comptabilisée en biens, titres et argent.

Ethel hérita des droits de *The Next War* et de *Women and Arts*, ce qui allait lui rapporter un joli magot avec le temps. Mark, qui avait déjà pressenti, calculé l'immense potentiel pécuniaire des œuvres de sa mère, protesta, encouragé par Sarah : « Il doit y avoir une erreur… » Ethel s'étrangla, outrée : « "Une erreur ?" C'est ce que tu viens de dire ? Ses livres que tu appelais avec mépris *bêtises féministes* ? » Elle frissonna de dégoût, toussa. « *Aleha ha-shalom* – paix à son âme. »

Le notaire parlait à présent de petites choses qui ne nous concernaient plus : une pension à vie pour Rosie, le règlement de quelques dettes. Puis ses grandes mains noueuses remirent en ordre les papiers sur son bureau, le signal qu'il avait terminé avec nous. Il se leva, nous tendit une main franche, que Mark et Sarah refusèrent de serrer. « Tout sera réglé et distribué selon les volontés de la défunte.

— Pas avant que mes avocats s'en mêlent », dit Mark.

Le notaire Waller eut un sourire pincé. « Ça ne me regarde plus, monsieur Feldman. Si c'est votre désir, adressez-vous aux tribunaux. Ce sera à eux de trancher. »

Il ouvrit la porte, Ethel attrapa ma main, et nous sortîmes.

« Hé, le gigolo. »

Gigolo ? C'est bien ce qu'il avait dit ? Je fis mine de ne pas entendre, continuant à marcher vers la sortie.

« Laisse-nous tranquilles, dit Ethel.

— Hé, reprit Mark. Je n'ai pas fini avec *lui*. »

J'allais m'engouffrer dans l'ascenseur avec Ethel quand je sentis sa main sur mon épaule, une main ferme, hostile, qui me fit serrer les poings. « Tu crois vraiment pouvoir t'en sortir comme ça ? Jamais la maison de mon grand-père ne sortira de la famille McPhail, tu entends ? »

Ethel s'indigna : « Ah ! C'est quand la dernière fois que tu y es allé ? Tu as toujours détesté cette maison ! Une maison de ploucs, tu disais ! Dans un endroit et un pays de ploucs, tu disais ! » Elle était hystérique, à présent. « Comment oses-tu te réclamer de ton grand-père McPhail quand tu as renié son nom, *Mark Feldman* ! »

Elle empoigna mon bras. « Viens, Romain. Oublie-les. C'est la dernière fois de notre vie que nous les voyons. » L'ascenseur avait poursuivi sa route. Énervée, Ethel appuya furieusement sur le bouton pour le rappeler. « Allez ! s'impatienta-t-elle. Plus vite ! »

Mark reprit, avec un ton de menace : « Toi, tu n'es pas au bout de tes peines. Je sais que tu étais au volant ce soir-là. »

Je blêmis.

« Viens, Romain. Prenons plutôt l'escalier. »

Mais Mark, plus petit que moi, mais plus large, me bloqua le passage, un doigt vengeur sous mon menton. « Blema Weinberg vous a vus partir. Elle m'a dit que tu avais l'air bizarre, dans un état pas normal. J'ai demandé à la police d'ouvrir une enquête. C'est toi qui l'as tuée. Tu as tué ma mère ! »

— Non ! hurla Ethel. C'était un accident ! »

Mes mâchoires se crispèrent. Les policiers savaient que je conduisais au départ d'Amagansett. Je leur avais raconté que Dana avait pris le relais parce que j'avais un peu trop bu, le seul mensonge de ma déposition. Les policiers s'étaient même rendus au restaurant de fruits de mer pour interroger l'employé qui fumait dans le stationnement. Tout ça avait été dit, corroboré, enregistré. Pour la police, je n'étais pas un suspect. Pour la police aussi, c'était « un malheureux accident ».

Mais quelle différence : *j'étais coupable de toute façon.*

« Tu l'as tuée ! Tu vas le payer cher ! La justice s'en chargera, et la colère de Dieu sera terrible à ton endroit !

— Tais-toi! cria Ethel. *Tais-toi!* »

Et là, une embardée se fit dans ma tête. Violemment, je poussai Mark contre le mur, et Sarah se mit à crier. Le notaire Waller jaillit, furieux, de son bureau et nous ordonna de quitter les lieux. Tremblante, Ethel m'attrapa la main et m'entraîna dans l'escalier. Fou de colère, Mark lança : « Tu ne t'en sortiras pas comme ça! C'est une promesse que je te fais! »

Comme elle avait refusé de prendre l'avion, j'allai la cueillir à Grand Central, un bouquet d'œillets à la main.

Partout des embouteillages, des touristes, et les gares prises d'assaut. Dans la 5ᵉ Avenue, le grand défilé du Columbus Day tirait à sa fin, on entendait au loin la clameur et les fanfares au-delà de la 67ᵉ Rue, et déjà des employés municipaux au visage impassible s'affairaient à nettoyer les lieux. En observant la foule qui se dispersait, j'eus une pensée pour Moïse qui, à chaque défilé, disait : « Est-ce que tous ces gens savent ce qu'ils célèbrent ? Christophe Colomb ? Le premier immigrant illégal en Amérique. »

Le train en provenance de Montréal s'était vidé de ses passagers, et personne qui lui ressemblait. Si elle avait changé d'idée ? Si elle s'était trompée de train ? d'heure ? de jour ? La déception me gagnait quand, soudain, dans la cohue, quelque chose de familier attira mon attention : l'affreuse capeline jaune à larges bords qu'elle réservait pour les grandes occasions.

Pour le voyage le plus lointain, le plus exotique de sa vie, ma mère s'était faite belle.

J'accourus vers elle, le cœur serré. Elle m'aperçut, et son sourire incertain tourna à l'eau. J'allai la serrer dans mes bras ; elle se dégagea comme un animal pris au piège. Six ans que nous ne nous étions vus, et j'avais oublié qu'on ne s'étreignait pas à la maison.

J'attrapai sa valise, une vieille valise en faux cuir qui n'avait pas voyagé plus loin que Québec. Elle dit, comme si j'étais un enfant qui s'était sali et qu'elle en était vexée : « Ton front. Qu'est-ce que t'as au front ? Et ton œil ? – C'est l'accident, m'man. » Elle recula d'un pas pour me détailler, décréta sur un ton de reproche que j'avais le teint pâle, perdu trop de poids et les cheveux – frais coupés de l'avant-veille ! – trop longs. « Demain, on ira chez le barbier. Je te l'offre. Tu vas voir, on affronte mieux les malheurs quand on se sent propre. »

J'étais frais lavé, rasé de près, vêtu de beaux vêtements neufs, sentant à plein nez une eau de Cologne coûteuse que j'avais achetée juste pour elle, et elle me parlait de *l'importance de me sentir propre* ? Une mère ! Mais après les semaines éprouvantes que je venais de traverser, j'étais prêt à me laisser faire comme un petit garçon.

Ses yeux écarquillés dans le taxi qui nous conduisait à l'hôtel ! Examinant comme à travers un judas les torrents de piétions qui s'entrecroisaient aux carrefours, s'attardant aux Noirs et aux jeunes femmes court-vêtues, les fixant effrontément. « Doux Jésus ! » Elle leva les yeux, s'étira le cou pour espérer atteindre le sommet des édifices dans Park Avenue : « Tous ces gens habitent les uns par-dessus les autres ? » Elle claqua la langue, se tourna vers moi, incrédule : « Tu sais comment ils font ? » Et je riais. Oui, pour la première fois depuis la mort de Dana, je riais de bon cœur.

Dans la suite que j'avais réservée au St. Regis, elle se montra offusquée. Le garçon de chambre avait refermé la porte, son pourboire empoché. Avec un certain dégoût, il s'était occupé du bouquet d'œillets et l'avait mis dans l'eau, ce bouquet maigre acheté à la gare qui détonnait lamentablement dans la pièce, déjà fleurie de roses et de lys.

« C'est de la folie ! » La suite était luxueuse, avec deux grandes chambres et un salon, décorés dans un goût très chic européen, avec des moulures dorées et des plafonds peints comme à la chapelle Sixtine. « Je n'ai jamais demandé ça ! C'est trop beau ! » Elle se promenait d'une pièce à l'autre, avec cette démarche chaloupée que ses jambes enflées lui donnaient. « C'est… C'est… !

— Qu'est-ce que tu veux que je fasse ? Que je leur dise qu'on annule tout ? »

Elle n'écoutait pas, se parlait à elle-même, s'exclamait d'indignation, comme on le ferait dans la chambre en désordre d'un adolescent, découvrant dans ses draps et ses tiroirs ses secrets scandaleux. « Mon Dieu ! Ça se peut-tu ! Des robes de chambre épaisses comme du tapis ! Des bouquets de fleurs gros comme dans les salons mortuaires ! Une télévision… – elle l'alluma – couleurs ! Deux grands lits avec un couvre-lit moelleux ! Deux salles de bains en marbre ! Du chocolat ! Ça se peut-tu !

— M'man, je t'en prie. Assieds-toi, deux minutes. »

Et, le plus calmement possible, je lui dis que nous étions à New York et qu'à New York c'était comme ça. Que, oui, ça me faisait plaisir de la gâter. Que, non, je ne m'endettais pas. Que, oui, ce cadeau, je me le faisais à moi aussi. Elle finit par se laisser aller. Un peu.

Elle se changea et nous descendîmes au bar de l'hôtel. Où je réussis l'exploit de lui faire prendre l'apéro, un bloody Mary, la spécialité de la maison, créé dans ce même bar, le King Cole, dans les années trente, et dont le personnel était très fier. Mais personne pour dire à ma mère qu'il y avait de l'alcool dedans, et je n'allais certainement pas le lui révéler, ça m'amusait de la voir ainsi, un verre à la main, ma mère qui ne buvait pas, oh, peut-être avait-elle déjà trempé ses lèvres dans une flûte de champagne chez madame Tees parce que madame Tees insistait. Elle le but au complet, son bloody Mary, avec avidité. Croqua à pleines dents dans la branche de céleri, lécha l'auréole de sel de céleri autour du verre. Je riais, elle se détendait, son humeur s'éclaircissait, ses joues s'étaient empourprées, et nous passâmes une agréable première soirée, à la Tavern on the Green dans Central Park, où elle commanda un autre bloody Mary, le but avec autant de plaisir ; son regard sceptique, puis effaré, quand je lui annonçai qu'il contenait un peu d'alcool : « Quoi, de la boisson ? » Une fois sortis de table, elle se rua sur ses bonbons à la cannelle qu'elle gardait en tout temps dans son sac à main, en suça le reste de la soirée, soucieuse de son haleine.

Tôt le lendemain matin, elle frappa à la porte de ma chambre, prête à m'emmener chez le barbier. « T'as pas oublié, j'espère ? » Elle m'examina la tête. « Ça se peut-tu, c'est encore pire le matin.

— M'man, je me les ferai couper plus tard, d'accord ? On n'a que trois jours devant nous. Il fait beau. Allons plutôt voir la statue de la Liberté, tu veux ?

— Pas question que je me promène avec toi amanché de même ! »

Donc, après le petit-déjeuner (pris dans la suite – « Ça se peut-tu ! De l'argenterie ! des crêpes ! de la crème fouettée ! »), elle m'entraîna chez Tony, le barbier que nous avait indiqué le portier de l'hôtel, à un coin de rue de là.

Tony, fier Italien, cheveux teints et brushing exubérant, chemise en soie noire et corne d'abondance au cou grosse comme une dent de requin. Tombant sous « le charme » de ma mère qui lui rappelait la sienne, morte à l'hiver. Lui offrant du café alors que ma mère n'en buvait pas. Tony insista, son café était le meilleur, pas comme cette eau de vaisselle que l'on servait partout, non : « Ce café, madame, c'est le café de la Madone ! » en montrant du doigt la grande statue de plâtre sur le comptoir à l'arrière, une statue de la Vierge Marie. « Oui, madame, le *caffè della Madònna !* »

Et ma mère accepta pour la Sainte Vierge. Un café d'enfer qui lui donna de l'énergie jusque tard le soir, lui faisant oublier ses jambes qui la martyrisaient au magasin. « C'est drôle, s'étonna-t-elle avant de se coucher. J'ai plus mal. Le café de la Sainte Vierge ? »

Et nous riions d'un bon rire franc. Si bien que, le lendemain, avant de partir pour la journée, elle voulut s'arrêter chez Tony prendre le café, Tony si heureux de la revoir : « Ah ! madame Carriera ! » Tony qui, d'un œil expert, en profita pour inspecter ma nuque qu'il avait rasée méticuleusement la veille, ses grosses mains chaudes d'Italien dans mon cou me faisant frissonner, comme le crissement d'une craie sur un tableau.

Mais les cheveux, ça repousse. Ce qui n'est pas le cas du temps que l'on veut rattraper avec sa mère.

Ma mère qui, toute sa vie, avait cru aux vertus de la frugalité et de la pénitence, faisait le plein d'images, de musique, de plaisirs. Une crème glacée mangée au Plaza, où elle crut apercevoir Doris Day. Une séance de magasinage chez Saks, où je lui achetai un beau tailleur en laine Pierre Cardin qu'elle porta fièrement le soir même sur Broadway pour aller entendre *Gilbert Bécaud Sings Love.* Ses yeux émerveillés sans cesse guettés par les larmes.

Je lui montrai l'université à Washington Square et l'un des grands amphithéâtres où Martin Valenti nous parlait avec tant de ferveur de Dalí et des surréalistes. Je lui cachai que, depuis la rentrée en septembre, je ne m'étais présenté à aucun cours. Que, depuis la mort de Dana, je n'arrivais plus à me concentrer sur mes études, impossible avec ces maux de tête et ces crises d'angoisse qui me terrassaient sans prévenir, le souvenir douloureux de Dana, constamment rappelé à chaque coin de rue de New York. Pourtant, physiquement, ça allait : la profonde coupure sur mon front cicatrisait, les points de suture avaient été enlevés. Quant à mon œil droit, la vision était affectée et le resterait, quoique, avec l'aide du gauche, mon cerveau arrivât à en atténuer les effets. Si je reprenais les cours, il me faudrait m'asseoir dans la première rangée pour bien voir, mais c'était fini, ça n'avait plus d'importance, je n'y retournerais plus, ma décision était prise, et ma mère ne le savait pas encore. Dans l'amphithéâtre plus large que profond, nos voix s'emmêlaient dans l'écho ; j'indiquai à ma mère l'écran à l'avant où défilaient les diapositives des œuvres des grands peintres et architectes, et pendant qu'elle observait les lieux dans un silence respectueux, je pensai à ces années heureuses à l'université, maintenant terminées.

Ma mère dit sur un ton subitement grondeur : « Tu m'as pas montré *ton* musée ! »

Ton musée n'était plus *mon* musée. Mais ça non plus, elle ne le savait pas. Nous attrapâmes un taxi au coin de l'Avenue des Amériques et de la 4e Rue, et j'acceptai pour elle de l'emmener au MoMA, où je n'avais plus mis les pieds depuis l'accident, encore trop de souvenirs cruels.

« Roman ! » Peggy et Betty, dont c'était le jour de visite. Enchantées de me revoir, saluant chaleureusement ma mère, s'informant de son séjour, s'alarmant de ma cicatrice sur le front, de mon œil et de ma coupe de cheveux. Peggy dit, déçue : « Où sont passées vos belles boucles brunes, Roman ? » Betty s'empressa de dire, en jetant un sourire complice à ma mère : « Voyons, Peggy, les mères préfèrent leur garçon avec les cheveux courts. – Eh bien, pas moi ! » lança Peggy, vexée d'être associée aux mères traditionnelles. Et ma mère, étourdie, ne comprenant pas tout à fait ce qui se disait, souriait bêtement, intimidée.

On me laissa faire le guide, comme si j'y travaillais toujours. Je pris ma mère par le bras, l'entraînai aux étages ; son air sceptique, dérouté devant les Rothko, les Jasper Johns, les Motherwell et les

Picasso. Mais elle écoutait, attentive, puis finit par dire, de la fierté dans la voix : « Tu connais toutes ces choses-là, toi ? »

Le dernier jour, elle eut envie d'un peu de calme. Nous allâmes nous promener dans Central Park et nous assîmes un long moment à l'ombre, admirant la frondaison colorée d'octobre. Un étonnant sentiment de proximité entre nous, que je ne me souvenais pas d'avoir éprouvé, même petit. Nous étions silencieux, plongés dans nos pensées respectives, certainement aussi éloignées que les planètes de deux systèmes solaires, mais, en même temps, si proches l'un de l'autre, comme nous ne l'avions jamais été.

Puis elle se mit à parler de Moïse.

« Il téléphone à la maison de temps en temps. Pour prendre des nouvelles. Il se débrouille bien en français pour un Américain. C'est triste que son pays veuille l'envoyer à la guerre. Qu'on laisse donc la jeunesse tranquille. La guerre, ça fait faire des bêtises.

— Tu parles de Moïse ? »

Elle soupira. « Non. De ton père et de ta mère. »

Mon père. Un frisson me parcourut le dos. Le sujet que j'aurais préféré éviter, mais qu'il faudrait bien finir par aborder.

Elle se déganta et déboutonna son manteau. C'était un doux après-midi. Le visage rosi par la marche, elle raconta qu'ils s'étaient mariés en 1942 pour permettre à mon père d'éviter la guerre. C'était après le plébiscite sur la conscription. Mon père avait travaillé comme opérateur radio sur des bateaux long-courriers et, pour une raison plus ou moins claire, il avait perdu son emploi et était rentré au village. Mon père, un vieux garçon, sachant qu'il ne tarderait pas à être appelé sous les drapeaux, surtout avec la santé, la force et la connaissance des bateaux qu'il avait, s'était mis à la recherche d'une femme à marier, « n'importe laquelle », dit ma mère sans une miette d'ironie. « Tu connais ton père. » Elle renifla, se moucha. « J'étais la plus vieille, j'avais vingt-neuf ans. Une vieille fille condamnée à élever ses plus jeunes frères et sœurs parce que maman souffrait du cœur. Le moindre effort l'essoufflait. À la fin, elle devait garder le lit toute la journée. »

Je me rendis compte que je n'avais jamais su comment mes parents s'étaient rencontrés. La guerre avait précipité beaucoup de jeunes gens dans les bras les uns des autres, sans garantie de compatibilité. Avec ses économies, mon père avait acheté l'immeuble où ils vivaient depuis, avec le magasin au rez-de-chaussée et à l'arrière l'atelier de menuiserie qu'il s'était construit. Une fois attachées les amarres du mariage, mon père renonça à la mer. Plutôt difficile pour un marin. Il fallait bien qu'il y eût quelque chose de cet ordre-là pour expliquer la hargne dont il était rempli.

Ma mère voulait maintenant se dégourdir les jambes ; nous nous dirigeâmes vers le Lac.

Je pensai soudain aux trois photos que mon père gardait dans son atelier, épinglées sur le mur du fond. C'est tout ce qu'il restait de sa vie d'avant ma mère. Petit, j'avais passé des heures à les regarder, intrigué : il y avait celle montrant mon père à sa radio, à bord d'un bateau, souriant vaguement, cigarette au bec ; sur une autre, c'était un homme plus vieux, en uniforme de capitaine, la peau parcheminée et le regard perçant, un ami de mon père ou son patron ; et sur la troisième, que ma mère avait déchirée et que mon père avait minutieusement recollée avec du ruban adhésif, on voyait mon père avec d'étonnants yeux rieurs, tout jeune, en compagnie d'un ami et d'une très jolie brune vêtue d'une robe légère. Ils étaient sur une plage paradisiaque avec des palmiers et, derrière eux, leur bateau, un grand navire battant pavillon britannique, le *Sofia Ann,* dont on pouvait lire à l'aide d'une loupe le nom en lettres blanches sur la coque noire.

Ma mère, convaincue que mon père s'était payé du bon temps avec « cette !… cette !… », lui ordonnait de la faire disparaître. Chaque fois, il répétait, las : « Non, Ida. C'était la blonde du gars. Combien de fois je te l'ai dit. » Mais ma mère n'entendait rien. Puis, un jour qu'elle en eut assez, elle l'arracha du mur, la déchira en deux. « Donne-la-moi, Ida.

— Non ! Pas de cochonneries dans la maison !

— C'est pas dans la maison, c'est dans mon atelier.

— Tu veux m'humilier devant tout le monde, c'est ça ?

— Donne-la-moi, Ida. C'est la dernière fois que je te le demande. »

Et ma mère la lui avait redonnée. Il l'avait recollée et épinglée de nouveau sur le mur. Une longue balafre défigurait la jeune femme brune de haut en bas ; sa poitrine et ses cuisses, que l'on devinait rondes à l'origine, avaient perdu de leur relief, plates, comme dans les tableaux des peintres cubistes. Pour acheter la paix, mon père en avait accroché une quatrième, toute petite, jaunie et froissée, d'une jeune femme de dix-huit ou dix-neuf ans plutôt jolie dans une robe d'été beaucoup plus sage que celle de la femme brune.

« Tu vas te faire chicaner, p'pa. »

Il m'avait regardé, avec ses yeux en permanence exaspérés. « Quoi ? Qu'est-ce que tu veux encore ? » Je dis, sincèrement inquiet pour lui : « C'est m'man… Elle supporte pas les belles filles.

— C'est pas une belle fille, bonyeu ! C'est ta mère ! »

Ma mère se braqua dès qu'elle m'entendit prononcer le nom de Dana. Quand je lui téléphonais au village – c'est moi qui téléphonais, jamais ma mère –, j'évitais de lui parler de Dana, la soupçonnant d'en penser le plus grand mal. *Cette !… cette !…* Quoi : *femme ? féministe ? juive ? qui a couché avec son… fils ?* Bien sûr, elle n'en savait rien, mais peut-être qu'elle l'avait senti. Nous étions assis devant le lac, avalant des hot-dogs achetés à un marchand ambulant. Le vent s'était levé, faisant frissonner la surface de l'eau et les chênes et les sycomores et les micocouliers au-dessus de nos têtes. Je m'aventurai prudemment, comme on marcherait pieds nus sur des cailloux tranchants : « Ils l'ont enterrée si rapidement que, la nuit, il m'arrive de me réveiller et de croire que ça n'a jamais eu lieu. De croire dur comme fer qu'elle est toujours là. Je me mets alors à respirer librement, à pleins poumons. Ma vie redevient légère, comme avant. Une éclaircie providentielle. Et j'en pleure de joie, jusqu'à ce que la réalité me rattrape… »

La conversation la plus intime que j'avais avec ma mère, et ça l'embarrassait, visiblement. Elle fronçait les sourcils, se tortillait sur le banc ; une goutte de moutarde s'échappa du hot-dog qu'elle tenait dans ses mains, tomba sur sa jupe. Elle grimaça, essaya de la faire partir avec son mouchoir, demanda en grommelant si l'on pouvait rentrer à l'hôtel pour qu'elle puisse se changer.

« M'man, je te parle ! »

Elle se mordit les lèvres, dit en marmonnant : « Tu as de la peine. Ça va passer. Ça finit toujours par passer. »

Et je sus que c'était tout ce qu'elle pouvait m'offrir comme mots réconfortants, qu'il n'y en aurait pas d'autres.

En route vers Harperley Hall, je la sentais nerveuse. Cette toux bizarre, sèche qui la prenait lorsqu'elle était inquiète ou contrariée. « Ça va, m'man ? » Ses jambes la supportaient mieux, la marche lui faisait du bien, mais elle maugréait tout de même : sa jupe salie, ses doigts collants, elle n'était pas présentable. « Tu pourras te rafraîchir chez Dana. Dans la salle de bains qui était la mienne. Tu sais, j'avais ma propre salle de bains, là-bas. » Je la regardai du coin de l'œil, la vis frémir d'appréhension. Elle toussa encore, puis attrapa ma main et dit : « OK, ça va. » Et soudain j'eus l'impression que mon cœur était plus léger, que les choses étaient en train de reprendre doucement leur place.

« Madame Carrier ! »

Ethel était rayonnante dans sa robe bleu clair, avec son sourire des jours heureux et ses cheveux bruns à la garçonne, qu'elle avait fait couper après la mort de Dana. Ethel qui, après le thé, prit ma mère par la main, lui fit faire le tour de l'appartement, lui montrant le Braque, le Soutine, le petit Dalí et les quelques Franz Kline de Dana, puis ses propres toiles accrochées un peu partout, dont une de sa série qui deviendrait célèbre, *Nordica: Ocean Stillness,* inspirée par les eaux changeantes et tumultueuses du fleuve à Métis Beach. Ma mère hochait la tête, une expression perplexe sur le visage. Puis, Ethel l'entraîna dans le bureau, décrocha du mur une petite huile, une nature morte sur fond sombre, composée autour d'un bouquet de pivoines. Ma mère s'exclama, embarrassée : « Non, Ethel ! Je peux pas accepter !

— Je vous en prie. C'est un de mes tout premiers tableaux. J'avais quatorze ans. Prenez-le, ça me fait vraiment plaisir de vous l'offrir.

— Prends-le, m'man. C'est un cadeau. »

Ses yeux se remplirent de larmes. « C'est trop beau... Je... je sais pas quoi dire... Merci !... »

Le dernier soir, je l'invitai dans un grand restaurant à la mode, chez Ocello's, 56e Rue Ouest, tenu par deux frères italiens flamboyants, relations privilégiées de Tony le barbier. Au menu, des plats à plus de quatre dollars. (Par chance, ma mère avait entre les mains la carte pour dames, sans prix affichés.) Comment dire ? Pas de doute que nous détonnions dans cette faune clinquante et prétentieuse. Ma mère, bien mise et fière dans son tailleur Pierre Cardin, avec son fils, costume noir, cravate noire et chemise blanche, la nuque propre, dûment inspectée le matin même par Tony le barbier, qui, après le café, nous avait chaudement recommandé l'endroit. Cet endroit-là ? Peut-être s'était-il trompé de nom ou l'avait-il tout simplement confondu avec un autre, un restaurant plus familial ? Partout, des filles comme dans les magazines, aux jupes si courtes qu'il fallait faire un effort pour les regarder dans les yeux. Ma mère observait, choquée. « Tu veux qu'on s'en aille ? – Non ! Monsieur Tony nous a dit que… » Le bruit comme un orage qui gronde, et la musique, beaucoup trop forte. « Tu es certaine, tu ne veux pas partir ? » Elle secouait la tête énergiquement. Non. Ce qui la retenait, c'était l'espoir d'entrevoir quelques habitués célèbres de la maison ; Tony lui avait parlé de Frank Sinatra, de la princesse Grace et de Jackie Kennedy.

À mon grand soulagement, on nous changea de table, plus en retrait. Apparemment, chez Ocello's, vous prononciez le nom de Tony le barbier et vos désirs étaient des ordres. Ma mère était volubile. Parla longuement du village, de la maison et du magasin dont s'occupait Françoise pendant son absence. « Elle fait bien ça, la petite. Elle arrête pas de me dire qu'il faut "moderniser". Je sais pas trop ce que ça veut dire, mais elle m'aide à commander les stocks, des vêtements "jeunes", comme elle dit, et ça marche avec les Anglais. On a fait des bonnes ventes l'été dernier. »

Elle pépiait gaiement. Là où nous étions assis, près des grands aquariums décoratifs, la musique ne nous accablait plus, ni les éclats de voix et les rires des tables bruyantes près des fenêtres.

Je dis, le cœur soudainement à la fête : « C'est notre dernière soirée. Un verre de champagne ?

— Non !

— Allez, juste un verre ! »

Une petite fille coupable, qui finit par accepter. Dès la première gorgée, son visage s'enflamma.

« J'ai une plutôt bonne nouvelle, m'man.

— Quoi ?

— Je peux rester aux États-Unis aussi longtemps que je veux. »

Elle chancela. Je repris : « Ils ne veulent pas de moi. L'armée, je veux dire. »

Son air épouvanté : « L'armée ? Tu disais que tu rentrais à Montréal après tes cours en décembre. Pour pas avoir à aller à la guerre. C'est quoi, ces histoires de fous ?

— L'accident. Tu vois mon œil ? » Elle opina, hésitante. « Il y a une cicatrice, là. Ça ne partira pas. Je vais garder des séquelles. »

Elle blêmit : « C'est ce que t'appelles une bonne nouvelle ?

— La cornée a été touchée. Selon l'angle, ça déforme ma vision. Je suis aussi devenu hypersensible à la lumière. Ça va rester. »

Elle se demandait si je me moquais d'elle. Je poursuivis, tâchant de me montrer le plus rassurant possible : « C'est le médecin qui m'en a parlé le premier. Il a dit que ça me disqualifiait automatiquement. J'ai fait les démarches auprès de mon bureau de recrutement, on m'a fait passer des tests et on m'a classé 4-F, c'est-à-dire "non qualifié pour cause médicale". En d'autres mots, je suis libre. Super, non ?

— Romain !

— Je ne souffre pas, m'man. C'est un peu agaçant, mais je vais m'habituer. Il y a pire. Comme rentrer du Vietnam dans un fauteuil roulant. Ou dans une boîte en aluminium. »

Elle frissonna, puis prit un air fâché. « Tu reviendras jamais à la maison ?

— C'est pas ce que j'ai dit.

— Oui, c'est ce que tu dis. Ça fait six ans que t'es parti. Tu penses jamais à ta mère ? » Ses lèvres tremblaient. « Si tu avais écouté ton père, rien de tout ça serait arrivé. »

Et voilà, nous y étions : mon père. Je lui annonçais une bonne nouvelle et elle me parlait de lui. Je dis, vexé : « J'ai cru que tu te réjouirais pour moi. »

Elle se raidit : « Me réjouir ? Pourquoi ? »

Les choses ne se passaient pas comme je les avais imaginées.

Nos plats arrivèrent, escalope de veau pour ma mère, *penne alla vodka* pour moi, et une bouteille de chianti que je serais le seul à boire. J'étais d'humeur maussade, à présent. Je vidai mon verre de champagne et m'attaquai au vin.

« Romain, tu bois trop… »

J'ignorai la remarque. Je repris, énervé : « Tu lui diras pour Robert Egan ? Tu lui diras que la police, la vraie police, ne m'a jamais cherché. Que Robert Egan a fait ça pour me faire peur. Que je ne suis pas *un criminel*. » Elle pâlit. « C'est ce qu'il pense de moi, non ? Que je suis un vaurien, un raté. De toute façon, même si tu lui dis pour Robert Egan, il s'en foutra. Ça l'arrange, le vieux, de penser que son fils est un bandit. Il m'a toujours détesté. J'étais haut comme ça, et il me détestait.

— Romain ! s'exclama-t-elle, indignée.

— Je ne l'ai pas violée, Gail ! C'est pas difficile à comprendre !

— Chhhhhut ! Pas si fort !

— Personne ne nous comprend, ici ! »

Elle ferma les yeux, vacilla. Je me ressaisis et tentai de parler avec calme, malgré le martèlement du sang dans mes oreilles. Je dis : « Je peux partager la colère de p'pa. Robert Egan a tout inventé et il s'en est servi pour que p'pa perde ses contrats. Quel beau salaud…

— C'est très dur pour ton père depuis ce temps-là. Tu devrais comprendre ça… »

Je serrai les dents. « Mais je comprends très bien ! C'est ce que je suis en train de te dire !

— Baisse le ton !

— Je comprends tellement bien et je connais tellement bien p'pa que si Robert Egan lui offre demain matin de le reprendre à son service, il n'hésitera pas à lui lécher le…

— Ça suffit ! T'as pas le droit de parler de ton père comme ça ! »

J'attrapai la bouteille de chianti, m'en resservis un grand verre. « Comment peux-tu vivre avec un homme aussi lâche, m'man ? »

Elle devint livide. « Comment oses-tu dire une chose pareille !

— Je ne t'insulte pas. Je te demande seulement comment tu fais.

— Tu sauras, mon petit garçon, qu'on nous a appris le sens du devoir ! On affronte les problèmes ou on fait avec. On les fuit pas, comme vous… les jeunes.

— C'est une attaque personnelle, là ?

— Je t'insulte pas, je te dis seulement comment on fait, nous. »
D'un geste brusque, elle repoussa son assiette. « Tu m'as coupé
l'appétit. Je veux rentrer à l'hôtel.

— Tu ne vas pas partir comme ça ? Tu n'as presque rien mangé. »
J'effleurai sa main, elle se dégagea avec impatience. « Excuse-moi,
m'man. Tu le sais, quand je parle de p'pa, ça me met dans cet état-là.
M'man ! Je t'en prie ! »

Furieuse, elle avait attrapé son sac à main sur la banquette, s'était
levée et, chancelante sur ses jambes, se dirigeait vers la sortie.

« M'man ! Attends-moi ! »

Le garçon de table m'attrapa par le bras. « Hep là ! On partait
sans payer ? »

Je fus incapable de fermer l'œil de la nuit, ma mère non plus. À
plusieurs reprises, je l'entendis se lever et faire couler l'eau du robi-
net. Le lendemain matin, elle toucha à peine à son petit-déjeuner,
refusa d'aller prendre le café chez Tony le barbier malgré qu'elle le
lui eût promis. Toutes mes plates excuses furent accueillies par des
haussements d'épaules et un silence obstiné. La laisser partir ainsi ?
Ça me crevait le cœur. « M'man ? » Et de nouveau, elle haussait les
épaules. Sa valise préparée la veille, elle attendait que le temps passe,
assise dans le petit salon, les yeux hagards. Il était huit heures moins
le quart, son train partait à dix heures.

« M'man ? » Elle finit par éclater en sanglots, puis dit qu'elle
entendait bien ce que je ressentais, mais que mon père n'était pas le
monstre que je croyais.

« OK, m'man. »

Avant de quitter la suite, elle se couvrit la tête de son horrible
chapeau jaune, celui des grandes occasions. Je pris ses bagages ; elle
insista pour transporter elle-même la petite huile d'Ethel, minutieusement emballée dans du papier kraft.

Il fallait nous voir sur le quai à Grand Central, tous les deux
raides d'embarras. Comme si les derniers jours passés ensemble ne
nous avaient pas rapprochés. Une étreinte ? Non. Deux petits becs
sonores plantés sur chacune de ses joues. Je l'aidai à monter dans le
train, rangeai sa valise dans le compartiment à bagages.

Elle dit, attristée : « Bon. Quand est-ce que tu viens à la maison ?

— Je ne sais pas. Bientôt. Peut-être. »

Une ombre de déception plana dans ses yeux. La maison de Dana à Métis Beach ? Je lui en parlerais une autre fois. Moïse s'en chargerait peut-être, quand il irait avec Louise. Pour l'instant, il valait mieux en rester là.

« Viens au moins pour Noël. Je te ferai des tourtières.

— Peut-être. »

Avant de rentrer chez moi dans West Village, j'avais rendez-vous dans Flatbush, à Brooklyn. Un type aux cheveux longs cherchait à vendre sa Westfalia 1966. J'avais trouvé l'info sur un babillard dans un café de Greenwich. La camionnette était en parfait état, d'une belle couleur « vert velours ». Je payai les neuf cents dollars comptant, réglai les papiers de propriété et d'immatriculation, rentrai à Manhattan avec ma nouvelle acquisition.

Je pensais à ma mère, à la difficulté pour elle à comprendre mon besoin d'« être en mouvement », de ne pas retourner en arrière. Les événements de 1962 à Métis Beach, et maintenant la perte de Dana à New York. Il me fallait passer à autre chose. Respirer pour vivre, respirer pour rester en vie. Le St. Regis, les cadeaux et ces moments passés avec elle, je les lui avais offerts, sachant que je partirais encore plus loin. Ce fut la dernière fois que nous nous vîmes. Elle mourut trois ans plus tard, à l'âge de cinquante-huit ans.

Je fis mes valises, remis les clés du loft au concierge, y laissai tout ce qu'il contenait. J'étais riche et libre. Dans ma Westfalia 1966, roulant vers la lumière de la côte Ouest, le cœur rempli de promesses, je jetai un dernier coup d'œil dans le rétroviseur. Derrière moi :

[…] New York, sinistre, loufoque, vomissait son nuage de poussière et de vapeur brune. Il y a, dans l'Est, quelque chose de brun et de sacré ; mais la Californie est blanche comme la lessive sur la corde, et frivole – c'est du moins ce que je pensais alors.

Tu n'aurais pas pu mieux dire, Jack Kerouac…

IV

KEN, PETE, BOBBY
ET LES AUTRES

1

Deux spectres à la tête lisse comme des boules de billard, faisant avec leurs bras des signes désespérés, couverts de boue, puant la sueur et la peur, terrifiés par ce qu'ils avaient vu, là-bas, à Fort Lewis, l'exécution sommaire d'un soldat de leur compagnie, un simple d'esprit (oui, l'armée les enrôlait), à peine dix-huit ans, qui avait subtilisé une grenade dans la réserve de munitions et menaçait de la dégoupiller.

Deux gars que j'avais cueillis sur la route 160 au sud de Sacramento, deux GI en cavale, AWOL pour *absent without leave,* en d'autres mots : déserteurs. Ils avaient surgi de nulle part sous la pluie, s'étaient jetés devant la Westfalia qui, par chance, ne roulait pas vite. La frousse qu'ils m'avaient donnée ! J'avais freiné sec, et la Volks avait dérapé sur la chaussée mouillée. Leurs mains sales cognèrent contre les vitres que j'hésitai à baisser. *Que voulez-vous ?* Mais je compris vite qu'ils étaient désemparés, me suppliant de les laisser monter à bord et, avec un pincement au cœur, je les regardai souiller la banquette arrière avec leurs bottes et leurs vêtements crottés. Soulagés, reconnaissants, ils racontèrent, encore sous le choc, ce qu'on avait fait à ce pauvre garçon, un jeune Noir tué devant eux, là-bas à Fort Lewis, dans l'État de Washington. L'un d'eux, qui s'appelait Pete, dit : « Il avait l'âge mental d'un gamin de sept ans, bon Dieu ! » L'autre, John, renchérit : « Sa place était dans un asile, pas dans l'armée ! Mais c'est comme le reste, ils en ont rien à foutre ! » De nouveau, Pete, haletant, s'essuyant les yeux de ses grosses mains sales : « John et moi, on a tenté de le raisonner, mais il riait et criait : "Boum ! Boum !" en feignant de tirer sur la goupille. J'ai voulu le prendre par-derrière pour le neutraliser, mais ce salaud de sergent m'a ordonné de m'écarter. »

Il s'interrompit et reprit, la voix brisée par l'émotion : « Il l'a abattu sous nos yeux, l'ordure. Comme un foutu dindon sauvage… »

Je leur sauvais la vie, c'est ce qu'ils n'arrêtaient pas de dire dans la Westfalia qui roulait sous la pluie, un soir sans lune, noir comme leurs visages et leurs vêtements. Ils avaient su qu'ils étaient en pays ami avec la Westfalia, « une bagnole de hippies », reconnaissable à ses phares. Ils me demandèrent où j'allais. « San Francisco ? Super. » Me parlèrent d'une fête à Berkeley, excités comme des adolescents : « Il faut absolument que tu viennes avec nous. Pour te remercier. » Une fête démentielle, disaient-ils, qu'ils allaient se payer avant de glisser dans la clandestinité et échapper à ce foutu Vietnam, à cette foutue armée, à ces foutus sergents fous.

Entre Sacramento et Berkeley, j'étais devenu leur *Canadian friend*. Tapes dans le dos, rires complices. « Le Canada ? Merde, quelle chance ! » Nous étions arrivés à Berkeley tard dans la nuit, des rues mal éclairées bordées de petites maisons modestes de plain-pied. Ils m'avaient fait garer la Westfalia devant l'une d'elles, au stuc écaillé, et, impatients, m'avaient entraîné à l'intérieur, un endroit crasseux imprégné d'une odeur écœurante de cigarettes, de pot, de hasch, de corps mal lavés. Une musique puissante – les Doors – à vous défoncer le crâne. Dans les coins, des gars et des filles avachis aux yeux vides ; d'autres forniquaient dans les chambres, à deux ou à plusieurs. Un type vomissait dans les toilettes (à moins que ce ne fût une fille). « L'hospitalité californienne ! » s'esclaffa Pete en voyant mon air ahuri. Amicalement, il me prit par les épaules, me poussa jusque dans la minuscule cuisine encombrée de bouteilles vides et de vieilles boîtes de pizza ; John et lui se servirent une bière, m'en offrirent une. « Notre façon de te remercier, dit Pete. Tu bois tout ce que tu veux, tu baises tout ce que tu veux. Ici, les filles n'attendent que ça. » Pete et John à leur deuxième, puis troisième, puis quatrième bière. Pressés d'en découdre avec la vie civile, quoique condamnés à la clandestinité. Ils enlevèrent leur chemise, dévoilant leur torse musclé, se mirent à chercher des filles disponibles dans les pièces. Pas mon genre de truc, ni d'endroit, ni de faune. Quelques types me fixaient comme si j'étais un abruti tombé de Mars, avec mes cheveux courts et ma nuque rasée. J'allais remercier Pete et John et reprendre la route pour San Francisco quand une fille se jeta sur moi – « *Hey you, handsome!* » –, sa main déjà dans mon pantalon. Pete rit aux éclats : « Bienvenue en Californie ! »

Le lendemain matin, j'ouvris les yeux, affreusement barbouillé (une merde qu'on aurait glissée dans mon verre à mon insu ?). La fille avec qui j'avais supposément passé la nuit, un vague souvenir, avait disparu. La tête lourde, prête à exploser, je me levai, m'habillai. Trouvai la fille dans le salon dans les bras d'un autre gars, tous les deux nus et endormis, la bouche ouverte. Je sortis de la maison, les oreilles bourdonnantes, m'apprêtant à filer vers San Francisco, lorsqu'un type m'interpella dans la rue.

« Elle est à toi ? »

Il contemplait la Westfalia, tournait autour en claudiquant, une étrange démarche de pingouin.

« Oui, répondis-je.

— Belle bagnole. »

Il s'attarda à la plaque d'immatriculation, fronça les sourcils.

« État de New York ?

— Ville de New York. Je suis arrivé hier soir. »

Il sourit. Porta de nouveau son regard sur la Volks, comme si je venais de lui faire une offre et qu'il réfléchissait au prix. Puis il leva les yeux vers la maison d'où il m'avait vu sortir. La pluie avait cessé, le ciel s'était dégagé.

« Je viens voir un ami. Tu étais à la fête ? »

J'acquiesçai. Il ricana, dit avec dédain : « J'ai horreur de ce type de soirée. »

Et je pensai : *Moi aussi.*

Pete sortit de la maison, torse nu, ses grosses bottes de combat délacées, et ils se tombèrent dans les bras. Pete m'apprit qu'ils étaient des amis d'enfance, avaient grandi dans le même quartier à Oakland, leurs pères avaient travaillé dans la même usine de pièces d'autos.

Il s'appelait Ken Lafayette. Un visage mi-angélique, mi-méphistophélique. Une bouche gourmande, un nez retroussé, des joues rebondies à la Jon Voight, dont il avait la blondeur féminine, et des yeux bruns, perçants qui vous narguaient. Il étudiait la sociologie à l'université de Californie à Berkeley et dirigeait le comité antiguerre sur le campus. « Il est incroyable, dit Pete. C'est le meilleur. »

La voix pleine de reconnaissance, Pete lui raconta comment je les avais « sauvés », John et lui. (Apparemment, quelqu'un devait les embarquer au nord de Sacramento mais ne s'était jamais pointé, les forçant à faire de l'auto-stop, plutôt risqué pour deux AWOL que le FBI ne mettrait pas de temps à rechercher.) Le ton monta entre eux. « Alors, dis-moi ce qu'on aurait dû faire ? » dit Pete. Ken secoua la tête, contrarié. Et Pete, en essayant de reprendre son calme, parla à Ken de la sacrée chance qu'ils avaient eue de tomber sur moi. « Roman est canadien et il a un ami américain qui s'est réfugié au Canada. »

Ken passa une main dans ses cheveux. « Ah bon ? Tu es canadien ? En voyage ?

— Non. Résident permanent depuis cinq ans. Exempté de l'armée. Un problème à l'œil. Un accident. »

Il me dévisagea. Des yeux intenses qui vous jugeaient, séparés par deux rides d'expression, comme s'il combattait en permanence un mal de tête.

« Et tu fais quoi, là ? »

Oublier New York, pensai-je. Mais je dis plutôt, avec un ton enjoué, un peu forcé : « Je suis venu voir la Californie. Passer un peu de temps ici. Peut-être m'installer à San Francisco. Je ne sais pas encore. J'ai tout mon temps. »

Mais ça ne l'intéressait pas d'en savoir plus. Il s'était tourné vers Pete, lui avait collé une tape dans le dos. « Bon. Je dois m'occuper de Pete et de John, ce matin. Mais après, viens faire un tour au comité. Je te montrerai ce qu'on fait là-bas. »

Malgré l'agitation insaisissable qui flambait dans ses yeux, j'acceptai. Ken Lafayette était de ces gens au magnétisme particulier, inexplicable.

2

La visite au local antiguerre aurait dû me servir de premier avertissement.

Il m'avait d'abord donné rendez-vous chez lui, un grand appartement dans Le Roy Avenue, avec des tonnes de livres dans toutes les pièces et peu de meubles. Je m'étais présenté à l'heure dite, soit quatorze heures. Il avait ouvert la porte, torse nu, et s'était montré étonné. « Ah oui, finit-il par dire. Je te replace : le Canadien. Bon, ce n'est pas grave. Je devais de toute façon passer au comité. Donne-moi une minute, le temps d'enfiler une chemise. »

Nous y étions allés à pied et avions atteint le campus par Hearst Avenue. Ken n'arrêtait pas de parler en marchant très vite, d'un pas décidé, malgré une claudication prononcée, une jambe plus courte que l'autre, me semblait-il, qui lui donnait cette démarche singulière. Avec fierté, il raconta sa dernière action sur le campus : « sous ses ordres », des dizaines d'étudiants s'étaient barricadés dans un édifice pour protester contre le refus des membres du conseil d'université de permettre à Eldridge Cleaver de tenir un séminaire sur le racisme.

« Tu sais de qui je parle ?

— Le Black Panther.

— Exact. Tu sais ce qu'a dit Ronald Reagan, notre bienveillant gouverneur de la Californie ? Que si Cleaver est autorisé à enseigner aux étudiants, ils rentreront le soir à la maison et trancheront la gorge à leurs parents ! » Il avait ri aux éclats. « Mais on a gagné ! Cleaver viendra à Berkeley comme prévu. On verra bien si le sang se mettra à couler dans les chaumières ! »

Je tressaillis, pensant aux femmes que Cleaver avouait avoir violées par vengeance dans *Un Noir à l'ombre*, qu'il avait écrit en prison. « Le viol est un acte insurrectionnel. » Des femmes blanches, mais aussi des Noires pour s'entraîner et raffiner sa technique. Dana avait lu le livre et en avait déchiré toutes les pages. « L'ordure ! Le monstre ! Et ces intellectuels lamentables qui le louangent ! Ils mériteraient tous d'être pendus par les *kishkes* ! – Les quoi ? – Les testicules, Romain. » Furieuse, elle s'était lancée dans la rédaction d'une longue lettre d'opinion que le *New York Times* publia dans ses pages : « Que dirait Cleaver si l'on se mettait à banaliser la situation des Noirs comme il banalise le viol ?... » Et dans les jours qui suivirent, ces tonnes de lettres haineuses qu'elle recevrait pour avoir osé s'attaquer à un leader charismatique de la résistance des Noirs.

« Tu viendras l'entendre ? » demanda Ken avec entrain. Il ne faut pas manquer ça. »

Donner de l'importance à ce violeur impénitent ! Jamais !

Mais, à la place, je dis, comme un lâche : « Tu as raison, il ne faut pas manquer ça. »

Au local du comité, une poignée de bénévoles discutaient avec agitation. Des sonneries de téléphone, de la fumée de cigarette dense, à couper au couteau. Dès qu'ils aperçurent Ken, ils se ruèrent sur lui et l'encerclèrent. Dans la confusion, j'appris qu'un des leurs venait de se faire arrêter, ça semblait sérieux, on parlait d'accusations de sabotage, d'une usine dont la production avait été interrompue, de travailleurs évacués, certains blessés.

« Taisez-vous ! ordonna Ken. Vous ne voyez pas que je suis avec quelqu'un. »

Ils se turent, baissèrent les yeux. Ken me présenta : le Canadien. J'aurais voulu disparaître. Un grand type aux cheveux longs et à la barbe broussailleuse dit, presque suppliant : « Il faut que tu appelles l'avocat. C'est du sérieux, cette fois. – Plus tard, trancha Ken. Ça peut toujours attendre. » Résigné, le gars marmonna : « OK. C'est toi qui décides. » Et tout le monde autour de nous se dissipa, regagna son bureau.

« Écoute, Ken, dis-je, embarrassé. On se verra une autre fois. Ils ont vraiment besoin de toi.

— S'ils n'ont pas les nerfs assez solides, ils n'ont qu'à retourner à leur vie de petit-bourgeois. Le courage n'est pas donné à tout le monde.

— Mais il s'agit d'un de vos militants…

— Des arrestations, il en faut. Comme des procès. » Il parlait avec enthousiasme, mais avec un air vexé. « C'est notre façon de faire parler de nous, d'exposer nos théories, de combattre *l'impérialisme*. Les plus grands révolutionnaires se font entendre de leur prison. » Et il cita Henry David Thoreau comme si ces paroles étaient de lui.

Son offre de m'héberger dans son grand appartement de Le Roy Avenue m'avait pris de court. C'était plutôt généreux et inattendu de la part d'un gars qui montrait aussi peu d'égards à ceux qui l'entouraient. J'acceptai, reconnaissant ; cela me permettrait d'explorer la ville, la région, et de visiter San Francisco, à une vingtaine de minutes de là, avant de décider où m'installer et de louer mon propre appartement. Contre toute attente, je découvris un jeune homme affable, soucieux de mon confort ; il me céda la plus grande des deux chambres, celle qui donnait à l'arrière et non sur la rue ; passa de longues heures à discuter avec moi, des conversations qui ressemblaient plus à des leçons de politique ; il me suggéra des bouquins à lire, les philosophes des écoles marxistes, celle de Francfort en particulier, l'appartement en était plein, je n'avais qu'à tendre la main vers une des nombreuses bibliothèques de fortune, de vieilles planches haussées par des briques. Il y avait aussi les magazines : le *Monthly Review Press* et le *Radical America,* une littérature plutôt rébarbative que je soupçonnais les étudiants sur le campus de lire comme on se met à fumer des cigarettes, pour avoir l'air cool, faire partie du groupe, ne pas être *suspect*. « Le marxisme est l'indépassable philosophie de notre temps », répétait Ken. Sans jamais citer Jean-Paul Sartre. Mais je l'écoutais, impressionné à un point qui m'étonnait moi-même, son érudition, sa façon de s'exprimer en vous regardant droit dans les yeux comme s'il allait vous hypnotiser, maniant avec une habileté déconcertante le jargon militant pour vous gagner à la Cause, qu'il appelait *The Big C,* ou vous fusiller sur place si vous n'étiez pas de la bonne opinion.

Il me promena dans Berkeley, me fit visiter les cafés en vogue. M'entraîna dans les assemblées où il était déjà une star de la gauche.

Ses discours étaient passionnés, courus. La première fois que je le vis à l'œuvre, je me souviens de m'être dit : *Je partage l'appartement de ce type*, avec une sorte de fierté malsaine qui m'aurait certainement alarmé si je n'avais pas été aussi fragile. N'empêche qu'il avait été formidable, incroyable. C'était à Sproul Hall. De mille cinq cents à deux mille étudiants venus l'écouter. Un temps clair, de la tension dans l'air, des policiers sur les dents. De la puissance de son éloquence, il avait enjôlé la foule dès les premières secondes : « Cette guerre, nous ne la voulons pas ! Plus de quatre ans que ça dure, mes amis ! Quatre ans que nous nous y opposons par tous les moyens ! Quatre ans que personne ne nous écoute à Washington ! Que leur faut-il de plus ? Des émeutes ? de la violence ? des morts ? Sommes-nous devenus des étrangers dans notre propre pays ? Oui, *des étrangers* ? » La foule hurlait de bonheur. « Oh, ils aimeraient bien se débarrasser de chacun de nous… » Ses yeux, qui flambaient d'une ferveur exaltée, parcouraient l'assemblée. « Tuer leurs propres citoyens, comme ils envoient nos frères se faire tuer là-bas pour leurs propres intérêts ! » Un tonnerre de réprobation éclata, lui arrachant une sorte de sourire diabolique. Puis il fit un mouvement vers la foule, à peine si l'on remarqua son handicap, tendit les deux bras, mains jointes et index pointés vers nous, comme s'il tenait un pistolet. Et l'assemblée se mit à scander : « *Shoot us ! Shoot us !* » (Tire sur nous ! Tire sur nous !) Et il fit semblant de nous abattre un par un, les yeux comme des charbons ardents. « Ce dont ils rêvent à Washington, c'est de nous éliminer ! Tous ! Un par un ! Pour avoir la voie libre et poursuivre leurs sales et meurtriers desseins impérialistes. Mais nous sommes la raison, mes amis ! La conscience de cette nation ! Et ne rien faire en ces temps troubles est en soi une forme de violence. »

Et la foule en délire scanda longuement : « *Shoot us ! Shoot us ! Please shoot us !* »

Grisante, la vie à Berkeley. Une jeunesse intrigante, arrogante, pas tout à fait comme à New York. Ici, les jeunes étaient les maîtres de la cité : manifs, sit-in ; ils investissaient les rues par milliers, fâchés, déterminés, et pouvaient sans préavis paralyser la vie de toute une communauté. Il y avait dans cette grande présomption la certitude de mettre au monde une société nouvelle, pacifiste, égalitaire, comme si les générations précédentes n'en avaient jamais eu l'idée ou la capacité. La guerre au Vietnam leur offrait cette tribune, l'occasion de se faire entendre, de montrer leur *supériorité* ; et cette *supériorité* s'affichait partout : dans les discours, dans les yeux de Ken Lafayette, dans les rapports avec l'autorité et les policiers. Une ambiance survoltée que j'essayais de dépeindre à ma mère au téléphone, mais qu'elle ne pouvait pas comprendre. « Tu fais attention, Romain ? On dirait que c'est dangereux. » Ma mère qui souffrait de me savoir aussi loin : « La Californie ? Et ton diplôme à New York ? » Elle avait pleuré, m'accusant à mots à peine couverts de l'avoir abandonnée. Sa santé déclinait : comme sa mère, son cœur s'affaiblissait, et ses jambes s'étaient remises à enfler. Les poches pleines de monnaie, je lui téléphonais toutes les semaines d'une cabine dans Telegraph Avenue, lui décrivais ce que je voyais autour de moi ; parfois, il y avait une manifestation en cours et elle pouvait entendre les sirènes de police et le grondement assourdissant des hélicoptères au-dessus de ma tête. « Romain, on dirait la guerre. » Je la rassurais du mieux que je pouvais, et chaque fois, cette question qu'elle me posait : « Berkeley, c'est où ? – De l'autre côté du continent, m'man. Je te l'ai déjà dit. »

Et je me disais : suffisamment loin pour recommencer à me sentir un peu plus léger. Depuis quelque temps, d'ailleurs, j'avais constaté que les maux de tête et les crises d'angoisse s'étaient espacés ; j'étais encore fragile, certes, et enclin à de terribles accès de tristesse, mais j'allais mieux, tâchant de vivre au jour le jour, sans trop penser au passé ni à l'avenir.

L'humeur de Ken changea à l'appartement. La lune de miel avait été de courte durée. Au début, je ne comprenais pas. « Ken, il y a un problème ? » Il se renfrognait : « Des problèmes, il y en a partout ! Il n'y a que ça, des problèmes ! » J'étais sidéré. « J'ai fait quelque chose qui t'a déplu ?... » C'était fou, cette peur de l'indisposer. Et encore cet air maussade : « Je t'en prie, ne fais pas comme les autres. Tous ces types que je fais apparemment trembler au comité. C'est pitoyable. »

J'étais consterné. Il m'avait fait son numéro de séduction, le type brillant capable de disserter de tout, la vedette du mouvement anti-guerre à Berkeley qui faisait régulièrement les manchettes des journaux locaux, sa photo publiée en première page, et maintenant qu'il n'avait plus grand-chose à m'apprendre sur lui, je ne méritais plus son attention. C'était ça?

Constamment, il cherchait à me prendre en défaut. Une fois, c'était une douche trop longue à son goût : « Hé, petit-bourgeois! hurla-t-il en cognant à la porte de la salle de bains. On n'est pas dans un palais, ici! » Il y eut aussi l'épicerie que je me tapais toutes les semaines – il m'offrait l'hospitalité, j'achetais les provisions, c'est de cette façon que je le remerciais –, un échange de bons procédés qu'il avait semblé apprécier jusqu'à ce qu'il se mette à inspecter d'un œil méfiant chacun des sacs que je rapportais du Lucky Supermarket. « C'est quoi, *ça*? » Cette fois-là, il était tombé sur un rouleau de pellicule plastique, du Saran Wrap, et j'avais cru qu'il allait me gifler.

« Quoi, *ça*? Tu vois bien ce que *c'est*?

— Cette merde est produite par Dow Chemical! Le napalm, petite tête, ça te dit quelque chose? »

Et sa main, furieuse, avait sorti avec la même répugnance dentifrice, confiture, papier hygiénique. « Toutes ces merdes sont fabriquées par des compagnies inscrites sur la liste noire des holdings-criminels-impérialistes qui ont des intérêts dans la guerre. Ça ne doit jamais entrer ici, tu entends? Comme tu n'es pas assez intelligent pour piger ça, dorénavant, tu passes à l'inspection avant de tout ranger. »

Je ne sais pas pourquoi je ne lui avais pas dit : *Va te faire foutre! Fais les courses toi-même!* La honte et la colère que je m'inspirais à moi-même! Pourquoi, bon Dieu, je perdais tous mes moyens face à ce type?

Puis, il y eut Pete. Qu'on avait arrêté dans un bar à Oakland, complètement ivre.

« Qu'est-ce qu'il faisait dans un foutu bar! »

Ken l'apprit d'un type qui accompagnait Pete ce soir-là. Après une demi-douzaine de bières, Pete s'en était pris à un client (une histoire de fille?), le propriétaire du bar avait appelé les flics, qui déduisirent rapidement qu'ils avaient affaire à un AWOL.

Pete fut envoyé à Presidio, à San Francisco, une prison militaire à la réputation sinistre.

Je dis, horrifié : « Il faut le sortir de là. »

Ken ricana : « Ah oui ? Et comment on fait ? On n'est pas chez Walt Disney, ici ! » Il envoya un coup de pied dans le canapé du salon et disparut dans la cuisine. Au bout de quelques minutes, il réapparut, les cheveux en broussaille, comme s'il s'était pris la tête entre les mains.

« Bon, fit-il en se ressaisissant. Voyons les choses du bon côté : mieux vaut la prison que de fuir au Canada.

— Tu n'es pas sérieux quand tu dis ça…

— Oh, bien sûr ! Ça doit être difficile d'entrer ça dans ton crâne de petit-bourgeois. Tout de suite penser à sauver sa peau ! » Il fit non de la tête avec dégoût. « Quel réflexe méprisable. Sauver sa peau comme l'a fait ton ami *Charlie Moses.* »

Je m'étranglai : « C'est odieux ce que tu viens de dire !

— Mais regardez-le pleurnicher sur le sort de son ami ! » Sur la table basse, le journal du jour avec ses morts quotidiens au Vietnam, qu'il me lança au visage. « Pour chaque gars qui fuit au Canada, un autre viendra le remplacer. Tu as pensé au pauvre type qui s'est fait ou se fera sauter la cervelle à la place de ton *trouillard d'ami* ? »

Trouillard d'ami ! « Tu ne sais pas de quoi tu parles !

— Bien sûr que je sais de quoi je parle ! Des types qui font dans leur pantalon, j'en vois tous les jours. Les gars ne sont pas tous des héros, malheureusement. Tu devrais le savoir, avec ton ami *Moïse.* »

Et toi, protégé par ta foutue infirmité, l'es-tu, héroïque ? Mais je me tus. Encore une fois.

Des semaines plus tard, des coups désespérés retentirent à la porte de l'appartement. Il était minuit passé, j'étais dans mon lit, plongé dans un livre. J'entendis jurer Ken dans sa chambre, et ses pas traîner jusqu'à la porte. « Pete ? Qu'est-ce que tu fous là ? »

Pete ? Sorti de prison ?

J'accourus au salon, y trouvai un Pete affreusement amaigri, le teint cireux. Il tituba jusqu'au canapé, s'écroula dessus. Je courus à la cuisine lui chercher une bière, qu'il but à grandes goulées, les yeux fermés. Nous l'observions, interloqués. « Pete ? Que s'est-il passé ?

demanda Ken d'un ton impatient. Ils t'ont laissé partir, à Presidio ? »
Pete secouait la tête mollement. Non. « Alors ? – Évadé. – Évadé ?
Merde ! »

Ses mains, son visage étaient couverts de croûtes. Ses vêtements
puaient l'urine, la moisissure. D'une voix à peine audible, Pete
raconta que, dans sa section, ils avaient découvert qu'un des gars
avait l'hépatite B. « On s'est jetés sur lui comme des vampires. À le
piquer partout avec nos ongles, des petits cailloux ou n'importe quoi
de coupant pour le faire saigner. Et on s'est mis à se couper nous-
mêmes pour nous faire saigner. On a mélangé notre sang avec celui
du gars de l'hépatite, comme des frères pour l'éternel. Ç'a pris
quelque temps, et on a commencé à claquer des dents et à se chier
les tripes. Ils ont attendu quelques jours avant de nous envoyer à
l'hôpital, ils croyaient qu'on jouait la comédie. Ils ont fini par constater qu'on ne rigolait pas. On a été cinq à être transférés à l'hôpital, et
c'est de là que j'ai réussi à m'évader, avec un autre gars.

— S'ils te rattrapent, dit Ken, tu en as pour quinze ans. Il faut
t'emmener au Canada. »

Stupéfait, je dévisageai Ken, qui détourna le regard. Il avait dit
cela avec du mépris dans la voix, en secouant la tête, comme je l'avais
vu faire si souvent. Pete, un cas désespéré devant lequel on abdique ?
Un problème dont il fallait se débarrasser *au Canada* ? Je frissonnai.

Pourquoi n'étais-je pas parti à ce moment-là ? *Pourquoi ?*

3

Pete avait besoin d'un chauffeur pour traverser la frontière, et je me proposai sans hésiter.

C'était un de ces matins froids et brumeux de janvier qui transpercent les os ; le soleil, blafard, comme s'il était voilé d'une pellicule cendreuse. Une sensation d'oppression dans l'air et dans la poitrine.

Ce matin-là, Ken nous avait à peine aidés, prétextant une urgence au comité. Je l'avais attrapé par la manche tandis qu'il quittait l'appartement. On entendait le pauvre Pete malade savourer sa dernière douche chaude avant le grand départ, dans le mesure où il pouvait savourer quoi que ce soit dans son état. J'étais en colère.

« C'est ton ami, Ken !

— C'est comme ça, mon vieux. Il n'y a rien à ajouter. »

Il était sorti sans refermer la porte derrière lui. Estomaqué, je l'avais regardé descendre l'escalier en claudiquant, une main agrippée à la rampe. Quelques minutes plus tard, Pete surgissait dans le salon pieds nus, une serviette nouée autour de la taille, dévoilant un torse maigre, un dos et des bras couverts de croûtes infectées.

« Mon Dieu, Pete. Il va te falloir voir un médecin bientôt. Toutes ces plaies… Il faut les soigner. »

Il avait haussé les épaules puis dirigé ses yeux cernés sur la porte ouverte.

« Où est Ken ? »

Tout cela devenait trop cruel. « Il est parti. Une urgence à régler. Ça ne pouvait pas attendre. Il est désolé, vraiment. Il t'offre ses excuses. Il veut qu'on lui téléphone dès notre arrivée à Vancouver. Il ne te laissera jamais tomber. Il l'a promis. »

Un sourire usé se dessina sur son visage. « Je le savais. C'est le meilleur. On peut toujours compter sur lui. »

Pour l'épargner, je lui rendis son sourire. Tout en maudissant Ken Lafayette.

En route vers le nord, le Canada. Des papillons dans l'estomac, et Pete installé derrière, sur la couchette de la Westfalia, sous d'épaisses couvertures, l'ombre du grand gaillard que j'avais embarqué trois mois plus tôt, ce fameux soir pluvieux d'octobre 1968, sur la route 160 au sud de Sacramento. Sa longue silhouette décharnée, son teint de cire, et cette vieille casquette des Giants que Ken lui avait refilée pour camoufler sa tête rasée de GI. Si faible et fiévreux que je dus l'aider à descendre les trois paliers de l'immeuble dans Le Roy, un bras autour de sa taille. Sa peau brûlante dégageait une forte odeur de chair infectée. Il portait mes vêtements, se perdait dedans.

Il n'était pas certain que le Canada veuille de Pete. Ken le savait et s'en était lavé les mains. Car à la clé du processus d'immigration, il y avait un examen médical.

J'eus droit à un premier rire de sa part au centre-ville de Seattle. Quand je lui mis dans les mains des billets canadiens – une centaine de dollars – que je venais de changer dans une banque de Pike Street.

« De l'argent, *ça* ? Tu t'es fait avoir, mon gars ! » Il avait étalé les billets sur la couchette, riait comme un gamin devant leurs couleurs variées. « De l'argent de Monopoly ! » Puis, intrigué : « C'est qui, cette poule avec ses airs de duchesse ?

— Tu te fous de moi ? Tu ne sais pas qui c'est ? »

Il remua faiblement la tête. « Je devrais le savoir ?

— C'est la reine Élisabeth II. »

Il toussa, renifla. « Qu'est-ce qu'elle fout là ? C'est la reine d'Angleterre, non ?

— C'est aussi la nôtre.

— Hé ! On a fait la guerre d'Indépendance en 1775 pour s'en débarrasser !

— Eh bien, pas nous, il faut croire. »

Il me regarda d'un air perplexe, comme si je lui proposais d'aller en Sibérie. Cette ignorance des Américains m'a toujours sidéré.

À croire que le Canada était une sorte de bâtiment quelconque, dépourvu d'intérêt, pas très loin de chez eux, devant lequel ils passaient tous les jours sans lui prêter attention. Oh, bien sûr, on leur avait dit une fois qu'il s'agissait d'un autre pays, et cela leur avait suffi.

Nous étions à quelques kilomètres de la frontière. Des paysages époustouflants que nous avions traversés, Pete n'avait rien vu. Il avait dormi, parfois en proie à des épisodes de délire, et bon Dieu, cette fièvre qui ne voulait pas tomber. « Pete, on approche. Il faut t'installer devant. » Je l'aidai à se lever de la couchette, le fis sortir de la Westfalia. Il but un peu d'eau, pissa sur le bord de la route, le regard perdu. La nuit était tombée, il était plus de vingt-trois heures. Nous faisions le pari qu'à cette heure tardive les douaniers se montreraient moins zélés, que l'état de Pete éveillerait moins leur curiosité. Je lui avais lavé le visage, l'avais soutenu tandis qu'il passait des vêtements propres, avais jeté sur le bord de la route ceux qu'il portait depuis la veille, trempés de sueur. Il gémissait, mais se laissait faire. Il dit, un sourire pâle aux lèvres : « Ne t'inquiète pas. Tout va bien se passer. »

Et pourtant, rien n'était gagné pour lui.

Nos airs angoissés au point de passage de Douglas. Il y avait cette grande arche d'une blancheur étincelante, illuminée à la base, l'arche de la Paix sur laquelle flottaient les deux drapeaux, ondoyant dans le vent comme des danseurs synchronisés, et cette inscription gravée à ses pieds – QUE CES PORTES NE SOIENT JAMAIS CLOSES – que Pete accepta comme une promesse.

Une première halte, et une deuxième. Je baissai la vitre, un type maigre d'une quarantaine d'années s'approcha de la Westfalia. « Qu'est-ce qui vous amène au Canada ? » Je sentais le battement accéléré de mon cœur. Je dis, la voix enrouée par la nervosité : « Nous allons passer quelques jours chez des amis à Vancouver. » Il me dévisagea, l'air impassible : « Américain ? – Non. Canadien. » Et, sans qu'il me le demande, je lui tendis mon acte de naissance, regrettant mon empressement qui pouvait ressembler à un aveu. Il parut surpris, consulta le document. « Et vous ? » Comme nous l'avions espéré, la pénombre avantageait Pete. « Non. Américain.

— Quelque chose à déclarer ?

— Non, dit Pete avec un aplomb qui me surprit.

— Alcool, cigarettes ?

— Non, fit Pete.

— Combien de temps à Vancouver ?

— Trois jours, dis-je. Nous rentrons dimanche.

— Bon séjour au Canada. »

Et ce fut tout. Nous parcourûmes les mètres suivants dans un silence estomaqué, incrédules. Lorsque nous fûmes assez loin de la frontière et que l'arche de la Paix disparut dans la lunette arrière, Pete se mit à pleurer comme un bébé.

Georgia Street, dans la partie est de Vancouver. Des bâtiments désaffectés, à louer, de petites maisons tristes et défraîchies, et un ciel lourd et bas, de la couleur du plomb.

Le comité d'aide aux résistants de la guerre fut plutôt facile à trouver : un local au rez-de-chaussée d'une bâtisse délabrée en briques d'une couleur indéfinie, des affiches dans les fenêtres sales, aux slogans criards, frappés de points d'exclamation comme des explosions : STOP IT! U.S. OUT OF S.E. ASIA NOW! ENDLESS WAR IS ENDLESS DEATHS!

Pete faiblissait d'heure en heure. À peine s'il arriva à traverser la rue. Je dus le soutenir et l'aider à gravir les quelques marches jusqu'à ce qu'un type à l'intérieur du local nous aperçoive et se précipite à la porte pour nous donner un coup de main. Quel accueil ! Une poignée de bénévoles affables, pas mal plus décontractés que ceux qui essaimaient autour de Ken Lafayette. On nous fit asseoir, nous servit du café et des biscuits. Et pendant que nous faisions connaissance, un médecin, à qui une des filles avait téléphoné, se présenta au local, un type plutôt jeune aux cheveux longs. Il prit Pete à part, l'ausculta et lui prescrivit une longue liste de médicaments. « Assez pour faire planer un foutu bataillon de marines tout entier », dit Pete.

Les bénévoles du comité nous indiquèrent un hôtel pas cher à l'ouest dans Georgia Street. Tandis que Pete – mis K.-O. par les comprimés du médecin – dormait à poings fermés dans la chambre, je visitai en compagnie d'un gars du comité un appartement à quelques rues de là, un trois-pièces propre et bien chauffé, achetai des meubles d'occasion que l'on transporta dans la Westfalia, et remplis le frigo. J'avançai un an de loyer à la propriétaire, une femme sèche à l'air hautain qui m'avait traité avec méfiance jusqu'à ce qu'elle voie la liasse de billets. « Ah ! Si tous les jeunes étaient comme vous ! » Je ne dis rien, me contentai de lui serrer la main, une fois le bail en poche.

Pete trouva l'appartement génial. « C'est chez moi ? Je n'ai jamais rien eu de pareil. Comment te remercier, Roman ?

— En te remettant sur pied le plus vite possible et en acceptant cette enveloppe sans dire un mot. »

Il l'ouvrit, écarquilla les yeux. Il y avait mille dollars dedans. De l'argent de Dana. Et, encore une fois, il pleura.

Le lendemain matin, je rentrai à Berkeley avec un sentiment de vide. Après tout ce qui s'était passé avec Ken, je ne me sentais pas capable de réintégrer l'appartement dans Le Roy Avenue. Je revois encore Pete, tremblant de fièvre, les yeux malades, son visage comme un masque d'une pâleur alarmante, s'inquiéter pour son ami : « On a promis à Ken de lui passer un coup de fil en arrivant. Il faut l'aviser que tout s'est bien déroulé. Je le connais, il doit se ronger les sangs pour moi. » Ken, mort d'inquiétude ? Ce gars-là, ressentir quoi que ce soit pour quelqu'un d'autre que lui-même ? Une blague ! Pourquoi, bon Dieu, Pete avait-il une perception aussi distordue de son ami d'enfance ?

Les bénévoles de Georgia Street nous avaient laissés téléphoner au comité à Berkeley. Chaque fois, Pete se heurtait à une ligne occupée ou à un type qui lui promettait de transmettre le message. Mais Ken ne rappela jamais. « Il est très occupé, l'excusait Pete. C'est pas grave. On finira bien par se parler. » Mais cela l'attristait, ça se voyait à l'air abattu qu'il prenait lorsqu'il raccrochait. Le matin de mon départ, il revint à la charge : « Dis à Ken que je lui téléphonerai à l'appart samedi matin, OK ? – OK, Pete. S'il le faut, je l'attacherai à son lit avant son réveil. » Il me sourit, me serra dans ses bras, et je montai dans la Volks, rempli de haine. Tout cela commençait à m'atteindre drôlement.

J'arrivai à Berkeley le surlendemain, tard dans la soirée. L'appartement baignait dans l'obscurité ; Ken n'y était pas, à mon grand soulagement. En me pressant, je ramassai mes affaires, qui se résumaient à quelques vêtements et livres, et laissai sur la table de la cuisine une note laconique que je voulais cinglante :

Ken,
Pete est entre bonnes mains, du moins pour l'instant. Il est très courageux, malgré ce que tu penses. Il te téléphonera samedi à 10 h. Tu sais, on a déjà pris pour braves des lâches qui craignaient de fuir. Il est temps pour moi de reprendre la route.
Merci de ton hospitalité,

                                                                Roman

P.-S. – La phrase sur les lâches n'est pas de moi. Elle est de Thomas Fuller, au cas où tu voudrais l'intégrer à l'un de tes discours.

4

Ethel m'avait transmis les coordonnées d'un ami qu'elle avait connu à New York et qui vivait à San Francisco depuis quelques années. De nombreuses fois à Berkeley, j'avais pensé lui téléphoner, sans jamais le faire, peut-être pour me prouver que je n'avais besoin de personne pour m'aider à organiser ma vie. « Va le voir, m'avait dit Ethel. Il est charmant. Il t'aidera à t'installer là-bas. Il t'attend. »

Il s'appelait Bobby Spangler. Il m'avait donné rendez-vous dans un café de la 5e Rue, tout à côté du *San Francisco Chronicle*, où il travaillait. Chaleureux, courtois, il portait de grosses lunettes à monture d'acier et les cheveux mi-longs, parlait lentement en choisissant minutieusement ses mots, avec des mains fines constamment en mouvement. Journaliste affecté à la couverture des événements culturels, il signait à vingt-six ans sa propre chronique, intitulée « Sounds and Music », laquelle offrait aux lecteurs des rencontres aussi improbables que géniales entre les Beatles et Schubert, Pink Floyd et Moussorgski. Natif de Brooklyn, Bobby avait étudié la musique à Juilliard avant de tout plaquer pour San Francisco. « La seule chose qui m'importait, dit-il, c'était de me bâtir une vie sans avoir à faire trop de compromis, de *compromis douloureux.* » Là-dessus, il s'était tu, comme s'il méditait sur ses propres paroles, lesquelles cachaient, croyais-je, une autre tragédie nommée Vietnam.

Il s'était montré étonné. « Oh non ! Pas la guerre ! » Il eut un sourire énigmatique. « De ce côté-là, le problème s'est réglé de lui-même.

— Ils te laissent tranquille ? Tu n'iras jamais ?

— Jamais.

— Comment tu as fait ? »

Bobby était homosexuel. Il me fixa de ses yeux bleus derrière ses grosses lunettes, attendant de ma part une réaction. Que devais-je répondre à cela ? *J'en ai rien à foutre ? Ça ne me dérange pas ?* Je ne dis rien. Il but une gorgée de café, s'essuya la bouche avec une serviette en papier. « C'est bien la seule fois de ma vie où mon homosexualité m'a servi à quelque chose de positif. Ce pays est fou. »

Bobby nous commanda deux morceaux de gâteau aux carottes, comme si cette conversation lui avait ouvert l'appétit. Il reprit : « À New York, c'est le mensonge ou la provocation. Il n'y a pas d'entre-deux. Soit tu te caches et tu t'inventes une petite amie pour la respectabilité sociale, ce que fait la majorité. Soit tu t'exhibes de façon grotesque pour dire que tu emmerdes la société. Ici, à Frisco, une communauté s'organise. Bien sûr, rien n'est gagné, ça prendra du temps, mais on finira par se faire respecter. C'est l'inévitable loi du nombre. » Il avala une bouchée de gâteau, s'extasia. « Et toi, qu'est-ce qui t'amène ici ? »

Je haussai les épaules. « Je ne sais pas très bien. L'espoir d'une révélation qui m'aidera peut-être à refaire ma vie. »

Il fronça les sourcils, remonta ses lunettes sur son nez.

« Qu'est-ce qui t'intéresse ?

— L'art en général. Mais quoi faire ? »

Il rit. « San Francisco m'apparaît l'endroit tout indiqué. »

Bobby Spangler était probablement la plus belle chose qui m'arrivait depuis Moïse. Nos conversations tellement plus réjouissantes sur la peinture, la musique, la littérature – mon Dieu, ma vie au MoMA, à New York, me manquait soudainement ! – que sur la guerre, l'impérialisme, le communisme et toutes ces conneries de révolutionnaires à deux sous qui saturaient l'air de Berkeley. Bobby m'emmenait à l'opéra, au cinéma, au San Francisco Museum of Modern Art. J'avais l'impression de retrouver un peu de stabilité.

J'emménageai dans un trois-pièces au coin de Post et Taylor, dans le quartier Tenderloin. J'appréciais l'anonymat que m'offrait ce grand immeuble de six étages, dont les locataires se présentaient comme des gens tranquilles, sans histoire, menant des vies normales en marge du chaos et des épanchements d'une jeunesse arrogante. À dix rues de chez moi, dans Columbus Avenue, la librairie fondée par le poète Lawrence Ferlinghetti, le City Lights Bookstore, que Moïse avait tant rêvé de visiter. (« Oh, *man*, je t'envie ! Qui t'as vu là-bas ? Ginsberg ? Burroughs ? Kerouac ? – Juste Ginsberg. – Ginsberg ? Il a dit quoi, Ginsberg ? – Comment, il a dit quoi ? – Tu ne lui as pas parlé ? – Qu'est-ce que je lui aurais dit ? – Oh, *man* ! Mais il y a *plein* de choses à discuter avec *Allen Ginsberg* ! »)

Bobby m'avait trouvé un job de commis au *San Francisco Chronicle*. Je n'avais pas besoin d'argent, mais ça m'intéressait de voir comment fonctionnait un journal. Ma tâche consistait à fournir aux journalistes les dépêches des agences de presse que crachaient jour et nuit les télex parqués dans une grande pièce climatisée et insonorisée. J'aimais ces machines infernales battant au rythme de la planète : guerres, ententes diplomatiques, résultats sportifs, marchés boursiers. La sensation du papier encore chaud dans mes mains, que je détachais suivant les pointillés, et dont je séparais les copies carbones pour les apporter aux journalistes selon leur spécialité : Vietnam, faits divers, politique, sports, économie. J'étais celui qui « distribuait l'ouvrage », et les journalistes se mirent à m'appeler *boss* en rigolant. Le sentiment réconfortant d'appartenir à une famille.

Rapidement, des rumeurs sur Bobby et moi se mirent à circuler. C'est Bobby qui me l'apprit un soir, après le travail. Il était fou de rage. À la fin, il dit : « Tu crois que je te drague ?

— Je…

— Oublie ça. Tu n'es pas mon genre. Tu ne le seras jamais. »

Apparemment, c'était le gars aux faits divers, Nolan Tyler, qui alimentait les ragots. Le genre de type qui aimait étaler ses prouesses sexuelles, toujours une histoire à raconter, graveleuse et invraisemblable. Le lendemain matin, Bobby l'affronta devant le personnel du *Chronicle* : « Et toi, Nolan ?

— Quoi, moi ?

— À ce que je sache, tu n'as ni femme ni petite amie, si ?

— Qu'est-ce que tu sous-entends, l'ami ?

— Que toi aussi tu pourrais *l'être* ?

— Tais-toi, Bobby, ou…

— Ou quoi, Nolan ? Pourquoi te fâches-tu ? Je fais tout simplement raisonner comme toi. Sans vérifier les faits. »

Nolan, un grand costaud au dos voûté, brisé par un accident de voiture lointain, se leva, furieux, et, tandis qu'il allait partir, Bobby dit, avec une agressivité mal dissimulée : « Alors, si tu le veux bien, fous-nous la paix, à Roman et à moi. Parce que moi aussi, je peux en lancer, des rumeurs. »

Et ce fut la fin de l'histoire.

Un matin d'avril 1969, les mots *déserteur* et *Vancouver* attirèrent mon attention, puis m'assenèrent un coup au cœur. Une dépêche de la UPI toute fraîche, son papier encore tiède, en provenance de Blaine, dans l'État de Washington. Je la relus trois fois, les mains tremblantes. Le pire des scénarios confirmé noir sur blanc. Il s'agissait bien de Pete. Les autorités canadiennes l'avaient refoulé à la frontière, on parlait d'une histoire de drogue, de l'héroïne qu'il aurait tenté d'acheter à une prostituée amérindienne dans Downtown Eastside, à Vancouver. Je blêmis : *Qu'est-ce qui lui a pris, bon Dieu ?* À peine quelques pas sur le sol américain, et le FBI lui avait passé les menottes. Stupéfait, je lisais et relisais chacun des mots dans l'espoir d'une confusion sur le nom, l'âge, mais non, c'était bien lui : Pete Dobson, né à Oakland, vingt ans. Évadé de Fort Lewis, État de Washington, et de Presidio, à San Francisco. Je cherchais à travers les lignes mon propre nom, mais rien, à mon grand soulagement, la dépêche ne parlait pas des circonstances de son arrivée à Vancouver. Son procès allait bientôt s'ouvrir ; il était passible de quinze ans de prison, peut-être plus. Sonné, j'allai porter la dépêche à Nolan, c'était lui, au *Chronicle,* qui couvrait ces histoires de déserteurs. En me voyant, il dit : « Hep ? Ça ne va pas ? » Je balbutiai : « Un autre type qui s'est fait prendre. » Il parcourut rapidement le texte, me regarda sévèrement : « Il a enfreint la loi ! » Et je savais que je ne pourrais jamais avoir de conversation sensée avec Nolan Tyler.

Pauvre Pete. Cette nouvelle m'abattit pendant des jours. Je pensais à ce qu'on allait lui faire, aux mauvais traitements que les sergents fous furieux réservaient aux fugitifs récidivistes dans les prisons militaires. Et Ken Lafayette ? Comment réagissait-il ? Avait-il seulement un peu de compassion pour son ami d'enfance ?

5

La première fois que je disais : *Voilà, c'est ce que je veux faire dans la vie.*

C'était à la sortie du Castro Theatre, Bobby et moi venions de voir *Midnight Cowboy*. Le cinéma déversait son flot de spectateurs, nous nous tenions au milieu comme des rochers autour desquels s'écoulait la foule, silencieux, encore habités par cette amitié improbable mais combien touchante entre Joe Buck (Jon Voight) et Ratso Rizzo (Dustin Hoffman) dans le New York que Moïse m'avait fait découvrir. J'avais la gorge nouée. Et la troublante impression de nous avoir vus, Moïse et moi, sur un grand écran. C'était presque notre histoire à nous. L'histoire de notre rencontre providentielle et de notre amitié indestructible. Pour la première fois, un film me renvoyait à moi-même. Pour la première fois, on avait parlé de *moi* au cinéma.

(Bobby disait que c'était un film homosexuel, mais je n'étais pas d'accord.)

« Je veux écrire des films, Bobby. »

Il avait remonté ses lunettes sur son nez, plongé ses yeux bleu clair dans les miens, y cherchant la confirmation de mon sérieux. Autour de nous, le flux de spectateurs se tarissait.

« Pour ça, il faut travailler fort, dit-il. D'abord, il faut commencer par écrire. »

Quelques jours plus tard, il apportait chez moi une vieille Olivetti dénichée au *Chronicle* ; quelques réajustements et elle fut en parfait état. « Si c'est vrai ce que tu dis, tu t'y mettras dès que j'aurai franchi cette porte. »

Et c'est ce que je fis. Pendant des jours et des semaines et des mois, je noircis des pages comme me l'avait conseillé Bobby. « Branche ton cerveau directement sur tes doigts. Ne le laisse pas s'interposer entre toi et les touches du clavier. Tu verras, tu seras le premier étonné de tout ce qui sortira de... – il appuyait son index sur sa tempe – là. »

Enfin, j'avais un but, un vrai ! Je serais scénariste ! J'organisai ma vie autour de cette emballante, exaltante promesse, travaillant le jour au journal, écrivant le soir à la maison, visitant au moins trois fois par semaine les salles de cinéma, où je savourais les dernières productions : *Easy Rider, On achève bien les chevaux, Z* de Costa-Gavras... Je pouvais sortir d'une représentation à minuit ou même plus tard, me précipiter à l'appartement et me mettre à écrire, écrire, toute la nuit, jusqu'à l'aube, pour me rendre ensuite au *Chronicle*, épuisé mais comblé et parfaitement... heureux. Oui, heureux ! Ma vie avait enfin un sens ; j'étais plus qu'à l'aise financièrement (sagement, j'avais placé l'héritage de Dana à la banque et dans des obligations d'épargne) ; mon travail au *Chronicle* n'étant pas indispensable, j'aurais pu le quitter, maintenant que j'avais cette nouvelle occupation, mais comme disait Bobby : « Les idées viennent au contact des autres. » Il m'arrivait aussi d'obtenir des contrats d'agences de publicité qui me commandaient des scénarios pour la télé, une marque de bas de nylon, une autre de rouge à lèvres ; on m'exposait le concept, et je créais de brèves histoires ; c'était amusant et plutôt payant. Pour le reste, « les projets sérieux », je les envoyais à Hollywood ou à des producteurs de San Francisco, sur le conseil de Bobby. Les déceptions affluaient, mais Bobby m'encourageait : « Surtout, ne pas abandonner. Un jour, tu y arriveras. » Et je ne demandais qu'à y croire.

Puis ma mère mourut. C'est Moïse qui me l'annonça au téléphone. Un coup dur, le sentiment de l'avoir laissée tomber. Je lui avais parlé peu de temps auparavant, quelque chose dans sa voix me disait que ça n'allait pas.

« M'man, qu'est-ce qui t'arrive ?

— Quand est-ce que tu viens me voir ? Ça fait trois ans que tu le promets.

— M'man, c'est difficile pour le moment. Il y a le travail, et mes films…

— Trois ans. Depuis mon voyage à New York. Je pense pas être capable de tenir beaucoup plus longtemps.

— Tenir? Qu'est-ce que tu veux dire par "tenir", m'man?

— Ta mère se sent vieille, Romain. C'est tout. »

Et moi, affreusement coupable de ne pas l'avoir vue au moins une dernière fois.

6

Soudain revenu dans le pays de son enfance. Frappé par la langue qu'il entendait partout et ses sonorités qu'il avait oubliées quelque part au bord de la route de l'exil. Son sac de voyage à la main, il arpentait l'aéroport de Montréal, les oreilles dressées, la gorge serrée, affamé de cette musique qui lui avait manqué, tandis que les larmes montaient en lui et que ses yeux embrumés fouillaient la foule à la recherche de son ami qu'il n'avait pas vu depuis cinq ans.

Une scène de film ? Non : septembre 1971.

« Hé, *man* ? C'est toi ? »

Mon cœur s'était arrêté. Le type qui se tenait devant moi, je l'avais croisé au moins deux fois dans la dernière demi-heure.

« Moïse ? »

Je n'en croyais pas mes yeux. Il avait pris des kilos, des joues pleines, une impressionnante coupe afro et une moustache à la Dennis Hopper. Devant mon air ahuri, il dit, tout aussi étonné : « Et toi, avec ta barbe et tes cheveux, on dirait cet illuminé de Charles Manson ! Viens ici que je te serre dans mes bras ! »

Et comme aux beaux jours de New York, nous éclatâmes de rire et tombâmes dans les bras l'un de l'autre, les yeux humides, luttant contre les larmes. « *Man ! Man ! Man !* Cinq ans, merde ! C'est si bon de te revoir ! »

Oui, c'était si bon de se retrouver.

Avec élan, il m'entraîna dans le stationnement de l'aéroport où nous attendait la Coccinelle de Louise, celle des lettres enflammées de Moïse. Il empoigna mon sac de voyage, le jeta sur le siège arrière, ouvrit la portière et m'invita à monter en me tenant la main, comme à une gonzesse. « Arrête tes conneries, Moïse ! » Il rigola ; sous son nez, sa moustache remuait. Il démarra et la Coccinelle décolla, en route pour Métis Beach.

« Je peux pas croire que t'es là, *man* ! C'est comme un rêve ! Un foutu rêve ! Ça te fait quoi de rentrer à la maison comme ça ? »

Oui, qu'est-ce que ça me faisait ? « Je ne sais pas... Je me sens nerveux... J'aurais dû venir bien avant. Quand elle était vivante. Quand *ça comptait...* »

Il posa une main sur mon épaule. « Hé, tu ne pouvais pas savoir, *man.* Tu es trop sévère envers toi-même.

— Pour elle, c'est trop tard. Elle s'en fout... »

Moïse me jeta un œil inquiet, puis se concentra sur la route. Un paysage de banlieue, un ciel bleu du début septembre et déjà les arbres qui prenaient leurs couleurs d'automne. C'était étrange : parti toutes ces années et incapable de dire ce que je ressentais vraiment. Je dis : « Je vais devoir affronter le vieux. C'est ça qui me rend le plus nerveux, je crois. »

Moïse rit. « Ne t'en fais pas. Ton père est un vieillard inoffensif, maintenant. Pas certain que tu vas le reconnaître. » Il se tourna vers moi : « Je suis content que tu sois là. Je sais que tu as de la peine, mais tu verras, Louise et moi, on va te changer les idées. » Sur l'autoroute, le vent ballottait la Coccinelle et Moïse gardait fermes ses mains sur le volant. « Merde, merde, merde et merde ! Tant de choses à se raconter, *man* ! Ooooh, je suis si content ! »

Il était près de seize heures quand nous arrivâmes au salon funéraire. Moïse passa un bras autour de mes épaules et me guida à travers la foule, peut-être une trentaine de personnes. Une chaleur suffocante, des regards réprobateurs, des voix étouffées. *C'est lui ? Vous êtes sûr ?* Si Moïse passait le test de la décence avec son costume sombre de circonstance, j'échouais lamentablement avec mon jean à la propreté douteuse, ma veste à franges, mes cheveux longs et ma barbe. *C'est lui ? C'est Romain ?*

Je trouvai mon père prostré devant le cercueil. Moïse avait raison, c'était un vieillard. Le dos voûté, une tête déplumée et fripée d'oisillon, d'épaisses lunettes qui lui grossissaient les yeux. Les chuchotements dans mon sillage l'avaient alerté. Il se retourna, me vit. Se hissa sur ses jambes avec raideur, marcha vers moi, assez proche pour que je sente son haleine, une haleine d'alcool et d'accablement. Je ne dis rien, il ne dit rien. Autour de nous, on s'était tu. Je ne sais pas à quoi je m'étais attendu, certainement pas à une réconciliation, mais peut-être à une sorte de trêve entre nous. Sa véhémence me glaça le sang : « Va te changer et mettre une cravate, bon Dieu ! C'est ta mère que tu vas enterrer ! »

Je serrai les poings. Discrètement, Moïse m'encouragea à ne pas faire d'esclandre. Je dis, le plus calmement possible : « Bonjour, p'pa. Tu pourrais me saluer avant de t'énerver. »

Son visage se crispa. Cet air mauvais, menaçant, comme du temps où je l'accompagnais dans sa tournée des maisons de Métis Beach, et cette fois, sur la toiture pourrie du garage des Egan, où il m'avait crié dessus plutôt que de s'inquiéter pour son fils – oui, *son fils* ! – qui aurait pu se blesser, se blesser gravement, tomber sur le sol, se casser des membres ou le dos.

« Tu as compris ? Va te changer !

— C'est tout ce que j'ai. Il va falloir que tu t'en contentes. »

Ce n'était pas vrai. J'avais dans mon sac de voyage un costume et une cravate en prévision de l'enterrement.

« C'est ça ou tu sors d'ici ! »

Dans la salle, un silence stupéfait. J'étais trop abasourdi pour reconnaître quiconque. Jean ? Paul ? Et là-bas, au fond, l'imposante Françoise ? Des airs outrés, hostiles. Je me tournai vers Moïse : « OK, Moïse. On s'en va.

— Comme tu veux, *man.* »

Je me préparais à me frayer un chemin dans la foule, quand je sentis sa main calleuse s'abattre sur mon épaule. « C'est ta faute si elle est morte à cinquante-huit ans ! Tu lui as brisé le cœur ! »

Je dis, pris d'une rage soudaine : « Tu veux faire quoi, là ? Me frapper ? Depuis le temps que ça te démange, vas-y ! Vas-y, je te dis, cogne ! »

Des étincelles dans ses yeux. Il allait prendre son élan, mais Jeff Loiseau s'interposa.

« Laisse tomber, Albert. Pense à Ida. Elle te fait sûrement une sacrée scène d'en haut. »

Il grogna, jura. Clopina jusqu'à une chaise le long du mur et s'effondra dessus. On n'entendait plus que son halètement.

Profondément ébranlé, je gagnai la sortie, Moïse sur mes talons. Comment ne pas *le* mépriser? Comment ne pas *me* mépriser? Après toutes ces années, bon Dieu, ces neuf ans d'exil à essayer de devenir un homme, je n'arrivais toujours pas à affronter mon père. J'avais de nouveau quinze ans.

Dans la Coccinelle de Louise, je ne pouvais plus parler tant j'étais bouleversé. Nous dépassâmes le magasin de ma mère, que je regardai à peine, là où son cœur avait flanché, comme celui de sa mère, tandis qu'elle servait une cliente, foudroyée devant ses yeux. J'étais triste et fatigué. Nous roulâmes en silence dans la rue Principale, puis dans la rue Beach, les pins majestueux, les épinettes, les haies de cèdres centenaires, et les grandes demeures d'été avec leur court de tennis, tout ça ne m'avait pas vraiment manqué, même si, à les revoir d'aussi près, autrement que dans mes souvenirs qui s'étaient délavés avec le temps, je ressentis de la nostalgie. Tout était comme avant, sauf peut-être la végétation, qui m'apparaissait plus dense et vigoureuse. Moïse m'expliqua que Frank Brodie, le policier qui avait fait irruption chez moi le matin du 19 août 1962, avait été forcé à la retraite depuis que Métis Beach était du ressort de la Police provinciale.

Puis la maison de Dana.

« C'est ta maison, Romain. À Métis Beach, dans ta maison. »

Moïse était descendu de la Coccinelle et me regardait, souriant, comme s'il me faisait la surprise d'un cadeau. Ma maison. Celle que Dana m'avait léguée *pour que je garde un lien avec mon coin de pays.* Plus belle encore que dans mes souvenirs, avec ses deux tours-pavillons éclatantes sous le soleil encore chaud de septembre, sa grande véranda peinte de frais, ses bardeaux patinés par l'air salin de la mer, calme ce jour-là, d'un bleu profond. Oh, Dana! J'aurais payé cher pour la voir blottie dans une des chaises Adirondack du jardin, pantalon de toile, gros pull de marin et lunettes noires, lisant *Life* ou un bon roman, levant de temps en temps les yeux vers les flots étincelants du fleuve. Elle aurait entendu le gravier de l'allée éclater sous les pneus de la Coccinelle, aurait tourné la tête : « Romain, c'est toi ? » Elle se serait levée, aurait marché vers moi pieds nus dans l'herbe comme elle aimait le faire, aurait ouvert les bras, embrassant l'espace autour de nous. « C'est ta maison, désormais. » Elle m'aurait serré contre elle, aurait posé ses lèvres sur mon front, et j'aurais senti, respiré le parfum de jasmin de son shampoing dans ses cheveux. « Oui, *ta* maison. Celle dans laquelle j'ai été si heureuse avec mon merveilleux John. »

Je te demande pardon, Dana. Tu ne sais pas à quel point tu me manques.

« N'est-ce pas une splendeur, cette maison ? »

Moïse et Louise s'en étaient admirablement occupés, et je leur en étais reconnaissant. Louise nous avait rejoints, elle me tendait une joue douce et parfumée, la séduisante Louise que je rencontrais pour la première fois et que j'embrassai sous le regard – jaloux ? – de Moïse qui s'empressa de me montrer la bague qu'elle avait au doigt. Ils allaient se marier bientôt, dans deux mois, quand Moïse obtiendrait sa citoyenneté canadienne. J'étais heureux pour eux, comme je l'étais de me retrouver avec eux, ici, dans la maison de Dana.

« Ça va, *man* ? Tu vas t'en remettre ? »

À l'heure où il était, on devait mettre ma mère en terre. Sans moi. Pas après ce qui s'était passé au salon funéraire.

Nous nous installâmes sur la véranda face à la mer. Louise nous avait apporté de la bière et des couvertures de laine. L'air de septembre rafraîchissait vite, dès que le soleil commençait à descendre de l'autre côté du fleuve. Nous aurions droit à un de ces couchers de soleil rouges flamboyants. J'avais froid, encore tremblant sous l'effet de la décharge d'adrénaline.

Louise nous laissa seuls sur la véranda ; tout ce temps à rattraper, elle en était bien consciente. Avant qu'elle ne s'éloigne, Moïse lui demanda un baiser – « Je t'aime », dit-il en la contemplant avec tendresse. Elle lui sourit, me sourit, et je ressentis une pointe d'envie pareille à une petite morsure. « Oui, *man*, la chance que j'ai », dit Moïse, comme s'il avait lu dans mes pensées. Il éclata de rire, j'éclatai de rire. Ses yeux s'emplirent de larmes, les miens aussi.

Sacré Moïse. Quel bonheur d'être enfin réunis.

Il but une gorgée de bière, s'essuya la moustache du revers de la main et dit, soudain sérieux : « OK, *man*. Parlons franchement. Il est temps d'organiser ton retour.

— Fous-moi la paix avec ça. Il n'y a pas une lettre que tu m'écris sans que tu t'y mettes. On dirait une mère juive qui fait chanter son fils parce qu'il ne va pas la voir assez souvent. »

Il ignora ma remarque. « C'est incroyable ! Tu n'es pas capable de voir la réalité en face ! Qu'est-ce que tu espères ? Qu'est-ce que tu fous là-bas ? » Il soupira bruyamment. « Bon. J'ai fait des recherches. Ils ont besoin de quelqu'un au Musée d'art contemporain, à Montréal. Ce serait parfait, non ?

— J'ai mon travail au *San Francisco Chronicle*. »

Il ricana. « Un travail de commis, *man* ! C'est pas sérieux ! Tu peux faire beaucoup mieux !

— C'est exactement ce que tu faisais quand tu as commencé au *Montreal Star* !

— Oui, mais avec une idée en tête : devenir journaliste. C'est ce que tu veux ?

— Combien de fois je te l'ai dit dans mes lettres, j'écris des scénarios de films.

— Et pas une fois tu ne m'en as envoyé un.

— Alors, très bien ! dis-je, contrarié. Je t'en poste un dès que je rentre à San Francisco.

— Tu ne le feras jamais.

— Et pourquoi donc ?

— Parce que tu n'y arrives tout simplement pas. Et à chaque tentative qui échoue, tu sombres un peu plus dans le désespoir. »

Je dis, piqué au vif : « Qu'est-ce que t'en sais ?

— Regarde-toi, *man* ! Tu es au bout du rouleau ! »

Devant nous, le soleil, aveuglant, incendiait le ciel. Je pensai à ma mère reposant dans le petit cimetière au bout de la rue de l'Église, et me promis d'aller sur sa tombe le lendemain, avec des fleurs, des œillets rouges, ses préférés. Après l'empoignade avec mon père, j'avais risqué un œil dans le cercueil et avais aperçu avec trouble qu'elle portait le tailleur Pierre Cardin que je lui avais offert à New

York. Je l'avais à peine entrevue, une image furtive, comme une carte à jouer montrée expéditivement puis remise dans son paquet. Ce long voyage depuis San Francisco pour l'apercevoir quelques minables secondes. Ce long voyage pour écouter Moïse me faire la leçon et dénigrer mon travail de scénariste.

« Et toi, demandai-je, irrité, où en est ton roman qui te rendra *si célèbre* ? »

Il se mit à rire, un rire amusé, celui d'une vieille personne qui se moque de ses erreurs de jeunesse.

« Pas le temps, *man*. J'ai des responsabilités, maintenant. Il faut beaucoup rêvasser pour écrire.

— Je ne peux pas croire ce que j'entends ! Tu parles comme ces imbéciles qui ne font rien d'autre que ce qui leur rapporte de l'argent. Parce que le reste, c'est une perte de temps !

— Peut-être qu'un jour je m'y remettrai. À la retraite, par exemple.

— Merde, Moïse, tu n'as que vingt-sept ans ! Où sont passées tes ambitions d'écrivain ? Et ton amour pour Kerouac, et les autres ? J'ai l'impression d'entendre un comptable !

— Tu verras, *man,* quand tu auras une vraie carrière. »

Soufflé, j'empoignai ma bière et me levai. Il y avait des limites à supporter une telle conversation !

« Hé ! Ne le prends pas comme ça ! Sois sérieux, un instant ! Regarde ta vie ! Un petit travail de commis et des rêves hors d'atteinte ! Un jour, tu vas te réveiller découragé de constater que toutes ces années ont été perdues. Il faut se construire une base solide à notre âge, sinon tout va s'effondrer plus tard. Il faut aussi que tu fasses la paix avec ce qui s'est passé ici, *man*. Il faut que tu reviennes. Sinon, tu n'arriveras à rien. Et tu veux que je te dise ? Avec la mort de ta mère, il est peut-être temps de te réconcilier avec ton père. »

Je bondis. « Tu te fous de moi, là ?

— Est-ce que j'en ai l'air ?

— Tu n'as vraiment rien compris ! »

Furieux, je dévalai l'escalier menant à la mer. L'air salin, froid, chargé d'humidité, me fouetta le visage. Qu'était-il arrivé à mon ami Moïse ? Du volcan au bord de l'éruption qu'il était à New York, il

s'était transformé en quelque chose de tiède et de plat. « Romain ! »
Je me retournai, grelottant. Moïse m'avait suivi sur la grève, une veste
de laine dans les mains. « Habille-toi, *man*, sinon tu vas attraper la
mort. » Il m'aida à l'enfiler, me tapota le dos. « Hé, ça fait cinq ans
qu'on s'est vus. Il faut se parler. C'est ce que font les amis, non ? Allez,
viens manger. Louise nous a préparé quelque chose de formidable. »

Moïse à table. Le dos bien droit, une serviette dépliée sur les
genoux. Louise nous avait préparé un bœuf aux carottes et des
pommes de terre en purée qu'elle avait déposés au centre de la table.
Moïse se leva, nous servit sans faire de taches sur la nappe, des por-
tions raisonnables, bien disposées dans des assiettes blanches, étin-
celantes. Même ses manières à table – qui révoltaient tant Dana ! –
s'étaient miraculeusement raffinées. Je souris. On aurait dit une sorte
d'aristocrate coincé. Impossible de ne pas penser au Moïse d'avant
qui mangeait avec ses doigts, la bouche ouverte, tout en parlant,
postillonnant et rotant parce que c'était drôle, non ? J'étais sidéré.
      Et j'avais fini par décolérer.
      « Tu revois cet enfoiré de Ken Lafayette ? » demanda-t-il.
      Dans mes lettres, je lui avais souvent parlé de Ken, et Moïse
n'avait cessé de me mettre en garde contre ce genre d'activiste fana-
tique.
      « Ça fait plus de deux ans que je l'ai vu. Je tombe des fois sur son
nom dans le journal, mais je ne t'apprendrai rien en te disant qu'il
ne me manque pas du tout. »
      Je leur parlai de son attitude scandaleuse envers son ami Pete. Ils
écoutaient attentivement, choqués. Je leur racontai un événement
ignoble dont j'avais été témoin au local antiguerre de Berkeley. Ken
s'en était pris à un type sur le point d'être enrôlé dans l'armée, son
père en faisait une affaire d'honneur, ayant lui-même été mobilisé
pendant la Seconde Guerre mondiale. Ken avait décidé de « s'amuser
un peu avec lui », tout simplement parce qu'il venait d'une famille
républicaine illustre de Californie.
      « Qu'est-ce qu'il a fait, ce salaud ?
      — Le père du type est un proche du gouverneur Reagan. Le gars
faisait pitié à voir. Le genre rebelle mais fils à papa. Problème de dope

et voiture sport. Une piètre estime de soi mais une grande gueule. Il voulait savoir comment prendre « le maquis ». Le maquis ! Comme les résistants sous l'occupation allemande ! Il était prêt à renoncer à sa famille, au fric de sa famille et à sa Porsche 912 pour vivre dans la clandestinité. Ken lui a dit que, pour obtenir son aide, il devait prêter le serment d'allégeance à la révolution maoïste devant un groupe d'au moins cinquante étudiants et signer un chèque de deux mille dollars à la Cause.

« Non ! s'exclama Louise.

— Oh oui ! En vingt minutes, Ken a réuni une cinquantaine d'étudiants sur le campus. Les gars et les filles se poussaient du coude en se moquant du type, sachant très bien à qui ils avaient affaire. Ken lui a tendu un porte-voix, et le pauvre a déclaré en balbutiant son amour à Mao. Tout le monde se bidonnait. C'était cruel.

— C'est un criminel, ce type !

— Est-ce qu'il a signé le chèque ? demanda Louise.

— Oui. Mais je ne crois pas que Ken s'en soit mis dans les poches. Quelqu'un au comité m'a dit que l'argent servirait à acheter du matériel.

— Du matériel ? fit Moïse. Quel genre de matériel ?

— Je ne sais pas.

— Ce gars-là serait capable de poser des bombes.

— Là-dessus, Moïse, je ne suis pas d'accord avec toi. Il est manipulateur, mais pas violent.

— J'espère que tu as raison. »

Après le repas, Moïse nous invita à passer au séjour. Du Grand Marnier servi dans des verres en cristal, les verres que Dana aimait utiliser lorsqu'elle buvait de la vodka avec Ethel, dans cette pièce autrefois pleine de vie et enfumée. À leur vue, comme à celle des meubles et des tableaux d'Ethel sur les murs, j'eus un serrement de cœur. Dana, ma mère. Les disparus réduits à peu de chose, ne vivant plus qu'à travers les objets pour ceux qui restent. Déjà trois ans que Dana était morte. Comme si une éternité était passée. Je ressentais autant de peine, mais avec un peu moins d'acuité et, avec cet estompement, la peur que les souvenirs se fanent plus vite. C'était le paradoxe. Mais ce soir-là, avec Moïse et Louise, dans cette maison fabuleuse et chaleureuse, les bons souvenirs chassaient les mauvais, vifs et heureux comme dans les albums de famille. « À nos retrouvailles ! » lança Moïse. Nous levâmes nos verres, les fîmes tinter. Un regard tendre passa entre eux, et je pensai : *Moïse, si heureux ! Sa vie si simple et sereine !* Constatant avec atterrement que la mienne m'échappait, une série fortuite d'accidents sur laquelle je n'avais pas de contrôle. En sirotant mon Grand Marnier devant le feu que Moïse venait d'allumer, je me surpris à envisager qu'il était peut-être temps pour moi de me poser, de me construire un avenir sur des bases plus solides, *mais lesquelles* ? Quand :

« Bonsoir. »

La voix me neutralisa comme une décharge de pistolet électrique. Une voix que je reconnus aussitôt. Une voix qui raviva tout le passé comme une vieille blessure qu'on écorche. Désemparé, j'interrogeai Moïse du regard ; embarrassé, il plongea le nez dans son verre.

« Gail ? »

7

C'était une jeune femme plus menue et plus mélancolique que dans mon souvenir, avec dans les yeux une fragilité déconcertante.

Elle était venue seule à Métis Beach, comme cela lui arrivait de temps en temps, quand ses parents n'y étaient pas et que son mari était trop occupé. Elle aimait la solitude, les longues marches sur la grève.

Elle avait appris la mort de ma mère et m'offrit ses condoléances. Elle avait pensé se présenter au salon funéraire et, par chance, s'était ravisée. « Ton père l'aurait mal pris, n'est-ce pas ? » C'était une évidence ! Je restai bouche bée, incapable de parler. Il y eut un silence gêné ; Moïse et Louise souriaient bêtement. Gail dit : « Au village, tout le monde parle de toi. De ton grand retour. » Elle me dévisagea avec un mélange d'amusement et de perplexité. « Ta barbe, tes cheveux. Je ne t'aurais jamais reconnu. »

Louise l'invita à s'asseoir et lui servit un verre. Moïse s'empressa de dire : « On connaît Gail depuis l'été dernier. On s'est rencontrés au *clubhouse*. Louise et Gail aiment bien bavarder ensemble. »

Pourquoi Moïse ne m'en avait pas glissé un mot dans ses lettres ? Devant mon air contrarié, il rit nerveusement, tandis que Gail, encore sous le choc de mon apparence, répétait : « Oh, Romain, tu as tant changé ! »

Sa voix et sa façon de parler étaient plus douces, plus résignées que dans mon souvenir. Quelque chose à découvert chez elle, pas comme cette nuit d'août 1962, avec son rire caustique, ses yeux flambant d'une lueur inquiétante, et cette photo de Don Drysdale qu'elle m'avait fourrée sous le nez par défi ou pour m'humilier. *Est-ce que tu l'aimes ? – Je ne sais pas. Peut-être que oui, peut-être que non. Mais ça n'a pas d'importance.* Le souvenir amer d'avoir été manipulé, ridiculisé.

Mais la jeune femme qui venait d'apparaître dans la maison de Dana ne ressemblait plus à cela. Cheveux longs blond cendré sagement attachés en chignon, pantalon blanc et veste noire, des yeux cernés légèrement maquillés, un visage osseux, des lèvres pâles. Elle dit, avec la timidité d'une gamine : « Tout ce temps… Il t'en est arrivé, des choses… Des choses formidables, m'a raconté Moïse.

— Ah bon ?

— New York, la Californie. Ton diplôme en histoire de l'art.

— Je n'ai pas de diplôme, j'ai abandonné avant. »

Elle força un sourire. « Moïse dit que tu écris pour le cinéma. C'est vrai ? »

Je décochai un regard sombre à Moïse. Que lui avait-il raconté au sujet de mes projets ? L'avait-il fait avec sarcasme ou avec respect ?

« Oui, c'est vrai.

— C'est fantastique, Romain. Je suis très heureuse pour toi. »

Elle se leva, alla chercher quelque chose dans son sac à main. Je vis qu'elle boitait légèrement. Elle revint, me tendit une carte de condoléances qu'elle avait peinte elle-même à l'aquarelle, un dessin plutôt enfantin, avec des animaux. Je fus touché qu'elle pense à moi et à ma mère, ce n'était plus la jeune femme perturbée et égoïste de dix-sept ans qui avait attiré dans son lit l'adolescent effarouché et naïf que j'étais, au point de croire qu'elle s'intéressait *réellement* à lui. Je la remerciai, remis la carte dans son enveloppe. « Et toi ? dis-je. Qu'est-ce que tu deviens ? »

Elle haussa les épaules. « Oh, moi ? Rien d'extraordinaire.

— On m'a dit que tu as épousé l'héritier des biscuits Barron. »

Elle rit. « Tu dis "héritier" comme si c'était un titre de noblesse. » Elle se rassit, quelque chose d'indétectable passa dans ses yeux. « Oui, c'est mon mari.

— Et alors ?

— Alors quoi ?

— Tu te plais avec lui ? Vous avez des enfants ? »

Ses traits se rembrunirent, et je sentis Moïse et Louise se raidir. Elle dit, avec une ironie mal dissimulée : « Oh non. Et c'est mieux comme ça. »

Qu'est-ce que ça voulait dire ?

Nous parlâmes un moment de Métis Beach ; Gail me donna des nouvelles du vieux Riddington dont la santé déclinait, des Babcock et des McKay qui, après l'accident tragique qui avait coûté la vie à leurs enfants, avaient vendu leurs propriétés. Art Tees avait racheté celle des Babcock ; la fille aînée des Hayes, celle des McKay. Gail parlait avec un détachement étonnant, ses yeux vides par instants et un tremblement continu aux mains, comme ces personnes qui prennent des médicaments pour contrôler leur humeur.

Moïse réprima mal un bâillement. « *Man,* avec toute cette route, les émotions, je vais me coucher. » Louise le suivit, nous laissant seuls, tous les deux. Je les regardai monter à l'étage à regret ; moi aussi, j'étais vanné. Gail esquissa un sourire embarrassé, se resservit un verre ; j'allai me chercher une bière dans la cuisine.

Puis elle se mit à me raconter ses malheurs. Me montra les bleus qu'elle avait sur les bras, une marque rouge sur la nuque. J'étais horrifié et estomaqué par la facilité avec laquelle elle se confiait, comme s'il n'y avait rien d'effroyable dans ce qu'elle racontait et qu'elle n'avait jamais pensé y mettre fin.

« Il me bat. »

Huit ans qu'ils étaient mariés, huit ans que les choses se passaient très mal entre eux.

« Qu'est-ce que tu attends pour le quitter ? »

Son petit rire amer, aigu. « Je suis la femme d'un homme très riche et très influent. Qui ne laissera jamais partir sa femme comme ça. Et puis, qu'est-ce que je pourrais faire toute seule ? Je n'ai pas de diplôme, pas d'argent à moi. » Elle eut un sourire fataliste. « Je suis piégée, Romain. »

Je ne pouvais pas accepter son défaitisme. Cachant mal ma colère, je dis : « On est en 1971, Gail. Pas dans les années cinquante. Les femmes divorcent, refont leur vie. Tes parents peuvent t'aider, non ? »

Elle but une longue gorgée, ses mains tremblaient encore plus. « Mes parents ? Tu les connais. Si je reste avec Howard, c'est aussi à cause d'eux. Ce mariage, ils y tiennent. »

Je secouai la tête : « Tu as vingt-six ans, bon Dieu ! Ce que tes parents pensent, on s'en fout ! »

Elle eut un mouvement de recul, fixa longuement le plancher. « Ça me touche beaucoup de te voir t'emporter pour moi. »

Sauf qu'on ne la sentait pas vraiment touchée ; elle était ailleurs.

Il était tard quand elle rentra chez elle. Je dormis mal, cette nuit-là.

Le lendemain, au petit-déjeuner, j'interrogeai Moïse. Il était sur la défensive : « Je ne savais pas comment tu aurais réagi à distance. Louise et moi, on a croisé Gail une fois ou deux pendant l'été. On ne s'est jamais vus à Montréal. Je n'ai pas cru bon de te le dire, pour ne pas te rappeler de mauvais souvenirs. Je croyais bien faire, c'est tout.

— Elle a des amis ?

— Je ne sais pas. Je ne la connais pas vraiment, je t'ai dit.

— Elle t'a dit pour son mari ?

— Elle en a parlé à Louise. Louise essaie de la convaincre de partir, mais c'est plus compliqué que ça, j'imagine. »

J'avais mal à la tête, l'impression de ne pas avoir dormi du tout. « Elle est bourrée de médicaments, Moïse. Il faut qu'elle en prenne beaucoup pour se laisser battre par ce salaud et se montrer si peu combative. Personne ne peut agir dans un état pareil. »

Moïse déposa sa tasse sur la table, scruta mon visage d'un air inquiet. « Non, *man*, ne me dis pas que…

— Je n'ai rien dit, rien pensé.

— Si, tu y as pensé. Et je te le déconseille fortement. Elle est trop fragile. Et tu l'es plus que tu ne le penses. »

Gail et moi passâmes l'après-midi à marcher sur la grève et à bavarder au chaud dans de gros pulls tricotés par Louise, calés dans des fauteuils sur la véranda. Ses mains ne tremblaient plus comme la veille, ses yeux avaient retrouvé un certain éclat, mais c'était toujours une femme brisée, sans défense, qui avait besoin d'être protégée. Elle me fit d'étonnantes confidences, sans pudeur : leur vie sexuelle malsaine et compliquée par l'infirmité de son mari, une paralysie des jambes due à la polio. Il voulait des enfants, la harcelait. Elle n'en voulait pas, refusait de se laisser toucher par lui les jours critiques du calendrier. Alors, il cognait. Elle dit, comme s'il s'agissait d'une victoire indiscutable : « C'est le seul pouvoir que j'ai, le priver d'enfants. » Je ne cherchai pas à la contredire. Elle parla de leur vie publique, quand il fallait qu'elle se montre à son bras et qu'elle devait avoir l'air d'une épouse aimante et dévouée. Il lui arrivait, quelques heures avant un événement mondain, de s'abrutir de Valium et de barbituriques, et de se retrouver dans un tel brouillard que Howard partait sans elle, furieux, lui promettant une correction au retour. Et sa belle-mère qui lui reprochait son ventre plat chaque fois qu'elle la voyait. Et ces mots grossiers qu'elle lui avait glissés un jour à l'oreille : « Vous n'avez qu'à ouvrir les cuisses, ma petite. Ce n'est qu'une question de volonté. » Et cette fois où, par mégarde, Gail avait soulevé le combiné et qu'elle était tombée sur une de leurs conversations : Howard fournissait à sa mère un compte rendu détaillé de leurs rapports sexuels et leur fréquence. À sa propre mère.

J'étais choqué. « Pourquoi tu l'as épousé ?

— Parce que je n'avais pas le choix.

— Tu disais la même chose à propos de Don Drysdale. Mais tu ne l'as pas épousé.

— Je… Tu ne peux pas comprendre… Je ne veux pas en parler… »

Elle se tut. Je n'allais pas la forcer à se confier, ce qu'elle venait de raconter était déjà assez difficile à absorber.

Le vent s'était levé, à l'ouest les nuages s'amoncelaient, presque noirs, chargés de pluie. Je dis : « Pourquoi Frank Brodie a parlé de viol quand il a débarqué à la maison ? »

Elle se braqua. « Je suis désolée, Romain. Je n'y suis pour rien. C'est mon père qui l'a envoyé.

— Pourquoi *viol* ? Qui a parlé de viol ? Toi ? »

Elle protesta, blessée : « Non !

— Qui, alors ?

— Mon père a su qu'on avait couché ensemble ce soir-là. Et il est devenu fou. »

Je tressaillis : « Tu le lui as dit ?

— Non ! Il l'a déduit. Souviens-toi : le chien, le pauvre Locki… Et mes cris sur la véranda… Les Riddington m'ont entendue et t'ont vu courir sur la grève. C'est eux qui ont alerté mes parents chez les Tees… » L'air était plus frais ; Gail frissonna, serra ses bras contre elle. « Quand ma mère et mon père sont rentrés, j'étais dans un tel état de choc que c'est à peine si je pouvais respirer. Locki n'était pas mort, il s'étouffait dans son sang. Je l'observais, accroupie, impuissante, terrifiée. Mon père m'a saisie par les épaules et m'a ordonné de rentrer dans la maison. Mais je l'ai vu faire de la grande porte-fenêtre : il a pris la tête de Locki dans ses mains et lui a brisé la nuque d'un coup sec. Pour abréger ses souffrances. J'ai tellement crié, Romain, et pleuré. C'était tout simplement épouvantable. »

La pluie avait commencé à tomber, piquant la surface du fleuve. Je pensai à Louis en serrant les poings : *Pourquoi s'en était-il pris au chien, bon Dieu ?*

« Rappelle-toi, j'étais nue, sous le drap. Quand on est sous le choc comme je l'étais, on oublie tout, où on est, qu'est-ce qu'on porte ou ne porte pas. D'abord, ils se sont alarmés, ensuite ils sont devenus furieux. Ils parlaient de toi, me demandaient si c'était toi, je veux dire, le chien, et si c'était à cause de toi que j'étais dans cet état-là. Je le jure, Romain, je ne leur ai rien dit, j'ai tout nié. Mais ils ne m'ont pas crue. »

Elle tremblait de tous ses membres, à présent. Ses révélations n'avaient rien d'inattendu et, cependant, j'étais profondément ébranlé, pensant avec gêne à l'insensibilité dont j'avais fait preuve à son égard, préoccupé par mon malheur, jamais par le sien.

Elle se blottit dans son fauteuil, cherchant la chaleur. « Mon père a voulu te faire peur, t'éloigner de moi à l'approche du mariage avec Don. Il a plutôt bien réussi, n'est-ce pas ? » Il y avait surtout de la dérision dans cette dernière remarque. Puis, avec un sourire pâle mais franc : « Ce qui me réconforte, c'est que tu t'en sois bien sorti. Je t'envie. » Elle eut un petit rire résigné. « Moi, c'est à partir de ce moment-là que tout a commencé à mal aller. Un mauvais rêve dont je n'ai jamais vu la fin. Mais je l'ai cherché, non ? »

Cette longue conversation m'avait bouleversé. Dans le désordre de mes émotions, je me sentais une responsabilité envers elle. « Laquelle ? » me demanda Moïse, soucieux. C'était difficile à dire. Peut-être parce qu'elle n'avait pas eu ma chance, celle de croiser quelqu'un comme Dana, quelqu'un qui l'aurait aidée. « Ce n'est pas une bonne idée, *man*. Elle a besoin de soutien psychologique, pas d'un bon gars comme toi. Tu es naïf si tu penses la sauver. »

Le deuxième soir, nous fîmes l'amour. Gail fut d'une grande tendresse, douce et affectueuse, et cela me troubla davantage. « Le sexe est le pire des conseillers », me mit en garde Moïse. Peut-être. Mais je lui fis quand même cette proposition de venir avec moi à San Francisco : « J'ai de l'argent. Tu feras les études de droit dont tu as toujours rêvé. Tu pourras décider de ta vie après et ne plus dépendre de personne. Je ne te demande pas de m'aimer ou de vivre avec moi comme si nous formions un couple officiel. Tu seras libre comme tu ne l'as jamais été. Comme je le suis, moi, depuis cet été 1962. »

Ses yeux s'embuèrent.

« Je suis sérieux, Gail. »

8

À San Francisco, mon appartement dans Tenderloin fut vidé en une journée et, la suivante, nous emménagions dans cet autre de Telegraph Hill, beaucoup plus spacieux et luxueux, ses grandes fenêtres donnant sur la baie. Si l'on étirait assez le cou et regardait vers l'ouest, on pouvait apercevoir par temps clair l'île d'Alcatraz, *l'île du diable de l'Amérique*, qui faisait frissonner Gail ou la faisait rire, cela dépendait des jours. Un grand appartement dans Calhoun Terrace, aux hauts plafonds et aux pièces inondées de soleil, une folie de quatre cents dollars mensuels, mais pourquoi pas, j'en avais les moyens, et Gail semblait apprécier, du moins au début.

Gail qui, je m'en rendis compte assez vite, était dans un état pitoyable.

Elle pleurait souvent, incapable d'expliquer pourquoi. Pouvait dormir de douze à quatorze heures d'affilée et se réveiller tard dans l'après-midi, sans entrain. D'autres matins, elle bondissait du lit avec l'énergie d'une centrale électrique, prête à conquérir le monde. Je redoutais ces matins-là. Elle insistait pour que je l'accompagne dans « ses activités », qui seraient « les bonnes, cette fois » : yoga, méditation, purification, prières et incantations, hypnothérapie, clubs mystiques… D'une voix enfantine, elle me suppliait de me déclarer malade au *Chronicle* – où l'on m'avait affecté à la mise en page, un travail que j'aimais bien – et m'entraînait hors de la ville pour une excursion de ressourcement ou une retraite au monastère bouddhiste de Shasta Abbey. Elle avait délaissé ses vêtements griffés de chez Holt Renfrew pour des robes paysannes bon marché et des châles en tricot dans lesquels elle se noyait comme une petite vieille frileuse. Avait jeté dans les toilettes toutes les pilules qu'elle avait apportées : Valium, Tofranil, barbituriques, ces comprimés qui la maintenaient dans un état de quasi-zombie mais régulaient ses humeurs. À la maison, elle imposa au menu des aliments qui me rebutaient : tofu, algues, pâté végétal. Tout ce que la Californie offrait en fait d'expériences et de gourous, elle l'essayait avec une détermination butée, convaincue qu'elle finirait par trouver le remède miracle qui la guérirait de son mal-être.

Pendant ce temps, j'avais cessé d'écrire des scénarios, pas la disponibilité ni la concentration nécessaires, et Bobby me le reprochait.

Bien sûr, je commençai à éprouver des regrets. Régulièrement, gentiment, je lui suggérais d'entamer les démarches pour l'université, mais elle les reportait, toujours quelque chose à faire, à tenter, un besoin de s'affirmer, j'imaginais, et de jouir de sa nouvelle liberté.

Je redoutais les problèmes avec son mari, mais à mon grand étonnement, il ne se manifesta qu'une fois, par l'entremise d'un de ses avocats qu'il dépêcha à San Francisco. Gail me l'apprit après le fait, comme si pour elle c'était un détail sans importance. Elle l'avait rencontré un après-midi à l'hôtel Sir Francis Drake ; il lui avait présenté une pile de documents, des papiers de divorce, et elle les avait signés sans les lire. « Tu as fait quoi ? – J'ai brisé mes chaînes. Il est sorti de ma vie. – Il ne te donne rien ? Tu n'as rien négocié ? » Elle secoua la tête, l'air victorieux : « Je ne veux pas de son sale argent. » J'étais stupéfait et sceptique à la fois : jamais je n'ai su si elle disait vrai, si cette histoire d'avocat, elle ne l'avait pas inventée. Avec Gail, je ne pouvais être certain de rien.

Avec ses parents, c'était la catastrophe. Les quelques fois qu'elle leur téléphona, ils lui raccrochèrent au nez. Elle sut par une cousine que, pour sauver les apparences (après tout, Gail n'avait-elle pas suivi « son violeur » ?), ils racontaient que leur fille séjournait dans une maison de repos en Californie pour soigner une grave dépression, ce dont elle souffrait bel et bien. Sa charmante famille mettait cela sur le compte de « son infertilité qui la rendait malheureuse ».

« Ce qu'ils n'ont jamais su, disait-elle d'un ton dégoûté, c'est qu'il faut monter Howard *comme un animal.* »

Elle leur envoyait des lettres délirantes, truffées de poèmes séditieux. Ginsberg, Orlovsky, Gregory Corso. « Ils disent que je suis folle, je vais leur donner raison. » Elle leur écrivait qu'elle se droguait, qu'elle aimait qu'on la viole dans les rues de San Francisco. Cela me rendait fou : je ne savais plus si elle jouait la comédie ou si elle basculait réellement dans la folie.

Le soir, elle s'installait devant les infos à la télé avec une sorte d'obsession malsaine. Je ne comprenais pas ce qu'elle y cherchait. Elle s'asseyait droite sur le canapé, les mains posées sur ses cuisses, se balançait légèrement d'avant en arrière, comme un enfant autiste, et regardait, les yeux écarquillés, le chaos qui s'échappait du poste : les bombardements au Vietnam, les morts, les corps déchiquetés, les manifestations antiguerre qui tournaient à la violence, les bombes du Weather Underground. Un jour, l'une d'elles explosa pas très loin de chez nous, dans le stationnement d'un édifice fédéral de Washington Street. Deux employées, deux jeunes femmes, furent blessées grièvement. On en parla pendant des jours à la télé et dans les journaux. Gail était terrifiée. « Comment peuvent-ils s'en prendre à des innocents ? Je ne comprends pas ce pays, Romain. Il m'effraie. » Elle tremblait de partout, comme si elle était saisie de fièvre.

« Ça va finir bientôt, Gail. Ça ne peut pas durer indéfiniment. »

Elle grimaça. « Je n'y crois pas. Cette violence n'est pas un égarement passager. Cette violence est *ancrée* dans ce pays. »

L'une des deux jeunes femmes succomba à ses blessures. Les yeux de Gail ne quittaient plus sa photo à la une du *Chronicle,* une jolie jeune femme de vingt-cinq ans aux joues rondes, mère de deux enfants en bas âge. Tout juste en dessous, les photos des trois Weathermen recherchés par le FBI, bien que leur responsabilité dans cet attentat n'eût jamais été établie. Elle disait, effrayée : « Ça aurait pu être n'importe qui. Dont nous deux. Tu comprends ?

— Comme on pourrait se faire tuer en traversant la rue. »

Elle me jeta un regard noir. « Tu vis depuis trop longtemps dans cette société. Tu ne vois pas ce qu'elle a de *malade*. » Elle tourna la tête, se mordit les lèvres. « Je veux rentrer à Montréal. »

Ce que j'attendais depuis des semaines, mais qui, bizarrement, me contraria.

« Tu es sérieuse ?

— Je veux rentrer. Tout ça me fait horriblement peur.

— Tu ne vas quand même pas retourner auprès de Howard ? »
Elle haussa les épaules.

« Gail, tu ne vas pas retourner auprès de ce salaud ? »

Elle ne répondit pas. Ses yeux ne regardaient plus rien, comme s'ils s'étaient égarés quelque part dans le brouillard de son esprit. Je m'agenouillai devant elle, lui pris les mains. « OK. Je m'en occupe. Si c'est ce que tu veux. »

Puis elle ne parla plus de rentrer à Montréal. Elle finit même par entreprendre des démarches pour s'inscrire en droit à l'université de Californie à San Francisco. J'assumerais toutes les dépenses, nous en avions convenu.

Elle se fit une amie, Susan, rencontrée dans une école d'arts plastiques de North Beach, une jeune femme énergique à la tignasse rousse et au rire franc et sonore, à laquelle Gail s'attacha tout de suite. Susan y donnait des cours d'aquarelle et de poterie. Elle avait fui son mari, un homme contrôlant qui lui interdisait de travailler, et pleura toutes les larmes de son corps lorsqu'il obtint de la cour la garde de leurs enfants. *Adultère* était un bien grand mot pour ce qu'on lui reprochait : il lui était arrivé d'aller chercher un peu de réconfort auprès d'un voisin dans leur banlieue de Daly City, lorsqu'elle se sentait désespérée.

Un soir, Gail dit : « Susan est partie, elle n'a eu peur de rien. Elle a même abandonné ses enfants. » Son visage s'assombrit. « Abandonner ses enfants… Tu sais ce que ça *fait* ? »

J'étais perplexe. Pourquoi l'aurais-je su ? Pourquoi l'aurait-elle su ? Nous n'avions pas d'enfants ni l'un ni l'autre.

Et elle se mit à pleurer, à chaudes larmes. Quelque chose de douloureux qu'elle n'arrivait pas à me dire. Comme un secret. *Gail avait un secret ?* Puis elle se ressaisit, s'essuya les yeux avec les mains. « Si Susan n'a pas eu peur, alors pourquoi j'ai peur, moi ?

— Peur de quoi, Gail ? J'ai de la difficulté à te suivre. Je ne sais pas de quoi tu parles.

— J'ai peur de tout. Des autres. De manquer d'argent. Je ne me fais pas confiance. Je ne crois pas être capable de réussir toute seule.

— Réussir quoi ? Tes études ? Tu vas y arriver. Il n'y a pas de raison pour que tu n'y arrives pas.

« — Tu crois vraiment ?

— Je n'en doute pas une seconde. »

Mais je ne le pensais pas. Si j'avais cru sincèrement pouvoir l'aider, j'avais à présent la conviction que c'était peine perdue.

À l'été 1972, Gail ne s'était toujours pas inscrite à l'université.

Nous prîmes le large avec Susan dans ma Westfalia, pour une sorte de Woodstock à Ahwahnee, dans le comté de Madera, au pied de la Sierra Nevada. Un rassemblement de hippies dont j'abhorrais la promiscuité communautaire et sexuelle, mais Gail y tenait.

La fête, si on pouvait l'appeler ainsi, réunissait une faune à moitié nue et intoxiquée. Nous allions tous gaiement célébrer le solstice d'été selon la tradition druidique. Des festivités étalées sur trois jours, et je ne voyais pas comment j'allais passer au travers.

« Romain, cesse de faire cette tête-là ! me reprochait Gail. Tu verras, tu te sentiras beaucoup mieux après. »

Et c'est justement ce qui m'inquiétait, cette prétention naïve selon laquelle nous allions émerger de cette mascarade ressourcés et purifiés. Je ne sais trop qui avait mis dans la tête de Gail que ces rites ridicules – qui n'étaient à mon avis qu'un autre prétexte pour ces insupportables hippies à se défoncer et à forniquer – rendraient nos vies meilleures et nous permettraient de réaliser nos rêves.

« Pourquoi faut-il que tu critiques tout, tout le temps ? dit-elle. Regarde autour de toi. »

Elle avait raison, l'endroit était magnifique. Des collines couvertes d'une herbe de la couleur de l'or, une végétation parcimonieuse, des arbres et des buissons d'un vert cendreux, mat, et une terre rouge comme le sang. Au creux de la vallée, un ruisseau gonflé, bouillonnant, où quelques vaches paissaient et se répondaient en écho, tandis qu'au loin les montagnes bleues du parc national de Yosemite, avec leurs pics dentelés, découpaient le ciel radieux, ce jour-là. Nous descendîmes de la Westfalia empoussiérée et fûmes accueillis par un type, torse nu, cheveux longs et ongles crasseux, deux enfants tout aussi sales, aux boucles blondes décolorées par le soleil, accrochés à ses jambes.

« Ils sont adorables, dit Susan d'un air mélancolique, pensant probablement aux siens. Ce sont les vôtres ? »

Le type ricana, jeta une mèche de cheveux derrière son épaule. « Les enfants ne sont pas notre propriété. » Il caressa leurs têtes blondes. « Ce sont des individus à part entière. La communauté est leur véritable famille. »

À ma grande consternation, Gail acquiesça à ses paroles. « C'est beau, ce qu'il a dit, lancerait-elle, après. Il a vu juste : les enfants n'appartiennent pas à leurs parents.

— Tu sais pourquoi il dit ça ? »

Elle se raidit. « Qu'est-ce que tu vas encore sortir comme bêtise ?

— Il dit ça parce qu'il ne peut pas prétendre à leur paternité. » Elle haussa les épaules, dit à Susan de ne pas écouter ce que je racontais. « C'est vrai, repris-je. Chez les hippies, avec leurs histoires d'*amour libre*, les mères sont les seules à savoir qui sont leurs enfants. Les gars, eux, qui ne sont jamais sûrs de rien, disent des conneries du genre.

— Oh, tu dis n'importe quoi ! »

Dans les collines, on avait érigé des dizaines de tentes entre lesquelles des enfants couraient. Des branches d'arbres et de buissons avaient été empilées un peu partout, des pyramides de branches desséchées qui s'embraseraient à la nuit tombée. « Le solstice d'été, répétait Gail, excitée, marque la victoire de la lumière sur les ténèbres », et toute la nuit, ces bûchers illumineraient le ciel.

On nous embarqua dans un délire de processions et de rituels stupides. Nous devions ramasser dans une bassine des fleurs coupées, les transporter par brassées dans une autre bassine à l'autre bout de la propriété. Des femmes se dévêtirent et déambulèrent complètement nues, pour assurer leur fertilité. Une odeur de marijuana et de haschisch flottait partout. Au coucher du soleil, on nous fit courir, main dans la main, autour des tentes en criant : « Lumière ! Lumière ! Lumière ! » jusqu'à ce que le soleil, rougeoyant, disparaisse derrière les collines d'un jaune cuivré. Puis des hommes allumèrent les bûchers qui incendièrent d'un coup le ciel tout entier ; la lumière, aussi vive qu'en après-midi, arracha aux enfants des cris de joie. « N'est-ce pas merveilleux ? dit Gail. Nous allons passer la nuit sous un soleil de feu. » Elle attrapa ma main – « Viens ! » – et m'entraîna vers une série de feux plus modestes le long de la rivière que des illuminés en costume d'Adam s'amusaient à enjamber en se brûlant la plante des pieds.

« À nous, maintenant ! fit Gail.

— Non ! Pas question que je finisse en saucisse grillée ! »

Elle commença à se déshabiller. « Viens, je te dis ! On va se purifier. Commencer une nouvelle vie. Tourner la page sur notre passé de merde. »

« *Notre* » *passé de merde ? C'est ce qu'elle avait dit ?*

Elle arracha ses vêtements, les jeta dans l'herbe. « Fais comme nous ! Déshabille-toi ! »

Susan aussi se dévêtit. C'était la première fois que je la voyais sans ses couches de vêtements informes et bariolés. Se sentant observée, elle ramena timidement ses bras sur sa poitrine généreuse. Gail s'impatienta, lui prit la main, et toutes les deux, main dans la main, sautèrent au-dessus des flammes qui leur léchèrent les mollets, criant d'une voix rauque, exaltée : « Lumière ! Lumière ! Lumière ! », pendant que dans les collines flambaient, grondaient tous ces feux de joie, une lumière aveuglante, libérant une chaleur de four, un véritable cauchemar de pompier, au milieu d'une végétation sèche et assoiffée.

Ensuite, dans l'enchaînement grotesque de leurs rites à deux sous, il y eut ce moment pathétique où l'on appelait les gens à jeter au feu ce qu'ils considéraient comme l'obstacle principal à leur épanouissement. Tous se mirent à chercher dans la nature un objet qui symboliserait cet obstacle. Une femme très émue parla d'inceste, son père, quand elle avait huit ans ; elle balança dans les flammes un cadavre de souris, et la foule applaudit. Fébrile, Gail se tourna vers moi et me demanda mon portefeuille. Je crus à une blague. Elle insista : « Donne-le-moi, s'il te plaît.

— Non.

— Donne-le-moi, je te dis ! »

Quelque chose de furieux dans ses yeux, et d'intraitable. Prête à exploser comme de la dynamite, si je la contrariais. À regret, je le lui tendis, me disant qu'elle n'oserait pas. Mais elle osa. Elle en extirpa tous les billets, les montra à l'assemblée.

« Je t'en prie, Gail… »

Elle contempla la foule, dit : « Je m'appelle Gail.

— Bonsoir, Gail », répondit la foule à l'unisson.

Elle leva la tête, écarta ses longs cheveux blonds de son visage. Elle était nue, comme la plupart d'entre eux. Ses seins menus, les os saillants de son bassin lui transperçant presque la peau. Ainsi offerte à tous les regards, elle n'était pas désirable, m'inspira même une sorte de répugnance. *On ne peut plus continuer comme ça, tous les deux.*

Elle brandit les billets, les agita devant les flammes. « Cet argent symbolise à merveille ma famille et mon ex-mari. Des gens riches qui n'en ont jamais assez. Des gens qui n'hésitent pas à briser la vie des leurs pour accroître toujours plus leur richesse scandaleuse… »

Il y eut des applaudissements, des mots d'encouragement : « Vas-y, Gail ! On est avec toi ! » Elle sourit, compta l'argent : deux cents dollars. La foule gronda de plaisir.

« Gail… Ne sois pas ridicule… Redonne-moi ces billets… »

Elle ricana, tituba, ses petits seins frémissant comme une eau qui bout. « Toi aussi, *tu es riche* ! Il faut l'être pour trimballer sur soi *autant d'argent* !

— Ouais ! criaient les autres. Ouais ! Vas-y, Gail ! »

Je serrai les mâchoires, l'attrapai par le bras. « Dis-moi comment on va payer l'essence pour rentrer à la maison ? »

Elle se dégagea brusquement, rit avec sarcasme. « Tu es en train de tout gâcher avec tes préoccupations de *petit capitaliste.* » Elle avait appuyé sur ces derniers mots avec dégoût, à la façon de Ken Lafayette.

Je dis, tremblant d'indignation : « Mes préoccupations de "petit capitaliste" ? Qui t'entretient depuis que tu es ici ? Qui va payer tes études ? »

Elle s'étrangla. « Ah ! Voyez-vous ça ! Tu n'arrêtes pas de me dire que ça te fait plaisir ! Mais si je comprends bien, *tu mens.* Tu attendais le moment pour *me le reprocher.* C'est une forme de chantage, c'est ça ? Tu crois qu'en payant pour moi tu t'assures de m'avoir à toi, *enchaînée* ? »

Autour de nous, la foule s'impatientait. « Laisse-la tranquille ! Fous-lui la paix ! »

— Oui, fous-moi la paix, dit-elle.

— Tu ne sais plus ce que tu dis, Gail. Tu as trop fumé de leur merde, à ces hippies.

— Ça ne te regarde pas !

— OK. Je vais prendre l'air. Vaut mieux mettre un terme à cette discussion. Je crois que tu pourrais regretter tes paroles.

— Regretter mes paroles ? railla-t-elle. Pour une fois que je te dis ce que je pense ! Tu m'étouffes, Romain Carrier, avec tes fausses attentions bienveillantes ! »

Un coup de poignard dans le ventre. « Alors, rentre à Montréal, dans ce cas ! Je ne suis quand même pas ton geôlier !

— Si, tu l'es ! Seulement, tu ne t'en rends pas compte ! »

Une sensation de vertige, de nausée. Elle me défia du regard, prit les deux cents dollars, les jeta dans le feu. Des cris de joie, et des incantations. Les billets s'enflammèrent, rapidement réduits à des étincelles portées par le vent. Gail riait, la tête renversée en arrière, triomphante. Sur sa peau moite, luisante de sueur, les flammes dansaient, réfléchies comme dans un miroir. Elle tourna des yeux étincelants, fiévreux vers moi, et nous sûmes à cet instant que quelque chose venait de se briser entre nous, irréparable.

Un type aux cheveux longs, flambant nu, posa une main sur mon épaule. « Ce n'est que de l'argent, *man*. Faut surtout pas le prendre comme ça. » Il désigna Gail du doigt. « Cette nuit, tu lui as permis de se libérer de ses démons. Ça, ça vaut de l'or. » Il me colla une claque dans le dos, puis se dirigea vers Gail, se pencha vers elle et lui dit quelque chose à l'oreille. Gail éclata de rire. Il la prit par la taille, le mufle, et elle se laissa faire, tout en soutenant mon regard, un sourire rancunier aux lèvres : *Je ne suis pas ta chose, ta propriété.*

Et soudain une lumière éclata dans le ciel, l'embrasa comme une comète gigantesque. Des flammes bondirent de l'autre côté de la colline et une épaisse fumée monta, anéantissant la lumière dégagée par tous ces feux du solstice, une fumée épaisse, noire. Et des cris, des cris à glacer le sang dans la nuit embrasée.

« Qu… qu'est-ce que c'est ? » Des yeux effrayés, des airs affolés. Quelqu'un parla de coyotes, il y en avait plusieurs qui rôdaient dans le secteur. « Non ! cria une femme, épouvantée. Non ! Les enf… »

Une cacophonie de cris se mêlant à la folie, aux battements de cœurs furieux, au grondement des flammes, amplifié par l'écho de la vallée. Nous nous mîmes à courir, à gravir la colline, tous ces gens intoxiqués, trébuchant, des hommes et des femmes aux corps nus et mous, hurlant d'effroi. En haut de la colline, sur l'autre versant, un spectacle terrifiant : une grande tente brûlait. « Combien d'enfants ? Ils sont combien là-dedans ? » criait un homme, désorienté. Cinq ? huit ? dix ? douze ? « J… je ne sais pas », dit une femme en pleurs. Des femmes désemparées, au bord de l'évanouissement, appelant leurs enfants, les cherchant, éperdues, ces enfants dont elles avaient oublié la présence. Quelques-uns se pointèrent, leur visage terrifié, et se blottirent contre leurs mères soulagées qui fondirent en larmes, pendant que nous assistions, horrifiés, impuissants, à ce cauchemar. Pleurs, cris, hurlements. « Combien d'enfants ? Quelqu'un peut-il le dire, bon Dieu ! » Dix ? douze ? Les flammes étaient trop hautes, trop féroces pour que l'on puisse s'en approcher.

Gail tremblait convulsivement. « Susan, hoqueta-t-elle. Il faut trouver Susan. » Ses yeux hagards fouillaient la foule. « Tes vêtements, dis-je. Où sont-ils ? » Elle ne savait plus où elle les avait laissés. Tant pis. Je déposai ma veste sur ses épaules, lui ordonnai de me suivre. Nous trouvâmes Susan près du ruisseau, en état de choc. Elle s'était rhabillée et pleurait sans pouvoir s'arrêter : « Dites-moi que ce n'est pas vrai… Que c'est une erreur… Que c'est un mauvais rêve… » Je me sentais nauséeux, ce bourdonnement déchaîné dans les oreilles, le feu, les cris. Des cris d'enfants *qui vont mourir*. Je leur pris la main à toutes les deux ; elles se laissèrent conduire jusqu'à la Westfalia.

La nuit était avancée lorsque nous quittâmes ces lieux maudits. Nous avions vu les secours arriver, deux camions de pompiers et quatre ambulances, pour rien, trop tard.

Une route déserte, et pas d'autre lumière que celle de la lune. Mon portefeuille avait été vidé, la panne d'essence nous guettait. De toute façon, où en trouver ? Aucune station-service n'était ouverte à cette heure-là. Je roulais quand même, pas plus de quarante kilomètres à l'heure, avec une tension dans le cou et un martèlement incessant dans le crâne. Fuir cet endroit, s'en éloigner le plus vite possible, ne plus voir dans le rétroviseur cette lueur funeste au-dessus de la montagne.

Derrière, Gail et Susan s'étaient endormies, assommées par les émotions et l'herbe qu'elles avaient fumée. Au bout d'une vingtaine de minutes, j'aperçus sur la route 49 une enseigne au néon Mobil ballottée par le vent. Soulagé, je ralentis, engageai la Volks dans le stationnement de gravier envahi par les mauvaises herbes ; les phares éclaboussèrent un bâtiment délabré, faiblement éclairé à l'intérieur. Je garai la camionnette, coupai le moteur et attendis le garagiste. Vers six heures, un vieux pick-up se gara, un type en salopette en descendit. Je réveillai Gail.

« Donne-moi ta montre.

— Où on est ?

— Ta montre, je te dis.

— Pour quoi faire ?

— Pour payer l'essence. »

Elle haussa les épaules, se tourna vers Susan. « Tu n'aurais pas un peu d'argent ? »

Exaspéré, je dis d'un ton ferme : « Non, Gail. Laisse Susan tranquille. C'est ta montre que je veux. »

Elle se braqua. Ses cheveux étaient sales, son front taché de suie.

« Tu es fou ! Elle vaut une fortune. C'est Howard qui me l'a donnée. Tu pourrais acheter une voiture avec ça. »

J'explosai : « Tu pleurniches pour une montre que ton batteur de mari t'a offerte ? Je n'en crois pas mes oreilles ! C'est elle qu'il aurait fallu jeter au feu, merde ! Pas mon argent ! Je ne suis pas né avec une foutue cuillère d'argent dans la bouche, moi ! »

Elle eut un sourire rusé. « Mais tu n'as pas levé le nez sur les milliers de dollars que t'a laissés Dana Feldman ? »

Je m'étranglai : « Qu'est-ce que Dana a à foutre là-dedans ? »

Elle ne répondit pas. « Tu sais ? repris-je. J'aurai au moins appris une chose cette nuit avec ta bande de tarés. C'est que tu resteras toujours une fille de riche qui attend des autres qu'on la traite en princesse.

— Je te déteste !

— Ça suffit ! »

Susan avait élevé la voix. « Cessez vos foutus enfantillages ! »
Exaspérée, elle plongea la main dans son sac en cuir, en ressortit une
poignée de dollars. « Prends-les, bon Dieu de merde ! Et de grâce,
ferme-la ! »

À notre arrivée à San Francisco, Gail se réfugia dans notre
chambre et y passa le reste de la journée. À l'heure du souper, je
frappai délicatement à la porte ; elle me rembarra d'un « Je n'ai pas
faim ! » Le soir, je dormis sur le canapé du salon. Tôt le lendemain
matin, elle m'attendait dans la cuisine, prête à sortir.

« Quelle heure est-il ? demandai-je.

— J'ai téléphoné à Susan. Elle vient me chercher pour me
conduire à l'aéroport. »

9

Après le départ de Gail, j'avais marché sans but dans la ville, jusque tard en soirée, et avais regagné Telegraph Hill, épuisé, triste et soulagé.

Un ciel de pleine lune, tacheté de nuages vaporeux. La moiteur de la fin juin dont profitaient, malgré l'heure, quelques plaisanciers dans la baie. L'appartement baignait dans l'obscurité. Je lançai mes clés sur la console dans le vestibule, actionnai l'interrupteur du plafonnier : rien. Idem pour la petite lampe sur la console, les lampes du salon et de mon bureau. Une panne d'électricité ? Pourtant, il y avait de la lumière chez mes voisins de Calhoun Terrace. Un problème avec le panneau de disjoncteurs ? À tâtons dans le noir, j'avançai dans les pièces faiblement éclairées par la lune, puis aperçus, perplexe, les pales du ventilateur qui tournaient dans la chambre à coucher. *Pas de problème électrique. Qu'est-ce qui se passe ?* Mon cœur se mit à battre plus vite. Devant moi, au bout du couloir, la fenêtre de la cuisine était grande ouverte, ses rideaux agités par la brise. « Il y a quelqu'un ? Gail, c'est toi ? Tu es revenue ? » J'entrai dans la cuisine, les chaises autour de la table avaient été déplacées et alignées le long du mur, sauf une.

« Gail, si c'est toi… ce n'est pas drôle… »

Puis un bruit derrière moi qui me fit défaillir, et un rire à figer le sang, satanique.

« Ken ? Qu'est-ce que tu fous ici ?

— Bel accueil. »

Il était debout sur une chaise, derrière la porte.

« Comment es-tu entré ?

— Par la fenêtre.

— Pourquoi?

— Pourquoi *quoi*?

— Pourquoi être entré chez moi, comme ça, par effraction? »

Il éclata de rire : « Par effraction!

— Qu'est-ce que tu as fait aux ampoules?

— Dévissées.

— Pourquoi?

— Simple précaution.

— Précaution pour *quoi*? »

Il descendit de la chaise, sa jambe plus courte lui fit presque perdre l'équilibre. Il plongea une main dans sa poche, en retira une ampoule qu'il vissa dans la douille au-dessus de la table. La lumière crue éclaira son visage couvert de sueur ; il haletait comme s'il avait couru, et je me demandai comment il avait fait pour escalader le mur extérieur et s'introduire par la fenêtre. *Un complice?*

« Qu'est-ce que tu me veux? »

Il m'ignora, promena ses yeux dans la cuisine. « Bel appart, dit-il. Et moi qui m'imaginais que tu habitais dans un truc minable.

— Qui t'a donné mon adresse?

— On dit qu'elle est plutôt mignonne, la fille avec qui tu étais.

— Salaud! »

Il m'attrapa par les cheveux, les tira vers l'arrière, m'arrachant des cris de douleur.

« Lâche-moi, bon Dieu! » Il me libéra, me poussa contre le mur. « Qu'est-ce qui te prend, merde! Tu es fou? »

Estomaqué, je l'observai qui claudiqua jusqu'au frigo, prit une bière et l'ouvrit. La capsule tomba sur le sol, il ne la ramassa pas. « Hé, je te parle, Ken! » Il ferma les yeux, but une longue gorgée. Ses traits étaient tirés, ses cheveux, gras et plus longs, et ses vêtements, froissés, dégageaient une forte odeur de sueur. Il s'essuya la bouche avec la main, dit d'une voix lasse : « Assieds-toi. Je te raconte. »

Il était recherché par la police fédérale. Pour avoir aidé à la mise sur pied d'un *GI coffee house* à Fort Ord, au sud de San Francisco. Les *GI coffee houses* étaient des endroits ouverts par des civils à l'extérieur des bases militaires, où les soldats pouvaient se rassembler, écouter de la musique, prendre une cuite, fumer et, surtout, discuter librement, sans le fusil d'un sergent fou sur la tempe. Dans ces lieux enfumés où se mêlaient étudiants et militaires circulait une abondante littérature subversive et révolutionnaire qui avait poussé plus d'un GI à l'insubordination, voire à la désertion. Les autorités saisissaient les tribunaux pour les faire fermer.

« Ils sont débarqués il y a deux jours. Tous les employés présents ont été arrêtés pour nuisance publique. Maintenant, ils me cherchent. J'ai besoin d'une planque pour quelque temps. »

Je blêmis. « Tu es le bienvenu ce soir, mais après...

— Après, quoi?

— Tu devras te trouver autre chose. Tu sais très bien ce que je risque en hébergeant un type recherché par le FBI.

— Tu m'as mal compris, Roman. Je demande l'hospitalité. Comme je te l'ai offerte à Berkeley. »

Il est sérieux, l'enfoiré? Je me retins pour ne pas hurler de rire.

Il reprit : « Si on m'arrête, j'en ai pour six ans. Imagine, toi, qui as emmené des tas de GI de l'autre côté de la frontière.

Je me raidis. *Pete a parlé? Pete a raconté au FBI notre voyage à Vancouver?*

« Qu'est-ce que tu veux dire par là, "des tas"?

— C'est ta parole contre celle des membres du comité à Berkeley, si tu vois ce que je veux dire. Un simple coup de fil et... »

Il est en train de me piéger, le salaud!

« Tu es répugnant.

— Allons, ne fais pas cette tête-là. Tu me laisses habiter ici quelque temps. Tu fais comme si de rien n'était et tu achètes de quoi bouffer pour deux, comme dans le bon vieux temps. » Il s'esclaffa. « Tu verras, on finira par trouver une solution, tous les deux.

— Va te faire foutre. »

Et je le laissai s'incruster, incapable de me défendre après ces dix mois passés avec Gail. Elle m'avait brûlé, vidé. J'avais perdu près de dix kilos et recommencé à souffrir d'insomnie. Mon œil, aussi, me fatiguait davantage, au volant surtout, déclenchant le jour des maux de tête lancinants. J'étais dans un état plutôt lamentable, et Ken le saisit rapidement. Ses menaces quotidiennes, à peine voilées, me mettaient les nerfs à vif : « Tu sais, ils sont nombreux à être au courant de ton excursion à Vancouver », et mon nom, répétait-il, sortirait au procès de Pete. Je le dévisageais, paralysé.

Je préparais tous les repas, jamais il ne levait le petit doigt. Il se servait de grandes assiettes débordantes et les emportait dans sa chambre sans les rapporter à la cuisine, des assiettes de nourriture séchée, que je ramassais avec rage, et décrottais. Parfois, des types au regard louche venaient à la maison. Ils parlaient à voix basse, l'un d'eux trimballait avec lui des cartes, des cartes de San Francisco et de la Californie, qu'ils déroulaient sur le plancher du salon et étudiaient, concentrés. Si Ken était recherché par le FBI en lien avec un *GI coffee house*, il n'en était jamais question entre eux. Ils discutaient de coups d'éclat à organiser : occuper des lieux, bloquer des routes, grimper sur des tours, y suspendre des banderoles ; et peut-être aussi d'actes de sabotage, mais ça ne me regardait pas et j'évitais de tendre l'oreille.

Deux semaines que Ken Lafayette me tenait en otage, et Bobby n'en savait toujours rien. Au journal, il me harcelait de questions, inquiet : « Qu'est-ce qui t'arrive ? Tu ne vas pas bien, ça se voit. Tu es malade ? » J'en étais venu à l'éviter, et il m'en voulait amèrement. « Qu'est-ce que je t'ai fait, bon Dieu, pour que tu me fuies comme ça ! » Puis, un après-midi, tandis que je m'apprêtais à quitter le bureau, il m'accosta. Son visage était fermé, ses yeux menaçants derrière ses lunettes. Il me somma d'entrer dans la petite salle réservée à la consultation d'archives sur microfilms et ferma la porte.

« OK, assez joué. Tu me dis tout et je te fous la paix.

— Bobby… Je ne me sens pas bien, c'est tout.

— Prends quelques jours pour te reposer, dans ce cas-là. »

Sa voix était sèche, pas celle de quelqu'un qui compatit.

« Non ! »

Mon ton le fit sourciller : « Non ?

— Non, je t'ai dit. Je n'ai pas besoin de me reposer. »

Il soupira, me considéra longuement d'un air soupçonneux. « Tant que tu ne me dis pas ce qui se passe, je ne bouge pas d'ici. Je peux y passer la nuit, si tu veux. Et la prochaine.

— Je ne vois pas ce qu'il y a de si mystérieux. Gail est partie, je suis triste. Ça se comprend, non ?

— Tu ne me dis pas la vérité. Je sais que c'est autre chose. Tu sursautes pour un rien, ce n'est pas normal. Et Gail, c'est un soulagement qu'elle soit partie, je le sais aussi. »

Je ne dis rien. Il se prit la tête entre les mains.

« S'il te plaît, Bobby. Laisse-moi partir. »

La porte s'ouvrit et Nolan Tyler apparut, à bout de souffle, l'air préoccupé.

« Qu'est-ce qu'il fait ici ? » demandai-je à Bobby.

Il ignora ma question, se tourna vers Nolan. « Et puis ? »

Nolan entra, referma la porte. Il esquissa un demi-sourire, laissant voir des dents tachées. « La pêche a été bonne. »

Bobby le regardait, attentif. « Vas-y, on t'écoute.

— J'arrive de chez toi, Roman. »

Je tressaillis. « Chez moi ?

— J'ai vu par les fenêtres qui tu héberges. »

Je déglutis, mon pouls s'accéléra.

« Qui c'est ? demanda Bobby.

— Ken Lafayette. Le type recherché par le FBI pour la bombe qui a tué une femme et en a blessé une autre dans Washington Street, il y a deux mois.

— La bombe ? protestai-je. Non ! On le recherche pour nuisance publique, une histoire de *GI coffee house*.

— Il t'a dit ça ? s'étonna Nolan.

— Oui.

— Eh bien, il t'a raconté n'importe quoi. Ce type a un meurtre collé sur le dos. »

L'impression soudain que le plancher s'ouvrait sous mes pieds. Je dis, de la panique dans la voix : « Son nom n'a jamais été associé à l'affaire… On a toujours parlé des Weathermen dans ce dossier…

— Erreur. La police a délaissé cette piste. Elle dit maintenant détenir des preuves contre ton ami… »

Mon ami !

« Et pourquoi je ne l'ai pas su ? Je travaille dans un journal, comme vous ! Je devrais le savoir, non ?

— La police nous demande de retenir l'info. Pour qu'il ne disparaisse pas dans la nature.

— Mais il sait déjà qu'il est recherché ! »

— Disons qu'il s'en doute. Il n'est pas fou. »

Bobby s'effondra sur une chaise, catastrophé. « Tu m'avais dit que tu ne le voyais plus, cet imbécile !

— Je ne le voyais plus ! C'est lui qui a débarqué chez moi en me… »

Je me tus, la tête me tournait.

« En te *quoi* ? » dit Bobby, furieux.

Mon sang battait dans mon crâne, comme s'il allait le faire éclater. « En me menaçant…

— Il t'a menacé ? s'écria Bobby. Menacé *de quoi* ?

— De me dénoncer. Pour avoir fait passer un GI au Canada.

— C'est vrai ? demanda Nolan en fronçant les sourcils.

— Oui.

— Tu as fait ça, *toi* ? fit Bobby.

— Oui, merde ! Il y a trois ans. Quand j'étais à Berkeley.

— C'est tout ? » dit Nolan.

Cet interrogatoire était en train de me rendre furieux. « Oui ! c'est tout ! »

Nolan passa une main sur son gros visage tissé de rides. « Il faut envoyer les flics chez toi, Roman.

— Vous ne pouvez pas faire ça…

— On n'a pas le choix, renchérit Bobby.

— Ils vont m'associer à un meurtrier, m'accuser de…

— Non, dit Nolan. Ça n'arrivera pas. Je m'en charge.

— Je vous en prie…

— Si on ne fait rien, tu risques gros pour complicité, mon gars. Écoute-moi bien : tu leur dis que dès que tu as su pour Lafayette, tu les as appelés. Je me charge du reste. Je te le promets, tu n'as rien à craindre.

— Il est tordu… Il va se venger… M'accuser de toutes sortes de choses…

— Sa parole ne vaut rien, coupa Nolan. C'est un meurtrier et un manipulateur de premier ordre. » Il ouvrit la porte, m'invita à passer devant lui. « Alors, on les appelle ? »

V

LEN

1

« Croyez-vous en Dieu, monsieur Carr ? »

Cette question, on me la poserait souvent désormais, et toujours avec un air entendu. Comme si, déjà, on cherchait à débusquer en moi l'imposteur. Après tout : ne pas croire en Dieu dans ce pays n'est-il pas antiaméricain ?

La première personne à me l'avoir posée fut Christie Brenan, journaliste au *Los Angeles Times*. Elle s'était pointée chez moi, dans Appian Way, tailleur hyper ajusté, coiffure impeccable, talons hauts. Un photographe l'accompagnait, un type chauve, de mon âge environ, mais au visage plus marqué. J'avais invité Miss Brenan à s'asseoir dans un des fauteuils du coin salon de mon bureau, elle s'était exécutée en se tortillant dans sa jupe trop étroite, tout en jetant un œil sur les questions qu'elle avait préparées et transcrites dans un carnet à spirale. Comme une poignée d'autres journalistes triés sur le volet par It's All Comedy!, elle avait reçu « sous embargo » les deux premiers épisodes de la saison 2 d'*In Gad We Trust*, et je ne pouvais m'empêcher de penser : *Les a-t-elle aimés ? Les a-t-elle détestés ?* cherchant discrètement dans son regard quelque chose qui m'indiquerait que oui, elle avait aimé, mais elle ne souriait pas, son visage sérieux, figé, ressemblait à un masque. Miss Brenan était au-dessus de tout cela. Miss Brenan détenait le pouvoir et le savourait, on le devinait à la façon dont elle donnait des ordres au photographe, pas mal plus vieux qu'elle, et je me sentis tout à coup vulnérable, à la merci de cette journaliste frondeuse, le type de jeune femme ambitieuse qui n'hésite pas à trahir ses collègues pour en arriver là. Elle m'ignorait toujours, plongée dans ses notes, me laissant désarmé devant son photographe dont le cliquètement soutenu, agressant de l'appareil me rendait de plus en plus conscient de moi-même : quel genre d'image offrais-je ? Une image de détermination ? de vulnérabilité croissante ? Mes mains étaient moites. Ma bouche, sèche. *In Gad* n'était pas qu'une simple série télévisée, *In Gad* était devenue un enjeu dans certains milieux, un sujet dont on débattait avec passion et animosité dans les journaux locaux, les stations de radio, à la télé, nous valant un déluge de plaintes et, à la direction d'*It's All Comedy!*, des attaques vicieuses ayant mené Josh Ovitz à intervenir dans la production, ce dialogue qu'on ne m'avait pas donné le choix de modifier, le jeune Trevor s'en était bien sorti au final, Matt, le réalisateur, l'avait bien dirigé, je pouvais même affirmer sans rancune que la scène était meilleure sans cette phrase sur Dieu, mais pas question pour moi de plier de nouveau, les cotes d'écoute étaient excellentes, certains épisodes de la saison 1 avaient attiré près de trois millions de téléspectateurs, un résultat plus qu'honorable pour une chaîne câblée.

J'étais préparé à affronter les questions de Christie Brenan. Sur le personnage de Chastity et ses avortements, et tous les autres aspects controversés de la série. Malgré ce que Josh pouvait penser, j'allais peser mes mots avant d'ouvrir la bouche. « C'est tout ce que je te demande, m'avait-il dit au téléphone la veille. Pas de nouvelle polémique. » Froissé par ce que j'avais interprété comme un manque de confiance à mon endroit, j'avais répondu sèchement : « C'est de la comédie, Josh. Pas de la politique. » Il y avait eu un long silence entre nous. Josh était engagé dans la campagne pour la réélection de Bill Clinton, et j'étais persuadé que sa soudaine frilosité avait aussi un rapport avec ses activités partisanes, mais il ne l'avouerait pas.

Avant d'appuyer sur le bouton de son petit magnétophone, Miss Brenan me complimenta sur la maison et sa décoration, et je me demandais si elle était sincère ou s'il s'agissait de manœuvres dilatoires pour me faire baisser la garde. Je dis, tâchant d'adopter un air décontracté – parce que, oui, j'étais tendu, maintenant : « C'est à Ann que vous devez faire ces compliments. C'est elle qui l'a trouvée, cette maison, et qui l'a meublée. »

Elle sourit vaguement, comme si elle ne me croyait pas ou s'en fichait. Je regrettai de ne pas avoir insisté davantage pour qu'Ann assiste à cette entrevue. À deux, cela aurait été plus facile, moins stressant. Mais, au téléphone, Miss Brenan s'était montrée inflexible : « C'est votre nom qui apparaît en gros au générique. » J'avais argumenté, expliquant que sans Ann il n'y aurait pas eu d'entrevue parce qu'il n'y aurait pas eu d'*In Gad We Trust*. Elle avait soupiré bruyamment et j'avais laissé tomber. De toute façon, Ann n'aimait pas se retrouver sous les projecteurs.

J'arrivai à répondre à ses questions avec calme. L'avortement : un droit inaliénable des femmes, Roe v. Wade avait clos le débat, pas question d'y retourner.

« Mais autant d'avortements pour une seule jeune fille, n'est-ce pas une provocation ?

— C'est une caricature, et une caricature grossit les traits. Et puis vous pouvez le prendre sous un autre angle : on dit parfois que des femmes voient l'avortement comme un moyen de contraception. Peut-être que le personnage de Chastity, la fille de Gad Paradise, dénonce, ça aussi.

— Chastity paie le médecin avec l'argent des fidèles. Cette pauvre femme pieuse, Mrs. Wilcox, ne sait pas que ses économies servent aux avortements de Chastity. C'est choquant, non ?

— Le télévangéliste Jim Bakker s'est personnellement approprié des millions de dollars des fidèles. Il a même acheté avec leur argent le silence de Jessica Hahn, qui l'a accusé de viol. Je n'invente rien. »

Miss Brenan prenait des notes. J'expliquai qu'*In Gad* était une satire de ces marchands de la foi tombés en disgrâce, de leur implication dans des scandales financiers et sexuels, tout en s'interrogeant sur la crédulité de ceux qui ont financé leurs empires, ces pauvres fidèles telle Mrs. Wilcox.

Une expression d'ironie sarcastique se dessina sur ses lèvres bien rouges. Elle dit : « On peut aussi vous accuser de faire de l'argent sur le dos des chrétiens. En vous moquant d'eux, je veux dire.

— Je ne me moque pas des chrétiens. Je me moque des escrocs qui utilisent la religion pour s'en prendre aux gens naïfs.

— D'accord, mais il y a quelque chose chez ces "gens naïfs", comme vous dites, ces chrétiens, qui vient vous chercher. Vous ne les défendez pas. Je le vois, votre corps parle pour vous. Vous êtes un libéral, et les libéraux n'ont en général pas une très bonne opinion de ces gens. Une intolérance manifeste. »

Je ris. « Une intolérance ? À votre avis, de quel côté vient-elle, l'intolérance ? »

Cela m'amena à lui raconter le contexte de cet été 1988, quand l'idée d'*In Gad* m'était venue. Miss Brenan était trop jeune pour s'en souvenir. Los Angeles assiégée par des milliers de chrétiens en colère, arrivant par convois d'autocars de partout en Californie et d'ailleurs aux États-Unis pour protester contre *La Dernière Tentation du Christ*, le film de Martin Scorsese que personne n'avait encore vu mais sur lequel tout le monde avait une opinion. On les voyait à chaque coin de rue, dans les supermarchés, bible à la main, faisant signer des pétitions. Tout l'été, on eut droit à des manifestations sur Lankershim Boulevard. Dans les journaux, des pages entières étaient consacrées à cette guerre, car c'était bien *une guerre*. Des appels au boycottage lancés contre la Universal et la société mère MCA. Les cadres de la Universal menacés de mort, l'adresse de leur domicile diffusée dans les médias chrétiens, dont celle de Lew Wasserman, le grand patron, que Josh connaissait bien. Des cochons égorgés sur leur porche, des colis aux poupées vaudou dans leur boîte aux lettres. Des milliers et des milliers de lettres de protestations, et des milliers et des milliers d'appels faisant sauter les circuits téléphoniques de la MCA. Cet été 1988, je venais de rencontrer Ann, nous sortions beaucoup, croisions partout ces gens qui battaient le pavé sous une chaleur accablante, pancartes à la main, leurs mots d'ordre en grosses lettres : NON AU FILM DE SCORSESE ! – RETIREZ LES SCÈNES DE SEXE ! – WASSERMAN, NE TOUCHE PAS À MON JÉSUS ! Ou encore : ILS ONT TUÉ JÉSUS UNE FOIS, ÇA SUFFIT ! Une allusion aux « Juifs et Hollywood », avec parfois des caricatures d'Hitler et de chambres à gaz. Ann était dégoûtée, comme je l'étais aussi. Ce n'était qu'un simple film, bon Dieu ! Et en parallèle, cette pénible grève des scénaristes, la plus longue de l'histoire de la Guilde, cinq mois sur le trottoir, des milliers de personnes au chômage, Hollywood et les grandes chaînes de télévision paralysées, une pluie de faillites et de drames personnels. J'avais vu de mes amis perdre leur maison, d'autres leur femme, d'autres encore les deux, car dans l'industrie, il était courant de rencontrer des couples, et certains n'avaient pu résister au stress de se retrouver sans revenu aucun. La grève ne m'atteignait pas directement, j'avais mon travail à la galerie d'art Kyser, une maison libre d'hypothèque dans Fairfax District, un compte en banque et des placements judicieux qui me mettaient à l'abri des tracas. Je n'étais pas touché personnellement par ces événements, mais certes atteint moralement, l'impression d'un retour à une sorte de Moyen Âge. Je ne pouvais pas accepter que des gens – j'allais dire à Christie Brenan : « aux valeurs rétrogrades », mais me ravisai – qui militent contre les droits des femmes et des homosexuels dictent à toute une industrie leur vision passéiste du monde et la fasse trembler. Dick, qui avait ses entrées à la Universal, me disait qu'on était catastrophé là-bas, qu'on évaluait même la possibilité de ne pas sortir le film ; déjà les distributeurs hésitaient à prendre le risque, même chose pour les propriétaires de cinémas, qui redoutaient les actes de vandalisme. Il y avait une violence inouïe dans l'air. Ann et moi faisions à peine connaissance, mais ce qui s'était passé cet été-là nous avait soudés ; nous avions les mêmes convictions, partagions la même indignation. Ann était sur le point de terminer ses études, un doctorat en cinéma et en télévision à la University of Southern California, et cette tentative de censure contre Scorsese et la Universal la révoltait.

« Tu sais à quand remonte un tel bordel autour d'un film ? m'avait-elle demandé un soir que nous dînions dans un petit italien de Venice Beach où nous avions nos habitudes. Mille neuf cent quinze. *La Naissance d'une nation.* Un film muet. Tu en as déjà entendu parler ? »

Non, c'était la première fois que j'entendais ce titre. Elle s'était animée, parlait avec passion de ce film ignoblement raciste sur la guerre de Sécession et ses conséquences. Les Noirs y étaient dépeints comme des bêtes et des violeurs, qu'on lynchait sans émotion. Un point de vue sudiste qui vous donnait la nausée, faisait l'apologie du Ku Klux Klan. Une pure horreur interdite dans de nombreuses villes, qui avait soulevé la colère des Noirs et provoqué des émeutes. « Et tu sais quoi ? avait dit Ann. Ce film est un chef-d'œuvre cinématographique, avant-gardiste, innovateur, dont se sont inspirés de nombreux cinéastes. Ça pose un problème, non ? » J'étais impressionné par ses connaissances, sa façon de les exposer. Elle avait poursuivi, les yeux étincelants : « Est-ce que la qualité d'un film peut excuser son contenu raciste ? Bien sûr que non. Faut-il le censurer ? Je ne crois pas. L'art n'a pas à être acceptable. Les films sont le produit de leur époque. Le consensus autour d'eux n'est pas un gage de qualité, ni de vérité. »

Et je reservis à Miss Brenan les réflexions d'Ann que j'endossais à cent pour cent. Cette histoire de *La Naissance d'une nation* semblait la captiver. Puis je lui parlai du roman de Níkos Kazantzákis qui avait inspiré le film à Martin Scorsese : « J'ai lu le livre en 1963. Un livre mis à l'Index par le Vatican, mais qu'on lisait partout à New York. Pour Kazantzákis, Jésus est un homme avec ses faiblesses, ses lâchetés, ses rêves, ses fantasmes, que la mission divine qui lui est assignée terrorise. C'était une révélation pour moi. Je débarquais du Québec, d'un coin de pays qui s'appelle la Gaspésie, où l'Église catholique faisait la pluie et le beau temps. Quelle surprise de constater qu'il y avait des lieux où elle n'avait pas d'emprise ! À New York, les ordres du Vatican, on s'en fichait ! Je ne pensais pas cela possible. Une bouffée de liberté. » J'étais fébrile, parlais avec ferveur : « Pour toute une génération, *La Dernière Tentation du Christ* était le livre cool à lire. Et voilà que, trente-cinq ans plus tard, des intégristes étaient prêts à mettre le feu dans des cinémas, à blesser gravement des gens, comme ç'a été le cas en France, pour qu'Hollywood ne reproduise pas cette histoire sur pellicule ? Ça ne pouvait pas faire autrement que de m'interpeller. »

Miss Brenan eut un large sourire que je ne sus trop comment interpréter. Elle dit d'une voix hautaine : « Des comptes à régler avec votre éducation catholique ?

— Bien sûr. Mais c'est d'abord une question de droit de parole. Je suis épris de liberté et me battrai pour elle. »

Le magnétophone s'interrompit brusquement. Christie Brenan en retira la cassette, la réinséra du côté B. Déjà une heure que nous parlions. Tandis qu'elle consultait ses notes, je pensai à Ann, à nos longues conversations de l'été 1988, bon Dieu que j'étais amoureux fou d'elle, envoûté par cette jeune femme brillante qui, un soir, en sortant de cet italien de Washington Boulevard que nous aimions tant, m'avait dit avec l'entrain que l'alcool peut donner : « Écris, et je te donne un coup de main. » Et le soir même, dans ma maison de Gardner Street, après avoir fait l'amour dans une sorte de brouillard éthylique euphorisant, nous avions pondu les deux premières scènes d'*In Gad We Trust*, qui seraient tournées telles quelles, les seules à l'avoir été à New York :

Épisode 1/ scène 1 : extérieur, rue dans Brooklyn, jour

(On assiste à la « conversion » de Gad Paradise, quarante et un ans, un homme usé par ses vingt-cinq années passées au service de la Mafia de Brooklyn. L'homme, au bout du rouleau, marche dans les rues du quartier, l'échine courbée, boitant un peu, le visage tuméfié. Les gens qu'il croise le saluent comme si de rien n'était – il est connu dans le quartier –, mais il ne répond pas, absorbé dans ses pensées.)

GAD PARADISE

(Voix hors champ ; la narration est illustrée par des scènes familiales et de quartier.)

Petit, deux possibilités s'offraient à moi : l'Église catholique ou la Mafia. Maman, comme toutes les mamans italiennes, aurait pleuré de bonheur de voir son fils porter la soutane comme mon cousin Paolo. Il faut voir comme il est respecté dans la famille et le quartier, Paolo. Paolo par-ci, Paolo par-là. À croire qu'il est un saint. Moi, j'avais un esprit d'entrepreneur. C'est ce que disait papa, né Pardes, qui veut dire « paradis » en hébreu. Papa est juif mais non pratiquant. Les tracasseries religieuses, il les a toujours laissées à maman. À onze ans, j'avais déjà appris à extorquer de l'argent aux commerçants du quartier pour enrichir Big Joe. Papa avait le plus grand respect pour Big Joe. Le seul du quartier à rouler dans une belle Cadillac blanche. Chez lui, il y avait des meubles incroyables recouverts de feuilles d'or, du type de ceux qu'on trouve dans les appartements du pape au Vatican. Même maman voyait en Big Joe un homme respectable, toujours prêt à allonger les billets quand notre église en avait besoin. Big Joe m'a donné ma chance. Et pour Big Joe, j'ai commencé à faire des sales boulots, puis les pires qu'on puisse imaginer. Mais Big Joe n'est pas Joe Bonanno ; il n'a pas réussi à faire prospérer ses affaires au-delà de notre quartier, et voilà maintenant que les Portoricains veulent leur part du gâteau. Alors Big Joe m'envoie leur dire sa façon de penser…

(Gros plan sur son visage : nez cassé, œil tuméfié. Il sort un mouchoir de sa poche, tapote son front encore taché de sang. Cette fois, il n'ira pas faire un rapport à Big Joe. Cette fois, il prend le chemin de l'église, déterminé à en finir. Avant d'y pénétrer, il fait le signe de la croix.)

Scène 2 : intérieur, église, jour

(L'église est vide de fidèles, au grand soulagement de Gad. Il pourra prier seul. Il s'approche de l'autel, sort son flingue et l'y dépose. Au bord des larmes, il implore le Seigneur, tête baissée, mains jointes, suppliantes.)

GAD

(Voix hors champ)

J'ai demandé au Seigneur de m'aider. J'ai prié et lui ai demandé de devenir mon patron. Il m'a dit : « Pars loin d'ici, emmène ta famille, parle de ta conversion, répands la bonne nouvelle. » Je l'ai remercié : « Merci, Seigneur, j'y veillerai, Seigneur. » Et je lui ai laissé de quoi bien vivre un certain temps.

(Gad reprend son flingue, dépose sur l'autel une liasse de billets et sort.)

Nous étions emballés par le projet. Ann avait la certitude que nous arriverions à le vendre. J'avais ri par défaitisme, et elle s'en était

322

étonnée. Avec attention et empathie, elle m'avait écouté lui raconter comment, en vingt ans de travail acharné, je n'avais jamais réussi à intéresser un seul diffuseur à mes scénarios. J'avais bossé pour d'autres, avais écrit pour Aaron Spelling, mais mes créations, elles, se heurtaient systématiquement à des refus, des comédies grinçantes que Dick qualifiait le plus sérieusement du monde de *subversives* et d'*antiaméricaines*. Elle avait ri. Ann était de nature optimiste. Elle disait, avec une conviction à toute épreuve, que les grands réseaux allaient se faire coiffer dans l'avenir par les chaînes câblées : « Tu verras, leur potentiel est énorme. » Et les semaines suivantes, nous développions les personnages d'*In Gad* : Gad Paradise s'établissant avec femme et enfants dans une ville perdue quelque part dans le Midwest, où il bâtit sa propre église, crée sa propre émission de télé et escroque les fidèles. Dans le studio de La Brea, on écarquillait les yeux devant le décor brillamment conçu par l'équipe, qui s'articulait autour du pistolet de Gad exposé dans une boîte de plexiglas anti-reflet, le symbole de sa conversion nouvelle. Effets spéciaux, plates-formes mécanisées, orchestre délirant. Un travail impressionnant des gars des décors. Chaque épisode commence de la même façon : plan serré sur les membres de la famille Paradise comptant l'argent extorqué la veille aux fidèles. Entre-temps, on suit Gad, dont les habitudes de mafieux ne se perdent pas aussi facilement qu'il le sou-haiterait ; madame Paradise, qui s'ennuie à mourir et sombre peu à peu dans l'alcool ; leur fille Chastity, obsédée par la minceur, qui passe ses journées à feuilleter des magazines de mode, multipliant les avortements parce que « la pilule fait grossir » ; et Dylan, le jeune Dylan en pleine puberté déboussolée, à la recherche de son identité sexuelle. Mais qu'à cela ne tienne, on empile le fric. Et Gad leur promet de rentrer à New York dès qu'ils seront très riches. (Cela n'arrivera jamais.) Alors, tout le monde accepte son rôle et joue la comédie du Seigneur.

Miss Brenan allait remettre en marche son magnétophone quand Ann frappa à la porte. Elle allait reconduire sa mère à un rendez-vous à l'hôpital, un examen de routine. Elle serra la main de Christie Brenan et celle du photographe, qui voulut prendre une photo de nous deux, mais Ann protesta gentiment, non, elle n'aimait pas être à l'avant-plan. Souvent, avec une gaieté indulgente, elle disait qu'elle était une théoricienne, pas une célébrité. « Alors que toi, chéri, les entrevues et le reste, on dirait que tu es né pour ça. »

Moi ? Non. Ce passage obligé du succès dont je me serais bien passé.

Ann sortit et Miss Brenan eut un sourire crispé. Pendant qu'elle donnait de nouvelles consignes au photographe, je pensai à Dana que j'avais vue faire de nombreuses fois, en l'accompagnant dans ses tournées des médias pour la promotion de *The Next War*. Cette façon admirable qu'elle avait de répondre aux questions, le sourire triomphant, parfois gouailleur – elle pouvait être si drôle ! –, on succombait instantanément à son charme. « Surtout, m'avait-elle expliqué avant une de ces entrevues, ne pas en dire trop, se limiter à des réponses courtes, accrocheuses – tu verras, les journalistes en raffolent –, et de l'humour, oh oui, beaucoup d'humour – les gens t'aiment tout de suite quand tu les fais rire, ils veulent te prendre dans leurs bras –, et un soupçon de sédition, pas trop, juste un peu pour créer une ambiguïté – est-elle sérieuse ? fait-elle de l'esprit ? Tu comprends, Romain ? » Et j'avais acquiescé, ébloui par son aisance et son intelligence.

C'est à cela que je pensais lorsque Miss Brenan posa sa toute dernière question sur un ton de défi qui annonçait un piège, et à laquelle je finis par répondre : « Si je crois en Dieu ? Non. Mais j'y ai cru, enfant. Parce qu'on me menaçait de mort. »

Elle sourcilla. « De mort ? »

Je souris, fier de mon effet. « Quand on répète à un enfant qu'il va finir par brûler en enfer, ce sont des menaces de mort, non ? »

Elle me fixa de ses grands yeux soigneusement maquillés, m'encouragea à poursuivre.

« J'ai cessé de croire en Dieu quand j'ai commencé à réfléchir, à penser par moi-même. »

Elle sourit de satisfaction ; l'entrevue s'était déroulée comme elle le souhaitait. Elle dit, d'une voix dissimulant mal son contentement : « On pourrait prendre cela pour de la prétention.

— S'insurger contre le mensonge, de la prétention ? Non, je ne crois pas. La prétention n'est-elle pas de s'être inventé un Dieu pour se donner un alibi commode ? Parce que, si vous y pensez bien, Dieu est la meilleure excuse que l'homme s'est donnée pour faire la guerre, dominer les autres, s'enrichir. Vous le savez comme moi, les pires atrocités ont été commises au nom de Dieu. »

Cette fois, Miss Brenan m'envoya son plus beau sourire, et j'éprouvai un frisson de triomphe. Je venais de lui servir la phrase-choc qu'elle espérait, celle que le *L.A. Times* imprimerait quelques jours plus tard à la une de ses pages culturelles : IN GAD WE TRUST – DIEU : LA MEILLEURE EXCUSE DE L'HOMME POUR FAIRE LE MAL. Un titre subversif pour un article flatteur (et une photo flatteuse) :

> [...] Par sa plume incisive, Roman Carr nous jette au visage le pola-roïd peu reluisant de notre époque. Chercher la rédemption à tout prix, à cent, mille, dix mille dollars... La société américaine ne doit pas s'étonner qu'elle ait fait de la religion une industrie hautement lucrative, sans pitié. In Gad We Trust, un clin d'œil de génie à notre monnaie nationale, fait la preuve que la religion et l'argent dans ce pays sont indissociables...

Une critique plus que bienvenue à quelques jours de la diffusion de la deuxième saison. Josh avait été agacé par le titre, mais la suite l'avait soulagé. Ravie, Ann m'avait enlacé : « Tu vois ? Ça fait changement, après toutes ces plaintes. »

C'était sur un autre front que l'on m'attendait maintenant, et que j'appréhendais avec une anxiété croissante. Plus que trois jours avant le lancement de la saison 2, et le lendemain, je serais à Calgary. « Tout va bien se passer, me rassurait Ann. C'est ton fils, Romain. Len est ton fils. Il attend ce moment depuis longtemps. »

2

Il arriva avec quinze minutes d'avance, visiblement nerveux, lui aussi. De ma taille ou peut-être un peu plus grand, il faisait facilement deux fois mon poids, un colosse. Son paletot mouillé de neige ouvert sur son immense poitrine, le visage empourpré, il essayait de reprendre son souffle, comme s'il avait pressé le pas pour ne pas être en retard.

J'aurais pu me lever et lui faire signe avec l'empressement d'une vieille connaissance ; je décidai plutôt de l'observer un moment, constatant avec malaise que rien dans cette pièce d'homme, un trait de son visage, sa façon de se tenir et de bouger, ne me connectait à lui. Il se glissa gauchement entre les tables du bar de l'hôtel Westin où il m'avait donné rendez-vous ; l'endroit était bondé en cette fin d'après-midi d'hiver et de tempête, moins dix-huit, avait annoncé le pilote d'une voix amusée à l'approche de Calgary.

Il se raidit lorsqu'il m'aperçut, et une forte émotion m'envahit : *Mon fils ? Est-ce possible ?* Et pour ajouter à mon trouble, cette légère ressemblance avec le père de Gail, sans que j'arrive à déterminer à quoi elle tenait ; cela ne m'avait pas frappé à Montréal, où Gail, dans son lit d'hôpital, nous avait présentés l'un à l'autre, la voix si faible qu'il avait fallu tendre l'oreille. J'avais gardé le souvenir flou d'un jeune homme obèse, stressé et maladroit qui, une fois le secret de notre filiation révélé, avait bafouillé quelques mots inaudibles et tendu une main moite, désagréable au toucher, comme celle qu'il m'offrait à présent, dans ce bar d'un hôtel de Calgary, rempli d'hommes d'affaires et de quelques femmes habillées pour qu'on les remarque, dont ces deux jeunes blondes à la table d'à côté qui m'avaient souri à plusieurs reprises, souhaitant peut-être que je me joigne à elles. Tandis que Len se débarrassait de son paletot, je me demandai si elles oseraient faire de l'œil au père et au fils, l'idée aurait amusé n'importe quel père, mais j'étais trop tendu pour cela.

« Bonjour. Ça fait longtemps que vous êtes arrivé ?

— Quelques minutes, tout au plus. »

Il rit nerveusement, et moi aussi. Puis il rougit lorsqu'il aperçut sur la table l'exemplaire du *Calgary Herald* que j'avais acheté à l'aéroport et feuilleté dans le taxi dans l'espoir de tomber sur un article écrit par lui. J'en avais trouvé un dans les pages économiques, un texte plutôt aride sur les sables bitumineux dans le nord de l'Alberta ; c'était bien écrit et il y avait à la fin juste ce qu'il fallait de commentaire pour deviner chez lui une belle assurance, et je m'étais surpris à ressentir de la fierté comme un père normal en ressentirait, et cela m'avait rassuré et troublé à la fois.

Près de trois mois avaient passé depuis la mort de Gail. Trois mois que sa carte professionnelle traînait dans un tiroir de mon bureau : Len Albiston, reporter aux affaires économiques, *The Calgary Herald*, avec son numéro de téléphone à la maison griffonné dessus. Combien de fois l'avais-je prise dans mes mains, cette carte, puis remise dans le tiroir, pensant : *Que vas-tu faire de ce fils de trente-deux ans soudainement débarqué dans ta vie ? Qu'attend-il de toi ? Si tu n'arrivais pas à l'aimer ?*

« Tu n'as pas le droit de refuser à ton fils de connaître son vrai père », disait Ann. Et Dick, avec ses airs agaçants de donneur de leçons : « C'est ta chair et tes gènes. Tu ne peux pas faire comme si de rien n'était. Si j'apprenais que j'avais un fils, tu peux être certain que je n'hésiterais pas à le connaître. » Irrité, j'avais répondu : « Toi ? Tu répètes à qui veut l'entendre que tu t'es fait couper le tuyau pour t'assurer de ne pas en avoir ! » Il avait grimacé : « Si ça m'arrivait, je serais le meilleur des pères. » J'avais ricané : « Ah oui ? Et s'il était homosexuel, avait les mamelons percés d'anneaux et votait pour Ralph Nader ? » Au lieu de s'énerver, il m'avait regardé droit dans les yeux, sérieux comme un évêque : « Je lui botterais le cul et j'en ferais un vrai homme. Je lui rendrais service comme tu peux rendre service à Len. » Et Ann acquiesçait, animée d'un nouvel espoir, l'espoir qu'avec Len je me découvrirais un instinct paternel, car depuis quelque temps, malgré notre mise au point au début de notre relation, elle avait commencé à parler de bébé : « Un enfant, Romain. Pourquoi pas ? » Chaque fois qu'elle revenait à la charge – avec sérieux mais pas trop pour ne pas m'alarmer ; dans notre entourage, nous avions vu des couples se défaire pour des histoires comme celle-là –, je réentendais sa voix, celle de la jeune femme déterminée et incroyablement belle qui m'avait ensorcelé : « Je n'ai pas cette ambition narcissique de me reproduire, si c'est ce que tu veux savoir. » Mais elle n'avait que vingt-huit ans à l'époque ; elle en avait trente-six, à présent. L'obsession de la maternité comme une pulsion animale, rien de rationnel. Elle voulait me convaincre, mais souhaitait que la décision vienne de moi. Sauf que je ne changerais pas d'avis. Pas à mon âge. Pas avec *In Gad*, qui ne nous laissait pas une seule minute à nous deux. Et maintenant que Len avait inopinément surgi dans ma vie, je pouvais voir ses yeux briller d'envie, presque comme un reproche : *Tu as un fils, toi. Moi, je n'ai rien.*

Len s'était assis devant moi et me souriait. Un garçon costaud tout en sueur malgré le temps glacial qu'il avait affronté de sa voiture jusqu'à l'hôtel. Avec des yeux d'enfant, peut-être même de fils effrayé, il dit, d'une voix hésitante : « Je suis content que vous soyez venu… Content que vous ayez téléphoné… Je désespérais un peu, à vrai dire. » Il rit pour éviter que cela ne ressemble à un blâme. « Merci. »

Pour surmonter notre gêne, nous parlâmes du temps qu'il faisait, de la neige, du froid. Len s'anima en m'expliquant ce qu'était le chinook, ce vent chaud soufflant des Rocheuses, au miaulement persistant, qui faisait fondre la neige à une vitesse vertigineuse, avec des écarts de température pouvant atteindre les vingt-cinq degrés en quelques minutes. J'écoutais ou tâchais d'écouter, cherchant à quoi tenait cette ressemblance avec Robert Egan, peut-être les cheveux du même châtain-roux, à moins que ce ne fussent les yeux, leur iris cerclé de blanc qui leur donnait un air perpétuellement étonné ou fâché. Len était passé à un autre sujet sans que je m'en aperçoive ; il parlait de son travail au *Calgary Herald*, de l'article qu'il avait écrit pour le lendemain, une acquisition majeure dans l'industrie pétrolière, comme s'il n'y avait que ça, le pétrole, en Alberta. Il regarda mon verre vide, la bière que j'avais bue trop vite avant qu'il arrive, et dit qu'il m'offrait à boire, c'était une surprise, tout en cherchant des yeux un serveur dans ce bar bondé de travailleurs qui retardaient le moment de rentrer à la maison, leurs voix fortes, excitées des jours de tempête. « Une fierté canadienne ? » dis-je. C'est ce qu'il allait commander et je ne pus m'empêcher de grimacer d'étonnement. Il éclata de rire ; son rire grave, profond, résonna dans tout le bar. Les deux filles d'à côté, à présent accompagnées de deux gars, tournèrent la tête, l'air ahuri, comme si un coup de feu avait retenti tout près. « Qu'est-ce qu'elles ont à nous regarder comme ça ? » lançai-je à Len, dont les rires redoublèrent. Il y avait quelque chose de chaleureux qui commençait à passer entre nous, et cela m'enchanta.

La suite fut plus incroyable encore. Le serveur, son plateau chargé de verres, déposa sur notre table nos consommations. Rien d'extraordinaire à première vue : deux bloody Caesar avec leur branche de céleri comme des hampes de drapeaux. Mais voilà : Len s'excita, raconta en gesticulant que cette boisson bue dans le monde entier avait été créée dans ce bar, il y avait longtemps, en 1969, dans cet hôtel qui s'appelait à l'époque le Calgary Inn. Je me sentis défaillir, croyant à une plaisanterie. Les yeux étonnés de Len lorsque je lui parlai, la gorge serrée, de ma mère et du St. Regis à New York. Octobre 1968. La mère et le fils dégustant un bloody Mary, la spécialité de la maison au bar King Cole, la célèbre boisson inventée par un barman de l'établissement dans les années trente. Deux hôtels au hasard à plus de trois mille kilomètres de distance et vingt-huit ans plus tard. Comme si, dans la famille, les rites plus forts que tout se perpétuaient sans que nous eussions à les provoquer. Des larmes apparurent dans ses yeux. La coïncidence, renversante, était trop extraordinaire pour être vraie, ce prodigieux coup du sort, un signe que nous ne pouvions ignorer.

Terriblement touché, je levai mon verre. « Au bloody Caesar ! Au bloody Mary ! » Et Len ajouta, la voix brisée par l'émotion : « Comme le sang qui coule dans nos veines ! »

Oui, le père et le fils.

3

Après deux bloody Caesar, Len se mit à parler de son enfance à Leth-bridge, dans le sud de l'Alberta. Pas de frère ni de sœur, un enfant unique choyé et surprotégé par des parents beaucoup plus vieux que ceux de ses amis, un peu plus de quarante ans quand ils l'avaient adopté. Une enfance ni triste ni heureuse mais terriblement ennuyeuse, si bien qu'il avait vécu comme une libération son entrée à l'Université de Calgary, loin de ses parents, dans un appartement qu'ils payaient entièrement à même leurs modestes économies. « Ils se sacrifiaient pour moi, et moi, j'étais soulagé d'être parti de la mai-son. C'était un drôle de sentiment. J'avais l'impression de les trahir. Ils s'attendaient à ce que je les visite à Lethbridge les fins de semaine, mais je n'y allais jamais. De leur côté, ils n'ont jamais osé venir me voir à Calgary, parce que je ne les invitais pas. Le fils ingrat, quoi. » Une expression de remords apparut sur son visage. « Ils vivent tou-jours, dans la même maison. Ils sont vieux et ne sortent plus. » Il se tut un instant, reprit avec un sourire coupable : « Je suis un meilleur fils, aujourd'hui. Je vais les voir un peu plus. »

Dans le bar retentissant de rires et de voix aiguës, je comprenais mieux son intérêt pour ses parents biologiques ; il avait été élevé par des gens qui auraient pu être ses grands-parents, une génération de décalage, un père probablement trop vieux et pas assez en forme pour le traîner sur les terrains de baseball et de football, et peut-être une mère désarçonnée devant ce grand garçon dans les tiraillements de l'adolescence. J'imaginais une maison triste et sombre, à l'odeur de vieux tapis et de désinfectant.

Inscrit en économie à l'université, il fut vite marqué par ce qu'il appelait la géopolitique du pétrole. Il dit, avec un emportement soudain : « L'Alberta s'est fait humilier par Pierre Elliott Trudeau. L'arrogance du pouvoir central. » Il eut un rire âpre. « Il nous a obligés à brader notre pétrole sous le prix du marché pour que les provinces de l'Est comme le Québec en profitent. Ces ressources sont à nous, les Albertains. Et qu'est-ce que les Québécois font pour nous remercier ? Ils tiennent des référendums pour se séparer du reste du pays. En 1980, puis en octobre dernier. Chaque fois, le pays tremble tout entier. » Il secoua la tête. « Des enfants gâtés. Vous devez le savoir, puisque vous êtes parti. »

Étonné par sa véhémence, je dis en souriant : « Oh, ça fait si longtemps. À vrai dire, je m'y perds en politique canadienne. »

Il rougit d'un coup. « Excusez-moi. On fait à peine connaissance et je vous agresse avec mes histoires.

— Ce n'est pas grave. Je vois que tu es un jeune homme passionné. »

Ses joues s'embrasèrent ; la remarque lui avait fait plaisir.

Je pensai à Moïse et à ses longues lettres pleines d'anecdotes savoureuses et instructives grâce auxquelles j'avais pu suivre dans les années soixante-dix la montée du Parti québécois et son projet d'indépendance, que Moïse et Louise appuyaient. « Le Québec n'a rien à voir avec le reste de l'Amérique du Nord, disait Moïse. C'est une culture en soi, *man*, terriblement courageuse. » Même s'il était rentré à New York avec Louise en 1977, il aimait bien me faire la leçon sur mon propre pays, qu'il connaissait beaucoup mieux que moi, je dois l'avouer.

Que m'en restait-il au juste ? Des souvenirs d'enfance ? des impressions ? Pour le reste, la politique, les enjeux sociaux, *la question nationale,* comme on l'appelait, mes connaissances étaient plutôt limitées.

Len sortit de son portefeuille une photo et me la montra avec fierté. « Ma petite famille. » À côté de lui, une femme sans charme, plutôt enrobée, et devant eux, deux enfants aux cheveux roux, tavelés comme de petites truites, un garçon au visage timide et une fillette au sourire espiègle troué par des dents de lait perdues.

« Cody a neuf ans et Julia, sept.

— Ils ont l'air adorables.

— Oh oui, ils le sont ! Pour eux, je ferais n'importe quoi. Vous vous souvenez de Garp, ce père obsédé par la sécurité de ses enfants ? Eh bien, c'est moi tout craché. » Il regarda la photo d'un air attendri. « C'est quand je les ai eus que j'ai senti le besoin de retrouver Gail. »

Gail. La façon dont il avait prononcé son nom, avec respect et affection. Je pensai : *Il a été proche d'elle, plus que je ne l'ai jamais été.*

« Vous savez, j'ai su très jeune que j'avais été adopté. Mes parents ne me l'ont jamais caché. Ma mère avait gardé le dossier de l'adoption au cas où un jour je chercherais à savoir. C'est après la naissance de Julia que je le lui ai demandé. Je m'en souviendrai toujours. Elle m'a souri comme si elle attendait ce moment depuis longtemps. Elle s'est levée, droite et digne, a disparu dans sa chambre et en est revenue avec une grande enveloppe qu'elle m'a donnée en disant : "Ça t'appartient, mon fils. C'est ton histoire à toi." »

Ses yeux s'embuèrent et ma gorge se serra.

Grâce au document, Len retraça une infirmière qui travaillait à l'hôpital de Lethbridge au moment où Gail avait accouché. Elle lui parla d'une demoiselle Egan, c'est tout ce dont elle se souvenait. Une demoiselle Egan de Montréal.

« Mais Gail a cessé de porter le nom Egan après ma naissance, en 1963. Elle a pris celui de Barron, son premier mari, puis, quand elle s'est mariée avec Jack, elle a pris le sien, Holmes. Je ne pouvais pas savoir. J'ai téléphoné à tous les Egan de Montréal, sans résultat. Quelqu'un a fini par m'aiguiller sur un Robert Egan à Toronto. Son père. »

Je tressaillis ; Len ne releva pas. Il dit avec une agressivité contenue : « Je ne peux pas dire que l'accueil ait été chaleureux. "Ma fille ? il a dit. Quelle fille ? Vous vous trompez de numéro, jeune homme." Et il m'a raccroché au nez. Quel imbécile. Vous savez, il n'a jamais fait le voyage pour la voir une dernière fois à l'hôpital. C'est tellement cruel. »

Il se frotta la nuque. Il était en colère, mais faisait des efforts pour se contenir. Nous commencions à faire connaissance, ce n'était pas le moment de se montrer agressif, ni lui ni moi. Savoir que nous partagions la même rancœur pour Robert Egan me suffit. Et me rassura.

« Finalement, poursuivit-il, ma mère m'a conseillé de m'inscrire au bureau d'enregistrement de l'adoption de l'Alberta. On s'inscrit et on attend. Ça ne donne rien tant que la mère biologique ne le consulte pas elle-même. À moins qu'elle ne se soit déjà inscrite. Vous me suivez?

— Oui.

— Et vous savez quoi? Gail s'était inscrite des années plus tôt. Elle me cherchait depuis 1975 et nous étions en 1989. » Il attrapa son verre et manifesta de l'étonnement en le voyant vide, comme chaque fois que cela se reproduirait dans la soirée. « On nous a mis en contact. Et puis voilà. » Il s'essuya les yeux d'un geste rapide. « C'était comme si on s'était toujours connus. C'était extraordinaire. »

Ébranlé, il commanda un troisième bloody Caesar. Je refusai de le suivre; de toute évidence, je ne supportais pas l'alcool comme il semblait le supporter.

Je voulais en savoir plus sur leur rencontre et me mis à poser des questions. Len souriait, riait, parlait vite, avec une animation expansive. « Je suis allé à Montréal, et ç'a été fantastique. Jack a été d'une grande gentillesse. Ils ont une belle maison au bord du lac Saint-Louis à Baie-D'Urfé, avec un grand jardin et des arbres magnifiques. Je m'y suis souvent rendu. À plus de cinq cents dollars le billet d'avion, c'était beaucoup d'argent. Lynn, ma femme, ne travaille pas. Je suis le seul salaire de la famille. Ces déplacements fréquents ont pesé lourd sur notre budget, surtout à partir du moment où Gail est tombée malade. Les deux dernières années, j'y allais tous les mois. J'ai dû m'endetter pour y arriver. Lynn désapprouvait. Oh, je ne pouvais pas lui en vouloir, elle s'inquiétait pour nous. Il faut dire qu'elle a toujours éprouvé beaucoup d'insécurité face à l'argent. Peut-être parce qu'elle ne travaille pas. On s'est rencontrés à l'université, elle étudiait comme moi au département d'économie. On s'est mariés tout de suite après nos études et, comme on voulait des enfants rapidement, on s'est dit que ça ne valait pas la peine qu'elle se mette à chercher un emploi. Bref, tout cet argent que j'ai dépensé en billets d'avion, elle a fini par me le reprocher : "Tu oublies ta propre famille qui est ici, à Calgary!… Ça fait deux ans qu'on n'a pas voyagé!… Et la piscine que tu as promise aux enfants, qu'est-ce que tu en fais?"

C'est vrai, mes retrouvailles avec Gail m'ont fait négliger ma famille. Mais il y avait tant de rattrapage à faire, et Gail se savait condamnée. Donne-moi une chance, j'ai dit à Lynn. Il ne lui en reste pas pour longtemps. "Et si ça dure plus longtemps que prévu? qu'elle m'a dit. On a déjà vu ça, chez des malades du cancer." Froissé par son insensibilité, je lui ai répondu que, dans ce cas-là, je n'hésiterais pas à hypothéquer la maison. Après tout, c'est moi qui la paie, cette maison. Je ne vous dis pas la crise qu'elle m'a faite. »

De la tristesse se lisait sur son visage. Il avait l'air d'un homme accablé par un mariage médiocre, soudainement. Il but une longue gorgée et dit : « Gail m'a laissé un petit héritage. Ça va me permettre de faire construire l'été prochain la piscine dont rêve Lynn pour les enfants. » Il eut un sourire mélancolique. « Vous viendrez nous voir ? »

Sa question me prit de court. « Euh… oui. Avec plaisir. »

Son visage rayonna. Il vida son verre, regarda sa montre. « Dix-neuf heures passées. Vous avez faim ? Je connais un bon restaurant français à deux pas d'ici. Vous allez adorer leurs fettuccines Alfredo et leur pain à l'ail.

— Des fettuccines Alfredo et du pain à l'ail dans un restaurant français ? dis-je, étonné, sans toutefois chercher à le froisser.

— Oui, et ils sont excellents ! Ça s'appelle le Café de la Paix. » Il avait prononcé *de la Païks*. « C'est moi qui vous invite.

— Non, protestai-je. Laisse ton père t'inviter. »

Cela m'était venu comme ça, sans préméditation, des mots qui, dès qu'ils eurent franchi ma bouche, me donnèrent presque envie de pleurer. Le sourire de Len tourna à l'eau. Il se racla la gorge et bredouilla quelque chose qui ressemblait à : « Merci. »

Nous sortîmes de l'hôtel Westin et affrontâmes la tempête. Le restaurant était à quelques pâtés de maisons, héler un taxi n'aurait servi à rien, de toute façon, très peu de voitures s'aventuraient dans les rues ce soir-là. Par chance, je portais l'anorak que Françoise m'avait forcé d'accepter à Métis Beach ; il était chaud et me protégeait du vent. J'enfonçai mes mains dans les poches et eus une pensée pour Françoise, son ton étrangement agressif et suppliant : *Non, je t'ai dit! C'est un cadeau!* Elle avait hérité du magasin de ma mère, et après? Je m'en fichais complètement. Françoise n'avait pas à se sentir coupable.

« Ça va? demanda Len. Vous allez y arriver? »

Le vent glacial nous fouettait le visage, faisait tournoyer la neige et l'envoyait s'écraser sur la façade des édifices. Une tempête comme dans mes souvenirs à Métis Beach, et je pensai avec émotion à mon dernier hiver là-bas, celui de mes dix-sept ans, plus d'un an avant la naissance de Len. C'était difficile à croire. Comme il y avait quelque chose d'irréel dans le fait de me laisser guider par *mon fils* dans les rues de Calgary – on aurait dit un 4 x 4 ouvrant une route enneigée, son paletot à moitié ouvert, son corps massif et chaud contre lequel on aurait voulu se coller. J'avais peine à accepter qu'il était de moi, aussi inconcevable dans mon esprit qu'une samare donne un orme géant, et pourtant, il était là, le résultat de cette nuit d'imprudence, alors que nous n'étions que des enfants, sa mère et moi.

Après quelques minutes de marche, nous atteignîmes la 7e Avenue. D'un pas chancelant, je suivis Len dans l'avenue déserte et faillis perdre pied lorsqu'un tramway, surgi de nulle part, braqua sur nous ses phares inquiétants comme des yeux de fauve. Len s'esclaffa : « Ne vous en faites pas, il roule lentement. » Le cœur battant, je parvins jusqu'au trottoir, puis jusqu'à la porte du Eaton Centre où Len m'invita à entrer. Fébrile, il m'indiqua les éléments architecturaux d'intérêt, Calgary avait donc quelques fiertés cachées tel ce centre commercial de luxe, un plafond de verre voûté en berceau, des passerelles suspendues entre les édifices pour qu'on n'ait pas à mettre le nez dehors. « Ingénieux », dis-je. Len sourit de contentement, comme si le compliment s'adressait à lui. Nous ressortîmes dans le blizzard par une autre porte, aboutîmes dans Stephen Avenue, la rue piétonnière du centre-ville encore illuminée de lumières de Noël, bordée de restaurants déserts.

Nous y étions.

Le Café de la *Paiks* était un restaurant fourre-tout qui se donnait de faux airs français. La seule chose authentique : sa propriétaire, Michèle, débarquée de Marseille quinze ans auparavant. Un menu sans éclat ni surprise. J'avais espéré quelque chose d'un peu plus exotique, comme des cuisses de grenouille ou des ris de veau. « Ah ! fit la propriétaire. On en a déjà eu au menu, mais ça n'a pas marché. On a dû adapter notre cuisine aux goûts locaux. Mais ça change. Le pétrole apporte de l'argent et l'argent apporte des goûts plus raffinés. »

Len leva son verre. « Au pétrole de l'Alberta ! »

Il commanda les fettuccines, j'optai pour le carré d'agneau. Michèle nous proposa un vin rouge pas trop corsé, un passe-tout-grain très honnête. Le temps filait, et tant de questions à poser à Len.

« Gail t'a-t-elle parlé de nous ? commençai-je. Je veux dire, d'elle et moi. »

Il parut gêné, hésita avant de répondre : « Elle était assez discrète là-dessus. Elle disait, entre autres, que vous étiez trop jeunes pour ce qui est arrivé. »

Je ne savais pas s'il avait fini sa phrase ou s'il s'était tout simplement interrompu. Je dis, tâchant de ne pas me montrer trop insistant : « Elle t'a raconté ce qui est arrivé ? »

Il fit signe que non. « Seulement que vous aviez tous les deux dix-sept ans et que ça s'est passé à Métis Beach. »

Elle lui avait donc épargné l'histoire du viol, et cela me soulagea. Quand même, je cachai mal ma déception : « C'est tout ?

— Je sais aussi qu'elle a cessé d'avoir des regrets quand nous nous sommes retrouvés, elle et moi. C'est ce qu'elle m'a dit.

— Des regrets ?

— Des regrets d'être tombée enceinte à cet âge-là. »

Je baissai les yeux, éprouvant soudain de la rancœur pour Gail. Pourquoi m'avoir tenu à l'écart ? Pourquoi ne s'en était-elle pas ouverte quand nous vivions à San Francisco ? Est-ce cela qu'elle avait essayé de me dire cette fois où, en pleurs, elle m'avait parlé de son amie Susan et de ses enfants dont elle avait perdu la garde ? *Abandonner ses enfants... Tu sais ce que ça fait ?* C'était ça ?

Len reprit : « Elle devait épouser un certain Don Drysdale. Elle disait qu'elle l'aimait bien mais qu'elle n'était pas prête pour la vie de femme mariée. » Il rit nerveusement. « Apparemment, je l'ai sauvée d'un mariage dont elle ne voulait pas.

— Quand a-t-elle su qu'elle était enceinte?

— Deux semaines avant le mariage, qui a été annulé. Sa mère a pleuré toutes les larmes de son corps. Son père a descendu une bouteille de Chivas Regal… » Il attrapa deux morceaux de pain à l'ail, les tartina généreusement de beurre : « C'est ce qu'elle m'a raconté. Vous connaissez Gail, elle pouvait avoir le sens du théâtre. »

Ce n'était pas dit méchamment, plutôt avec affection. Je dis, sur à peu près le même ton : « Ah oui, pour ça ! » en évitant de penser aux dix mois passés avec elle à San Francisco.

Il rit, ravi de découvrir que nous partagions une autre chose : nous être frottés au caractère singulier de Gail.

Ses yeux s'éclairèrent à l'arrivée de nos plats. En mangeant, la conversation fut plus décousue. Len me posa des questions sur New York, Gail lui en avait donc parlé ; son air étonné, presque réprobateur, quand il fut question de Moïse et de son exil au Canada. « Moïse, un *draft dodger* ? » Je me sentis sur la défensive et le laissai paraître. « Moïse a reçu le pardon présidentiel de Jimmy Carter. Comme tous les autres insoumis. Il est rentré à New York en 1977. C'est de l'histoire ancienne. »

Surpris par mon ton, Len avait l'air coupable, maintenant. Ses yeux si malheureux ! Je repris, offrant mes excuses : « Désolé. Ça ravive des souvenirs… Et puis… – je repoussai de la main mon verre de vin –, je devrais y aller mollo avec ça. Parle-moi plutôt de Gail. Sa grossesse, où a-t-elle eu lieu ? »

Il retrouva son entrain et raconta la suite avec force détails – il en savait pas mal plus qu'il ne le laissait entendre, finalement. Pour les parents de Gail, il fallait régler le problème, et vite. La solution : un certain docteur Ziegler, dans Côte-des-Neiges, qui allait la rendre respectable pour la modique somme de quatre cents dollars. « Sa mère a tenu à l'escorter jusqu'à la clinique. Pour qu'elle ne se défile pas. Gail était terrifiée. »

Je n'étais pas sûr de bien entendre : « Ses parents exigeaient qu'elle se fasse avorter ? »

Il hocha la tête avec une sorte d'enjouement enfantin qui me laissa perplexe. « Elle m'a souvent décrit l'endroit. Un appartement sombre et défraîchi que rien à l'extérieur n'annonçait comme une clinique. Le personnel médical parlait tout bas. Dans la salle d'attente, des jeunes femmes tristes se tordaient les mains d'angoisse. »

J'étais ahuri qu'il en sache autant, à croire qu'il avait été là. Je dis, incrédule : « Gail t'a raconté tout ça ? »

Il ne semblait pas voir l'absurdité de la situation. Il dit, comme si c'était la bonne réponse à donner : « C'était une sorte de thérapie pour elle. Je veux dire, d'en parler. Mais ne vous en faites pas, l'histoire finit bien. » Et il s'esclaffa devant mon air décontenancé.

Je m'efforçai de sourire, même s'il n'y avait pas de quoi s'amuser. Len le prit comme un encouragement à poursuivre et se mit à raconter avec animation comment le docteur Ziegler avait pris Gail à l'écart dans une petite pièce et exigé que sa mère attende dans la salle avec les jeunes filles. « Il lui a demandé si c'était son choix. C'était un bon docteur qui avait à cœur ses patientes. C'est elles qui comptaient, pas leurs parents. Gail s'est tout de suite sentie en confiance. » Il but une gorgée de vin. « Elle a donc refusé, et j'ai pu naître. Gail s'est battue pour que je naisse. »

J'étais sans voix. Une histoire d'avortement avec une fin heureuse. Le ton de Len aurait convenu à une fable pour enfants. Il attrapa la bouteille de passe-tout-grain, versa dans nos verres le peu qui restait. « On en commande une autre ? »

Je ne pus dire rien d'autre que : « Et après ? »

— Après ? Quelqu'un lui a parlé d'une femme à Lethbridge, une veuve que mes parents ont connue. Son nom figurait dans le document que ma mère m'a remis, une madame Pinker. Mais quand j'ai commencé mes recherches, elle était morte depuis longtemps. Madame Pinker hébergeait chez elle des filles-mères, les aidait pendant leur grossesse et les accompagnait jusqu'à l'accouchement. Mes parents m'ont adopté une semaine après ma naissance. » Il y eut un long silence. « Pour Gail, ç'a été plus difficile. »

Je levai sur lui des yeux appréhensifs : « Difficile ? »

Son visage s'assombrit. « Vous savez, Gail était malade. Après l'accouchement, on lui a diagnostiqué une maniacodépression. Elle a été internée à quatre reprises, avec électrochocs. » Il me regarda d'un air navré. « Je ne crois pas qu'elle vous en ait parlé. Elle en parlait peu. Avec moi, c'était différent : c'était une façon pour elle de nous mettre en garde, moi et les enfants. Ce dont elle souffrait peut être héréditaire. Heureusement, personne à la maison n'est touché… » Il s'interrompit, ému. « Quand on s'est connus, elle était bien suivie. On a fini par la soigner comme il fallait. Elle m'a même dit un jour qu'elle était heureuse pour la première fois de sa vie. »

Cela n'aurait pas dû me surprendre et, en effet, je ne m'en étonnai pas. Mais je ne pus m'empêcher de me sentir triste tout à coup, et fautif. Cette incompréhension que j'avais de la maladie mentale, la tentation de penser que si l'on y met un peu du sien, on peut s'en sortir, que la maladie mentale *touche* les gens capricieux plutôt que de les *rendre* capricieux. *Gail était malade.* Bien sûr que je le savais : sa façon de repousser le bonheur comme un insecte menaçant, un désespoir si grand par moments que toute pensée positive lui était réfractaire. Et, cependant, je l'avais presque toujours jugée sévèrement, à peine saisi de compassion.

Je devais avoir l'air misérable à présent, puisque Len me demanda si ça allait. Je le rassurai d'un sourire aussi large et enjoué que possible, puis tentai : « Elle t'a dit pourquoi elle ne m'a jamais parlé de toi ? »

Il réfléchit comme s'il cherchait à se rappeler une conversation qu'ils avaient eue, se faisant un point d'honneur d'en rapporter les mots exacts. Il dit, avec une gravité bienveillante : « Elle se sentait l'unique responsable. Vous viviez votre vie aux États-Unis et elle ne voulait pas vous entraîner dans la sienne qu'elle avait contribué à faire basculer. Elle disait que vous meniez la vie dont vous ne pouviez même pas rêver dans vos rêves d'enfant. Elle ne se donnait pas le droit de vous la rendre misérable. C'est ce qu'elle m'a dit. »

Il me regarda, désolé. Haussa les épaules.

Michèle arriva avec la deuxième bouteille. Len en profita pour changer de sujet : « Parlons de votre travail, maintenant. Je suis très curieux : comment vous êtes-vous retrouvé à écrire des scénarios pour la télé ? »

Len m'écouta avec attention. Mon arrivée à Los Angeles en août 1972 ; ma rencontre avec Dick Mercy, mon ami producteur. C'est Bobby qui nous avait mis en contact ; Dick et lui s'étaient connus à la première d'un film à L.A. et avaient tout de suite sympathisé. J'avais un mal fou à les imaginer ensemble, deux antinomies, jusqu'à ce que je les voie un jour discuter passionnément de cinéma, en fait, pas exactement de cinéma, plutôt des dessous de l'industrie qui fascinaient tant Bobby, des histoires de pouvoir, d'alliances et de gros sous. C'est Dick qui apprit à Bobby que Francis Ford Coppola avait été contraint d'accepter la réalisation du *Parrain* pour éponger une dette envers la Warner Bros. Bobby m'avait parlé de Dick comme du gars le mieux branché d'Hollywood, la personne tout indiquée pour me filer un coup de main.

« Et ç'a été le cas ? » demanda Len.

Je ris. « Cher Dick. Toujours à me reprocher mes scénarios sombres, complexes, des fables modernes à message humaniste, des critiques sociales. Il disait : "On est à L.A., ici. Pas en Allemagne ni en Suède. Si tu veux faire de l'art – Dick disait *art* en grimaçant –, retourne à New York et fais comme ce névrosé de Woody Allen." »

Len riait, un rire ravi d'enfant, qui m'encouragea à poursuivre. L'alcool m'avait rendu volubile et drôle. Cette première fois où Dick m'avait donné rendez-vous dans un bar de Sunset Boulevard, une succession de stations-service, de fast-foods, de drive-in ; il m'attendait, assis dans un coin mal éclairé pour m'épier à sa guise dès que j'y mettrais les pieds. Il faisait noir comme dans une mine de charbon, on passait du soleil aveuglant à cette grotte enfumée, plutôt déprimant, et cette odeur forte de cigare, le sien, qui empestait les lieux. « Hé, petit. Par ici. » Dick avait jugé que ses cinq ou six ans de plus lui donnaient le droit de se montrer condescendant envers moi et de décider à ma place ce que j'allais boire. « Je préférerais une bière », lui avais-je dit poliment en contemplant d'un œil étonné les deux dry martinis devant lui. Il avait éclaté de rire : « Pourquoi faire courir le serveur pour rien ? Je lui évite des pas inutiles et je suis certain qu'il l'apprécie. » Les deux martinis, c'était pour lui. Il me commanda deux bières.

Len s'amusait. C'était le genre de blagues qu'il aimait, des blagues de gros buveurs. Il nettoya son assiette avec un morceau de pain, se resservit un verre.

Je poursuivis, racontant comment Dick m'intimidait avec sa

façon de me regarder comme si j'étais un crétin. Il m'avait servi l'éternel sermon du « beaucoup d'appelés, peu d'élus » en me dévisageant grossièrement pour évaluer ma sincérité. J'eus droit aussi à la tirade sur les chauffeurs de taxi « qui ont tous un scénario à vendre dans leur boîte à gants ». Et les avertissements d'usage : « Ici, à Hollywood, il n'y a pas de place pour les sentimentaux. La vie est dure. La compétition, féroce. » Son premier martini avalé, il avait demandé à voir mes papiers comme si j'étais un clandestin ; dérouté, je les lui avais tout de même donnés. Dick est un homme qui exige, à qui l'on obéit. Ses colères sont épiques, il suffit de le voir aller sur un plateau de tournage. Il s'intéressa à mon nom, le lut en grimaçant. « Ro-main Car-rier... » Secouant la tête. « Ro-main Car-rier... » J'étais embarrassé. « Vous pouvez m'appeler Roman Car... », je lui ai dit. Mais il n'écoutait pas, faisait des sons bizarres avec sa bouche, les yeux fixés au plafond, à croire qu'il se gargarisait. « Non, non. Il faut que ça roule. Il faut qu'on s'en souvienne du premier coup. – Mais ça fait des années qu'on m'appelle Roman Carr... » Inutile d'argumenter, il n'écoutait pas. « Tu dois le changer. Il ne faut pas que l'on sache que tu viens d'ailleurs. Le Canada ! Un pays de socialistes ! Ça fait très mauvais genre. En plus, ça manque terriblement d'envergure. » Il avait tiré sur son cigare, soufflé la fumée dans ma direction. « J'ai trouvé : Roman Carr ! » Il l'avait dit en savourant la sonorité. « Ro-man Carr ! Qu'est-ce que tu en dis ? »

Au Café de la *Paiks,* le gros rire de Len résonna dans tout le restaurant.

« Ça, c'est Dick, dis-je à Len. On peut lui vendre les meilleures idées, tant qu'il croit qu'elles ne viennent pas de lui, il faut oublier ça. »

La deuxième bouteille de passe-tout-grain finie, Len nous commanda deux cognacs. Je protestai avec vigueur, mais il insista, c'était lui qui l'offrait.

« Et après ? fit Len. Je veux connaître la suite.

— Eh bien, Dick avait raison. Hollywood, c'est la jungle. Aucun de mes scénarios ne trouvait preneur. Dick les commentait, les démolissait. Et puis, un jour, il m'a dit : "Pourquoi tu n'essaies pas la télé ? – La télé ? j'ai dit. Dick, ce n'est pas sérieux. J'écris pour le cinéma, pas pour…" Il m'a coupé : "Ah oui, de *l'art*", toujours avec cette expression de dégoût. Et il me présenta Aaron Spelling.

— Non ! s'exclama Len, admiratif. Le vrai Aaron Spelling ?

— Lui-même. »

J'avais à présent un petit garçon devant moi. Len écoutait, les coudes sur la table, ses yeux émerveillés. Je dis : « Un chic type, Aaron. Toujours prêt à donner sa chance à celui qui en a besoin et qui veut réussir. Il a accepté de me mettre à l'essai sur *Chopper One*, une histoire de policiers en hélicoptère qui protègent Los Angeles de la racaille. Ça n'a fait qu'une seule saison, ce n'était pas terrible et ce n'était pas le contrat du siècle, nous étions une poignée d'auteurs à y travailler, mon nom n'apparut jamais au générique, mais c'était une première étape d'une importance incalculable pour moi. Aaron Spelling m'avait fait confiance. Quelque temps après, il m'embauchait sur *S.W.A.T.*, puis *Fantasy Island* et *The Love Boat*.

— Oh ! s'écria Len. Les émissions de mon adolescence. Si j'avais su qu'il y avait un peu de mon père… »

Je crus qu'il allait éclater en sanglots. Nous étions devenus très émotifs tous les deux, avec tout cet alcool.

Puis il s'intéressa à *In Gad*. « Et après ? Comment c'est arrivé ? »

Je lui racontai l'été 1988, *La Dernière Tentation du Christ,* ma rencontre avec Ann et la façon dont je m'y étais pris pour convaincre Dick d'investir dans le projet.

Il s'anima : « Dick ? Comment il a réagi ? »

Michèle apparut tout sourire et nous proposa un dessert. Les yeux de Len errèrent sur la carte, ses yeux bruns qui me faisaient vaguement penser à ceux de Robert Egan. Lui aussi s'était attardé aux miens, plus foncés que les siens. Il avait posé des questions sur la cicatrice grisâtre que je gardais dans l'œil droit depuis l'accident en 1968. Je lui parlai des séquelles auxquelles j'avais fini par m'habituer – vision déformée selon les angles, halo autour des lumières la nuit, hypersensibilité à la lumière du jour –, mais très peu de l'accident et pas du tout de Dana. Il était trop tôt pour cela.

Il commanda un tiramisu et se montra déçu que je ne l'accompagne pas. « Rien pour vous ? – Non, merci. – Vous surveillez votre ligne ? » Oui, mais comme je ne voulais pas l'insulter, je répondis : « Je vais tout simplement éclater si je continue », ce qui était vrai. Il dit, embarrassé : « Il faudra bien que je m'occupe de mon poids un jour. Maintenant que j'ai un modèle devant moi. Je dois être à la hauteur. »

Je souris maladroitement, le cœur ému. Il se leva, dit comme s'il avait peur que je m'échappe : « Attendez-moi deux minutes. Je dois aller pisser. Je veux savoir comment il a réagi, votre ami. Je l'aime bien, Dick. Il a du caractère. »

Plus que quelques tables occupées au Café de la Paix. Un jeudi soir de tempête, de rares passants dans la rue piétonnière, les gyrophares jaunes des déneigeuses éclaboussant la neige. Je pensai à *In Gad*, aux avortements de Chastity et à ce que Len m'avait raconté avec une sorte de détachement amusé : Gail chez le docteur Ziegler, ses parents qui voulaient qu'elle avorte, son désir de garder le bébé, *de garder Len*. Mon étonnement et mon trouble de constater que j'avais jusqu'ici conçu le droit à l'avortement comme quelque chose de théorique, inscrit dans la loi pour qu'on le respecte. Et voilà que Len, mon fils, était un fait à contresens de la théorie.

« Et alors ? Dick ? »

Len était revenu, il s'était passé de l'eau sur le visage. Impossible de ne pas être charmé par ce jeune homme vif à l'entrain contagieux.

Je lui parlai donc de Dick, du plan que j'avais en tête pour le convaincre, alors que mon ami détestait les surprises. J'étais allé le chercher chez lui, à Beverly Hills, c'était un dimanche matin, la fin de semaine du 4 Juillet. Je roulais en Mazda d'occasion à l'époque – je n'ai jamais été le genre à m'endetter pour une voiture. Dick était nerveux, d'humeur massacrante : « Où est-ce que tu m'emmènes comme ça ? Tu ne vas quand même pas me traîner à l'église.

— C'est possible.

— Très drôle ! Sans blague, dis-moi où tu m'emmènes comme ça.

— Tu as deviné : à l'église.

— Tu me fais marcher, là ?

— Non. Je suis très sérieux.

— Arrête la voiture immédiatement ! Je n'ai jamais mis les pieds dans une église et ce n'est pas aujourd'hui que je vais commencer !

« — Ce sera une expérience, Dick.

— Une expérience ! Tu te ranges ou j'ouvre la portière et me jette en bas.

— Calme-toi, Dick. Je veux seulement te montrer quelque chose. »

Il avait pesté pour que je prenne sa Mercedes, mais j'avais refusé : « Pas question. Je te connais, tu vas m'emmerder à chaque manœuvre et tu vas finir par vouloir prendre le volant. » Il avait rouspété : « Si tu m'avais écouté dès le début, tu serais riche aujourd'hui. Et tu roulerais dans quelque chose de moins dégueulasse. »

Il avait fini par daigner monter à bord de la Mazda, grimaçant de dégoût. Et comme chaque fois qu'il était contrarié, il avait allumé un cigare sans se demander si ça pouvait m'incommoder.

Dans ma Mazda d'occasion, nous quittâmes la Hollywood Freeway vers le sud pour aller chercher la I-5, toujours vers le sud. Plus on roulait, plus Dick ronchonnait, les yeux fixés sur l'enfilade de panneaux-réclames en bordure de l'autoroute, des annonceurs criards, des plus vulgaires aux plus raffinés, vous promettant de vous servir comme une célébrité. Bienvenue à Los Angeles ! Dick retrouva le sourire lorsque je m'engageai dans Disney Way – « Ah, tu me rassures ! » –, puis déchanta lorsque je tournai à gauche vers Garden Grove.

« Patience, Dick. Patience. »

Len frétillait sur sa chaise. Son tiramisu terminé, il s'attaqua au cognac que j'avais délaissé. « Vous êtes certain, vous n'en voulez plus ? – Non ! Autrement, tu vas devoir me transporter dans tes bras jusqu'à l'hôtel. » Encore une fois, son rire homérique résonna dans le restaurant.

Anaheim Boulevard, Haster Street. Des rues larges sans personnalité, flanquées d'habitations banales, de petits centres commerciaux. Je tournai à gauche dans Chapman Avenue, une réplique fidèle de la banalité observée jusqu'ici. Puis, soudain, à notre droite, une construction étonnante, étincelante, brillant de mille reflets, difficile à soutenir du regard, comme un soleil trop proche.

Estomaqué, Dick dit : « Qu'est-ce que c'est que ça ? »

J'étais moi-même soufflé, incapable de prononcer un mot.

« Tu veux bien me dire ce que c'est ? répéta Dick, ahuri.

— La Cathédrale de cristal du docteur Robert H. Schuller.

— La quoi de qui ? »

Je garai la Mazda dans le grand stationnement au tiers plein. Des dizaines de personnes convergeaient vers l'étonnant bâtiment de verre de quarante mètres de hauteur, accueillies à l'entrée par des gens chaleureux et souriants. J'attrapai Dick par la manche, l'entraînai à l'intérieur où nous fûmes pris de vertige, aspirés par l'immensité des lieux en forme d'étoile à quatre branches, faits de dix mille panneaux de verre teinté, tenant miraculeusement ensemble grâce à un fascinant jeu de poutrelles d'acier, défiant toute loi terrestre, à l'épreuve des tremblements de terre, d'une punition divine. Une cathédrale éclaboussée de lumière ayant pour voûte le ciel bleu de la Californie. Un bassin d'eau, des fontaines et, derrière l'autel, un orgue majestueux pareil à un vaisseau de bois dans un océan de verre. Le télévangéliste Robert H. Schuller s'était payé une sacrée cathédrale au coût de dix-sept millions de dollars.

« Bon, c'est impressionnant, dit Dick. Mais on ne va quand même pas assister au service ?

— Pourquoi pas ?

— Oh non ! Pas question ! Je t'attends dehors.

— Je te demande un petit effort, Dick. C'est tout. »

Nous nous installâmes au parterre, un peu à l'écart. L'orgue – le don d'un riche téléspectateur – attaqua l'*Hymne à la joie* auquel se joignit la chorale (vingt ? trente ? cinquante personnes ?), et la musique, puissante, résonna dans l'espace et dans nos corps et dans nos cœurs, prêts à s'envoler dans ce palace de verre autour duquel dansaient de hauts palmiers bercés par le vent, et soudain Dick se mit à renifler, s'essuya furtivement les yeux avec les mains, puis, embarrassé, se cacha derrière les Ray-Ban qu'il avait sorties de la poche de sa veste. Je souris : Dick ému ! Devant nous, une caméra balayait la salle, mais Dick ne la remarqua pas. Nous étions en direct à l'émission *Hour of Power*, et il ne le savait pas.

Des larmes coulèrent sur ses joues quand de jeunes hommes et femmes affluèrent des quatre branches de l'étoile, portant au bout de leurs bras des drapeaux, une forêt de drapeaux bleu, blanc, rouge flottant dans l'immensité et la luminosité célestes de la cathédrale. Puis le docteur Schuller en robe d'académicien, cheveux argentés, lunettes à monture d'or, nous souhaita la bienvenue. Apôtre du positivisme, plus motivateur que pasteur (« Regardez cette merveilleuse église, nous y sommes arrivés ! Dites-vous que vous tous, ici présents, pouvez, vous aussi, y arriver ! Oui, vous pouvez réussir ! »), il attaqua avec théâtralité le sermon exsudant de patriotisme qu'il avait écrit et déjà prononcé à l'occasion de la fête de l'Indépendance, *I Am the American Flag*, personnifiant lui-même le drapeau américain, parlant au « je » avec une émotivité excessive, ponctuant son discours d'envolées tonitruantes, brossant un tableau de l'Amérique depuis sa fondation… « J'ai connu quarante présidents… », « J'ai gagné le droit d'être entendu… », « J'ai gagné le droit de parler… » Vantant la grandeur de l'Amérique et sa générosité exceptionnelle envers les autres nations. Faisant allusion d'un air contrit à ses péchés, à ses erreurs… « Montrez-moi un autre pays sans tache qui n'éprouve pas de la honte… », « Je suis fier de flotter sur mon Amérique imparfaite… »

Caché derrière ses lunettes noires, Dick étouffa un sanglot tandis qu'on hissait au haut plafond un gigantesque drapeau américain qui, pendant un long moment, fit écran à l'autel, le symbole de Dieu dans l'Église. Des oh ! émerveillés et des applaudissements spontanés éclatèrent. L'Amérique faisant de l'ombre à Dieu. L'Amérique regardant Dieu de haut.

De retour à Los Angeles, Dick, que les émotions gênaient d'habitude s'il ne pouvait les tourner en plaisanterie, dit, encore ébranlé : « Je le suivrais n'importe où, ce docteur Schuller. »

Au volant de la Mazda, je tournai la tête, le regardai droit dans les yeux : « J'ai enfin mon idée pour une série télévisée. Et cette fois, c'est la bonne. »

Il fronça les sourcils. « Tu veux faire quoi ? Porter à l'écran la vie de ce docteur Schuller ?

— Non. Ce sera une comédie désopilante sur Dieu et l'Amérique. Et je te parie que celle-là, tu l'aimeras.

— Une comédie ? Je ne vois rien de drôle là-dedans. Ça commande plutôt le respect. R-e-s-p-e-c-t, comme dirait Aretha Franklin.

— Fais-moi confiance, Dick.

— Tu dis ça chaque fois ! Sincèrement, je ne vois pas ce que tu peux faire avec ce docteur Schuller, à part te moquer de lui.

— Tu as vu le palais qu'il s'est payé grâce à l'argent des fidèles ?

— C'est bien comme ça que vos cathédrales somptueuses, à vous les catholiques, ont été payées, non ?

— Oh, Dick, regarde-toi ! Le docteur Schuller t'a bien eu. Je parie que tu finiras par lui envoyer un chèque.

— Et pourquoi pas ? Il n'y a pas de mal à ça. À ce que je sache, personne n'a de fusil sur la tempe pour donner. » Il sortit de sa poche un autre cigare, l'alluma. « Le docteur Schuller prône la bonne nouvelle, celle de la réussite à l'américaine. On ne peut pas être contre ça. Imagine si tout le monde suivait ses conseils. Imagine dans quelle société plus riche nous vivrions. Plus de criminalité, plus de soupes populaires, plus de sales communistes. Je trouve ça pas mal plus inspirant que d'entendre quelqu'un comme…

— Comme ?…

— Comme tous ces imbéciles qui critiquent notre façon de vivre à nous, les Américains. »

Je laissai passer sa pique. « OK, dis-je. Le docteur Schuller n'est pas un fondamentaliste. Il ne semble rien avoir à se reprocher. Même qu'il semble faire le bien autour de lui…

— Cet homme a toute mon admiration.

— Mais que fais-tu des escrocs comme Jim Bakker ? De ce pitoyable moralisateur de Jimmy Swaggart qui se paie des putes dans des motels malfamés et se confesse en larmes à son émission parce qu'il sait que ses obsessions sexuelles vont lui faire tout perdre, son ministère, sa fortune ? "J'ai péché contre toi, Seigneur !…" Des hypocrites ! »

Dick haussa les épaules. « Ce sont des clowns. Des clowns pathétiques.

— Ces clowns, comme tu les appelles, ont l'oreille de nos politiciens à Washington. Ces clowns et les autres charlatans de la foi qui ne sont pas encore tombés en disgrâce ont des réseaux épatants de mobilisation. Ils peuvent faire ou défaire un président des États-Unis. Tu as vu Reagan s'afficher avec eux ? Tu as vu comme il s'est mis à prier en public tout d'un coup ? Pour les amadouer. Les avoir de son côté. Tu sais ce qu'ils cherchent, en plus d'escroquer les petites gens crédules ? Ils veulent nous ramener dans *le droit chemin* pour que Jésus revienne une deuxième fois sur terre. C'est ce qu'ils disent, Dick ! Mais ça n'arrivera que lorsque l'humanité sera lavée de ses *péchés*. En attendant, ils se donnent la mission de nettoyer cette planète de tout ce qui les rebute : les libéraux, les laïcs, les féministes, les homosexuels. Bref, tous ceux qui ne sont pas comme *eux* et ne pensent pas comme *eux*. Alors, ils investissent le pouvoir, les tribunaux, les écoles : réintroduire la prière dans les classes, faire de la théorie de Darwin une hérésie, éradiquer l'homosexualité, enlever aux femmes le droit à l'avortement. Ces gens-là, Dick, veulent nous faire reculer de vingt ans, supprimer les droits pour lesquels nous avons lutté dans les années soixante, ces années que tu détestes tant mais qui ont quand même fait avancer le monde ! Merde, Dick, tu les vois partout en ce moment à Los Angeles, prêts à lyncher Martin Scorsese et les patrons de la Universal ! Ils veulent dicter leur vision à Hollywood ! »

Dans la Mazda rouillée filant vers Los Angeles, j'étais en colère, une boule d'indignation juste au-dessus du cœur. Dick ricanait en tirant sur son foutu cigare.

« Ça ne t'inquiète pas un peu ? dis-je, insulté par son attitude. Moi, si !

— Bien sûr que ça t'inquiète : tu es canadien. Les féministes, les homosexuels, les socialistes, les antimilitaristes, les avorteurs sont *normaux* pour vous. Alors que ceux qui se présentent comme de bons et honnêtes chrétiens et qui s'engagent dans leur communauté pour faire le bien et pratiquer gentiment leur foi sont des tarés.

— Tu fais chier, Dick. »

Il était plus de minuit, le Café de la Paix s'était vidé de ses clients. Poliment, Michèle nous fit comprendre qu'elle devait fermer et déposa sur notre table l'addition, que j'attrapai avant que Len ne proteste. C'était l'entente que nous avions conclue : le père invitait le fils, comme n'importe quel père le ferait avec son fils. Reconnaissant, les yeux humides, Len me remercia. Je me levai, chancelant. « Je suis désolé. J'ai l'impression d'avoir été le seul à parler.

— Ne soyez pas désolé ! C'était passionnant ! Vous ne pouvez pas savoir à quel point ça me remplit de fierté. »

Je souris. Michèle apporta nos manteaux, m'aida à passer le mien. Mon Dieu, tout cet alcool ! En gagnant la sortie, je dis à Len, une main sur l'épaule : « Dès que tu auras quelques jours de libres, viens nous visiter à Los Angeles. Emmène Lynn et les enfants. Ann aimerait beaucoup vous rencontrer. Je te ferai visiter le studio et te présenterai les acteurs d'*In Gad We Trust*, si tu veux.

— Ce serait merveilleux. »

Avant de quitter le restaurant – et d'affronter la tempête, bien que le vent eût faibli, nous informa Michèle –, Len sortit de la poche intérieure de sa veste une enveloppe bleue de type « par avion ».

« C'est de Gail. Elle m'a demandé de vous la remettre. »

Je vacillai. « De Gail ? Une enveloppe ? Pourquoi ? »

Len eut un haussement d'épaules embarrassé : « Je ne sais pas. »

Je la pris, la cachai sous mon anorak. Nous nous serrâmes la main comme des hommes d'affaires, puis, jugeant que ça ne convenait pas tout à fait à une relation père-fils, j'ouvris les bras, Len ouvrit les siens, immenses, et me serra contre lui. Les larmes aux yeux, nous nous dîmes au revoir et je sautai dans le taxi que m'avait appelé Michèle, direction mon hôtel.

Dans ma chambre au Westin, je me déshabillai à la hâte et enfilai le peignoir en ratine de l'hôtel. Ma tête tournait à me rendre nauséeux et, quand même, après une hésitation coupable, je me servis un St. Leger dans le minibar, c'était une nuit comme ça.

Je m'assis sur le lit, pris une longue respiration. L'enveloppe. Que pouvait-elle contenir ? Son papier bleu comme de la soie, si mince qu'on aurait pu penser qu'elle était vide. Une autre gorgée de St. Leger, et je l'ouvris.

C'était une photo de nous deux. Prise à Métis Beach, dans le jardin des Egan. « Août 1962 », avait inscrit Gail en tout petit au verso, quelques jours avant *les événements*. Nos sourires tendus, nos yeux plissés par le soleil. Gail portait une robe de tennis blanche ; moi, un affreux pantalon brun trop court et une chemise en rayonne assortie. Ma mère vendait des vêtements, et j'avais l'air d'être habillé par l'Armée du Salut. Je ne savais pas si je devais me prendre en pitié ou rire, tout simplement. Pourquoi une fille aussi jolie, un visage de princesse rappelant celui de Grace Kelly, s'était-elle intéressée à moi ? Timide, la mine presque effarouchée, je fixais l'objectif derrière lequel s'impatientait Françoise ; c'était cette fois où Gail l'avait forcée à nous photographier, une sorte d'idée fixe qui l'avait rendue surexcitée : *Ce sera comme une petite victoire, Romain. Une petite victoire d'indépendance. Tu comprends ?* Cette photo qu'elle regarderait dans les moments d'ennui, une fois mariée à Don Drysdale, et qu'elle cacherait dans un endroit qu'il ne découvrirait jamais. *Tu comprends ?* Cette même photo qui avait poussé Françoise à nous dénoncer, par vengeance – « Là » –, le signal que Robert Egan attendait pour se lancer à ma recherche, fou de rage, armé d'un bâton de golf, dans le garage en désordre, que mon père et moi avions réparé des années plus tôt.

Je bus d'un trait le reste du St. Leger et rangeai la photo dans son enveloppe, n'arrivant pas à comprendre ce que Gail avait espéré en me la donnant.

4

L'article de Christie Brenan dans le *Los Angeles Times* nous avait fait plaisir sans pour autant réduire le nombre de plaintes ; au contraire, leur flot augmentait et, avec elles, les cotes d'écoute. De quoi réjouir l'équipe, Josh et les actionnaires d'It's All Comedy !

Une deuxième saison, de nouveaux téléspectateurs chaque semaine, dont la fidélité faisait le bonheur du bureau des ventes et des annonceurs. « C'est l'argent qui nous dit que nous sommes sur la bonne voie, disait Dick. Pas cette poignée de bigots avec leurs lettres d'injures et de menaces. » À croire qu'on allait vers des sommets inégalés pour une chaîne câblée, près de cinq millions de téléspectateurs pour un épisode à la fin de février 1996, l'équipe était aux anges, nous avions fêté ça chez Josh, une grande maison de style Bauhaus dans Wild Oak Drive, jardin, piscine, alcool à volonté. J'étais heureux, savourais ce moment : toutes ces années de travail récompensées.

« À Romain ! À Ann ! » Puis : « À l'équipe ! Aux acteurs ! » Une soirée passée à se congratuler, des temps de réjouissance. Et la gaieté contagieuse des acteurs ce soir-là – Avril Page (Chastity), Bill Doran (Gad Paradise), Kathleen Hart (Martha Paradise), Trevor Wheeler (Dylan) –, dont la carrière était lancée grâce à *In Gad*. Après les six saisons que nous avions l'intention de tourner, ils auraient l'embarras du choix, les offres affluaient, des contrats au cinéma peut-être, ce que tous les quatre ambitionnaient de faire : du cinéma. C'était certainement une de mes plus grandes fiertés, celle d'avoir donné leur chance à Avril et à Trevor, deux jeunes acteurs de talent, et d'avoir aidé Bill et Kathleen, tous les deux dans la quarantaine, dont la carrière en dents de scie les avait longtemps forcés à enchaîner les petits boulots mal payés. Ils avaient l'esprit tranquille, maintenant. Si tout continuait de bien aller, évidemment.

La nuit était tiède ; la lune, haute dans le ciel, comme une protection bienveillante. Cet état de grâce qu'on atteint quand tout arrive à point dans notre vie ; on souhaiterait que le reste de notre existence ressemble à cet instantané, ne rien changer, ne plus bouger.

À la suggestion de Dick, pour rigoler, nous avions trinqué sur la grande terrasse surplombant la vallée aux *Ayatollahs Komedy*, c'est ainsi que mon ami appelait les censeurs du Parents Television Council (PTC), un nouvel organisme dans le paysage télévisuel américain, rien d'autre à faire que de regarder, écouter, analyser, scruter tout ce qui se diffusait aux heures de grande écoute, traquant avec un zèle d'inquisiteur jurons, blasphèmes, nudité, scènes de sexe et de violence. Sans surprise nous figurions sur leur liste noire ; déjà, ils avaient commencé à faire pression sur nos annonceurs, les menaçant d'une campagne de boycottage, sauf que nos annonceurs s'adressaient à un public jeune, imperméable à ce genre de chantage. It's All Comedy!, une chaîne câblée consacrée aux comédies de toutes sortes, comme son nom l'indique – téléséries, émissions de variétés, émissions pour ados –, défendait jalousement son indépendance. Si les « Trois Grands » (ABC, CBS, NBC) se montraient plus réceptifs aux pressions de PTC, It's All Comedy! faisait de son audace sa marque de commerce, et les annonceurs le savaient. « *Free to laugh !* » (Libre de rire !), disait la publicité, une référence on ne peut plus claire au sacro-saint premier amendement de la Constitution américaine.

« Aux *Ayatollahs Komedy* ! » avait lancé Dick, déjà éméché, pour qui tous les prétextes étaient bons pour porter un toast. Josh et sa femme Adriana, une jolie Slave aux faux seins, s'étaient activés, bouteilles de champagne à la main, remplissant nos verres qui se vidaient vite ce soir-là. Nos verres levés, s'entrechoquant. Des rires et des blagues. Une gaieté fiévreuse, communicative. Les femmes étaient belles dans leurs robes légères ; les reflets bleutés de la piscine les arrosaient d'une lumière dansante ; et Ann, comme toujours, était la plus belle pour moi. Une soirée mémorable.

Le pari audacieux qu'avait fait Josh Ovitz en achetant *In Gad We*

Trust. C'était en 1992, deux semaines après l'élection de Bill Clinton. J'avais été fasciné puis charmé par ce jeune homme brillant diplômé de Harvard, pas très grand, le teint hâlé, des cheveux noirs et des yeux expressifs d'enfant curieux. On ne se serait pas douté à son allure d'étudiant – jean délavé, t-shirt de Harvard – qu'il était, à trente et un ans seulement, un redoutable homme d'affaires, et multimillionnaire. D'abord des investissements dans l'industrie de la publicité, puis It's All Comedy! qu'il avait achetée avec son père et développée. Il nous avait conviés chez lui, Dick et moi (Dick fournissait comme producteur la moitié du financement), dans cette incroyable maison de Wild Oak Drive. Qu'un jeune homme puisse être propriétaire d'une telle demeure m'avait impressionné. Il nous avait invités à passer au salon avec l'assurance d'un homme mûr qui en avait vu d'autres, de grandes fenêtres comme dans les gratte-ciel, une pièce décorée comme dans les magazines : canapés italiens aux lignes pures, meubles laqués et tapis de soie. Sur la table de salon, des journaux et des magazines ouverts sur des photos de Bill Clinton. Josh était proche des Démocrates, et les Démocrates venaient de dégommer les Républicains à la Maison-Blanche après douze ans de pouvoir et d'« obscurantisme moral et économique », nous avait-il dit en appuyant bien sur ses mots. L'aplomb d'un homme d'un certain âge qui émet ses opinions et ne s'attend pas à être contredit. Il nous avait servi un double scotch tout en parlant avec animation de la victoire du 3 novembre comme s'il s'agissait de la plus belle nouvelle de sa vie. Il était dans d'incroyables dispositions, flottait sur un nuage, tellement que je me demanderais plus tard s'il aurait accepté de prendre le risque avec *In Gad,* à supposer que le projet lui ait été présenté à un autre moment.

Josh disait qu'avec la débâcle des Républicains la droite religieuse s'était vu fermer les portes du pouvoir, à Washington : « Neu-tra-li-sée ! » Sa façon de le dire et de s'en délecter, en faisant le geste de se trancher la gorge. Pas de doute, selon lui, ces chrétiens fondamentalistes étaient voués à la marginalisation. « C'est eux qui ont fait perdre les élections aux Républicains. L'électorat a compris à quel point ils sont dangereux. »

Puis nous avions parlé d'*In Gad* – il disait avoir été séduit dès les premières pages : Dieu, l'Amérique, l'argent, « les trois piliers de la sagesse américaine », avait-il lancé avec ironie. Et de *La Dernière Tentation du Christ* : « C'est terrible, ce que Lew a vécu. » Lew Wasserman, le grand patron de la Universal au centre de la tempête en 1988, un très bon ami de son père. « Ils ne l'ont pas manqué. Son nom écrit partout, sali. Ces intégristes veulent nous faire taire avec leurs attaques vicieuses, antisémites. Plus jamais, avait-il dit en secouant gravement la tête. Plus jamais. » Une promesse qu'il se faisait, et je m'en réjouissais, sauf que ces choses-là ne se contrôlent pas, Josh l'apprendrait à ses dépens lorsque *In Gad* susciterait à son tour ce type de réactions – *Ces gens, à Hollywood, ne s'en prendraient jamais aux juifs, mais aux chrétiens, pourquoi pas ?* – et que l'on insisterait sur son nom, celui de son directeur de la publicité, Michael Hausman, de son bras droit, Ab Chertoff, et de son père, Sam Ovitz. Josh le vivrait mal ; il en perdrait même sa belle assurance qui nous avait tant impressionnés, Dick et moi, cet après-midi de novembre 1992.

Mais il était plus détendu maintenant que le succès d'*In Gad* semblait assuré. Il s'amusait bien ce soir de célébration dans le vaste jardin embaumant les fleurs d'oranger de sa magnifique demeure. Matt faisait le pitre, une couronne d'épines – Dieu sait où il l'avait dénichée – sur son inséparable casquette des Knicks. Il était drôle, Matt. Un grand type talentueux et sensible, à l'accent new-yorkais prononcé. Peut-être le plus exaspéré de nous tous par ces plaintes et ces critiques, certainement à mettre sur le compte de son enfance catholique d'Irlandais qui, d'après le peu que j'en savais, avait été pas mal plus éprouvante que la mienne. Cette couronne d'épines qu'il avait sur la tête, c'était pour les narguer, nous avait-il expliqué, quand il lui faudrait traverser les petits groupes qui avaient commencé à se rassembler devant le studio dans La Brea, des membres d'une association pro-vie, des visages fermés, une répugnance morale sur les lèvres. Je les ignorais – ils n'étaient pas agressifs, seuls les slogans sur leurs pancartes l'étaient, et encore – HONTE À VOUS ! L'AVORTEMENT EST UN MEURTRE ! –, je les croisais sans jamais lever les yeux sur eux. Ne pas leur donner d'importance. Ce que Matt et Dick ne pouvaient s'empêcher de faire lorsqu'ils les interpellaient d'un ton cassant, Dick, surtout, avec ses questions qui n'en étaient pas vraiment : « Vous ne travaillez pas ? Qui vous paie, hein ? Les gens improductifs comme vous, on devrait tout simplement les éliminer. »

« On dirait que ça ne t'atteint pas, m'avait dit Matt. – Pourquoi ça m'atteindrait ? lui avais-je répondu. C'est leur opinion, j'ai la mienne. C'est tout. » Il m'avait regardé, perplexe, sa casquette des Knicks relevée sur son front : « Comment tu fais ? »

Je n'avais qu'à penser à Dana et à son courage admirable pour ne pas me laisser affecter par ce bruit de scandale autour d'*In Gad. The Next War* avait provoqué pire. Avec le recul, j'avais compris à quel point la pression avait dû être forte sur Dana, une féministe dans un monde hostile d'hommes, jaloux de leurs prérogatives. Elle était détestée, ridiculisée. Si seule et fragile, et pourtant elle avait résisté. Commentaires haineux dans les journaux, lettres injurieuses, menaces de mort, sarcasmes sur les plateaux de télé… Tout ce qu'elle avait dû affronter ! Oui, c'est à cela que je pensais quand je voyais ces groupes de manifestants sur le trottoir, leurs visages renfrognés, leur indignation criée sur leurs pancartes, rien de comparable aux événements qu'avait déclenchés la publication du livre de Dana : arrestations, manifestations, coups d'éclat des Freudian Vandals. C'est aussi à cela que je pensais quand les avortements de Chastity nous valaient une pluie d'obus dans les médias, toujours un sujet de discussion passionnée entre nous, comme ce soir-là, chez Josh, lorsque Dick, l'élocution altérée par l'alcool, avait dit : « C'est Chastity qui nous rapporte le plus d'argent. Les gens sont heureux de voir qu'on a des couilles. » Il avait parlé avec grossièreté, le geste allant avec, sans égard pour Avril, qui incarnait le personnage et se trouvait à quelques pas de lui. Dans le jardin, sous les lumières chatoyantes des lanterneaux, j'avais vu rougir Avril, une jeune femme discrète de dix-neuf ans à la belle chevelure dorée. Elle était bien jeune pour faire face à ce type de pression. Ann et moi cherchions à la protéger, l'aidions à choisir ses entrevues – c'est à son personnage que les médias s'intéressaient surtout –, l'accompagnions parfois. Il fallait que je me montre fort, à la hauteur. Quand nous avions écrit la série, Ann et moi savions qu'elle nous attirerait ce genre d'attention, et j'étais prêt à l'assumer. Comme Dana avait assumé ses idées formidablement audacieuses pour son époque.

« Et ton fils, Roman ? Que pense-t-il de tout cela ? »

Mon fils ? Des mots encore trop nouveaux pour que je les entende sans frissonner d'étonnement. C'est Ab Chertoff qui avait lancé la question, un type affable à la stature de bloqueur.

« Len ? dis-je. Il aime bien *In Gad.* Il dit que son père est un génie. »

J'avais éclaté de rire, et lui aussi.

« On est contents pour toi. Un fils déjà élevé et bien établi dans la vie, c'est super. »

Ab avait deux fils, dont un qui lui avait causé pas mal de soucis à l'adolescence. Je l'avais remercié ; il avait posé une main lourde et chaude sur mon épaule ; il n'y avait pas d'envie chez lui, que de la sollicitude.

Les yeux perdus sur l'eau turquoise de la piscine, je pensais à Len. À nos longues discussions au téléphone sur *In Gad* et sur la politique américaine. Mon fils se situait à droite et parlait sans complexe de son admiration pour Ronald Reagan, ce qui ne me surprenait guère mais me déconcertait tout de même. Au fil de nos conversations, je découvrais que nos divergences d'opinions étaient importantes et m'efforçais de me montrer le plus ouvert possible. C'était pareil pour l'avortement, un sujet sensible pour lui, impossible de ne pas l'avoir compris dans ce restaurant à Calgary. À côté de moi, Dick riait. Il venait de dire à Ab, comme s'il avait eu accès à mes pensées : « Ouais, il est bien élevé, son fils. Mais il voue un culte à cet acteur raté recyclé en président. » Dick était ivre, je détestais le voir dans cet état. « Hé, Roman ! Dis-nous comment t'as fait pour concevoir un fils de droite ? Dis-nous comment tu t'y es pris ! » Pour être certain que nous comprenions à quoi il faisait allusion, il avait gesticulé de façon grossière, singeant l'acte sexuel.

« Je t'en prie, Dick, ferme-la. »

Non, je n'aimais pas qu'on se moque de Len.

5

Pour cette première visite de Len à Los Angeles, pas question de lésiner sur l'accueil!

Il fallait des fleurs dans la chambre d'amis, que le frigo soit rempli à ras bord – mon fils est un colosse! Œufs, bacon, jambon, pommes de terre à faire rissoler pour le petit-déjeuner, de quoi faire de bons hamburgers sur le barbecue le midi, et deux bonnes bouteilles de cognac – Courvoisier XO, le meilleur – pour après le dîner. Étourdie, Ann me reprochait de trop en faire. « Tu vas l'embarrasser, le pauvre! » Mais je n'écoutais pas, déterminé à ce que ce soit parfait, un succès, passant de longs moments au téléphone pour réserver des billets de toutes sortes (théâtre, concerts, match inaugural des Dodgers) et une table pour deux, le père et le fils, en tête à tête chez Spago, un repaire de célébrités où l'on vous assignait une place selon votre *valeur*, là où Dick m'avait emmené faire la fête quand nous avions vendu *In Gad We Trust*, et qu'il avait annoncé avec fierté au célèbre propriétaire de l'établissement, le légendaire Wolfgang Puck, que très bientôt je deviendrais, moi aussi, un client assidu de ces tables prisées aux fenêtres. « Roman Carr, lui avait dit Dick. Rappelez-vous bien ce nom. »

Mon fils serait impressionné!

Mon Dieu, cette première fois! Len, excité comme un enfant, ne tenant plus en place dans la Pathfinder, s'émerveillant chaque fois qu'il reconnaissait des lieux immortalisés dans des centaines de films. L.A. n'est pas Paris, ni Londres, ni New York, avec leurs monuments grandioses, distinctifs. Non, à L.A., c'est différent, plus subtil comme expérience; toutes ces impressions de déjà-vu que l'on ressent à l'infini, comme si on y avait vécu dans une autre vie : les grands boulevards bordés de hauts palmiers, les collines d'Hollywood en suspension dans le ciel les jours de smog, les autoroutes (n'y a-t-il rien de plus laid dans une ville?) qui enserrent et découpent la mégalopole, et dont Len connaissait les noms par cœur – Hollywood Freeway, Ventura Freeway, Santa Ana Freeway – pour les avoir lus dans les romans de Michael Connelly.

Mon Dieu, cette première fois! Si nerveux tous les deux à l'idée de passer trois jours ensemble – et si nous nous décevions mutuellement? De l'aéroport à la maison, Len bavardait sans discontinuer, comme s'il redoutait de nous voir en panne de conversation, débitant à toute vitesse des titres de films qu'il avait adorés, tous tournés à Los Angeles: *Lethal Weapon, Heat, Dragnet, Terminator…* J'étais quelque peu perplexe: *Mon fils? Voilà le type de films qu'il aime?* J'aurais préféré entendre quelque chose comme: *Le Lauréat, Barton Fink, Chinatown, Pulp Fiction.* Mais pourquoi pas? Il avait l'air si heureux! Il y avait quelque chose d'attendrissant dans le fait de le voir s'emballer comme un gamin, tandis que moi, son père, je cherchais déjà à l'excuser: *C'est mon fils, il a droit à ses goûts. Et à ses opinions.*

Len adora la maison tout en haut d'Appian Way. Grande, confortable, simple. Une maison en stuc construite sur deux étages, l'arrière adossé à la colline, nous privant ainsi de jardin. En revanche, la grande terrasse au-dessus du garage nous offrait une vue imprenable sur la vallée qui, à notre droite, s'étendait jusqu'à la poignée de gratte-ciel de Los Angeles, fluets comme des graminées, peut-être l'élément le plus risible de cette ville de la démesure, surtout pour un New-Yorkais. (Oui, étrangement, après toutes ces années en Californie, je me considérais toujours comme un New-Yorkais.) C'est à notre gauche que se trouvait notre récompense: des collines rondes pareilles à des seins de jeune fille, sur un desquels Hollywood avait tatoué son nom en blanc.

Comme par magie, l'arrivée de Len dans nos vies mit fin aux obsessions de maternité d'Ann. Je ne crois pas qu'elle en était consciente au début, ni qu'elle aurait été d'accord avec mon interprétation: que l'existence de ce fils de trois ans son cadet, mais surtout des petits-enfants, comblait, du moins temporairement, ce manque qui la rendait tous les jours un peu plus insatisfaite. Son attitude changea, d'abord envers elle : elle cessa de se comparer aux femmes de son âge qui avaient des enfants ; puis, envers nous : elle se remit à faire l'amour de façon plus détendue, avec une insouciance que je ne lui avais pas vue depuis longtemps, sans cette arrière-pensée qui, je le sentais bien, la coupait du plaisir et gâchait parfois nos moments d'intimité. À quelques reprises, nous allâmes à Calgary leur rendre visite. Ann se prit d'une affection subite et profonde pour Cody et Julia, leur parlait souvent au téléphone, leur envoyait par la poste des livres, des cassettes VHS, des jouets. « Mamie Ann ! Viens jouer avec nous ! » Et elle riait au bout du fil. Ces enfants étaient tout simplement merveilleux, toujours contents de nous parler, nous arrachant des larmes chaque fois qu'ils lançaient : « Je t'aime, Ann, je t'aime, Romain. » Éperdus de reconnaissance quand on leur envoyait des cadeaux : « Oh ! Comme c'est beau ! » Ou si sagement perplexes : « Pourquoi un cadeau ? Ce n'est pas mon anniversaire. » Quelle différence avec les enfants de notre entourage, comme ce neveu d'Ann, aujourd'hui plus vieux que Cody, Judd, qu'il s'appelait, et que sa mère, la sœur d'Ann, avait terriblement gâté pour ensuite abdiquer, terrorisée, devant cet enfant colérique capable, lorsqu'il était contrarié, de retenir son souffle jusqu'à en avoir les yeux révulsés.

Quand Len nous visitait à L.A., il venait seul, jamais avec les enfants et Lynn. C'était sa décision, disait-il, pour rattraper le temps perdu, comme il l'avait fait avec Gail. Il arrivait le vendredi soir et repartait à l'aube le lundi matin, et se rendait directement à son travail.

« Lynn n'y voit pas d'objections ? » lui avais-je demandé.

Il avait souri de dépit. « Oh, elle dit que c'est mon nouveau prétexte pour fuir la maison. Elle dit aussi qu'après Gail et toi il y aura sûrement des frères et des sœurs inattendus qui finiront par rebondir et me donner de nouveaux alibis.

— Ce que je retiens surtout, c'est que Lynn ne semble pas beaucoup se réjouir pour toi. »

Il avait haussé les épaules. « Elle le prend plutôt comme une menace. J'ai compris que les femmes à la maison, quand le contrôle leur échappe, elles sont aux abois.

— Et toi, est-ce que c'est comme ça que tu le vois, aussi ? Un prétexte pour t'échapper ? »

Il avait baissé les yeux. « Je ne sais pas, Romain. »

Une autre fois, tandis que nous dinions avec Ann près de Rodeo Drive, il déclara, embrassant les lieux de ses bras robustes : « Vous savez, quand je vois tout ça et le reste, je trouve ma vie sans grande saveur. On se croirait dans un conte de fées, ici. Et en même temps, à cause des films et de la télé, on a l'impression de tomber sur une boîte à chaussures pleine de photos familières. C'est troublant, Los Angeles. Je ne sais jamais dans quel état je vais rentrer à Calgary.

— Pourquoi n'emmènes-tu pas Lynn ? demanda Ann. Venez passer une semaine ou deux avec les enfants. Il y a de la place pour tout le monde à la maison. J'aimerais tant revoir Cody et Julia. Ils me manquent tellement, tous les deux. Vous pourriez emprunter une de nos voitures et faire un bout de chemin sur la côte, jusqu'à Santa Barbara, ou plus loin encore. Vous verrez, c'est spectaculaire.

— Et pour les enfants, ajoutai-je, il y a Disneyland et les studios Universal. Si c'est une question d'argent, Len, ton père est là. »

Il rougit d'embarras, me faisant aussitôt regretter ma maladresse qu'Ann me reprocha du pied sous la table.

« C'est un homme ! s'insurgea-t-elle une fois à la maison. Avec un bon travail. Tu aurais dû lui présenter les choses autrement au lieu de l'humilier. Tu aurais dû attendre d'être seul avec lui, et le lui offrir comme un cadeau, sans faire allusion à ses capacités financières. Maintenant que tu as beaucoup d'argent, tu oublies ce que c'est d'être comme tout le monde. »

Compliqué d'être père.

Quelques mois plus tard, Len revint avec Lynn, mais sans les enfants. Pas question pour elle que Cody et Julia s'absentent de l'école. La déception dans les yeux d'Ann. Len avait tenu à payer leurs billets d'avion et je n'avais pas insisté. Mais que cela m'agaçait ! Pour me racheter, je réservais les billets de cinéma, de spectacles ; je les sortais presque tous les soirs dans les grands restaurants, et quand Len tenait à payer, je lui disais d'une voix ferme mais obligeante que c'était non négociable, que c'était la prérogative du père, et il souriait, embarrassé.

Autant j'adorais Len et les enfants, autant je trouvais Lynn déprimante. Oh, c'était une gentille jeune femme sans malice, une excellente mère pour Cody et Julia, mais pour un mari? Replète et complexée, elle ne parlait pas beaucoup, évitait notre présence quand elle le pouvait, se réfugiait sur la terrasse ou dans leur chambre. Le matin, elle attendait Len pour se joindre à nous au petit-déjeuner; jamais elle ne montait seule. Entre eux, on sentait une tension constante. Des gestes d'impatience, un claquement de langue agacé, des soupirs d'exaspération. Ce voyage l'importunait, cela sautait aux yeux, d'autant qu'elle n'arrêtait pas de se plaindre que les enfants lui manquaient. Avant de reprendre le chemin de l'aéroport, Len me prit à part, dépité.

« Je suis désolé, Romain.

— Désolé de quoi?

— Lynn n'est pas vraiment la compagne idéale pour voyager. Elle est plutôt casanière.

— C'est son droit le plus strict. Elle sera toujours la bienvenue. »

Il eut un sourire étrange. Ses pensées étaient ailleurs.

6

« C'est toi, Len? »

Devant moi, Len, mais pas tout à fait Len. Amaigri, le teint hâlé des amateurs de plein air, dans un élégant costume de toile gris, les cheveux coupés ras, presque rasés, lui donnant une belle tête à la Yul Brynner. Il débarquait de l'avion en provenance de Calgary, son sac de voyage à la main, frais comme une rose, pas du tout épuisé comme les autres fois – ces trois heures de vol qu'il vivait si mal chaque fois, à l'étroit dans un fauteuil trop exigu pour sa stature, une véritable épreuve –, mais là?

« On dirait que tu rentres d'une semaine de cure », dis-je.

Embarrassé, il balbutia quelque chose comme « Il était temps que je me prenne en main… n'est-ce pas ce que tu me dis toujours?… », tout en évitant de me regarder dans les yeux. Dans la Pathfinder, il bavardait distraitement de choses et d'autres sans son enjouement habituel, avec ce regard fuyant qui ne lui ressemblait pas du tout. À mes questions – comment vont Lynn et les enfants? Le boulot? –, il répondait par un murmure presque inaudible: « Bien… bien… tout le monde va bien, le travail aussi… » Tellement que je commençai à me sentir blessé par son refus obstiné de m'expliquer ce qui n'allait pas. *Len, es-tu malade? Si oui, tu me le dirais? Tu le dirais à ton père, non?* Mais son teint éclatant contredisait mes inquiétudes. Il était tout simplement resplendissant. Alors, quel était le problème?

Une femme, finit-il par avouer. Derrière cette étonnante transformation, il y avait une femme. Quoi d'autre aurait-il pu y avoir?

« Je sais ce que tu vas dire, dit-il, agacé. Que c'est lâche de tromper sa femme. Tu es le premier à qui j'en parle. »

La fierté que j'éprouvai d'un coup. Flatté qu'il partage avec moi ce secret qui le rendait fou de joie, mais qui le faisait souffrir aussi. Un père n'est-il pas là pour aider son fils dans les moments difficiles?

Je dis, d'un ton qui se voulait le plus neutre et le plus rassurant possible : « Qu'est-ce que tu comptes faire? C'est une passade ou ça remet en question ta relation avec Lynn?

— Je ne sais pas. Je suis incapable de le dire pour le moment. La seule chose que je sais, c'est que ça me fait du bien. Je me sens revivre. »

Len transformé en un jeune homme séduisant, et cela lui allait à merveille. Quoique le prix à payer semblât le dépasser par moments, lorsqu'il se mettait à penser à Lynn et aux enfants, rongé par la culpabilité. Autrement, il me parlait fièrement des heures qu'il passait au gym, de l'alcool qu'il avait presque éliminé de sa vie, de ses nouvelles habitudes alimentaires. « Finis la friture, les steaks de quarante onces et les fettuccines Alfredo du Café de la *Paiks*! » disait-il en riant. Poisson, viande blanche, légumes et salades. Un régime radical qui lui avait fait perdre une bonne vingtaine de kilos et fait retrouver un beau visage rehaussé de pommettes saillantes, une mâchoire carrée, bien découpée.

« Ton portrait tout craché », disait Ann.

Pendant le week-end, tandis que nous faisions des emplettes dans Beverly Hills – Len cherchait un cadeau à offrir à Joan, c'était ainsi que s'appelait la femme derrière sa transformation –, j'avais surpris notre image dans le miroir d'une boutique de vêtements féminins; Len et moi, côte à côte, Ann avait raison, la ressemblance était troublante. Le père et le fils : personne ne pouvait plus en douter. Ému, j'avais passé un bras autour de ses épaules et dit, un peu gauchement : « Je t'aime, mon fils. » Il s'était mordu les lèvres et avait détourné la tête pour cacher ses larmes.

« Tu crois que Lynn s'en doute?

— Non. J'ai toujours de bons alibis.

— Fais attention, Len. Tu joues un jeu dangereux. Un jour ou l'autre, tu devras pendre une décision. Tu ne peux pas la tromper indéfiniment.

— Je sais, je sais. Mais je ne peux pas abandonner mes enfants. »

Len n'eut pas à prendre de décision, Lynn s'en chargea à sa place. Malgré ce qu'il croyait, Lynn avait des soupçons depuis un bon moment et l'avait affronté un soir qu'il était rentré tard. Ce soir-là, comme presque tous les autres, il avait prétexté un événement à couvrir pour le *Calgary Herald*, mais Lynn avait su qu'il mentait à l'odeur de sa chemise, cette odeur tenace qu'elle reniflait depuis quelques semaines, cette odeur de femelle qu'elle avait sentie jusque dans ses caleçons. Ne pouvant se défiler, Len avait tout avoué, et elle l'avait mis à la porte. Ce soir-là, il m'avait téléphoné d'un hôtel de Calgary, en pleurs.

« Je suis un imbécile, Romain. Un vrai imbécile. Qu'est-ce que les enfants vont penser de leur père ? »

Le lendemain après-midi, il débarquait à L.A. dans un état lamentable. Vêtements froissés, yeux rougis, une barbe de deux jours et une haleine d'alcool. J'étais allé le cueillir entre deux scènes d'*In Gad* que l'on tournait au studio, Ann s'était gentiment offerte pour aller le chercher, mais j'avais refusé, me doutant bien dans quelle forme je le trouverais : ses larmes, au téléphone, la veille, étaient à vous fendre le cœur ! Je m'étais donc rendu à l'aéroport, l'avais mis dans la Pathfinder en essayant de le consoler – il pleurait beaucoup –, l'avais emmené à la maison, puis couché dans la chambre d'amis, sachant très bien qu'il se lèverait dès que je serais parti, et se ruerait sur le bar.

Il y avait des années que Len avait cessé d'être amoureux de Lynn, ce n'était un secret pour personne. Le problème, c'est qu'il ne pouvait pas faire *ça* à Cody et à Julia, ses enfants qu'il adorait plus que tout.

Après avoir passé la soirée à pleurer et à se sentir coupable face à eux, il s'était levé le lendemain étrangement en forme, une sérénité retrouvée sur son visage. Il avait mangé légèrement, des fruits et des céréales, et avait téléphoné à Joan, à Calgary, pour lui annoncer que c'était terminé entre eux.

« Je vais reconquérir Lynn », avait-il déclaré après avoir raccroché. Une évidence incontestable qu'il venait d'énoncer, les yeux brillant d'une confiance excessive qui m'alarma, pour avoir vu ce type de lueur dans les yeux de sa mère pendant ses phases d'euphorie. Mais peut-être que je me trompais, que cette lecture erronée trahissait d'abord mes craintes irrationnelles – *La maladie peut être héréditaire* – et que Len, quoique perturbé par ses problèmes conjugaux, finirait bien par retrouver le chemin du bon sens ; il suffisait de l'aider un peu.

« Mais tu n'es plus amoureux de Lynn, Len.

— Et puis après ? Je dois le faire pour les enfants. Au moins jusqu'à ce qu'ils atteignent leur majorité.

— Len, ça ne fonctionne pas comme ça.

— Ah non ? Qu'est-ce que tu en sais ? Tu sais ce que c'est, toi, d'avoir des enfants ? »

Blessé, je faillis lui dire : *Je t'ai, toi. Et en ce moment, j'ai l'impression que tu n'es pas tellement plus vieux que tes propres enfants.* Mais je me tus, évidemment.

Lynn bloqua toutes ses tentatives de réconciliation. Une vraie tigresse. Elle jurait qu'elle le traînerait en cour s'il ne lui concédait pas la garde totale des enfants. Son infidélité, promettait-elle, jouerait contre lui. Et Len dépérissait à vue d'œil, se remit à boire immodérément, à reprendre du poids. « La salope ! se lamentait-il. Elle m'a enlevé mes enfants, mes trésors ! »

Traumatisés, Cody et Julia refusaient de lui parler au téléphone. Sa voix, le ton qu'il prenait lorsqu'il buvait, les effrayait. Pendant ce temps, Lynn détaillait dans un cahier son comportement répréhensible « pour le jour où tu m'obligeras à aller chercher une ordonnance chez le juge, qui t'interdira de t'approcher des enfants ». Mais Len ne se ressaisissait pas, terré dans son minable appartement au sous-sol d'un immeuble de la 11e Avenue, dont j'avais réussi à obtenir l'adresse par Lynn. Elle était si désespérée au téléphone, désespérée et pleine de rage à la fois : « Comment peut-il nous faire ça ! »

J'étais arrivé à Calgary le lendemain midi – Dick se montrait de plus en plus excédé par mes absences répétées – et l'avais trouvé dans son logement d'une saleté repoussante, avachi sur le canapé du salon, deux bouteilles de Jack Daniel's vides à ses pieds. Il était ivre mort. « Qu… qu'est-ce… que tu fous ici ? » marmonna-t-il, les yeux vitreux, le visage bouffi, luisant de sueur. Sur lui, des vêtements mal-propres, maculés de taches de graisse et de ketchup. Une barbe de plusieurs jours, des cheveux sales. J'aurais pu le gifler tant j'étais furieux de le voir ainsi se laisser aller, sans manifester le moindre instinct de survie. *Mon fils?* Len était en train de perdre ses enfants et son travail – Lynn m'avait raconté que le *Calgary Herald* l'avait suspendu pour une période indéterminée –, et il ne réagissait pas, bon Dieu!

Je l'empoignai par le col et le traînai dans la petite salle de bains qu'il valait mieux ne pas examiner de trop près. Ouvris le jet de la douche et l'obligeai à entrer dans la baignoire après l'avoir fait se déshabiller. Il trébucha, jura. Au contact de l'eau froide, il poussa des cris d'animal blessé, longs et suppliants, sans se débattre, toutefois. Au bout de dix minutes, j'arrêtai l'eau, l'aidai à sécher son corps redevenu immense et flasque, avec la serviette répugnante accrochée derrière la porte. Chancelant, il disparut dans le salon, réapparut accoutré de vêtements guère plus propres, le visage contrit d'un enfant que l'on vient de gronder. J'appelai un taxi et l'emmenai à l'hôtel Westin.

« Tu… tu m'emmènes prendre un… bloo… bloody Caesar? » marmotta-t-il avec un sourire idiot. » Je ne dis rien. « Oui… oui, insista-t-il en dodelinant de la tête. Un bon bloody Caesar, co… comme la… première fois!…

— La première fois, j'avais devant moi un jeune homme res-pectable », dis-je d'un ton tranchant. Il se figea, me regarda d'un air incrédule. « Regarde-toi un peu, merde! Si tu continues comme ça, tu vas te retrouver à la rue! C'est ce que tu veux, Len? »

7

Deux semaines plus tard, Len me téléphona à Los Angeles pour m'annoncer qu'il s'était joint aux Alcooliques Anonymes.

Sa voix était claire, presque enjouée : « Tu verras, Romain, ce sera bientôt de l'histoire ancienne. Cody et Julia vont retrouver leur *vrai* père ! »

Et je ne pouvais que me réjouir de cette excellente nouvelle, soulagé – ô combien soulagé ! – de voir enfin mon fils reprendre sa vie en main.

Une chose est certaine, Len allait mieux. Au travail, son patron avait passé l'éponge sur ses bêtises, mettant ce malheureux épisode sur le compte du choc de la séparation. Lynn aussi s'était calmée et avait accepté la garde partagée des enfants sans recourir aux tribunaux. En revanche, elle exigeait une pension alimentaire exorbitante, que Len lui concéda sans protester.

Len s'est installé dans l'appartement que nous lui avions déniché pendant un de mes séjours éclair à Calgary, un cinq et demie au huitième étage d'un immeuble de construction récente, une aubaine à sept cents dollars par mois, en retrait d'une rue passante, pas très loin de la rivière Bow. Nous avions passé un week-end à magasiner des meubles, des articles de cuisine, de la literie, un téléviseur et une chaîne audio – pas question qu'il dépouille de quoi que ce soit la maison de ses enfants –, puis nous aménageâmes avec soin la plus petite des chambres, celle où Cody et Julia dormiraient quand Len se serait rétabli. Dans la section du mobilier pour enfants chez Sears, il s'était effondré en larmes : « Tu crois qu'ils accepteront de revoir leur salaud de père ? » Et je l'avais consolé en répétant ce qu'Ann m'avait dit à L.A. alors que je m'inquiétais un peu, moi aussi, de la réaction de Cody et de Julia face à leur père : « Les enfants sont bien moins rancuniers que les adultes et leur mémoire est plus sélective que la nôtre, une vraie bénédiction pour eux. »

Un jour à la fois. Telle était la prière quotidienne qui permit à Len de recoller peu à peu les morceaux éparpillés de sa vie. Il cessa de boire complètement, perdit tout le poids qu'il avait regagné, recommença à travailler, accepta même de nouvelles responsabilités avec l'équipe éditoriale du *Herald* – comment pouvais-je ne pas être heureux de tout cela – et rencontra Melody.

Melody était une jolie jeune fille sûre d'elle-même, impossible d'en douter quand on regardait la photo que Len nous avait envoyée d'elle : des cheveux bruns, des billes noires à la place des yeux, un sourire confiant, satisfait. Au verso, les mots emballés de Len, griffonnés à la hâte comme un aveu involontaire, qui auraient dû me réjouir mais me laissèrent perplexe : « J'ai trouvé la femme de ma vie. » Len l'avait rencontrée dans une église baptiste. Au téléphone, la voix de mon fils était redevenue lumineuse.

Je dis, étonné : « À l'église ? Je croyais que tu étais non pratiquant.

— Oh, bien sûr, répondit-il d'une voix blessée. Avec *In Gad We Trust*, mon père est aussi allergique à Dieu qu'un grand asthmatique à la poussière. »

C'était la première fois qu'il parlait d'*In Gad* avec réprobation.

« Non, Len… Je suis seulement… surpris. Tout ce qui peut t'aider, mon garçon… Te savoir bien me fait tellement plaisir… »

Mais mon ton n'était pas très convaincant, et il l'entendit tout de suite. Il dit, contrarié : « J'avais besoin de retourner aux sources, Romain. Trouver une forme de spiritualité pour m'aider à faire le ménage, à mieux me comprendre. C'est un membre des AA qui m'a invité un dimanche à visiter son église. J'ai eu raison puisque j'y ai rencontré Melody. Elle m'a présenté des gens merveilleux qui m'épaulent et m'encouragent à m'en sortir. Des gens bons qui ne demandent rien d'autre que de faire le bien. Tu comprends ? Des gens qui ne courent pas après l'argent et la célébrité parce qu'ils ont Dieu et que ça leur suffit. »

Évidemment, je me sentis visé. Mais en avait-il été conscient ?

Avait-il cherché à me blesser ? *L'argent et la célébrité, deux saloperies qui pourrissent l'âme.* Est-ce cela que Len pensait ?

J'avais raccroché, ahuri.

« Laisse-le se repositionner, dit Ann. C'est une passade, il a besoin de se reconstruire. »

Len avait emmené Melody à Los Angeles quelques semaines avant Noël 1997. L'équipe de tournage faisait relâche, la saison 4 était terminée, prête à être diffusée à la fin du mois de janvier. Ann et moi avions donc tout notre temps à leur consacrer, ce qui aurait dû contribuer à m'enlever un peu de pression, mais au contraire, leur visite m'avait rendu nerveux.

De loin je préférais Lynn à cette jeune femme satisfaite d'elle-même, toujours prompte à juger les autres avec ses petits yeux malicieux. Nous nous étions retrouvés le premier soir à dîner à la maison, Ann avait préparé un magnifique repas, un poulet au citron, que Melody avait reniflé impoliment.

« Il y a de l'alcool, là-dedans ?

— Oh non ! s'empressa de dire Ann, mi-embarrassée, mi-insultée. Romain et moi savons que Len est sobre. »

Mal à l'aise, Len baissa les yeux. Sous la table, le pied d'Ann m'appela à la rescousse. Tout aussi saisi qu'elle, je dis d'un ton calme mais à l'agressivité sous-jacente : « Nous connaissons Len. Pas besoin de nous le rappeler. »

Melody laissa échapper un petit rire nerveux, et le visage de Len s'empourpra. Pour alléger l'atmosphère, Ann nous souhaita « bon appétit » avec un entrain forcé et un sourire démesuré qui cachait mal sa déception. Je posai ma main sur la sienne, ce qui déclencha chez Melody un autre de ses petits rires impertinents que je choisis de ne pas relever, et pour encourager Ann et faire honneur à ce repas qu'elle avait mis des heures à préparer, heureuse d'accueillir la nouvelle flamme de Len, « la femme de sa vie », j'attaquai mon assiette avec élan, quand cette petite garce me foudroya du regard et dit avec insolence : « J'aimerais qu'on remercie Dieu avant de vous voir avaler une bouchée... », puis, cherchant du renfort du côté de Len, qui n'avait encore rien dit et ne dirait rien : « N'est-ce pas, Len ? »

Ann eut un geste maladroit et renversa le verre d'eau devant elle. (Nous bannissions l'alcool de nos repas en présence de Len, et je n'osai même pas imaginer quelle énormité Melody aurait sortie s'il y avait eu un peu de vin à table ce soir-là.) Ann se confondit en excuses, épongea la table avec sa serviette et disparut dans la cuisine, l'air contrarié. Je l'aurais suivie pour la serrer dans mes bras et l'aider à retrouver son calme si je n'avais pas été en train de perdre le mien.

Tâchant de ne pas céder à la colère, je dis à Melody que ce n'était pas dans les coutumes de la maison de rendre grâce à Dieu et que si elle y tenait, elle n'avait qu'à le faire pour elle-même. Puis, en la défiant des yeux, j'avalai une première bouchée qui me valut un autre de ses petits rires nerveux. Len, qui n'avait pas perdu l'air embêté qu'il affichait depuis leur arrivée, jugea que le moment était venu pour lui d'entrer en scène, mais pas à la défense de son père. « Romain, ce n'est qu'un moment d'arrêt dans la journée pour prendre conscience de la chance que nous avons de vivre… – de ses grands bras robustes, il désigna la salle à manger qui donnait sur la terrasse et les collines d'Hollywood – aussi confortablement. »

Oui, bien sûr. L'argent, cette saloperie qui pourrit l'âme.

« Romain, je t'en prie. » Ann était revenue, sa main implorante sur mon épaule. Elle avait raison, personne n'avait envie de passer une affreuse soirée. Je déposai ma fourchette dans mon assiette, et Melody, qui avait pris un air offusqué, nous jeta le bénédicité au visage comme une vulgaire poignée de cailloux.

Le lendemain matin, nous eûmes à peine droit à un bonjour de sa part ; la seule chose qui l'intéressait, c'était de savoir où se trouvait l'église baptiste la plus proche. J'allais lui dire que je ne passais pas ma vie à les repérer, mais Ann, soucieuse d'éviter les hostilités, lui en indiqua une sur la carte de Los Angeles que nous leur avions prêtée. Selma Avenue, à quelques rues du Grauman's Chinese Theatre. Je ne l'avais jamais remarquée.

Melody prit sa veste et entraîna Len à l'extérieur. De la fenêtre du salon, je les regardai monter dans la Passat d'Ann, Len au volant, elle à côté de lui, parlant avec animation, des gestes larges et brutaux, les sourcils froncés. Soit elle l'engueulait, soit elle se vidait le cœur à notre sujet. Len attacha sa ceinture d'un air impassible, pas du tout importuné par les cris de Melody ou ce qui semblait en être. Puis je le vis sourire et éclater de rire, et je me sentis triste et blessé : il y avait un moment que nous nous étions amusés comme ça, lui et moi.

Il embraya et la Passat amorça sa descente dans Appian Way. Len se laissait trimballer à l'église, comme n'importe quel homme se laisserait trimballer dans les boutiques de Rodeo Drive par sa femme. Ça l'emmerdait, mais il s'y résignait. Quelque chose de choquant dans ses approbations muettes, ses haussements d'épaules de capitulation béate. *Elle me mène par le bout du nez et je m'en fous.* J'étais sidéré.

Ann apparut, soulagée de retrouver un peu de paix. Je dis : « Qu'est-ce qu'il fout avec elle ?

— Ce n'est qu'une passade, c'est écrit dans le ciel. »

J'aurais aimé lui donner raison, mais je n'y croyais pas. Len avait trop changé ; Melody lui avait jeté un mauvais sort.

Le surlendemain, très tôt, alors que tout le monde dormait, je surpris Melody dans mon bureau. Elle était assise dans le fauteuil devant mon ordinateur et tenait dans ses mains les billets que j'avais achetés à l'amfAR, l'American Foundation for AIDS Research, en vue d'un événement de financement des mois plus tard.

« Qu'est-ce que vous faites ici ? lançai-je, furieux.

— Rien, je visite. » Elle tourna la tête, regarda par la fenêtre. « La vue est belle d'ici. »

C'était un matin clair, le ciel d'un bleu éclatant, strié de rose et de jaune au-dessus des collines, l'effet de la pollution atmosphérique.

« Vous êtes dans mon bureau sans ma permission.

— Oh ! Je ne croyais pas être entrée en zone interdite.

— En zone privée, oui. La porte était fermée.

— Désolée. »

Elle prit un air hautain, se leva, fit quelques pas et s'attarda aux photos de tournage d'*In Gad* sur le mur, un montage que m'avait offert l'équipe. Voilà, on y était. Pour la première fois, nous allions aborder le sujet. Une occasion de dérapage que nous avions tous cherché à éviter jusqu'ici. Elle se tenait droite, les yeux rivés sur ces clichés plutôt amusants, l'équipe dans des moments de détente, grimaces et rires. Dans ses mains, les billets de l'amfAR qu'elle finirait par broyer si je ne les lui retirais pas. Elle dit, sans détourner la tête : « Toute cette colère autour de votre émission de télé, vous ne l'entendez donc pas ? Tous ces gens que vous offensez dans leurs convictions profondes, leurs croyances religieuses, ça vous fait rire ? De quoi tout le monde rit sur ces photos ? De qui se moquent-ils ? » Elle se retourna brusquement, porta sur moi des yeux hostiles, rétrécis comme ceux d'un chat. « Je ne comprends pas pourquoi Len a de l'admiration pour vous. »

La brutalité de l'attaque me désarma. Avec une certaine panique, je me mis à penser à ce qu'elle pouvait dire de moi à Len, me dénigrer à ses yeux pour le gagner à sa rancœur. Je fus incapable de riposter, la peur stupide d'aggraver mon cas, *mais en quoi* ? Je dis tout de même, avec fermeté : « Donnez-moi ces billets. Ça ne vous regarde pas. »

Elle les examina, les déposa sur le bureau. « Vingt-cinq mille dollars pour une table de dix, ça fait quoi ? Deux mille cinq cents dollars le couvert ? Tant d'argent pour le sida alors qu'il y a tant de besoins dans le monde : pauvreté, famines, guerres. Le sida ne met personne dans la catégorie des nécessiteux. Le sida n'est pas un accident ni une épreuve de la vie. C'est une punition de Dieu, Romain. Ces hommes répandent la peste et vous les encouragez ?

— Sortez immédiatement de mon bureau ! »

« Vous vous provoquez mutuellement, dit Ann. Si tu cessais d'être aussi cassant avec elle.

— Moi, cassant ? Tu ne la vois pas agir !

— Len n'a pas tort quand il dit qu'*In Gad* t'a rendu allergique. On peut être à la fois croyant, pratiquer sa foi et être intelligent. Regarde ton propre fils : il a remis l'ordre que l'on souhaitait tous dans sa vie. Cody et Julia ont retrouvé leur père. N'est-ce pas cela, l'important ? »

Moi, cassant avec elle ? Moi, intolérant envers les gens qui vivent leur foi ?

J'avais prévu les sortir, leur montrer les environs de L.A., mais je fus soulagé de constater que Melody fuyait notre compagnie. Pourquoi avait-elle accepté de venir à L.A. ? Pour nous narguer ? Pour nous faire la démonstration de l'ascendant prodigieux qu'elle exerçait sur Len ? Comme si elle disait : *C'est moi qui l'ai remis sur pied, pas vous ! Je sais comment m'y prendre avec lui, alors n'y touchez plus !*

Ann et moi avions réservé ces cinq jours pour nous consacrer à eux. Tant pis. Je leur remis un double des clés et leur donnai le code d'accès du système d'alarme. « Donne-les plutôt à Melody, dit Len. Je risque de les perdre. » Alors, Melody nota soigneusement le code, prit les clés et les rangea dans son sac à main. À côté d'elle, Len avait l'air d'un petit chien docile, frétillant de la queue, en attente perpétuelle de ses ordres et peut-être même de ses caresses que j'imaginais rares. Mes doutes se confirmèrent le soir même, alors que Melody était couchée – elle disparaissait dans ses quartiers tôt, à neuf heures –, nous étions installés tous les deux dans la salle de séjour. D'une voix timide, Len m'annonça qu'il n'avait pas suivi *In Gad We Trust* depuis un moment. Je feignis la surprise : « Ah bon ? Tu veux que je te refile des copies ? »

Il sembla mal à l'aise, dit : « On peut peut-être en regarder quelques épisodes ?

— Ce soir ? »

Son visage s'illumina, celui d'un adolescent excité à la perspective d'une soirée sans parents. « On a toute la nuit, non ? »

Je ne savais trop quoi penser. « Tu es sérieux ? » Il hocha la tête avec énergie. « Bon, si ça te fait plaisir. »

Je me levai et me dirigeai vers le meuble-télé. Pensant à cette déplaisante conversation du matin avec Melody, ce truc sur l'admiration qu'elle m'avait lancé au visage et qui m'avait stupéfié autant que si elle m'avait giflé. Len avait donc encore un peu d'autonomie : elle honnissait la série, il l'aimait toujours. Len n'était pas aussi influençable que je le craignais, la complicité entre nous était toujours là, je n'avais qu'à le regarder sur le canapé, un sourire fendu jusqu'aux oreilles, pour le constater. C'est Ann qui avait raison :

j'étais trop tendu depuis leur arrivée, une propension à dramatiser qui ne me ressemblait pas beaucoup.

Animé, Len m'expliqua où il avait laissé la série, cela remontait à près d'un an. Je choisis la cassette en conséquence, puis, en l'introduisant dans le magnétoscope, je dis d'un ton détaché, pour voir sa réaction : « Ce n'est pas trop le genre de Melody, n'est-ce pas ?

— Oh, si tu savais ce qu'elle en pense, c'est terrible ! » Il rit, mais pas moi. « Tu sais, elle milite dans un organisme pro-vie. Elle prend ça à cœur, très à cœur. Inutile de te dire ce qu'elle pense de Chastity.

— Et toi, qu'en penses-tu ? »

Il rit de nouveau, quoiqu'un peu déstabilisé par ma question. « Disons que Gad est mon personnage préféré. Chastity, je suis capable d'en rire, bien sûr, c'est de la comédie et tout, mais... » Il chercha ses mots, ne les trouva pas. Il reprit, gêné : « Tu sais, Melody n'arrête pas de dire que j'ai failli ne pas venir au monde. Si j'existe, c'est parce que Gail a refusé d'avorter. On ne peut pas lui donner tort sur ce point. »

Je frémis. Non, on ne pouvait pas lui donner tort sur ce point. Rassemblant mon courage, je dis : « Pourquoi t'es avec elle, Len ? »

Il hésita un moment, puis me regarda droit dans les yeux. « Parce qu'elle me permet de me racheter. Parce qu'avec elle j'ai vaincu mes démons. Elle m'a fait perdre toute la colère que j'avais en moi. Les choses avec Lynn se passent mieux et j'ai retrouvé Cody et Julia. Tu devrais les voir quand ils viennent passer la semaine chez leur père. Melody m'apprend à me sentir moins coupable envers eux. Elle m'apprend aussi à faire le bien, ce que j'ai peu fait dans ma vie. Tu comprends ? »

Que pouvais-je répondre à cela ? Que Melody le contrôlait au point qu'il n'était plus que l'ombre de lui-même ? Un homme mou, castré. Qui risquait de se réveiller un jour encore plus malheureux qu'il ne l'avait été avec Lynn ?

Il ajouta : « Tu ne le croiras pas, mais on n'a jamais couché ensemble. On se réserve pour notre mariage. On va se marier et avoir des enfants. Je repars à neuf, Romain !

— C'est... merveilleux... », balbutiai-je.

Ébranlé, j'appuyai sur le bouton de mise en marche. Saison 3, épisode 4. Comme par hasard, une scène entre Chastity et son père Gad ouvrait l'émission.

« Tu veux que j'avance la cassette ? demandai-je.

— Surtout pas ! » Il désigna du doigt le plafond. « Je suis libre, ce soir. Elle dort. »

8

Len épousa Melody au printemps 1998. La cérémonie serait intime, m'avait expliqué Len au téléphone d'une voix embarrassée, seuls ses vieux parents et ceux de Melody seraient présents. Je m'étais montré compréhensif : « Oui, oui, je vois… De toute façon, Ann et moi sommes si occupés… », avec un peu trop d'enjouement et de détachement dans la voix pour camoufler ma profonde déception.

Un fils se marie et n'invite pas son père.

« Où ai-je échoué, Ann ? »

Ann aussi bouleversée que moi. Et profondément attristée d'être privée de Cody et de Julia depuis que Len était avec Melody. Parfois, elle leur envoyait des cadeaux et des petits mots chez Lynn, leur parlait au téléphone quand ils étaient chez leur mère, à l'insu de Len, bien entendu. Mais c'était délicat, comme disait Ann.

« Tu n'as pas échoué, Romain. Len est encore fragile. Il réorganise sa vie, et peut-être n'est-il pas aussi convaincu de ses choix qu'il en a l'air. Et peut-être est-ce pour cela qu'il ne veut pas que tu en sois témoin.

— Mais c'est à moi, son père, de lui ouvrir les yeux.

— Il n'a pas douze ans, Romain. Il en a trente-cinq. »

Après le mariage, Len devint encore plus distant. Si j'appelais chez lui – chez eux maintenant –, au ton froid, peu amène qu'il adoptait, je savais qu'elle était derrière lui pour lui dire de raccrocher. Une excuse facile lui venait à tous coups : « Melody a besoin du téléphone » ou « J'attends un appel du travail » ou « Désolé, Romain, on nous attend à l'autre bout de la ville et nous sommes déjà en retard ». Ou pire : « Le camion à ordures s'en vient et je dois descendre les poubelles », alors que dans son immeuble – que je connaissais bien pour l'avoir trouvé avec lui –, les ordures se jetaient dans une chute dans le couloir commun.

Et puis Len cessa de téléphoner.

Pas question d'abdiquer ! Toutes les semaines, je l'appelais à des heures et des jours différents pour qu'il ne se dise pas : *Je laisse sonner, c'est Romain.* Mais neuf fois sur dix, je me heurtais à un répondeur : « Bonjour, vous êtes chez Len, Melody, Cody et Julia… », et chaque fois mon cœur se serrait.

Puis un matin à sept heures, il décrocha après un seul coup, avec la voix d'un enfant qui espère une surprise.

« Allô ?

— Len ? »

Il y eut un long silence. « Il est tôt, Romain. Melody et les enfants dorment encore.

— Il faut qu'on parle. Ça ne peut pas durer comme ça.

— Il n'y a rien à dire. Je suis très occupé, et tu l'es, toi aussi.

— Foutaises ! Tu me fuis, Len ! Et je ne comprends pas pourquoi ! »

Il soupira bruyamment et se tut un interminable moment. « Écoute…, finit-il par dire, il faut que je t'avoue une chose… »

Je crus rêver un instant : mon fils enfin réceptif et accessible ? Len, aurais-je voulu lui dire avant qu'il ne poursuive… Len, mon fils… que fais-tu des beaux moments que nous avons passés ensemble ?… Rappelle-toi comme tu aimais venir à Los Angeles… Nos sorties dans les bons restos… Nos virées au stade des Dodgers à nous empiffrer de hot-dogs, nos encouragements criés à en perdre la voix… Et ton rire sincère, celui du bon vivant que tu as toujours été… Len ! Merde ! Qu'est-ce qui t'arrive, mon fils ! Cette femme va finir par te tuer !… Et pendant que ces pensées virevoltaient, tournoyaient dans ma tête, que je me gardais de les verbaliser pour qu'elles ne dévalent pas comme une coulée de boue, Len m'avoua en balbutiant qu'il avait écrit un article sur *In Gad We Trust*.

« Comment as-tu pu l'écrire si tu ne regardes plus la série ? dis-je, ahuri.

— C'est un texte sur les réactions que la série suscite chez les parents de l'Alberta.

— Eh bien, dois-je en conclure que ce n'est pas très flatteur ?

— On peut dire ça comme ça.

— C'est ton droit le plus strict. » De nouveau, un silence pénible. « Tu m'en envoies une copie ?

— Si tu veux. Il faut que je te laisse, maintenant. J'attends un appel important. »

Jamais je ne reçus l'article. Je dus recourir aux services de Moïse au *New York Times* pour qu'il se le fasse faxer par le *Calgary Herald*, et me l'envoie ensuite. « Pour la rigueur journalistique, on repassera », écrivit Moïse en haut de la page. En effet, Len ne pouvait mieux se placer en conflit d'intérêts : il taisait notre filiation – comment aurait-il pu ne pas la taire ? – et ses liens désormais étroits avec les églises évangéliques.

In Gad We Trust : une série offensante
Par Len Albiston

« Blasphème », « mauvais exemple pour nos enfants », la télésérie hollywoodienne In Gad We Trust suscite la colère des parents de l'Alberta. « Nous sommes déterminés à bloquer ce poison qui entre dans nos foyers, auquel sont exposés nos enfants sans défense », a dit le pasteur John Reimer à l'origine d'une pétition circulant dans toute la province et qui a récolté jusqu'à présent près de trente mille signatures. Hier, des centaines de parents scandalisés se sont réunis à son initiative, à l'église baptiste évangélique de Sion de Calgary. Ils ont dénoncé avec virulence la banalisation de l'avortement dont la série fait la promotion. « Le personnage de Chastity est un crime ! s'est exclamée Helen Daly de l'organisme Family Research. Il annule des années d'efforts auprès des adolescentes pour qu'elles traitent avec sérieux leur sexualité. Combien de fois Chastity se fait-elle avorter depuis le début de cette série scandaleuse ? Dix fois, quinze fois ? C'est tout à fait irresponsable ! » [...]

Au cours des prochaines semaines, des manifestations contre *In Gad We Trust* auront lieu à Calgary, à Edmonton, à Red Deer et à Lethbridge. Entre-temps, le pasteur Reimer invite les parents à se

désabonner de It's All Comedy! et à inonder de plaintes les annonceurs de la chaîne câblée. [...]
La télévision menace-t-elle les valeurs morales que les parents s'évertuent à inculquer à leurs enfants? Oui. Un exemple? La chaîne It's All Comedy!, le mercredi 21 heures.

Bien sûr que son article m'ulcéra. J'étais choqué, même. Impossible de ne pas penser à son gros rire heureux cette nuit où nous avions regardé *In Gad* pendant que les filles dormaient. Il n'y avait que Melody pour le pousser à faire de telles choses.

Le matin suivant, à six heures cinquante, je lui téléphonai. Comme je l'avais espéré, il répondit dès la première sonnerie.
« Tu as vu l'heure qu'il est?
— J'ai lu ton texte, Len... » À l'autre bout, il garda le silence. « Tu sais, je peux survivre à ça... » Et je poursuivis, parlant calmement mais longuement, ne lui laissant pas le temps de m'interrompre. Pesant mes mots pour ne pas le vexer. Un père qui parle à son fils. Un père qui tente de ramener son fils « dans le droit chemin ». Lui expliquant que cela ne lui ressemblait pas d'avoir écrit un texte aussi peu « à la hauteur » de son grand talent de journaliste, et qu'à mon avis il devait y avoir « un peu » de Melody derrière tout cela, et que...
« Laisse Melody en dehors de tout ça, tu veux?
— Len...
— Tout ce que Melody fait, tu le contestes.
— Len, je suis ton père et...
— Et quoi? »
Et je ne sais pas pourquoi – la frustration? la colère contenue, accumulée depuis tout ce temps? –, je dis qu'à mon avis, Melody était en train de détruire sa vie, comme les bouteilles de Jack Daniel's qu'il s'envoyait auparavant. Il resta muet, la respiration bruyante, pendant que je m'affolais, conscient du tort irréversible que je venais de causer à nos rapports, cherchant désespérément quelque chose à dire pour effacer ce qui était sorti de ma bouche, mais avant que je ne

puisse réparer quoi que ce soit, Len déclara d'une voix froide, cassante comme du verre : « Tu viens d'insulter la femme que j'aime. À ce point-ci, nous n'avons plus rien à nous dire. »

Et il raccrocha.

Len venait de m'expulser de sa vie.

9

« À ce point-ci, nous n'avons plus rien à nous dire. »

Comme s'il m'avait dit : *Je t'ai donné une chance et tu l'as ratée.* Ou : *Tu n'as rien fait d'extraordinaire… Je ne te dois rien…*

Cela m'anéantit des jours entiers ; Ann, aussi dévastée que moi, tentait de me consoler : « Vous finirez bien par avoir une bonne conversation, tous les deux, et tout sera comme avant. » Mais je savais que cela ne se produirait pas, que Len ne reviendrait pas.

J'étais brisé.

Depuis la publication du texte de Len, cela se mit à me préoccuper. Quelque chose qui commençait à ressembler à une obsession. Au point de demander à consulter toutes les plaintes qu'It's All Comedy! avait reçues au sujet d'*In Gad*. Josh, Ab, Michael, tous les cadres du réseau me le déconseillèrent vivement : « C'est à nous de gérer ça, Roman. Pas aux auteurs. » Mais j'insistai et me montrai agressif. « Ces conneries pourraient t'influencer, me mit en garde Dick. T'amener à te censurer. » Buté, je n'en fis qu'à ma tête, survolant des chemises et des chemises de plaintes, des lettres polies, d'autres grossières, insultantes, certaines menaçantes. Je les parcourus rapidement, presque d'un air absent. À la recherche de… *quoi ?* Besoin de savoir… *quoi ?* Les deux tiers portaient sur le personnage de Chastity, le reste sur Dylan, son frère homosexuel, et sur l'ensemble de l'œuvre, jugée offensante pour les chrétiens.

Len a-t-il raison de m'en vouloir ? Tous ces gens d'accord avec lui ?

« Cesse de t'en faire avec ça, dit Dick. Tu vois des problèmes où il n'y en a pas. C'est normal, toutes ces plaintes. Tout le monde a le droit de s'exprimer. C'est le signe d'une saine démocratie. »

Puis je relus les scénarios des saisons 1 (1995), 2 (1996), 3 (1997), 4 (1998), et comptai et recomptai le nombre de fois que Chastity s'était rendue au cabinet du docteur Feltheimer.

Combien de fois Chastity se fait-elle avorter depuis le début de cette série scandaleuse? Dix fois, quinze fois?

Non. *Seulement* cinq fois. Cette femme que Len avait interviewée avait exagéré les faits, et il n'avait pas jugé bon de les corriger.

Bien sûr que non, l'effet était meilleur.

Je dis à Dick : « Et si Chastity ne subissait plus d'avortements? Si elle se transformait en apôtre de la chasteté? C'est pourtant son nom…

— Si tu fais ça, tu leur donnes raison, à ces tarés. »

Taré? Mon fils, un taré?

« Tu as pensé un instant aux femmes qui désirent avoir des enfants et qui n'en sont pas capables? Comment crois-tu qu'elles reçoivent le personnage de Chastity?

— Roman, tu ne vas pas bien. Il faut que tu te reposes, te changes les idées. Il faut que tu oublies Len un peu. Cette histoire est en train de te rendre malade. C'est de la comédie que l'on fait, merde! »

10

Était-ce la fatigue ? du surmenage ? Un fugitif instant, je crus même à des hallucinations.

Le tournage de la cinquième saison d'*In Gad We Trust* représenta davantage de défis pour toute l'équipe. Il avait fallu renouveler le contenu, éviter de tomber dans la facilité ou dans la redondance, pousser les intrigues plus loin en se méfiant des scènes abracada-brantes, et pas question d'abandonner les grossesses de Chastity, avaient prévenu Josh et les autres : « Les cotes d'écoute se maintien-nent, on ne touche pas à une formule gagnante. » Bill Doran, l'acteur incarnant Gad Paradise, devait aussi être mieux dirigé ; avec le temps, il en était venu à jouer la caricature de son personnage et perdait en crédibilité. Épuisé, j'étais. Épuisé par l'écriture des scènes sous pression. Épuisé par les exigences d'It's All Comedy ! Épuisé par la peine d'avoir perdu Len sans que nous eussions eu la chance de nous expliquer face à face. Épuisé au point de me prendre à rêver de tout plaquer, de partir avec Ann pour de longues vacances. Mais Dick, toujours débordant d'énergie et directif, disait : « Nous devons viser une sixième saison, c'est le plan de match depuis le début. Après, tu seras un homme libre. »

Il était presque midi, une journée chaude d'été. En sortant du studio dans La Brea, mon regard fut attiré par une femme étrange dans le stationnement à l'arrière du bâtiment. Une femme plutôt jeune – quoique cela fût difficile à dire à cette distance – à la longue chevelure rousse, vêtue d'une robe blanche vaporeuse aux manches évasées, une sorte de caftan que porterait une déesse dans une tra-gédie grecque. Elle se tenait de dos, près de la Pathfinder, comme si elle s'appuyait dessus pour ne pas s'effondrer. Je m'approchai d'elle en pressant le pas, lui demandant d'une voix forte si elle avait besoin d'aide. Elle se retourna brusquement, ses yeux dont je ne pouvais apprécier l'état étaient dissimulés derrière de grandes lunettes noires, un sourire énigmatique tremblait sur ses lèvres. Je remarquai son ventre arrondi, celui d'une femme enceinte, quelque chose d'inharmonieux cependant agaça mon œil, un accroc visuel de la grosseur d'une fleur d'hibiscus mais d'un rouge plus sombre, brunâtre, là, sous son ventre, à la hauteur du pubis. C'était trop bizarre pour que je détourne le regard, et le temps que je comprenne ce qui se passait, que cette femme était en train de perdre son bébé sous mes yeux, mon Dieu, et que je lui porte secours, elle pivota sur ses talons et se mit à courir à toutes jambes vers le supermarché voisin. Un camion de livraison me coupa le chemin, et je la perdis de vue. La femme rousse s'était évanouie dans le paysage de béton et d'asphalte, telle une pensée aussitôt oubliée.

Comment une femme en train de faire une fausse couche peutelle courir de la sorte? Lui avais-je fait peur? *Avais-je rêvé?*

Je ne pouvais dire.

Fortement ébranlé, je passai les jours suivants à ratisser le quadrilatère à la recherche d'indices et de taches de sang. À éplucher les journaux locaux et leurs chroniques de faits divers, redoutant des titres tels : Une femme trouvée morte au bout de son sang dans une ruelle; Le cadavre d'une femme et son fœtus découverts par un passant. Mais rien.

« Arrête de t'en faire, disait Dick.

— Tu crois que je suis en train de devenir fou?

— Non. Un peu de surmenage. Il arrive que le succès épuise. Les sensibles comme toi passent souvent par là. Allez, viens. Je t'emmène manger chez Spago. Ça va te remonter le moral. »

Puis, quelques jours après l'apparition mystérieuse de la femme rousse, les manifestants devant le studio d'It's All Comedy! se firent plus nombreux et plus agressifs. Ils n'étaient pas de la même bande que ceux qui occupaient le pavé depuis un peu plus de deux ans, des visages qui nous étaient devenus familiers, des gens passifs et inoffensifs avec leurs pancartes et leurs tracts qu'ils distribuaient aux passants dans La Brea, quand ils ne bavardaient pas ensemble, assis sur des glacières ou des chaises pliantes. On s'était habitués à eux, on ne les voyait même plus, on en était même venus à se saluer parfois. Dick et Matt avaient cessé de les apostropher depuis un bon moment. Mais ceux-là étaient différents. Plus jeunes, plus belliqueux. Des militants *pro-vie*, cette détestable appellation, comme s'ils étaient pour la vie et les autres contre, aux pancartes horrifiantes avec des photos de bébés démembrés, des corps sans tête. Les mêmes que l'on retrouvait devant les cliniques d'avortement du pays, vociférant, intimidant le personnel médical et les patientes, pourchassant les médecins jusqu'à leur domicile, quand ils ne les assassinaient pas. Floride, Massachusetts, État de New York et, tout récemment, Houston, au Texas, où un médecin avait été froidement abattu dans son salon. Une balle tirée par la fenêtre. Devant sa petite fille de sept ans. Quand ce fut rapporté dans les médias, je ne pus m'empêcher de penser à Melody. Ne militait-elle pas, elle aussi, dans un de ces organismes *pro-vie* ? Avait-elle été outrée par ce meurtre ? Ou croyait-elle, comme certains militants l'avaient affirmé à la télévision, que le médecin de Houston, « assassin de milliers de bébés », avait récolté ce qu'il avait semé ?

Et Len, lui, que pensait-il de tout cela ?

Toute la journée, devant le studio dans La Brea, ils étaient une dizaine d'hommes et de femmes se relayant sous un soleil de plomb, leurs pancartes à faire frémir au bout de leurs bras : L'AVORTEMENT EST UN MEURTRE ! *IN GAD WE TRUST* EST UNE INCITATION AU MEURTRE ! Nous les croisions en évitant leurs regards, leurs visages tordus par la haine, leurs yeux rampant sur nous comme des anguilles.

« Des chômeurs, disait Dick, indigné. Rien d'autre à foutre que d'emmerder les honnêtes gens comme nous qui gagnons durement notre vie. »

Mais nous avions tort de les croire inoffensifs. Ce faux sentiment de sécurité que nous procurait cet édifice en stuc blanc que nous appelions le Bunker, qu'une poignée de ces illuminés réussirent à forcer, puis à investir, jusqu'au plateau où se trouvaient le décor du ministère de Gad, la scène, l'autel et le pistolet dans sa boîte de plexiglas. Personne n'y était à ce moment-là, sauf un employé de l'entretien qui avait alerté les gardiens de sécurité et la police. Cinq personnes, deux hommes et trois femmes, furent arrêtées.

Puis ils s'en prirent à Avril Page, qui jouait le rôle de Chastity. Pauvre Avril. Une jeune fille talentueuse, douce et timide, que les projecteurs transformaient aussitôt. Étonnant de la voir camper avec autant d'aisance une Chastity arrogante et insolente quand on savait qu'elle était dans « la vraie vie » une jeune fille effacée, animée en permanence par la peur de déranger, ce qui était plutôt rare pour une actrice. Nous attribuions son manque de confiance à son jeune âge et travaillions à lui donner de l'assurance, qu'elle gagnait de fois en fois. « Syndrome de l'imposteur », décréta Ann. En effet, ses parents nous avaient confié qu'on la jalousait beaucoup à l'école, et Avril, qui n'aimait pas déplaire, avait tendance à réagir en se dénigrant.

Et maintenant ce rôle qu'elle jouait, le plus controversé, et donc le plus ingrat de tous, suscitant le plus grand nombre de plaintes, certaines à donner froid dans le dos, si bien que la police avait commencé à discuter d'une protection pour elle.

Elle aurait aimé leur répondre, à ces fous, mais elle n'en avait pas été capable, paralysée par la peur de les offusquer.

Ils l'avaient attendue dans le stationnement, cachés dans l'obscurité. Avril était sortie par la porte de derrière, comme nous le faisions tous maintenant qu'ils avaient installé devant l'édifice leur campement sur le trottoir, que l'on ne pouvait déloger, le premier amendement protégeant aussi leur liberté d'expression. Depuis que quelques-uns d'entre eux avaient réussi à s'infiltrer dans le bâtiment, It's All Comedy! avait embauché des agents de sécurité supplémentaires, en service vingt-quatre heures sur vingt-quatre, mais où étaient-ils ce soir-là ? *Oui, où étaient-ils ?*

Avril avait fini de jouer sa scène, il en restait une autre à tourner sans elle, elle fut donc la première à partir. « Ça va aller, Avril ? lui demanda Ann. – Oui, oui, répondit-elle. Ne vous dérangez pas pour moi. À demain ! » Son sourire étincelant, malgré les dix heures de tournage. Elle attrapa son sac de toile blanc frappé du petit cheval de Ralph Lauren et sortit.

Deux femmes et un homme l'attendaient. Surgis de nulle part, expliquerait Avril à la police. Une femme d'une quarantaine d'années qui aurait pu être sa mère, une autre plus jeune, agressive, et un homme aux yeux hallucinés, un simple d'esprit, qui répétait inlassablement, tel un disque rayé : « L'avortement est un meurtre… À cause de vous, l'Amérique tout entière va souffrir du jugement de Dieu… »

« Laissez-moi tranquille », leur dit poliment Avril.

Mais ils la suivirent. Quand elle accélérait le pas, ils accéléraient le leur. « S'il vous plaît, je ne suis qu'une actrice. Laissez-moi tranquille. » Mais ils la suivirent encore, et les incantations du simple d'esprit se firent plus pressantes, tonnantes. Elle se prépara à courir, mais la peur la paralysa. Elle songea à nous téléphoner de son cellulaire mais n'osa pas. Pour ne pas les vexer. « Les vexer de quoi ? » dirais-je, furieux. Elle continua donc à marcher d'un pas vif vers sa voiture, agitée de tremblements comme si elle était prise de fièvre. Le trio la talonnait, menaçant, et cette voix inhumaine du simple d'esprit, une plainte déchirante, désespérée, qui la rendait nauséeuse : « À cause de vous, l'Amérique va souffrir du jugement de Dieu… »

Les mains tremblantes, elle déverrouilla la portière de sa Honda Civic, se réfugia à l'intérieur. Les deux femmes se mirent à taper dans les vitres, à l'injurier. Terrorisée, elle aurait voulu crier, alerter les gardiens de sécurité pour qu'ils la sortent de là. Puis quelque chose sur le capot attira son attention. Quelque chose d'étrange et d'informe, à l'aspect mouillé, gluant… Du sang ? Quelque chose ressemblant à un… *bébé* ? Comme ces photos sur leurs pancartes, à ces fous. *Un bébé… avorté ?*

11

Ils étaient plus d'une centaine devant le Beverly Hilton où se déroulait, ce soir-là, le gala de l'amfAR pour la recherche sur le sida. Cette grande soirée à vingt-cinq mille dollars la table, qui avait tant choqué cette petite frappe de Melody des mois plus tôt. *Le sida n'est pas un accident ni une épreuve de la vie. C'est une punition de Dieu.* Ce discours ignoble de Melody, répété ici par des dizaines de détraqués, vociférant des imprécations furieuses : « Le sida est le péché du monde ! Repentez-vous, croyez en Jésus et soyez sauvés ! »

Le long de Wilshire Boulevard, des policiers dans leurs voitures, prêts à intervenir s'il le fallait. Pendant que les invités de l'amfAR, en tenue de soirée, s'engouffraient dans l'hôtel d'un pas pressé, la tête haute, faisant comme si ces trublions de Dieu n'existaient pas.

« Viens ! fit Ann en me tirant par le bras. On nous attend à l'intérieur. »

Mais je ne pouvais détacher mes yeux de ces illuminés, y cherchant peut-être inconsciemment Melody et… Len ? (Len pourrait-il participer à ce type de manifestation ? Pour faire plaisir à Melody ? L'idée me fit frémir.) Et je pensai à Avril, que les gardiens de sécurité avaient fini par secourir dans le stationnement mal éclairé, de retour du Taco Bell voisin, cinq minutes, dix minutes d'absence, plaideraient ces deux imbéciles. « Vous tourniez une scène. On ne savait pas que la fille était pour sortir. » Ils avaient trouvé Avril dans sa Honda Civic, en larmes, dans un état de panique, presque hystérique, et n'avaient pas été assez rapides pour arrêter ses trois tourmenteurs qui s'étaient enfuis à pied. Ils furent congédiés sur-le-champ et remplacés dès le lendemain par d'ex-marines de la guerre du Golfe recyclés dans la sécurité. « Ces gars-là ont du sang sur les mains, avait dit Dick. Ça devrait tous nous rassurer. »

Nous rassurer?

Puis, une silhouette familière me sortit brutalement de mes pensées. Là, devant le Beverly Hilton, au milieu des manifestants.

« Romain, qu'est-ce qu'il y a? »

Avant qu'Ann ne me retienne, je me mis à courir, le sang battant furieusement dans mes tempes. *Qui était-ce? Que faisait-elle là?* La même robe blanche vaporeuse aux longues manches évasées. La même chevelure rousse étincelante comme un casque. Le même regard masqué par de grandes lunettes noires. Le même ventre arrondi *taché de sang?* « Romain! » hurla Ann. Alertée, la femme rousse déguerpit, courut si vite dans Wilshire Boulevard qu'il n'y avait qu'un homme pour détaler comme ça. Une voiture noire aux vitres teintées l'attendait, elle sauta dedans, et le chauffeur démarra en trombe.

« Romain, qu'est-ce que tu fous? On t'attend!

— La femme, Ann… La femme dont je t'ai parlé…

— Quelle femme? »

Ann perdait patience, et moi, je me sentais ébranlé jusqu'à en avoir la nausée. Qui était ce personnage grotesque? Que me voulait-il? Soudain, un groupe de manifestants nous encercla, brandissant d'horribles pancartes montrant des fœtus monstrueux, leurs cris déversés par des porte-voix : « Assassin! Assassin! Maudit soit celui qui reçoit un présent pour répandre le sang de l'innocent! » Je sentis alors une main lourde s'abattre sur mon épaule. « Hé, ne reste pas là. » C'était Dick, furieux. « Tu ne veux quand même pas discuter avec eux… – et, désignant de sa main libre la poignée de photographes et de cameramen à quelques mètres de nous – et tu ne veux pas non plus faire les journaux télévisés de cette façon, en te faisant hurler dessus dans ton beau smoking. Alors, s'il te plaît, fais-moi plaisir, rentre avec nous. »

Ce soir-là au Beverly Hilton, alors que tout le monde se payait du bon temps, que des stars du cinéma éblouissaient les convives, et que Liz Taylor, infatigable marraine de l'amfAR, outrageusement maquillée et couverte de pierres précieuses, prononçait un discours devant un parterre bondé, scintillant de toilettes hors de prix, je n'étais plus là, je n'écoutais plus, j'étais tout simplement ailleurs.

La joie que je m'étais pourtant faite en achetant ces coûteux billets pour mes amis. La belle soirée que nous devions passer avec Ann, Dick, mon ami Bobby de San Francisco et son ami Dwayne, Josh et Adriana, Matt et sa femme, et Ab Chertoff.

De temps en temps, Ann, me sentant distrait, m'interrogeait des yeux : *Qu'est-ce que tu as ?* Ann d'une humeur lumineuse depuis quelques semaines, aimante et pleine de désir pour moi, une sorte de fièvre sexuelle, tandis que je me montrais si peu réceptif à ses élans, trop préoccupé et tendu par ces histoires de manifestants. Le visage rayonnant, serein d'Ann. Et son attitude curieuse dernièrement, comme si elle voulait me dire quelque chose, mais ne trouvait pas les mots. « Romain ? – Oui ? » Cette façon qu'elle avait de dire : « Oh, oublie ça », avec un demi-sourire énigmatique, comme si elle me réservait une surprise.

Ses yeux, ce soir-là ! Et cette robe noire au dos échancré qui lui allait à merveille, moulant ses belles hanches et son petit ventre sexy légèrement gonflé qui, étonnamment, ne semblait pas la gêner. Le temps qu'elle passait au gym pour le garder plat ! Elles étaient attendrissantes, ses petites rondeurs suggérées, mises en valeur dans cette robe au tissu chatoyant qu'elle s'était achetée pour l'occasion. Et les hommes qui la regardaient, la dévoraient des yeux. Ann Heller. Ma femme. La femme que j'aimais. Pourquoi n'étions-nous pas mariés ? Cela ne nous avait jamais semblé important, mais peut-être que nous avions eu tort de ne pas en discuter. « Romain ? dit-elle. Qu'est-ce qui ne va pas ? Souris un peu. C'est une belle soirée. » Je lui rendis son sourire. Autour de nous, Bobby et Dwayne parlaient de la maison qu'ils venaient d'acquérir dans Russian Hill, à San Francisco, et en faisaient circuler une photo, pendant que Dick, volubile, y allait de ses blagues habituelles de célibataire endurci : « Madame ? Elle est à la maison. Il faut bien que quelqu'un lave les planchers, non ? »

Après tout, je réagissais peut-être de manière excessive. Je n'étais pas le premier à qui cela arrivait. Impossible de ne pas penser à Martin Scorsese et à la Universal. Et que dire de Salman Rushdie, condamné à vivre caché, dans l'angoisse d'être assassiné ? Je frissonnai. *Nous vivons dans un pays civilisé. Ce n'est pas pareil.* Était-ce vraiment le cas ? Qui était cette femme rousse ? Un type déguisé ? un fou qui me visait particulièrement ? quelqu'un qui pourrait s'en prendre à Avril ?

« Romain ? Fais un effort. On dirait que tu t'emmerdes.

— Désolé, Ann. »

Je m'efforçai de sourire et me tournai vers mes amis pour leur suggérer un toast, mais… à quoi ? « À la liberté d'expression ! » proposa Dick. Et tout le monde en chœur s'écria : « À la liberté d'expression ! »

Pour le retour à la maison, je laissai Ann conduire. « Trop fatigué », dis-je. Elle me considéra longuement, une expression d'inquiétude sur son visage. « Romain, tu es en train de te laisser abattre par ces gens. Ne leur accorde pas une importance qu'ils ne méritent pas. »

Elle avait démarré le moteur de ma nouvelle Audi, avec une pointe d'exaspération ; à côté de nous, dans sa Mercedes, Dick nous envoyait la main. Bobby et Dwayne, eux, avaient réintégré leur chambre au Beverly Hilton.

Wilshire Boulevard, Santa Monica Boulevard… Dans le rétroviseur extérieur, mes yeux s'attardaient aux phares des véhicules derrière nous. *Et si on nous suivait ?* Qu'espérais-je y voir ? Ou plutôt : que redoutais-je d'y voir ? La voiture noire dans laquelle la femme rousse s'était enfuie ? Il faisait trop nuit pour cela.

« Romain ? fit Ann. – Oui ? » répondis-je, l'esprit ailleurs, le regard collé au rétroviseur. De nouveau, elle dit : « Oh, laisse tomber », avec, cette fois, quelque chose d'anxieux dans la voix. Je dis : « Quoi ? Qu'est-ce que tu veux me dire, Ann ? » Elle hésita un instant, puis reprit sur un ton différent, dégagé : « Oh, je voulais juste dire que Bobby et Dwayne ont une belle maison. Ce serait bien d'aller les voir à San Francisco, non ? Ça nous ferait du bien de sortir un peu. »

Est-ce vraiment cela qu'elle voulait me dire ? Je répondis, évasif : « Oui, peut-être… C'est une bonne idée… »

Elle tourna à gauche sur La Cienega Boulevard pour aller chercher Sunset Boulevard et, à mon grand soulagement, l'auto qui nous suivait continua sa route sur Santa Monica Boulevard. J'essayai d'en rire, me disant : *Qu'est-ce qui t'arrive, mon vieux ? Ressaisis-toi !* Ann, au volant de l'Audi, avait l'air préoccupé, maintenant.

Pourquoi ne m'avoir rien dit, Ann ? Pourquoi avoir attendu qu'il soit… trop tard ?

Se battre pour ses idées. Mais quand elles font que les gens autour de soi souffrent ?

Pendant la soirée au Hilton, j'avais commencé à modifier les prochains épisodes d'*In Gad* dans ma tête. Et au diable ce que pourraient en penser Josh et les autres. Je donnerais une nouvelle couleur au personnage de Chastity, mettrais un terme à ses grossesses et avortements à répétition. En ferais un apôtre de l'abstinence. Oui, Chastity Paradise, missionnaire de la chasteté, faisant le tour des écoles pour annoncer la bonne nouvelle. Avril et ses parents seraient rassurés, le public et les critiques hurleraient au génie : Roman Carr dénonce la contre-révolution sexuelle qui déferle dans les écoles américaines. Oui, c'est ce que je ferais.

À la maison, tout en haut d'Appian Way, Ann blêmit en constatant que le système d'alarme n'avait pas été activé.

« C'est toi, Romain ? Tu as oublié ?

— Non, je ne crois pas… Écoute, je ne sais plus… J'ai probablement cru que je l'avais mis et j'ai oublié.

— Oublié ? C'est bien la première fois que ça t'arrive. »

J'étais pourtant convaincu de l'avoir activé. « J'ai oublié, mentis-je. Je m'en souviens maintenant. »

Vraiment, je ne savais plus.

« Je n'aime pas ça, Romain…

— Tu n'as rien à craindre, Ann. »

Nous rentrâmes dans la maison, hésitants. Je pris les devants pour rassurer Ann. Fis le tour des pièces et des garde-robes de façon discrète pour ne pas l'affoler. Pensant à la femme rousse et aux fous qui commençaient à me tourner autour.

Cette nuit-là, je mis du temps à m'endormir.

Cette nuit-là, je n'étais plus tranquille du tout.

12

« Quel festin ! »

Le lendemain soir, nous avions invité Bobby, Dwayne et Dick à dîner, et je m'étais promis de retrouver ma bonne humeur. Ann s'était tant démenée pour préparer ce repas qu'elle voulait grandiose.

« Je veux que ce soit une grande fête, Romain !

— Et pourquoi donc ? Ce n'est l'anniversaire de personne.

— Et pourquoi pas ? Et puis, nous voyons si peu souvent Bobby. »

Garder sa bonne humeur, le contraire aurait été difficile avec Dick et Bobby devant soi, discutant avec drôlerie et animation de l'affaire Lewinsky. Au loin dans la vallée, le smog recouvrant L.A. s'était enflammé au contact du soleil, à quelques minutes de sombrer dans le Pacifique.

« Monica Lewinsky. Paula Jones. Plus elles sont moches, dit Dick, plus elles l'attirent, ce con de Clinton !

— Moches ? fit Bobby. Il s'en fout. Il ferme les yeux, c'est tout. Pour ça, nous, les hommes, nous avons un grand talent d'abstraction. »

Assis à côté de Bobby, Dwayne prit de faux airs de vierge offensée. Bobby reprit : « Kenneth Starr et sa bande d'inquisiteurs croient qu'ils vont avoir sa tête, à Clinton, mais moi je dis que ça va finir par leur péter au visage, aux Républicains.

— Les Républicains ! dit Dwayne en levant les yeux au ciel. Comment se fait-il que personne ne fasse grand cas des infidélités de Newt Gingrich ?

— Parce qu'il n'est pas le président des États-Unis d'Amérique », fis-je.

Et Dick, avec plein d'excitation : « Jack Kennedy faisait bien pire.

Sam Giancana lui fournissait les putes. Tout le monde le savait, les journalistes le savaient, mais ce n'était pas jugé d'intérêt public. Et moi, je suis d'accord avec ça. »

« Mais *c'est* d'intérêt public ! s'offusqua Ann. Si le président utilise sa queue avant sa tête, n'importe qui peut le faire chanter. Nos ennemis sur la planète ont certainement beaucoup appris de cette histoire dégradante. »

Dick secoua la tête. « La raison va finir par prévaloir dans notre beau pays. Ces charognards ne réussiront pas à excommunier Clinton. Les Américains sont satisfaits de son bilan économique. Jamais les États-Unis n'ont connu une plus grande prospérité depuis la Seconde Guerre mondiale. Je lève mon verre à Bill Clinton. »

Et nous levâmes nos verres à Bill Clinton.

« Tu viens ? » me glissa Ann à l'oreille.

Ann, particulièrement rayonnante ce soir-là, que je suivis jusque dans la cuisine, reniflant son parfum dans son sillage, posant mes yeux avec désir sur sa nuque que ses cheveux relevés en chignon dévoilaient. Sa nuque que j'avais voulu embrasser, ce soir-là. Il y avait quelque chose de flamboyant dans ses yeux, dans son sourire, comme un soleil chaud de fin d'après-midi. « Je t'aime », lui dis-je. Elle se retourna, gloussa de plaisir. Dans la cuisine, où elle avait passé la journée à travailler, un vrai festin s'annonçait : foie gras, huîtres, côtes de bœuf et un gâteau au chocolat noir et aux amandes qu'elle venait de sortir du four. D'un coup, je me sentis affamé. « Romain ? » Cette fois, elle ne dit pas « Laisse tomber », non, cette fois, elle dit d'une petite voix incertaine : « J'ai quelque chose à te dire, mais pas maintenant. Ce soir, quand tout le monde sera parti. » Inquiet, je demandai : « Rien de grave, j'espère ? » Elle sourit. « Non. Tu verras. Ça peut attendre. »

Ça peut attendre.

Puis, on sonna à la porte.

« Qui est-ce ? dit Ann, étonnée.

— Je ne sais pas.

— À l'heure du dîner ?

— Je vais voir. »

Je l'embrassai sur les lèvres, sortis de la cuisine. De la terrasse, Dick lança :

« Avec le fric que tu te fais, c'est peut-être le temps de te payer un domestique !

— Je ne changerai pas mes habitudes pour ça, Dick. L'embourgeoisement tue les idées. »

Rires. On sonna une deuxième fois. « J'arrive, j'arrive… » Qui pouvait être aussi emmerdant à cette heure-là ?

J'ouvris la porte, et personne n'était là. Les enfants des voisins, probablement. Des enfants autrefois gentils et bien élevés qui s'étaient transformés en adolescents chahuteurs. La semaine dernière, ils avaient mis le feu aux poubelles du voisin d'en face. Un feu de poubelle à New York n'est pas si grave, mais à L.A., balayé par les vents chauds, secs, circulaires de Santa Ana, puisant leur énergie dans le désert de Mojave, un feu de poubelle peut raser un quartier entier, menacer toute une population.

« Qui est-ce ? » entendis-je Ann du salon.

Personne, allais-je répondre, jusqu'à ce que mes yeux se posent sur le perron en éventail.

Du sang. Une flaque de sang visqueux, s'étalant si vite que je reculai comme on le ferait devant une vague imprévisible. Au milieu, quelque chose de gluant et d'informe… une sorte de chien sans poils, avec des pattes ongulées… *Un fœtus de veau ?* Comme celui sur le capot de la Honda Civic d'Avril ?

Pris d'un haut-le-cœur, j'allais rentrer dans la maison pour alerter les policiers, quand surgit au bas de l'escalier la femme, la même satanée femme rousse au ventre arrondi, sa tunique tachée de sang et ses lunettes noires. Mon cœur se mit à battre frénétiquement. Que tenait-elle dans ses mains, les bras tendus vers moi ? Un… *pistolet ?* Un vrai ? Derrière moi, le bruit d'une porte que l'on ouvre plus grande. « Romain ? Qui est-ce ? » La vision fugitive du visage stupéfait d'Ann. Mes jambes fléchirent sous moi, le choc mal amorti de mon torse sur le béton luisant de sang. Les coups partirent, un, deux, dans un claquement assourdissant. Puis je sentis le corps d'Ann s'effondrer sur moi.

VI

MOÏSE

1

Le col de ma veste remonté, je marchais vite dans Central Park, des pas vifs, les poings fermés dans les poches, sans d'autre but que de faire baisser ma tension artérielle qui ne se contrôlait plus qu'avec des médicaments, désormais. Près de cinq ans que ces petites pilules vertes – et d'autres encore – me sauvaient la vie, apparemment. Depuis l'assassinat d'Ann. Mille neuf cent quatre-vingt-dix-huit et maintenant 2003, des années comme des chiffres discutables, qui ne veulent rien dire, et un nouveau millénaire que nous avions amorcé sans heurts malgré la catastrophe annoncée pour les ordinateurs. Pour moi, le choc avait eu lieu avant, le monde s'était arrêté depuis, cela aurait pu faire six mois comme vingt ans que j'étais revenu à New York, j'avais perdu toute notion du temps.

Pour me calmer, j'avais ralenti le pas à l'approche du Réservoir Jackie-O, peut-être l'élément le plus stable dans ma vie, cette grande étendue d'eau que j'aimais imaginer comme une mer intérieure et que j'appréciais tous les jours de mon appartement au neuvième étage du St. Urban dans Central Park West. Nous étions en avril, les cerisiers étaient en fleur, un miracle chaque printemps, ces taches roses avant la feuillaison, comme une présence féminine, que les joggeurs en sueur, écouteurs sur les oreilles, ne paraissaient pas remarquer. J'avais froid mais tremblais de colère. À cause de Moïse. Une autre de nos disputes, celle-là certainement la plus grave. Depuis le 11 Septembre, à ma stupéfaction, j'avais découvert chez mon ami un côté réactionnaire : « On ne nous attaque pas ! C'est nous qui attaquons ! » Moïse s'était radicalisé, laissait ses émotions lui brouiller le cerveau. On pouvait mettre bien des choses sur le compte des attentats, une cassure dans l'Histoire comme en avaient produit les guerres ; il y avait l'avant et l'après, et dans l'après, le discernement d'une partie des New-Yorkais semblait leur échapper. C'était le cas de Moïse. Cette attitude désabusée, sinon arrogante, typiquement new-yorkaise, qui avait préservé jusqu'ici ses habitants des agressions quotidiennes d'une ville après tout infernale, s'était effondrée en même temps que les tours jumelles, cédant la place à la peur et au désir de vengeance.

« Tu ne peux pas comprendre ! Tu *n'es pas* américain ! »

C'est ce qu'il m'avait crié par la tête une heure plus tôt chez moi. Dieu sait qu'en ces temps de suspicion et de patriotisme exacerbé qui atteignait de nouveaux sommets maintenant que George W. Bush venait de déclencher cette guerre absurde en Irak, se faire dire que l'on n'était pas américain n'était rien d'autre qu'une insulte, ou pire : un anathème. Plus de quarante ans que je vivais aux États-Unis – dont j'étais citoyen depuis 1979 –, et il avait le culot de m'insulter de la sorte, exactement comme il l'avait fait en 1966 dans son appartement d'East Harlem, quand il m'avait poussé en ricanant et qu'il attendait, terrorisé et ivre mort, des nouvelles de l'armée, une guerre qu'il fustigeait à s'en rendre malade, mais celle-ci ?

« Ah non ? Je suis quoi, alors ? »

Il n'avait pas répondu, préférant regarder le bout de ses chaussures. J'avais repris, furieux : « Si je ne pense pas comme vous, les *Américains,* je ne suis pas des vôtres, c'est ça ? Soit on est *avec vous,* soit on est *avec les terroristes,* comme l'a si bien dit *ton ami* George Bush ! »

Ulcéré, Moïse avait attrapé sa veste et était sorti en claquant la porte. Je l'avais entendu pester dans le corridor contre le vieil ascenseur de l'immeuble qui n'arrivait pas assez vite pour lui, puis l'avais regardé de la fenêtre sauter dans un taxi, fou de rage, gesticulant comme une girouette déréglée.

Une partie de moi était stupéfiée, l'autre essayait de comprendre : Moïse le pacifiste, Moïse le *draft dodger,* donnant son appui à ce va-t-en-guerre obsédé par l'Irak et son pétrole ? Parce qu'ils avaient peur, parce qu'ils avaient été touchés *dans leur chair – Tu ne peux pas comprendre ! Tu n'es pas américain ! –,* Moïse et une majorité d'Américains étaient prêts à prendre pour des vérités incontestables ces mensonges éhontés sur les armes de destruction massive de Saddam Hussein, impressionnés par la démonstration loufoque de Colin Powell à l'ONU malgré les rapports des inspecteurs de l'ONU – l'Irak collabore, il n'y a pas de quoi s'emballer –, et Moïse, journaliste au prestigieux *New York Times,* ne demandait qu'à y croire, comme les autres ?

« Bon Dieu, Moïse ! Souviens-toi des incidents du Tonkin en 1964 ! Tu étais le premier à dire que c'était un mensonge ! C'est la même merde, aujourd'hui ! Non, je me ravise : ça sent encore plus mauvais ! »

Dans l'appartement, il tournait en rond, fulminant. Ne lâchant pas des yeux l'exemplaire du *New Yorker* qui l'avait conduit chez moi, rouge de colère, et qu'il avait lancé sur la table, avec ce regard haineux qui voulait dire : *Comment oses-tu me faire ça !*

J'avais dit, tâchant de garder mon calme : « J'ai écrit là-dedans ce que je pense : cette guerre est aussi sale et immorale que celle du Vietnam. »

Il s'était étranglé : « Ce n'est pas pareil ! Nous n'avons pas été attaqués comme ça depuis Pearl Harbor !

— Qui nous a attaqués ? Ben Laden et Al-Qaïda ? Alors, pourquoi aller en Irak ? Qu'est-ce que Saddam Hussein a à foutre avec Ben Laden ?

— Ils veulent nous détruire ! Ils veulent détruire l'Amérique ! »

C'est bien ce qu'il avait dit ? Je n'en croyais pas mes oreilles. Ses yeux luisaient d'une vive fureur, son crâne presque chauve s'était couvert de sueur. J'avais repris, indigné : « C'est précisément ce que tous ces gens que tu abhorrais à l'époque – LBJ, McNamara, Agnew, Nixon – disaient des *communistes* : ils veulent détruire l'Amérique. »

Il s'était raidi, puis avait eu un geste d'impatience, comme s'il n'avait plus de temps à perdre avec un imbécile. « Cesse de tout ramener au Vietnam ! Cette fois, on ne tuera pas des paysans innocents ! Cette fois, on détruira des armes, on fera des frappes ciblées. »

J'avais éclaté de rire. « Toi, le grand journaliste au *New York Times,* tu crois ça ? »

C'est là qu'il avait serré les poings et m'avait regardé avec mépris : « Tu ne peux pas comprendre ! Tu *n'es pas* américain ! »

L'épais nuage de poussière cendreuse qui avait recouvert une partie de New York après l'écroulement du World Trade Center avait-il fini par altérer le jugement de ses habitants? Cette poussière fine comme du talc qui nous avait collé aux cheveux, à la peau, aux vêtements, que nous avions respirée, mangée pendant des jours, et dont on apprendrait vite qu'elle était toxique, létale, et causerait plus tard la mort de dizaines de pompiers, rendrait malades des milliers de personnes, cette poussière apocalyptique avait-elle fini par rendre fous certains d'entre nous?

Ce matin-là, fortement ébranlés, nous nous étions parlé brièvement au téléphone, Moïse et moi. Juste avant que les communications surchargées de la ville ne sautent. Dehors, les hurlements assourdissants de milliers de sirènes. De ma fenêtre, le sud de Manhattan et une partie du ciel avaient disparu dans un épais nuage de fumée jaunâtre, tandis qu'en boucle à la télé les deux avions s'encastraient dans les tours, le deuxième dissipant les doutes sur le premier.

« Je… je n'arrive pas à le croire…, avait dit Moïse d'une voix blanche. C'est… le pire des cauchemars… » Il s'était interrompu, quelqu'un à son bureau du *New York Times* s'était mis à lui parler, une voix affolée d'homme. « Il faut que je te laisse, Romain. C'est la panique, ici. J'ai beaucoup de travail à faire… »

Après, impossible de lui parler. Il avait passé le reste de la semaine à faire du camping au *Times*. J'avais réussi à parler à Louise; elle s'était réfugiée chez une amie à Staten Island, incapable de dormir seule à la maison. Je m'étais dit qu'elle aurait peut-être aimé s'installer au St. Urban, dans mon grand appartement de huit pièces que je n'avais pas encore eu la force de meubler au complet. Mais qui aurait voulu d'un dépressif comme consolateur en ce mois de septembre 2001?

Les jours suivant les attentats, je partais de chez moi, au coin de la 88e Rue et de Central Park West, et marchais jusqu'à Ground Zero – ou jusqu'où l'on nous permettait d'avancer –, frappé de stupeur, hébété comme les autres passants, m'attardant longuement aux photos des disparus placardées aux carrefours des grandes artères, pensant avec obsession à tous ces hommes et ces femmes qui avaient péri sur ces lieux, leurs corps jamais découverts, partis en fumée sur la ville. Tous ces gens innocents tués, comme Ann, innocente, avait été tuée. Ma peine mêlée à celle des proches de ces trois mille morts, qui déambulaient, les yeux hagards, attendant… *quoi?* se demandant *pourquoi?* sans qu'il y eût de réponse. Sur les centaines de photos, beaucoup de jeunes femmes de l'âge d'Ann, certaines lui ressemblant peut-être un peu, dans leurs yeux et leur sourire le même éclat de vie, et je pensais si fort à Ann, me sentant si près d'elle, comme s'il avait fallu cet événement horrible pour m'aider à entamer véritablement mon deuil, à accepter qu'elle ne reviendrait plus, près de trois ans après sa disparition.

Les agents fédéraux avaient travaillé vite et bien. James F. Lovell fut arrêté quelques jours après le meurtre, dans un motel du Nouveau-Mexique. Le choc de découvrir le visage de son assassin. Vingt-sept ans, des joues piquées d'acné, un corps frêle de garçon prépubère, presque un enfant. Des images passées en boucle à la télé à me rendre fou, mais dont je ne pouvais détourner le regard. Comme si j'attendais que nos yeux se croisent et qu'il m'offre ses excuses, car il devait bien éprouver des remords, non? Mais rien, toujours les mêmes images que la fréquence de diffusion finissait par rendre banales : son sourire absent, sa peau marquée et laiteuse, ses épaules tombantes et ses poignets délicats emprisonnés dans des menottes trop grandes pour lui, sortant escorté par deux flics d'une chambre d'un motel miteux, à Truth or Consequences, un nom de ville comme une bonne blague.

Dans le coffre de sa Chevrolet Cavalier, les policiers découvrirent le Smith & Wesson calibre .32 qui avait tué Ann, ainsi que quelques articles de journaux sur moi et un déguisement de femme. Il n'offrit aucune résistance et passa rapidement aux aveux, ce qui nous évita un douloureux procès. James F. Lovell fut condamné à la peine capitale pour double meurtre.

C'est de cette manière atroce que j'appris qu'Ann était enceinte de deux mois. Ce qu'elle avait cherché à me dire pendant des jours, son beau visage plein d'optimisme, et promis de m'annoncer ce soir-là, dans notre cuisine, pendant que nos amis prenaient du bon temps sur la terrasse : *J'ai quelque chose à te dire, mais pas maintenant. Ce soir, quand tout le monde sera parti… Ça peut attendre.*

Souvent, j'ai essayé de réfléchir à la question le plus honnêtement possible, tâchant de faire abstraction de ce sentiment de perte qui m'anéantissait et de ne pas laisser répondre mon cœur souffrant qui aurait dit oui à n'importe quoi pour qu'Ann soit encore en vie : comment aurais-je réagi ce soir-là, une fois que Dick, Bobby et Dwayne seraient partis, que nous nous serions retrouvés dans la cuisine pour remplir le lave-vaisselle de verres et d'assiettes sales, et qu'elle m'aurait dit, un tablier ceinturant sa taille légèrement épaissie que je n'avais pas remarquée : « Je suis enceinte, Romain » ?

Aurais-je éclaté de joie ? Aurais-je été terrifié ? Ou aurais-je dit quelque chose comme : « À condition que tu m'aides à être un père irréprochable cette fois-ci » ?

Je ne sais pas.

UN DÉSAXÉ PRO-VIE ARRÊTÉ
À TRUTH OR CONSEQUENCES
POUR LE MEURTRE D'UNE FEMME ENCEINTE

Une de ces histoires cruelles qui font rire, même si l'on sait qu'elle est tragique, que des gens souffrent. Truth or Consequences. Tous ces reportages grotesques d'*éducation populaire* qu'imposa l'assassinat d'Ann, partout la même histoire répétée sur les origines de ce nom stupide, d'après un célèbre jeu-questionnaire. La réalité n'était pas plus réelle que la fiction. Les deux se mélangeaient. Comme on pouvait tuer dans ce pays parce qu'on se sentait offensé par Chastity, un personnage sorti de notre imagination, à Ann et à moi.

La famille d'Ann m'en voulut amèrement de ne pas m'être présenté aux funérailles, c'était au-dessus de mes forces. Sa mère, surtout. Et ce courriel de Judd, le neveu d'Ann, qui m'avait profondément blessé : « Bon débarras. On ne reverra plus ta sale gueule. »

Dévasté, j'avais quitté Los Angeles, laissant à mes avocats le soin de mener l'affaire comme ils l'entendaient. Je ne me voyais pas affronter des journalistes excités à la perspective du sang qui coulerait encore : « Mr. Carr, James F. Lovell mérite-t-il la peine de mort ? » L'État de la Californie l'imposait pour ce type de meurtre sordide, mais j'avais toujours été contre et le serais toujours. L'apaisement recherché dans la vengeance est une illusion. Et la douleur ne s'évanouit pas parce que le cœur de l'assassin qui a foutu votre vie en l'air a cessé de battre.

Malgré les protestations de Dick et de Josh, j'avais vendu la maison dans Appian Way et les deux voitures, et leur avais donné carte blanche pour la cinquième saison, en cours de tournage. Il restait trois épisodes à filmer. Avec les acteurs, ils choisirent de les annuler, personne n'avait la tête à poursuivre, comme ils décidèrent d'abandonner la sixième saison.

In Gad We Trust se terminerait sans dénouement, inachevée, telle la courte vie d'Ann.

Le vent se leva dans Central Park, faisant neiger les cerisiers en fleur. Je me mis à marcher pour me réchauffer, comme je le faisais les premiers temps de mon arrivée à New York, marcher, c'est tout ce que je pouvais faire, pendant de longues heures, sans but précis – on ne marche jamais à L.A. –, retrouvant cette liberté, laissant mes pensées voleter, s'agiter, des pensées sombres qui, dès que j'ouvrais l'œil le matin, m'assaillaient comme une rage de dents. Les nuits n'étaient jamais bonnes malgré les somnifères avalés. Alors, je somnolais, les yeux dans le vide. J'évitais la télé, ne lisais pas : insupportables, tous ces gens qui ignorent que leurs petits malheurs sont une sorte de bonheur.

Le silence de Len m'avait aussi blessé. Pendant des semaines, les journaux, la télé, la radio n'avaient parlé que de cela, impossible qu'il n'eût pas su. Pas une lettre ni même une carte de condoléances qu'il n'aurait eu qu'à signer, ça ne lui aurait pas demandé trop d'efforts, et j'aurais été heureux, même si je ne savais plus ce que cela signifiait, juste un mot pour dire qu'il n'était pas insensible à ma peine. Mais non, rien.

Moïse, Louise et Ethel (j'étais à vingt-cinq minutes de marche du Harperley Hall, où elle habitait toujours, avec son mari) s'inquiétaient pour moi. « Bon Dieu ! disait Moïse. Secoue-toi ! » Parfois, exaspéré par mon apathie, il me raccrochait au nez. Impossible pour lui, un type nerveux qui brûlait ses angoisses dans l'action, de comprendre que je perdais goût à tout. Il avait son travail au *New York Times* et ses livres, qu'il publiait avec la régularité d'un auteur à succès, des romans qui se vendaient bien, le dernier à cinquante mille exemplaires. Chaque fois que nous nous voyions, il m'encourageait à m'y mettre, moi aussi, mais j'étais incapable de me concentrer sur quoi que ce soit, et encore moins d'écrire. La mort d'Ann m'avait fait tirer un trait là-dessus.

Pour ne pas devenir fou, je m'étais déniché un boulot dans Amsterdam Avenue. Le meilleur moyen que j'avais trouvé de m'occuper et de ne plus penser à rien. Moïse était furieux. « Esclave dans une boulangerie ! Reprends ta dignité, bon Dieu !

— Tu es le premier à me casser les oreilles pour que je me ressaisisse. C'est ce que je fais. Et c'est ce dont j'ai besoin en ce moment. OK ? »

Il me fixait de ses yeux bleu acier, comme s'il avait en face de lui un demeuré. « Et bien sûr, on te paie pour ça. Combien, par curiosité ?

— Six dollars l'heure.

— Toi, un millionnaire ! » Son poing s'était abattu sur la table. « Il y a quelque chose qui ne tourne pas rond chez toi, Romain. Tu as besoin d'un psychiatre. »

Mais qu'est-ce qu'un psychiatre m'aurait dit ? Que le deuil est une épreuve ?

Ce travail à la boulangerie Ostrowski dans Amsterdam Avenue tombait à point, exactement le profil d'emploi que je cherchais. À une quinzaine de minutes à pied de chez moi, j'étais là-bas à cinq heures le matin, à enfourner et défourner le pain dans une chaleur inhumaine, à onze heures j'avais droit à une pause d'une demi-heure, puis retour devant le four jusqu'à quatorze heures. Je rentrais à la maison exténué, la tête et l'esprit au neutre, dans une sorte de brouillard bienfaiteur. Un boulot épuisant qui, tôt le soir, m'assommait de fatigue, comme les ouvriers dans les livres de Zola et de Steinbeck.

La stupéfaction dans les yeux du propriétaire lorsque je m'étais présenté pour l'annonce dans la vitrine embuée. Il avait approché sa vieille tête d'immigrant polonais de la mienne, m'avait regardé en clignant des yeux à travers ses épaisses lunettes. « Vous vous moquez de moi ? » Dérouté, il s'était retourné vers sa femme, qui avait allongé le bras vers le téléphone à cadran, prête à alerter les policiers. À la fin de l'entretien, ils acceptèrent de me prendre à l'essai, tout en se lançant des regards ahuris.

Stan Ostrowski et sa femme Maria font partie des rares personnes dignes que j'aie rencontrées dans ma vie. Usés par leur existence modeste d'immigrants – elle, petite femme corpulente aux jambes enflées couvertes des varices, et lui, presque aveugle à cause d'un diabète mal contrôlé –, ils devaient bien avoir dans les soixante-dix ans, et cependant, ils ne se plaignaient jamais. Tous les jours, ils étaient debout à deux heures pour s'occuper du four et du pain, fermaient à dix-neuf heures, fourbus, avec cet air reconnaissant qu'ont les gens qui se disent choyés par la vie. De courtes nuits de sommeil, un peu de vodka, sept jours par semaine, sans jamais, jamais prendre de vacances.

Au bout de deux mois, ce fut avec regret que je leur donnai ma démission. Non par « manque de nerf », comme aurait dit mon père, mais parce que je m'étais retrouvé par je ne sais quel hasard dans les pages du *Daily News* : FROM TV TO BAKERY : ROMAN CARR SPOTTED ON AMSTERDAM AVENUE ! (De la télé à la boulangerie : Roman Carr aperçu dans Amsterdam Avenue !) Les Ostrowski n'en surent rien ; par chance, leur monde se limitait aux quelques journaux polonais qu'ils lisaient. Stan se montra si déçu, si affecté, le pauvre, qu'il m'offrit sur-le-champ une petite augmentation de salaire, et je me sentis comme le dernier des minables.

« Je t'avais bien dit que ça finirait par arriver ! » dit Moïse, avec ce ton moralisateur qui me tapait sur les nerfs. Tu t'attendais à quoi ? À ce que personne ne te démasque ? »

À vrai dire, je m'en foutais un peu. Et, contrairement à Moïse, j'avais trouvé plutôt amusant le montage du *Daily* : une photo de la petite boulangerie et son vieil auvent décoloré, et une plus grande de moi prise au téléobjectif, si floue que cela pouvait être n'importe qui.

Dans Central Park, je croisai un groupe bruyant d'opposants à la guerre en Irak, des étudiants avec leurs pancartes aux slogans vociférateurs et deux grosses têtes en papier mâché de George Bush et de Tony Blair piquées sur des bâtons. En les observant, je pensai de nouveau à Moïse, qui avait surgi chez moi, fou de rage, il y avait près de deux heures maintenant, peut-être la pire de nos disputes jusqu'à ce jour, avec dans les mains ce numéro du *New Yorker* dans lequel j'avais signé un texte sous mon nom de plume, Roman Carr, auteur d'*In Gad We Trust*, la première fois que je m'exprimais publiquement depuis la mort d'Ann.

Je n'avais pas pu rester indifférent à ce qui se passait : bombarder un pays au mépris du Conseil de sécurité et des quelque dix millions de personnes qui avaient déferlé dans les grandes capitales du monde pour empêcher cette guerre illégale. Moïse avait pesté contre ces marées humaines que l'on avait montrées à la télé : « De quoi se mêlent-ils, ces imbéciles ! C'est entre Saddam et nous ! » Et lorsque la France avait refusé d'y participer : « Les traîtres ! Combien de *nos* soldats sont morts pour sortir les Allemands de la France ? C'est comme ça qu'ils nous *remercient* ? »

Un midi, tandis que nous nous étions retrouvés chez Zack's devant une assiette de pastrami, il avait chaleureusement félicité le propriétaire pour avoir remplacé sur son menu les mots *french fries* par *freedom fries*.

J'avais dit à Moïse : « S'en prendre à des frites par patriotisme, c'est franchement ridicule. »

Il avait ricané. « Je ne trouve pas. *Freedom fries, liberty fries.* Ça colle plus à New York. Comme la statue de la Liberté.

— Un cadeau des Français », avais-je lancé pour lui clouer le bec.

Il n'avait pas relevé.

« Tu es d'accord avec ce qui se passe dans ce pays, Moïse ? Tous ces honnêtes citoyens qui désapprouvent cette guerre et que ton ami Bush mettrait sur écoute ? Ne me dis pas que tu es d'accord avec ça ?

— Si la sécurité nationale est menacée, la loi le permet. »

J'avais repoussé mon assiette, dégoûté. « Qu'est-ce qui se passe, Moïse ? Je ne te reconnais plus. Où est passé le gars jaloux de ses principes qui lisait Thoreau et courait les manifs ?

— Merde, on était des enfants ! Avec toute la naïveté qui vient avec! Je travaille, moi. Je réfléchis à ce monde dangereux. Quatre avions de ligne et trois mille morts, ça ne te suffit pas? C'est quoi, la suite, selon toi? Tu crois qu'ils vont s'arrêter comme ça si on ne leur montre pas qui est le plus fort? Ils veulent nous détruire. Détruire notre mode de vie à nous, les Américains! On ne peut plus rêver comme on le faisait dans les années soixante. Le monde est plus dangereux aujourd'hui. Mais *ton* pays ne le comprend pas. Il nous a lâchés, comme la France. »

Je tressaillis. « *Mon* pays? C'est *mon* pays qui t'a accueilli pour que tu n'ailles pas te faire tuer au Vietnam! *Mon* pays dont tu es aussi citoyen! Mais maintenant que tu as soixante ans, un super travail au *Times* et que tu te fais pas mal de fric avec tes bouquins, là, tu es d'accord pour que de jeunes Américains aillent se faire tuer à ta place, dans un pays qui ne nous a rien fait.

— Ces jeunes se sont enrôlés dans l'armée de leur propre chef. Il n'y a plus de conscription. Personne ne les y oblige. »

J'étais ahuri. « Pour beaucoup de ces enfants, le service militaire n'est pas un choix. C'est ça ou le chômage. Tu le sais très bien!

— Hé, du calme! On n'en a pas pour dix ans. En quelques mois, ce sera fini. » Il avait avalé une gorgée de bière, s'était essuyé la bouche avec une serviette en papier et avait dit, d'une voix crâneuse : « Si tu es aussi certain de ta vérité, pourquoi tu ne vas pas à Washington manifester avec Susan Sarandon? »

Révolté, j'avais regagné en taxi mon appartement, résolu à ne pas en rester là. Après m'être versé une bonne rasade de scotch, je m'étais installé à l'ordinateur et avais commencé à rédiger un long texte que le *New Yorker* publierait quelques jours plus tard :

« Où êtes-vous aujourd'hui?… demandais-je à la génération qui avait milité contre la guerre du Vietnam. Faut-il comprendre par votre silence que toute cette rhétorique dont nous nous gargarisions à l'époque – une guerre illégale, criminelle, immorale – ne servait, dans le fond, qu'à nous faire éviter le front plutôt qu'à condamner l'indéfendable? Étions-nous vraiment *contre la guerre* ou *contre le fait d'être envoyés à la guerre?*… Quand je constate aujourd'hui qu'une majorité d'Américains (dont d'anciens militants anti-Vietnam et des *draft dodgers* réhabilités) se rangent derrière le président George W. Bush, cette question, je ne peux m'empêcher de me la poser… » Puis, plus loin : « Faut-il encore une fois refaire la démonstration des incidents du Tonkin, un mensonge dévoilé, documenté par les *Pentagon Papers,* qui nous avait tant scandalisés ?… Hier, des torpilleurs nord-vietnamiens sortis de l'imagination délirante des cerveaux du Pentagone… Aujourd'hui, des armes de destruction massive introuvables… Cette guerre sans l'appui des Nations unies est illégale… La France et le Canada sont du côté du droit international… »

Mes doigts couraient sur le clavier avec fièvre, une lettre écrite sous le coup de l'indignation qu'il valait mieux laisser reposer, ne pas envoyer tout de suite, et cependant, une urgence me brûlait, comme une envie de balancer un poing dans le mur pour se sentir mieux ; j'avais écrit vite et bien, les mots et les phrases coulaient, l'argumentaire était limpide ; plusieurs pages que j'avais ensuite parcourues pour corriger les fautes, éliminer les redondances, resserrer quelques passages, et envoyées au *New Yorker* après avoir parlé à une responsable de l'édition, encore sous l'effet de l'adrénaline, mais soulagé, apaisé comme on le serait après l'orgasme.

« Oh, monsieur Carr. Oui, bien sûr. Nous vous lirons avec intérêt. »

Moïse était en train de perdre la tête, ce pays était en train de perdre la tête. Et peut-être que moi aussi.

2

Dans ma voiture, je m'étais rejoué tous les scénarios possibles, sachant très bien que dans ce type d'émission, les coups arrivent sans que vous les voyiez venir. La controverse ne me faisait pas peur, certainement pas après *In Gad We Trust* ; j'assumais le risque, croyant foncièrement qu'un peu de dissidence éveille les consciences, mais surtout : on m'offrait la chance de répondre à mes détracteurs.

« Imposteur », « traître », « antiaméricain »… Mon nom publié dans les journaux, avec leurs commentaires indignés. Et Moïse, mon ami Moïse, qui avait claqué la porte de chez moi, hors de lui, et ne m'avait plus adressé la parole : « *"Draft dodgers* réhabilités" ! Tu as voulu m'atteindre et tu l'as fait publiquement ! C'est vraiment, vraiment dégueulasse ! »

On ne parlait plus de Roman Carr sans souligner à grands traits que j'étais né Romain Carrier, un Canadien français, comme si, à l'approbation générale, on m'avait déchu de ma citoyenneté américaine. *Romain Carrier n'est pas américain. Il ne peut pas l'être. Il est contre nous.* La palme du délire revenait au *New York Post*, avec son titre comme une pantalonnade : PARLEZ-VOUS BETRAYAL ?

Dans mon immeuble, mes voisins m'évitaient. C'était le cas de la déplaisante madame Brown, grande donatrice au Parti démocrate depuis Jimmy Carter et organisatrice de soirées de financement à New York. Excédé par son air hautain, je l'avais apostrophée un matin alors que nous étions tombés face à face dans le hall. Elle avait eu un mouvement de recul, comme si j'allais la pousser par terre.

« Vous êtes pour cette guerre, madame Brown ? Ou vous êtes contre mais n'osez pas le dire pour ne pas choquer la bonne société new-yorkaise ? »

Son sourire pincé s'était effacé d'un coup ; livide de fureur, elle avait pris dans ses bras son affreux pékinois qui s'excitait à ses pieds. « Dommage qu'on ne puisse pas invoquer le *Patriot Act* pour vous faire expulser du St. Urban, monsieur Carrier. »

L'Audi filait sur la I-95, direction nord. Dans une quarantaine de minutes, je me trouverais dans les studios de la WXTV à Stamford, au Connecticut, et défendrais mes idées. J'avais l'habitude des caméras et des intervieweurs qui croient qu'une bonne entrevue commande d'envoyer au tapis leur invité ; avec ceux-là, il fallait sourire davantage, se montrer détendu. J'allumai la radio, sélectionnai une station nationale pour écouter les dernières informations : l'armée américaine s'était emparée de deux palais présidentiels à Bagdad ; un avion de combat B-1 avait largué quatre bombes à charge pénétrante de neuf cents kilos chacune sur un édifice où l'on pensait à tort que Saddam Hussein et ses fils étaient réunis avec des officiels, un déluge de feu, au mépris de la vie de civils innocents. Ces mots ingénieux que le Pentagone avait inventés lors de la première guerre du Golfe, auxquels tout le monde souscrivait sans sourciller : frappes chirurgicales. Une guerre propre comme dans les jeux vidéo. Même dans sa voix, on sentait que le présentateur à la radio applaudissait : traquer Saddam par tous les moyens, personne pour s'insurger, tous unis derrière le président aux yeux benêts de reptile ; difficile de croire que j'étais le seul outré ; d'autres, bien sûr, l'étaient, alors pourquoi ne les entendait-on pas ? « Bravo ! avait dit Ethel. Je suis cent pour cent d'accord avec ce que tu as écrit dans le *New Yorker*. Tous mes amis aussi. Ils saluent ton courage. » Mon courage ? Prendre la parole dans une démocratie, un acte de courage ?

De l'autoroute, on pouvait presque sentir la tranquillité heureuse des bourgades pittoresques qui défilaient sous nos yeux : Larchmont, Mamaroneck, Rye. Des communautés blanches à quatre-vingt-dix pour cent, un revenu familial moyen trois fois plus élevé qu'à New York. Ma main au feu qu'ils étaient peu nombreux à pouvoir situer la Mésopotamie sur une carte. Pourquoi s'y intéresser ? George W. Bush ne s'en chargeait-il pas à notre place ? N'était-il pas le mieux placé pour prendre des décisions éclairées ?

À la radio, on s'était déjà lassé de Saddam. Quelques publicités criardes, puis une brève sur la Cour suprême des États-Unis qui maintenait l'interdiction en Virginie de brûler des croix. « Les suprématistes du Ku Klux Klan déboutés », annonça-t-on avant de donner la parole à un homme au fort accent du Sud qui parlait le plus sérieusement du monde d'« une journée noire » pour la liberté d'expression. J'étais stupéfait. Ces types enflammaient des croix pour terroriser des Noirs, et les en empêcher constituait une atteinte à leur droit de s'exprimer ? « Les protections offertes par le premier amendement ne sont pas absolues », avait écrit une des juges dans son opinion sur la cause. Encore heureux qu'il y eût des juges sensés, la liberté d'expression avait le dos large dans ce pays, sauf, évidemment, quand il était question de s'opposer publiquement à une guerre illégale. De quoi vous dégoûter d'être américain.

Au volant de mon Audi A8, je me sentais fébrile. J'avais conscience de la fragilité de ma position, et cependant j'étais sûr de moi. Si elle avait été à ma place, Dana ne se serait pas défilée. Si elle avait été là, Dana m'aurait encouragé à les affronter. *Tu sais ce que tu vaux, alors montre-leur.*

Des gens polis se présentèrent à moi, quoique distants et froids. On m'emmena en silence dans une salle fortement éclairée, la salle de maquillage, où ma présence créa un certain malaise, je le vis aux regards entendus qu'on se lança : *C'est lui.*

Au téléphone, le recherchiste de l'émission m'avait informé que nous serions plusieurs sur le plateau, chacun ayant son idée sur la pertinence ou non d'aller en Irak. Il m'avait parlé d'un Américain, d'un Canadien et d'un Britannique. Quand je lui avais demandé leurs noms, il s'était montré vague : aucun n'avait encore confirmé sa présence, « mais, s'était-il empressé d'ajouter, ne vous en faites pas, ce sont des gens compétents qui aiment discuter et respectent l'opinion des autres ».

J'avais raccroché, presque amusé. Bill Sweeney, l'animateur du *Bill Sweeney Show*, était l'une de ces stars populistes ultraconservatrices de l'heure qui n'avaient pas la réputation de faire dans les nuances.

« Monsieur Carr, content de vous voir ! »

Le recherchiste qui entretenait un flou sur les invités. Il avait fait irruption dans la salle de maquillage, un sourire de conquérant aux lèvres. Jeune, plein d'assurance, peut-être un brin arriviste, le type à exploiter sa position de proximité avec Bill Sweeney pour réserver une table dans les meilleurs restaurants de New York.

« En forme ? demanda-t-il.

— Il le faut bien.

— Pas trop nerveux ?

— Ça va. Mais j'attends toujours qu'on me dise à qui je vais me mesurer. »

Il eut un sourire hésitant, détourna les yeux. « Oh, Bill vous expliquera. Ne vous inquiétez surtout pas. Bill aime bien qu'on lui laisse donner ce genre d'information.

— Qu'est-ce que c'est, votre nom, encore ?

— Carter. Carter Lundt.

— Carter, je n'en suis pas à ma première entrevue télé. J'ai participé à plusieurs débats en Californie, et jamais on ne m'a fait le coup des invités mystères. »

Il parut agacé, réprima mal une grimace. « Tout ce que je peux vous dire, c'est qu'il y aura deux personnes en duplex, à l'extérieur de New York.

— Qui ?

— Bill vous le dira.

— Vous me faites marcher.

— Non. Bill fonctionne toujours comme ça. Il n'aime pas que les invités anticipent les questions…

— Et en studio ? »

Il regarda sa montre. « Un pasteur évangélique.

— Ah bon ? Pour ou contre la guerre en Irak ?

— Il était aux premières loges de la contestation anti-Vietnam, mais il est pour celle-ci. Il pourra répondre à la question que vous posiez dans le *New Yorker*.

— Je le connais ?

— Euh… Je ne sais pas…

— Son nom ?

— Bill vous le dira. Il faut y aller maintenant. Euh… Attendez…
Il faut signer ça, avant. »

Il me tendit un document de quelques pages.

« Qu'est-ce que c'est ?

— C'est une formalité. Une déclaration qui atteste votre participation volontaire à l'émission. Tous les invités doivent la signer. »

Je connaissais ce type de documents pour en avoir signé, et vu à It's All Comedy! Une protection pour le producteur et le diffuseur, avec une clause vous engageant à ne pas les poursuivre et leur réclamer des indemnités. Je dis quand même : « C'est nécessaire ? Vous m'avez dit au téléphone que ces invités dont vous me cachez l'identité sont des gens compétents qui aiment discuter et respectent l'opinion des autres.

— C'est exact. Mais c'est la politique de la maison. »

Carter Lundt m'invita ensuite à le suivre dans un dédale de corridors jusqu'au plateau désert. Il y avait trois fauteuils : celui, à l'écart, de l'animateur, et deux autres côte à côte. On me fit asseoir dans l'un de ceux-là.

« Vous voulez quelque chose à boire ?

— De l'eau. »

Un technicien s'approcha de moi, accrocha à ma veste un petit micro. Le recherchiste revint, un verre d'eau à la main.

« Où est Bill Sweeney ? demandai-je.

— Ne vous en faites pas. Il s'en vient. »

Cet animateur fort en gueule, que je n'aimais pas du tout. Bill Sweeney. Il avait fait les manchettes il y a quelques années pour une histoire de harcèlement sexuel, une pauvre serveuse qui s'était épanchée dans les journaux, racontant comment il l'avait pourchassée, la réveillait en pleine nuit avec ses appels obscènes, et s'était présenté chez elle nu sous son imperméable avec une « érection menaçante », c'étaient les mots qu'elle avait employés et que la presse jaune new-yorkaise avait reproduits en grosses lettres. On avait laissé entendre que Bill Sweeney avait fini par acheter son silence, ce qu'elle nia catégoriquement, bien que la plainte qu'elle avait déposée disparût comme par enchantement. Sa réputation écorchée par cette histoire, Bill Sweeney avait su rebondir superbement après le 11 Septembre, un autre de ces ultraconservateurs qui avaient sauté dans le train des opportunistes post-attentats. Bill Sweeney, Righteous Billy (Billy le Juste), comme certains de ses admirateurs l'appelaient – comme quoi ! –, s'était réhabilité en un patriote zélé, faisant défiler sur son plateau des amis de la Patrie, pourfendant les autres qui ne se battaient pas assez fort pour Elle. Ses cotes d'écoute avaient explosé. Une publication de droite, *The Republican*, l'avait même consacré Patriote de l'année.

Il fallait voir le plateau de Righteous Billy. Sobre, épuré, construit à la manière d'un ring, délimité par quatre cordes bleu, blanc, rouge, les couleurs du drapeau américain. Tout autour, des estrades que les spectateurs commençaient à remplir dans une atmosphère bon enfant. Mais cela ne durerait pas, je le savais. Pas avec Righteous Billy. Grand amateur de boxe – mais pas de Muhammad Ali parce que le légendaire boxeur, « un antipatriote », avait refusé de servir au Vietnam –, Bill Sweeney apparaissait dans toutes les publicités, gants de boxe aux poings, prêt à en découdre avec l'Ennemi. Bien sûr, ce n'était que du spectacle : il s'agissait de jouer le jeu avec aplomb et humour. Moins inquiétant que d'affronter un intervieweur rusé à l'intelligence acérée, ce que Bill Sweeney ne pouvait se vanter d'être.

Il apparut enfin. Enjamba le ring sous un tonnerre de vivats joyeux. Sourire Pepsodent, cheveux bruns impeccablement coiffés, bronzage étudié. Il salua la foule, lui envoya des baisers. La foule en redemanda, il s'exécuta avec plaisir, une main reconnaissante sur le cœur. Puis il vint vers moi, me tendit une poigne ferme mais distraite en me glissant à l'oreille, tout sourire, un œil sur la foule, que j'étais courageux, mais rien sur les autres invités.

« Trois minutes ! » cria quelqu'un. De ses mains, Bill Sweeney imposa le silence ; il avait un pouvoir total sur la foule, en faisait ce qu'il voulait. Les lumières s'allumèrent, puis les caméras. Rien ne se passa comme on me l'avait promis. De toute évidence, une discussion sur la guerre en Irak n'intéressait pas Bill Sweeney.

3

Des images floues comme un paysage aperçu d'un train roulant à grande vitesse. Bill Sweeney avait lancé l'émission, lui et moi seuls sur le plateau en forme de ring, devant une foule surexcitée. Je me sentais nerveux, rien d'anormal, c'était toujours pareil au début, une sorte de brouillard, si bien que de l'introduction de Righteous Billy, je n'entendis que des fragments, des mots catapultés sur l'assistance, rebondissant dans le ring : « Roman Carr... contre l'invasion en Irak... *The New Yorker... In Gad We Trust...* série controversée... colère des chrétiens conservateurs... avortement... drame terrible... assassinat de son amie par un désaxé... » Pendant qu'il faisait les présentations de sa voix tonnante, presque rageuse, je surpris sur le grand écran mon visage luisant à la racine des cheveux malgré la poudre que l'on m'avait appliquée et me réappliquerait pendant les pauses. Bill Sweeney s'emballait, maintenant : « Faire la leçon aux Américains qui aiment leur pays et veulent le protéger de ceux qui cherchent à le détruire... » De nulle part il avait sorti le numéro du *New Yorker* dans lequel j'avais commis mon crime, le brandissait furieusement. « Lorsqu'on fait la morale à tout un peuple, le peuple américain ! dans une publication *libérale...* – il avait prononcé le mot comme si c'était une maladie honteuse –, encore faut-il que notre moralité soit sans tache !...

— Bill ! Bill ! Bill ! hurla la foule, survoltée.

— Mesdames et messieurs, bienvenue au *Bill Sweeney Show* ! »

Pompeux, le thème musical résonna dans le studio, et le public se mit à battre frénétiquement la mesure des mains. Bill Sweeney souriait, un sourire satisfait, presque narquois. Un plan large de nous deux, assis face à face dans les fauteuils, le troisième s'étant volatilisé comme par magie.

« Bon après-midi, tout le monde ! Nous avons de la grande visite, aujourd'hui ! » Il se tourna vers moi. « Vous permettez que je vous appelle Rô… main Car… rier ? Ah ! Ces noms français ! Im-pro-non-çables !

— Booouh ! tonna la foule.

— Eh bien, quoi ? s'exclama Bill Sweeney. Vous n'allez pas insulter mon invité parce qu'il porte un nom français. Attention : canadien-français ! Ce n'est pas la même chose !

— Ces socialistes de Canadiens ! hurla quelqu'un. Pas capables de nous appuyer quand nous sommes menacés !

— La République populaire du Canada ! » lança un autre.

Bill Sweeney ricana ; il était en osmose avec la foule, jouait avec elle. Partout dans la salle, de petits drapeaux américains que l'on agitait joyeusement.

« Remarquez qu'avoir deux noms est pratique, reprit Bill Sweeney en m'ignorant superbement. Hé, c'est pas moi, c'est Rô… main Car… rier ! » Puis, empruntant un fort accent français : « *Who? Roman Carr? Sorry, I don't speak English!* » Un de ses numéros minables dont il avait le secret et qui faisaient sa marque de commerce. La foule éclata de bonheur ; je refusai de me laisser ébranler.

Manipulateur et cependant conscient des limites à ne pas dépasser pour offrir un bon spectacle, Righteous Billy fit taire la salle. Un sourire onctueux, puis un faux air contrit : « Cette tragédie terrible qui vous a touché…, commença-t-il, calculant minutieusement son effet. Votre amie, le bébé qu'elle portait… Quelle épreuve douloureuse cela a dû être. » Il hocha la tête avec gravité. « Comment allez-vous, Rô… main ? »

L'ordure, où voulait-il en venir ? Je répondis froidement par un signe de tête. Il poursuivit : « Ce sera un soulagement pour vous, n'est-ce pas, une fois qu'on exécutera ce James F. Lovell, l'assassin de votre amie et de votre bébé ? »

Je me raidis. Ses yeux brillaient de malice à présent, on aurait eu tort d'y voir de la commisération. Sèchement, je dis : « James F. Lovell doit payer pour ce qu'il a fait. Mais je suis contre la peine de mort.

— Booouh ! fit la foule.

— C'est pourtant la loi en Californie, commenta Bill Sweeney d'un ton sentencieux. Ne me dites pas que vous avez de la compassion pour le type qui a tué Ann et le bébé ? »

Ann et le bébé. Comme s'il avait été intime avec eux. « Bien sûr que non ! dis-je, outré. Être contre la peine de mort n'est pas une question de compassion. C'est une question morale. »

Il leva les bras au ciel. « La moralité ! Voilà, on y est ! » Il décroisa les jambes, se pencha vers moi. « Mais la loi est morale. La loi est juste.

— Ouais, Bill ! aboyèrent une poignée de spectateurs.

— Non, répliquai-je avec défi, malgré la nervosité qui me gagnait. La loi n'est pas toujours juste. »

Righteous Billy lâcha un petit cri satisfait. Comme si je venais de lui ouvrir grande la porte qu'il n'aurait pas à défoncer. Il se cala dans son fauteuil, croisa les bras. « Vous avez souvent été contre les lois, si je comprends bien.

— Je vous demande pardon ? »

Il se leva de son fauteuil, ajusta sa veste coûteuse coupée dans un tissu moiré, d'un goût douteux. Je me sentis bouillir à l'intérieur. La foule gronda de plaisir-indignation : « Bill ! Bill ! Bill ! » Bill Sweeney tourna vers la caméra son visage bronzé de play-boy, y planta ses yeux comme on le ferait dans ceux d'une femme que l'on cherche à séduire. « Rômain Carrier a-t-il quelque chose à cacher, mesdames et messieurs ? Nous dira-t-il la vérité ? C'est ce que nous verrons dans quelques instants ! Restez avec nous ! »

Et nous allâmes à la pause publicitaire, pour le premier round.

4

Dès que les caméras s'éteignirent, Bill Sweeney perdit son sourire. Une maquilleuse apparut sur le plateau, nous appliqua de la poudre sur le front et le nez. J'étais furieux. « Qu'est-ce que c'est, cette histoire ? À quoi vous jouez, Bill ? »

Il me regarda, de la lassitude dans les yeux. « C'est moi qui pose les questions. À vous d'y répondre le plus honnêtement possible. Tous ces gens n'attendent rien d'autre que la vérité. »

Dans les gradins, des rires et des bavardages assourdissants, des gens en quête de divertissement, pas de vérité.

« Pour qui vous prenez-vous, bon Dieu ! Et qui sont vos autres invités ? Regardez-moi, Sweeney ! Qu'est-ce que vous êtes en train de manigancer ?

— Dix secondes ! » lança le régisseur.

Il me dévisagea, dit avec un mépris à peine contenu : « Soyez honnête. C'est tout ce qu'on vous demande. »

Honnête ? C'est ce qu'il avait dit ?

Righteous Billy refit les présentations, distribua des sourires comme des cartes à jouer devant une salle chauffée à blanc. « Nous allons maintenant nous rendre au Canada, mesdames et messieurs ! À Toronto !

— Noooooon ! cria la foule.

— Mais si ! fit-il, amusé. Un homme courageux nous y attend, vous verrez. »

Apparut dans le grand écran une tête complètement chauve, tavelée de taches de vieillesse. Deux fentes humides à la place des yeux, sous de vilaines paupières flétries.

Robert Egan ? Que faisait-il *là* ? Et pourquoi *lui* ?

« Bonjour, Robert ! » lança chaleureusement Bill Sweeney.

J'étais choqué, stupéfait. « Qu'est-ce que cet homme vient faire ici ? m'insurgeai-je. Il ne va tout de même pas nous parler de la guerre en Irak ! »

De nouveau, ce sourire factice sur le visage de Bill Sweeney. Je me sentis en plein mauvais film ; quelqu'un quelque part allait finir par s'en rendre compte et y mettre fin ! Bill Sweeney n'avait peut-être pas beaucoup de scrupules, je l'avais regardé faire à quelques reprises à la télé chez moi, des crocs-en-jambe, des invités-surprises, des témoins spectaculaires, mais là : un vieil homme secoué de tremblements parkinsoniens, qui, malgré l'empressement amical que lui manifestait Sweeney, avait l'air tout aussi hébété que moi ?

« Comment allez-vous, Robert ? »

Il hocha la tête, un collier de chair frémissant autour du cou. D'une main tremblotante, il joua en grimaçant avec l'oreillette qu'on lui avait installée. Disparu, le sportif arrogant à la constitution de maître nageur, obsédé de golf et de tennis, qui semait la terreur sur les verts et les courts de Métis Beach. Sans attendre les questions de Righteous Billy, il se jeta à l'eau, s'empêtra dans un monologue confus, trop heureux d'avoir l'occasion de régler de vieux comptes, débitant, bafouillant, postillonnant que j'avais violé sa pauvre fille, morte depuis, et que j'avais fui aux États-Unis pour échapper à la justice.

« C'est faux ! m'écriai-je. De la diffamation pure et simple ! »

Robert Egan dodelina de la tête, un vieillard sournois qui avait fini par croire ses mensonges datant de plus de quarante ans.

« Cet… cet homme a violé ma fille ! poursuivit-il, excité. Cet homme a… dé… détruit notre famille !…

— Sa fille n'a jamais été violée ! protestai-je avec véhémence. Cet homme que vous dites courageux a renié sa fille ! Il a refusé de la voir pendant plus de trente ans. Il n'a pas daigné se rendre à son chevet alors qu'elle se mourait d'un cancer ! Alors que moi, j'y étais !

— Vous êtes donc entré aux États-Unis sous un faux prétexte en 1962, coupa Bill Sweeney. Comme un criminel.

— Cet homme n'a jamais porté d'accusations contre moi ! La justice canadienne n'a jamais été saisie de l'affaire parce que l'affaire n'est qu'une invention née dans la tête de cet homme. Je n'ai pas violé sa fille !

— Mmm, fit Sweeney, l'air faussement désolé. Elle n'est plus là pour donner sa version des faits. »

J'étais fou de rage.

« Il l'a mise enceinte et il s'est enfui ! s'étrangla Robert Egan dans le grand écran. Comme un irresponsable ! »

Je bondis de mon fauteuil. « Vous et votre femme lui avez ordonné de se faire avorter ! Ce qu'elle a refusé de faire ! »

Mon Dieu, était-ce cela, le piège ? Que j'étale ma vie privée et me sente obligé de la justifier devant les caméras odieusement impudiques de Bill Sweeney ?

« En matière d'avortement et de respect de la vie, dit Sweeney, vous êtes malvenu de faire la leçon à quiconque. »

J'ignorai sa remarque, dis d'un ton tranchant : « Cet homme a rendu la vie de sa fille unique misérable. Si vous aviez bien fait votre enquête, vous le sauriez. Mais, visiblement, la vérité ne vous intéresse pas, monsieur Sweeney. »

Son sourire se figea en un rictus ; la foule se porta à sa défense. « On t'aime, Bill ! – Oui, Bill ! – Bill ! Bill ! Bill ! » Righteous Billy sourit à l'assemblée, la fit taire de ses mains bronzées et se tourna vers moi. « Lorsque vous vous êtes réfugié aux États-Unis en 1962, vous croyiez tout de même échapper à la justice ?

— Je ne répondrai pas à cette question.

— Oh ! fit-il, agacé. Je vous donne la chance de rétablir la vérité et vous refusez de la saisir ?

— La vérité ! On veut la vérité ! cria la foule.

— Je n'ai pas commis de crime !

— Mais vous vous êtes quand même réfugié à New York, pensant échapper à la justice. C'est vous qui parliez de moralité, non ?

— Vous dites n'importe quoi ! Je suis venu ici pour parler de la guerre en Irak, pas pour subir un procès bidon !

— On vous donne la chance de vous expliquer, Rômain.

— M'expliquer *sur quoi*, bon Dieu ?

— Sur votre vie aux États-Unis, que vous avez menée dans le mensonge et l'illégalité. »

Dans l'illégalité ? « De quoi parlez-vous ? »

Il ne répondit pas, se tourna vers l'assistance. « Prêts pour le deuxième round ?

— Oui ! hurla la foule.

— OK ! lança Righteous Billy en se frottant les mains. Musique ! »

Un air tonitruant éclata dans le studio, me fournissant assez d'indices sur la suite. Je sentis le sol se dérober sous moi. Dans le grand écran, la vieille tête de Robert Egan avait disparu ; sur le plateau de Bill Sweeney, les invités défilaient, passaient à la trappe ; ils étaient là pour le servir, le mettre en valeur. Pendant que le *God Save the Queen* tonnait, un vacarme de cuivres et de percussions, je me préparais au deuxième round.

Me lever et partir ? J'étais beaucoup trop en colère pour me replier en défense.

5

De retour de la pause et, de nouveau, les applaudissements frénétiques de la foule, assourdissants jusqu'à la nausée. L'impression d'avoir dans la tête un élastique tendu à l'extrême, près du point de rupture.

« Bonjour, Mark! Content que vous soyez là! La Grande-Bretagne est notre plus fidèle alliée dans cette guerre contre le terrorisme! Mes salutations à Tony Blair! »

Mark Feldman. Le fils de Dana. Je l'observai, sidéré.

Les années l'avaient épaissi, son côté séduisant d'antan s'était mué en une sorte de maturité de père Noël renfrogné, avec sa barbe et ses cheveux gris sous une kippa brodée. Imperturbable, Mark salua Bill Sweeney, comme s'il se disait qu'il avait affaire à un simple d'esprit et se demandait comment il allait l'aborder. Le genre à traiter avec dédain les questions trop personnelles et certainement pas habitué à se faire donner du « Mark! » avec une familiarité tout américaine. Il y avait quelque chose de jouissif dans cette façon qu'il avait de regarder Bill Sweeney dans le grand écran, un air de répugnance à peine dissimulé, tandis que Righteous Billy énumérait, comme un petit garçon impressionné, les faits d'armes de son invité – une des plus grosses fortunes d'Angleterre, décoré des plus hautes distinctions, membre émérite de la communauté juive londonienne, « nos alliés contre ces musulmans qui détestent l'Amérique... ». Un homme puissant, possédant à lui seul une partie de Londres et des centaines d'immeubles. Pendant qu'on le couvrait d'éloges, Mark s'ennuyait, jeta même un œil impatient à sa montre. Son temps était précieux.

Bill Sweeney dit : « C'est bien chez votre mère que Rômain s'est réfugié en 1962 ? Je veux dire, quand il croyait échapper à la justice canadienne ? »

Je bondis. « Mais vous persistez ! Je ne vivais pas dans l'illégalité comme vous l'affirmez faussement ! Vous êtes en train de me diffamer, Bill ! Dès que je mets les pieds hors d'ici, je donne mes instructions à mes avocats. Il y a des limites à traîner vos invités dans la boue ! Vous ne pouvez pas le faire impunément ! »

La foule se braqua : « Bill ! Bill ! Défends-toi ! »

Bill Sweeney sourit narquoisement, reprit : « Robert Egan a dit que votre mère s'est faite la complice d'un jeune homme qui a violé sa fille, vous êtes d'accord ? »

Une violence inouïe m'envahit. Je dis, tâchant de contrôler ma rage : « Rétractez-vous, Bill. Je vous donne l'occasion de le faire avant que les problèmes commencent pour vous. »

Il m'ignora, se tourna vers le grand écran. « Oui, Mark… »

Mark grimaça. Paraissait ennuyé. D'une voix terne, sans émotion, il raconta quelque chose qui revenait à dire que j'avais manipulé sa mère, une femme instable – *une femme instable ?* –, perturbée par la mort de son mari, son père, et l'avais forcée à me cacher chez elle, à New York.

« Attendez ! l'interrompit Sweeney. Votre mère était célèbre à l'époque. Une sorte de Furie de la cause féministe. » Le régisseur lui tendit un volumineux bouquin qu'il attrapa et exhiba à la caméra : « *The Next War.* Le brûlot féministe que votre mère a publié en 1963. Une femme instable, vous dites ? » Il esquissa un large sourire. « Ouais, je crois que tout le monde s'en était rendu compte. »

La foule rit, mais pas Mark. Il poursuivit, toujours avec cette voix dénuée d'émotion qui commençait sérieusement à agacer Bill Sweeney. Comme si cette histoire, la mienne et celle de sa mère, avait cessé de l'atteindre, de le rendre fou de rage. Il n'était plus cet homme, et Bill Sweeney, qui parut déçu, se mit à le presser de questions pour le faire sortir de sa retenue, mais Mark résistait, avec son arrogance habituelle.

Il finit par répondre que j'avais « déshonoré sa mère » en ayant « une relation inappropriée avec elle » alors que j'étais « mineur », que je l'avais fait chanter pour lui « soutirer de l'argent », et l'avais forcée à « me coucher sur son testament ». « Avant de la tuer. »

« C'est de la diffamation ! m'étranglai-je sous les cris indignés de la foule.

— Avant de la tuer ? » fit Righteous Billy, qui retrouva l'humeur enjouée de ses publicités.

L'assemblée sifflait, huait ; j'ai cru que ma tête allait éclater. Mark parla de l'accident à Long Island et de Blema Weinberg et de ses invités qui juraient de m'avoir vu prendre le volant à Amagansett. Furieux, je me défendis comme je pus : le rapport de police qui était clair là-dessus, l'employé d'un restaurant qui nous avait vus échanger nos places en chemin…

« Vous étiez ivre ? demanda Sweeney.

— Non !

— Vous étiez drogué, alors ?

— À l'époque, tout le monde se droguait. »

La voix venait de l'extérieur du plateau. Dans la pénombre, juste derrière les projecteurs trop éblouissants pour que je distingue à qui elle appartenait. Une voix d'homme, familière comme l'odeur d'urine dans le métro de New York.

« Oh, oh ! fit Bill Sweeney. Ça va chauffer !… Restez avec nous, mesdames et messieurs ! Après la pause, le troisième round ! »

6

Il émergea de l'obscurité, une image floue d'abord, le mauvais angle pour mon œil droit, qui me jouait des tours comme chaque fois dans les moments de fatigue ou de stress. Il se dégagea avec brusquerie quand on voulut l'aider à gravir les quelques marches menant au plateau. Une claudication prononcée qu'il détestait nous voir regarder. Il avait pris du poids, son visage féminin à la Jon Voight s'était empâté, des cheveux gris et ternes, clairsemés sur le dessus du crâne. Les yeux, cependant, étaient les mêmes : perçants, légèrement en amande, séparés entre les sourcils par deux sillons encore plus profonds.

De la même manière dont il s'était débarrassé de Robert Egan, Bill Sweeney avait congédié Mark Feldman, peut-être avec un peu plus de déférence, mais à peine, et avait ordonné d'un claquement de doigts méprisant qu'on apporte le troisième fauteuil.

En regardant Ken Lafayette progresser disgracieusement sur le ring, costume marine croisé, chemise blanche et cravate en soie rouge (les couleurs du drapeau américain?), je me surpris du désintérêt que je lui avais manifesté pendant toutes ces années. Il y avait eu son arrestation chez moi, à San Francisco, et son emprisonnement à San Luis Obispo. De mémoire, on l'avait relâché en 1974 faute de preuves assez solides. Une jeune femme tuée, une autre blessée grièvement dans l'explosion d'une bombe dans Washington Street ; pour les policiers, sa culpabilité ne faisait aucun doute, mais le juge avait sévèrement critiqué leur travail, exécuté dans la précipitation, de véritables amateurs. Nolan Tyler du *San Francisco Chronicle* avait dit vrai : les types qui étaient venus le cueillir chez moi avaient été corrects, ne m'avaient jamais cru mêlé à cette histoire.

N'empêche que, pendant un moment, j'avais vécu dans la terreur que Ken me dénonce pour avoir fait passer son ami Pete au Canada, mais rien de ce côté-là, et les années passant, j'avais bien été obligé de l'admettre : il avait tenu sa langue et je lui en avais été reconnaissant.

Mais au *Bill Sweeney Show* ?

Une enfilade de publicités, des produits amaigrissants, contre les brûlures d'estomac, puis de retour en studio. « Mesdames et messieurs, le docteur Ken Lafayette ! »

Par l'enthousiasme de l'assistance, je compris qu'il ne lui était pas inconnu. *Le docteur Ken Lafayette ?* Le pasteur évangélique dont m'avait parlé le recherchiste de Sweeney ?

« OK, Ken. Voyons ce que nous avons ici. »

Bill Sweeney consulta brièvement ses notes et fit l'apologie de son invité. Ministre respecté d'une église en Caroline du Nord. Propriétaire d'une radio chrétienne sans but lucratif. Auteur de bouquins qui lui permettaient de mener une vie plus que confortable, son plus grand succès (pourquoi n'en avais-je jamais entendu parler ? Sweeney n'y allait-il pas un peu fort avec le mot *succès* ?), une autobiographie racontant « l'erreur judiciaire » dont il avait été victime et pour laquelle on l'avait injustement emprisonné.

« Ooooh ! » gronda la foule. À qui la faute ? semblait-elle demander. Pendant que Bill Sweeney débitait son boniment, Ken, assis à mes côtés, triomphait, le dos droit, les mains impeccablement manucurées posées sur ses cuisses. Il avait encore cette façon que je lui avais connue de croiser sa jambe plus courte sur l'autre, de sorte qu'on ne la remarque pas. Il tourna la tête, m'adressa un petit sourire étrange, difficile à interpréter. Mon cœur battait vite et fort. Un bourdonnement dans les oreilles.

Ses deux années passées en prison avaient été une épreuve qui l'avait mené sur le chemin de la foi, une épreuve que Dieu lui avait envoyée. Sa libération était le signe qu'il attendait de Dieu. Dieu lui avait répondu. Depuis, il Lui consacrait sa vie.

Avec fracas, la foule applaudit. « Un grand Américain, mesdames et messieurs ! lança Bill Sweeney. Un Patriote ! »

Ken Lafayette, *un patriote* ? Une sinistre plaisanterie ?

Dans les estrades du studio de Righteous Billy, les applaudissements redoublèrent : Ken Lafayette venait de m'offrir ses condoléances pour Ann et le bébé, un air compassé sur le visage, que j'aurais voulu effacer d'une claque. « Quelle horrible tragédie, Roman. Ma femme, mes enfants et moi avons prié très fort pour toi… » Il avait secoué la tête de façon théâtrale puis, son effet produit, raconta d'une voix douce mais ferme – pas celle du temps de Berkeley, quand il haranguait les foules – comment *In Gad We Trust* l'avait profondément blessé, un affront aux chrétiens, un affront à Dieu. Sans que Righteous Billy eût le temps de placer un mot, Ken Lafayette se débarrassa du micro-cravate accroché à sa veste, se leva et, avec ce boitement marqué, arpenta le ring comme le ferait un prédicateur dans son élément, avec dans les mains le micro sans fil que lui avait donné à contrecœur Righteous Billy, et qu'il avait exigé d'un geste péremptoire. Ken Lafayette s'adressait à présent à la foule, subjuguée par son éloquence et l'histoire incroyable de sa vie ; car les Américains adorent les histoires de rédemption, ils en raffolent.

« Attendez ! intervint Sweeney, le bras tendu pour récupérer son micro. Vous ne pouvez pas renier votre passé ! Vous avez agi comme un ennemi de la Nation pendant le Vietnam ! Vous gravitiez autour de groupes d'extrême gauche ! Vous trafiquiez avec ces terroristes poseurs de bombes !

— Ooooh ! » fit l'assistance, enhardie par l'air courroucé qu'affichait à présent Righteous Billy. Comme si tout d'un coup Bill Sweeney était soucieux de rétablir un peu d'équité dans le ring. La foule, fidèle, se rangea derrière lui et se mit à huer Ken : « Traître ! Terroriste ! Criminel ! » Un moment, je me surpris à espérer qu'on m'avait peut-être invité pour assister au supplice de Ken Lafayette, puis soudain, le vent tourna, comme avant un orage : Ken, nullement ébranlé, jura qu'il n'avait jamais eu de sang sur les mains : « Dieu le sait. Dieu m'est témoin. Pour le reste, j'ai reconnu mille fois mes erreurs dans mes livres. J'ai demandé pardon au Seigneur, je L'ai accueilli dans mon cœur. »

Et là, tout débaula. Il serait allé au Vietnam défendre la Patrie, n'eût été son infirmité. Alors que moi ! – son ton devint accusateur, moralisateur – je n'avais pas hésité une seconde à aider de jeunes hommes sans principes ni valeurs, *des déserteurs,* à traverser la frontière.

« C'est faux ! »

Il sourit malicieusement. « Faux ? lança-t-il, en s'adressant à l'auditoire. Ce pauvre Pete Dobson, je ne l'ai quand même pas inventé. »

J'accusai le coup. Que pouvais-je répondre à cela ? Il poursuivit, parcourant le plateau avec sa démarche de pingouin. L'espace entre lui et la foule qui s'échauffait dangereusement semblait se rétrécir et m'aspirer. Ma tête tournait. Combien d'autres *déserteurs* avais-je ainsi aidés ? demanda-t-il avec virulence. « Des mensonges ! protestai-je. Encore des mensonges ! » Mais il continua : il n'en était pas certain, peut-être une dizaine, peut-être plus, des GI, pour la plupart ; je possédais une Westfalia, c'est à cela qu'elle servait, dit-il avec aplomb ; le mot circulait à Berkeley, ce n'était pas le genre de truc qu'il encourageait, même s'il militait contre la guerre et qu'il avait été à l'avant-scène de la contestation, une erreur qu'il avait reconnue depuis. Une litanie de mensonges prononcés avec conviction, accueillis par les grondements outrés de l'assistance. Puis il parla de Moïse, et je me sentis défaillir. Mon ami Moïse, Charlie Moses. J'aurais été complice de sa fuite au Canada : « Pour qu'il échappe à son devoir de patriote ! » Charlie Moses que j'avais financé pendant ses années d'exil au Québec. Charlie Moses qui, de Montréal, inondait les campus universitaires du pays de cette littérature séditieuse – Dieu sait où il avait pris ça, mais il en sortit un exemplaire de sa poche, le brandit devant la caméra – pour inciter *déserteurs* et *insoumis* à rallier le Canada, des antipatriotes. « Charlie Moses que l'on peut lire dans les pages du *New York Times* depuis vingt-cinq ans… » Il fit une pause, s'adressa à la caméra : « Romain Carrier, mesdames et messieurs, agit depuis quarante ans comme un ennemi de l'intérieur. Il n'aime ni l'Amérique ni Dieu. »

Déchaînée, la foule se mit à m'injurier. Bill Sweeney triomphait, le visage glacé et rayonnant à la fois. Il envoya la pause avec désinvolture, le travail était terminé. Il se dirigea vers Ken, lui serra la main avec chaleur. Deux complices qui avaient déjà oublié qu'ils venaient de buter un type en direct, et pas du tout inquiétés de ce qu'on le leur fasse payer.

Je me levai de mon fauteuil, titubant de rage. Un technicien accourut vers moi, lutta contre le micro attaché à ma veste. L'assemblée grondait. L'assemblée tonnait. J'apostrophai Bill Sweeney, lui promis de lui coller un procès sur le dos. Il haussa les épaules avec insolence, tandis qu'à ses côtés Ken me décocha un de ses regards pleins de répugnance, comme à l'époque de Berkeley.

Je descendis du ring et cherchai la sortie comme on chercherait son air pour ne pas suffoquer. Sous les huées de mes lyncheurs, je tentai de m'orienter dans le dédale de corridors, avec sur les talons le recherchiste de Bill Sweeney qui s'époumonait : « Monsieur Carrier ! Vous avez oublié ceci ! » Ma mallette que j'avais laissée dans la salle de maquillage et dans laquelle j'avais glissé le document m'engageant à ne pas traîner en justice mes calomniateurs. Ma mallette dans laquelle j'avais rangé mon portable qui sonnait, sonnait, sonnait. Moïse, apparemment… Moïse, tremblant d'indignation, qui me laisserait ce message comme une balle explosive dans le cœur : « C'est fini entre nous. Ne cherche plus à me contacter. »

VII

MÉTIS BEACH

1

John Kinnear disait de moi que j'étais un homme profondément blessé mais soulagé. En réalité, je n'avais pas la moindre idée de ce que j'éprouvais, du moins les premiers jours, sinon que je me sentais *à l'abri*. John, qui s'occupait toujours de la petite église unitarienne de Métis Beach, se demandait comment un homme comme moi, ayant mené une vie hors de l'ordinaire, « fastueuse et palpitante », disait-il, s'adapterait à sa nouvelle existence. La maison que Dana m'avait léguée il y a si longtemps n'avait pas le confort d'aujourd'hui. Elle avait besoin de rénovations majeures, il fallait refaire l'électricité, l'isolation. Les organismes de charité n'auraient même pas voulu des meubles tant ils étaient vieux, sentaient le moisi. La salle de bains était vétuste, la baignoire et le lavabo, tachés de rouille. À l'extérieur, sur le mur le plus exposé, du côté de la mer, les bardeaux pourris cédaient sous les doigts. Le toit coulait par endroits. Sans compter les coups de pinceau qu'il fallait donner partout.

Tout ce travail en vue, je m'étais promis de le faire moi-même, avec l'aide du fils de John, Tommy, un travail physique, épuisant qui ne pouvait être que bon pour moi, comme au temps de la boulangerie Ostrowski à New York.

Mais j'avais d'abord des choses à régler.

Le choc était si dur à encaisser.

On ne disait plus Métis Beach, on disait Métis-sur-Mer. Les Anglais et notre village réunis sous la même appellation francisée, partageant désormais les mêmes services, les mêmes frontières. Le temps avait aplani les différences, délavé les couleurs. Oh, il y eut bien quelques protestations du côté de Métis Beach, de petites lâchetés, de vieilles haines déterrées. Une crise éclata lorsque certains d'entre eux, Harry Fluke à leur tête, refusèrent, en vain, que le camion de pompiers payé de leurs poches serve à toute la population. « Tout ce qu'ils ont pu dire sur les francophones ! dit John. On se serait cru cinquante ans en arrière ! »

J'étais arrivé à Métis en voiture, plus de quatorze heures de route, avec trois valises dans le coffre arrière de l'Audi. C'est tout ce que je rapportais de mes quarante ans d'exil. Quarante ans… Pour le reste, l'appartement au St. Urban avait été mis en vente. La perfide madame Brown – et tous les autres qui avaient voulu ma peau – avait gagné ; je l'imaginais triomphante, son horrible chien dans ses bras. *Nous nous sommes débarrassés d'un traître. Un traître antiaméricain.* La transaction se ferait à distance. Pour l'instant, je ne me voyais pas remettre les pieds à New York.

Le lendemain de mon arrivée, Françoise s'était présentée à ma porte comme si je n'étais jamais parti et que nos rapports avaient toujours été cordiaux. Pas un mot sur cette terrible soirée chez elle en 1995, la dernière fois que nous nous étions vus, quand ses frères m'avaient pris à partie et amèrement reproché d'avoir abandonné mes parents. À croire que sa mémoire avait effacé ces moments déplaisants et tous les autres, un tableau noir sur lequel on a passé la brosse, telle cette fois où elle nous avait dénoncés, Gail et moi, dans le garage des Egan, et que ce fou de Robert Egan avait failli me fendre le crâne avec son bâton de golf. Moi, je n'avais pas oublié.

Elle avait frappé à ma porte, les bras chargés de plats qu'elle avait cuisinés, l'air enjoué, heureuse de me voir. Un empressement curieux à vouloir s'occuper de moi qui m'avait mis sur mes gardes et devant lequel j'avais fini par abdiquer. Ça semblait lui faire plaisir, pourquoi la contrarier ?

Tous les trois jours, donc, elle m'apportait des petits plats, et le dimanche, alors qu'elle avait congé du magasin, elle venait faire le ménage, elle y tenait, refusant catégoriquement que je la paie, comme pour l'anorak des années plus tôt, avec ce même air offusqué-coupable : « Non ! Je t'en prie ! Je te l'offre ! » Et de nouveau, je battais en retraite sans trop me poser de questions sur ses motivations ; avec le temps, j'appris à l'ignorer, de même que ses crises de larmes subites comme des éternuements, cette façon qu'elle avait de hoqueter à travers ses pleurs étranges : « Oh, ce n'est rien… la poussière, je crois… Oui, la poussière me rend triste, et ces meubles, et cet endroit… » Perplexe, je disais qu'elle n'avait pas à venir, que je pouvais me débrouiller seul. « Non… non !… Ta mère n'aurait pas accepté ça !… » Elle était tellement incohérente que je la laissais faire, me disant que son aide me permettait de me consacrer entièrement à mon projet : le livre que j'avais entrepris d'écrire, encore sous le choc de ma dégelée chez Bill Sweeney, mais si avide de rétablir les faits. Et ma réputation.

Il me fallut tout décortiquer, séquence par séquence, car la réalité sur le plateau de Righteous Billy s'était emballée comme un film dans un projecteur déréglé. Des heures entières passées à mon ordinateur dans la salle de séjour, là où autrefois les sœurs Feldman s'amusaient en travaillant, Dana à sa Underwood, Ethel à son chevalet. À New York, Ethel, scandalisée par la manière dont on m'avait traité, m'avait imploré de rester : « À New York, on oublie vite, Romain. Si tu pars maintenant, tu leur donnes raison sur toute la ligne. Alors que c'est toi qui as raison ! »

J'avais contacté mes avocats, eux aussi outrés. Ils avaient obtenu un enregistrement de l'émission, m'en avaient envoyé une copie. Mis à part la question foncièrement mensongère du viol, le reste n'était peut-être pas aussi net que je l'avais prétendu sur le plateau de Bill Sweeney. En effet, je m'étais réfugié à New York de peur d'être arrêté. En effet, j'avais conduit Pete au Canada – les insinuations de Ken Lafayette sur le nombre de GI que « j'aurais aidés » ne restaient que des exagérations, il avait pris soin d'être vague à ce sujet, invoquant des ouï-dire ; légalement, nous avions peu d'emprise là-dessus. Quant à la mort de Dana, n'étais-je pas en partie responsable ? Pas au sens de la loi, bien entendu, mais pour moi : quelle différence ? Bill Sweeney avait savamment orchestré mon lynchage ; il avait le talent pour ce genre de choses. Mais il avait aussi abusé de ma confiance en mentant sur le sujet de l'émission, mes échanges de courriels avec son recherchiste le prouvaient, et c'est à cela que mes avocats s'intéressaient en particulier, à la malhonnêteté de l'équipe et de Bill Sweeney au premier chef, et à certaines de ses allégations proférées sur le plateau. Mes avocats avaient étudié la déclaration de participation volontaire que j'avais signée et croyaient pouvoir en contester la validité. Mais, m'avaient-ils mis en garde : « Ils vont se battre avec acharnement, Roman. Et multiplier les procédures. Ce sera long et coûteux. Tu es certain que tu veux te lancer là-dedans ? » Oui, j'ai dit. Du temps, j'en avais. De l'argent aussi. Pas question qu'ils s'en sortent impunément.

À Métis Beach, mes journées se résumaient à de longues marches sur la grève et à des séances de travail à l'ordinateur. Le froid d'avril et ses vents impétueux avaient cédé la place à mai et à ses promesses de beau temps. Partout des plaques de neige qui fondaient, l'odeur de la terre qui dégèle. Métis Beach était mort, ne reprendrait vie qu'à la Saint-Jean, ses maisons endormies aux fenêtres placardées, tels des animaux hibernants. Cette absence de vie ne me dérangeait pas, au contraire, elle me rassérénait, tout comme cette nature sauvage, brute autour de moi, la lumière vive, les eaux changeantes du fleuve, l'air salé, humide d'embruns, la plage rocailleuse en bas de la falaise, le ciel chargé de nuages violacés.

Un matin de brume, Françoise était arrivée avec ses provisions et le courrier, qu'elle s'entêtait à aller chercher à mon casier à la poste, rue Principale. De la publicité, des comptes et, en ce jour de grisaille, une éclaircie providentielle : une lettre de Len.

Cinq ans que nous nous étions parlé. Il l'avait envoyée à It's All Comedy! à Los Angeles, qui me l'avait fait suivre. Une lettre écrite à la main, je reconnus son écriture serrée et anguleuse, dans laquelle il ne disait pas grand-chose. « On a été injustes avec toi. » Parlait-il de mes détracteurs ? de lui ? des deux ? Je ne savais pas. Il avait laissé Melody et perdu la garde de la fille qu'il avait eue avec elle. Son ton était détaché, impersonnel. Pas de nouvelles de Cody et de Julia, pas d'adresse de retour non plus. Cette lettre m'avait bouleversé, un ton étonnamment neutre qui m'avait alarmé. J'avais téléphoné à It's All Comedy! dans l'espoir d'en savoir un peu plus, mais non, on n'avait reçu que cette lettre à mon nom et postée à Toronto. J'avais fouillé sur Internet ; Len ne semblait plus travailler au *Calgary Herald*, à tout le moins son nom n'y figurait pas. Peut-être dans un média de Toronto ? Je n'avais rien trouvé là-bas non plus, comme s'il s'était volatilisé. Dans un carnet, j'avais gardé le numéro de téléphone de Lynn à Calgary, mais m'étais heurté à un message d'interruption de service, elle avait dû refaire sa vie, c'était normal, et je m'en voulus de n'avoir jamais su son nom de famille, de ne pas m'être davantage intéressé à elle. Tout de même, un peu d'espoir : dans sa courte lettre, Len disait également : « Je crois comprendre que tu es parti à Métis Beach, si l'on s'en tient à ce qu'on écrit sur toi. Peut-être qu'un jour je te rendrai visite. Si c'est ton souhait, bien sûr. Après tout, c'est de là que je viens. » J'avais lu et relu sa lettre, un soulagement, un apaisement. Je lui faisais confiance, il reviendrait un jour. Je l'avais fait lire à John et il en avait tiré les mêmes conclusions. Ses yeux doux, rieurs posés sur moi : « Il veut te ménager, Romain. Ne pas te brusquer. N'oublie pas, c'est lui qui a coupé les ponts. C'est aussi quelqu'un qui sort d'une très mauvaise passe et qui revient à la vie. Patience, ce n'est qu'une question de temps. »

J'avais rangé la lettre dans un endroit où j'étais certain que Françoise n'irait pas. Elle ne connaissait pas l'existence de Len, et c'était mieux ainsi.

Françoise partie, je m'étais installé à l'ordinateur avec l'assiette de jambon froid et de salade de pommes de terre qu'elle m'avait préparée. Le cœur léger – mon fils pensait à moi ! –, je consultai ma boîte de courriels avec une impatience enfantine : si Len avait fini par donner des nouvelles, pourquoi pas Moïse ? Quelques clics de souris, et toujours pas de signe de lui. Que des messages de mes calomniateurs qui, je ne sais par quel moyen, avaient fait main basse sur mes coordonnées, et ne s'en privaient pas. Des messages de haine à supprimer tous les jours. Et des menaces de mort. Je découvrais qu'Internet, cette sorte de Big Brother à l'envers que l'on viendrait à nourrir volontiers d'informations personnelles, était un merveilleux outil de diffamation.

Moïse, je te demande pardon. Je me suis laissé piéger comme un imbécile.

Depuis mon passage chez Bill Sweeney, une virulente campagne avait éclaté dans les médias pour qu'il démissionne de son poste au *New York Times*. Son passé de *draft dodger* dévoilé, la pression était devenue trop forte sur lui et ses patrons qui connaissaient bien son histoire ; là-dessus Moïse avait été transparent dès son embauche. Mais en cette époque de suspicion généralisée, le passé honteux de Charlie Moses devenait insoutenable pour tout le monde.

Pas de nouvelles de mon ami depuis plus d'un mois. Notre longue et profonde amitié mise à mal depuis le 11 Septembre, alors que ses opinions s'étaient radicalisées et qu'une rage irrationnelle le dévorait comme un feu de broussailles. Même physiquement, il avait changé. Il avait perdu presque tous ses cheveux, pris du poids. Et dans ses yeux, cet éclat dur qu'il portait sur nous, Louise et moi – Louise, sa femme qu'il adorait : *Vous ne comprenez pas. Vous n'êtes pas américains. Le monde n'est plus le même et vous ne voulez pas l'accepter. Alors que moi, je sais !*

Notre amitié en péril ? Terminée ?

J'étais dévasté.

Louise me donnait de ses nouvelles ; elle avait quitté leur appartement de Brooklyn et s'était réfugiée chez son amie Barbara à Staten Island. Elle lui parlait régulièrement, un homme trop en colère pour la supplier de revenir à la maison. Louise en avait assez de New York, des États-Unis, de George Bush et des crises de Moïse. Elle voulait rentrer au Québec mais ne se sentait pas la force d'abandonner son mari. « Tu le connais, Romain. Il a toujours raison, les autres ont tort. S'il te plaît, appelle-le. Essaie de le convaincre… S'il te plaît… »

Et je dis, en murmurant presque, la gorge serrée par le chagrin : « Je ne peux pas, Louise. Pas après le message qu'il m'a laissé. J'ai détruit sa vie. Il ne me le pardonnera jamais.

— Ne parle pas comme ça ! C'est toi qui la lui as sauvée en 1966 ! Vous ne pouvez pas vous laisser tomber comme ça, les gars ! Vous ne pouvez pas *me* laisser tomber ! »

Et elle pleurait.

Tous les jours, je parcourais les sites des grands médias américains, cherchant à savoir si Moïse et le *Times* avaient fini par céder. « Un journaliste peut-il faire un travail honnête en ces temps de guerre contre le terrorisme alors qu'il a lui-même échappé illégalement à une autre guerre, celle du Vietnam ? » avait écrit le *Washington Post*. « Insensé ! Scandaleux ! » pouvait-on lire partout. Et que

Moïse, comme tous les insoumis du Vietnam, eût reçu le pardon présidentiel ne changeait rien à l'affaire. Charlie Moses avait trahi son pays. Charlie Moses devait être puni. Puis, au début de juin 2003, le *New York Times* annonça sa démission. Loin dans ses pages. Un entrefilet aussi succinct qu'un erratum que l'on ne veut pas trop visible mais que l'on doit publier. Le *Times* en avait déjà plein les bras avec un autre scandale, celui-là pas mal plus gros : une histoire de plagiat et de fabrication de faux reportages impliquant un de ses jeunes journalistes. Dans la tourmente, la direction du *Times* cherchait à limiter les dégâts, et le passé de Moïse publicisé, elle n'avait pas eu d'autre choix que de le larguer.

Le passé finit tôt ou tard par nous rattraper.

Le mardi suivant, Françoise arriva les bras chargés de pâté chinois, de ragoût de boulettes, de bœuf bourguignon, de tourtière, de pain de viande. Toute cette nourriture en ridicule abondance, lourde et grasse, que je n'avais pas l'habitude de manger. « Françoise, c'est trop… » Mais elle ne m'écoutait pas, m'écarta de son chemin et alla porter les provisions dans la cuisine. « Françoise… » Je la suivis, essayant de la raisonner : ses plats étaient délicieux, mais il était indécent que la moitié atterrisse dans la poubelle, un seul homme ne pouvait pas avaler tout ça. « Regarde dans le frigo. Je pourrais nourrir le village ! » Elle ouvrit la porte, les tablettes étaient encombrées, fit de la place pour ce qu'elle m'apportait ce jour-là. « Non, Françoise. Je veux que tu rapportes tout chez toi. Je n'en veux pas. Françoise, écoute-moi… » Quand, dans son visage, je vis qu'elle allait succomber à une autre de ses crises de larmes.

« Françoise…

— Le ch… », hoqueta-t-elle.

Sur le comptoir, bien emballé dans du papier ciré, le sandwich à la dinde qu'elle m'avait fait et auquel je ne toucherais pas. Par la fenêtre, la vue s'ouvrait sur le ciel et la mer, d'un gris mélancolique. À présent, Françoise sanglotait, ses gros coudes appuyés sur le comptoir, son visage caché dans ses mains.

« Françoise, je crois que tu devrais consulter. Pleurer comme tu le fais n'est pas normal. »

Elle s'effondra sur une chaise, prit mes mains dans les siennes.
« Pardon… Je te demande… pardon…

— Françoise, je vais appeler Jérôme. Il va venir te chercher.

— C'était… moi…

— Quoi, toi ? »

Elle leva son visage baigné de larmes ; dans ses yeux implorants,
barbouillés de mascara, une détresse aiguë : « Locki… Le chien…
C'était moi… »

2

Par son terrible geste, Françoise avait déterminé le cours de nos vies, à Gail et à moi. Ce soir-là du 18 août 1962, elle s'était donné une mission qu'elle mènerait à terme, et cela l'avait apaisée. Cela lui avait même procuré un sentiment d'invincibilité, ce sentiment grisant que l'on éprouve quand on passe à l'acte, quand on se fait justice. Elle avait bu chez madame Tees. Quelques fonds de verres qu'elle et ma mère avaient ramassés dans le jardin et rapportés à la cuisine. Du champagne, du whiskey, du sherry, de la vodka avalés dans le désordre à l'insu de ma mère. Elle s'était même cachée dans les toilettes pour nous porter un toast, à Gail et à moi, en pouffant nerveusement. Elle n'était pas ivre, non. Juste un peu fébrile. De la fenêtre de la grande cuisine des Tees, elle avait regardé les invités déambuler dans le jardin, avait cherché des yeux les Egan, qu'elle avait aperçus près des grands pins, aussi éméchés que les autres, jugea-t-elle, et pas près de quitter la soirée. Robert Egan s'était lancé dans une grotesque démonstration de son meilleur swing devant un petit groupe d'hommes avachis sur des chaises Adirondack ; madame Egan riait en compagnie d'un homme plus jeune qu'elle, une main impudique sur son épaule. L'alcool lève les inhibitions. Transforme les gens au point de les rendre méconnaissables. Monsieur et madame Egan chez qui elle faisait la cuisine, ses employeurs si rigides et si avares de commentaires sur les plats qu'elle savait si bien cuisiner, ressemblant à des pantins désarticulés, leurs bonnes manières envolées. En les observant, elle s'était dit qu'elle aurait le temps. Amplement le temps.

En fait, elle pensait avoir un plan, mais n'en avait pas vraiment. Elle voulait nous faire peur, mais ne savait pas encore comment. Elle avait préparé sur des bouts de papier des phrases qu'elle avait apprises par cœur. Lesquelles ? Elle ne s'en souvenait pas très bien. Peut-être quelque chose comme : « Ma loyauté envers vos parents m'oblige à vous dénoncer » ou « Ce que vous faites est mal, tout le monde le sait ». Que comptait-elle faire avec ? Les glisser quelque part ? les réciter devant nous ? Elle n'avait pas encore décidé.

« Pourquoi, Françoise ? Pourquoi ?

— Parce que j'étais amoureuse de toi et que je savais que je ne pouvais pas rivaliser avec la plus belle fille du monde. J'étais grosse et laide, tu le sais bien. J'étais la grosse vache. Je savais à quoi ressemblait le désir dans tes yeux, je l'ai si souvent vu quand tu regardais Gail et qu'elle avait le dos tourné. Ça me rendait malade de jalousie. La grosse vache, c'était moi… »

Elle avait réussi à s'esquiver assez tôt dans la soirée, prétextant un mal de tête. Il n'était pas dans les habitudes de la robuste et imposante Françoise d'être indisposée, et ma mère s'était montrée inquiète, la forçant à avaler des comprimés d'aspirine qu'elle traînait toujours dans son sac à main. Françoise avait fait mine de les avaler et les avait recrachés après dans le lavabo. Puis elle était sortie par la porte de service, pour que personne ne la remarque. Elle avait laissé son tablier d'un blanc éclatant sur le grand comptoir dans la cuisine, trop voyant dans la nuit. La lune était presque pleine ce soir-là, elle ne l'avait pas prévu. Par chance, sa robe était noire. Une robe stricte en polyester que madame Tees lui avait fait acheter à même ses économies.

Elle n'était pas ivre. L'alcool avait enluminé ses joues, lui donnait du courage, le courage qui aurait pu lui faire défaut à la dernière minute.

« Pourquoi, Françoise ? Pourquoi ?

— Parce que je vous détestais, tous les deux… »

Elle avait attendu que nous montions dans la chambre de Gail. Par la fenêtre, elle nous avait vus rire dans le salon. Vus boire de l'alcool. Elle avait d'abord pensé se rendre à l'étage pour nous surprendre, elle aurait récité ce qu'elle avait écrit sur les petits bouts de papier, mais s'était ravisée. Elle ne voulait pas être vue. Elle voulait seulement nous faire peur. Nous faire comprendre que quelqu'un *savait*. Nous foutre la trouille.

Elle n'avait pas prévu non plus voir la grande porte vitrée s'ouvrir, et Gail sortir le chien pour l'attacher. De là où elle était sur la véranda, on aurait pu facilement l'apercevoir, mais Gail avait l'air bizarre, ne semblait pas dans son état normal.

« Et c'est là que tu as eu l'idée ?

— En voyant Locki, j'ai pensé à Louis. À ce qu'il faisait aux animaux… »

Sur la véranda, Locki avait tout de suite repéré sa présence. Une odeur qu'il reconnut et le fit battre de la queue. Dans la cuisine des Egan, Françoise aimait lui réserver quelques restes malgré les consignes strictes de madame Egan. Elle les glissait dans sa main et les lui donnait à manger ou à lécher, pendant qu'il la regardait de ses yeux reconnaissants. Mais elle n'aimait pas Locki. Ce qu'elle aimait, c'était contrevenir aux règlements de la rigide madame Egan.

Ce soir-là, il l'avait aussi regardée de ses yeux affectueux. Elle l'avait caressé et, tout bas, lui avait ordonné de se coucher. Il avait tourné sur lui-même en faisant crépiter ses griffes sur le plancher de la véranda, puis avait obéi, ne se doutant pas un instant de ce qui l'attendait. Françoise savait ce qu'elle ferait à présent, et le savoir la débarrassa de sa nervosité, comme si elle s'était ébrouée à la manière d'un chien. L'idée l'amusa. Elle enleva ses chaussures à talons durs qui avaient piétiné la pelouse des Tees toute la journée, les déposa sur la véranda. À l'intérieur, seul le salon était éclairé, les autres pièces baignaient dans la douce lumière argentée de la lune. Elle avança à pas prudents jusque dans la cuisine. L'obscurité ne la gênait pas : elle connaissait les lieux comme si elle les avait dessinés. Le premier tiroir à gauche de l'évier. Là où se trouvait le couteau le plus coupant, le plus effilé, celui dont elle se servait pour découper le rosbif du samedi soir. Des bruits et des éclats de voix éclatèrent en haut, la remplirent de jalousie. Firent couler des larmes de colère sur ses joues. Furieuse, elle plongea une main dans ses poches, sentit les petits bouts de papier chiffonnés sur lesquels elle avait écrit des mots. Songea à les glisser sous la porte de la chambre de Gail, ou mieux, à les lancer dans les airs tels des confettis, mais abandonna l'idée. *Quelqu'un nous a vus. Quelqu'un sait. Mais qui ? Françoise ? Le* risque de se faire prendre était trop grand. Et il y avait son travail comme cuisinière auquel elle tenait ; l'été tirait à sa fin, il y avait l'année suivante, et l'autre encore.

Elle sortit de la maison, remit ses chaussures et caressa Locki, fou de joie, qui roula sur le dos pour lui offrir son ventre doux et chaud. C'est là, d'un geste rapide, qu'elle lui trancha la gorge.

« Comment tu as pu faire ça ? Il n'y a que les détraqués qui s'attaquent à de pauvres bêtes !

— Tu as le droit de me détester. Je te demande pardon… »

Elle avait eu assez de lucidité pour cacher le couteau sous la véranda, puis le récupérer subtilement le lendemain, le nettoyer et le ranger dans le tiroir, lorsque madame Egan, en panique, l'avait appelée pour l'aider à faire ses valises.

Elle aurait voulu tout effacer quand elle entendit madame Egan, le lendemain matin, annoncer au téléphone que sa fille avait été violée par un *French Canadian bastard*. Oh, elle aurait tant voulu dire aux Egan que ce n'était pas vrai. Qu'il ne s'était rien passé de grave. Que tout était de sa faute ! Il était trop tard, pleurnichait-elle. Les choses avaient dérapé comme une voiture sur la route, et personne dans le siège du conducteur pour donner un coup de volant.

« Une culpabilité insoutenable, tu dis ?

— Oh oui, Romain. Toute ma vie…

— Mais qui ne t'a pas empêchée de continuer à voir mes parents comme si de rien n'était. À consoler hypocritement ma mère, qui souffrait de mon départ. À t'occuper de mon père, rempli de colère parce qu'il me croyait coupable. Et à accepter ce foutu magasin de merde qu'il t'a légué, parce que toi, au moins, tu étais digne de confiance, la fille qu'il aurait aimé avoir, pas comme moi, son salaud de fils !

— Je t'en supplie, Romain. Pardonne-moi… »

3

« C'était avant. Ce qui arriverait après dépendrait de moi seul. »

J'avais écrit ces lignes, installé sur la véranda, au même endroit où Moïse et Louise m'avaient « reçu » chez moi il y avait fort longtemps, le jour de l'enterrement de ma mère. J'entendais encore Moïse, avec sa voix autoritaire de grand frère : « OK, *man*. Parlons franchement. Il est temps d'organiser ton retour. » Puis, avec reproche : « C'est incroyable ! Tu n'es pas capable de voir la réalité en face ! »

Un long frisson me traversa le corps. Le vent marin était frais en ce début de juin, mais le soleil, radieux. La mer d'un bleu profond ondulait sous les moutons au large, une image presque parfaite de carte postale. Au-dessus de la falaise, un balbuzard pêcheur tournoyait, immense et majestueux. Je l'observai qui s'élança vers le large, plana au-dessus des flots agités et piqua vers le poisson qu'il avait repéré. La vue perçante de ces oiseaux ! Une vague plus haute que les autres l'obligea à y renoncer et, avec une puissance folle, il remonta dans le ciel, tel un avion à pleins gaz. Je souris. Je le vis ensuite s'envoler vers la pointe, là où se dressait le phare, ses longues ailes battant l'air comme un cœur au ralenti. De nouveau, quelque chose attira son attention ; il se mit à décrire de grands cercles au-dessus de la mer ; puis, avec une rapidité saisissante, il plongea dans l'eau et en ressortit aussitôt, les ailes repliées, une proie entre ses serres.

Pourquoi ce poisson et non le premier ?

Une modification infime des conditions initiales, telle une simple vague, peut changer le cours des choses.

Pour nous punir, Gail et moi, Françoise avait tué le chien et fait abattre une suite tragique de dominos : le « viol », ma fuite à New

York, Dana et l'accident qui la tuerait, mon fils retrouvé, puis perdu, l'assassinat d'Ann, Moïse perdu. Et si Françoise n'avait pas été submergée par ce besoin malsain d'assouvir sa jalousie? *Si elle n'avait pas égorgé Locki?*

La sensibilité des conditions initiales.

Oh, Françoise n'était pas bien différente de moi et de Moïse; nous avions tous les trois dans notre passé quelque chose de pas très clair qui avait fini par nous rattraper. Avais-je le droit de lui en vouloir autant? Ma vie n'avait-elle pas été «fastueuse et palpitante», comme disait John Kinnear, malgré les drames et la douleur? Un film que je ne me lasserais jamais de regarder, en dépit des regrets innombrables? Bien sûr, il y avait tant de choses que j'aurais aimé faire autrement. Mais des regrets, c'est comme les sentiments, tout le monde en a.

Le balbuzard avait disparu, sa première proie avait peut-être regagné le large, inconsciente du danger qu'elle avait évité de justesse. J'aimais l'idée qu'une simple vague puisse laisser la vie sauve.

Le soleil avait commencé sa longue descente de l'autre côté de la mer, le ciel rougeoyant baignait la véranda d'une couleur irréelle. Le mercure avait chuté de quelques degrés et je sentis mes doigts engourdis de froid. Oui, j'avais froid. Et je savais exactement pourquoi. Je me levai, emportai avec moi mon cahier de notes et la couverture de laine qui m'avait gardé les cuisses au chaud. À l'intérieur, je me servirais un scotch, histoire de me donner du courage. Car à cinquante-huit ans, je n'avais plus toute la vie devant moi pour laisser les *éléments extérieurs* en déterminer le reste.

«C'était avant. Ce qui arriverait après dépendrait de moi seul.»

Pour ce qui est de Len, il n'y avait rien d'autre à faire que d'attendre. Cinq ans que nous nous étions parlé. Une éternité. Quel âge avait Cody? Dix-sept ans? Et Julia? Quinze? Mon Dieu, si grands maintenant. Presque des adultes. Se souvenaient-ils de moi? d'Ann? Len les avait-il mis au courant de ce qui était arrivé à Ann? Non, bien sûr que non. C'est le genre de choses que l'on épargne à ses enfants. *Grand-maman Ann a été assassinée, on lui a tiré deux balles dans la tête.* Mon seul espoir: ce livre que j'étais en train d'écrire et qui aiderait peut-être Len à comprendre mon histoire. J'ai souvent pensé que

Len avait hérité de sa mère cette inaptitude tragique à être heureux, mais peut-être que je me trompais. *Si un jour tu lis ces lignes, Len, dis-toi que ton père est là, qu'il t'attend, ici, à Métis Beach.*

Secoué de tremblements, j'avalai une gorgée de Johnnie Walker, puis une autre. Une angoisse me contractait la gorge et, pour me calmer, je pensai très fort à cette chute séquentielle de dominos de malheur qu'il fallait stopper, à cette implacable fatalité qui cesserait de l'être si j'arrêtais d'avoir peur. Les mains tremblantes, j'empoignai le téléphone, hésitai quelques secondes avant de composer son numéro.

« M… Moïse ? C'est Romain. »

Il demeura un instant muet, osant à peine respirer. Puis sa voix se fêla. « Hé, *man*… C… comment vas-tu, vieux ?

— Je… te demande pardon, Moïse. »

Nous restâmes silencieux un long moment. Envahis tous les deux par le sentiment d'avoir été trahis par nos passés et, aussi, un peu par l'autre. Certainement, nous aurions pu faire les choses autrement, bien que personne, et surtout pas cette ordure de Bill Sweeney, ne pût nous accuser d'avoir agi de façon foncièrement malhonnête. La voix émue, Moïse fit remarquer que, pour la première fois de notre longue amitié, nous étions chacun à notre place : « Toi, dans ta maison, à Métis Beach, et moi, eh bien, toujours à New York… »

La violente campagne de dénigrement à son endroit le blessait, mais il en réchapperait, m'assura-t-il. Une autre de ces tempêtes lancées par ces Torquemadas de la droite ultraconservatrice. « Ils ont tenté d'avoir la peau de Clinton, ils ne l'ont pas eue. Alors, pourquoi auraient-ils celle de Charlie Moses ? » J'éclatai de rire. Comment ne pas rire en écoutant mon ami, sa voix nasillarde, presque comique de dessins animés. Je l'écoutais, admiratif, ne sachant pas si moi, j'arriverais à m'adapter à ma nouvelle vie, maintenant que j'avais quitté ce pays, le pays de Moïse, qui m'avait jadis offert la liberté.

Il me restait une maison à reconstruire, et ce livre pour rétablir la vérité.

Remerciements

Merci à mon amie Abla Farhoud pour son précieux soutien, son temps et ses encouragements. Merci à mes discrets et généreux amis de Métis-sur-Mer, qui m'ont longuement parlé de leur si beau pays et me l'ont fait aimer à mon tour. Je n'aurais pu décrire le New York des années soixante avec autant de précision sans l'aide inestimable de Richard Brunet, sa mémoire et les vieux cahiers de son défunt père, qui consignait tout avec la minutie d'un archiviste. Je tiens aussi à remercier Sylvain McMahon et Donald Cuccioletta. Jacques Godbout, qui a cru au projet et m'a prodigué ses judicieux conseils avec gentillesse et respect. Jean-Pierre Bourbonnais, Michelle Ayotte, Suzanne Bourbonnais, pour leur indéfectible appui. Et Gilles, pour son inépuisable dévouement et sa patience infinie, qui ont rendu possible ce livre.

Je reconnais ma dette envers Jack Todd, auteur de *The Taste of Metal: A Deserter's Story* (2002), dont l'histoire personnelle m'a beaucoup touchée et inspirée. *The New Exiles: American War Resisters in Canada* (1971) de Roger Neville Williams fut un autre livre de référence important pour moi, tout comme *Hollywood Under Siege: Martin Scorsese, the Religious Right, and the Culture Wars* (2008) de Thomas R. Lindlof.

CRÉDITS ET REMERCIEMENTS

Les Éditions du Boréal reconnaissent l'aide financière du gouvernement
du Canada par l'entremise du Fonds du livre du Canada (FLC)
pour leurs activités d'édition et remercient le Conseil des arts du Canada
pour son soutien financier.

Les Éditions du Boréal sont inscrites au Programme d'aide aux entreprises
du livre et de l'édition spécialisée de la SODEC et bénéficient du programme
de crédit d'impôt pour l'édition de livres du gouvernement du Québec.

Couverture : Haut © Nicolas McComber, iStockphoto.com
Bas © frankreporter, iStockphoto.com

Ce livre a été imprimé sur du papier 30 % postconsommation et certifié FSC.

MISE EN PAGES ET TYPOGRAPHIE :
LES ÉDITIONS DU BORÉAL

CE DEUXIÈME TIRAGE A ÉTÉ ACHEVÉ D'IMPRIMER EN MAI 2014
SUR LES PRESSES DE L'IMPRIMERIE LEBONFON
À VAL-D'OR (QUÉBEC).